HEYNE

Das Buch:
Die raffgierige Erbengemeinschaft sitzt erwartungsvoll beisammen, als der milliardenschwere Exzentriker Troy Phelan sein Testament zu unterzeichnen gedenkt. Doch zu aller Uberraschung enterbt der lebensmüde Greis seine verhaßten Nachkommen, überträgt das gesamte Vermögen seiner bis dato völlig unbekannten Tochter Rachel und stürzt sich dann unvermittelt aus dem 13. Stock in die Tiefe. In der Phelan-Familie bricht ein Sturm der Entrüstung los, und es wird sofort alles in Bewegung gesetzt, um das Testament anzufechten: War dieser Mann noch zurechnungsfähig und damit sein letzter Wille gültig? Während die Schlammschlacht um die elf Milliarden Dollar entbrennt, versucht der ehemals brillante Prozeßanwalt Nate O'Riley die rechtmäßige Erbin Rachel Lane im brasilianischen Regenwald aufzutreiben, wo sie seit Jahren als Missionarin arbeitet. Nach vielen Hindernissen gelingt es ihm schließlich, Rachel in den Tiefen der Pantanal-Region zu finden. Allerdings nur um festzustellen, daß die Missionarin nicht das geringste Interesse an ihrem Erbe hat, dafür umso mehr für die Lebensgeschichte von Nate. Doch die Zeit drängt. Wenn O'Rileys es nicht schafft, Rachel umzustimmen, fällt das gesamte Vermögen in die Hände des unersättlichen Phelan-Clans.

Der Autor:
John Grisham, geboren 1955, ist einer der meistgelesenen Bestsellerautoren weltweit. Mit seinem Roman *Die Firma* begann seine phänomenale Erfolgsgeschichte. Zahlreiche seiner Romane dienten als Vorlage zu Hollywoodfilmen, die allesamt zu Kassenschlagern wurden. Grisham war Abgeordneter im Parlament des US Bundesstaates Mississippi und führte lange Jahre eine eigene Anwaltskanzlei, bis er sich Mitte der Achtziger Jahre ganz dem Schreiben widmete. Er lebt mit seiner Familie in Virginia und Mississippi.

JOHN GRISHAM

DAS TESTAMENT

Roman

Aus dem Amerikanischen
von K. Schatzhauser

WILHELM HEYNE VERLAG
MÜNCHEN

Titel der Originalausgabe
The Testament

Umwelthinweis:
Dieses Buch wurde auf chlor- und säurefreiem Papier gedruckt.

Taschenbuchausgabe 03/2006

Printed in Germany 2006
Umschlagillustration: CORBIS / Nick Gunderson
Umschlaggestaltung: Nele Schütz Design, München
Druck und Bindung: GGP Media GmbH, Pößneck

ISBN-10: 3-453-72085-7
ISBN-13: 978-3-453-72085-5
www.heyne.de

EINS

Das dürfte der letzte Tag sein, und wohl auch die letzte Stunde. Niemand liebt mich, ich bin alt, einsam und krank, habe Schmerzen und bin des Lebens müde. Ich bin für das Jenseits bereit. Dort kann es nur besser sein als hier.

Mir gehören neben dem gläsernen Verwaltungshochhaus, in dem ich sitze, auch 97 Prozent des Unternehmens in den Stockwerken weiter unten, außer den zweitausend Menschen, die hier arbeiten, auch die zwanzigtausend, die es nicht tun, sowie aller Grund und Boden fast einen Kilometer weit in drei Himmelsrichtungen um das Gebäude herum mitsamt der darunter verlaufenden Rohrleitung, durch die mein Erdgas aus Texas hierher gepumpt wird, nicht zu vergessen die Freileitung, die den Strom liefert. Der Satellit viele Kilometer über mir, mit dessen Hilfe ich früher Befehle in mein die Welt umspannendes Reich gebellt habe, ist geleast. Mein Vermögen beläuft sich auf mehr als elf Milliarden Dollar. Ich besitze nicht nur Silberbergwerke in Nevada und Kupferbergwerke in Montana, sondern auch Kohlezechen in Angola, Kaffeepflanzungen in Kenia, Kautschukplantagen in Malaysia, Erdgas-Lagerstätten in Texas, Ölfelder in Indonesien und Stahlwerke in China. Mein Firmenimperium umfaßt Kraftwerke, Unternehmen, die Computer produzieren, Staudämme bauen, Taschenbücher drucken und Signale an meinen Satelliten schicken, und es verfügt über Tochterunternehmen mit Geschäftsbereichen in mehr Ländern, als irgendein Mensch aufzuspüren vermag.

Früher einmal besaß ich alles an Spielzeug, was das Leben schöner macht: Jachten, Privatjets, Blondinen, Wohnsitze in Europa, große Güter in Argentinien, eine Insel im Pazifik, reinrassige Rennpferde, Vollblüter, und sogar eine Eishockeymannschaft. Aber ich bin inzwischen zu alt für Spielzeug.

Die Wurzel meines Elends ist das Geld.

Dreimal habe ich eine Familie gegründet. Meine drei Ehefrauen haben mir sieben Kinder geboren, von denen sechs noch leben und tun, was sie nur können, um mich zu quälen. Soweit ich weiß, habe ich sie alle sieben selbst gezeugt, und einen Sohn habe ich beerdigt. Eigentlich müßte ich sagen, daß ihn seine Mutter beerdigt hat. Ich war damals nicht im Lande.

Ich habe mich mit meinen drei ehemaligen Frauen und sämtlichen Kindern auseinandergelebt. Sie alle sind heute hier zusammengekommen, weil ich bald sterben werde und es an der Zeit ist, das Geld zu verteilen.

Ich habe diesen Tag lange im voraus geplant. Gleich einem großen Hufeisen umschließen die drei langgezogenen und tiefen Gebäudeflügel meiner vierzehnstöckigen Firmenzentrale einen schattigen, nach hinten offenen Hof, auf dem ich einst im Sonnenschein Mittagsgesellschaften gegeben habe. Ich wohne und arbeite im Dachgeschoß auf gut tausend Quadratmetern, deren üppige Ausstattung manch einer obszön findet, was mich aber nicht im mindesten stört. Ich habe mein gesamtes Vermögen mit meinem Schweiß, meinem Verstand und mit Glück selbst erarbeitet, und das gibt mir das Recht, das Geld so auszugeben, wie ich es für richtig halte. Es ist mein gutes Recht, es zu verschenken, und trotzdem werde ich von allen Seiten bedrängt.

Warum sollte ich mir den Kopf darüber zerbrechen, wer es bekommt? Ich habe alles Erdenkliche mit dem Geld getan. Während ich hier allein in meinem Rollstuhl sitze und warte, kann ich mir nichts vorstellen, was ich kaufen oder sehen möchte. Mir fällt kein einziger Ort ein, an den ich reisen, und kein weiteres Abenteuer, das ich bestehen möchte.

Ich habe alles hinter mir, und ich bin sehr müde.

Es geht mir nicht darum, wer das Geld bekommt. Es geht mir darum, wer es nicht bekommt.

Jeden Quadratmeter dieses Gebäudes habe ich selbst entworfen und weiß daher genau, wo jeder bei dieser kleinen Zeremonie seinen Platz hat. Sie sind alle da und warten geduldig. Das macht ihnen nichts aus – für das, was ich zu erledigen habe, würden sie sich sogar nackt in einen Schneesturm stellen.

Da ist als erstes Lillian und ihre Brut – vier meiner Nachkommen hat eine Frau zur Welt gebracht, die sich kaum je von mir hat anfassen lassen. Wir haben jung geheiratet – ich war vierundzwanzig und sie achtzehn –, und daher ist jetzt auch Lillian alt. Ich habe sie seit Jahren nicht gesehen und werde sie auch heute nicht sehen. Ich bin überzeugt, daß sie nach wie vor die Rolle der bedauernswerten pflichtgetreuen ersten Gattin spielt, die gegen ein jüngeres Modell ausgetauscht worden ist. Sie hat nie wieder geheiratet, und ich bin überzeugt, daß sie in den letzten fünfzig Jahren nichts mit einem Mann gehabt hat. Ich weiß selbst nicht, wie wir zu unseren Kindern gekommen sind.

Der Älteste, Troy Junior, ist inzwischen siebenundvierzig, ein nichtsnutziger Trottel, der meinen Namen wie einen Fluch trägt. Als Junge hat man ihn TJ gerufen, und dieser Spitzname ist ihm nach wie vor lieber als Troy. Von meinen sechs hier versammelten Nachkommen ist er der dümmste, allerdings mit knappem Vorsprung.

Er mußte das College mit neunzehn Jahren wegen Drogenhandels verlassen und hat, wie alle seine Geschwister, zum einundzwanzigsten Geburtstag fünf Millionen Dollar bekommen. Wie allen anderen ist auch ihm das Geld durch die Finger gelaufen, als wäre es Wasser.

Ich bringe es nicht über mich, alle entsetzlichen Geschichten von Lillians Kindern hier auszubreiten. Der Hinweis mag genügen, daß sie alle bis über die Ohren verschuldet und praktisch nicht vermittelbar sind. Da nur wenig Hoffnung besteht, daß sich etwas daran ändert, ist die Teilnahme am feierlichen Akt der Unterzeichnung meines Letzten Willens das einschneidendste Ereignis in ihrem Leben.

Zurück zu meinen einstigen Ehefrauen. Von Lillians Frigidität habe ich mich in die heiße Leidenschaftlichkeit Janies geflüchtet. Sie war ein hübsches junges Ding, das als Sekretärin in der Buchhaltung arbeitete, aber rasch aufstieg, als ich das Bedürfnis empfand, sie auch auf Geschäftsreisen um mich zu haben. Nach einer Weile habe ich mich von Lillian scheiden lassen und Janie geheiratet. Sie war zweiundzwanzig Jahre jünger als ich und entschlossen, mich stets zufriedenzustellen. So rasch es ihr möglich war, hat sie zwei Kinder in die Welt gesetzt und sie dazu benutzt, mich an sie zu ketten. Rocky, der jüngere, ist mit zwei Kumpeln in einem Sportwagen ums Leben gekommen. Es hat mich sechs Millionen gekostet, die Folgen dieses Unfalls außergerichtlich zu regeln.

Mit vierundsechzig habe ich Tira geheiratet. Sie war dreiundzwanzig und von mir schwanger. Dem von ihr in die Welt gesetzten kleinen Ungeheuer hat sie aus Gründen, die mir nie klargeworden sind, den Namen Ramble gegeben, was von Strolch bis Schwafler alles mögliche bedeuten kann. Obwohl der Junge erst vierzehn ist, hat er bereits zweimal vor dem Jugendrichter gestanden – einmal wegen Ladendiebstahls und das andere Mal, weil er im Besitz von Marihuana war. Das Haar, das ihm bis auf den Rücken fällt, klebt ihm am Nacken, so fettig ist es, und er trägt Ringe an Ohrmuscheln, Augenbrauen und in der Nase. Ich habe gehört, daß er zur Schule geht, wenn er gerade Lust dazu hat.

Der Junge schämt sich, daß sein Vater fast achtzig Jahre alt ist, und sein Vater schämt sich, daß sich sein Sohn die Zunge hat piercen lassen.

Wie alle anderen erwartet Ramble, daß ich mein Testament unterschreibe und ihm damit ein angenehmes Leben verschaffe. So groß mein Vermögen auch ist, diese Dummköpfe werden nicht lange etwas davon haben.

Wer kurz vor dem Sterben steht, sollte nicht hassen, aber ich kann es nicht ändern. Sie sind ein elender Haufen, alle miteinander. Die Mütter hassen mich und haben daher ihren Kindern beigebracht, daß sie mich ebenfalls hassen sollen.

Sie sind Geier, die mit scharfen Krallen, spitzen Schnäbeln und gierigen Augen über mir kreisen, benommen von der Vorfreude auf unendlich viel Geld.

Von besonderer Bedeutung ist die Frage, ob ich im Vollbesitz meiner geistigen Kräfte bin. Alle sind überzeugt davon, daß ich einen Gehirntumor habe, weil ich sonderbare Dinge sage. Bei Sitzungen und am Telefon rede ich zusammenhangloses

Zeug, und meine Mitarbeiter flüstern hinter meinem Rücken, nicken einander bedeutungsvoll zu und denken: *Ja, es stimmt. Es ist der Tumor.*

Ein Testament, das ich vor zwei Jahren verfaßt habe, sah als Universalerbin meine letzte Gespielin vor, die damals in Hosen mit Leopardenmuster und sonst nichts am Leibe durch meine Wohnung getänzelt ist. Ja, vermutlich bin ich verrückt nach zwanzigjährigen Blondinen mit all den Kurven. Sie ist aber später ausgezogen, und das Testament ist in den Reißwolf gewandert. Ich hatte einfach keine Lust mehr.

Vor drei Jahren habe ich einfach so zum Spaß ein Testament gemacht, in dem ich alles wohltätigen Einrichtungen hinterlassen habe, über hundert. Eines Tages habe ich TJ angebrüllt, er hat zurückgebrüllt, und dann habe ich ihm von diesem neuen Testament erzählt. Daraufhin haben seine Mutter und seine Geschwister ein ganzes Rudel von Winkeladvokaten angeheuert und sind vor Gericht gezogen, um zu erreichen, daß ich in eine Anstalt gesteckt werde, wo man mich behandeln und auf meinen Geisteszustand untersuchen sollte. Das war eigentlich ziemlich gerissen von ihren Anwälten, denn wenn man mich für unzurechnungsfähig erklärt hätte, wäre mein Testament ungültig gewesen.

Aber ich beschäftige viele Anwälte, denen ich tausend Dollar die Stunde dafür zahle, daß sie das Recht so drehen, wie es meinen Bedürfnissen entspricht. Daher wurde ich nicht in eine Anstalt eingewiesen, obwohl eine gewisse Wahrscheinlichkeit besteht, daß ich damals wirklich nicht ganz dicht war.

Ich habe meinen eigenen Reißwolf, in den ich all die früheren Testamente gesteckt habe. Jetzt sind alle weg, von einer kleinen Maschine zerschnippelt.

Ich trage lange weiße Gewänder aus Thaiseide, rasiere mir den Schädel kahl wie ein Mönch und esse kaum etwas, so daß mein Körper ganz eingefallen ist. Man hält mich für einen Buddhisten, aber in Wirklichkeit beschäftige ich mich mit der Lehre Zarathustras. Sie kennen den Unterschied nicht. Ich kann fast verstehen, warum sie glauben, daß meine geistigen Kräfte nachgelassen haben.

Lillian und ihre Kinder befinden sich im Konferenzzimmer der Geschäftsleitung im zwölften Stock, unmittelbar unter mir. Es ist ein großer Raum mit Marmor und Mahagoni, dicken Teppichen und einem langen, ovalen Tisch in der Mitte, und im Augenblick ist er voller sehr nervöser Menschen. Es überrascht niemanden, daß mehr Anwälte als Familienangehörige da sind. Lillian hat einen eigenen Anwalt, wie auch jedes ihrer vier Kinder. Nur TJ hat drei mitgebracht – einmal, um zu zeigen, wie wichtig er ist, aber auch, um sicherzugehen, daß für alle Eventualitäten die richtige Lösung gefunden wird. Er steckt in größeren juristischen Schwierigkeiten als die meisten Insassen einer Todeszelle. An einem Ende des Tisches befindet sich ein großer Bildschirm, auf dem man verfolgen kann, was hier oben vor sich geht.

TJs Bruder, mein zweiter Sohn, Rex, ist vierundvierzig und zur Zeit mit einer Stripperin namens Amber verheiratet, ein armes hirnloses Geschöpf mit gewaltigen Silikonbrüsten. Sie ist seine zweite oder dritte Frau – einerlei, wer bin ich, daß ich mich zum Richter darüber aufschwingen dürfte? Jedenfalls ist sie da, ebenso wie die anderen gegenwärtigen Ehegatten und/oder Lebensgefährt(inn)en, und rutscht unruhig auf dem Stuhl hin und her, während sie darauf wartet, daß elf Milliarden aufgeteilt werden.

Libbigail ist Lillians erste Tochter, meine älteste. Ich habe das Kind abgöttisch geliebt, bis sie aufs College ging und mich vergessen hat. Als sie dann einen Afrikaner geheiratet hat, habe ich sie in meinen Testamenten nicht mehr berücksichtigt.

Das letzte Kind, das Lillian zur Welt gebracht hat, war Mary Ross. Sie ist mit einem Arzt verheiratet, der gern superreich sein möchte, aber sie stecken bis zum Hals in Schulden.

In einem Raum im neunten Stock wartet Janie mit den Kindern aus meiner zweiten Ehe. Sie hat seit unserer viele Jahre zurückliegenden Scheidung zweimal geheiratet. Ich beschäftige Privatdetektive, die mich auf dem laufenden halten, und bin fast sicher, daß sie im Augenblick allein lebt, aber nicht einmal das FBI wäre imstande, mit ihren Bettgeschichten Schritt zu halten. Wie ich schon gesagt habe, lebt ihr Sohn Rocky nicht mehr. Ihre Tochter Geena ist mit ihrem zweiten Mann, Cody, hier, einem Schwachkopf mit einem Diplom in Betriebswirtschaftslehre; ihm ist durchaus zuzutrauen, daß er eine halbe Milliarde innerhalb von drei Jahren gekonnt auf den Kopf haut.

Dann ist da noch Ramble, der sich im vierten Stock auf einem Sessel fläzt und an dem goldenen Ring leckt, den er im Mundwinkel trägt. Er fährt sich mit den Fingern durch das klebrige grüne Haar und knurrt seine Mutter an, die doch tatsächlich die Frechheit besessen hat, mit einem behaarten kleinen Gigolo hier aufzutauchen. Ramble ist überzeugt, daß ihm heute ein Vermögen übertragen wird, einfach deshalb, weil ich ihn gezeugt habe. Auch er hat einen Anwalt mitgebracht, einen radikalen Hippie, den Tira im Fernsehen gesehen und engagiert hat, gleich nachdem sie mit ihm im Bett war. Sie warten wie alle anderen.

Ich kenne diese Leute. Ich beobachte sie.

Jetzt taucht Snead hinten aus meiner Wohnung auf. Er ist seit etwa dreißig Jahren mein Faktotum, ein rundlicher, umgänglicher Mann in weißer Weste, duldsam und demütig, stets in der Hüfte abgeknickt, als verbeuge er sich vor einem König. Er bleibt vor mir stehen, die Hände wie immer auf dem Bauch gefaltet, den Kopf zur Seite geneigt, und fragt mit schiefem Lächeln und einem affektierten Tonfall, den er sich angewöhnt hat, als wir vor Jahren miteinander in Irland waren: »Wie geht es Ihnen, Sir?«

Ich sage nichts, denn weder habe ich es nötig, ihm zu antworten, noch rechnet er damit.

»Etwas Kaffee, Sir?«

»Mittagessen.«

Snead zwinkert mit beiden Augen und verbeugt sich noch tiefer. Dann watschelt er hinaus, wobei seine Hosenaufschläge über den Boden schleifen. Auch er rechnet damit, reich zu werden, wenn ich sterbe, und vermutlich zählt er die Tage wie alle anderen.

Wenn jemand Geld hat, möchten alle etwas davon haben. Nur ein winziges Scheibchen. Was bedeutet eine Million einem Mann, der Milliarden besitzt? Gib mir eine Million, alter Junge, und du merkst den Unterschied nicht einmal. Leih mir was, und wir können es beide vergessen. Quetsch meinen Namen irgendwo in dein Testament mit rein; da ist bestimmt Platz dafür.

Snead ist entsetzlich neugierig, und ich habe ihn vor Jahren dabei ertappt, wie er in meinem Schreibtisch herumgestöbert hat. Wahrscheinlich hat er nach dem gerade gültigen Testament gesucht. Er möchte, daß ich sterbe, weil er mit ein paar Millionen rechnet.

Welches Recht hat er, überhaupt mit etwas zu rechnen? Ich hätte ihn vor Jahren rauswerfen sollen.

Sein Name taucht in meinem neuen Testament nicht auf.

Er stellt ein Tablett vor mich hin: eine ungeöffnete Packung Ritz-Kekse, ein Gläschen Honig, dessen Deckel noch versiegelt ist, und eine kleine Dose Fresca auf Zimmertemperatur. Bei der kleinsten Abweichung würde Snead sofort gefeuert.

Ich sage ihm, daß er gehen kann, und tauche die Kekse in den Honig. Meine Henkersmahlzeit.

ZWEI

Ich sitze da und starre durch die getönten Glaswände. An klaren Tagen kann ich die Spitze des Washington-Denkmals sehen, das zehn Kilometer von hier entfernt ist. Aber heute ist der Himmel bedeckt. Es ist unfreundlich, kalt und windig, kein schlechter Tag, um zu sterben. Der Wind reißt das letzte welke Laub von den Zweigen und weht es unten über den Parkplatz.

Warum mache ich mir Sorgen wegen der Schmerzen? Was ist gegen ein bißchen Leiden einzuwenden? Ich habe mehr Elend verursacht als zehn beliebige andere Menschen.

Ich drücke auf einen Knopf, und Snead kommt herein. Er verbeugt sich und schiebt meinen Rollstuhl aus der Wohnungstür in die mit Marmor ausgekleidete Empfangshalle und von dort durch eine andere Tür. Es kommt näher, aber ich spüre keine Beklemmung.

Ich habe die Psychiater über zwei Stunden warten lassen.

Wir kommen an meinem Büro vorüber, und ich nicke Nicolette zu, meiner letzten Sekretärin, einem niedlichen jungen Ding, das ich recht gut leiden kann. Wenn mir Zeit bliebe, könnte sie die Nummer vier werden.

Aber mir bleibt keine Zeit. Es sind nur noch Minuten.

Die Meute wartet – ganze Rudel von Anwälten und drei Psychiater, die darüber befinden werden, ob ich bei klarem Verstand bin. Sie drängen sich um einen langen Tisch in meinem Besprechungszimmer. Als ich hereinkomme, hört ihr Gespräch schlagartig auf. Alle starren mich an. Snead schiebt mich an eine der Längsseiten des Tisches neben meinen Anwalt Stafford.

Kameras zeigen in alle Richtungen, und die Techniker sind eifrig mit ihnen und den Mikrophonen beschäftigt. Jeder geflüsterte Laut, jede noch so geringe Bewegung, jeder Atemzug wird aufgezeichnet, denn es geht um ein Vermögen.

Im letzten von mir unterschriebenen Testament waren meine Kinder kaum bedacht worden. Wie immer hatte es Josh Stafford aufgesetzt. Ich habe es heute morgen in den Reißwolf gesteckt.

Ich sitze hier, um aller Welt zu beweisen, daß meine Geisteskräfte ausreichen, ein neues Testament abzufassen. Sobald dieser Beweis erbracht ist, kann niemand die Verfügungen anfechten, die ich über mein Vermögen treffe.

Mir unmittelbar gegenüber sitzen drei Psychofritzen – jede der Familien hat einen benannt. Auf geknickten Karteikarten, die sie vor sich gestellt haben, hat jeder in Großbuchstaben seinen Namen geschrieben – Dr. Zadel, Dr. Flowe und Dr. Theishen. Ich sehe mir ihre Augen und Gesichter aufmerksam an. Da ich als normal gelten will, muß ich Blickkontakt herstellen.

Sie sind überzeugt, daß ich ein bißchen wirr im Kopf bin, dabei stehe ich im Begriff, sie im großen Stil reinzulegen.

Stafford wird die ganze Sache deichseln. Als alle Platz genommen haben und die Kameras bereit sind, sagt er: »Ich heiße Josh Stafford und bin der von Mr. Troy Phelan, der rechts neben mir sitzt, bevollmächtigte Anwalt.«

Ich nehme mir einen der Psychofritzen nach dem anderen vor, Auge in Auge, bis sie blinzeln oder den Blick abwenden. Alle drei tragen sie dunkle Anzüge. Zeidel und Flowe haben Zottelbärte, Theishen, der eine Fliege um den Hals hat, sieht aus, als wäre er höchstens dreißig. Jede der Familien hatte das Recht, einen Psychiater ihres Vertrauens zu benennen.

Jetzt redet wieder Stafford. »Zweck dieser Zusammenkunft ist es, Mr. Phelan von einer psychiatrischen Kommission untersuchen zu lassen, die seine Testierfähigkeit feststellen soll. Vorausgesetzt, sie erkennt ihm den Vollbesitz seiner geistigen Kräfte zu, beabsichtigt er, eine letztwillige Verfügung zu unterzeichnen, mit der er für den Fall seines Todes die Verteilung seines Vermögen regelt.«

Stafford klopft mit dem Bleistift auf den gut zweieinhalb Zentimeter dicken Papierstapel, der vor uns liegt: das Testament. Bestimmt fahren jetzt die Kameras mit ihren Gummilinsen zu einer Nahaufnahme darauf zu, und bestimmt läuft meinen Kindern und ihren Müttern, die im ganzen Gebäude verteilt sind, bei seinem bloßen Anblick ein Schauer über den Rücken.

Sie haben es bisher nicht gesehen und haben auch keinen Anspruch darauf. Eine letztwillige Verfügung ist ein privatrechtlicher einseitiger Vertrag, dessen Inhalt erst nach dem Tode des Erblassers bekanntgegeben wird. Diejenigen, die als Erben in Frage kommen, können darüber lediglich spekulieren. Meine Erben haben Hinweise bekommen, von mir sorgfältig in Umlauf gesetzte Falschinformationen.

Daher sind sie überzeugt, daß der größte Teil meines Nachlasses mehr oder weniger gerecht zwischen den Kindern aufgeteilt wird und die Ex-Frauen ebenfalls großzügig bedacht werden. Das wissen sie; sie können es spüren. Seit Wochen, ja Monaten, beten sie inbrünstig darum, daß das Testament, das jetzt vor mir liegt, sie reich macht und dem Gezänk ein Ende bereitet. Stafford hat es aufgesetzt und mit meiner Erlaubnis dessen angeblichen Inhalt im Verlauf von Gesprächen mit ihren Anwälten in groben Zügen dargelegt. Jedes der Kinder darf mit einem Betrag in der Größenordnung von drei- bis fünfhundert Millionen rechnen, und die drei Ex-Frauen mit jeweils fünfzig Millionen. Ich habe bei jeder Scheidung gut für die jeweilige Frau gesorgt, aber das ist selbstverständlich in Vergessenheit geraten.

Der für die Angehörigen ausgesetzte Betrag beläuft sich insgesamt auf rund drei Milliarden Dollar. Was übrigbleibt, nachdem sich die Regierung mehrere Milliarden unter den Nagel gerissen hat, geht an wohltätige Einrichtungen. Man kann also verstehen, warum sich alle herausgeputzt haben und nüchtern (jedenfalls die meisten) hergekommen sind und, den Blick begierig auf die Bildschirme gerichtet, warten und hoffen, daß mir, dem alten Mann, mein Vorhaben gelingt. Bestimmt haben sie ihren Psychoheinis gesagt: »Haben Sie etwas Nachsicht mit dem Alten. Wir möchten, daß er bei klarem Verstand ist.«

Wenn alle so rundum zufrieden sind, warum dann überhaupt diese psychiatrische Untersuchung? Weil ich sie alle ein letztes Mal reinlegen möchte, und zwar nach Strich und Faden.

Die Sache mit den Psychiatern war meine Idee, und meine Kinder und ihre Anwälte haben nicht gemerkt, was dahintersteckt.

Zadel spricht als erster. »Mr. Phelan, können Sie uns sagen, welchen Tag wir heute haben, wieviel Uhr es ist und wo wir uns befinden?«

Ich komme mir vor wie ein Erstkläßler, lasse mein Kinn wie ein Trottel auf die Brust sinken und denke so lange über die Frage nach, bis sie sich an den Rand ihres Sessels vorschieben und flüstern: »Los, du verrückter alter Mistkerl! Du weißt doch bestimmt, welchen Tag wir heute schreiben.«

»Montag«, sage ich leise. »Es ist Montag, der 9. Dezember 1996. Wir befinden uns in meinem Büro.«

»Und wie spät ist es?«

»Gegen halb drei«, sage ich. Ich trage keine Uhr am Arm.

»Und wo befindet sich Ihr Büro?«

»In McLean, im Staat Virginia.«

Flowe beugt sich über sein Mikrophon. »Können Sie uns Namen und Geburtstage Ihrer Kinder sagen?«

»Nein. Die Namen vielleicht, aber die Geburtsdaten nicht.«

»Na schön, dann die Namen.«

Ich lasse mir Zeit. Noch ist nicht der richtige Augenblick gekommen zu zeigen, wie sehr ich auf Draht bin. Sie sollen ruhig schwitzen. »Troy Phelan jun., Rex, Libbigail, Mary Ross, Geena und Ramble.« Ich sage die Namen, als falle mir schon der bloße Gedanke an sie schwer.

Flowe hat Anspruch auf einen Nachschlag. »Es gab ein siebtes Kind, nicht wahr?«

»Ja.«

»Wissen Sie seinen Namen?«

»Rocky.«

»Und was ist mit ihm geschehen?«

»Er ist bei einem Autounfall ums Leben gekommen.« Ich sitze aufrecht in meinem Rollstuhl, den Kopf hoch erhoben, lasse den Blick von einem der Psychoheinis zum nächsten wandern und demonstriere für die Kameras geistige Klarheit. Bestimmt sind meine Kinder und meine Ex-Frauen stolz auf mich, während sie in kleinen Gruppen vor den Bildschirmen sitzen, ihrem gegenwärtigen Ehegespons die Hand drücken und ihren gierigen Anwälten zulächeln, weil der alte Troy die Einleitung hingekriegt hat.

Schon möglich, daß meine Stimme leise und hohl klingt, schon möglich, daß ich mit meinem weißen Seidengewand, meinem runzligen Gesicht und dem grünen Turban aussehe wie verstört, aber ich habe ihre Fragen beantwortet.

Vorwärts, alter Junge, fordern sie mich auf.

Theishen fragt: »Wie ist derzeit Ihr körperlicher Zustand?«

»Ich hab mich schon besser gefühlt.«

»Es heißt, daß Sie einen bösartigen Tumor haben.«

Na, du redest aber nicht lange um den heißen Brei herum, was?

»Ich war der Ansicht, daß es sich hier um eine psychiatrische Untersuchung handelt«, sage ich mit einem Blick auf Stafford, der sich ein Lächeln nicht verkneifen kann. Aber die Vorschriften lassen jede beliebige Frage zu. Wir sind hier nicht vor Gericht.

»So verhält es sich auch«, sagt Theishen höflich. »Aber dieser Punkt ist sachdienlich.«

»Aha.«

»Wollen Sie also die Frage beantworten?«

»Welche?«

»Die nach dem Tumor.«

»Natürlich. Ich habe einen inoperablen Gehirntumor von der Größe eines Golfballs, und mein Arzt gibt mir höchstens noch zwei Monate.«

Ich kann förmlich die Champagnerkorken unter mir knallen hören. Der Tumor ist bestätigt!

»Stehen Sie im Augenblick unter dem Einfluß irgendeines Medikaments, einer Droge oder von Alkohol?«

»Nein.«

»Besitzen Sie irgendein schmerzstillendes Mittel?«

»Noch nicht.«

Wieder Zadel: »Mr. Phelan, vor drei Monaten hat die Zeitschrift *Forbes* Ihr Nettovermögen mit acht Milliarden Dollar beziffert. Kommt diese Zahl der Wirklichkeit nahe?«

»Seit wann steht *Forbes* für Genauigkeit?«

»Die Angabe entspricht also nicht der Wahrheit?«

»Der Wert meines Vermögens liegt zwischen elf und elfeinhalb, je nach Marktlage.« Ich sage das betont langsam, aber meine Worte klingen scharf, meine Stimme hat Gewicht. Niemand zweifelt daran, daß meine Angabe stimmt.

Flowe beschließt, die Frage nach dem Geld noch ein wenig zu vertiefen. »Mr. Phelan, können Sie ganz allgemein den Aufbau Ihres Unternehmens skizzieren?«

»Ich denke schon.«

»Wollen Sie das tun?«

»Nun ja.« Ich mache eine Pause und lasse sie weiter schwitzen. Stafford hat mir versichert, daß wir nicht ins Detail zu gehen brauchen. Nur ein Gesamtbild, hat er gesagt.

»Die Phelan-Gruppe ist eine privatrechtliche Gesellschaft, in deren Besitz sich siebzig verschiedene Firmen befinden, von denen einige an der Börse notiert werden.«

»Ein wie großer Anteil der Phelan-Gruppe befindet sich in Ihrem Besitz?«

»Etwa siebenundneunzig Prozent. Der Rest gehört einer Handvoll Firmenangehöriger.«

Auch Theishen nimmt jetzt die Fährte auf. Lange hat er dazu nicht gebraucht. »Mr. Phelan, ist Ihr Unternehmen an der Firma Spin Computer beteiligt?«

»Ja«, sage ich langsam, während ich Spin Computer im Dschungel meiner Unternehmungen einzuordnen versuche.

»Wieviel davon besitzen Sie?«

»Achtzig Prozent.«

»Und Spin Computer ist eine Aktiengesellschaft?«

»So ist es.«

Theishen macht sich an einem Stapel amtlich aussehender Papiere zu schaffen, und ich kann von hier aus sehen, daß er den Jahres-Abschlußbericht und einige Vierteljahresberichte vor sich liegen hat, Dokumente, die sich jeder des Lesens und Schreibens halbwegs kundige College-Student beschaffen kann.

»Wann haben Sie Spin erworben?« fragt er.

»Vor etwa vier Jahren.«

»Wieviel haben Sie dafür bezahlt?«

»Zwanzig Dollar pro Aktie, insgesamt dreihundert Millionen.« Eigentlich möchte ich diese Fragen langsamer beantworten, bringe es aber nicht fertig. Ich brenne mit meinen Blicken Löcher in Theishen, so ungeduldig warte ich auf seine nächste Frage.

»Und was ist das Unternehmen jetzt wert?«

»Nun, gestern bei Börsenschluß wurden die Aktien mit dreiundvierzigeinhalb notiert, sie waren gegenüber dem Vortag um einen Punkt zurückgegangen. Seit ich das Unternehmen gekauft habe, ist es zweimal zu einem Aktiensplit gekommen, so daß es inzwischen rund achtfünfzig wert ist.«

»Achthundertfünfzig Millionen?«

»Richtig.«

An dieser Stelle ist die Befragung im großen und ganzen vorüber. Wenn es mir meine geistigen Fähigkeiten erlauben, die gestrigen Schlußkurse an der Aktienbörse mitzubekommen, sind meine Widersacher sicherlich zufrieden. Ich kann schon fast ihr dämliches Grinsen sehen und ihr gedämpftes Hurragebrüll hören. Gut gemacht, Troy, gib ihnen Saures!

Zadel greift in die Vergangenheit zurück. Damit will er wohl die Grenzen meines Gedächtnisses ausloten. »Mr. Phelan, wo sind Sie zur Welt gekommen?«

»In Montclair, im Staat New Jersey.«

»Wann?«

»Am 12. Mai 1918.«

»Wie war der Mädchenname Ihrer Mutter?«

»Shaw.«

»Wann ist sie gestorben?«

»Zwei Tage vor dem Angriff der Japaner auf Pearl Harbor.«

»Und Ihr Vater?«

»Was ist mit dem?«

»Wann ist er gestorben?«

»Das weiß ich nicht. Er hat sich aus dem Staub gemacht, als ich ein kleiner Junge war.«

Zadel sieht zu Flowe hinüber, der auf einem Notizblock eine ganze Reihe Fragen stehen hat. Flowe fragt. »Wer ist Ihre jüngste Tochter?«

»Aus welcher Familie?«

»Äh, der ersten.«

»Das müßte Mary Ross sein.«

»Stimmt –«

»Natürlich stimmt es.«

»Und welches College hat sie besucht?«

»Tulane, in New Orleans.«

»Was hat sie studiert?«

»Irgendwas Mittelalterliches. Dann hat sie schlecht geheiratet, wie die anderen auch. Das Talent dazu haben sie wohl von mir geerbt.« Ich kann richtig sehen, wie sie erstarren und alle Stacheln ausfahren. Und ich kann fast sehen, wie die Anwälte und die derzeitigen Lebensgefährten und/oder Ehepartner ein leichtes Lächeln unterdrücken, weil niemand bestreiten kann, daß ich in der Tat schlecht geheiratet habe.

Und mit meinem Nachwuchs habe ich mich noch schlimmer in die Nesseln gesetzt.

Auf einmal ist Flowe mit dieser Runde fertig. Theishen, der erkennbar ins Geld verliebt ist, fragt: »Besitzen Sie eine Mehrheit am Unternehmen Mountain Com?«

»Ja. Bestimmt haben Sie es da in Ihrem Papierstapel vor sich. Es ist eine Aktiengesellschaft.«

»Wieviel haben Sie ursprünglich investiert?«

»Zehn Millionen Aktien zu rund achtzehn das Stück.«

»Und jetzt ist –«

»Der gestrige Schlußkurs war einundzwanzig. Nach einem Aktientausch und einem Aktiensplit in den letzten sechs Jahren ist das Unternehmen inzwischen rund vierhundert Millionen wert. Ist Ihre Frage damit beantwortet?«

»Ich glaube schon. In wie vielen Aktiengesellschaften besitzen Sie die Anteilsmehrheit?«

»In fünf.«

Flowe sieht zu Zadel hinüber, und ich frage mich, wie lange das noch dauern soll. Mit einem Mal bin ich müde.

»Weitere Fragen?« möchte Stafford wissen. Wir werden die andern auf keinen Fall unter Zeitdruck setzen, weil wir möchten, daß sie mit mir rundum zufrieden sind.

Zadel fragt: »Haben Sie die Absicht, heute eine neue letztwillige Verfügung zu unterzeichnen?«

»Ja.«

»Handelt es sich dabei um die vor Ihnen auf dem Tisch liegenden Papiere?«

»Ja.«

»Haben Sie in diesem Testament einen beträchtlichen Anteil Ihres Vermögens für Ihre Kinder vorgesehen?«

»So ist es.«

»Sind Sie bereit, das Testament jetzt zu unterzeichnen?«

»Ja.«

Zadel legt seinen Stift auf den Tisch, faltet bedächtig die Hände und sieht nachdenklich Stafford an. »Meiner Meinung nach ist Mr. Phelan zur Zeit hinreichend testierfähig, um in gültiger Weise über sein Vermögen zu verfügen.« Er sagt das mit großem Nachdruck, als seien sie sich ihrer Sache aufgrund meiner Vorstellung nicht so recht sicher.

Die beiden anderen stimmen ihm rasch zu. »Ich habe keinen Zweifel, daß er im Vollbesitz seiner geistigen Kräfte ist«, sagt Flowe zu Stafford. »Er scheint mir geradezu unglaublich auf dem Damm zu sein.«

»Irgendwelche Zweifel?« fragt Stafford.

»Nicht die geringsten.«

»Dr. Theishen?«

»Wir wollen uns nichts vormachen. Mr. Phelan weiß genau, was er tut. Sein Verstand ist weit schärfer als unserer.«

Vielen Dank. Das bedeutet mir sehr viel. Ihr seid eine Bande von Psychoheinis, die sich abstrampeln müssen, um hunderttausend im Jahr zu verdienen. Ich habe Milliarden verdient, trotzdem tätschelt ihr mir den Kopf und sagt mir, wie klug ich bin.

»Ihr Votum ist also einstimmig?« fragt Stafford.

»Ja. Absolut.« Sie können gar nicht schnell genug nicken.

Stafford schiebt mir das Testament herüber und gibt mir einen Stift. Ich sage: »Das ist das Testament von Troy L. Phelan, mit dem alle früheren letztwilligen Verfügungen und Testamentsnachträge hinfällig werden.« Der Stapel umfaßt neunzig Seiten, die von Stafford und einem seiner Mitarbeiter aufgesetzt worden sind. Ich verstehe, worum es im großen und ganzen geht, kenne aber nicht alle Einzelheiten. Ich habe sie nicht gelesen und werde es auch nicht tun. Ich blättere nach ganz hinten, kritzele einen Namenszug, den niemand lesen kann, und lege dann erst einmal meine Hände darauf.

Die Geier werden das nie zu sehen bekommen.

»Die Sitzung ist geschlossen«, sagt Stafford, und alle packen rasch zusammen. Gemäß meinen Anweisungen werden die drei Familien aus ihren jeweiligen Räumen geleitet und aufgefordert, das Gebäude zu verlassen.

Eine Kamera bleibt auf mich gerichtet, die Bilder, die sie aufnimmt, sind ausschließlich für das Archiv bestimmt. Die Anwälte und Psychiater verlassen den Raum unverzüglich. Ich fordere Snead auf, sich an den Tisch zu setzen. Stafford und einer seiner Sozii, Durban, bleiben da, sie sitzen ebenfalls. Als wir allein sind, greife ich unter mein Gewand und hole einen Umschlag hervor, den ich öffne. Ich nehme drei Bogen gelbes Stempelpapier heraus und lege sie vor mich auf den Tisch. Nur noch einige Sekunden, und ein leichter Schauer der Furcht durchläuft mich. Das wird mehr Kraft kosten, als ich in Wochen aufgebracht habe.

Stafford, Durban und Snead starren verblüfft auf die gelben Blätter.

»Das ist meine letztwillige Verfügung«, erkläre ich und nehme einen Stift zur Hand. »Ein eigenhändiges Testament, das ich Wort für Wort erst vor wenigen Stunden verfaßt habe. Es trägt das heutige Datum und wird unter diesem Datum von mir unterzeichnet.« Ich kritzele meinen Namen. Stafford ist so baff vor Staunen, daß er kein Wort herausbringt.

»Hiermit widerrufe ich alle früheren Testamente, einschließlich dessen, das ich vor weniger als fünf Minuten unterzeichnet habe.« Ich falte die Blätter und stecke sie wieder in den Umschlag.

Ich beiße die Zähne zusammen und denke daran, wie sehr ich mich danach sehne zu sterben.

Ich schiebe den Umschlag über den Tisch Stafford zu und erhebe mich im selben Augenblick aus dem Rollstuhl. Meine Beine zittern. Mein Herz hämmert. Nur noch Sekunden. Bestimmt werde ich tot sein, bevor ich auf dem Boden lande.

»He!« ruft jemand, vermutlich Snead. Aber ich entferne mich von ihnen.

Der Lahme geht, rennt beinahe an der Reihe von Ledersesseln vorüber, an einem meiner Porträts, einem schlechten Gemälde, das eine meiner Frauen in Auftrag gegeben hat, an allem vorüber, zu den Schiebetüren, die nicht abgeschlossen sind. Ich weiß das, weil ich das Ganze vor ein paar Stunden geprobt habe.

»Halt!« schreit jemand, und jetzt sind sie hinter mir her. Seit einem Jahr hat mich niemand gehen sehen. Ich greife nach der Klinke und öffne die Tür. Die Luft ist bitterkalt. Ich trete barfuß auf die schmale Terrasse im obersten Stockwerk meines Gebäudes. Ohne nach unten zu sehen, stürze ich mich über das Geländer.

DREI

Snead war zwei Schritte hinter Mr. Phelan und nahm eine Sekunde lang an, er werde ihn einholen. Er war so entsetzt gewesen, als er den alten Mann nicht nur aufstehen und gehen, sondern praktisch zur Tür sprinten sah, daß er förmlich erstarrt war. Schon seit Jahren hatte sich Mr. Phelan nicht so schnell bewegt.

Snead erreichte das Geländer gerade noch rechtzeitig, um einen Entsetzensschrei auszustoßen, mußte dann aber hilflos mit ansehen, wie Mr. Phelan lautlos fiel, mit Armen und Beinen um sich schlug und immer kleiner wurde, bis er auf dem Boden aufschlug. Snead krallte sich am Geländer fest, während er ungläubig nach unten sah. Dann begannen ihm die Tränen über das Gesicht zu laufen.

Josh Stafford erreichte die Terrasse einen Schritt hinter Snead und bekam den Sturz zum größten Teil mit. Es geschah so schnell, zumindest der Sprung; der anschließende Sturz in die Tiefe schien eine Stunde zu dauern. Zwar fällt ein Mann von knapp siebzig Kilo in weniger als fünf Sekunden aus einer Höhe von neunzig Metern, aber Stafford erzählte später allen Leuten, der alte Mann habe eine Ewigkeit lang in der Luft geschwebt, wie eine Feder, die im Wind dahintreibt.

Tip Durban, der unmittelbar hinter Stafford das Geländer erreichte, bekam lediglich den Aufprall des Körpers auf der mit Ziegelsteinen gepflasterten Fläche zwischen dem Haupteingang und einer kreisförmigen Auffahrt mit. Aus irgendeinem Grund hielt Durban den Umschlag in der Hand, den er, ohne es zu merken, vom Tisch genommen hatte, während sie dem alten Troy nachsetzten. Er fühlte sich sehr viel schwerer an, als Durban in der beißend kalten Luft dastand und auf eine Szene aus einem Horrorfilm hinabsah, der sich die ersten Zuschauer näherten.

Troy Phelans Sturz verlief nicht so dramatisch, wie er es sich gewünscht hatte. Er flog weder wie ein Engel der Erde entgegen, mit einem vollkommenen Kopfsprung, bei dem das Seidengewand hinter ihm flatterte, noch landete er genau in dem Augenblick tot vor den Augen seiner entsetzten Angehörigen, in dem sie das Gebäude verließen. Lediglich ein untergeordneter Angestellter aus der Lohnbuchhaltung, der nach einer sehr langen Mittagspause in einer Bar über den Parkplatz eilte, wurde Zeuge des Sturzes. Er hörte eine Stimme, hob den Blick zum obersten Stockwerk und sah entsetzt einen blassen, nackten Körper, um dessen Hals etwas wie ein Bettlaken flatterte. Wie nicht anders zu erwarten, landete er mit einem dumpfen Aufschlag auf dem Boden.

Gerade als der Angestellte zu dem Punkt rannte, wo der Körper mit dem Rücken aufgeprallt war, merkte ein Angehöriger des Werkschutzes, daß etwas nicht in Ordnung war, und verließ seinen Posten neben dem Haupteingang des Phelan-Turms. Da weder der Wachmann noch der Angestellte Mr. Troy Phelan je gesehen hatte, wußte keiner von beiden zunächst, wessen blutigen, aberwitzig verdrehten und nackten Leichnam sie da betrachteten, den in Höhe der Arme ein Laken umgab. Mit Sicherheit wußten sie nur, daß der Mann tot war.

Dreißig Sekunden später hätte sich Troys Wunsch erfüllt. Da sich Tira und Ramble im vierten Stock befunden hatten, verließen sie zusammen mit Dr. Theishen und ihrem Aufgebot von Anwälten als erste das Gebäude und erreichten daher auch als erste den Ort des Schreckens. Tira kreischte, nicht aus Schmerz, Liebe oder unter dem Eindruck eines Verlustes, sondern einfach wegen des Schocks, den der Anblick des alten Troy auf den Ziegelsteinen in ihr auslöste. So durchdringend war der Schrei, daß ihn Snead, Stafford und Durban dreizehn Stockwerke höher deutlich hören konnten.

Ramble fand den Anblick ziemlich stark. Da er mit dem Fernsehen aufgewachsen und süchtig nach Video-Spielen war, lockte ihn jede Schreckensszene geradezu magnetisch an. Er löste sich von seiner kreischenden Mutter und kniete sich neben seinen toten Vater. Der Wachmann legte ihm die Hand fest auf die Schulter.

»Das ist Troy Phelan«, sagte einer der Anwälte, während er sich über den Leichnam beugte.

»Sagen Sie bloß«, sagte der Wachmann.

»Ist ja 'n Ding«, sagte der Angestellte.

Weitere Menschen kamen aus dem Gebäude gerannt.

Die nächsten waren Janie, Geena und Cody mit ihrem Psychiater Dr. Flowe und ihren Anwälten. Aus ihrem Mund hörte man keine Schreie, niemand brach zusammen. Sie drängten sich dicht aneinander, hielten Abstand von Tira und ihrer Gruppe und glotzten wie alle anderen zu dem armen Troy hinüber.

Funkgeräte knisterten, als ein weiterer Wachmann eintraf und die Sache in die Hand nahm. Er rief nach einem Rettungswagen.

»Welchen Sinn soll das haben?« fragte der Angestellte aus der Lohnbuchhaltung, der sich in den Vordergrund spielte, weil er als erster am Ort des Geschehens eingetroffen war.

»Wollen Sie ihn etwa in Ihrem eigenen Wagen wegbringen?« fragte der Wachmann.

Ramble sah zu, wie das Blut die Mörtelfugen zwischen den Steinen füllte und in vollkommenen rechten Winkeln ein leichtes Gefälle hinablief, auf einen eingefrorenen Springbrunnen und einen Fahnenmast in der Nähe zu. Ein Aufzug voller Menschen hielt in der Eingangshalle. Die Türen öffneten sich, und Lillian trat mit ihren Kindern und deren Begleitern heraus. Die ganze Gruppe wandte sich nach links einem Nebenausgang entgegen, denn TJ und Rex hatten hinter dem Gebäude geparkt, weil sie sich auskannten: Beide hatten einst ein eigenes Büro in dem Gebäude besessen. Mit einem Mal rief jemand vom Haupteingang des Gebäudes her: »Mr. Phelan ist gesprungen!« Sie änderten ihre Richtung und eilten zum gepflasterten Vorplatz in der Nähe des Springbrunnens, wo sie ihn fanden.

Jetzt brauchten sie doch nicht auf den Gehirntumor zu warten.

Es dauerte rund eine Minute, bis sich Joshua Stafford von seinem Entsetzen erholt hatte und wieder wie ein Anwalt denken konnte. Er wartete, bis die Angehörigen der dritten und letzten Familie unten zu sehen waren, dann bat er Snead und Durban in den Raum zurück.

Snead stellte sich vor die immer noch eingeschaltete Kamera, und nachdem er geschworen hatte, die Wahrheit zu sagen, berichtete er, was er soeben mit angesehen hatte. Dabei mußte er gegen seine Tränen ankämpfen. Stafford öffnete den Umschlag und hielt die gelben Blätter so nahe vor die Kamera, daß die Schrift lesbar war.

»Ich habe gesehen, wie er diese Blätter vor wenigen Sekunden unterschrieben hat«, bestätigte Snead.

»Und erkennen Sie das als seine Unterschrift?« fragte Stafford.

»Ja, ja, das ist sie.«

»Hat er erklärt, daß es sich dabei um seine letztwillige Verfügung handelt?«

»Er hat es als sein Testament bezeichnet.«

Stafford nahm die Blätter wieder an sich, bevor Snead lesen konnte, was darauf stand. Er ließ Durban dieselbe Aussage machen, stellte sich dann selbst vor die Kamera und erklärte, was er zum Ablauf der Ereignisse zu sagen hatte. Die Kamera wurde abgeschaltet, und die drei fuhren nach unten, um Mr. Phelan die letzte Ehre zu erweisen. Der Fahrstuhl war voller Angestellter der Firma, die zwar tief betroffen waren, es sich aber auf keinen Fall entgehen lassen wollten, den Alten ein letztes Mal zu sehen, noch dazu in dieser sonderbaren Situation. Allmählich leerte sich das Gebäude. In einer Ecke hörte man Snead erstickt schluchzen.

Wachmänner hatten die Menge abgedrängt. Man hörte eine Sirene näherkommen. Jemand machte letzte Erinnerungsfotos von Troy Phelan, der in einer Blutlache lag, dann wurde eine schwarze Decke über den Leichnam ausgebreitet.

Bei den Angehörigen überlagerte schon bald leichter Kummer das Entsetzen über den Tod. Gesenkten Hauptes standen sie da, den Blick betrübt auf die Decke gerichtet, und dachten an das, was zu erledigen sein würde. Es war unmöglich, Troy anzusehen und nicht an das viele Geld zu denken. Die Trauer um einen Verwandten, dem man entfremdet ist, hält nicht lange an, wenn man damit rechnen darf, eine halbe Milliarde Dollar zu erben – auch nicht, wenn es der eigene Vater ist.

Bei den Angestellten trat Verwirrung an die Stelle des Entsetzens. Zwar hieß es, er wohne da oben über ihnen, aber kaum jemand hatte ihn je gesehen. Er galt als exzentrisch, verrückt und krank – aber alles gründete sich auf Gerüchte, auch, daß er ein Menschenfeind sei. Wichtige Mitglieder der Unternehmensspitze sahen ihn einmal im Jahr. Wenn die Firma ohne sein Eingreifen so erfolgreich war, durften die Angestellten ihre Arbeitsplätze getrost für sicher halten.

Die Psychiater – Zadel, Flowe und Theishen – sahen sich mit einem Mal in einer beklemmenden Lage. Da erklärt man, jemand sei bei klarem Verstand, und gleich darauf geht er hin und springt in den Tod. Doch auch ein Verrückter hat gelegentlich einen lichten Augenblick – diese rettende Formel wiederholten sie unaufhörlich, während sie inmitten der Menge zitterten. Während so jemand kurzzeitig bei klarem Verstand ist, kann er ohne weiteres ein gültiges Testament errichten. Von dieser Position würden sie auf keinen Fall abrücken. Gott sei Dank war alles auf Band aufgenommen worden. Der alte Troy war ein Fuchs, und er war bei klarem Verstand gewesen.

Und die Anwälte überwanden ihren Schock rasch und ohne Kummer zu empfinden. Mit entschlossener Miene betrachteten sie, neben ihren Mandanten stehend, das klägliche Bild, das sich ihnen bot. Das Honorar würde gewaltig sein.

Ein Rettungswagen fuhr auf die gepflasterte Fläche und blieb in unmittelbarer Nähe des Leichnams stehen. Stafford kroch unter dem Absperrband durch und flüsterte den Wachmännern etwas zu.

Rasch wurde Troy auf eine Bahre geladen und fortgebracht.

Zwanzig Jahre zuvor hatte Troy Phelan seinen Firmensitz in den Norden des Staates Virginia verlegt, um der hohen Besteuerung in New York zu entgehen. Die vierzig Millionen, die er für das Grundstück und das Hochhaus hatte aufwenden müssen, hatte er durch den Wechsel des Firmensitzes nach Virginia mehrfach eingespart.

Den aufstrebenden Washingtoner Anwalt Joshua Stafford hatte er im Zusammenhang mit einem üblen Prozeß kennengelernt, den er verloren hatte. Stafford hatte die Gegenseite vertreten und gewonnen. Troy, der seine Art des Vorgehens und seine Beharrlichkeit bewunderte, hatte ihn fortan mit der Wahrnehmung seiner Interessen beauftragt. Im zurückliegenden Jahrzehnt hatte Stafford die Größe seiner Kanzlei verdoppelt und mit den Einnahmen aus den juristischen Scharmützeln, die er für Troy führte, ein Vermögen gemacht.

Niemand hatte Troy Phelan in seinen letzten Lebensjahren nähergestanden als Josh Stafford. Er kehrte jetzt mit Durban ins Konferenzzimmer im dreizehnten Stock zurück, verschloß die Tür und schickte Snead mit der Anweisung fort, sich hinzulegen.

Vor laufender Kamera öffnete Stafford den Umschlag und entnahm ihm die drei gelben Bogen. Der erste enthielt eine für ihn bestimmte Mitteilung Troys. Er sagte in die Kamera: »Dieser an mich gerichtete handschriftliche Brief Troy Phelans trägt das Datum des heutigen Tages, Montag, 9. Dezember 1996. Er besteht aus fünf Absätzen. Ich lese ihn im Wortlaut vor:

›Lieber Josh, ich bin jetzt tot. Nachstehend meine Anweisungen, die ich Sie genau zu befolgen bitte. Ich möchte, daß meine Wünsche ausgeführt werden. Notfalls müssen Sie vor Gericht gehen, um sie durchzusetzen.

Erstens soll aus Gründen, deren Bedeutung sich später zeigen wird, eine baldige Autopsie durchgeführt werden.

Zweitens will ich keinerlei Beisetzungsfeierlichkeit, Gedenkgottesdienst oder eine ähnliche Veranstaltung. Man soll mich verbrennen und meine Asche aus der Luft über meiner Ranch in Wyoming verstreuen.

Drittens möchte ich, daß der Inhalt meines Testaments bis zum 15. Januar 1997 vertraulich bleibt. Dem Gesetz nach sind Sie nicht verpflichtet, es sogleich offenzulegen. Halten Sie es also einen Monat zurück.

Bis dann. Troy.‹«

Bedächtig legte Stafford das erste Blatt auf den Tisch und nahm das zweite zur Hand. Er überflog es und sagte dann in die Kamera: »Das hier ist ein aus einer Seite bestehendes Dokument, das als Letzter Wille des Troy L. Phelan gekennzeichnet ist. Ich lese es im Wortlaut vor:

›Letztwillige Verfügung von Troy L. Phelan. Ich, Troy L. Phelan, widerrufe hiermit im Vollbesitz meiner geistigen Kräfte nachdrücklich jedes früher von mir abgefaßte Testament sowie alle Nachträge dazu und verfüge über mein Vermögen wie folgt:

Meinen Kindern Troy Phelan jun., Rex Phelan, Libbigail Jeter, Mary Ross Jackman, Geena Strong sowie Ramble Phelan hinterlasse ich einen Geldbetrag, der ausreicht, ihre jeweiligen Schulden in der Höhe zu begleichen, die sie am heutigen Tag aufweisen. Nach dem heutigen Datum anfallende Schulden werden davon nicht gedeckt. Sollte einer der genannten Nachkommen den Versuch unternehmen, dieses Testament anzufechten, entfällt das für ihn vorgesehene Geldgeschenk vollständig.

Meine ehemaligen Ehefrauen Lillian, Janie und Tira bekommen nichts. Sie sind bei der Scheidung jeweils angemessen versorgt worden.

Mein verbleibendes Vermögen hinterlasse ich meiner am 2. November 1954 im katholischen Krankenhaus von New Orleans, Louisiana, geborenen Tochter Rachel Lane. Ihre Mutter, eine Frau namens Evelyn Cunningham, ist zwischenzeitlich verstorben.‹«

Keinen dieser beiden Namen hatte Stafford je gehört. Er mußte Luft holen, bevor er mit dem Vorlesen fortfuhr.

»›Zum Verwalter meines Nachlasses setze ich den Anwalt meines Vertrauens, Josh Stafford, ein und lasse ihm weitgehende Entscheidungsfreiheit in der Frage, wie er dabei vorgeht.

Es handelt sich um ein eigenhändiges Testament, das ich Wort für Wort selbst verfaßt habe und nachstehend unterschreibe.

Unterschrieben am 9. Dezember 1996 um drei Uhr nachmittags von Troy L. Phelan‹.«

Stafford legte das Blatt auf den Tisch und blinzelte in die Kamera. Obwohl er das Bedürfnis hatte, um das Gebäude herumzugehen, sich vielleicht ein wenig von der frischen Luft durchblasen zu lassen, fuhr er fort. Er nahm das dritte Blatt zur Hand und sagte: »Hierbei handelt es sich um eine aus einem Absatz bestehende Mitteilung, die wieder an mich gerichtet ist. Ich lese sie vor: ›Josh: Rachel Lane ist an der Grenze zwischen Brasilien und Bolivien als Missionarin einer Organisation namens World Tribes Missions tätig. Sie arbeitet in einer als Pantanal bezeichneten abgelegenen Gegend unter Indianern. Die nächstgelegene Stadt ist Corumbá. Ich habe seit zwanzig Jahren keine Verbindung zu ihr gehabt und sie auch jetzt nicht auftreiben können. Gezeichnet Troy Phelan‹.«

Durban schaltete die Kamera ab und ging zweimal um den Tisch herum, während Stafford das Dokument immer wieder las.

»Wußten Sie, daß er eine uneheliche Tochter hatte?«

Stafford sah abwesend auf eine Wand. »Nein. Ich habe für Troy elf Testamente aufgesetzt, und er hat sie in keinem von ihnen auch nur einmal erwähnt.«

»Vermutlich dürfte uns das nicht überraschen.«

Stafford hatte häufig gesagt, Troy Phelan könne ihn nicht mehr überraschen. Im Geschäftsleben wie auch in seinen privaten Angelegenheiten war er launisch und sprunghaft gewesen. Obwohl Stafford Millionen damit verdient hatte, sich um diesen Mandanten zu kümmern und brisante Angelegenheiten für ihn zu entschärfen, war er wie vor den Kopf geschlagen. Er war soeben Zeuge eines recht dramatischen Selbstmords geworden, bei dem ein an den Rollstuhl gefesselter Mann mit einem Mal aufgesprungen und losgerannt war. Jetzt hatte er ein gültiges Testament vor sich, das in einigen knappen Absätzen eins der bedeutendsten Vermögen auf der Welt einer unbekannten Erbin hinterließ, ohne den geringsten Hinweis darauf, was mit dem Geld geschehen sollte. Die Erbschaftssteuer würde exorbitant sein.

»Ich brauche was zu trinken, Tip«, sagte er.

»Es ist ein bißchen früh dafür.«

Sie gingen nach nebenan in Phelans Büro, wo sie alles unverschlossen vorfanden. Seine gegenwärtige Sekretärin und alle anderen im dreizehnten Stock Beschäftigten waren noch unten.

Die beiden Männer schlossen die Tür hinter sich ab und gingen eilig daran, alles zu durchsuchen. Offensichtlich hatte Troy damit gerechnet, sonst hätte er nie und nimmer Schubladen und Aktenschränke unverschlossen gelassen, die private Papiere enthielten. Offenbar war ihm klar gewesen, daß Josh sofort handeln würde. In der mittleren Schublade seines Schreibtischs fanden sie einen fünf Wochen zuvor unterschriebenen Vertrag mit einem Krematorium in Alexandria. Darunter lag eine Akte über die World Tribes Missions.

Sie suchten zusammen, was sie tragen konnten, holten dann Snead und veranlaßten ihn, das Büro abzuschließen. »Was steht in dem Testament, dem letzten?« fragte Snead, blaß und mit geschwollenen Augen. Unmöglich konnte Mr. Phelan einfach so sterben, ohne ihm etwas zu hinterlassen, wovon er leben konnte. Immerhin hatte er ihm dreißig Jahre lang treu gedient.

»Das kann ich nicht sagen«, antwortete Stafford. »Ich komme morgen wieder, um alles zu inventarisieren. Lassen Sie keinen Menschen hier rein.«

»Natürlich nicht«, flüsterte Snead und brach erneut in Tränen aus.

Stafford und Durban brachten eine halbe Stunde mit einem Polizeibeamten zu, der routinemäßig gekommen war. Sie zeigten ihm die Stelle, an der Troy über das Geländer geklettert war, nannten ihm die Namen von Zeugen, beschrieben den letzten Brief und das letzte Testament, ohne auf Einzelheiten einzugehen. Sie versprachen ihm eine Kopie des Autopsieberichts. Der Beamte betrachtete den Fall schon als abgeschlossen, bevor er das Gebäude verließ.

Sie fuhren zum Büro des Gerichtsmediziners, wo der Leichnam bereits eingetroffen war, und veranlaßten die Autopsie.

»Wozu soll die dienen?« fragte Durban flüsternd, während sie auf Formulare warteten, die ausgefüllt werden mußten.

»Sie soll den Beweis liefern, daß weder Drogen noch Alkohol im Spiel waren, nichts, was seine geistigen Fähigkeiten hätte beeinträchtigen können. Er hat an alles gedacht.«

Erst kurz vor sechs konnten sie eine Bar im Willard Hotel aufsuchen, das in der Nähe des Weißen Hauses zwei Querstraßen von ihrem Büro entfernt lag. Nach einem kräftigen Schluck brachte Stafford zum ersten Mal ein Lächeln zustande. »Er hat wirklich an alles gedacht, nicht wahr?«

»Er ist sehr grausam«, sagte Durban, tief in Gedanken versunken. Zwar ließen die Auswirkungen des Schocks langsam nach, dafür aber meldete sich die Wirklichkeit zu Wort.

»Sie meinen wohl, er *war* grausam.«

»Nein, Troy ist noch immer da. Er bestimmt nach wie vor die Regeln, nach denen gespielt wird.«

»Können Sie sich vorstellen, wieviel Geld diese Dummköpfe im nächsten Monat ausgeben werden?«

»Es kommt mir wie ein Verbrechen vor, es ihnen nicht zu sagen.«

»Wir dürfen nicht. Wir haben unsere Anweisungen.«

Angesichts der Tatsache, daß es sich um Anwälte handelte, deren Mandanten nur selten miteinander sprachen, war die Sitzung ein seltener Fall von Kooperationsbereitschaft. Das ausgeprägteste Ego im Raum gehörte Hark Gettys, einem auf Prozesse geradezu erpichten Anwalt, der seit mehreren Jahren Rex Phelan vertrat. Hark hatte diese Sitzung einberufen, kurz nachdem er in seine Kanzlei an der Massachusetts Avenue zurückgekehrt war. Er hatte sogar TJs und Libbigails Anwälten seinen Vorschlag zugeflüstert, während sie zusahen, wie man den Alten in den Rettungswagen lud.

Der Einfall war so gut, daß seine Kollegen nichts dagegen vorbringen konnten. Gemeinsam mit Flowe, Zadel und Theishen trafen sie nach fünf Uhr in Gettys Kanzlei ein. Ein Gerichtsstenograph und zwei Videokameras warteten bereits.

Verständlicherweise machte sie der Selbstmord nervös. Die drei Psychiater wurden einzeln beiseite genommen und ausführlich über alles befragt, was sie an Mr. Phelan unmittelbar vor seinem Ende wahrgenommen hatten.

Keiner der drei hatte den geringsten Zweifel daran, daß er genau gewußt hatte, was er tat, daß er bei klarem Verstand und mehr als nur testierfähig gewesen war. Sie wiesen mit Nachdruck darauf hin, daß man nicht verrückt zu sein braucht, um sich das Leben zu nehmen.

Als alle dreizehn Anwälte jede nur denkbare Meinung aus den Anwesenden herausgefragt hatten, beendete Gettys die Sitzung. Es war fast acht Uhr abends.

VIER

Forbes Magazine hatte Troy Phelan als zehntreichsten Amerikaner bezeichnet. Sein Tod war auf jeden Fall ein berichtenswertes Ereignis; die Art und Weise, wie er gestorben war, machte es zur Sensation.

Auf der Straße vor Lillians Villa in Falls Church wartete eine Schar Reporter darauf, daß sich ein Sprecher der Familie zu der Angelegenheit äußerte. Sie filmten Bekannte und Nachbarn, die kamen und gingen, und stellten ihnen allgemeine Fragen über die Familie.

Im Innern des Hauses hatten sich Phelans vier älteste Nachkommen mit ihren Ehepartnern und Kindern versammelt, um Beileidsbekundungen entgegenzunehmen. Die Stimmung war gedämpft, solange sich Außenstehende in der Nähe befanden. Als sie fort waren, änderte sich die Stimmung schlagartig. Da auch Troys Enkel anwesend waren – insgesamt elf –, sahen sich TJ, Rex, Libbigail und Mary Ross gezwungen, ihre Hochstimmung zumindest ansatzweise zu unterdrücken. Es fiel ihnen schwer. Erlesene Weine und Champagner flossen in Strömen. Der alte Troy würde ja wohl nicht wollen, daß sie vor Kummer vergingen, oder? Die älteren Enkel tranken mehr als ihre Eltern.

Ein Fernsehgerät im Wohnzimmer war auf CNN geschaltet, und alle halbe Stunde kamen sie zusammen, um die letzten Meldungen über Troys dramatischen Tod zu verfolgen. Ein Finanzkorrespondent äußerte sich zehn Minuten lang über Phelans gewaltiges Vermögen, und alle lächelten.

Lillian bewahrte Haltung und lieferte eine recht glaubwürdige Vorstellung in der Rolle der bekümmerten Witwe ab. Morgen würde sie sich um die Einzelheiten der Beisetzung kümmern.

Hark Gettys kam gegen zehn und erklärte den Versammelten, daß er mit Josh Stafford gesprochen habe. Es werde weder eine Beisetzung noch irgendeine andere Feier geben; nach einer Autopsie werde man den Verstorbenen einäschern und die Überreste verstreuen. So habe dieser es schriftlich verlangt, und Stafford sei bereit, notfalls vor Gericht zu ziehen, um den Wünschen seines Mandanten Geltung zu verschaffen.

Zwar war es Lillian und ihren Kindern ziemlich gleichgültig, was mit Troy geschah, doch erhoben sie Einwände und redeten auf Gettys ein. Es sei nicht recht, dem Toten seine Gedenkfeier zu verweigern. Libbigail brachte sogar ein winziges Tränchen und eine brechende Stimme zustande.

»Ich an Ihrer Stelle würde nicht dagegen angehen«, riet ihnen Gettys mit Nachdruck. »Mr. Phelan hat das unmittelbar vor seinem Tod schriftlich festgelegt, und die Gerichte werden seinen Willen achten.«

Sie fügten sich rasch. Es war sinnlos, einen Haufen Zeit und Geld für ein Gerichtsverfahren aufzuwenden, und ebenso sinnlos war es, die Trauer in die Länge zu ziehen. Warum die Sache verschlimmern? Troy hatte immer schon seinen Kopf durchgesetzt, und wer von ihnen versucht hatte, sich mit Josh Stafford anzulegen, hatte sich eine blutige Nase geholt.

»Wir werden uns seinen Wünschen fügen«, sagte Lillian, und die anderen vier nickten traurig dazu.

Die Frage nach dem Inhalt des Testaments und wann sie es sehen könnten, wurde nicht angesprochen, brodelte aber dicht unter der Oberfläche. Am besten war es, noch einige Stunden lang zu trauern, wie es sich gehörte, dann konnte man sich dem Geschäftlichen zuwenden. Da es weder Totenwache noch Beisetzungsfeierlichkeiten geben würde, konnten sie unter Umständen schon am nächsten Tag zusammenkommen und über den Nachlaß reden.

»Wozu eigentlich die Autopsie?« fragte Rex.

»Ich habe nicht die geringste Ahnung«, erwiderte Gettys. »Stafford hat gesagt, daß das schriftlich festgelegt ist, aber was dahintersteckt, weiß er selbst nicht genau.«

Gettys ging, und sie tranken weiter. Da keine Besucher mehr kamen, legte sich Lillian schlafen. Libbigail und Mary Ross brachen mit ihren Kindern auf. TJ und Rex gingen ins Billardzimmer im Keller, wo sie die Tür hinter sich abschlossen und auf Whisky umstiegen. Um Mitternacht stießen sie stockbetrunken die Billardkugeln über den Tisch und feierten ihren unermeßlichen neuen Reichtum.

Am Tag nach Mr. Phelans Tod stand Josh Stafford um acht Uhr vor den besorgten Direktoren der Phelan-Gruppe. Mr. Phelan hatte ihn zwei Jahre zuvor in den Vorstand des Unternehmens berufen, doch diese Rolle gefiel ihm nicht.

In den vergangenen sechs Jahren hatte das Unternehmen ohne größere Mitwirkung seines Gründers ordentliche Gewinne abgeworfen. Aus irgendeinem Grund, vermutlich altersbedingter Depression, hatte Troy jegliches Interesse an den mit seinem Imperium verbundenen Alltagsgeschäften verloren. Es genügte ihm, die Märkte und die Gewinnberichte im Auge zu behalten.

Vorstandssprecher war Pat Solomon, ein Mann, den Troy fast zwanzig Jahre zuvor eingestellt hatte und der seither im Unternehmen aufgestiegen war. Als Stafford hereinkam, war er ebenso unruhig wie die sieben anderen Mitglieder der Firmenleitung.

Gründe zur Unruhe gab es reichlich. Im Unternehmen waren zahlreiche phantasievolle Gerüchte um Troys Nachkommen und seine Frauen im Umlauf. Die leiseste Andeutung, die Firmengruppe könne auf irgendeine Weise diesen Leuten in die Hände fallen, hätte jeden Unternehmensvorstand in Angst und Schrecken versetzt.

Als erstes gab Josh Mr. Phelans Wünsche hinsichtlich seiner Bestattung bekannt. »Es wird keine Beisetzungsfeier geben«, sagte er ernst. »Offen gestanden werden Sie keine Möglichkeit haben, ihm die letzte Ehre zu erweisen.«

Sie nahmen das wortlos zur Kenntnis. Beim Tod eines normalen Sterblichen hätte man eine solche Haltung sonderbar gefunden, doch von Troy noch überrascht zu werden war schwierig.

»Wer bekommt die Verfügungsgewalt über die Firmengruppe?« fragte Solomon.

»Das kann ich jetzt noch nicht sagen«, erwiderte Stafford. Ihm war klar, wie unbefriedigend die Antwort war und daß sie wie eine Ausflucht wirkte. »Troy hat, wenige Augenblicke bevor er gesprungen ist, ein Testament unterschrieben und mich angewiesen, dessen Inhalt eine gewisse Zeit für mich zu behalten. Ich darf mich unter keinen Umständen darüber äußern, jedenfalls nicht im Moment.«

»Wann?«

»Bald, aber nicht jetzt.«

»Heißt das, es bleibt alles beim alten?«

»So ist es. Die Zusammensetzung des Vorstands ändert sich nicht; jeder behält seinen Arbeitsplatz. Im Unternehmen geht alles seinen gewohnten Gang.«

Das klang zwar gut, aber niemand glaubte es. Ein Eigentümerwechsel stand bevor. Troy hatte nie viel von Mitbestimmung gehalten. Er zahlte seinen Leuten ordentliche Gehälter, war aber nicht bereit gewesen, wie viele andere Unternehmen Belegschaftsaktien auszugeben. Etwa drei Prozent der Aktien befanden sich in den Händen einiger seiner bevorzugten Mitarbeiter.

Sie stritten sich eine Stunde lang über den Wortlaut einer Presseerklärung, dann vertagten sie sich auf den nächsten Monat.

Stafford traf Tip Durban im Foyer, und sie fuhren gemeinsam zum Gerichtsmediziner in McLean. Die Autopsie war beendet.

Die Todesursache war offenkundig. Es gab keinerlei Hinweise auf Alkohol oder irgendwelche Drogen.

Und es gab keinen Tumor. Keine Spur von Krebs. Troy war zum Zeitpunkt seines Todes in guter körperlicher Verfassung gewesen, nur ein wenig unterernährt.

Während sie auf der Roosevelt-Brücke den Potomac überquerten, brach Tip das Schweigen. »Hat er Ihnen gesagt, daß er einen Gehirntumor hatte?«

»Ja. Mehrfach.« Stafford fuhr, ohne groß auf Brücken, Straßen oder den Verkehr zu achten. Welche Überraschungen hielt Troy noch für sie bereit?

»Warum hat er gelogen?«

»Wer weiß? Sie versuchen das Denken eines Mannes zu analysieren, der vor kurzem von einem Hochhaus heruntergesprungen ist. Der Gehirntumor hat alles schrecklich dringend gemacht. Jeder, auch ich, war überzeugt, daß sein Tod unmittelbar bevorstand. Sein Zustand ließ es als großartigen Einfall erscheinen, die Psychiater hinzuzuziehen. Er hat die Falle gestellt, seine Verwandten sind hineingerannt, und jetzt schwören ihre eigenen Psychiater Stein und Bein, daß Troy bei völlig klarem Verstand war. Außerdem wollte er Mitgefühl.«

»Aber er war doch verrückt, oder nicht? Schließlich ist er gesprungen.«

»Troy war in vieler Hinsicht komisch, aber er hat genau gewußt, was er tat.«

»Und warum ist er dann gesprungen?«

»Weil er depressiv war. Ein sehr einsamer alter Mann.«

Während sie im dichten Verkehr auf der Constitution Avenue festsaßen und auf die Rücklichter vor ihnen starrten, versuchten sie den Fall zu durchdenken.

»Das riecht nach Betrug«, sagte Durban. »Er lockt sie mit der Aussicht auf Geld; er stellt ihre Psychiater zufrieden und unterschreibt dann in letzter Sekunde ein Testament, das ihnen so gut wie nichts hinterläßt.«

»Stimmt, das ist betrügerisch. Aber hier geht es um ein Testament und nicht um einen Vertrag. Ein Testament ist ein Geschenk. Niemand ist nach den Gesetzen des Staates Virginia verpflichtet, seinen Kindern auch nur einen roten Heller zu hinterlassen.«

»Aber sie werden das Testament anfechten, oder nicht?«

»Wahrscheinlich. Sie haben einen ganzen Haufen Anwälte. Es geht um zuviel Geld.«

»Warum hat er sie nur so sehr gehaßt?«

»In seinen Augen waren sie Blutsauger. Sie haben ihn belästigt. Sie haben mit ihm gestritten. Sie haben in ihrem Leben keinen Cent auf ehrliche Weise verdient und so manche seiner Millionen zum Fenster rausgeworfen. Troy hatte nie die Absicht, ihnen etwas zu hinterlassen. Wer Millionen verschwenden konnte, nahm er an, würde auch mit Milliarden keine Probleme haben. Und damit hatte er recht.«

»Wieviel Schuld hatte er an den Streitigkeiten in der Familie?«

»'ne ganze Menge. Troy zu lieben war nicht einfach. Er hat mir mal gesagt, er sei ein schlechter Vater und ein katastrophaler Ehemann gewesen. Er konnte seine Finger nicht von den Frauen lassen, zumal wenn sie für ihn arbeiteten. Er war überzeugt, sie gehörten ihm.«

»Ich erinnere mich an einige Fälle, in denen man ihm sexuelle Belästigung vorgeworfen hat.«

»Die haben wir stillschweigend aus der Welt geschafft. Das hat ein Heidengeld gekostet. Troy wollte den damit verbundenen Ärger vermeiden.«

»Meinen Sie, daß es noch mehr unbekannte Erben gibt?«

»Das bezweifle ich. Aber was weiß ich schon? Ich hätte nie geglaubt, daß da noch eine Erbin auftaucht, und der Gedanke, daß er ihr alles hinterlassen hat, ist mir völlig unverständlich. Troy und ich haben stundenlang über seinen Nachlaß gesprochen und darüber, wie er aufgeteilt werden soll.«

»Wie können wir die Frau finden?«

»Keine Ahnung. Darüber habe ich noch nicht nachgedacht.«

Als Josh Stafford zurückkehrte, herrschte in seiner Kanzlei, die nach Washingtoner Maßstäben mit ihren sechzig Anwälten nicht besonders groß war, hektische Betriebsamkeit. Josh war der Gründer und Seniorpartner, und Tip Durban und vier weitere Anwälte waren Partner, was bedeutete, daß Josh ihnen gelegentlich zuhörte und sie am Gewinn beteiligte. Dreißig Jahre lang war die Kanzlei vor keinem Prozeß zurückgeschreckt, doch als Josh auf die Sechzig zuging, verbrachte er weniger Zeit in Gerichtssälen und mehr hinter seinem mit Papieren überhäuften Schreibtisch. Er hätte hundert Anwälte beschäftigen können, wenn er als Mandanten die in Washington übliche Klientel aus früheren Senatoren, Lobbyisten und Beratern von Aufsichtsbehörden gewollt hätte. Josh aber zog Prozesse und Gerichtssäle vor und stellte ausschließlich solche jungen Kollegen ein, die zumindest in zehn Prozessen vor einem Geschworenengericht plädiert hatten.

Ein Prozeßanwalt hält im Schnitt fünfundzwanzig Jahre lang durch. Dann sorgt gewöhnlich der erste Herzinfarkt dafür, daß er kürzer tritt, um den zweiten so lange wie möglich hinauszuschieben. Damit, daß er Ordnung in das verworrene Geflecht von Mr. Phelans Rechtsgeschäften gebracht hatte – Auslegungsfragen im Zusammenhang mit dem Wertpapiergesetz, Kartellklagen, Personalfragen, Firmenzusammenschlüsse und Dutzende persönlicher Angelegenheiten –, war Josh vorzeitigem Verschleiß aus dem Weg gegangen.

Drei Arbeitsgruppen von Anwälten warteten im Vorzimmer seines großen Büros. Zwei Sekretärinnen schoben ihm Memoranden und Telefonnotizen zu, während er den Mantel auszog und sich hinter den Schreibtisch setzte. »Was ist am dringendsten?« fragte er.

»Ich glaube, das hier«, sagte eine Sekretärin.

Es war eine Telefonnotiz über einen Anruf von Hark Gettys, einem Kollegen, mit dem Josh im letzten Monat mindestens dreimal wöchentlich gesprochen hatte. Er wählte Harks Nummer und hatte ihn sofort am Apparat. Nach dem üblichen Austausch der Höflichkeiten kam Hark gleich zur Sache.

»Hören Sie, Josh, Sie können sich bestimmt vorstellen, wie mir die Familie die Hölle heiß macht.«

»Aber ja.«

»Sie wollen das verdammte Testament sehen. Oder zumindest wissen, was drinsteht.«

Die nächsten Sätze würden entscheidend sein, und Josh hatte sie sich sorgfältig zurechtgelegt. »Nicht so schnell, Hark.«

Nach einer sehr kurzen Pause kam die Frage: »Warum? Stimmt was nicht?«

»Der Selbstmord macht mir Sorgen.«

»Was wollen Sie damit sagen?«

»Sehen Sie mal, Hark, wie kann jemand bei klarem Verstand sein, der Sekunden später in den Tod springt?«

Harks nervöse Stimme stieg um eine Oktave, und seine Worte verrieten eine immer größere Unruhe. »Aber Sie haben selbst gehört, was unsere Psychiater sagen. Zum Kuckuck, das ist doch alles auf Band festgehalten.«

»Und bleiben die drei trotz des Selbstmords bei ihrer Überzeugung?«

»Ja, verdammt und zugenäht!«

»Können Sie das beweisen? Ich bin auf Ihre Hilfe angewiesen, Hark.«

»Josh, wir haben uns gestern abend unsere drei Seelenbohrer noch einmal vorgenommen. Wir haben nicht lockergelassen, und sie sagen, daß sie eisern bei dem bleiben, was sie festgestellt haben. Jeder von ihnen hat eine eidesstattliche Erklärung unterschrieben, einen acht Seiten langen Schriftsatz, in dem sie bestätigen, daß Mr. Phelan bei klarem Verstand war.«

»Kann ich die Schriftsätze sehen?«

»Ich schick sie gleich mit Kurier rüber.«

»Bitte tun Sie das.« Josh legte auf und lächelte vor sich hin. Die jungen Mitarbeiter wurden hereingeführt, drei Arbeitsgruppen aufgeweckter und furchtloser Anwälte. Sie nahmen an einem Mahagonitisch in einer Ecke des Raumes Platz.

Josh begann damit, daß er den Inhalt von Troys eigenhändigem Testament und die juristischen Schwierigkeiten kurz zusammenfaßte, die vermutlich zu erwarten waren. Der ersten Arbeitsgruppe gab er den Auftrag, die Frage von Troys Testierfähigkeit zu klären. Er machte sich Sorgen wegen des zeitlichen Abstandes zwischen Zurechnungsfähigkeit und Unzurechnungsfähigkeit. Die Leute sollten Analysen aller Fälle beschaffen, die auch nur entfernt mit der Erstellung eines Testaments durch einen Menschen zu tun hatten, der als verrückt galt.

Die zweite Gruppe bekam den Auftrag, sich um alles zu kümmern, was mit eigenhändigen Testamenten zu tun hatte, insbesondere um die besten Möglichkeiten, sie anzufechten, und auf dem Klagewege vorgebrachte Ansprüche abzuweisen.

Als er mit der dritten Gruppe allein war, entspannte er sich und setzte sich gleichfalls. Sie hatten Glück, denn sie würden nicht die nächsten drei Tage in Bibliotheken verbringen müssen. »Sie sollen eine Frau suchen, von der ich annehme, daß sie nicht gefunden werden möchte.«

Er teilte ihnen mit, was er über Rachel Lane wußte. Viel war es nicht. In der Akte aus Troys Schreibtisch stand nur wenig über sie.

»Erstens, versuchen Sie festzustellen, um was für einen Verein es sich bei World Tribes Missions handelt. Wie arbeiten die Leute? Nach welchen Kriterien wählen sie ihre Mitarbeiter aus? Wohin schicken sie die? Alles. Zweitens, hier in Washington gibt es ein paar ausgezeichnete Privatdetektive. Normalerweise sind das frühere Mitarbeiter des FBI, die sich darauf spezialisiert haben, vermißte Personen aufzuspüren. Suchen Sie die beiden besten davon aus, wir treffen dann morgen eine Entscheidung. Drittens, Rachels Mutter hieß Evelyn Cunningham, sie lebt nicht mehr. Wir brauchen möglichst viele biographische Angaben über die Frau. Vermutlich hatte sie mit Mr. Phelan eine Affäre, deren Ergebnis das Kind ist.«

»Vermutlich?« fragte einer der Mitarbeiter.

»Ja. Wir setzen nichts als gegeben voraus.«

Er ließ sie gehen und suchte den Raum auf, in dem Tip Durban eine kleine Pressekonferenz arrangiert hatte. Keine Fernsehkameras, zugelassen waren nur die Printmedien. Erwartungsvoll saß ein Dutzend Journalisten um einen Tisch voller Aufzeichnungsgeräte und Mikrophone. Sie vertraten große Tageszeitungen und angesehene Finanzzeitschriften.

Die ersten Fragen wurden gestellt. Ja, es gebe ein Testament, das im letzten Augenblick vorgelegt worden sei, aber man könne noch nichts über den Inhalt sagen. Ja, es habe eine Autopsie stattgefunden, aber man könne noch nicht darüber sprechen. Das Unternehmen arbeite weiter wie bisher. Man könne sich noch nicht zu der Frage äußern, wer die neuen Eigentümer sein würden.

Niemand war überrascht, als sich herausstellte, daß die Familien im Laufe des Tages bereits privat mit Reportern gesprochen hatten.

»Man hört gerüchtweise, daß Mr. Phelan in seinem Testament sein ganzes Vermögen unter seinen sechs Kindern aufgeteilt hat. Können Sie das bestätigen oder verneinen?«

»Weder noch. Es ist einfach ein Gerücht.«

»Hat er nicht an einer Krebserkrankung im Endstadium gelitten?«

»Um diese Frage zu beantworten, müßte ich über die Autopsie sprechen, und das kann ich nicht.«

»Wir haben gehört, daß ihn eine Gruppe von Psychiatern kurz vor seinem Tod befragt und anschließend erklärt hat, daß er bei klarem Verstand war. Können Sie das bestätigen?«

»Ja«, sagte Stafford. »Das entspricht der Wahrheit.« Die nächsten zwanzig Minuten verbrachten die Journalisten damit, ihn nach Einzelheiten über die Befragung auszuhorchen. Josh hielt ihnen stand und räumte lediglich ein, daß Mr. Phelan »allem Anschein nach« bei klarem Verstand gewesen war.

Die Vertreter der Finanzzeitschriften wollten Zahlen. Man wußte nicht viel über die Phelan-Gruppe, da sie als Unternehmen privaten Rechts nicht der Publizitätspflicht unterlag und mit Informationen nach außen stets gegeizt hatte. Jetzt witterten die Journalisten die Gelegenheit, einen Fuß in die Tür zu bekommen. Doch von Josh erfuhren sie nicht viel.

Nach einer Stunde entschuldigte er sich und kehrte in sein Büro zurück, wo ihm eine Sekretärin mitteilte, daß das Krematorium angerufen habe. Mr. Phelans sterbliche Überreste konnten abgeholt werden.

FÜNF

TJ pflegte seinen Kater vom Vorabend bis gegen Mittag, trank dann ein Bier und beschloß, daß es an der Zeit sei, seine Muskeln spielen zu lassen. Er rief seinen Haupt-Anwalt an, um sich nach dem neuesten Stand der Dinge zu erkundigen. Dieser riet ihm zur Geduld. »Es wird ein Weilchen dauern, TJ«, sagte er.

»Ich bin aber nicht in der Stimmung zu warten«, knurrte TJ. Sein Schädel brummte entsetzlich.

»Nur ein paar Tage.«

Er knallte den Hörer auf die Gabel und ging nach hinten in seine schmuddelige Eigentumswohnung. Glücklicherweise war seine Frau, die dreißigjährige Biff, deren zwei Kinder bei ihrem Ex-Ehemann lebten, nicht zu sehen. Sie arbeitete als Immobilienmaklerin und verkaufte reizende Einsteigerhäuser an Jungverheiratete. Heute hatten sie sich schon dreimal gestritten, und dabei war es kaum Mittag. Vielleicht war sie einkaufen gegangen, einen Teil seines neuen Reichtums verjubeln. Jetzt machte ihm ihre Kaufsucht nichts mehr aus.

»Der alte Bock ist tot«, sagte er laut vor sich hin. Niemand konnte ihn hören. Seine beiden Kinder aus der vorigen Ehe waren im College. Für ihre Ausbildung kam Lillian auf, die noch immer einen Teil des Geldes besaß, das sie Troy bei der Scheidung vor Jahrzehnten abgeknöpft hatte.

TJ machte sich noch ein Bier auf und betrachtete sich im bis zum Boden reichenden Spiegel in der Diele. »Troy Phelan jun.«, sagte er mit Betonung. »Sohn Troy Phelans, des mit elf Milliarden netto zehntreichsten Mannes in Amerika, inzwischen verstorben, betrauert von seinen liebenden Ehefrauen und Kindern, die ihn nach der gerichtlichen Testamentseröffnung alle noch mehr lieben werden. Jawohl!«

Er entschied sich, ab sofort den Spitznamen TJ aufzugeben und künftig als Troy Phelan jun. durchs Leben zu gehen. Dieser Name hatte Zauberkraft.

In der Wohnung hing ein sonderbarer Geruch, weil Biff nicht bereit war, sich um den Haushalt zu kümmern. Sie beschäftigte sich zuviel mit ihren Mobiltelefonen. Alle möglichen Gegenstände waren auf dem Fußboden verstreut, aber die Wände waren kahl. Das Mobiliar stammte von einer Leasingfirma, die Anwälte eingeschaltet hatte, um alles zurückzuholen. Er trat gegen ein Sofa und schrie: »Kommt schon und holt den Scheiß hier ab! Ich laß mir jetzt Innenarchitekten kommen.«

Am liebsten hätte er die Wohnung abgefackelt. Vielleicht würde er nach ein oder zwei weiteren Dosen Bier anfangen, mit Streichhölzern herumzuspielen.

Er zog seinen besten Anzug an, den grauen, den er am Vortag getragen hatte, als sich der Liebe Alte Papa den Psychiatern gestellt und sich so großartig gehalten hatte. Da keine Beisetzungsfeier vorgesehen war, brauchte er sich auch keinen schwarzen Anzug zu kaufen. »Armani, ich komme!« pfiff er munter, während er den Reißverschluß seiner Hose hochzog.

Immerhin fuhr er einen BMW. Schon möglich, daß er auf einer Müllkippe wohnte, doch davon bekam die Welt nichts zu sehen. Wohl aber sah sie sein Auto, weshalb er sich jeden Monat die größte Mühe gab, die 680 Dollar für die Leasingrate zusammenzukratzen. Er verfluchte die Wohnung, als er auf dem Parkplatz zurücksetzte. Es war eine von achtzig neuen Einheiten, die in einem Neubaugebiet außerhalb von Manassas um einen flachen Gartenteich herum angelegt worden waren.

In seiner Jugend war es ihm besser gegangen. Während der ersten zwanzig Jahre hatte er ein angenehmes Leben im Luxus geführt und dann seinen Anteil ausgezahlt bekommen. Aber die fünf Millionen waren dahin gewesen, bevor er dreißig war, und sein Vater hatte ihn deswegen verachtet.

Immer wieder war es zu heftigen Auseinandersetzungen zwischen ihnen gekommen. Er hatte mehrere Jobs innerhalb der Phelan-Gruppe gehabt, und alle hatten mit einer Katastrophe geendet. Mehrfach hatte ihm der Alte den Stuhl vor die Tür gesetzt. Wann immer sein Vater sich an ein risikoreiches Vorhaben gemacht hatte, waren zwei Jahre später Millionen dabei herausgekommen, während am Ende von Juniors Einfällen Bankrott und gerichtliche Auseinandersetzungen standen.

In den letzten Jahren hatten die Streitigkeiten fast aufgehört. Da sich keiner von beiden ändern konnte, ignorierten sie einander einfach. Aber nach dem Auftreten des Tumors hatte TJ seine Hand wieder ausgestreckt.

Was für eine Villa er sich bauen lassen würde! Er wußte auch schon, von wem. Eine japanische Architektin aus Manhattan, von der er in einem Lifestyle-Magazin gelesen hatte. Wahrscheinlich würde er im Laufe des nächsten Jahres nach Malibu, Aspen oder Palm Beach ziehen, wo er das Geld zur Schau stellen konnte und man ihn ernst nehmen würde.

»Was macht man mit einer halben Milliarde Dollar?« fragte er sich, während sein Wagen auf der Schnellstraße dahinschoß. »Fünfhundert Millionen Dollar steuerfrei.« Er lachte.

Ein Bekannter leitete die BMW- und Porsche-Vertretung, bei der er seinen Wagen geleast hatte. Mit selbstgefälligem Lächeln stolzierte Junior wie Graf Rotz in den Ausstellungsraum. Er könnte den ganzen verdammten Laden aufkaufen, wenn ihm danach war. Auf dem Schreibtisch eines der Verkäufer sah er die Morgenzeitung: eine hübsche fette Schlagzeile über den Tod seines Vaters. Er empfand nicht die Spur von Trauer.

Der Geschäftsführer, Dickie, stürzte aus seinem Büro und sagte: »TJ, mein herzliches Beileid.«

»Danke«, sagte Troy Junior und legte sein Gesicht einen Augenblick lang in betrübte Falten. »Es ist besser so für ihn.«

»Trotzdem, noch mal herzliches Beileid.«

»Schon gut.« Sie traten in Dickies Büro und schlossen die Tür.

Dickie sagte: »In der Zeitung steht, daß er unmittelbar vor seinem Tod ein Testament unterschrieben hat. Stimmt das?«

Troy Junior blätterte bereits in den bunten Hochglanzbroschüren mit den neuesten Modellen. »Ja. Ich war dabei. Er hat seinen Nachlaß durch sechs geteilt, ein Anteil für jeden von uns.« Er sagte das ganz beiläufig, ohne den Blick zu heben, als könne er bereits über das Geld verfügen und als sei es ihm schon zur Last geworden.

Dickie riß den Mund auf und setzte sich auf seinen Sessel. Sollte sein Kunde mit einem Mal in unermeßlichem Reichtum schwimmen? War dieser nichtsnutzige TJ Phelan etwa mit einem Schlag Milliardär? Wie alle anderen, die ihn kannten, hatte Dickie angenommen, der Alte hätte ihn auf alle Zeiten von finanziellen Zuwendungen ausgeschlossen.

»Biff hätte gern einen Porsche«, sagte Troy Junior, der nach wie vor in den Prospekten blätterte. »'nen roten Neunelfer Carrera Turbo, mit Klappverdeck und Hardtop.«

»Wann?«

Troy Junior blitzte ihn entrüstet an. »Sofort.«

»Kein Problem, TJ. Und was ist mit der Bezahlung?«

»Ich zahle den zusammen mit meinem schwarzen, auch 'nen Neunelfer. Was kosten die?«

»Um die neunzigtausend pro.«

»Ist in Ordnung. Wann können wir sie abholen?«

»Ich muß sie erst besorgen. Das kann ein oder zwei Tage dauern. Bar?«

»Natürlich.«

»Wann kriegen Sie denn das Geld?«

»In etwa einem Monat. Aber die Autos will ich gleich.«

Dickie hielt die Luft an und zuckte zusammen. »Ich kann aber keine zwei neuen Autos ohne irgendeine Art von Bezahlung rausrücken.«

»Schön. Dann seh ich mich bei der Konkurrenz um. Biff wollte sowieso schon immer 'nen Jaguar haben.«

»Nicht so hastig, TJ.«

»Ich könnte diesen ganzen Laden hier kaufen. Ich könnte in jede beliebige Bank gehen und zehn oder zwanzig Millionen verlangen oder wieviel auch immer nötig ist, den Schuppen hier aufzukaufen, und die würden mir das Geld liebend gern auf zwei Monate geben. Verstehen Sie das?«

Dickie nickte, seine Augen zu schmalen Schlitzen zusammengezogen. Doch, er verstand durchaus. »Wieviel hat er Ihnen hinterlassen?«

»So viel, daß ich auch die Bank kaufen könnte. Krieg ich jetzt die Autos oder muß ich ein Haus weiter gehen?«

»Ich muß sie erst auftreiben.«

»Kluger Junge«, sagte TJ. »Machen Sie Dampf dahinter. Ich melde mich heute nachmittag. Nun rufen Sie schon an.« Er warf die Prospekte auf Dickies Schreibtisch und verließ das Büro.

Rambles Trauer äußerte sich darin, daß er sich den ganzen Tag über in seiner Bude im Keller einschloß, Marihuana rauchte, Rapmusik hörte und sich nicht im geringsten darum kümmerte, wer an die Tür klopfte oder anrief. Seine Mutter hatte ihm wegen der Familientragödie erlaubt, der Schule für den Rest der Woche fernzubleiben. Wenn sie nicht völlig ahnungslos gewesen wäre, hätte sie gewußt, daß man ihn dort schon einen Monat nicht mehr gesehen hatte.

Am Vortag hatte ihm sein Anwalt auf der Rückfahrt vom Phelan-Hochhaus erklärt, das Geld werde treuhänderisch verwaltet, bis er entweder achtzehn oder einundzwanzig Jahre alt sei, je nach den Bedingungen des Testaments. Zwar könne er zur Zeit nicht an das Kapital heran, werde aber sicherlich bis dahin ein großzügiges Taschengeld bekommen.

Sein Traum war es, eine Musikgruppe zu gründen, alternativer Rock mit starken Rap-Einflüssen, etwas völlig Neues. Er war schon dabei, es zu erfinden. Er beschloß, sie *Ramble* zu nennen. Mit seinem Geld konnten sie Platten aufnehmen. Er kannte junge Männer, die mit ihrer Gruppe keinen Erfolg hatten, weil sie es sich nicht leisten konnten, ein Studio zu mieten. Das würde bei ihm anders sein. Er würde nicht nur Baßgitarre spielen, sondern auch Leadsänger sein, und die Mädchen würden sich um ihn reißen.

Zwei Stockwerke weiter oben in ihrem geräumigen Haus verbrachte Tira den Tag am Telefon und plauderte mit Freundinnen, die angerufen hatten, um halbherzig ihr Beileid auszusprechen. Die meisten fragten sie nach längerem Austausch von Klatsch und Tratsch, wieviel sie wohl aus dem Nachlaß bekommen würde, aber sie scheute sich, eine Vermutung auszusprechen. Sie hatte Troy 1982 mit dreiundzwanzig Jahren geheiratet und zuvor einen umfangreichen Ehevertrag unterschrieben, der ihr für den Fall einer Scheidung lediglich zehn Millionen und ein Haus zubilligte.

Vor sechs Jahren waren sie auseinandergegangen. Jetzt besaß sie nur noch zwei Millionen.

Ihre Bedürfnisse waren aber auch bescheiden. Während alle ihre Bekannten Strandhäuser in stillen Buchten auf den Bahamas hatten, mußte sie sich damit begnügen, in Luxushotels abzusteigen. Ihre Freundinnen fuhren für ihre Designer-Kleidung nach New York; sie mußte alles hier kaufen. Die Kinder der anderen waren im Internat und störten zu Hause nicht; Ramble saß im Keller und dachte nicht daran, herauszukommen.

Bestimmt hatte ihr Troy um die fünfzig Millionen hinterlassen. Allein schon ein Prozent seines Nachlasses dürfte sich auf etwa hundert Millionen belaufen. Sie rechnete sich das auf einer Papierserviette aus, während sie mit ihrem Anwalt telefonierte.

Geena Phelan Strong war dreißig und bemühte sich, die Ehe mit ihrem zweiten Mann Cody durchzustehen, die sich ausgesprochen stürmisch entwickelt hatte. Er stammte aus einer steinreichen alten Familie aus dem Osten der Vereinigten Staaten, deren Geld sich bisher aber nur als Gerücht gezeigt hatte. Geena jedenfalls hatte noch nichts davon gesehen. Codys Bildungsweg war eindrucksvoll – er hatte nach dem Besuch eines Prestige-Internats und des Dartmouth College ein BWL-Diplom an der New Yorker Columbia-Universität erworben. Seiner eigenen Einschätzung nach war er ein Visionär der Finanzwelt, doch hielt es ihn in keinem seiner Jobs. Die Wände eines Büros vermochten seine Begabung nicht zu fassen. Die Vorschriften launischer Vorgesetzter sollten die Entfaltung seiner Träume nicht behindern. Cody würde eines Tages Milliardär sein, natürlich aus eigener Kraft und vermutlich der jüngste in der Geschichte.

Doch auch nach sechs gemeinsam verbrachten Jahren hatte Cody seine Nische noch nicht gefunden. Die Verluste, die er erlitt, waren wirklich atemberaubend. Ein mißlungenes Termingeschäft mit Kupfer hatte 1992 mehr als eine Million von Geenas Geld verschlungen. Zwei Jahre später hatte er bei einer Spekulation mit ungesicherten Optionspapieren Schiffbruch erlitten, als der Aktienmarkt eingebrochen war. Geena hatte sich vier Monate lang von ihm getrennt, war aber zurückgekehrt, nachdem sie eine Eheberatung aufgesucht hatten. Codys Geschäftsidee, »Hühnchen im Eismantel« unters Volk zu bringen, hatte ihn lediglich eine halbe Million gekostet.

Sie verbrauchten viel Geld. Ihr Eheberater hatte ihnen als Therapie empfohlen zu reisen, und so hatten sie die Welt gesehen. Zwar wurden viele ihrer Schwierigkeiten dadurch gemildert, daß sie jung und wohlhabend waren, aber das Geld schwand nur so dahin. Von den fünf Millionen, die Geena zum einundzwanzigsten Geburtstag von ihrem Vater bekommen hatte, war nicht einmal mehr eine da, und ihre Schulden nahmen immer mehr zu. Als Troy von der Dachterrasse sprang, war der auf ihrer Ehe lastende Druck unerträglich geworden.

Daher waren sie an diesem Vormittag damit beschäftigt, nach einem Haus in Swinks Mill zu suchen, dem Ziel ihrer hochfliegenden Träume. Von Stunde zu Stunde wurden ihre Ansprüche größer, und um die Mittagszeit erkundigten sie sich schon nach Häusern, die mehr als zwei Millionen kosteten. Um zwei Uhr trafen sie sich mit einer abschlußgeilen hochtoupierten Immobilienmaklerin namens Lee, die mit zwei Mobiltelefonen und einem blitzenden Cadillac ausgestattet war. Geena stellte sich ihr als »Geena Phelan« vor, wobei sie den Nachnamen unüberhörbar betonte. Doch die Frau schien keine Finanzzeitschriften zu lesen, denn der Name sagte ihr offensichtlich nichts. Daher sah sich Cody bei der Besichtigung des dritten Objekts genötigt – Geena inspizierte gerade eine kleine Sauna, die in der Eingangshalle in einen Wandschrank eingebaut war –, sie beiseite zu nehmen und ihr zuzuflüstern, um wen es sich bei seinem Schwiegervater gehandelt hatte.

»Der reiche Kerl, der gesprungen ist?« fragte die Maklerin und schlug sich die goldberingte Hand vor den Mund.

Betrübt nickte Cody.

Am Abend besichtigten sie ein leerstehendes Haus, das viereinhalb Millionen kosten sollte, und überlegten sich ernsthaft, ein Kaufangebot abzugeben. Lee hatte nur selten mit so betuchten Kunden zu tun und war daher inzwischen in helle Aufregung geraten.

Der vierundvierzigjährige Rex, TJs jüngerer Bruder, war zum Zeitpunkt von Troys Tod das einzige seiner Kinder, gegen das ein strafrechtliches Untersuchungsverfahren lief. Seine Schwierigkeiten gingen auf den Bankrott einer Bank zurück, der zahllose Prozesse und Untersuchungen nach sich zog. Schon seit drei Jahren waren Bankrevisoren und das FBI mit eingehenden Nachforschungen beschäftigt.

Um seine Verteidigung und seinen aufwendigen Lebensstil zu finanzieren, hatte Rex im Gebiet von Fort Lauderdale eine ganze Reihe Oben-ohne-Lokale und Striptease-Clubs aus dem Nachlaß eines Mannes erworben, der bei einem Schußwechsel getötet worden war. Das Geschäft mit der nackten Haut war einträglich, denn Gäste kamen in großer Zahl. Da die Entnahme größerer Barbeträge keine Schwierigkeiten bereitete, konnte er aus jedem seiner sechs Etablissements Monat für Monat etwa viertausend Dollar in die eigene Tasche stecken, ohne den Bogen zu überspannen, ingesamt rund vierundzwanzigtausend Dollar, steuerfrei.

Die Lokale waren auf den Namen seiner Frau Amber Rockwell eingetragen, eine ehemalige Stripperin, die er eines Nachts an einer Bartheke kennengelernt hatte. Es verursachte ihm keine geringe Besorgnis, daß sein ganzer Besitz auf ihren Namen lief. Kaum jemand kannte Ambers Vergangenheit, und so spielte sie züchtig bekleidet, ohne Make-up und die schrägen Schuhe in den Kreisen, in denen die beiden in Washington verkehrten, glaubwürdig die Rolle der achtbaren Frau. Doch im tiefsten Inneren war sie eine Hure, und die Tatsache, daß sie alles besaß, brachte den armen Rex manche Nacht um den Schlaf.

Als sein Vater starb, stand Rex bei allen möglichen Geschäftspartnern sowie Leuten, die Einlagen in seiner Bank besessen hatten, mit über sieben Millionen Dollar in der Kreide, und der Betrag wurde ständig höher. Teils besaßen diese Gläubiger Pfandrechte, teils hatten sie vollstreckbare Titel gegen ihn erwirkt. Doch gab es nichts zu pfänden und zu vollstrecken, da er über keinerlei verwertbares Vermögen verfügte. Nicht einmal sein Auto gehörte ihm. Er und Amber lebten in einer Mietwohnung, die Corvettes, die sie fuhren, waren geleast, und alle Papiere waren auf Ambers Namen ausgestellt. Die Clubs und Lokale gehörten einem in einer Steueroase ansässigen Unternehmen, bei dem sie die Fäden in der Hand hielt. Ihm war nicht die geringste Beziehung zu ihnen nachzuweisen. Bisher war Rex durch alle Maschen gerutscht.

Die Ehe war so fest gegründet, wie man es von zwei Menschen mit einem so unsicheren Hintergrund erwarten konnte; sie feierten wilde Feste, und ihr halbseidener Bekanntenkreis bestand aus der Art Menschen, die sich vom Namen Phelan angezogen fühlten. Trotz aller finanziellen Mißlichkeiten genossen sie das Leben, aber Rex machte sich große Sorgen wegen Amber und des auf ihren Namen eingetragenen Vermögens. Ein häßlicher Streit, und sie konnte verschwinden.

Diese Sorgen hörten mit Troys Tod auf. Die Gewichte auf der Wippe hatten sich verschoben. Mit einem Mal saß Rex oben, und sein Nachname war plötzlich ein Vermögen wert. Er würde die Lokale und die Clubs abstoßen, alle Schulden auf einen Schlag begleichen und sich dann mit seinem Geld amüsieren. Eine falsche Bewegung Ambers, und sie konnte wieder auf Tischen tanzen und sich Dollarscheine in ihren String-Tanga stecken lassen.

Rex verbrachte den Tag mit seinem Anwalt Hark Gettys. Er brauchte das Geld dringend und so bald wie möglich und bedrängte daher Gettys, Josh Stafford anzurufen und dafür zu sorgen, daß er einen Blick in das Testament werfen konnte. Rex hatte genaue Vorstellungen davon, was mit dem Geld geschehen sollte. Es waren gewaltige und ehrgeizige Pläne, und Hark sollte ihn bei jedem Schritt auf diesem Weg begleiten. Sein Ziel war die Herrschaft über die Phelan-Gruppe. Bestimmt würde sein Anteil am Aktienkapital, ganz gleich, wie der aussehen mochte, zusammen mit dem TJs und dem der beiden Schwestern sie zu Mehrheitsaktionären machen. Aber da waren noch Fragen zu klären: Würde man ihnen die Aktien aushändigen, war das Vermögen unter treuhänderische Verwaltung gestellt oder auf irgendeine vertrackte Weise festgelegt? Darüber würde sich Troy in seinem Grabe bestimmt ins Fäustchen lachen.

»Wir müssen das verdammte Testament sehen!« schrie er Hark den ganzen Tag immer wieder an. Hark beruhigte ihn mit einem sich lang hinziehenden Mittagessen und gutem Wein, dann gingen sie am frühen Nachmittag zu Scotch über. Amber kam vorbei, war aber nicht verärgert, weil beide betrunken waren. Jetzt konnte Rex sie nicht mehr ärgern. Sie liebte ihn mehr denn je.

SECHS

Der Ausflug in den Westen sollte Stafford eine willkommene Atempause in dem Chaos verschaffen, das Mr. Phelan durch seinen Sprung hervorgerufen hatte. Die Ranch befand sich in der Nähe von Jackson Hole in den Tetons, wo der Schnee bereits dreißig Zentimeter hoch lag und man mit noch mehr rechnete. Was sagten die Benimmregeln über das Verstreuen von sterblichen Überresten auf verschneitem Land? Sollte man warten, bis Tauwetter einsetzte, oder sie trotzdem verstreuen? Josh war es egal. Ihn würde keine Naturkatastrophe daran hindern, Phelans Auftrag auszuführen.

Die Anwälte der Phelan-Erben saßen ihm im Nacken. Seine Hark Gettys gegenüber gemachten zurückhaltenden Äußerungen zur Testierfähigkeit des Alten hatten Schockwellen durch die Familien gesandt, und die Erben reagierten mit voraussagbarer Hysterie und Drohungen. Der Ausflug würde nur einen kurzen Aufschub bedeuten. Er und Durban konnten die ersten Ergebnisse ihrer Nachforschungen sichten und ihre Pläne dementsprechend abstimmen.

Sie flogen in Mr. Phelans Gulfstream IV vom National Airport ab. Erst einmal zuvor hatte Josh das Privileg genossen, mit dieser Maschine zu fliegen, die fünfunddreißig Millionen gekostet hatte. Es war die neueste in Mr. Phelans Privatflotte und sein Lieblingsspielzeug gewesen. Im Sommer des Vorjahres waren sie damit nach Nizza geflogen, wo der Alte nackt am Strand herumspaziert war und junge Französinnen angestarrt hatte. Josh und seine Frau waren lieber nicht seinem Beispiel gefolgt und hatten sich mit den übrigen Amerikanern am Schwimmbad in die Sonne gelegt.

Eine Stewardeß brachte ihnen Frühstück und verschwand in der Bordküche im Heck, als sie ihre Papiere auf einem runden Tisch ausbreiteten. Der Flug würde vier Stunden dauern.

Die von den drei Psychiatern Dr. Flowe, Dr. Zadel und Dr. Theishen unterzeichneten eidesstattlichen Erklärungen waren langatmig und wortreich, voller persönlicher Meinungen und Wiederholungen, die sich über ganze Absätze erstreckten und nicht den Funken eines Zweifels daran ließen, daß Troy nicht nur im Vollbesitz seiner geistigen Kräfte gewesen war, sondern geradezu in Hochform. Es hieß darin, er habe genau gewußt, was er in den Augenblicken vor seinem Tod tat.

Stafford und Durban lasen die Erklärungen und waren amüsiert. Sobald das neue Testament eröffnet wurde, würde man diese drei Fachleute natürlich an die frische Luft setzen und ein halbes Dutzend andere herbeischaffen, die allerlei finstere und gräßliche Mutmaßungen über den wirren Geisteszustand des armen Troy vorbringen würden.

Dann wandten sie sich Rachel Lane zu. Viel hatte man über die reichste Missionarin der Welt nicht in Erfahrung zu bringen vermocht. Die von der Kanzlei angestellten Detektive suchten fieberhaft nach ihr.

Den im Internet gefundenen Angaben zufolge befand sich die Zentrale der Organisation World Tribes Missions in Houston, Texas. Sie war 1920 gegründet worden und beschäftigte auf der ganzen Welt viertausend Missionare, die ausschließlich bei Eingeborenenstämmen tätig waren. Ihr einziges Ziel war es, jedem noch so fern von der Zivilisation lebenden Stamm auf der Welt die Frohe Botschaft zu verkünden. Es war offensichtlich, daß Rachel ihre religiösen Vorstellungen nicht von ihrem Vater geerbt hatte.

Gegenwärtig kümmerten sich Missionare von World Tribes um nicht weniger als achtundzwanzig Indianerstämme in Brasilien, mindestens zehn in Bolivien und weitere dreihundert Eingeborenenvölker auf der übrigen Welt. Da diese Stämme von der modernen Zivilisation abgeschnitten waren, wurden die Missionare gründlich in Überlebenstechniken, Sprachen und Medizin ausgebildet.

Mit großer Aufmerksamkeit las Josh den Bericht eines Missionars, der sieben Jahre lang unter einer Art Wetterschutzdach im Urwald gelebt und sich bemüht hatte, so viel von der Sprache des primitiven Stammes zu lernen, daß er sich mit dessen Angehörigen verständigen konnte. Von einem Umgang mit ihm hatten die Indianer, die so gut wie keine Kontakte zur Außenwelt gehabt hatten und deren Leben sich in tausend Jahren kaum geändert hatte, kaum etwas wissen wollen. Schließlich war er ein Weißer aus Missouri, der mit seinem Rucksack in ihrem Dorf eingetroffen und lediglich imstande gewesen war, »hallo« und »danke« zu sagen. Wenn er einen Tisch haben wollte, baute er sich einen, und seine Nahrung mußte er jagen. Fünf Jahre vergingen, bis die Indianer anfingen, ihm zu trauen. Fast sechs Jahre waren um, als er ihnen seine erste Geschichte aus der Bibel erzählte. Zu seiner Ausbildung hatten Geduld gehört, die Fähigkeit, Beziehungen aufzubauen, Sprachen zu lernen, kulturelle Zusammenhänge zu erkennen und dann ganz allmählich mit der Verkündigung von Gottes Wort zu beginnen.

Was für Menschen mußten das sein, die ein so großes Maß an Glauben und Hingabe aufbrachten, daß sie der modernen Gesellschaft entsagten und in eine solche prähistorische Welt eintauchten? Der Missionar schrieb, daß ihn die Indianer erst akzeptiert hatten, als sie merkten, daß er nicht wieder fortgehen würde. Er hatte sich entschieden, auf alle Zeiten bei ihnen zu leben. Er liebte sie und wollte einer von ihnen sein.

Also dürfte wohl auch Rachel in einer Hütte oder unter einem Schutzdach leben, auf einem selbstgebauten Bett schlafen, über einem offenen Feuer kochen, von ihrer Jagdbeute oder dem leben, was sie angebaut hatte, den Kindern Geschichten aus der Bibel und den Erwachsenen das Evangelium nahebringen. Sie wußte nichts von den Ereignissen, den Sorgen und Nöten der Welt und wollte sicher auch nichts von ihnen wissen. Sie war zufrieden. Sie ruhte fest in ihrem Glauben.

Sie aufzustören schien Stafford fast grausam zu sein.

Durban, der all das ebenfalls las, sagte: »Womöglich finden wir sie nie. Es gibt da kein Telefon und keinen Strom; man muß über das Gebirge marschieren, um diese Leute zu erreichen.«

»Uns bleibt keine Wahl«, sagte Josh.

»Haben wir schon Kontakt mit World Tribes aufgenommen?«

»Das machen wir im Lauf des Tages.«

»Was wollen Sie denen sagen?«

»Das weiß ich noch nicht. Jedenfalls nicht, daß wir nach einer ihrer Missionarinnen suchen, weil sie gerade elf Milliarden Dollar geerbt hat.«

»Das ist der Bruttobetrag.«

»Auch nach Steuern wird ein nettes Sümmchen übrigbleiben.«

»Was sagen wir denen also?«

»Daß es sich um eine dringende juristische Angelegenheit handelt und wir Rachel persönlich sprechen müssen.«

Eins der im Flugzeug installierten Faxgeräte begann zu summen und Aktennotizen auszuspucken. Die erste kam von Joshs Sekretärin und enthielt eine Liste der am Vormittag eingegangenen Anrufe – fast alle waren von Anwälten der Phelan-Erben. Zwei Reporter hatten ebenfalls angerufen.

Die jungen Kollegen schickten, was sie über die unterschiedlichen Aspekte des in Virginia geltenden Rechts gefunden hatten. Mit jeder Seite, die Josh und Durban lasen, gewann das offenbar in aller Eile niedergeschriebene Testament des alten Troy an Durchsetzbarkeit.

Zu Mittag servierte die Stewardeß belegte Brote und Obst. Sie blieb im hinteren Teil der Kabine und tauchte immer genau dann auf, wenn die Kaffeetassen der beiden Männer leer waren.

Als sie in Jackson Hole landeten, war der Himmel klar. Links und rechts der Landebahn lagen vom Schneepflug aufgetürmte Schneemassen. Stafford und Durban verließen das Flugzeug und stiegen nach rund fünfundzwanzig Metern in einen Sikorsky S-76C um, Troys Lieblingshubschrauber. Zehn Minuten später schwebten sie über seiner geliebten Ranch. Böen ließen den Hubschrauber auf und ab tanzen, so daß Durban bleich im Gesicht wurde. Als Josh langsam und ziemlich nervös eine Tür aufschob, fuhr ihm ein eiskalter Windstoß ins Gesicht.

Der Pilot hielt die Maschine auf sechshundert Meter Höhe, während Josh die kleine schwarze Urne entleerte. Sogleich trug der Wind Troys Überreste in alle Richtungen, so daß die Asche längst verschwunden war, bevor sie den Schnee am Boden erreichen konnte. Als die Urne leer war, schloß Josh die Tür. Hand und Arm waren ihm fast erfroren.

Die Stämme und Balken, aus denen das Gebäude im Stil einer Blockhütte erbaut war, ließen es rustikal erscheinen. Doch mit einer Grundfläche von gut tausend Quadratmetern war es alles andere als eine Hütte. Troy hatte es von einem Schauspieler gekauft, dessen Karriere den Bach runtergegangen war.

Ein in Cordsamt gekleideter Butler nahm ihr Gepäck, und ein Dienstmädchen machte ihnen Kaffee. Durban bewunderte die ausgestopften Jagdtrophäen an den Wänden, während Josh in der Kanzlei anrief. Ein Feuer brannte im Kamin, und die Köchin erkundigte sich nach ihren Wünschen für das Abendessen.

Montgomery, ein Mann, den Stafford persönlich ausgesucht hatte und der seit vier Jahren in der Kanzlei arbeitete, verlief sich dreimal im Häusergewirr von Houston, bis er die Zentrale der World Tribes Missions fand, die ihre Räume im Erdgeschoß eines fünfstöckigen Hauses hatte. Er parkte seinen Mietwagen und rückte sich die Krawatte zurecht.

Zweimal hatte er mit Mr. Trill telefoniert, und obwohl er zu ihrer Verabredung eine ganze Stunde zu spät kam, schien das nichts auszumachen. Zwar war Mr. Trill höflich und zurückhaltend, machte aber nicht den Eindruck, besonders hilfsbereit zu sein. Nach Austausch der üblichen Floskeln fragte er: »Was kann ich für Sie tun?«

»Ich brauche einige Angaben über eine Ihrer Missionarinnen«, sagte Montgomery.

Trill nickte und schwieg.

»Sie heißt Rachel Lane.«

Trills Augen wanderten umher, als versuche er, sie sich vorzustellen. »Der Name kommt mir nicht bekannt vor. Allerdings haben wir auch viertausend Leute draußen.«

»Sie arbeitet in der Nähe der Grenze zwischen Brasilien und Bolivien.«

»Was wissen Sie über sie?«

»Nicht viel. Aber wir müssen sie finden.«

»Wozu?«

»Eine juristische Angelegenheit«, sagte Montgomery und zögerte gerade lange genug, um diese Aussage verdächtig klingen zu lassen.

Trill runzelte die Brauen und legte die Ellbogen dicht an den Körper. Sein angedeutetes Lächeln verschwand. »Gibt es Schwierigkeiten?« fragte er.

»Nein. Aber die Sache ist ziemlich dringend. Wir müssen unbedingt mit ihr sprechen.«

»Läßt sich das nicht auf dem Postweg erledigen?«

»Leider nein. Sie muß an der Sache mitwirken und außerdem einen Schriftsatz unterschreiben.«

»Vermutlich handelt es sich um eine vertrauliche Angelegenheit.«

»Äußerst vertraulich.«

Etwas klickte, und Trills Stirnfalten glätteten sich ein wenig. »Entschuldigen Sie mich einen Augenblick.« Er verschwand aus dem Raum, und Montgomery hatte Gelegenheit, die spartanische Einrichtung zu betrachten. Der einzige Schmuck im Raum war eine Anzahl vergrößerter Aufnahmen von Indianerkindern an den Wänden.

Trill war wie ausgewechselt, als er zurückkehrte. Er blieb stehen und sagte förmlich, ohne zu lächeln und ohne die geringste Bereitschaft, ihm behilflich zu sein: »Tut mir leid, Mr. Montgomery. Wir können nichts für Sie tun.«

»Befindet sie sich in Brasilien?«

»Bedaure.«

»Bolivien?«

»Bedaure.«

»Gibt es sie überhaupt?«

»Ich kann Ihre Fragen nicht beantworten.«

»Nichts?«

»Nichts.«

»Kann ich mit Ihrem Vorgesetzten sprechen?«

»Sicher.«

»Wo ist er?«

»Im Himmel.«

Nach dem Abendessen, das aus gewaltigen Steaks mit Pilzsoße bestand, zogen sich Josh Stafford und Tip Durban in einen wohnlichen Aufenthaltsraum zurück, in dem ein Feuer brannte. Ein anderer Butler, ein Mexikaner in gestärkten Jeans und weißem Jackett, stellte ihnen sehr alten schottischen Single-Malt-Whisky aus Mr. Phelans Beständen hin. Dazu ließen sie sich Havannazigarren bringen. Auf einer irgendwo versteckten Stereoanlage sang Pavarotti Weihnachtslieder.

»Ich habe eine Idee«, sagte Josh, während er ins Feuer sah. »Wir müssen jemanden hinschicken, der diese Rachel Lane für uns findet, nicht wahr?«

Da Tip gerade einen kräftigen Zug aus seiner Zigarre nahm, nickte er nur.

»Wir können nicht irgend jemanden dorthin schicken. Erstens muß er Anwalt sein, weil die juristischen Hintergründe erklärt werden müssen. Außerdem muß es wegen der Vertraulichkeit der Sache jemand aus unserer Kanzlei sein.«

Tips Mund war voll Rauch. Er nickte wieder.

»Wen also können wir schicken?«

Langsam stieß Tip den Rauch durch Mund und Nase aus, so daß er sein Gesicht umnebelte. »Wie lange wird das dauern?« fragte er schließlich.

»Ich weiß nicht, aber schnell geht es bestimmt nicht. Immerhin ist Brasilien fast so groß wie die Vereinigten Staaten ohne Alaska und Hawaii, ein Land voller Urwälder und Gebirgszüge. Manche Menschen dort leben so weit von der übrigen Welt weg, daß sie noch nie ein Auto gesehen haben.«

»Ich fahr da nicht hin.«

»Auch mit ortskundigen Führern kann das ohne weiteres eine Woche dauern.«

»Gibt es da nicht sogar Kannibalen?«

»Nein.«

»Anakondas?«

»Beruhigen Sie sich, Tip. Sie sollen ja gar nicht hin.«

»Vielen Dank.«

»Aber Sie sehen die Schwierigkeiten, nicht wahr? Wir haben sechzig Anwälte, von denen jeder mehr zu tun hat, als er erledigen kann. Keiner von uns kann einfach so alles stehen und liegen lassen, um diese Frau zu suchen.«

»Dann schicken Sie doch einen Anwaltsgehilfen.«

Der Gedanke gefiel Josh nicht. Er nippte an seinem Whisky, sog an seiner Zigarre und lauschte auf das Knistern des Kaminfeuers. »Es muß ein gestandener Anwalt sein«, sagte er vor sich hin.

Der Butler kehrte mit frisch gefüllten Gläsern zurück. Er erkundigte sich, ob die Besucher Nachtisch und Kaffee wollten, aber sie waren mit allem versorgt.

»Was ist mit Nate?« fragte Josh, als sie wieder allein waren. Offensichtlich hatte er schon die ganze Zeit an Nate gedacht, und das ärgerte Tip ein wenig. »Ist das Ihr Ernst?« fragte er.

»Ja.«

Beide dachten eine Weile über die Frage nach, ob man Nate hinschicken sollte oder nicht, und überlegten, ob ihre Einwände und Befürchtungen gerechtfertigt waren. Nate O'Riley, einer der Teilhaber, war seit dreiundzwanzig Jahren in der Kanzlei, hielt sich aber zur Zeit in einer Entwöhnungsklinik in den Blue Ridge Mountains westlich von Washington auf. Im Verlauf der vergangenen zehn Jahre hatte er sich des öfteren in einer solchen Einrichtung aufgehalten. Jedesmal war er braungebrannt und mit dem festen Entschluß zurückgekehrt, dem Alkohol ein für alle Mal abzuschwören. Aber die einzigen Fortschritte, die er machte, betrafen sein Tennisspiel, denn auf jede dieser ›garantiert letzten‹ Entwöhnungskuren war ein schlimmerer Rückfall als zuvor gefolgt. Jetzt, mit achtundvierzig Jahren, war er finanziell am Ende, zweimal geschieden und stand unter Anklage wegen Steuerhinterziehung. Seine Zukunft sah alles andere als rosig aus.

»Der hatte es doch immer mit dem Leben im Freien, oder?« fragte Tip.

»Aber ja. Sporttauchen, Felsklettern, lauter so verrückte Sachen. Dann ist es mit ihm abwärtsgegangen, und er hat nur noch gearbeitet.«

Dieser Niedergang hatte mit etwa Mitte Dreißig begonnen, ungefähr um die Zeit, als er eine beeindruckende Reihe von Erfolgen in Kunstfehlerprozessen gegen Ärzte erzielt hatte.

Nate O'Riley war auf diesem Gebiet geradezu ein Staranwalt geworden, zugleich aber hatte er sich dem Alkohol und dem Kokain verschrieben. Er vernachlässigte seine Familie und wurde von seiner Sucht förmlich aufgesogen. Irgendwie gelang es ihm, zwischen seinen Prozeßerfolgen und seiner Abhängigkeit von Alkohol und Drogen das Gleichgewicht zu halten, doch er stand immer am Rande des Abgrunds. Als er dann einen Prozeß verlor, stürzte er zum ersten Mal ab. Die Kanzlei hatte ihn in einen schicken Kurort abgeschoben, bis er trocken genug war, um ein eindrucksvolles Comeback hinzulegen. Das erste von vielen.

»Wann kommt er denn raus?« fragte Tip, dem Joshs Einfall immer besser gefiel.

»Bald.«

Inzwischen allerdings war Nate ein schwerer Fall geworden. Er brachte es fertig, monate-, ja sogar jahrelang trocken zu bleiben, aber irgendwann kam der neue Rückfall. Er war an Leib und Seele zerrüttet, sein Verhalten wurde sonderbar, die Nachricht von seiner Verschrobenheit verbreitete sich in der Kanzlei und wurde schließlich zum allgemeinen Thema beim Anwaltsklatsch.

Knapp vier Monate zuvor hatte er sich mit Tabletten und einer Flasche Rum in einem Motelzimmer eingeschlossen, ein Verhalten, in dem viele seiner Kollegen einen Selbstmordversuch sahen.

Josh hatte ihn zum vierten Mal in zehn Jahren zur Therapie geschickt.

»Vielleicht tut es ihm ja gut, eine Weile aus all dem rauszukommen«, sagte Tip.

SIEBEN

Am dritten Tag nach Mr. Phelans Selbstmord suchte Hark Gettys sein Büro in der Kanzlei schon vor Morgengrauen auf; trotz seiner Müdigkeit konnte er es nicht erwarten, den Tag zu beginnen. Seine Augen waren rot gerändert und geschwollen – kein Wunder, hatte er doch am Vortag mit Rex Phelan ein ausgedehntes Abendessen eingenommen und im Anschluß daran mehrere Stunden lang in einer Bar mit ihm über das Testament gesprochen und Pläne für ihr weiteres Vorgehen geschmiedet. Ungeachtet seiner Kopfschmerzen machte er sich jetzt mit Hilfe von reichlich Kaffee an die Arbeit.

Hark hatte unterschiedliche Stundensätze. Im vergangenen Jahr hatte er in einem üblen Scheidungsfall lediglich zweihundert Dollar berechnet, doch nannte er möglichen Mandanten grundsätzlich dreihundertfünfzig. Das war eher wenig für einen ehrgeizigen Anwalt in Washington, doch wenn er jemanden für dreihundertfünfzig an der Angel hatte, konnte er dessen Rechnung immer noch etwas aufblasen und auf diese Weise verdienen, was er wert war. Eine indonesische Zementfirma hatte ihm für eine unbedeutende Angelegenheit vierhundertfünfzig pro Stunde zugesagt, dann aber versucht, Schwierigkeiten zu machen, als die Rechnung kam. Auf der anderen Seite hatte er mit Erfolg einen Schadensersatzprozeß wegen einer fahrlässigen Tötung geführt und dabei knapp hundertzwanzigtausend Dollar verdient. Seine Bandbreite in Honorarfragen war also beträchtlich.

Hark war Prozeßspezialist in einer zweitklassigen Sozietät mit vierzig Anwälten, deren beständige Machtkämpfe und Streitigkeiten die Vergrößerung der Kanzlei behinderten, und er hatte keinen sehnlicheren Wunsch, als sich selbständig zu machen. Die laufenden Kosten fraßen nahezu die Hälfte des von ihm erwirtschafteten Umsatzes auf – seiner Ansicht nach mußte das Geld eigentlich in seine eigene Tasche fließen.

Irgendwann im Laufe der schlaflos verbrachten Nacht hatte er beschlossen, seinen Stundensatz auf fünfhundert Dollar zu erhöhen und zwar rückwirkend um eine Woche. Er hatte in den vergangenen sechs Tagen an nichts anderem gearbeitet als an dem Fall Phelan. Jetzt, da der Alte nicht mehr lebte, war die verrückte Familie ein gefundenes Fressen für jeden Anwalt.

Harks Ziel war eine Anfechtungsklage gegen das Testament – das versprach ein langer, mit Zähnen und Klauen geführter Kampf zu werden, bei dem ganze Meuten von Anwälten tonnenweise juristischen Schwachsinn zu Papier brachten. Am besten wäre ein richtiger Prozeß, eine in aller Öffentlichkeit ausgetragene Schlacht um eines der größten Vermögen in den Vereinigten Staaten, bei der Hark im Mittelpunkt stand. Zwar wäre es schön, wenn er den Prozeß gewinnen könnte, aber entscheidend war das nicht. So oder so würde er dabei ein Vermögen machen und berühmt werden, und genau darum ging es im heutigen Anwaltsgeschäft.

Bei einem Stundensatz von fünfhundert Dollar, einer Arbeitswoche von sechzig Stunden und fünfzig Arbeitswochen im Jahr läge das jährliche Bruttohonorar bei anderthalb Millionen. Die laufenden Kosten für Miete, Sekretärinnen und Anwaltsgehilfen dürften sich höchstenfalls auf eine halbe Million belaufen. Damit bliebe Hark eine Bruttoeinnahme von einer Million, sofern er diese miese Kanzlei verließ und einige Straßenecken weiter selbst eine aufmachte.

So würde er es machen. Er trank einen Schluck Kaffee und nahm insgeheim Abschied von seinem unaufgeräumten Büro. Er würde sich mit dem Fall Phelan und vielleicht einem oder zwei anderen auf und davon machen, und zwar schon bald, bevor die Kanzlei Anspruch auf Honorare aus der Erbsache Phelan erhob. Seine Sekretärin und seinen Anwaltsgehilfen würde er mitnehmen.

Sein Puls beschleunigte sich, während er an den neuen Start und all die Möglichkeiten dachte, gegen Josh Stafford vom Leder zu ziehen. Grund dazu gab es reichlich. Stafford war nicht bereit gewesen, ihm den Inhalt von Phelans letztem Testament mitzuteilen. Als Begründung hatte er angeführt, angesichts des Selbstmords sei dessen Gültigkeit fraglich. Die Veränderung in Staffords Stimme unmittelbar nach dem Selbstmord hatte Hark aufmerksam gemacht. Seither hatte Stafford nicht auf Anrufe reagiert und war inzwischen sogar aus der Stadt verschwunden.

Hark sehnte sich förmlich nach einem Kampf.

Um neun Uhr traf er sich mit Libbigail Phelan Jeter und Mary Ross Phelan Jackman, den beiden Töchtern aus Troys erster Ehe. Rex hatte das auf Harks Betreiben arrangiert. Zwar wurden beide Frauen bereits durch einen Anwalt vertreten, doch wollte Hark sie auf seine Seite ziehen. Je mehr Mandanten er in diesem Fall hatte, desto größer wurde sein Einfluß am Verhandlungstisch und im Gerichtssaal – ganz davon abgesehen, daß er allen dreien für ein und dieselbe Arbeit jeweils fünfhundert Dollar pro Stunde berechnen konnte.

Die Besprechung verlief nicht nach Wunsch. Keine der beiden Frauen traute Hark, weil sie ihrem Bruder Rex nicht trauten. Warum sollten sie gemeinsame Sache machen, wenn sonst niemand dabei mitzog? TJ beschäftigte drei Anwälte, und auch ihre Mutter hatte einen eigenen Anwalt. Wo so viel Geld auf dem Spiel stand, war es doch sicher besser, wenn sie ihre bisherigen Anwälte behielten.

Eindringlich versuchte Hark ihnen die Vorteile eines gemeinsamen Vorgehens klarzumachen, kam aber nicht weit. Obwohl er enttäuscht war, betrieb er seinen Plan, die Sozietät sofort zu verlassen, mit Nachdruck. Er konnte das Geld schon riechen.

Libbigail Phelan Jeter, ein aufsässiges kleines Mädchen, hatte ihre Mutter Lillian nicht ausstehen können und um die Aufmerksamkeit des Vater gebuhlt, der selten zu Hause war. Sie war neun Jahre alt, als sich ihre Eltern scheiden ließen.

Lillian, die überzeugt war, daß Troy nichts von Kindererziehung verstand, steckte die Tochter mit vierzehn Jahren ins Internat. Während der ganzen High School bemühte sich Troy entgegen seiner sonstigen Gewohnheit, mit Libbigail in Kontakt zu bleiben. Oft sagte er ihr, sie sei ihm die liebste von allen. Auf jeden Fall war sie die klügste.

Doch er kam nicht zu ihrer Abschlußfeier und vergaß auch, ihr ein Geschenk zu schicken. In den Sommerferien, bevor sie aufs College ging, malte sie sich aus, womit sie ihm weh tun konnte. Sie flüchtete sich nach Berkeley. Angeblich wollte sie dort mittelalterliche irische Lyrik studieren, in Wahrheit aber stand ihr der Sinn nicht nach Studieren. Troy war der Gedanke zuwider, daß sie ein College in Kalifornien besuchte, noch dazu ein so radikales. Der Vietnam-Krieg stand kurz vor dem Ende. Die Studenten hatten gewonnen. Es war Zeit zu feiern.

Sie stieg schnell in die Welt der Drogen und des sorglosen Geschlechtsverkehrs ein. Zusammen mit anderen Studentinnen und Studenten jeglicher Hautfarbe und sexueller Vorlieben bewohnte sie ein dreistöckiges Haus. Ihre Anzahl und ihre Konstellationen wechselten von Woche zu Woche. Sie bezeichneten sich als Kommune, doch gab es weder eine Struktur noch Regeln. Geld spielte keine Rolle, weil die meisten Kinder reicher Eltern waren. Man kannte Libbigail einfach als junges Mädchen aus einer wohlhabenden Familie in Connecticut. Zu jener Zeit besaß Troy nur rund hundert Millionen.

Voll Experimentierfreude arbeitete sie sich durch die verschiedenen Drogen, bis sie dem Heroin verfiel. Ihr Dealer war Tino, ein Schlagzeuger in einer Jazzband, den es irgendwie in ihre Kommune verschlagen hatte. Er stammte aus Memphis, war Ende Dreißig, hatte die High School nicht zu Ende gemacht, und niemand wußte genau, auf welche Weise oder wann er zu ihnen gestoßen war. Allerdings wollte das auch niemand wissen.

Libbigail brachte es fertig, zu ihrem einundzwanzigsten Geburtstag einigermaßen clean nach Osten zu reisen, denn bei dieser Gelegenheit bekam jedes der Phelan-Kinder vom Alten das sehnlich erwartete Geschenk. Troy hielt nichts davon, für seine Kinder Geld treuhänderisch anzulegen. Wenn sie mit einundzwanzig noch nicht gefestigt waren, warum sollte er ihnen dann immer noch Zügel anlegen? Ein mündelsicher angelegtes Vermögen verlangte zu seiner Verwaltung nach Treuhändern und Anwälten und führte zu ständigen Auseinandersetzungen mit den Begünstigten, denen es nicht behagte, daß Buchhalterseelen darüber befanden, wieviel Geld sie bekommen sollten. Gib es ihnen, war Troys Devise, und dann wird man sehen, ob sie schwimmen oder untergehen.

Die meisten Phelan-Kinder gingen rasch unter.

Troy war zu Libbigails Geburtstag nicht da, sondern auf einer Geschäftsreise irgendwo in Asien. Inzwischen war er längst wieder verheiratet. Seine zweite Frau, Janie, hatte ihm Rocky und Geena geboren, und seine erste Familie interessierte ihn nicht mehr.

Libbigail vermißte ihn nicht. Die Anwälte erledigten alles, was für die Übergabe des Geldgeschenks nötig war, und sie verbrachte mit Tino eine Woche bekifft in einem piekfeinen Hotel in Manhattan.

Ihr Geld reichte fast fünf Jahre. In diesem Zeitraum gab es zwei Ehemänner, zahlreiche Lebensgefährten, zwei Festnahmen, drei längere Aufenthalte in geschlossenen Entziehungsanstalten und einen Autounfall, der sie fast das linke Bein gekostet hätte.

Ihr gegenwärtiger Mann, Spike, den sie bei einer ihrer Entziehungskuren kennengelernt hatte, war früher mit dem Motorrad durch die Lande gefahren. Er wog fast hundertfünfzig Kilo und hatte einen wirren grauen Bart, der ihm bis auf die Brust fiel. Er hatte sich inzwischen zu einem anständigen Kerl gemausert und baute in einer Werkstatt hinter ihrem bescheidenen Heim in Baltimores Vorort Lutherville Schränke zusammen.

Nach der Besprechung mit Hark suchte Libbigail umgehend die kleine Kanzlei ihres Anwalts Wally Bright auf und berichtete ihm brühwarm alles, was Hark gesagt hatte. Wallys Spezialität waren schnelle Scheidungen, für die er an den Bushaltestellen im Gebiet von Bethesda warb. Er hatte einen von Libbigails Scheidungsfällen abgewickelt und geduldig ein Jahr lang auf sein Honorar gewartet. Immerhin war sie eine Phelan. Durch sie würde er endlich an die fetten Honorare herankommen, die bisher außerhalb seiner Reichweite gelegen hatten.

In ihrer Gegenwart rief er Hark Gettys an und brach einen wilden Streit vom Zaun, der eine Viertelstunde tobte. Mit den Armen fuchtelnd stampfte er um seinen Schreibtisch herum und schimpfte aufgebracht ins Telefon. Schließlich schrie er: »Für meine Mandantin gehe ich über Leichen!« Libbigail war tief beeindruckt.

Als er fertig war, begleitete er sie freundlich zur Tür und küßte sie sanft auf die Wange. Er tätschelte und streichelte sie und umwarb sie mit all der Aufmerksamkeit, die sie sich ihr Leben lang ersehnt hatte. Sie sah nicht schlecht aus. Zwar war sie eher mollig und von den Spuren eines schweren Lebens gezeichnet, aber Wally hatte weit Schlimmere gesehen und auch mit weit Schlimmeren geschlafen. Im richtigen Augenblick würde er möglicherweise aktiv werden.

ACHT

Auf dem kleinen Hügel lagen fünfzehn Zentimeter Neuschnee, als die Chopin-Klänge Nate O'Riley weckten, die in sein Zimmer geleitet wurden. Letzte Woche war es Mozart gewesen. An die Woche davor konnte er sich nicht mehr erinnern. Vivaldi hatte es irgendwann in der jüngeren Vergangenheit gegeben, doch vieles davon lag hinter einem Schleier.

Wie jeden Morgen seit fast vier Monaten trat er ans Fenster und warf einen Blick auf das Shenandoah-Tal neunhundert Meter unter ihm. Auch dort war alles weiß, und ihm fiel ein, daß bald Weihnachten war.

Er würde rechtzeitig zum Fest herauskommen. Das hatten sie – seine Ärzte und Josh Stafford – ihm versprochen. Beim Gedanken an Weihnachten wurde er melancholisch. In nicht allzu ferner Vergangenheit hatte es einige recht angenehme Weihnachtsfeiern gegeben, als die Kinder noch klein waren und sein Leben in geordneten Bahnen verlief. Jetzt waren die Kinder fort, teils erwachsen, teils mit ihren Müttern fortgegangen, und das letzte, was Nate wollte, war ein weiteres Weihnachten in einer Kneipe, bei dem er mit anderen Betrunkenen, denen es genauso dreckig ging, Weihnachtslieder sang und sich den Anschein von Fröhlichkeit gab.

Fern im weißen und stillen Tal bewegten sich einige Autos wie Ameisen.

Man erwartete von ihm, daß er zehn Minuten lang meditierte, entweder im Gebet oder mit Yoga-Übungen, die man ihm in Walnut Hill beizubringen versucht hatte. Statt dessen machte er Übungen zur Stärkung seiner Bauchmuskulatur und ging dann schwimmen.

Das Frühstück, das er zusammen mit Sergio einnahm, der zugleich als sein Berater, Therapeut und Guru fungierte, bestand aus schwarzem Kaffee und einem Muffin. Während der letzten vier Monate war Sergio, der alles über Nate O'Rileys elendes Leben wußte, sein bester Freund gewesen.

»Du bekommst Besuch«, sagte Sergio.

»Wer ist es?«

»Mr. Stafford.«

»Wunderbar.«

Jeder Kontakt zur Außenwelt war willkommen, in erster Linie, weil es so selten vorkam. Josh hatte ihn einmal pro Monat besucht. Zwei weitere gute Freunde aus der Kanzlei hatten einmal die dreistündige Autofahrt von Washington auf sich genommen, doch sie hatten viel zu tun, was Nate verstand.

Fernsehen war in Walnut Hill verboten – wegen der Bierreklame und weil das Trinken in so vielen Programmen verherrlicht wurde. Aus demselben Grunde enthielt man ihnen die meisten Zeitschriften vor. Nate war das gleichgültig. Nach vier Monaten ließen ihn die Dinge kalt, die sich im Capitol, in der Wall Street oder im Nahen Osten ereigneten.

»Wann?«

»Am späten Vormittag.«

»Nach meinem Konditionstraining?«

»Natürlich.«

Nichts störte das Training, eine zweistündige Orgie aus Schweiß, Knurren und Brüllen unter der Aufsicht einer in körperlicher Hochform befindlichen sadistischen Trainerin, die ihm persönlich zugeteilt war. Insgeheim bewunderte er sie.

Er ruhte sich gerade in seiner Suite aus, wobei er eine Blutapfelsine aß und wieder ins Tal hinabsah, als Josh eintraf.

»Du siehst großartig aus«, sagte Josh. »Wieviel hast du abgenommen?«

»Sechs Kilo«, erwiderte Nate und tätschelte seinen flachen Bauch.

»Richtig schlank. Vielleicht sollte ich mich auch eine Weile hier einmieten.«

»Kann ich nur empfehlen. Die Mahlzeiten werden ohne eine Spur von Fett und Geschmack von einem Koch mit einem starken Dialekt zubereitet. Die Portionen sind halb so groß wie eine Untertasse, du beißt zweimal rein und bist fertig. Wenn du schön langsam kaust, dauern Mittag- und Abendessen etwa sieben Minuten.«

»Für tausend Dollar am Tag kann man schließlich erstklassige Verpflegung erwarten.«

»Hast du mir ein bißchen Knabberkram mitgebracht, Josh? Vielleicht 'ne Tüte Kartoffelchips oder Kekse? Du hast bestimmt in deiner Aktentasche was versteckt.«

»Tut mir leid, Nate. Ich bin sauber.«

»Ein paar Mais-Chips oder wenigstens Schokolinsen?«

»Tut mir leid.«

Nate aß ein Stück von seiner Apfelsine. Sie saßen nebeneinander und genossen die Aussicht. Mehrere Minuten vergingen.

»Wie geht es dir denn so?« fragte Josh.

»Ich muß hier raus, Josh, bevor ich zum Roboter mutiere.«

»Dein Arzt sagt, noch eine Woche oder so.«

»Ist ja toll. Und dann?«

»Wir werden sehen.«

»Was heißt das?«

»Das heißt, wir werden sehen.«

»Mach schon, Josh!«

»Wir werden in Ruhe abwarten und sehen, was passiert.«

»Kann ich in die Kanzlei zurück, Josh? Sag es mir.«

»Nicht so hastig, Nate. Du hast Feinde.«

»Wer hat die nicht? Immerhin bist du der Chef. Die Burschen werden tun, was du sagst.«

»Du hast da ein paar Probleme.«

»Ich hab tausend Probleme. Aber du kannst mich nicht auf die Straße setzen.«

»Die Sache mit deinem finanziellen Ruin kriegen wir hin. Das mit der Anklage ist nicht so einfach.«

Nein, das war es nicht, und Nate konnte das auch nicht ohne weiteres abtun. Von 1992 bis 1995 hatte er es unterlassen, dem Internal Revenue Service sechzigtausend Dollar sonstige Einnahmen anzugeben.

Er warf die Apfelsinenschale in einen Abfallbehälter und fragte: »Und was soll ich tun? Den ganzen Tag im Haus rumhocken?«

»Wenn du Glück hast.«

»Was heißt das schon wieder?«

Josh mußte mit Umsicht vorgehen. Nate kam gerade aus einem tiefen schwarzen Loch hervor. Überraschungen aller Art mußten vermieden werden.

»Meinst du, ich muß ins Gefängnis?« fragte Nate.

»Troy Phelan ist tot«, sagte Josh, und Nate brauchte einen Augenblick, um dem Gedankensprung zu folgen.

»Ach ja, Mr. Phelan«, sagte er.

Nate hatte in der Kanzlei seinen eigenen kleinen Flügel am Ende eines langen Ganges im fünften Stock gehabt, wo er mit einem weiteren Anwalt und drei Anwaltsgehilfen Klagen gegen Ärzte ausarbeitete. Mit dem Betrieb der übrigen Kanzlei verband sie wenig. Zwar wußte er, um wen es sich bei Troy Phelan handelte, aber er hatte mit dessen Fällen nie zu tun gehabt. »Das tut mir leid«, sagte er.

»Du weißt es also noch gar nicht?«

»Ich erfahre hier nichts. Wann ist er gestorben?«

»Vor vier Tagen. Er ist von seiner Dachterrasse runtergesprungen.«

»Ohne Fallschirm?«

»Du hast es erfaßt.«

»Und er konnte nicht fliegen.«

»Nein. Er hat es auch nicht versucht. Ich hab es mit angesehen. Er hatte gerade zwei Testamente unterschrieben – das erste von mir aufgesetzt; das zweite und letzte hatte er eigenhändig verfaßt. Dann ist er losgelaufen und gesprungen.«

»Und du hast es gesehen?«

»Ja.«

»Mann! Das muß ja ein ziemlich verrückter Hund gewesen sein.«

Eine Spur Belustigung lag in Nates Stimme. Vor fast vier Monaten hatte ihn ein Zimmermädchen in einem Motel mit dem Magen voller Tabletten und Rum aufgefunden.

»Er hat alles einer unehelichen Tochter hinterlassen, von der ich noch nie gehört hatte.«

»Ist sie verheiratet? Wie sieht sie aus?«

»Ich weiß es nicht. Du sollst sie suchen.«

»Ich?«
»Ja.«
»Ist sie denn verschwunden?«
»Wir wissen nicht, wo sie sich aufhält.«
»Wieviel hat er –«
»So um die elf Milliarden, brutto.«
»Weiß sie das?«
»Nein. Sie weiß nicht mal, daß er tot ist.«
»Weiß sie denn wenigstens, daß Troy ihr Vater ist?«
»Ich habe keine Ahnung, was sie weiß.«
»Wo ist sie?«
»Vermutlich in Brasilien. Sie ist Missionarin bei einem Indianerstamm, der am Ende der Welt lebt.«

Nate stand auf und ging im Zimmer umher. »Ich war mal eine Woche in Brasilien«, sagte er. »Als Student. Es war Karneval, auf den Straßen von Rio haben nackte Frauen getanzt, dann die Samba-Bands, eine Million Menschen, die die ganze Nacht durchgefeiert haben.« Seine Stimme verlor sich, während die Erinnerung auftauchte und rasch wieder dahinschwand.

»Hier geht es nicht um Karneval.«
»Nein, bestimmt nicht. Möchtest du Kaffee?«
»Ja, schwarz.«

Nate drückte einen Knopf an der Wand und sagte seinen Wunsch in die Gegensprechanlage. Die tausend Dollar am Tag schlossen auch einen Zimmerservice ein.

»Wie lange wäre ich weg?« fragte er und setzte sich wieder ans Fenster.

»Ich würde sagen, zehn Tage. Es eilt nicht, und vielleicht ist die Frau schwer zu finden.«

»In welchem Landesteil soll ich suchen?«

»Im Westen, in der Nähe der bolivianischen Grenze. Der Verein, für den sie arbeitet, schickt seine Leute in erster Linie in den Urwald, wo sie sich um die Indianer kümmern, die da wie in der Steinzeit leben. Wir haben uns ein bißchen mit der Sache beschäftigt. Es sieht so aus, als ob sie ihren besonderen Stolz daransetzten, die abgelegensten Menschen auf dem Erdkreis zu finden.«

»Du willst also, daß ich zuerst den richtigen Urwald finde, dann da reinmarschiere, um den richtigen Indianerstamm aufzustöbern und die Leute irgendwie davon zu überzeugen, daß ich ein wohlmeinender Anwalt aus den Vereinigten Staaten bin und sie mir helfen müssen, eine Frau zu finden, die höchstwahrscheinlich gar nicht gefunden werden möchte.«

»So in der Art.«

»Könnte Spaß machen.«

»Sag dir einfach, daß es ein Abenteuer ist.«

»Außerdem hältst du mich damit aus der Kanzlei raus, Josh. Stimmt doch? Ein Manöver, mit dem du dir Luft verschaffst, während du überlegst, wie es weitergehen soll.«

»Irgend jemand muß da runter, Nate. Ein Anwalt unserer Kanzlei muß dieser Frau persönlich gegenübertreten, ihr eine Kopie des Testaments zeigen, ihr erklären, was es damit auf sich hat, und herausfinden, was sie tun will. Dafür kommt weder einer unserer Anwaltsgehilfen noch ein brasilianischer Anwalt in Frage.«

»Und warum ich?«

»Weil alle anderen bis über die Ohren in Arbeit stecken. Du weißt doch, wie das ist. Schließlich hast du selbst mehr als zwanzig Jahre lang so gelebt. Alles kreist um die Kanzlei, du ißt im Gericht zu Mittag, schläfst im Zug. Außerdem könnte es dir guttun.«

»Willst du dafür sorgen, daß ich nicht auf der Straße lande, Josh? Das ist Zeitverschwendung. Ich bin clean. Clean und trocken. Für mich gibt es keine Kneipen mehr, keine Feiern, keine Dealer. Ich bin clean, Josh, und bleibe es. Für alle Zeiten.«

Josh nickte zustimmend, weil er vermutete, daß das von ihm erwartet wurde. Aber er hatte das schon mal gehört. »Ich glaube dir«, sagte er und wünschte aus ganzem Herzen, daß es zutraf.

Es klopfte, und jemand brachte ein silbernes Kaffeetablett.

Nach einer Weile fragte Nate: »Was ist mit der Anklage? Ich darf das Land nicht verlassen, solange die Sache nicht erledigt ist.«

»Ich hab mit dem Richter gesprochen und ihm erklärt, daß es eilt. Du sollst in neunzig Tagen vor ihm erscheinen.«

»Ist er umgänglich?«

»Der reinste Weihnachtsmann.«

»Meinst du, daß er mir eine Chance gibt, falls ich verurteilt werde?«

»Bis dahin ist noch ein ganzes Jahr Zeit. Wir wollen uns darüber später Gedanken machen.«

Nate saß an einem Tischchen über seinen Kaffee gebeugt und sah in die Tasse, während er sich Fragen überlegte. Josh saß ihm gegenüber und sah nachdenklich in die Ferne.

»Und wenn ich nein sage?« fragte Nate.

Josh zuckte die Achseln, als sei das unerheblich. »Ist nicht weiter schlimm. Wir finden jemand anders. Stell dir einfach vor, es ist ein Urlaub für dich. Du hast ja wohl keine Angst vor dem Urwald.«

»Natürlich nicht.«

»Dann geh los und amüsier dich.«

»Und wann müßte ich aufbrechen?«

»In einer Woche. Für Brasilien brauchst du ein Visum. Dafür müssen wir ein paar Beziehungen spielen lassen. Außerdem sind hier noch ein paar Dinge zu klären.«

In Walnut Hill wurde von den Insassen erwartet, daß sie sich mindestens eine Woche lang auf die Entlassung vorbereiten ließen, bevor man sie wieder den Wölfen zum Fraß vorwarf. Man hatte sie verwöhnt, ausgenüchtert, einer Gehirnwäsche unterzogen sowie körperlich, geistig und seelisch auf Vordermann gebracht. Jetzt wurden sie für den Wiedereintritt in die Gesellschaft ertüchtigt.

»Eine Woche«, wiederholte Nate für sich.

»Ja, etwa eine Woche.«

»Und es dauert zehn Tage?«

»Das ist nur so eine Vermutung von mir.«

»Das heißt, ich werde über die Feiertage da unten sein.«

»So dürfte es aussehen.«

»Eine großartige Idee.«

»Du möchtest wohl Weihnachten gern ausfallen lassen?«

»Ja.«

»Und was ist mit deinen Kindern?«

Er hatte vier, zwei von jeder Frau. Eins stand kurz vor dem Studienabschluß, eins war im College, und zwei besuchten die Mittelschule.

Er rührte seinen Kaffee um und sagte: »Ich hab nichts von ihnen gehört, Josh. Seit fast vier Monaten bin ich hier, und von keinem auch nur ein Wort.« Seine Stimme klang unglücklich, und seine Schultern hingen herab. Er sah einen Augenblick lang ziemlich zerbrechlich aus.

»Das tut mir leid«, sagte Josh.

Josh hatte allerdings von den Familien gehört. Beide Frauen ließen sich von Anwälten vertreten, und die hatten angerufen, um festzustellen, ob es Geld zu holen gab. Nates Ältester studierte an der Northwestern University und brauchte Geld für seine Studiengebühren. Er hatte persönlich bei Josh angerufen, nicht etwa, um sich nach dem Befinden oder dem Aufenthaltsort seines Vaters zu erkundigen, sondern, weit wichtiger, nach der Höhe seiner vorjährigen Gewinnbeteiligung an der Kanzlei. Er war anmaßend und unhöflich, und Josh hatte ihm schließlich gesagt, er solle sich zum Teufel scheren.

»Ich will nichts mit all den Feiern und der aufgesetzten Fröhlichkeit zu tun haben«, sagte Nate. Er stand auf und ging auf bloßen Füßen durch das Zimmer.

»Heißt das, du fährst hin?«

»Liegt es am Amazonas?«

»Nein, im Pantanal, dem größten Überschwemmungsgebiet der Welt.«

»Mit Piranhas, Anakondas und Alligatoren?«

»Na klar doch.«

»Gibt es da auch Kannibalen?«

»Nicht mehr als in Washington.«

»Ernsthaft.«

»Nein, wohl nicht. Die Leute haben in elf Jahren keinen einzigen ihrer Missionare verloren.«

»Und was ist mit Anwälten?«

»Bestimmt würde es ihnen großen Spaß machen, einen zu filetieren. Hör mal, Nate. Die Sache ist nicht besonders schwierig. Wenn ich nicht so viel zu tun hätte, würde ich selbst gern hinfahren. Das Pantanal ist ein großes ökologisches Reservat.«

»Ich hab noch nie im Leben davon gehört.«

»Weil du schon seit Jahren nicht mehr reist. Du warst immer nur in deinem Büro und im Gerichtssaal.«

»Abgesehen von den Entwöhnungskuren.«

»Mach mal Urlaub. Lern einen andern Teil der Welt kennen.«

Nate nahm einen großen Schluck Kaffee und steuerte dann das Gespräch in eine andere Richtung. »Und was ist danach? Krieg ich dann mein Büro wieder? Bleibe ich Teilhaber?«

»Möchtest du das denn?«

»Selbstverständlich«, sagte er, zögerte aber ein wenig.

»Bestimmt?«

»Was sollte ich wohl sonst wollen?«

»Was weiß ich? Immerhin ist das jetzt schon deine vierte Entziehungskur in zehn Jahren. Es wird immer schlimmer mit dir. Wenn du jetzt rauskämst, würdest du auf dem kürzesten Weg in die Kanzlei gehen und sechs Monate lang der beste Anwalt für Kunstfehlerverfahren sein. Du würdest die alten Freunde meiden, die Kneipen und die Stadtviertel, in denen du früher verkehrt hast. Nichts als Arbeit, Arbeit und noch mal Arbeit. Es würde nicht lange dauern, und du hättest ein paar großartige Prozesse. Du würdest große Erfolge feiern und unter großem Druck stehen. Dann würdest du einen Gang zulegen, und ein Jahr später würde sich irgendwo ein Riß zeigen. Ein alter Freund trifft dich auf der Straße, eine Frau aus einem anderen Leben taucht auf. Vielleicht läuft ein Prozeß nicht so gut, und das Urteil entspricht nicht deinen Erwartungen. Ich würde dich genau im Auge behalten, aber ich kann nicht voraussagen, wann du wieder abrutschst.«

»Ich rutsche nicht mehr ab, Josh. Das schwöre ich.«

»Das würde ich dir gern glauben, aber ich hab das schon mal gehört. Und was ist, wenn sich deine Dämonen wieder melden, Nate? Beim letzten Mal fehlten nur ein paar Minuten, und du wärst tot gewesen.«

»So was kommt nicht wieder vor.«

»Das nächste Mal wird das letzte Mal sein, Nate. Dann gibt es eine feierliche Beisetzung, wir nehmen Abschied von dir und sehen zu, wie man dich ins Grab runterläßt. Das möchte ich nicht miterleben.«

»Soweit kommt es nicht. Das schwöre ich.«

»Wenn du das ernsthaft willst, schlag dir die Sache mit dem Büro aus dem Kopf. Der Druck ist viel zu groß für dich.«

Am meisten waren Nate bei den Entziehungskuren die langen Perioden der Stille zuwider, der Meditation, wie Sergio es nannte. Man erwartete von den Patienten, daß sie sich wie Mönche ins Halbdunkel hockten, die Augen schlossen und inneren Frieden fanden. Das mit dem Hocken und den geschlossenen Augen kriegte Nate hin, aber hinter den Lidern kämpfte er alte Prozesse noch einmal durch, legte sich mit dem Internal Revenue Service an und schmiedete Ränke gegen seine früheren Ehefrauen. Vor allem aber machte er sich Sorgen um die Zukunft. Dieses Gespräch mit Josh hatte er in Gedanken schon viele Male durchgespielt.

Aber jetzt fielen ihm seine klugen Antworten und seine schlagfertigen Erwiderungen nicht ein. Er hatte nahezu vier Monate lang so gut wie allein gelebt, und das hatte seine Reflexe erschlaffen lassen. Er brachte lediglich einen trübseligen Blick zustande. »Na hör mal, Josh. Du kannst mich nicht einfach auf die Straße setzen.«

»Du hast über zwanzig Jahre lang Prozesse geführt, Nate. Das ist ungefähr der Durchschnitt. Es ist Zeit, was anderes zu machen.«

»Heißt das, ich soll als Lobbyist mit den PR-Leuten von tausend kleinen Kongreßabgeordneten zum Mittagessen gehen?«

»Wir finden was für dich. Aber nicht im Gerichtssaal.«

»Ich tauge nicht für solche Arbeitsessen. Ich möchte Prozesse führen.«

»Kommt nicht in Frage. Du kannst in der Kanzlei bleiben, eine Menge Geld verdienen, deine Gesundheit pflegen, anfangen, Golf zu spielen, und ein schönes Leben führen, immer vorausgesetzt, daß dich der IRS nicht ins Gefängnis schickt.«

Einige angenehme Augenblicke lang hatte er den IRS ganz vergessen. Jetzt ergriff er wieder von seinem Bewußtsein Besitz, und Nate setzte sich. Er drückte aus einer Portionspackung etwas Honig in seinen lauwarmen Kaffee; eine so auf Gesundheit bedachte Einrichtung wie Walnut Hill duldete weder Zucker noch Süßstoff.

»Ein paar Wochen im brasilianischen Schwemmland klingen eigentlich ganz gut«, sagte er.

»Heißt das, du gehst?«

»Ja.«

Da Nate reichlich Zeit zu lesen hatte, ließ ihm Josh eine dicke Akte über den Phelan-Nachlaß und dessen geheimnisvolle neue Erbin da, außerdem zwei Bücher über fern von der Zivilisation lebende Indianerstämme in Südamerika.

Nate las acht Stunden lang ohne Pause und ließ sogar das Abendessen ausfallen. Mit einem Mal wollte er unbedingt fort, sein Abenteuer möglichst bald beginnen. Als ihn Sergio um zehn Uhr noch einmal aufsuchte, saß er wie ein Mönch mitten auf dem Bett, von Papieren umgeben, gedankenverloren in einer anderen Welt.

»Es ist Zeit für mich zu gehen«, sagte Nate.

»Das stimmt«, gab Sergio zur Antwort. »Ich fang morgen an, die Formulare auszufüllen.«

NEUN

Das Gerangel wurde schlimmer. Die Phelan-Erben redeten immer weniger miteinander und verbrachten immer mehr Zeit in den Kanzleien ihrer Anwälte. Eine ganze Woche verging, in der weder der Inhalt des Testaments bekanntgegeben, noch genaue Pläne für einen Antrag auf Feststellung seiner Gültigkeit gemacht wurden. Je dichter die Erben das Vermögen vor Augen sahen, das gerade außerhalb ihrer Reichweite lag, desto größer wurde ihre Nervosität. Mehrere Anwälte wurden in die Wüste geschickt und ebenso rasch durch andere ersetzt.

Mary Ross Phelan Jackman entzog ihrem Anwalt das Mandat, weil ihr sein Stundensatz nicht hoch genug war. Ihr Mann war ein erfolgreicher orthopädischer Chirurg mit zahlreichen Kontakten in der Geschäftswelt, der täglich mit Anwälten zu tun hatte. Ihr neuer Anwalt war ein Energiebündel namens Grit, der sich für sechshundert Dollar pro Stunde mit vollem Einsatz ins Getümmel stürzte.

Während sie auf das Erbe warteten, häuften sie immense Schulden an. Kaufverträge für hochherrschaftliche Villen wurden unterschrieben. Neue Autos wurden geliefert. Berater für die unterschiedlichsten Dinge wurden beauftragt. Da war ein Badehäuschen zu entwerfen, ein privates Düsenflugzeug aufzutreiben und eine Empfehlung auszusprechen, welches Rennpferd man kaufen sollte. Wenn sich die Erben nicht in den Haaren lagen, kauften sie in großem Stil ein. Die einzige Ausnahme war Ramble, aber auch nur deshalb, weil er noch minderjährig war. Er drückte sich fortwährend in Gesellschaft seines Anwalts herum, der sicherlich die Schulden seines Mandanten vergrößerte.

Eine Prozeßlawine wird häufig dadurch ausgelöst, daß die Leute dem Gericht die Tür einrennen. Da sich Josh Stafford weigerte, das Testament offenzulegen, und gleichzeitig geheimnisvolle Hinweise über Troys mangelnde Testierfähigkeit fallenließ, gerieten die Anwälte der Phelan-Erben schließlich in Panik.

Zehn Tage nach Troys Selbstmord reichte Hark Gettys beim Gericht des Fairfax County im Staat Virginia eine Klage ein, um zu erzwingen, daß Troy L. Phelans Testament öffentlich bekanntgemacht wurde. Mit der Verschlagenheit eines ehrgeizigen Anwalts, mit dem man rechnen muß, gab er einem Reporter der *Washington Post* einen Wink. Sie unterhielten sich eine Stunde lang, nachdem er den Antrag eingereicht hatte, und dabei ließ Gettys neben Äußerungen, die ihn ins rechte Licht rücken sollten, auch die eine oder andere vertrauliche Angabe durchsickern. Ein Fotograf machte einige Aufnahmen.

Sonderbarerweise stellte Hark seinen Antrag im Namen aller Phelan-Erben und gab ihre Namen und Anschriften an, als wären sie seine Mandanten. Nachdem er in die Kanzlei zurückgekehrt war, faxte er ihnen Kopien des Antrags durch. Wenige Minuten später war bei ihm telefonisch kein Durchkommen mehr.

Der Bericht in der *Post* vom nächsten Morgen wurde von einem großen Foto ergänzt, auf dem sich Hark mit nachdenklicher Miene den Bart strich. Der Artikel war noch länger, als er es sich erträumt hatte. Er las ihn bei Sonnenaufgang in einem Café in Chevy Chase und fuhr dann rasch in seine neue Kanzlei.

Einige Stunden später, kurz nach neun, herrschte im Geschäftszimmer des für den Bezirk Fairfax zuständigen Gerichts ein noch größeres Gedränge von Anwälten als sonst. Sie kamen in kleinen Gruppen, redeten in abgehackten Sätzen auf die Mitarbeiter der Geschäftsstelle ein und gaben sich große Mühe, einander nicht zur Kenntnis zu nehmen. Sosehr sich ihre Anträge unterschieden, so wollten doch alle ein und dasselbe – im Fall Phelan als zuständig anerkannt werden und einen Blick in das Testament werfen.

Nachlaßangelegenheiten wurden im Bezirk Fairfax nach dem Zufallsprinzip unter einem Dutzend Richter verteilt, und so landete der Fall Phelan auf dem Schreibtisch F. Parr Wycliffs. Dieser sechsunddreißigjährige Richter besaß nur wenig Erfahrung auf dem Gebiet, war aber äußerst ehrgeizig und hoch erfreut, einen so wichtigen Fall übertragen zu bekommen.

In seinem Amtszimmer im Gericht beschäftigte er sich den ganzen Vormittag über mit der Akte. Seine Sekretärin legte ihm die Anträge vor, die er sogleich las.

Nachdem sich seine erste Aufregung gelegt hatte, rief er Josh Stafford an, um sich mit ihm bekannt zu machen. Wie es in solchen Fällen unter Juristen üblich ist, unterhielten sie sich höflich, aber steif und zurückhaltend, weil noch wichtige Dinge auf sie zukommen würden. Von einem Richter namens Wycliff hatte Josh noch nie gehört.

»Liegt ein Testament vor?« fragte Wycliff schließlich.

»Ja, Euer Ehren. Ein Testament liegt vor.« Josh wählte seine Worte mit Bedacht. Es galt im Staat Virginia als Vergehen, ein Testament zurückzuhalten. Falls der Richter wissen wollte, was darin stand, würde Josh ihm das nicht verschweigen.

»Wo befindet es sich?«

»Hier in meiner Kanzlei.«

»Wer ist der Testamentsvollstrecker?«

»Ich.«

»Wann gedenken Sie es vorzulegen?«

»Mein Mandant hat mich gebeten, bis zum fünfzehnten Januar damit zu warten.«

»Hmmm. Gibt es einen bestimmten Grund dafür?«

Der Grund lag auf der Hand. Troy wollte, daß seine habgierigen Kinder noch ein letztes Mal richtig mit Geld um sich warfen, bevor er ihnen den Teppich unter den Füßen wegzog. Es war gemein, grausam und sah Troy nur allzu ähnlich.

»Das entzieht sich meiner Kenntnis«, sagte Josh. »Es handelt sich um ein eigenhändiges Testament. Mr. Phelan hat es wenige Sekunden, bevor er in die Tiefe gesprungen ist, unterschrieben.«

»Ein eigenhändig verfaßtes Testament, sagen Sie?«

»Ja.«

»Waren Sie nicht bei ihm?«

»Doch. Aber das ist eine lange Geschichte.«

»Vielleicht sollte ich sie erfahren.«

»Vielleicht sollten Sie das.«

Josh hatte viel zu tun. Bei Wycliff war das nicht der Fall, aber er gab sich den Anschein, als sei jede Minute seines Tages verplant. Sie einigten sich darauf, sich zum Mittagessen auf ein paar Sandwiches in Wycliffs Amtszimmer zu treffen.

Sergio konnte sich mit Nates Vorhaben, nach Südamerika zu verreisen, nicht anfreunden. Nach nahezu vier Monaten in einer Einrichtung wie Walnut Hill mit einem genau geregelten Tagesablauf, wo Tür und Tor verriegelt waren, ein bewaffneter Wachmann die Straße anderthalb Kilometer weiter unten im Tal beobachtete, ohne daß man ihn sah, und wo Fernsehen, Filme, Spiele, Zeitschriften und Anrufe einer strengen Zensur unterlagen, geriet die Rückkehr in eine vertraute Umgebung häufig zu einer traumatischen Erfahrung. Die Vorstellung aber, daß jemand diese Rückkehr auf dem Umweg über Brasilien vollziehen wollte, war mehr als beunruhigend.

Nate ließ das kalt. Ihn hatte kein Gerichtsbeschluß in Walnut Hill eingewiesen, sondern Josh hatte ihn hingeschickt, und wenn Josh ihn aufforderte, im Urwald Versteck zu spielen, war ihm das recht. Sergio mochte daran herummäkeln und sich beschweren, soviel er wollte.

Die Woche vor der Entlassung war die Hölle. Zu den Mahlzeiten gab es statt fettfreier jetzt fettarme Gerichte mit so unvermeidlichen Zutaten wie Salz, Pfeffer, Käse und ein wenig Butter, damit sich sein Stoffwechsel auf die draußen zu erwartenden Widrigkeiten einstellen konnte. Nates Magen rebellierte, und er verlor noch mal über ein Kilo.

»Das ist erst ein kleiner Vorgeschmack auf das, was dich da unten erwartet«, sagte Sergio von oben herab.

Sie stritten sich während der Therapie, was in Walnut Hill an der Tagesordnung war. Die Leute mußten sich vor ihrer Entlassung eine dicke Haut zulegen, mußten lernen, sich zu wehren. Sergio begann sich von seinem Schützling zurückzuziehen. Ein Abschied war gewöhnlich schwierig, und Sergio verkürzte die Sitzungen und wurde reservierter.

Jetzt, wo das Ende abzusehen war, begann Nate die Stunden zu zählen.

Richter Wycliff wollte wissen, was in dem Testament stand, und Josh entzog sich seiner Bitte höflich. An einem kleinen Tisch im kleinen Amtszimmer des Richters aßen sie belegte Brote aus einer Feinkosthandlung. Dem Gesetz nach war Josh nicht verpflichtet, den Inhalt des Testaments bekanntzugeben, zumindest nicht zum gegenwärtigen Zeitpunkt. Wycliff überschritt mit seiner Aufforderung seine Kompetenzen, doch seine Neugier war verständlich.

»Ich kann die Motive der Antragsteller nachempfinden«, sagte er. »Sie haben ein Recht zu erfahren, was in dem Testament steht. Warum zögern Sie das hinaus?«

»Ich erfülle lediglich den Wunsch meines Mandanten«, antwortete Josh.

»Früher oder später müssen Sie das Testament aber offenlegen.«

»Natürlich.«

Wycliff schob seinen Terminkalender an den Plastikteller heran und sah über den Rand seiner Lesebrille hinein. »Heute ist der zwanzigste Dezember. Wir können unmöglich alle vor Weihnachten zusammentrommeln. Was halten Sie vom siebenundzwanzigsten?«

»Woran denken Sie?«

»An ein Verlesen des Testaments.«

Als sich Josh vorstellte, was das bedeuten würde, wäre er fast an einem Dillstengel erstickt. Die Phelans und ihr Gefolge, samt ihren neuen Freunden und sonstigem Anhang sowie all ihre temperamentvollen Anwälte, würden in Wycliffs Gerichtssaal zusammenkommen. Außerdem mußte man noch die Presse informieren. Während er ein weiteres Stück Gewürzgurke zerbiß und in sein kleines schwarzes Büchlein schaute, mußte er sich große Mühe geben, ein breites Grinsen zu unterdrücken. Er konnte schon das Keuchen und Stöhnen, die unterdrückten Flüche hören, das Entsetzen und die bittere Enttäuschung spüren. Vielleicht würde es auch das eine oder andere Schluchzen geben, während die Phelans versuchten, mit dem fertig zu werden, was ihnen der geliebte Vater angetan hatte.

Es wäre ein einzigartiger und wunderbarer Augenblick in der Geschichte des amerikanischen Rechtswesens, voller Tükken, und mit einem Mal konnte Josh es kaum mehr abwarten. »Der siebenundzwanzigste paßt mir gut«, sagte er.

»Schön. Ich werde die Parteien davon in Kenntnis setzen, sobald ich alle einander zugeordnet habe. Das sind ja geradezu Heerscharen von Anwälten.«

»Die Sache ist für Sie einfacher, wenn Sie daran denken, daß es sechs Kinder und drei frühere Ehefrauen gibt, also neun Hauptgruppen von Anwälten.«

»Hoffentlich ist mein Gerichtssaal groß genug.«

Ausschließlich Stehplätze, hätte Josh fast gesagt. Die Leute dicht gedrängt, kein Laut zu hören, während der Umschlag geöffnet, das Testament entfaltet wird und die unglaublichen Worte vorgelesen werden. »Ich schlage vor, daß Sie das Testament verlesen«, sagte Josh.

Dazu war Wycliff entschlossen. Er sah dieselbe Szene vor sich wie Josh. Ein Testament zu verlesen, in dem über elf Milliarden Dollar verfügt wird, wäre einer der größten Augenblicke seiner Laufbahn.

»Ich vermute, das Testament macht es nicht allen Beteiligten recht«, sagte der Richter.

»Es ist ausgesprochen boshaft.«

Seine Ehren brachten tatsächlich ein Lächeln zustande.

ZEHN

Vor seinem jüngsten Rückfall hatte Nate in einem älteren Haus im Stadtteil Georgetown zur Miete gewohnt. Auch diese Wohnung, die er sich nach der letzten Scheidung genommen hatte, war seiner Zahlungsunfähigkeit zum Opfer gefallen, und so gab es buchstäblich keinen Ort auf der Welt, an dem er seine erste Nacht in Freiheit verbringen konnte.

Wie auch schon bei früheren Gelegenheiten hatte Josh die Entlassung gewissenhaft geplant. Er kam am vereinbarten Tag und brachte eine Reisetasche mit, die neue und frisch gebügelte Shorts und Hemden der Marke J. Crew für die Reise nach Süden enthielt. Er hatte Nates Paß und Visum bei sich, reichlich Bargeld, Reisedokumente und neben zahlreichen Anweisungen auch einen genauen Plan, wie er vorgehen sollte. Nicht einmal ein Erste-Hilfe-Päckchen fehlte.

Nate hatte keine Gelegenheit, nervös zu werden. Er verabschiedete sich von einigen Mitarbeitern der Klinik, doch die meisten mieden Abschiede und behaupteten, sie hätten woanders zu tun. Stolz durchschritt er nach hundertvierzig Tagen herrlicher Nüchternheit die Eingangstür; sauber, gebräunt und in guter körperlicher Verfassung. Zum ersten Mal seit zwanzig Jahren wog er weniger als achtzig Kilo; acht hatte er abgenommen.

Josh fuhr, und während der ersten fünf Minuten fiel kein Wort. Schnee bedeckte die Weideflächen, wurde aber rasch weniger, während sie das Gebirge hinter sich ließen. Ganz leise spielte das Autoradio Weihnachtslieder. Es war der zweiundzwanzigste Dezember.

»Könntest du das abschalten?« fragte Nate schließlich.

»Was?«

»Das Radio.«

Josh drückte einen Knopf, und die Musik, die er gar nicht wahrgenommen hatte, hörte auf.

»Wie fühlst du dich?« fragte er.

»Könntest du am nächsten Laden anhalten?«

»Klar. Warum?«

»Ich möchte mir einen Sechserpack kaufen.«

»Sehr lustig.«

»Für 'ne große Cola würde ich glatt jemand umbringen.«

Sie kauften in einem Laden an der Straße Erfrischungsgetränke und Erdnüsse. Als ihnen die Frau an der Kasse munter »frohe Weihnachten« wünschte, brachte Nate keine Antwort zustande. Im Wagen erklärte Josh, er fahre zum Dulles Airport, noch knapp zwei Stunden.

»Dein Flug geht nach São Paulo. Von da kannst du nach drei Stunden Aufenthalt eine Maschine nach Campo Grande nehmen.«

»Sprechen die Leute da Englisch?«

»Nein. Es sind Brasilianer. Sie sprechen Portugiesisch.«

»Natürlich.«

»Aber am Flughafen können bestimmt welche Englisch.«

»Wie groß ist dieses Campo Grande?«

»Eine halbe Million Einwohner. Aber das ist nicht dein Ziel. Von dort nimmst du einen Zubringerflug nach Corumbá. Die Städte werden immer kleiner.«

»Und die Flugzeuge auch.«

»Ja, genau wie bei uns.«

»Aus irgendeinem Grund sagt mir die Vorstellung eines brasilianischen Zubringerflugs nicht besonders zu. Ich bin ziemlich nervös, Josh.«

»Du kannst auch sechs Stunden mit dem Bus fahren.«

»Und weiter.«

»In Corumbá triffst du dich mit einem Anwalt namens Valdir Ruiz. Er kann Englisch.«

»Hast du mit ihm gesprochen?«

»Ja.«

»Und verstanden, was er gesagt hat?«

»Ja, jedenfalls das meiste. Er ist sehr nett. Er arbeitet für etwa fünfzig Dollar die Stunde, falls du das für möglich hältst.«

»Wie groß ist dieses Corumbá?«

»Etwa neunzigtausend Einwohner.«

»Das heißt, man findet da was zu essen, zu trinken und einen Platz zum Schlafen.«

»Ja, Nate, du bekommst ein Zimmer. Das ist mehr, als du hier hast.«

»Autsch.«

»Tut mir leid. Möchtest du einen Rückzieher machen?«

»Ja, aber ich mach es nicht. Ich kenne kein anderes Ziel, als dies Land zu verlassen, bevor ich noch ein einziges Mal ›Jingle Bells‹ höre. Ich würde die nächsten zwei Wochen im Straßengraben übernachten, wenn das der Preis dafür wäre, mir nicht dies vorweihnachtliche Gedudel anhören zu müssen.«

»Laß gut sein. Es ist kein Straßengraben, sondern ein hübsches Hotel.«

»Und was soll ich mit diesem Ruiz machen?«

»Er sucht dir einen Führer, der dich ins Pantanal bringt.«

»Wie komm ich da hin? Mit dem Flugzeug, mit dem Hubschrauber?«

»Wahrscheinlich mit dem Boot. Wenn ich das richtig verstanden habe, besteht das ganze Gebiet da unten aus Sümpfen und Wasserläufen.«

»Außerdem gibt es da Schlangen, Alligatoren und Piranhas.«

»Was für ein kleiner Feigling du doch bist. Ich dachte, du wolltest da hin.«

»Will ich auch. Fahr schneller.«

»Immer mit der Ruhe.« Josh wies auf eine Aktentasche hinter dem Beifahrersitz. »Mach die auf«, sagte er. »Die sollst du mitnehmen.«

Nate zog sie hervor und knurrte: »Die wiegt ja eine Tonne. Was ist da drin?«

»Lauter gute Sachen.«

Die neue, braune Ledertasche sah aus, als wäre sie schon lange in Gebrauch gewesen, und sie war groß genug für eine kleine juristische Handbibliothek. Nate stellte sie sich auf die Knie und öffnete die Verschlüsse. »Spielzeug«, sagte er.

»Das winzige graue Gerät da ist ein digitales Telefon. Der letzte Stand der Technik«, sagte Josh mit offenbarem Stolz auf die von ihm zusammengetragenen Sachen. »Valdir wählt dich in das örtliche Netz ein, sobald du in Corumbá bist.«

»Das heißt, die haben in Brasilien Telefone.«

»Nicht zu knapp. Die Telekommunikation ist da unten eine Wachstumsindustrie. Alle Leute laufen da mit Handys rum.«

»Die armen Menschen. Und was ist das da?«

»Ein Computer.«

»Was zum Teufel soll ich damit?«

»Es ist das neueste auf dem Gebiet. Sieh nur, wie klein!«

»Ich kann nicht mal die Zeichen auf der Tastatur lesen.«

»Du kannst ihn mit dem Telefon verbinden und auf diese Weise deine E-Mails empfangen.«

»Mann! Und was hilft mir das mitten im Sumpf, wo es nichts als Schlangen und Alligatoren gibt?«

»Das hängt von dir ab.«

»Josh, ich hab nicht mal im Büro mit E-Mail gearbeitet.«

»Das ist nicht für dich, sondern für mich. Ich möchte immer mit dir in Verbindung bleiben und sofort Bescheid wissen, wenn du die Frau findest.«

»Und was ist das da?«

»Das beste Spielzeug in der ganzen Kiste. Ein Satelliten-Telefon. Du kannst es überall auf der Welt einsetzen. Solange du darauf achtest, daß die Batterien geladen sind, kannst du mich immer erreichen.«

»Du hast doch gerade gesagt, daß die da unten ein großartiges Telefonsystem haben.«

»Nicht im Pantanal. Das sind zweihundertfünfzigtausend Quadratkilometer Schwemmland, in dem es keine einzige Stadt und nur sehr wenige Menschen gibt. Das Satelliten-Telefon ist sozusagen die Nabelschnur, die dich mit der Außenwelt verbindet, sobald du Corumbá verlassen hast.«

Nate öffnete das Etui aus Hartplastik und betrachtete aufmerksam das glänzende kleine Telefon. »Wieviel hat dich das gekostet?« fragte er.

»Keinen Cent.«

»Na schön, wieviel hat es den Phelan-Nachlaß gekostet?«

»Viertausendvierhundert Dollar. Es ist jeden einzelnen davon wert.«

»Haben meine Indianer denn Strom?« Nate blätterte in der Betriebsanleitung.

»Natürlich nicht.«

»Und wie soll ich dann dafür sorgen, daß die Batterien geladen bleiben?«

»Du hast eine Ersatzbatterie. Irgendwas wird dir schon einfallen.«

»Soviel zum Thema Abgeschiedenheit.«

»Es wird sehr abgeschieden sein. Du wirst mir noch für das Spielzeug dankbar sein, wenn du da unten bist.«

»Kann ich dir auch jetzt schon danken?«

»Nein.«

»Vielen Dank, Josh. Für alles.«

»Nicht der Rede wert.«

Im Menschengewühl des Abfertigungsgebäudes tranken sie an einem Tischchen, das ein Stück von einem Biertresen entfernt stand, dünnen Espresso und lasen Zeitung. Der Tresen brannte sich tief in Joshs Bewußtsein ein. Nate hingegen schien von dessen Existenz nichts zu merken, obwohl die Heineken-Leuchtreklame kaum zu übersehen war.

Ein dürrer Nikolaus zog müde vorüber und hielt Ausschau nach Kindern, die sich billige Geschenke aus seinem Sack holen konnten. Aus einem Musikautomaten neben dem Tresen sang Elvis ›Blue Christmas‹. Menschen schoben und stießen sich, der Lärm war unerträglich. Alle schienen für die Feiertage nach Hause fliegen zu wollen.

»Wie fühlst du dich?« fragte Josh.

»Gut. Warum gehst du nicht? Bestimmt hast du was Besseres zu tun.«

»Ich bleibe.«

»Hör mal, Josh. Mir geht es wirklich gut. Wenn du glaubst, ich warte bloß darauf, daß du gehst, damit ich rüber an den Tresen renne und mir den Wodka nur so reinschütte, irrst du dich. Ich hab keinerlei Bedürfnis nach Alkohol. Ich bin trocken und ausgesprochen stolz darauf.«

Josh sah ein wenig verlegen drein, in erster Linie, weil Nate seine Gedanken erraten hatte. Nates Sauftouren waren in der

Kanzlei legendär. Falls er der Versuchung erlag, gab es am ganzen Flughafen nicht genug Alkohol, um ihn zufriedenzustellen. »Darüber mach ich mir keine Sorgen«, log er.

»Dann geh. Ich bin alt genug.«

Sie verabschiedeten sich am Flugsteig, umarmten sich und verabredeten, möglichst immer genau zur vollen Stunde Verbindung miteinander aufzunehmen. Nate konnte es nicht abwarten, sich in seinen Sitz in der ersten Klasse fallen zu lassen. Josh hatte tausend Dinge im Büro zu erledigen.

Zwei kleine Vorsichtsmaßnahmen hatte er getroffen. Erstens hatte er für den Flug zwei nebeneinanderliegende Plätze gebucht. Nate konnte am Fenster sitzen, der Sitz zum Gang hin würde freibleiben. Es wäre zu gefährlich, wenn neben ihm ein durstiger Geschäftsmann säße und sich mit Wein und Whisky vollaufen ließe. Zwar kostete jeder der Plätze hin und zurück über siebentausend Dollar, aber Geld spielte keine Rolle.

Zweitens hatte er mit einem Mitarbeiter der Fluglinie ein ausführliches Gespräch über Nates Entziehungskur geführt. Unter keinen Umständen durfte ihm Alkohol serviert werden. An Bord der Maschine befand sich ein Schreiben von Josh an die Fluggesellschaft, falls man es vorzeigen mußte, um Nate zu überzeugen.

Eine Stewardeß brachte ihm Orangensaft und Kaffee. Er wickelte sich in eine dünne Decke und sah zu, wie das ins Umland wuchernde Washington unter ihm verschwand, während die Maschine der Fluggesellschaft Varig durch die Wolken emporstieg.

Es war eine Erleichterung für ihn, allem zu entkommen: Walnut Hill und Sergio, der Stadt und ihrer Tretmühle, dem Ärger mit seiner letzten Frau, seiner Zahlungsunfähigkeit und der Auseinandersetzung mit dem IRS. In zehntausend Meter Höhe hatte Nate fast beschlossen, daß er nie zurückkehren würde.

Aber jeder Neueinstieg kostete unmäßig viel Kraft. Immer lauerte die Angst vor einem erneuten Rückfall unmittelbar unter der Oberfläche. Er war schon so oft aus der Entziehung zurückgekehrt, daß er sich wie ein Veteran vorkam, und das war beängstigend. Wie bei Ehefrauen und Prozeßerfolgen konnte er jetzt Vergleiche anstellen. Würde es immer wieder dazu kommen?

Beim Abendessen merkte er, daß Josh hinter den Kulissen die Fäden gezogen hatte. Man bot ihm keinen Wein an. Er stocherte mit der Vorsicht eines Menschen im Essen herum, der gerade fast vier Monate damit zugebracht hatte, sämtliche Salatsorten der Welt durchzuprobieren; bis vor wenigen Tagen hatte es für ihn weder Fett noch Zucker gegeben. Das letzte, was er brauchen konnte, war ein verdorbener Magen.

Er döste ein wenig, hatte aber keine Lust zu schlafen. Als vielbeschäftigter Anwalt und Nachtschwärmer hatte er gelernt, mit wenig Schlaf auszukommen. Im ersten Monat in Walnut Hill hatte man ihn so mit Tabletten vollgestopft, daß er zehn Stunden am Tag geschlafen hatte. Wer im Koma liegt, kann sich nicht wehren.

Er stellte seine Spielzeugsammlung auf den leeren Nebensitz und begann, die verschiedenen Betriebsanleitungen durchzugehen. Das Satelliten-Telefon hatte es ihm besonders angetan, obwohl er nicht glauben konnte, daß er es wirklich brauchen würde.

Ein weiteres Telefon erregte seine Aufmerksamkeit. Es war die neueste technische Errungenschaft in der Luftfahrt, ein schmales Gerät, das unauffällig neben seinem Sitz an der Kabinenwand hing. Er nahm ab und rief Sergio in seiner Wohnung an. Sergio saß bei einem späten Abendessen, freute sich aber trotzdem, von ihm zu hören.

»Wo bist du?« wollte er wissen.

»In einer Kneipe«, antwortete Nate mit leiser Stimme, weil die Lichter in der Kabine heruntergedimmt waren.

»Sehr witzig.«

»Wahrscheinlich bin ich jetzt über Miami und habe noch acht Stunden vor mir. Ich habe gerade das Telefon hier entdeckt und wollte es mal ausprobieren.«

»Das heißt, es geht dir gut?«

»Blendend. Fehle ich dir?«

»Noch nicht. Ich dir?«

»Ist das dein Ernst? Ich bin ein freier Mensch und fliege dem Dschungel entgegen, wo ich ein herrliches Abenteuer erleben werde. Später wirst du mir fehlen, okay?«

»Okay. Und ruf mich an, wenn du Schwierigkeiten bekommst.«

»Die gibt es diesmal nicht, Serge.«

»Recht so, Nate.«

»Danke, Serge.«

»Nichts zu danken. Ruf mich einfach an.«

Ein Film begann, aber niemand sah hin. Die Stewardeß brachte noch einmal Kaffee. Als nächstes rief Nate seine Sekretärin Alice an, eine Frau, die fast zehn Jahre lang hinter ihm hergeräumt und ziemlich unter ihm gelitten hatte. Sie wohnte mit ihrer Schwester in einem alten Haus in Arlington. In den letzten vier Monaten hatte Nate einmal mit ihr gesprochen.

Die Unterhaltung dauerte eine halbe Stunde. Alice schien überglücklich, seine Stimme zu hören. Von seiner Reise nach Südamerika wußte sie angeblich nichts, was ihm ein wenig merkwürdig vorkam, weil sie normalerweise alles wußte. Aber sie gab sich am Telefon zurückhaltend, fast mißtrauisch. Der Prozeßanwalt Nate witterte Unrat und nahm sie förmlich ins Kreuzverhör.

Sie arbeitete nach wie vor in der Prozeßabteilung, saß am selben Schreibtisch wie eh und je und tat mehr oder weniger dasselbe wie sonst auch, nur für einen anderen Anwalt. »Wer ist das?« wollte Nate wissen.

Ein Neuer. Ebenfalls ein Prozeßanwalt. Sie antwortete überlegt, und Nate begriff, daß Josh sie persönlich instruiert haben mußte. Natürlich war ihm klar gewesen, daß Nate sie anrufen würde, sobald er wieder draußen war.

In welchem Büro saß der Neue? Wer war sein Anwaltsgehilfe? Woher kam er? Wie viele Kunstfehler-Prozesse hatte er bearbeitet? War sie ihm nur vorübergehend zugeteilt?

Alice antwortete ziemlich ausweichend.

»Wer ist in meinem Büro?« fragte er.

»Niemand. Es ist völlig unberührt. Es liegen sogar noch kleine Aktenstapel in allen Ecken herum.«

»Was tut Kerry?«

»Hat reichlich zu tun und wartet auf Sie.« Kerry war die Anwaltsgehilfin, mit der Nate am liebsten zusammenarbeitete.

Alice wußte auf alles die richtige Antwort und gab kaum etwas preis. Vor allem über den neuen Prozeßanwalt sagte sie so gut wie nichts.

»Halten Sie sich bereit«, sagte er, als es nicht mehr viel zu besprechen gab. »Es ist Zeit für ein Comeback.«

»Es war ziemlich langweilig, Nate.«

Langsam legte er auf und hörte sich auf dem Aufzeichnungsgerät noch einmal an, was sie gesagt hatte. Irgend etwas war anders als früher. Josh stand im Begriff, seine Kanzlei umzustrukturieren. Würde Nate dabei auf der Strecke bleiben? Wahrscheinlich nicht, aber seine Tage im Gerichtssaal waren wohl vorüber.

Er beschloß, sich den Kopf darüber später zu zerbrechen. Es gab so viele Leute, die er anrufen mußte, und so viele Telefone, mit denen er das tun konnte. Er kannte einen Richter, der vor zehn Jahren dem Alkohol abgeschworen hatte. Ihm wollte er das großartige Ergebnis seiner eigenen Entwöhnung mitteilen. Er konnte auch seine erste Frau anrufen und sie zur Schnecke machen, war aber nicht in der richtigen Stimmung. Außerdem wollte er seine vier Kinder anrufen und sie fragen, warum sie nicht angerufen oder geschrieben hatten.

Statt dessen nahm er einen Aktenordner aus seiner Tasche und begann nachzulesen, was über Mr. Troy Phelan und seinen gegenwärtigen Auftrag darin stand. Um Mitternacht, irgendwo über der Karibik, schlief er ein.

ELF

Eine Stunde vor Sonnenaufgang begann die Maschine ihren Landeanflug. Nate hatte das Frühstück verschlafen, und als er wach wurde, brachte eine Stewardeß eilends Kaffee.

São Paulo wurde sichtbar, eine Stadt, die sich über gut zweitausend Quadratkilometer ausbreitete. Er hielt den Blick auf das Lichtermeer unter sich gerichtet und fragte sich, wie es möglich war, daß eine einzige Stadt zwanzig Millionen Einwohner hatte.

Der Flugkapitän wünschte den Gästen an Bord einen guten Morgen und sagte dann in raschem Portugiesisch mehrere Sätze, von denen Nate nichts verstand. Die englische Übersetzung, die darauf folgte, war nicht viel verständlicher. Hoffentlich würde er nicht gezwungen sein, sich mit Gesten und Grunzlauten seinen Weg durch das Land zu bahnen. Einen Augenblick lang machten ihm die Sprachschwierigkeiten Sorge, doch vergaß er sie, als ihn eine hübsche brasilianische Stewardeß aufforderte, den Sicherheitsgurt anzulegen.

Im Flughafen, der von Menschen wimmelte, war es heiß. Er holte seine nagelneue Reisetasche vom Gepäckband, ging durch den Zoll, ohne daß jemand auch nur einen Blick darauf warf, und gab sie am Varig-Schalter für den Flug nach Campo Grande erneut auf. Dann suchte er ein Café, in dem eine Speisekarte an der Wand hing. Er wies darauf, sagte Espresso, und die Kassiererin tippte den Betrag ein. Sie betrachtete sein amerikanisches Geld zwar mißbilligend, gab ihm aber heraus. Ein brasilianischer Real entsprach einem Dollar. Nate besaß jetzt einige Reals.

Er schlürfte den Kaffee Schulter an Schulter mit einigen ungesittet wirkenden japanischen Touristen. Um ihn herum ertönte ein Sprachengewirr; Deutsch und Spanisch vermischte sich mit dem Portugiesisch der Lautsprecheransagen. Hätte er sich einen Sprachführer gekauft, dann könnte er wenigstens das eine oder andere Wort verstehen.

Allmählich spürte er, wie er sich von der Außenwelt abkoppelte. Inmitten der Menge war er einsam. Er kannte keine Menschenseele. Fast niemand wußte, wo er sich befand, und kaum jemandem war es wichtig. Der Zigarettenrauch der Touristen stieg um ihn herum auf, und er ging rasch in die Haupthalle, wo er die Decke zwei Stockwerke über sich und das Erdgeschoß unter sich sehen konnte. Mit der schweren Aktentasche in der Hand begann er ziellos durch die Menge zu streifen und verfluchte Josh, weil er sie mit soviel unnützem Kram gefüllt hatte.

Er hörte jemanden laut Englisch sprechen und trat näher. Einige Geschäftsleute warteten unweit vom Schalter der United Airlines, und er suchte sich einen Platz in ihrer Nähe. Er hörte, daß es in Detroit schneite und sie unbedingt an Weihnachten zu Hause sein wollten. Sie arbeiteten in Brasilien an einer Pipeline, und schon bald war Nate ihres Gewäschs müde. Sie hatten seine Anwandlung von Heimweh rasch kuriert.

Sergio fehlte ihm. Nach der letzten Entziehungskur hatte die Klinik Nate eine Woche lang in ein Haus zur Wiedereingewöhnung gesteckt, um ihm den Übergang zurück ins Alltagsleben zu erleichtern. Ihm war das Haus ebenso zuwider gewesen wie der Tagesablauf dort, aber im Rückblick war die Idee nicht unvernünftig. Man brauchte einige Tage, um sich wieder zurechtzufinden. Vielleicht hatte Sergio recht. Er rief ihn von einer Telefonzelle aus an und weckte ihn. In São Paulo war es halb sieben, in Virginia aber erst halb fünf.

Es machte Sergio nichts aus. Das gehörte mit zum Job.

In der Maschine, die nach Campo Grande flog, einer Boeing 727, gab es weder eine erste Klasse noch auch nur einen freien Platz. Angenehm überrascht merkte Nate, daß sämtliche Fluggäste ihr Gesicht in bemerkenswert viele verschiedene Tageszeitungen steckten, die ebenso gut aufgemacht und modern waren wie die in den Vereinigten Staaten. Die Menschen, die sie lasen, schienen geradezu versessen auf Neuigkeiten zu sein. Vielleicht war Brasilien doch kein so zurückgebliebenes Land, wie er angenommen hatte. Die Leute konnten lesen! Das Flugzeug war sauber und im Inneren frisch überholt. Der Getränkewagen bot Cola und Sprite an; Nate fühlte sich fast wie zu Hause.

Ohne die Informationsschrift über die Indianer, die er auf dem Schoß liegen hatte, weiter zu beachten, ließ er von seinem Fensterplatz in der zwanzigsten Reihe aus den Blick über die sich weithin erstreckende Hügellandschaft gleiten. Der leuchtend orangefarbene Boden war mit üppigem Grün bedeckt und in wildem Durcheinander von roten, unbefestigten Straßen durchzogen, die von einer kleinen Ansiedlung zur nächsten führten. Fernstraßen schien es so gut wie keine zu geben. Hier und da sah man eine Ranch.

Dann wurde eine befestigte Straße mit Fahrzeugen sichtbar. Die Maschine verlor an Höhe, und der Flugkapitän teilte ihnen mit, daß sie gleich in Campo Grande landen würden. In der Innenstadt drängten sich die Häuser dicht aneinander, man sah Hochhäuser, das unvermeidliche Fußballstadion und viele Straßen voller Autos. Alle Wohngebäude schienen mit roten Ziegeln gedeckt zu sein. Dank der sprichwörtlichen Tüchtigkeit einer großen Kanzlei war Nate im Besitz eines – zweifellos vom jüngsten Sozius, der für dreihundert Dollar die Stunde arbeitete, zusammengestellten – Informationsblatts, das Campo Grande auf eine Weise beschrieb, als sei die Stadt für die Angelegenheit, die zu erledigen er gekommen war, von entscheidender Bedeutung: sechshunderttausend Einwohner, Viehhandelszentrum, viele Gauchos, rasches Wachstum, moderne Infrastruktur. Zwar waren diese Angaben ganz nett, aber warum sollte er sich damit belasten? Er würde dort nicht einmal die Nacht verbringen.

Der Flughafen kam ihm für eine Stadt dieser Größe bemerkenswert klein vor. Dann begriff er, daß er alles mit den Vereinigten Staaten verglich. Damit mußte Schluß sein. Als er aus dem Flugzeug stieg, traf ihn die Hitze wie ein Schlag. Zwei Tage vor Weihnachten betrug die Temperatur dort mindestens zweiunddreißig Grad. Er blinzelte zur strahlenden Sonne empor und hielt sich mit einer Hand am Geländer fest, als er die Treppe zum Vorfeld hinabstieg.

Er schaffte es, im Flughafenrestaurant ein Mittagessen zu bestellen, und als es kam, sah er voll Freude, daß es sogar genießbar war. Zu einem überbackenen Hühnersandwich gab es Pommes, die so kroß waren wie in irgendeinem Schnellrestaurant daheim. Während er bedächtig aß, richtete er den Blick abwechselnd auf die sonderbare Semmel, in der das Hühnerfleisch steckte, denn so eine hatte er noch nie gesehen, und auf die Landebahn. Als er mit seiner Mahlzeit zur Hälfte fertig war, landete eine zweimotorige Turboprop-Maschine von Air Pantanal und rollte ans Flughafengebäude. Sechs Personen stiegen aus.

Er hörte auf zu kauen, während er versuchte, einen plötzlichen Anflug von Angst zu überwinden. Zubringerflüge tauchten immer wieder in den Zeitungen und im Programm des Senders CNN auf, nur daß zu Hause niemand je etwas davon erfahren würde, wenn diese Maschine abstürzte.

Aber eigentlich sah das Flugzeug recht stabil und sauber aus. Es schien sogar ziemlich modern zu sein, und die Piloten erwiesen sich als gutgekleidete Berufsflieger. Nate aß weiter. Positiv denken, mahnte er sich.

Eine Stunde lang durchstreifte er das kleine Abfertigungsgebäude. An einem Zeitschriftenkiosk erstand er einen portugiesischen Sprachführer und begann sich Wörter einzuprägen. Er las Werbeplakate für einen Abenteuerurlaub im Pantanal, der Ökotourismus genannt wurde. Man konnte Autos mieten. Es gab einen Stand, wo man Geld wechseln konnte, eine Bar mit Bierreklamen und auf einem Regal aufgereihte Whiskyflaschen. In der Nähe des Haupteingangs stand ein schlanker künstlicher Weihnachtsbaum mit einer einzelnen Lichterkette. Nate sah zu, wie die Birnchen zu den Klängen eines brasilianischen Weihnachtslieds aufblinkten, und mußte trotz aller Mühe, es nicht zu tun, unwillkürlich an seine Kinder denken.

Es war der Tag vor Heiligabend. Nicht alle Erinnerungen waren quälend.

Er bestieg das Flugzeug mit zusammengebissenen Zähnen und durchgedrücktem Rückgrat und schlief fast die ganze Stunde, die der Flug bis Corumbá dauerte. Der kleine Flughafen dort war voller Bolivianer, die auf einen Flug nach Santa Cruz warteten. Sie waren mit Kartons und Taschen beladen, die von Weihnachtsgeschenken überquollen.

Vor dem Flughafengebäude war die Luft drückend schwül. Nate trieb einen Taxifahrer in einem alten, ungepflegten Mazda auf, der kein Wort Englisch konnte. Doch nachdem er ihm die Wörter »Hotel Palace« auf seinem Reiseplan gezeigt hatte, ging die Fahrt los. Im Wagen war es heiß und stickig.

Corumbá habe neunzigtausend Einwohner, erfuhr er aus einem weiteren der von Joshs Mitarbeiter ausgearbeiteten Merkblätter. Die Stadt liege nahe der bolivianischen Grenze am Fluß Paraguay und schmücke sich schon seit langem mit der Bezeichnung ›Hauptstadt des Pantanal‹. Der Verkehr auf dem Fluß und der Handel, dem die Stadt ihre Entstehung verdanke, werde wohl auch ihren Weiterbestand sichern.

Corumbá machte auf Nate einen angenehmen Eindruck und wirkte in keiner Weise hektisch. Die baumbestandenen breiten Straßen waren gepflastert. Händler saßen im Schatten vor ihrem Ladeneingang und unterhielten sich miteinander, während sie auf Kunden warteten. Halbwüchsige flitzten auf ihren Motorrollern zwischen den Autos umher. Barfüßige Kinder schleckten an Tischen auf den Bürgersteigen ihr Eis.

Während sich das Taxi dem Geschäftsviertel näherte, wurde der Autoverkehr immer dichter, bis er ganz zum Stillstand kam. Der Fahrer murmelte etwas, schien aber nicht weiter beunruhigt zu sein. In New York oder Washington hätte ein Taxifahrer in einer solchen Situation und bei dieser Hitze vor einem Gewaltausbruch gestanden.

Aber hier waren sie in Brasilien. In Südamerika gingen die Uhren langsamer. Nichts hatte Eile. Zeit war nicht so wichtig. Nimm deine Uhr ab, sagte sich Nate. Er nahm sie aber doch nicht ab, schloß statt dessen die Augen und atmete die schwüle Luft ein.

Das Hotel lag mitten in der Stadt an einer Straße, die mit leichtem Gefälle zum Fluß Paraguay hinabführte, der majestätisch in der Ferne blinkte. Nate gab dem Taxifahrer eine Handvoll Reals und wartete geduldig auf sein Wechselgeld. Er brachte ein klägliches »Obrigado« heraus, um dem Fahrer zu danken. Dieser lächelte und sagte etwas, was er nicht verstand. Die Türen zur Hotelhalle standen offen, wie alle Türen in Corumbá, die auf die Bürgersteige führten.

Die ersten Wörter, die er beim Eintritt hörte, wurden von jemandem aus Texas geschrien. Ein Trupp von Rowdys, die getrunken hatten und in festlicher Stimmung zu sein schienen, verließ gerade das Hotel. Sie wollten offenbar rechtzeitig zu den Feiertagen nach Hause kommen. Nate setzte sich in die Nähe eines Fernsehgeräts und wartete, bis sie verschwanden.

Sein Zimmer lag im siebten Stock. Für achtzehn Dollar am Tag bekam er einen Raum, der knapp fünfzehn Quadratmeter groß war und in dem ein schmales Bett stand. Sofern es eine Matratze hatte, mußte die ziemlich dünn sein, denn man lag dicht über dem Fußboden. Von Sprungfedern war nichts zu sehen. Außerdem gab es einen Tisch, einen Stuhl, eine am Fenster angebrachte Klimaanlage, einen kleinen Kühlschrank mit Flaschen voll Wasser, Cola und Bier sowie ein sauberes Badezimmer mit Seife und vielen Handtüchern. Gar nicht so schlecht, sagte sich Nate. Das war ein Abenteuer. Es war kein Luxushotel, aber bestimmt konnte man da leben.

Eine halbe Stunde lang versuchte er Josh anzurufen, doch die Sprachbarriere war unüberwindlich. Der Hotelangestellte am Empfang konnte zwar genug Englisch, um ihn mit der Auslandsvermittlung zu verbinden, aber von da an ging es nur noch auf portugiesisch weiter. Er probierte sein neues Mobiltelefon aus, aber offensichtlich lag Corumbá in einem Funkloch.

Er streckte seinen müden Körper auf der ganzen Länge des klapprigen Betts aus und schlief ein.

Valdir Ruiz war zweiundfünfzig Jahre alt, klein, hatte eine schmale Taille, olivbraune Haut und trug die wenigen Haare, die ihm geblieben waren, nach hinten gekämmt. Sie glänzten ölig. Seine schwarzen Augen waren von zahlreichen Fältchen umgeben, Ergebnis dreißigjährigen starken Rauchens. Als Siebzehnjähriger hatte er ein Jahr lang mit einem Stipendium der Rotarier als Austauschstudent bei einer Familie in Iowa gelebt und war stolz auf sein Englisch, für das er normalerweise in Corumbá nicht viel Verwendung hatte. Um in Übung zu bleiben, sah er sich abends meist CNN und amerikanische Unterhaltungsprogramme an.

Nach dem Jahr in Iowa hatte Valdir Ruiz ein Hochschulvorbereitungsjahr in Campo Grande absolviert und dann in Rio Jura studiert. Nur zögernd war er nach Corumbá zurückgekehrt, um in der kleinen Kanzlei seines Onkels zu arbeiten und sich um seine Eltern zu kümmern. Länger als ihm lieb war, hatte er den gemächlichen Rhythmus einer Anwaltstätigkeit in Corumbá ertragen und gleichzeitig davon geträumt, wie es in der großen Stadt gewesen wäre.

Aber er war ein freundlicher Mann und, wie die meisten Brasilianer, mit dem Leben zufrieden. Er führte seine kleine Kanzlei, die lediglich aus ihm selbst und einer Sekretärin bestand, sehr effizient. Die Sekretärin versah den Telefondienst und tippte für ihn. Am liebsten waren ihm Immobiliengeschäfte, Grundbucheintragungen, Kaufverträge und dergleichen. Valdir Ruiz war nie als Prozeßanwalt tätig geworden. Das lag in erster Linie daran, daß in Brasilien das Auftreten vor Gericht nicht zum Alltag eines Anwalts gehört, denn da man dort nicht wegen jeder Kleinigkeit vor Gericht zieht, sind Prozesse eher selten. Ruiz war erstaunt darüber, was Anwälte im Sender CNN sagten und was man dort über ihr Tun erfuhr. Warum lenken sie die Aufmerksamkeit der Öffentlichkeit so sehr auf sich? hatte er sich oft gefragt. Ein Anwalt, der Pressekonferenzen gibt und von einer Talkshow zur nächsten eilt, um sich dort über seine Mandanten auszulassen – so etwas war in Brasilien unerhört.

Senhor Ruiz' Kanzlei lag drei Querstraßen von Nates Hotel entfernt auf einem ausgedehnten schattigen Grundstück, das sein Onkel vor Jahrzehnten erworben hatte. Da dicke Bäume mit ihrem Laub das Dach des Gebäudes beschatteten, standen die Fenster trotz der Hitze offen. Senhor Ruiz mochte die schwache Geräuschkulisse, die von der Straße hereindrang. Um Viertel nach drei sah er, daß ein Mann, den er nicht kannte, vor dem Haus stehenblieb und es musterte. Er war ganz offensichtlich Ausländer, und zwar Amerikaner. Das konnte nur Mr. O'Riley sein.

Die Sekretärin brachte ihnen *cafezinho*, den starken schwarzen Kaffee mit reichlich Zucker, den Brasilianer den ganzen Tag aus winzigen Täßchen schlürfen, und Nate war sogleich geradezu süchtig danach. Er saß in Senhor Ruiz' Büro und bewunderte seine Umgebung: den quietschenden Ventilator an der Decke, die offenen Fenster, durch welche die Geräusche der Straße gedämpft hereindrangen, die ordentlichen Reihen verstaubter Akten in Regalen, die hinter Valdir standen – sie redeten einander bereits mit Vornamen an –, den abgetretenen Dielenboden zu ihren Füßen. Im Raum war es ziemlich warm, aber durchaus erträglich. Nate kam sich vor wie in einem vor fünfzig Jahren gedrehten Film.

Valdir rief in Washington an und bekam Josh an den Apparat. Sie unterhielten sich kurz, dann reichte er den Hörer über den Tisch. »Hallo, Josh«, sagte Nate. Josh war erkennbar erleichtert, seine Stimme zu hören. Nate berichtete ihm über den Flug nach Corumbá und betonte, daß es ihm gutging, er nach wie vor nüchtern war und sich auf den Rest des Abenteuers freute.

Valdir machte sich in einer Ecke des Raumes mit einer Akte zu schaffen. Obwohl er so tat, als interessiere ihn das Gespräch nicht im geringsten, bekam er jedes Wort mit. Warum nur mochte dieser Nate O'Riley so stolz darauf sein, daß er nüchtern war?

Nach dem Telefongespräch holte Valdir eine große Verkehrskarte des Staates Mato Grosso do Sul heraus, der etwa dieselbe Größe wie Texas hat, und entfaltete sie. Er zeigte auf das gelb schattierte Schwemmland des Pantanal. Es nahm den gesamten Nordwesten des Staates ein und erstreckte sich nach Norden ins Mato Grosso und westlich bis nach Bolivien. Hunderte von Flußläufen und kleineren Gewässern durchzogen das Gebiet. Man sah auf der Karte weder kleine noch große Städte, weder Straßen noch Autobahnen. Zweihundertfünfzigtausend Quadratkilometer Sumpf, erinnerte sich Nate, hatte er in einer der zahlreichen Beschreibungen gelesen, die ihm Josh auf die Reise mitgegeben hatte.

Valdir steckte sich eine Zigarette an, während sie gemeinsam die Karte betrachteten. Er hatte seine Hausaufgaben gemacht. Am westlichen Rand der Karte in der Nähe der bolivianischen Grenze waren vier rote Kreuze eingezeichnet.

»Dort leben Eingeborenenstämme«, sagte er und wies auf die Kreuze. »Guató und Ipica.«

»Wie groß sind die?« fragte Nate und beugte sich dicht über die Karte. Es war sein erster Blick auf das engere Gebiet, das er auf der Suche nach Rachel Lane durchforschen sollte.

»Das weiß niemand genau«, sagte Valdir sehr langsam und betont. Er gab sich große Mühe, den Amerikaner mit seinem Englisch zu beeindrucken. »Vor hundert Jahren gab es sehr viel mehr von ihnen. Aber mit jeder Generation nimmt die Zahl der Stammesangehörigen ab.«

»Wieviel Kontakt haben sie mit der Außenwelt?« wollte Nate wissen.

»Sie kommen mit ihr kaum in Berührung. Ihre Kultur ist in tausend Jahren unverändert geblieben. Sie treiben einen gewissen Handel mit den Besatzungen der Flußboote, haben aber nicht das Bedürfnis, ihr Leben zu ändern.«

»Und weiß man, wo sich die Missionare aufhalten?«

»Schwer zu sagen. Ich habe mit dem für den Südteil des Mato Grosso zuständigen Gesundheitsminister gesprochen, den ich persönlich kenne. In seinem Ministerium hat man eine ungefähre Vorstellung davon, wo die Missionare tätig sind. Außerdem habe ich Kontakt mit einem Vertreter der FUNAI aufgenommen, unserer für Indianerfragen zuständigen Behörde.« Valdir wies auf zwei der Kreuze. »Hier leben Guató. Wahrscheinlich leben dort Missionare.«

»Und sind ihre Namen bekannt?« fragte Nate, doch hätte er sich die Frage ebensogut sparen können. Einer weiteren Aktennotiz Joshs zufolge war Valdir der Name Rachel Lane nicht mitgeteilt worden. Man hatte ihm lediglich gesagt, daß die gesuchte Frau für World Tribes Missions arbeitete.

Valdir schüttelte lächelnd den Kopf. »Das wäre zu einfach. Sie müssen verstehen, daß mindestens zwanzig verschiedene amerikanische und kanadische Organisationen Missionare nach Brasilien entsandt haben. Es ist nicht schwer, in unser Land zu gelangen, und jeder kann sich hier ungehindert bewegen. Das gilt vor allem in den unentwickelten Gebieten. Niemand kümmert sich so recht darum, wer sich da draußen aufhält und was die Leute da treiben. Wir sind der Ansicht, wenn es Missionare sind, kann es nichts Schlechtes sein.«

Nate zeigte auf Corumbá und dann auf das dem Ort am nächsten liegende rote Kreuz. »Wie lange dauert es von hier bis da?«

»Kommt drauf an. Mit dem Flugzeug etwa eine Stunde. Mit dem Boot zwischen drei und fünf Tagen.«

»Und wo ist dann mein Flugzeug?«

»So einfach ist das nicht«, sagte Valdir und holte eine weitere Karte hervor. Er entrollte sie und legte sie auf die erste. »Das ist eine topographische Karte des Pantanal, und das hier sind *fazendas*.«

»Was ist das?«

»*Fazendas*? Große landwirtschaftliche Betriebe.«

»Ich dachte, das ist alles Sumpf.«

»Nein. Viele Gebiete liegen gerade hoch genug, daß man auf ihnen Viehzucht treiben kann. Die *fazendas* hat man vor zweihundert Jahren angelegt. Sie werden nach wie vor von den *pantaneiros* betrieben. Nur wenige von ihnen sind mit Booten zu erreichen, weshalb die Leute Kleinflugzeuge benutzen. Die Start- und Landepisten sind blau gekennzeichnet.«

Nate sah, daß es in der Nähe der Indianergebiete nur sehr wenige solche Pisten gab.

Valdir fuhr fort: »Selbst wenn Sie dahin fliegen würden, müßten Sie anschließend mit einem Boot weiterfahren, um zu den Indianern zu gelangen.«

»Wie sehen diese Pisten aus?«

»Es sind Grasbahnen. Manchmal werden sie abgemäht, manchmal nicht. Die Kühe bereiten die größten Schwierigkeiten.«

»Wieso das?«

»Nun ja, sie fressen gern Gras. Manchmal ist eine Landung schwierig, weil sie gerade die Landebahn abfressen.« Er sagte das ohne die geringste Absicht, witzig zu sein.

»Kann man die denn nicht verscheuchen?«

»Ja, wenn man weiß, daß jemand kommt. Aber es gibt keine Telefone.«

»Auf den *fazendas* gibt es keine Telefone?«

»Nein. Sie liegen sehr abgeschieden.«

»Ich könnte also nicht einfach ins Pantanal fliegen und mir dann ein Boot mieten, um die Indianer zu suchen?«

»Nein. Alle Flußboote sind hier in Corumbá, und auch die Führer.«

Nate betrachtete aufmerksam die Karte, vor allem den Paraguay, der sich nordwärts in Richtung auf die Indianersiedlungen zuschlängelte. Irgendwo an diesem Fluß, hoffentlich in seiner Nähe, lebte inmitten dieses ungeheuer großen Schwemmlandes eine einfache Dienerin Gottes tagein, tagaus in Frieden und Ruhe vor sich hin, beschäftigte sich nur wenig mit der Zukunft und hütete still ihre Herde.

Sie mußte er finden.

»Ich würde das Gebiet zumindest gern mal überfliegen.«

Valdir rollte die Karte wieder zusammen, die sie zuletzt betrachtet hatten. »Ich kann ein Flugzeug und einen Piloten besorgen.«

»Und was ist mit einem Boot?«

»Ich versuche es. Wir befinden uns mitten in der Zeit des Hochwassers, da werden die meisten Boote gebraucht. Um diese Jahreszeit herrscht mehr Verkehr auf dem Fluß.«

Wie aufmerksam von Troy, sich während der Regenzeit umzubringen. Soweit er aus den ihm von der Kanzlei zur Verfügung gestellten Unterlagen wußte, begannen die Regenfälle im November und dauerten bis Februar. Während dieser Zeit waren alle tiefliegenden Gebiete und viele der *fazendas* überschwemmt.

»Ich muß Sie aber darauf hinweisen«, sagte Valdir, während er sich eine weitere Zigarette ansteckte und auch die erste Karte zusammenfaltete, »daß das Fliegen nicht ungefährlich ist. Die Flugzeuge sind klein, und wenn es Ärger mit den Motoren gibt, nun ja …« Er verstummte, während er die Augen rollte und die Achseln zuckte, als sei alle Hoffnung dahin.

»Was heißt das?«

»Nun ja – es gibt nirgends eine Möglichkeit zur Notlandung. Vorigen Monat mußte eine Maschine runter. Man hat sie in der Nähe eines Flußufers gefunden, inmitten von Kaimanen.«

»Was war mit den Fluggästen?« fragte Nate und fürchtete die Antwort.

»Fragen Sie die Kaimane.«

»Lassen Sie uns von etwas anderem reden.«

»Noch etwas Kaffee?«

»Ja, gern.«

Valdir gab seiner Sekretärin Anweisung, weiteren Kaffee zu bringen. Dann traten er und Nate ans Fenster und sahen auf den Verkehr hinaus. »Ich glaube, ich habe einen Führer für Sie gefunden«, sagte er.

»Gut. Kann er Englisch?«

»Ja, sogar sehr gut. Er ist noch jung, hat kürzlich den Militärdienst hinter sich gebracht. Ein prächtiger Junge. Sein Vater war Flußlotse.«

»Wie schön.«

Valdir trat an seinen Schreibtisch und nahm den Hörer ab. Die Sekretärin brachte Nate ein weiteres Täßchen *cafezinho*, das er am Fenster stehend schlürfte. Auf der anderen Straßenseite lag ein kleines Lokal, vor dem unter einer Markise drei Tische auf dem Gehweg standen. Eine rote Reklame pries Antartica-Bier an. Zwei Männer, die zwar ihre Jacketts abgelegt hatten, nicht aber ihre Krawatten, saßen vor einer großen Flasche Antartica an einem Tisch. Es war eine vollkommene Situation – ein heißer Tag, festliche Stimmung, ein kaltes Getränk, das zwei gute Freunde im Schatten sitzend gemeinsam einnahmen.

Mit einem Mal überkam Nate ein Schwindelgefühl. Die Bierreklame verschwamm ihm vor den Augen. Das Bild, das er gesehen hatte, verschwand, kam dann wieder. Sein Herz hämmerte, und sein Atem stockte. Er hielt sich an der Fensterbank fest, um das Gleichgewicht nicht zu verlieren. Da seine Hände zitterten, stellte er die Kaffeetasse auf einen Tisch. Valdir stand hinter ihm und sagte etwas in schnellem Portugiesisch, ohne etwas zu merken.

Der Schweiß lief ihm in Strömen von der Stirn in die Augen. Er konnte das Bier schmecken. Er kam ins Rutschen. Ein Riß in der Rüstung. Die Mauer der Entschlossenheit, die er in den letzten vier Monaten gemeinsam mit Sergio aufgebaut hatte, begann zu wanken. Nate holte tief Luft und konzentrierte sich. Der Moment würde vorübergehen, das wußte er. Er hatte das schon oft erlebt.

Er nahm die Tasse und trank entschlossen den Kaffee, während Valdir auflegte und ihm mitteilte, daß der Pilot keine rechte Lust habe, am Heiligabend irgendwohin zu fliegen. Nate setzte sich wieder auf seinen Stuhl unter dem quietschenden Ventilator. »Bieten Sie ihm mehr Geld an«, sagte er.

Der nordamerikanische Anwalt Mr. Josh Stafford hatte Valdir bereits gesagt, daß bei diesem Unternehmen Geld keine Rolle spiele. »Er ruft mich in einer Stunde zurück«, sagte er.

Nate war zum Aufbruch bereit. Er nahm sein nagelneues Mobiltelefon heraus, und Valdir half ihm, einen Angestellten der Telefongesellschaft AT & T aufzutreiben, der Englisch sprach. Um das Telefon auszuprobieren, wählte Nate Sergios Nummer und landete auf dessen Anrufbeantworter. Dann rief er seine Sekretärin Alice an und wünschte ihr fröhliche Weihnachten.

Das Telefon funktionierte glänzend. Nate war sehr stolz darauf. Er dankte Valdir und verließ das Büro. Sie hatten vereinbart, vor dem Abend noch einmal miteinander zu reden.

Er ging auf den Fluß zu, der nur wenige Häuserblocks von der Kanzlei entfernt lag. In einem kleinen Park stellten Arbeiter Stühle für ein weihnachtliches Konzert auf. Der Spätnachmittag war schwül; Nates Hemd klebte ihm schweißnaß auf der Brust. Der kleine Vorfall in Valdirs Kanzlei hatte ihm mehr Angst eingejagt, als er sich eingestehen mochte. Er setzte sich auf die Kante eines Picknicktischs und starrte auf das große Pantanal, das vor ihm lag. Ein verwahrlost wirkender Halbwüchsiger tauchte aus dem Nichts auf und wollte ihm Marihuana verkaufen. Er hatte es in winzigen Tütchen abgepackt, die er in einem kleinen hölzernen Kasten bei sich trug. Nate winkte ab. Vielleicht in einem anderen Leben.

Ein Musiker begann seine Gitarre zu stimmen, und langsam sammelte sich eine Menschenmenge um ihn, während die Sonne hinter den nicht besonders fernen Bergen Boliviens versank.

ZWÖLF

Das Geld tat seine Wirkung. Zögernd erklärte sich der Pilot bereit zu fliegen, wollte aber auf jeden Fall früh aufbrechen, um gegen Mittag wieder in Corumbá zu sein. Immerhin sei Heiligabend, er habe kleine Kinder und eine wütende Frau. Valdir beschwichtigte ihn, machte Versprechungen und zahlte ihm einen beträchtlichen Vorschuß in bar aus.

Auch Jevy, der Führer, mit dem Valdir schon seit einer Woche verhandelte, bekam einen Vorschuß. Er war vierundzwanzig Jahre alt, ledig, ein Gewichthebertyp mit kräftigen Armen. Als er federnden Schritts in die Hotelhalle trat, trug er einen verwegenen Hut, Shorts aus Jeansstoff, schwarze Soldatenstiefel und ein ärmelloses T-Shirt. In seinem Gürtel steckte ein blitzendes Bowie-Messer mit gut zwanzig Zentimeter langer Klinge, wohl für den Fall, daß er etwas häuten mußte. Er drückte Nates Hand, daß es diesem vorkam, als splitterten seine Fingerknöchel. »Bom dia«, sagte er mit breitem Lächeln.

»Bom dia«, erwiderte Nate mit vor Schmerz zusammengebissenen Zähnen.

»Sprechen Sie Portugiesisch?« fragte Jevy.

»Nein, nur Englisch.«

»Kein Problem«, sagte er und lockerte endlich seinen tödlichen Griff. »Ich spreche Englisch.« Zwar tat er das mit starkem Akzent, aber bisher hatte Nate jedes Wort verstanden. »Hab ich beim Militär gelernt«, sagte Jevy stolz.

Der Mann war Nate auf Anhieb sympathisch. Er nahm Nates Aktentasche und warf der jungen Frau hinter der Theke irgendeine flotte Bemerkung zu. Sie errötete und wollte noch mehr hören.

Sein in dunklen Tarnfarben lackierter Ford Pickup Baujahr 1978 war das größte Fahrzeug, das Nate bisher in Corumbá gesehen hatte. Mit seinen breiten Reifen, der Seilwinde auf der vorderen Stoßstange und den kräftigen Schutzgittern vor den Scheinwerfergläsern erweckte es den Eindruck, urwaldtauglich zu sein. Es hatte keine Kotflügel und keine Klimaanlage.

Mit lautem Röhren ging es durch die Straßen der Stadt. Ohne auf Stoppschilder zu achten, scheuchte Jevy Autos und Motorräder aus dem Weg, deren Fahrer nichts anderes im Sinn zu haben schienen, als seinem Panzer zu entkommen. Er verlangsamte die Fahrt lediglich an roten Ampeln. Die Auspuffanlage schien den Lärm des Motors so gut wie nicht zu dämpfen, es war unklar, ob das Absicht war oder auf mangelnder Wartung beruhte. Trotz des Höllenlärms wollte Jevy unbedingt ein Gespräch mit seinem Fahrgast führen, während er das Lenkrad wie ein Rennfahrer hin und her wirbelte. Nate, der kein Wort hörte, lächelte und nickte töricht und bemühte sich mit fest auf den Boden gestemmten Füßen, auf seinem Platz zu bleiben. Mit der einen Hand hielt er sich am Fensterrahmen, mit der anderen umklammerte er den Griff der Aktentasche. An jeder Kreuzung drohte sein Herz stehenzubleiben.

Offensichtlich fuhr man hierzulande nach einem System, bei dem jeder die Vorschriften der Straßenverkehrsordnung, sofern es eine solche gab, vollständig außer acht ließ. Trotzdem gab es kein Gemetzel und keine Unfälle. Jeder, auch Jevy, brachte sein Fahrzeug jeweils im letzten Augenblick zum Stehen, ließ den anderen vorbei oder wich ihm aus.

Der Flugplatz war verlassen. Jevy stellte den Wagen in der Nähe des kleinen Abfertigungsgebäudes ab. Von dort gingen sie zu Fuß zur geteerten Start- und Landebahn, an deren Rand vier Kleinflugzeuge standen. Eines von ihnen wurde gerade abflugbereit gemacht. Da Jevy den Mann nicht kannte, stellte er sich und Nate auf portugiesisch vor. Der Name des Piloten klang so ähnlich wie Milton. Er wirkte freundlich, doch war ihm deutlich anzumerken, daß er am Heiligabend lieber nicht fliegen oder sonstwie arbeiten würde.

Während sich die beiden Brasilianer miteinander unterhielten, nahm Nate das Flugzeug näher in Augenschein. Als erstes fiel ihm an der alten einmotorigen Cessna 206 auf, daß sie einen Anstrich benötigte. Das machte ihm große Sorgen. Wenn außen der Lack abblätterte, konnte es dann im Inneren viel besser aussehen? Die Reifen waren glatt. Um das Motorgehäuse herum sah man Ölflecken.

Das Auftanken nahm eine Viertelstunde in Anspruch, und der Start verzögerte sich. Allmählich näherte sich der Uhrzeiger der Zehn. Nate holte sein hochelegantes Mobiltelefon aus der tiefen Tasche seiner Khakishorts und rief Sergio an.

Sergio trank gerade Kaffee mit seiner Frau und machte Pläne für letzte Weihnachtseinkäufe. Wieder war Nate dankbar, daß er sich außerhalb des Landes befand, fern von dem Festtagstrubel dort. An der Atlantikküste, erfuhr er, sei es nicht nur kalt, sondern sie hätten auch Schneeregen. Nate versicherte Sergio, daß es ihm nach wie vor glänzend gehe; keine Probleme.

Ich habe den Rückfall verhindert, dachte er. Er war mit frischer Entschlossenheit und Kraft aufgewacht; also erwähnte er den flüchtigen Augenblick der Schwäche Sergio gegenüber erst gar nicht. Das hätte er zwar eigentlich tun müssen, aber warum sollte er Sergio beunruhigen?

Während sie sich unterhielten, glitt die Sonne hinter eine dunkle Wolke, und vereinzelte Regentropfen fielen vom Himmel. Nate merkte es kaum und beendete das Gespräch nach dem üblichen »Frohe Weihnachten«.

Der Pilot erklärte, daß er bereit sei. »Fühlen Sie sich sicher?« fragte Nate Jevy, während sie die Aktentasche und einen Rucksack ins Flugzeug hievten.

Lachend erwiderte Jevy: »Was meinen Sie! Der Mann hier hat vier kleine Kinder und, wie er sagt, eine hübsche Frau. Warum sollte er sein Leben aufs Spiel setzen?«

Jevy wollte Flugstunden nehmen und nahm daher gern auf dem Sitz rechts neben Milton Platz. Das war Nate nur recht. Er hockte hinter den beiden in einem engen Sitz, Bauch- und Schultergurte so fest wie möglich gezurrt. Zögernd, für Nates Geschmack zu zögernd, sprang der Motor an. In der kleinen Kabine war es wie in einem Backofen, bis Milton sein Fenster aufschob. Die vom Propeller erzeugten Luftwirbel verhalfen ihnen zu frischer Atemluft. Die Cessna rollte hüpfend ans Ende der Startbahn. Platz war genug, denn es gab keinerlei

Verkehr. Als die Maschine abhob, klebte Nate das Hemd auf der Brust, und Schweiß lief ihm über den Rücken.

Schon bald lag die Stadt unter ihnen. Sie sah von oben besser aus als vom Boden, denn aus der Luft wirkten die an den Straßen aufgereihten Häuser sauber und ordentlich. Im Zentrum herrschte so starker Verkehr, daß sich die Autos stauten. Fußgänger eilten über die Straßen. Corumbá, das allmählich hinter ihnen zurückblieb, während die Maschine an Höhe gewann, lag auf einem Felsvorsprung über dem Paraguay, dem sie nach Norden folgten. Hier und da sah man Wolken. Sie spürten eine leichte Turbulenz.

Als sie in einer Höhe von zwölfhundert Metern eine große unheilverkündende Wolke durchflogen hatten, lag mit einem Mal das Pantanal in all seiner Majestät unter ihnen. Im Osten und Norden wand sich ein Dutzend kleiner Wasserläufe in Spiralen um- und durcheinander, ohne irgendwo zu enden; sie verbanden eine Sumpffläche mit hundert anderen. Da die Flüsse Hochwasser führten, gingen sie an manchen Stellen ineinander über. Das Wasser wies unterschiedliche Farbschattierungen auf: Sie reichten vom Grün der tieferen Tümpel bis hin zum Dunkelblau der stehenden Gewässer in den Sumpfgebieten und waren an manchen Stellen mit starkem Bewuchs sogar schwarz. Die lehmige Erde, welche die kleineren Nebenflüsse mit sich führten, hatte sie rötlich gefärbt, wohingegen der breite Paraguay tiefbraun wie Schokolade war. Am Horizont zeigte sich das Wasser blau, soweit das Auge reichte, und die Erde war dort grün.

Während Nate seinen Blick ost- und nordwärts schweifen ließ, sahen die beiden Brasilianer nach Westen, zu den fernen Bergen Boliviens hinüber. Eine Handbewegung Jevys erregte Nates Aufmerksamkeit. Hinter den Bergen war der Himmel deutlich dunkler.

Eine Viertelstunde nach dem Start sah Nate die erste menschliche Ansiedlung, ein Gehöft ganz in der Nähe des Paraguay. Das Wohnhaus war klein und ordentlich, mit dem üblichen Dach aus roten Ziegeln. Weiße Kühe grasten auf einer Weide und gingen am Flußufer zur Tränke. Außer der Wäsche, die an einer Leine in der Nähe des Hauses hing, gab es keinen

Hinweis auf die Gegenwart von Menschen – kein Fahrzeug, keine Freileitung, keine Fernsehantenne. Ein kleiner eingefriedeter quadratischer Garten lag ein Stück weit vom Haus entfernt am Ende eines unbefestigten Weges. Als das Flugzeug in eine Wolke hineinflog, entschwand die Farm ihren Blicken.

Weitere Wolken folgten. Sie wurden dichter, und Milton ging auf knapp tausend Meter herunter, um sich unter ihnen zu halten. Jevy hatte ihm gesagt, daß Nate sich das Gebiet ansehen wolle und er daher so tief wie möglich bleiben müsse. Die erste Ansiedlung der Guató lag etwa eine Flugstunde von Corumbá entfernt.

Als sie einige Minuten lang den Fluß verließen, überflogen sie eine *fazenda*. Jevy entfaltete seine Karte, beschrieb mit einem Finger einen Kreis um etwas herum und reichte sie Nate nach hinten. »Fazenda da Prata«, sagte er und zeigte nach unten. Auf der Karte hatten alle *fazendas* Namen, ganz so, als wären es große Herrensitze. In Wahrheit wirkte die Fazenda da Prata nicht viel größer als das erste Gehöft, das Nate gesehen hatte. Es gab lediglich mehr Kühe, einige kleine Nebengebäude, und das Wohnhaus war etwas größer. Außerdem sah man einen langen geraden Landstreifen, von dem Nate erst nach einer Weile begriff, daß es sich um eine Start- und Landepiste handelte. Es gab dort keinen Fluß in der Nähe und mit Sicherheit keine Straßen. Man konnte nur auf dem Luftweg dorthin gelangen.

Die ostwärts ziehenden dunklen Wolken im Westen bereiteten Milton immer größere Sorgen. Da die Maschine nach Norden flog, schien ein Zusammentreffen unausweichlich. Jevy drehte sich um und rief Nate zu: »Ihm gefällt der Himmel dort drüben nicht.«

Das konnte Nate gut verstehen, aber er war nicht der Pilot. Da ihm nichts einfiel, was er darauf hätte sagen können, zuckte er die Achseln.

»Wir behalten die Sache ein paar Minuten im Auge«, sagte Jevy. Milton erklärte, es sei das beste, umzukehren. Nate wollte zumindest die Indianersiedlungen sehen. Noch hatte er die schwache Hoffnung nicht aufgegeben, er könne einfach dort hinfliegen, Rachel aufsuchen und vielleicht mit nach Corumbá nehmen, wo man sich bei einem Mittagessen in einem netten Restaurant über den Nachlaß ihres Vaters unterhalten konnte. Diese schwache Hoffnung schwand rasch.

Mit einem Hubschrauber müßte es vielleicht gehen. Bestimmt konnte Josh als Nachlaßverwalter die Kosten dafür aufbringen. Sobald Jevy die richtige Indianersiedlung und die richtige Stelle für eine Landung fand, würde Nate einen Hubschrauber mieten.

Er gab sich Tagträumen hin.

Wieder überflogen sie eine kleine *fazenda*, diesmal nahe am Paraguay. Regentropfen prallten gegen die Scheiben der Kabine, und Milton ging auf sechshundert Meter herunter. Links von ihnen zeigte sich ganz in der Nähe eine majestätische Bergkette, und unter ihnen schlängelte sich der Fluß durch dichte Waldgebiete.

Über die Gipfel des Gebirges raste die Gewitterfront heran. Mit einem Mal war der Himmel viel dunkler als zuvor, und Böen beutelten die Cessna so heftig, daß sie durchsackte, wobei Nate mit dem Kopf ans Kabinendach schlug. Angst packte ihn.

»Wir kehren um«, rief ihm Jevy zu. Nate hätte nichts dagegen gehabt, wenn Jevys Stimme gelassener geklungen hätte. Auf Miltons Gesicht war keine Regung zu erkennen, aber die lässige Flieger-Sonnenbrille war verschwunden, und Schweiß bedeckte seine Stirn. Die Maschine machte einen scharfen Schwenk nach rechts, ostwärts, dann südostwärts. Als die Kehre nach Süden vollzogen war, erwartete sie ein Anblick, der Nates Herz stocken ließ. Auch in Richtung Corumbá war der Himmel schwarz.

Damit wollte Milton nichts zu tun haben. Rasch drehte er nach Osten ab und sagte etwas zu Jevy.

»Wir können nicht nach Corumbá zurück«, brüllte Jevy nach hinten. »Er will Ausschau nach einer *fazenda* halten. Da landen wir und warten, bis die Gewitterfront vorbei ist.« Seine Stimme war schrill und besorgt, der Akzent, mit dem er sprach, deutlicher ausgeprägt als vorher.

Nate nickte, so gut er konnte. Sein Kopf flog von einer Seite auf die andere, vom Schlag ans Kabinendach hatte er Kopfschmerzen. Außerdem spürte er, wie sich sein Magen hob.

Einige Minuten lang sah es so aus, als könne die Cessna das Rennen gewinnen. Na klar, dachte Nate, ein Flugzeug, ganz gleich, ob klein oder groß, kann einem Gewitter auf jeden Fall davonfliegen. Er rieb sich den Schädel und verkniff es sich, nach unten zu sehen. Doch jetzt kamen die dunklen Wolken von beiden Seiten.

Was für ein zurückgebliebener, hirnrissiger Pilot war das eigentlich, daß er ohne den geringsten Blick auf das Wetterradar einen Flug antrat? Andererseits war das Radar, immer vorausgesetzt, die Leute hatten überhaupt eins, wahrscheinlich zwanzig Jahre alt und bereits wegen der Feiertage abgeschaltet.

Die Winde umtosten das Kleinflugzeug, und der Regen hämmerte gegen Scheiben und Rumpf. Dichte Wolken zogen vorüber. Die Gewitterfront holte sie ein, überholte sie, und die Maschine wurde von einer Seite zur anderen geschleudert, tanzte auf und ab. Volle zwei Minuten lang gehorchte sie wegen der Turbulenzen dem Steuer nicht. Es war eher ein Ritt auf einem Mustang als ein Flug durch die Wolken.

Bei einem Blick aus dem Fenster merkte Nate, daß nichts zu sehen war: weder Wasser noch Sumpf, und erst recht keine freundliche kleine *fazenda* mit einer Landebahn. Er ließ sich noch tiefer in seinen Sitz sinken. Mit zusammengebissenen Zähnen nahm er sich vor, sich auf keinen Fall zu übergeben.

Als die Maschine in einem Luftloch in weniger als zwei Sekunden dreißig Meter durchsackte, stießen alle drei Männer Verwünschungen aus. Die Angst in der Kabine war geradezu mit Händen zu greifen.

Dann trat eine sehr kurze Pause ein, in der die Luft stillzustehen schien. Milton schob den Steuerknüppel nach vorn und zog die Maschine steil nach unten. Nate hielt sich mit beiden Händen an der Rückenlehne vor ihm fest und kam sich zum ersten und hoffentlich einzigen Mal in seinem Leben wie ein Kamikazeflieger vor. Sein Herz raste, sein Magen schien ihm in der Kehle zu sitzen. Er schloß die Augen und dachte an Sergio und an den Yogalehrer von Walnut Hill, der ihm Beten und Meditieren beigebracht hatte. Er versuchte beides, aber das erwies sich für jemanden, der in einem zu Boden stürzenden

Flugzeug gefangen saß, als unmöglich. Der Tod war nur noch Sekunden entfernt.

Ein Donnerschlag unmittelbar über der Cessna betäubte und erschütterte sie bis ins Mark. Es war, als hätte man in einem dunklen Zimmer ein Gewehr abgefeuert. Nate hatte den Eindruck, seine Trommelfelle wären geplatzt.

In hundertfünfzig Metern Höhe fing Milton die Maschine ab. Der Sturzflug war zu Ende, die Böen aber nicht. »Halten Sie Ausschau nach einer *fazenda*!« schrie Jevy vom Vordersitz, und Nate sah zögernd hinaus. Regen und Sturm hämmerten auf den Boden unter ihnen. Die Bäume schwankten, und auf den Wasserflächen tanzten Schaumkronen. Jevy suchte auf der Karte herum, aber sie hatten nicht die geringste Vorstellung davon, wo sie sich befanden.

Der weiß wie Gischt herabströmende Regen verminderte die Sicht auf hundert, vielleicht zweihundert Meter. Mitunter konnte Nate den Boden kaum erkennen. Wahre Sturzbäche von Regen umgaben sie, die der orkanartige Wind seitwärts trieb. Wie ein Kinderdrachen tanzte das Flugzeug durch die Luft. Milton bemühte sich mit allen Kräften, die Herrschaft über die Maschine zu behalten, während Jevy verzweifelt in alle Richtungen spähte. Sie waren nicht bereit, kampflos unterzugehen.

Aber Nate gab auf. Wie wollte jemand sicher landen, der nicht einmal den Boden sehen konnte? Das Gewitter hatte seinen Höhepunkt noch vor sich. Alles war aus.

Er dachte nicht daran, mit Gott zu feilschen. Das Schicksal, das ihn erwartete, hatte er mit seinem Lebenswandel verdient. Hunderte von Menschen kommen jedes Jahr bei Flugzeugabstürzen um; er war nicht besser als andere.

Unmittelbar unter ihnen sah er ein Stück Fluß, und mit einem Mal fielen ihm die Kaimane und Anakondas ein. Die Vorstellung einer Notlandung im Sumpf erfüllte ihn mit Entsetzen. Er sah sich schon schwer verletzt ums Überleben kämpfen, stellte sich vor, wie er versuchte, das verdammte Satellitentelefon in Gang zu setzen, während er gleichzeitig hungrige Reptilien abwehrte.

Ein erneuter Donnerschlag erschütterte die Kabine. Nate beschloß, jetzt doch zu kämpfen. Er spähte im vergeblichen

Bemühen unter sich, eine *fazenda* zu entdecken. Ein Blitz blendete sie einen Augenblick lang. Der Motor geriet ins Stottern und wäre fast stehengeblieben, fing sich dann und lief weiter. Milton ging auf hundertzwanzig Meter herunter. Unter normalen Umständen war das im Pantanal eine sichere Flughöhe. Zumindest brauchte man sich dort keine Sorgen wegen Hügeln oder anderen Bodenerhebungen zu machen.

Nate zerrte seinen Schultergurt noch fester und übergab sich dann zwischen die Beine. Es war ihm nicht im geringsten peinlich. Er spürte nichts als nacktes Entsetzen.

Die Dunkelheit verschlang sie. Milton und Jevy wurden so durchgeschüttelt, daß sie mit den Schultern aneinanderstießen. Immer wieder gaben sie brüllende Laute von sich, während sie sich bemühten, die Herrschaft über das Flugzeug nicht zu verlieren. Die Karte hing Jevy zwischen den Beinen, sie war mittlerweile völlig nutzlos.

Die Gewitterfront schob sich jetzt auch unter sie. Milton ging auf sechzig Meter herunter, so daß man hin und wieder einen Blick auf den Boden erhaschen konnte. Eine Bö schleuderte die Cessna buchstäblich beiseite, und Nate begriff, wie hilflos sie waren. Er sah etwas Weißes unter sich, schrie und zeigte hin. »Eine Kuh, eine Kuh!« Jevy brüllte Milton das portugiesische Wort ins Ohr.

In so dichtem Regen, daß er ihnen jegliche Sicht nahm, gingen sie durch die Wolken auf fünfundzwanzig Meter herunter und flogen unmittelbar über das rote Dach eines Hauses. Erneut schrie Jevy etwas und wies nach rechts. Die Landebahn kam Nate nicht länger vor als eine Garagenauffahrt in einer Vorstadtsiedlung. Vermutlich war eine Landung dort sogar bei gutem Wetter ein gefährliches Unterfangen. Aber ihnen blieb keine Wahl. Im Fall einer Bruchlandung waren zumindest Menschen in der Nähe.

Für eine Landung mit dem Wind war es zu spät, und so wendete Milton mit größter Anstrengung, um gegen den Wind heruntergehen zu können. Die Böen schleuderten sie hierhin und dorthin, und es kam Nate vor, als stehe die Cessna über dem Boden still. Wegen des dichten Regens betrug die Sicht inzwischen fast null. Nate beugte sich vor, um die Landebahn sehen zu können, erkannte aber lediglich Wasserströme auf der Windschutzscheibe.

In fünfzehn Meter Höhe wurde die Cessna zur Seite geschleudert. Milton fing sie ab und brachte sie wieder in die richtige Lage. Jevy brüllte: »Vacas! Vacas!« Nate begriff sofort, daß er damit Kühe meinte. Er sah sie ebenfalls. Es gelang ihnen, der ersten auszuweichen.

In dem sich wirr abspulenden Film, den Nate wahrnahm, bevor die Maschine aufschlug, sah er einen Jungen mit einem Stock, der angstvoll und klatschnaß durch das hohe Gras wankte, und eine Kuh, die davonlief. Er sah, wie sich Jevy in seinem Sitz feststemmte, während er mit wildem Blick nach vorn starrte. Sein Mund war weit geöffnet, aber kein Laut kam heraus.

Sie setzten auf dem Gras auf, rollten aber weiter. Es war eine sehr harte Landung, aber kein Absturz, und in diesem Sekundenbruchteil hoffte Nate, daß sie nicht sterben würden. Eine weitere Bö hob sie einige Meter hoch, dann setzte die Maschine erneut auf.

»Vaca! Vaca!«

Der Propeller erfaßte eine große Kuh, die neugierig stehengeblieben war. Die Maschine wurde herumgerissen, alle Scheiben fielen heraus, alle drei Männer schrien ihre letzten Worte.

Als Nate zu sich kam, merkte er, daß er blutüberströmt war. Er lag auf der Seite, hatte entsetzliche Angst, aber er lebte. Mit einem Mal fiel ihm auf, daß es immer noch regnete. Der Wind heulte durch das Flugzeug. Milton und Jevy lagen mit wirr ineinander verschlungenen Gliedmaßen aufeinander, bewegten sich aber ebenfalls und versuchten sich aus den Gurten zu befreien.

Nate steckte den Kopf zum Fenster hinaus. Das Flugzeug lag seitwärts auf einer abgeknickten Tragfläche. Alles war mit Blut bedeckt, das aber stammte von der Kuh und nicht von den Menschen in der Kabine. Der Regen, der immer noch in dichten Strömen herunterkam, wusch es rasch ab.

Der Junge mit dem Stock führte sie zu einem kleinen Stallgebäude nahe der Landebahn. In Sicherheit vor dem Gewitter ließ sich Milton auf die Knie nieder und murmelte ein aufrichtiges Gebet zur Jungfrau Maria vor sich hin. Nate sah ihm zu und betete sozusagen mit ihm.

Niemand war ernsthaft verletzt. Milton hatte eine leichte Schnittwunde auf der Stirn. Jevys rechtes Handgelenk war geschwollen. Später würden ihnen wahrscheinlich alle Knochen im Leibe weh tun.

Sie saßen lange auf dem nackten Boden, sahen in den Regen hinaus, hörten den Wind, dachten an das, was hätte geschehen können, und schwiegen.

DREIZEHN

Der Besitzer der Kuh tauchte etwa eine Stunde später auf, als das Unwetter allmählich nachließ und es eine Weile nicht regnete. Er war barfuß, trug ausgebleichte Shorts aus Jeansstoff und ein fadenscheiniges T-Shirt mit der Aufschrift *Chicago Bulls*. Er hieß Marco und war nicht vom weihnachtlichen Geist erfüllt.

Er schickte den Jungen weg und begann dann mit Jevy und Milton heftig über den Wert des getöteten Tiers zu streiten. Milton machte sich mehr Sorgen um sein Flugzeug und Jevy um sein geschwollenes Handgelenk. Nate stand am Fenster und fragte sich, wieso er eigentlich, voll blauer Flecken und mit dem Blut einer Kuh bedeckt, am Heiligabend mitten in der brasilianischen Wildnis herumstand und sich anhörte, wie drei Männer in einer fremden Sprache wild aufeinander einredeten. Auf diese Frage gab es keine eindeutige Antwort. Dabei konnte er noch von Glück sagen, daß er am Leben war.

Nach den anderen Kühen zu urteilen, die in der Nähe weideten, konnte das Tier nicht viel wert gewesen sein. »Ich zahl für das verdammte Ding«, sagte Nate zu Jevy.

Jevy fragte den Mann, wieviel er haben wolle, und dieser sagte: »Hundert Reals.« Also hundert Dollar. Diesen Betrag war es Nate allein schon wert, daß Marco mit Lamentieren aufhörte.

»Ich zahl es. Nimmt er auch American Express?« fragte er, aber der Witz fand keine Resonanz.

Die Abmachung wurde besiegelt, und der Mann verwandelte sich in ihren Gastgeber. Er führte sie in sein Haus, wo eine kleine barfüßige Frau, die sie lächelnd und wortreich willkommen hieß, gerade das Mittagessen zubereitete. Aus naheliegenden Gründen waren im Pantanal Gäste etwas Unbekanntes, und als die Leute begriffen, daß Nate aus den Vereinigten Staaten kam, riefen sie die Kinder herbei. Der Junge mit dem Stock hatte zwei

Brüder, und seine Mutter forderte alle drei auf, sich Nate gut anzusehen, weil er Amerikaner war.

Sie nahm die Hemden der Männer und weichte sie in einem Waschbecken voll Regenwasser in Seifenlauge ein. Ohne sich wegen ihres bloßen Oberkörpers zu genieren, aßen sie an einem runden Tisch schwarze Bohnen mit Reis. Nate war stolz auf seine deutlich sichtbaren Armmuskeln und seinen flachen Bauch. Jevys Körper sah aus wie der eines Gewichthebers. Der arme Milton näherte sich erkennbar dem mittleren Lebensalter, was ihm aber nichts auszumachen schien.

Während des Essens sagten die drei nur sehr wenig. Der Schrecken der Bruchlandung saß ihnen noch in den Knochen. Die Kinder hockten auf dem Fußboden neben dem Tisch, aßen Fladenbrot und Reis und ließen Nate nicht aus den Augen.

Einen halben Kilometer weiter gab es ein Flüßchen, und Marco hatte ein Boot mit Außenbordmotor. Bis zum Paraguay waren es fünf Stunden. Vielleicht hatte er genug Benzin, vielleicht auch nicht. Aber alle drei Männer konnte er in seinem Boot auf keinen Fall unterbringen. Als sich der Himmel aufhellte, gingen Nate und die Kinder zu dem beschädigten Flugzeug hinüber und holten seine Aktentasche heraus. Auf dem Weg dorthin brachte er ihnen bei, auf englisch bis zehn zu zählen, und sie brachten es ihm auf portugiesisch bei. Es waren reizende Jungen, anfangs zwar außerordentlich schüchtern, doch tauten sie von Minute zu Minute mehr auf. Nate erinnerte sich daran, daß es Heiligabend war. Ob der Weihnachtsmann auch ins Pantanal kam? Zu erwarten schien ihn niemand.

Auf einem glatten Baumstumpf im Garten vor dem Haus holte Nate vorsichtig das Satellitentelefon heraus und machte es betriebsfertig. Die Sende- und Empfangsantenne nahm eine Fläche von nicht einmal einem Zehntel Quadratmeter ein, und das Gerät selbst war nicht größer als ein Laptop. Beide wurden durch ein Kabel miteinander verbunden. Nate schaltete das Telefon ein, gab seine persönliche Geheimzahl ein und drehte dann langsam die Antenne, bis sie das Signal des Astar-East-Satelliten auffing, der irgendwo in der Nähe des Äquators hundertfünfzig Kilometer über dem Atlantik stand. Ein deutliches Piepen zeigte ein starkes Signal an, und Marco und seine Familie drängten sich noch dichter um Nate. Er fragte sich, ob sie je ein Telefon gesehen hatten.

Jevy nannte ihm die Telefonnummer von Miltons Wohnung in Corumbá. Nate gab eine Ziffer nach der anderen ein und wartete dann mit angehaltenem Atem. Falls der Ruf nicht durchging, würden sie über Weihnachten bei Marco und seiner Familie festsitzen. Das Haus war klein; Nate nahm an, daß er dann im Stall würde schlafen müssen. Super.

Die Alternative bestand darin, Jevy und Marco mit dem Boot loszuschicken. Es war jetzt fast ein Uhr mittags. Sie würden also den Paraguay, immer vorausgesetzt, es war genug Benzin da, kurz vor Einbruch der Dunkelheit erreichen. Dort mußten sie dann Hilfe finden, was Stunden dauern konnte. Sofern das Benzin nicht ausreichte, würden sie irgendwo mitten im Pantanal liegenbleiben. Jevy hatte gegen diese Variante zwar nicht gerade aufbegehrt, aber es unterstützte sie auch niemand nachhaltig.

Man mußte auch andere Faktoren berücksichtigen. Marco war es nicht recht, so spät am Tag noch aufzubrechen. Normalerweise verließ er das Haus bei Sonnenaufgang, wenn er zum Paraguay fuhr, um Handel zu treiben. Zwar konnte man möglicherweise bei einem Nachbarn Marcos, der eine Stunde entfernt lebte, Benzin auftreiben, aber sicher war das nicht.

»Oi«, ertönte eine Frauenstimme im Lautsprecher, und alle lächelten. Nate gab Milton das Telefon, der seine Frau begrüßte und ihr dann das betrübliche Mißgeschick schilderte. Jevy dolmetschte flüsternd. Die Kinder bestaunten sein Englisch.

Eine gewisse Erregung kam in die Unterhaltung, dann brach das Gespräch plötzlich ab. »Sie sucht eine Telefonnummer von einem Piloten, den Milton kennt«, erklärte Jevy. Dann war die Nummer gefunden. Milton versprach seiner Frau, zum Abendessen zu Hause zu sein, und legte auf.

Der Pilot war nicht zu Hause. Seine Frau sagte, er habe beruflich in Campo Grande zu tun, werde aber noch vor Einbruch der Dunkelheit zurückkehren. Milton erklärte, wo er sich befand, und sie suchte weitere Telefonnummern heraus, unter denen ihr Mann vielleicht zu erreichen war.

»Sagen Sie ihm, daß er schnell reden soll«, bat Nate Jevy, während er eine weitere Nummer eingab. »Die Batterie hält nicht ewig.«

Unter der nächsten Nummer meldete sich niemand. Bei der übernächsten erklärte der Pilot, daß seine Maschine gerade repariert wurde. Dann riß die Verbindung ab.

Erneut waren Wolken aufgezogen.

Nate sah ungläubig zum sich verdunkelnden Himmel hinauf. Milton war den Tränen nahe.

Die Kinder spielten draußen im kühlen Regen, der rasch vorüberzog. Währenddessen saßen die Erwachsenen auf der Veranda und sahen ihnen schweigend zu.

Jevy hatte noch einen Plan. Am Stadtrand von Corumbá gab es eine Kaserne. Zwar hatte er nicht dort gedient, kannte aber einige der dort stationierten Offiziere vom Gewichtheben. Als der Himmel wieder klar war, kehrten sie zum Baumstumpf zurück und drängten sich um das Telefon. Jevy rief einen Bekannten an, der ihm Telefonnummern heraussuchte.

Das Heer besaß Hubschrauber, und immerhin ging es hier um die Bruchlandung eines Flugzeugs. Als sich der Offizier meldete, an den der Anruf weitergegeben worden war, erklärte Jevy rasch, worum es sich handelte, und bat um Hilfe.

Für Nate war es eine Qual, Jevy zu beobachten. Er verstand kein Wort, begriff aber aufgrund von Jevys Körpersprache, was ablief. Lächeln und Stirnrunzeln, dringliches Bitten, enttäuschte Pausen, dann die Wiederholung all dessen, was bereits gesagt worden war.

Als Jevy fertig war, sagte er zu Nate: »Er will mit seinem Kommandanten sprechen. Ich soll ihn in einer Stunde wieder anrufen.«

Die Stunde dehnte sich wie eine Woche. Die Sonne zeigte sich wieder am Himmel und trocknete das nasse Gras. Die Luftfeuchtigkeit war erdrückend. Nate, der nach wie vor kein Hemd trug, merkte, daß er einen Sonnenbrand bekam.

Sie zogen sich in den Schatten eines Baums zurück. Die Frau des Hauses sah nach den Hemden, die beim letzten Schauer draußen hängen geblieben waren. Sie waren immer noch naß.

Jevy und Milton, deren Haut deutlich dunkler war als Nates, machte die Sonne nichts aus, und auch Marco kümmerte sich nicht weiter darum. Als die drei zum Flugzeug hinübergingen, um sich den Schaden genauer zu besehen, blieb Nate in der Sicherheit des Schattens zurück. Die Hitze des Nachmittags war erdrückend. Er spürte Schmerzen in Brust und Schultern und fand, daß ein kleines Nickerchen nichts schaden könnte. Aber die Jungen hatten anderes im Sinn. Nach einer Weile wußte er auch, wie sie hießen. Luis, der Sekunden vor ihrer Landung die Kuh von der Bahn getrieben hatte, war der älteste, Oli der mittlere und Tomás der jüngste. Mit Hilfe des Sprachführers aus seiner Aktentasche überwand Nate allmählich die Sprachbarriere. Hallo! Wie geht es dir? Wie heißt du? Wie alt bist du? Guten Tag. Die Jungen wiederholten die portugiesischen Sätze, so daß Nate die richtige Aussprache lernen konnte, dann mußten sie es auf englisch sagen.

Jevy kehrte mit Karten zurück, und sie riefen wieder auf dem Stützpunkt an. Das Heer schien einer Hilfsexpedition nicht abgeneigt zu sein. Milton wies auf eine Karte und sagte: »*Fazenda Esperança.*« Jevy wiederholte die Worte mit großer Begeisterung, die aber schon Sekunden später abflaute. Dann legte er auf. »Er kann den Kommandanten nicht finden«, sagte er auf englisch, bemüht, seine Stimme hoffnungsvoll klingen zu lassen. »Sie wissen ja, es ist Weihnachten.«

Weihnachten im Pantanal. Fünfunddreißig Grad im Schatten und über fünfundneunzig Prozent Luftfeuchtigkeit. Sengende Hitze und kein Sonnenschutzmittel. Heimtückische Insekten aller Art und keinerlei Mittel dagegen. Fröhliche Kinder, die nicht damit rechnen durften, irgendein Spielzeug zu bekommen. Keine Musik, weil es keinen Strom gab. Kein Weihnachtsbaum. Kein Festessen, kein Wein, kein Champagner.

Das hier ist ein Abenteuer, wiederholte sich Nate immer wieder. Wo bleibt dein Sinn für Humor?

Er packte das Telefon wieder in seinen Kasten und verschloß ihn. Milton und Jevy gingen noch einmal zum Flugzeug hinüber. Die Frau kehrte ins Haus zurück. Marco hatte etwas hinter dem Haus zu tun. Nate suchte erneut den Schatten auf und überlegte, wie hübsch es wäre, bei einem Glas Schampus nur eine einzige Strophe von »White Christmas« zu hören.

Luis tauchte mit drei Pferden auf, die struppiger waren als alles, was Nate je gesehen hatte. Eins trug einen Sattel, ein Marterwerkzeug aus Leder und Holz. Das leuchtend orangefarbene Kissen darunter schien aus einem alten zotteligen Teppich herausgeschnitten zu sein. Wie sich zeigte, war der Sattel für Nate bestimmt. Ohne die geringste Mühe sprangen Luis und Oli auf ihre ungesattelten Pferde, waren im Nu oben und saßen völlig sicher.

Nate betrachtete sein Pferd. »Onde?« fragte er. Wohin?

Luis zeigte auf einen Pfad. Aus den beim Mittagessen und danach geführten Gesprächen wußte Nate, daß der Pfad zum Fluß führte, an dem Marcos Boot lag.

Warum nicht? Es war ein Abenteuer. Was sonst hätte er tun können, während sich die Stunden dahinschleppten? Er holte sein Hemd von der Wäscheleine und schaffte es dann, sein armes Pferd zu besteigen, ohne herunterzufallen oder sich zu verletzen.

Ende Oktober waren er und einige andere Insassen von Walnut Hill an einem schönen Sonntag durch das Blue-Ridge-Gebirge geritten und hatten die Farbenpracht des Herbstes in sich aufgenommen. Zwar hatte er damals seine Oberschenkel und sein Hinterteil noch eine ganze Woche lang schmerzhaft gespürt, aber seine Angst vor den Tieren überwunden. Jedenfalls mehr oder weniger.

Er kämpfte mit den Steigbügeln, bis seine Füße fest darin steckten, dann faßte er das Tier am Zaum, damit es stillhielt. Die Jungen sahen äußerst belustigt zu und trabten dann davon. Auch Nates Pferd setzte sich schließlich in langsamen Trab, wobei ihn jeder Schritt zwischen den Beinen schmerzte und ihn von einer Seite zur anderen warf. Da er es vorzog, daß es im Schritt ging, riß er am Zaum, und das Tier verlangsamte das Tempo. Die Jungen kamen im großen Bogen zurückgeritten und ließen ihre Pferde neben ihm ebenfalls in Schritt fallen.

Der Pfad führte über eine kleine Kuhweide und machte eine Biegung, so daß das Haus bald nicht mehr zu sehen war. Vor ihnen lag Wasser – ein Sumpfgebiet, wie Nate zahllose aus der Luft gesehen hatte. Die Jungen schreckte das nicht. Der Weg führte mitten hindurch, und die Pferde, die ihn schon oft gegangen waren, zögerten nicht eine Sekunde. Zuerst stand das Wasser lediglich eine Handbreit tief, dann waren es ungefähr dreißig Zentimeter, und schließlich reichte es bis zu den Steigbügeln. Natürlich waren die Jungen barfuß, hatten eine wettergegerbte Haut und machten sich nicht das geringste aus dem Wasser oder aus dem, was sich darin befinden mochte. Nate trug seine Lieblings-Sportschuhe, die schon bald durchnäßt waren.

Das ganze Pantanal war voll von Piranhas, den tückischen kleinen Fischen mit rasiermesserscharfen Zähnen.

Er wäre am liebsten umgekehrt, wußte aber nicht, wie er den Jungen das mitteilen sollte. »Luis«, sagte er mit einer Stimme, der die Angst anzuhören war. Die Jungen sahen ihn ohne die geringste Spur von Besorgnis an.

Als das Wasser den Pferden bis zur Brust reichte, gingen sie von selbst ein wenig langsamer. Kurz darauf sah Nate seine Füße wieder. Die Tiere stiegen auf der anderen Seite des Sumpfes aus dem Wasser, wo der Weg seinen Fortgang nahm.

Zu ihrer Linken wurden die Reste eines Zaunes sichtbar, und dann ein verfallenes Gebäude. Der Pfad erweiterte sich und wurde ein breiter Karrenweg. Vor vielen Jahren war die *fazenda* wohl größer gewesen, mit vielen Stück Vieh und zahlreichen Knechten.

Nate wußte aus seiner Sammlung von Lesestoff, daß das Pantanal vor über zweihundert Jahren besiedelt worden war und sich seither wenig geändert hatte. Es war erstaunlich, wie einsam die Menschen dort lebten. Man sah nicht den geringsten Hinweis auf Nachbarn oder andere Kinder, und immer wieder mußte Nate an Schulen und Ausbildung denken. Was taten die Kinder aus dem Pantanal eigentlich, wenn sie älter wurden – machten sie sich dann nach Corumbá auf, um Arbeit und Ehepartner zu finden, oder führten sie den kleinen landwirtschaftlichen Betrieb der Eltern weiter und zogen die nächste Generation *pantaneiros* auf? Konnten Marco und seine Frau überhaupt lesen und schreiben, und falls ja, brachten sie es auch ihren Kindern bei?

Er nahm sich vor, Jevy diese Fragen zu stellen. Vor ihnen lag jetzt erneut Wasser, ein größerer Sumpf mit Gruppen verfaulter Bäume zu beiden Seiten. Natürlich verlief der Pfad mitten hindurch. Jetzt, in der Regenzeit, stand das Wasser überall hoch, doch war der Sumpf in den trockenen Monaten lediglich eine Schlammfläche, auf der selbst ein Neuling dem Pfad folgen konnte, ohne fürchten zu müssen, er würde aufgefressen. Dann sollte ich wiederkommen, sagte sich Nate. Nicht sehr wahrscheinlich.

Die Pferde arbeiteten sich voran wie Maschinen, ohne auf den Sumpf und das Wasser zu achten, das dicht unter Nates Knien aufspritzte. Je tiefer das Wasser wurde, desto langsamer gingen die Tiere. Als es Nate über die Knie stieg und er gerade Luis voll Verzweiflung etwas zurufen wollte, wies Oli mit großer Gelassenheit nach rechts auf eine Stelle, wo sich zwei verrottete Baumstümpfe drei Meter hoch erhoben. Zwischen ihnen lag ein großes schwarzes Reptil im Wasser.

»Jacaré«, sagte Oli gleichsam über die Schulter, als ob ihn Nate danach gefragt hätte. Ein Kaiman.

Die Augen des Tieres ragten über den Kopf hinaus, und Nate war sicher, daß sie vor allem ihm folgten. Sein Herz raste, und er hätte am liebsten laut um Hilfe geschrien. Dann drehte sich Luis um und grinste breit, weil ihm klar war, daß sein Gast Angst hatte. Also versuchte dieser zu lächeln, als wäre er ganz begeistert, endlich eins dieser Tiere so nahe zu sehen.

Die Pferde hoben den Kopf, als das Wasser noch tiefer wurde. Nate trat dem seinen unter Wasser in die Weichen, aber nichts geschah. Langsam ließ sich das Reptil ins Wasser gleiten, bis man außer seinen Augen nichts mehr sehen konnte. Dann nahm es Richtung auf die Gruppe und verschwand im Wasser. Nate riß die Füße aus den Steigbügeln und zog die Knie bis zur Brust hoch, so daß er im Sattel hin und her schwankte. Die Jungen sagten etwas und kicherten. Es war ihm gleichgültig.

Als sie die Mitte des Sumpfes hinter sich hatten, reichte das Wasser den Pferden nur noch bis zu den Beinen, dann bis zu den Hufen. Als sie das andere Ufer sicher erreicht hatten, entspannte sich Nate. Dann lachte er über sich selbst. Diese Geschichte würde sich zu Hause gut machen. Eine ganze Reihe seiner Bekannten begeisterte sich für jede Art von Abenteuerurlaub: Sie unternahmen Floßfahrten im Wildwasser, Safaris zur Beobachtung von Gorillas, zogen mit dem Rucksack durch die Wildnis. Alle versuchten, einander mit den Berichten von Erlebnissen am anderen Ende der Welt zu übertrumpfen, bei denen sie um ein Haar ums Leben gekommen wären. Wenn man ihnen noch den ökologischen Aspekt nahebrachte, würden sie sich für zehntausend Dollar mit Begeisterung auf ein Pferd setzen und im Pantanal durch Sümpfe waten und dabei Schlangen und Kaimane fotografieren.

Als immer noch kein Fluß in Sicht kam, fand Nate, daß es an der Zeit sei umzukehren. Er wies auf seine Uhr, und Luis führte die Gruppe nach Hause zurück.

Der Kommandant wurde ans Telefon geholt. Jevy unterhielt sich fünf Minuten lang mit ihm über Dinge, die das Militär betrafen – Orte, an denen sie stationiert gewesen waren, Leute, die sie kannten –, während es immer bedenklicher um den Ladezustand der Batterie für das Satellitentelefon stand. Nate wies auf die rasch gegen Null sinkende Anzeige; daraufhin erklärte Jevy dem Kommandanten, daß das ihre letzte Gelegenheit sei.

Zum Glück war alles kein Problem. Ein Hubschrauber, erklärte der Kommandant, stehe bereit, eine Besatzung werde zusammengetrommelt. Wie schlimm die Verletzungen seien?

Innere, sagte Jevy mit einem Blick auf Milton.

Den Angaben der Heerespiloten nach lag die *fazenda* vierzig Hubschrauberminuten von Corumbá entfernt. Rechnen Sie eine Stunde, sagte der Kommandant. Zum ersten Mal an diesem Tag trat ein Lächeln auf Miltons Züge.

Nach einer Stunde sank ihre zuversichtliche Stimmung. Die Sonne ging im Westen rasch unter; die Abenddämmerung brach herein. Eine Rettung mitten in der Nacht kam nicht in Frage.

Sie gingen zu dem beschädigten Flugzeug, an dem Milton und Jevy den ganzen Nachmittag hindurch gearbeitet hatten. Die abgeknickte Tragfläche war abmontiert, ebenso der Propeller. Er lag nahe dem Flugzeug im Gras und war noch immer mit Blut bedeckt. Die rechte Strebe des Fahrgestells war verbogen, brauchte aber nicht ersetzt zu werden.

Marco und seine Frau hatten mittlerweile die tote Kuh zerlegt. Das Gerippe war im Gebüsch in der Nähe der Landebahn kaum zu sehen.

Soweit Nate Jevy verstanden hatte, wollte Milton mit dem Boot zur *fazenda* zurückkehren, sobald er Ersatz für die Tragfläche und den Propeller gefunden hatte. Nate erschien das undurchführbar. Wie konnte er eine riesige Flugzeug-Tragfläche auf einem Boot transportieren, das klein genug war, sich durch die schmalen Wasserläufe des Pantanal zu winden, und es dann durch die Sümpfe schleppen, die Nate vom Pferd aus gesehen hatte?

Doch darüber mochte sich Milton den Kopf zerbrechen. Nate hatte andere Sorgen.

Die Frau brachte heißen Kaffee und mürbes Gebäck. Sie setzten sich neben dem Stall ins Gras und unterhielten sich. Nates drei kleine Schatten wichen ihm nicht von der Seite; sie fürchteten wohl, er könne sie verlassen. Eine weitere Stunde verging.

Tomás, der jüngste, hörte das Brummen als erster. Er sagte etwas, stand auf, erhob die Hand, und die anderen erstarrten. Das Geräusch wurde lauter, dann hörte man das unverkennbare Knattern eines Hubschrauberrotors. Sie liefen auf die Landebahn und suchten den Himmel ab.

Als der Hubschrauber landete, sprangen vier Soldaten aus der offenen Tür und rannten der Gruppe entgegen. Nate kniete sich zwischen die Jungen, gab jedem zehn Reals und sagte: *»Feliz Natal!«* Fröhliche Weihnachten. Dann umarmte er sie flüchtig, nahm die Aktentasche und lief zum Hubschrauber.

Jevy und Nate winkten der kleinen Familie zu, während die Maschine abhob. Milton war damit beschäftigt, den Piloten und den Soldaten immer wieder zu danken. Aus hundertfünfzig Metern Höhe sah man das Pantanal, das sich bis zum Horizont erstreckte. Im Osten war es schon dunkel.

Auch in Corumbá war es dunkel, als sie eine halbe Stunde später die Stadt überflogen. Ein herrlicher Anblick – die Gebäude, die Weihnachtsbeleuchtung, der Straßenverkehr inmitten der Häuser. Sie landeten auf dem Kasernenhof, der westlich der Stadt auf einem Felsvorsprung oberhalb des Paraguay lag. Der Kommandant begrüßte sie und nahm ihren überströmenden Dank entgegen, den er sich redlich verdient hatte. Es überraschte ihn zu sehen, daß es keine ernsthaften Verletzungen gab, doch war er trotzdem mit dem Erfolg der Mission zufrieden und stellte ihnen für die Heimfahrt einen offenen Jeep zur Verfügung, den ein junger Gefreiter fuhr.

Bei der Einfahrt in die Stadt machte der Jeep einen unerwarteten Schwenk und bremste vor einem kleinen Geschäft. Jevy ging hinein und kehrte mit drei Flaschen Brahma-Bier zurück. Eine gab er Milton, die andere Nate.

Nach kurzem Zögern drehte Nate den Verschlußdeckel auf und setzte die Flasche an. Das Bier war erfrischend, kalt und einfach köstlich. Außerdem war Weihnachten. Was sollte es. Er hatte alles im Griff.

Während sich Nate hinten im Jeep, die kalte Bierflasche in der Hand, die drückende Luft um die Nase wehen ließ, wurde er sich darüber klar, was für ein Glück er hatte, noch am Leben zu sein.

Fast vier Monate war es her, daß er sich umzubringen versucht hatte. Vor sieben Stunden hatte er eine Bruchlandung überlebt.

Nur erreicht hatte er an diesem Tag nichts, war Rachel Lane um nichts näher als am Vortag.

Als erstes hielt der Jeep nach seiner Fahrt durch die staubigen Straßen vor dem Hotel. Nate wünschte allen fröhliche Weihnachten, ging auf sein Zimmer, zog sich aus und stellte sich zwanzig Minuten lang unter die Dusche.

Im Kühlschrank waren vier Dosen Bier. Er leerte sie alle in einer Stunde und versicherte sich bei jeder Dose erneut, daß das kein Rückfall war. Er hatte alles im Griff, es würde für ihn keinen erneuten Absturz geben. Er war dem Tod von der Schippe gesprungen – warum sollte er nicht ein bißchen Weihnachten feiern? Niemand würde es je erfahren. Er konnte damit umgehen.

Außerdem hatte er nüchtern im Leben noch nie etwas erreicht. Er würde sich selbst beweisen, daß ihm ein bißchen Alkohol nichts ausmachte. Kein Problem. Ein paar Bierchen hier und da. Was konnte das schon schaden?

VIERZEHN

Das Telefon weckte ihn, aber es dauerte eine Weile, bis er den Hörer gefunden hatte. Außer einem schlechten Gewissen hatte das Bier offenbar keinerlei Nachwirkungen hinterlassen, wohl aber forderte das kleine Abenteuer mit der Cessna seinen Tribut. Die Stellen an Hals und Schultern, an denen ihn die Gurte beim Aufprall der Maschine auf dem Boden gehalten hatten, waren blau unterlaufen, und um die Taille zog sich ein wie mit dem Lineal gezogener Bluterguß, außerdem hatte er mindestens zwei Beulen am Kopf. Die erste stammte von dem Stoß ans Kabinendach, an den er sich erinnern konnte, die zweite mußte auf einen Stoß zurückgehen, von dem er nichts wußte. Er war mit den Knien gegen die Rückenlehnen der Pilotensitze gekracht und hatte die daraus resultierenden Prellungen zunächst für unbedeutend gehalten; im Laufe der Nacht waren sie aber schlimmer geworden. Auf Armen und Nacken hatte er einen Sonnenbrand.

»Fröhliche Weihnachten«, begrüßte ihn eine Stimme. Es war Valdir, und ein Blick auf die Uhr zeigte Nate, daß es fast neun war.

»Danke, gleichfalls«, sagte er.

»Wie geht es Ihnen?«

»Gut, danke.«

»Nun ja, Jevy hat mich gestern abend angerufen und mir die Sache mit dem Flugzeug berichtet. Milton muß ja verrückt sein, daß er in ein Gewitter fliegt. Ich werde ihn nie wieder beschäftigen.«

»Ich auch nicht.«

»Und geht es Ihnen gut?«

»Ja.«

»Brauchen Sie einen Arzt?«

»Nein.«

»Jevy meint, daß Ihnen nichts weiter fehlt.«

»Mir geht es gut – ich habe nur ein paar Blutergüsse.«

Nach einer kurzen Pause fuhr Valdir fort: »Heute nachmittag feiern wir bei mir zu Hause Weihnachten – nur meine Familie und ein paar Freunde. Würden Sie gern kommen?«

Die Einladung klang förmlich. Nate wußte nicht recht, ob Valdir sie nur aus Höflichkeit aussprach oder ob seine Steifheit mit seiner Sprechweise zusammenhing; immerhin war Englisch für ihn eine Fremdsprache.

»Das ist sehr freundlich von Ihnen«, sagte er. »Aber ich muß viel lesen.«

»Sind Sie sicher?«

»Ja, vielen Dank.«

»Nun gut. Ich habe übrigens eine gute Nachricht für Sie. Es ist mir gestern gelungen, ein Boot für Sie zu mieten.« Er brauchte nicht lange, um von der Weihnachtsfeier auf das Boot zu kommen.

»Gut. Wann kann ich aufbrechen?«

»Vielleicht morgen. Es muß noch dies und jenes vorbereitet werden. Jevy kennt das Boot.«

»Ich kann es gar nicht abwarten, auf den Fluß zu kommen, vor allem nach dem gestrigen Tag.«

Dann berichtete ihm Valdir langatmig, wie hart er mit dem Besitzer des Bootes hatte verhandeln müssen. Von diesem Mann sei allgemein bekannt, daß er den Hals nicht voll bekommen könne. Anfangs habe er tausend Reals pro Woche verlangt, doch hätten sie sich schließlich auf sechshundert geeinigt. Nate hörte zu, aber es interessierte ihn nicht. Der Phelan-Nachlaß konnte sich das leisten.

Valdir verabschiedete sich mit einem weiteren »Fröhliche Weihnachten«.

Nates Sportschuhe waren immer noch naß, aber er zog sie trotzdem an, dazu eine Laufhose und ein T-Shirt. Er wollte versuchen, ein wenig zu joggen, und falls sein Körper nicht mitspielte, würde er einfach etwas gehen. Er brauchte frische Luft und Bewegung. Während er sich im Zimmer zu schaffen machte, sah er die leeren Bierdosen im Papierkorb.

Darum würde er sich später kümmern. Das war kein Rückfall, und es würde nicht zu einem Absturz führen. Sein Leben war am Vortag wie ein Film vor ihm abgelaufen, und damit hatte sich alles geändert. Er könnte tot sein. Jetzt war jeder neue Tag ein Geschenk, mußte er jeden Augenblick genießen. Warum nicht einige der Freuden des Lebens mitnehmen? Ein bißchen Bier und Wein, nichts Stärkeres, und auf keinen Fall Drogen.

Das war vertrautes Gelände; mit diesen Lügen hatte er schon früher gelebt.

Er nahm zwei Tylenol und rieb sich mit Sonnencreme ein. Auf dem Fernseher in der Hotelhalle lief ein Weihnachtsprogramm, aber niemand sah hin. Es gab kein Publikum. Die junge Dame am Empfang lächelte und wünschte ihm einen guten Morgen. Durch die offenen Glastüren kam die lastende klebrige Hitze herein. Nate blieb stehen, um rasch einen Schluck süßen Kaffee zu trinken. Neben der Thermosflasche auf der Empfangstheke warteten die ineinandergestapelten winzigen Papierbecher darauf, daß sich jemand einen Schluck *cafezinho* gönnte.

Nach zwei Täßchen schwitzte er schon, bevor er die Hotelhalle verließ. Auf dem Bürgersteig versuchte er, einige Dehnübungen zu machen, aber seine Muskeln begehrten heftig dagegen auf, und seine Gelenke waren steif. Rennen kam gar nicht in Frage, es fiel ihm schon schwer genug zu gehen, ohne sichtbar zu humpeln.

Aber niemand sah ihn. Die Läden waren geschlossen und die Straßen menschenleer, wie er es auch nicht anders erwartet hatte. Nach zwei Querstraßen klebte ihm bereits das Hemd am Leibe. Er kam sich vor wie in einer Sauna.

Die Avenida Rondon war die letzte gepflasterte Straße auf dem Felsvorsprung über dem Fluß. Er folgte ihr ein ganzes Stück leicht humpelnd, während sich die Muskeln zögernd ein wenig lockerten und die Gelenke aufhörten zu knirschen. Nach einer Weile fand er sich in dem kleinen Park wieder, in dem er zwei Tage zuvor gewesen war, am dreiundzwanzigsten, als sich die Leute dort versammelt hatten, um sich Weihnachtslieder anzuhören. Einige der Klappstühle standen noch da. Seine Beine konnten eine Pause brauchen. Er setzte sich auf denselben Picknicktisch wie zuvor und hielt Ausschau nach dem verwahrlosten Teenager, der ihm Marihuana hatte verkaufen wollen.

Aber keine Menschenseele war zu sehen. Er rieb sich leicht die Knie und sah auf das große Pantanal hinaus, das sich vor ihm erstreckte, bis es in den Horizont überging. Eine großartige Ödnis. Er dachte an seine kleinen Begleiter – Luis, Oli und Tomás –, die drei Jungen, die sich für ihre zehn Reals nirgendwo etwas kaufen konnten. Weihnachten bedeutete ihnen nichts; für sie war ein Tag wie der andere.

Irgendwo in dem ungeheuren Schwemmland vor ihm lebte eine gewisse Rachel Lane, zur Zeit noch eine bescheidene Dienerin Gottes, die im Begriff stand, eine der reichsten Frauen der Welt zu werden. Falls er sie fand, wie würde sie auf die Mitteilung von dem ungeheuren Vermögen reagieren? Was würde sie sagen, wenn sie ihn sah, einen amerikanischen Anwalt, dem es gelungen war, sie aufzuspüren?

Die möglichen Antworten auf diese Fragen bereiteten ihm Unbehagen.

Zum ersten Mal kam ihm der Gedanke, daß Troy vielleicht doch verrückt gewesen war. Würde ein vernünftig denkender Mensch jemandem elf Milliarden Dollar hinterlassen, der sich nicht das geringste aus Geld machte? Noch dazu, wenn es sich um einen Menschen handelte, den so gut wie niemand kannte, nicht einmal der Mann, der das eigenhändige Testament unterzeichnet hatte? Dieses Verhalten erschien Nate verrückt, vor allem jetzt, wo er fünftausend Kilometer von zu Hause entfernt den Blick über die Wildnis des Pantanal schweifen ließ.

Man hatte über Rachel kaum etwas in Erfahrung bringen können. Ihre Mutter Evelyn Cunningham war mit neunzehn Jahren aus ihrer Heimat, dem Städtchen Delhi, Louisiana, nach Baton Rouge gegangen. Dort hatte sie bei einer Firma, die sich mit der Erkundung von Erdgasvorkommen beschäftigte, eine Anstellung als Sekretärin gefunden. Troy Phelan, dem die Firma gehörte, hatte Evelyn Anfang 1954 bei einem der Besuche kennengelernt, die er von New York aus von Zeit zu Zeit unternahm. Offenkundig war diese naive Kleinstadt-Bewohnerin eine Schönheit gewesen, und Troy, der es nicht lassen konnte, hatte sich gleich an sie herangemacht. Schon bald darauf war sie schwanger geworden und hatte am 2. November ihr Kind zur Welt gebracht. Troys Beauftragte in der Unternehmenszentrale hatten unauffällig dafür gesorgt, daß man sie ins katholische Krankenhaus von New Orleans brachte. Sie hatte ihre Tochter Rachel nie zu sehen bekommen.

Unter Aufbietung einer ganzen Reihe von Anwälten hatte Troy dafür gesorgt, daß ein in Kalispell, Montana, lebender Geistlicher und dessen Frau Rachel rasch adoptierten. Da er zu jener Zeit in Montana Kupfer- und Zink-Minen aufkaufte, hatte er dort über die Firma Kontakte. Die Adoptiveltern wußten nicht, wer Rachels wirkliche Eltern waren.

Evelyn hatte das Kind nicht gewollt, und sie wollte auch nichts mehr mit Troy Phelan zu tun haben. Mit den zehntausend Dollar, die er ihr gegeben hatte, war sie nach Delhi zurückgekehrt, wo Gerüchte über ihren Sündenfall, wie nicht anders zu erwarten, bereits im Umlauf waren. Sie zog erneut zu ihren Eltern, und alle drei warteten geduldig darauf, daß sich der Sturm legte. Dazu kam es nicht. Mit der für Kleinstädter so kennzeichnenden Grausamkeit wurde Evelyn von den Menschen, die sie am meisten brauchte, als Außenseiterin behandelt. Nur selten verließ sie das Haus und zog sich im Laufe der Zeit in die Dunkelheit ihres Schlafzimmers zurück. Dort, in der Trübsal ihrer eigenen kleinen Welt, merkte sie allmählich, daß ihr die Tochter fehlte.

Sie schrieb Briefe an Troy, auf die sie nie eine Antwort erhielt. Eine Sekretärin hob sie heimlich auf. Zwei Wochen nach Troys Selbstmord hatte einer von Joshs Spürhunden sie in Troys persönlichen Unterlagen in dessen Wohnung gefunden.

Im Laufe der Jahre versank Evelyn immer tiefer in ihrem eigenen Abgrund. Die Gerüchte verstummten nie ganz. Kaum zeigten sich Evelyns Eltern in der Kirche oder beim Lebensmittelhändler, wurden sie angestarrt, und man begann hinter ihrem Rücken zu munkeln, bis auch sie sich schließlich aus der Öffentlichkeit zurückzogen.

Am 2. November 1959, Rachels fünftem Geburtstag, beging Evelyn Selbstmord. Sie verließ mit dem Wagen ihrer Eltern die Stadt und sprang von einer Brücke.

Auf irgendeine Weise gelangten der Nachruf und die Geschichte ihres Todes in der Lokalzeitung in Troys Büro in New Jersey und wurden im selben Ordner abgeheftet wie ihre Briefe.

Über Rachels Kindheit hatte man nur wenig in Erfahrung gebracht. Der Geistliche und seine Frau waren zweimal umgezogen, erst von Kalispell nach Butte und dann nach Helena. Der Reverend starb an Krebs, als Rachel siebzehn Jahre alt war. Eigene Kinder hatte das Ehepaar nicht.

Aus Gründen, die niemand außer Troy hätte erklären können, beschloß er, in ihr Leben einzugreifen, als sie die High School abschloß. Vielleicht empfand er ein gewisses Schuldbewußtsein, vielleicht fürchtete er, sie werde ihre College-Ausbildung nicht finanzieren können. Rachel wußte zwar, daß sie adoptiert worden war, hatte aber nie den Wunsch geäußert, ihre wahren Eltern kennenzulernen.

Die näheren Umstände waren nicht bekannt, aber irgendwann im Sommer 1972 waren Troy und Rachel einander begegnet. Vier Jahre später hatte sie ihr Studium an der Universität des Staates Montana abgeschlossen. Danach wies ihr Lebenslauf große Lücken auf, die niemand zu füllen vermocht hatte.

Nate vermutete, daß lediglich zwei Menschen Genaueres über diese Beziehung wußten. Einer von ihnen war tot, und der andere lebte wie die Ureinwohner des Landes irgendwo da draußen am Ufer eines von tausend Flüssen.

Er versuchte ein Stück zu joggen, gab es aber unter Schmerzen auf. Zwei Autos kamen vorüber. Offensichtlich verließen die Menschen allmählich ihre Häuser. Rascher, als er reagieren konnte, näherte sich ein Dröhnen von hinten. Unmittelbar neben dem Bürgersteig trat Jevy auf die Bremsen. »Bom dia«, schrie er, um den Lärm seines Motors zu übertönen.

Nate nickte ihm zu. »Bom dia.«

Jevy drehte den Zündschlüssel um, und der Motor erstarb. »Wie geht es Ihnen?«

»Mir tut jeder Knochen im Leibe weh. Und Ihnen?«

»Alles bestens. Die Frau am Empfang hat gesagt, daß Sie ein bißchen laufen. Lassen Sie uns ein Stückchen fahren.«

Zwar wäre Nate lieber unter Schmerzen gelaufen, als mit Jevy im Auto zu fahren, aber es herrschte nicht viel Verkehr, und deshalb schien die Gefahr nicht so groß.

Sie fuhren durch die Innenstadt, wobei Jevy wie gewohnt weder Ampeln noch Stoppschilder beachtete. Ohne nach links oder rechts zu blicken, brauste er über die Kreuzungen.

»Ich möchte, daß Sie sich das Boot ansehen«, sagte Jevy. Falls er unter den Wirkungen der Bruchlandung litt, war das nicht zu erkennen. Nate nickte bloß.

Am Ostrand der Stadt gab es eine kleine Werft. Sie lag am Fuß des Felsvorsprungs in einer Art Bucht, wo das Wasser trübe und voller Ölflecken war. Eine klägliche Ansammlung von Booten dümpelte auf dem Wasser – einige hatte man offenbar schon vor Jahrzehnten abgewrackt, andere wirkten wie kaum benutzt. Zwei dienten erkennbar als Viehtransporter, denn ihre Decks waren in verschmutzte hölzerne Pferche unterteilt.

»Da drüben«, sagte Jevy und wies zum Fluß. Er stellte das Auto am Straßenrand ab, und sie gingen zum Ufer hinunter. Dort lagen mehrere kleine Fischerboote tief im Wasser. Nate hätte nicht sagen können, ob ihre Besitzer gerade kamen oder gingen. Jevy rief zweien von ihnen etwas zu und erntete dafür irgendeine witzige Bemerkung.

»Mein Vater war Bootsführer«, erklärte Jevy. »Als Junge war ich jeden Tag hier unten.«

»Und wo ist er jetzt?« fragte Nate.

»Er ist bei einem Unwetter ertrunken.«

Ist ja großartig, dachte Nate. Die Unwetter erwischen einen hier sowohl in der Luft wie auf dem Wasser.

Ein durchhängendes Stück Sperrholz überbrückte das schmutzige Wasser und führte zu ihrem Boot, das den Namen *Santa Loura* trug. Sie blieben am Ufer stehen, um es zu bewundern.

»Wie gefällt es Ihnen?« fragte Jevy.

»Ich weiß nicht«, antwortete Nate. Auf jeden Fall war das Boot ansehnlicher als die Viehtransporter. Irgend jemand hämmerte im Heck herum.

Ein Eimer Farbe würde einen enormen Unterschied ausmachen. Mit knapp zwanzig Metern Länge war das Boot größer, als Nate erwartet hatte. Es hatte zwei Decks und am oberen Ende des Niedergangs eine Art Kommandobrücke.

»Bin ich der einzige Passagier?« fragte er.

»So ist es.«

»Und sonst ist niemand an Bord?«

»Nein. Nur Sie, ich und ein Matrose, der auch kochen kann.«

»Wie heißt der?«

»Welly.«

Die Sperrholzplatte knarrte, hielt aber. Das Boot neigte sich ein wenig zur Seite, als sie an Bord sprangen. Fässer mit Dieseltreibstoff und Wasser standen am Bug. Sie öffneten eine Tür und standen, nachdem sie zwei Stufen hinabgegangen waren, in der Kajüte. Der niedrige Raum enthielt vier Kojen mit weißbezogenen dünnen Schaumgummimatratzen. Nates schmerzende Muskeln zuckten bei der bloßen Vorstellung, eine Woche jede Nacht auf einer davon schlafen zu müssen. In der Kajüte war es wie in einem Backofen. Die Bullaugen waren geschlossen, und es gab keine Klimaanlage.

»Wir besorgen noch einen Ventilator«, sagte Jevy, der zu merken schien, was in Nate vorging. »Wenn das Boot fährt, ist es auch nicht so schlimm.« Nate konnte das unmöglich glauben. Auf dem Weg zum Heck mußten sie sich seitwärts durch einen schmalen Gang drücken. Dabei kamen sie an der mit einem Propangaskocher und einem Spülbecken ausgestatteten kleinen Kombüse, dem Maschinenraum und schließlich einer Art Badezimmer vorbei. Im Maschinenraum machte sich gerade ein ölverschmierter schwitzender Mann mit nacktem Oberkörper zu schaffen. Er sah den Schraubenschlüssel in seiner Hand an, als hätte dieser ihn beleidigt.

Jevy, der den Mann kannte, mußte wohl etwas Falsches gesagt haben, denn mit einem Mal erfüllten scharfe Worte die Luft. Nate folgte dem Gang bis zum Heck und sah, daß die *Santa Loura* ein kleines Aluminiumboot im Schlepp hatte. Es war mit Paddeln und einem Außenbordmotor ausgerüstet. Nate stellte sich vor, wie er mit Jevy durch seichte Gewässer streifte, zwischen Baumstämmen und Wasserpflanzen hindurch, Kaimanen auswich, von einer erneuten ergebnislosen Suche zurückkehrte. Das Abenteuer wurde immer greifbarer.

Jevy lachte, und die Spannung löste sich. Er trat zu Nate ans Heck und sagte: »Er braucht 'ne Ölpumpe, aber der Laden hat heute zu.«

»Und was ist mit morgen?« fragte Nate.

»Kein Problem.«

»Wozu dient das kleine Boot da?«

»Für vieles.«

Sie stiegen über die Grätings zur Brücke empor, wo sich Jevy das Steuerruder und die Bedienungsschalter genau ansah. Hinter der Brücke lag ein kleiner offener Raum mit zwei Kojen; dort würden Jevy und der Matrose abwechselnd schlafen. Noch weiter hinten befand sich ein mehrere Quadratmeter großes offenes Deck, über das sich eine hellgrüne Persenning spannte. Unter ihr sah Nate eine Hängematte, die recht bequem aussah und sofort seine Aufmerksamkeit erweckte.

»Die ist für Sie«, sagte Jevy mit einem Lächeln. »Sie werden viel Zeit zum Lesen und zum Schlafen haben.«

»Wie schön«, sagte Nate.

»Mit diesem Boot werden manchmal Touristen herumgefahren, die das Pantanal sehen möchten, meistens Deutsche.«

»Haben Sie es schon früher geführt?«

»Ja, mehrere Male. Vor ein paar Jahren. Der Eigner ist kein besonders angenehmer Mensch.«

Nate setzte sich prüfend auf die Hängematte und zog dann die schmerzenden Beine nach, bis er richtig darin lag. Jevy gab ihm einen Stoß und ging dann, um noch einmal mit dem Mechaniker zu reden.

FÜNFZEHN

Lillian Phelans Träume von einem gemütlichen Weihnachtsmahl verflogen, als Troy Junior betrunken und mit Verspätung eintraf. Er und Biff stritten heftig miteinander. Sie waren in zwei Autos gekommen, neuen Porsches in unterschiedlichen Farben. Das Gebrüll wurde lauter, als der auch nicht mehr ganz nüchterne Rex dem älteren Bruder vorwarf, er verderbe seiner Mutter das Weihnachtsfest. Das Haus war voll. Außer Lillians vier Kindern – Troy Junior, Rex, Libbigail und Mary Ross – waren auch alle elf Enkel gekommen. Sie hatten eine ganze Reihe von Freunden mitgebracht, von denen Lillian die meisten nicht eingeladen hatte.

Wie ihre Eltern hatten auch die Phelan-Enkel seit Troys Tod zahlreiche neue Freunde und Vertraute angelockt.

Bis zu Troy Juniors Ankunft war die Weihnachtsfeier ausgesprochen angenehm verlaufen. Noch nie waren so viele herrliche Geschenke ausgetauscht worden. Die Phelan-Erben hatten nicht geknausert, als sie füreinander und für Lillian eingekauft hatten: Designer-Kleidung, Schmuck, elektronische Spielereien, sogar Kunstgegenstände. Ihre Großzügigkeit kannte keine Grenzen, und einige Stunden lang brachte das Geld das Beste in ihnen zum Vorschein.

In zwei Tagen sollte die Testamentseröffnung stattfinden.

Als Libbigails Mann, Spike, den Streit zwischen Troy Junior und Rex zu schlichten versuchte, mußte er sich von Troy Junior den Vorwurf anhören, er sei nichts als »ein fetter Hippie, dem LSD das Gehirn gegrillt hat«. Als die gekränkte Libbigail daraufhin Biff eine Schlampe nannte, schloß sich Lillian in ihrem Schlafzimmer ein. Die Enkel und ihre Trabanten verschwanden im Keller, wo jemand einen Kasten Bier deponiert hatte.

Mary Ross, vermutlich die vernünftigste und bestimmt die am wenigsten launische der vier, brachte ihre Brüder und Libbigail dazu, sich nicht weiter anzubrüllen, und schickte die Streithähne in unterschiedliche Ringecken. Damit zerfiel die Gesellschaft in kleine Grüppchen; die einen gingen ins Wohnzimmer und die anderen ins Arbeitszimmer. Es war ein unbehaglicher Waffenstillstand.

Die Anwälte hatten nicht dazu beigetragen, die Situation zu entschärfen. Sie gingen jetzt getrennt voneinander vor, und jeder erklärte das dem von ihm vertretenen Phelan-Erben damit, daß er in dessen wohlverstandenem Interesse handele. Vor allem brachten sie Stunden mit Überlegungen zu, auf welche Weise man sich ein möglichst großes Stück von dem Kuchen sichern konnte. Vier getrennte kleine Armeen von Anwälten – sechs, wenn man die von Geena und Ramble dazu zählte – befanden sich in heftigster Aktivität. Je mehr Zeit die Phelan-Erben mit ihren Anwälten zubrachten, desto weniger trauten sie einander.

Nach einer Stunde unbehaglichen Friedens tauchte Lillian auf, um die Lage zu erkunden. Wortlos ging sie in die Küche, wo sie letzte Hand anlegte, um das Abendessen auf den Tisch zu bringen. Ein Buffet war jetzt genau das Richtige. Die Gruppen konnten eine nach der anderen kommen, ihre Teller füllen und sich in die Sicherheit ihrer Ecke zurückziehen.

So kam es, daß die erste Familie Phelan doch ein friedliches Weihnachtsessen genießen konnte. Troy Junior verzehrte ganz allein Schinken und Süßkartoffeln auf der hinteren Veranda. Biff aß mit Lillian in der Küche. Rex und seine Frau Amber, die Stripperin, genossen im Schlafzimmer Truthahn und sahen sich dabei ein Football-Spiel im Fernsehen an. Libbigail, Mary Ross und ihre Männer aßen im Arbeitszimmer von Tabletts, die sie auf den Knien hielten.

Und die Enkel und ihr Anhang nahmen Pizzen mit in den Keller, wo das Bier in Strömen floß.

Die zweite Familie feierte überhaupt nicht Weihnachten, jedenfalls nicht gemeinsam. Janie, die den Feiertagen noch nie etwas hatte abgewinnen können, war nach Klosters in der

Schweiz verschwunden, wo sich Europas Schickeria versammelt, um gesehen zu werden und Ski zu fahren. Ihr Begleiter, ein Bodybuilder namens Lance, war zwar mit seinen achtundzwanzig Jahren nur halb so alt wie sie, kam aber gern mit, da ihn die Reise nichts kostete.

Ihre Tochter Geena sah sich gezwungen, Weihnachten bei den Schwiegereltern in Connecticut zu verbringen. Normalerweise hätte schon der bloße Gedanke daran sie mit Grauen erfüllt, aber die Dinge hatten sich grundlegend gewandelt. Für Geenas Mann Cody war es eine triumphale Rückkehr auf den in die Jahre gekommenen Landsitz der Familie in der Nähe von Waterbury.

Einst hatten die Strongs als Reeder ein Vermögen gemacht, doch war von dem Geld nach Jahrhunderten der Mißwirtschaft und der Inzucht so gut wie nichts mehr da. Zwar standen den Strongs dank ihrem Namen und Stammbaum nach wie vor die richtigen Schulen und Klubs offen, und Hochzeiten der Familie wurden immer noch ausführlich angekündigt, doch der Trog ging allmählich zur Neige. Zu viele Generation hatten sich daraus bedient.

Die Familie war hochnäsig, stolz auf ihren Namen, ihre Sprechweise und ihre Abstammung und tat nach außen hin so, als mache es ihr nichts aus, daß ihr Vermögen rapide geschrumpft war. Ihre Mitglieder arbeiteten in New York und Boston und verbrauchten, was sie verdienten, weil sie daran gewöhnt waren, daß der Reichtum im Hintergrund als Auffangnetz zur Verfügung stand.

Der letzte mit Weitblick gesegnete Strong, der dies Ende vorausgesehen zu haben schien, hatte dafür gesorgt, daß Gelder treuhänderisch für die Ausbildung junger Strongs festgelegt wurden. Die Stiftungsurkunden hatten Scharen von Anwälten abgefaßt, dicke Dokumente, die gleich uneinnehmbaren Festungen den verzweifelten Sturmangriffen künftiger Strong-Generationen standhalten sollten. Als diese Angriffe dann kamen, zeigte sich, daß die Stiftungen nicht wankten und wichen, und so durfte sich jeder junge Strong nach wie vor darauf verlassen, eine erstklassige Ausbildung zu bekommen.

Codys Familie hatte es nicht besonders gut aufgenommen, daß er Geena Phelan geheiratet hatte, vor allem, weil es schon ihre zweite Ehe war. Da aber Troy Phelans Vermögen zum Zeitpunkt der Hochzeit auf sechs Milliarden Dollar geschätzt wurde, hatte man ihrer Aufnahme in die Familie keine Steine in den Weg gelegt. Dennoch würde man immer auf sie herabsehen, nicht nur weil sie geschieden war und keine Elite-Universität besucht hatte, sondern auch weil Cody ein wenig sonderbar war.

Doch an diesem Weihnachtstag waren alle da, um sie zu begrüßen. Noch nie hatte sie so viele dieser Menschen, die sie verabscheute, lächeln sehen, noch nie hatten so viele von ihnen sie steif umarmt, ihr verlegene Küßchen auf die Wangen gedrückt und ihr auf die Schultern geklopft. Diese Scheinheiligkeit ihrer Verwandtschaft machte Geene wütend.

Nach einigen Gläsern wurde Cody gesprächig. Die anderen Männer versammelten sich im Wohnzimmer um ihn, und es dauerte nicht lange, bis einer fragte: »Wieviel?«

Er verzog das Gesicht, als sei es ihm schon jetzt eine Bürde. »Wahrscheinlich eine halbe Milliarde.« Diesen Satz hatte er lange vor dem Badezimmerspiegel einstudiert.

Einige der Männer schnappten nach Luft. Andere verzogen angewidert das Gesicht, weil sie Cody kannten. Da sie zur Familie Strong gehörten, war ihnen klar, daß sie keinen Cent davon sehen würden. Alle schienen insgeheim vor Neid zu platzen. Das Gerücht breitete sich aus, und schon bald flüsterten sich die Frauen an verschiedenen Stellen des Hauses die Kunde von der halben Milliarde zu. Codys Mutter, eine verschrumpelte, prüde Frau, in deren Gesicht die Falten aufbrachen, wenn sie lächelte, zeigte sich entsetzt. Ein solches Vermögen war obszön. »Das ist neues Geld«, sagte sie zu einer ihrer Töchter. Zusammengescharrt hatte dieses neue Geld ein skandalumwitterter alter Bock mit drei Frauen und einem Haufen mißratener Kinder, von denen kein einziges auf eine der besseren Schulen und Universitäten gegangen war.

Neu oder nicht, die jüngeren Frauen beneideten Geena um das Geld. Sie konnten sich schon die privaten Düsenflugzeuge, die Strandhäuser und die hinreißenden Familientreffen auf abgelegenen Inseln vorstellen. Wahrscheinlich würde es Treuhandstiftungen für die Erziehung von Nichten und Neffen geben, und vielleicht sogar Bargeschenke.

Der Gedanke an das Geld ließ die Strongs in einer Weise auftauen, wie das einem Außenseiter gegenüber noch nie geschehen war, fast bis zum Schmelzpunkt. Er lehrte sie Offenheit und Liebe und sorgte für ein angenehmes, gemütliches Weihnachten.

Als sich die Familie am Spätnachmittag zum traditionellen Festmahl versammelte, begann es zu schneien. Weihnachten wie im Bilderbuch, sagten die Strongs. Geena haßte sie mehr als je zuvor.

Ramble verbrachte den Feiertag in Gesellschaft seines Anwalts Yancy, was ihn sechshundert Dollar die Stunde kostete. Dieser Posten würde allerdings auf der Rechnung so gut versteckt werden, wie es nur Anwälte fertigbringen.

Wie Janie war auch Tira mit einem jungen Gigolo ins Ausland gereist. Vermutlich hielt sie sich gerade irgendwo am Strand auf, hatte bestimmt das Oberteil ihres Bikinis abgelegt und wahrscheinlich auch das Höschen. Es kümmerte sie nicht im geringsten, was ihr vierzehnjähriger Sohn treiben mochte.

Yancy, der zweimal geschieden war und nicht wieder geheiratet hatte, hatte aus seiner zweiten Ehe zwei elfjährige Söhne. Die Zwillinge waren für ihr Alter erstaunlich aufgeweckt, und da Ramble für sein Alter eher zurückgeblieben war, amüsierten sich alle drei königlich mit Video-Spielen im Schlafzimmer, während Yancy im Fernsehen ein Football-Spiel ansah.

Die üblichen fünf Millionen Dollar, die sein Mandant an seinem einundzwanzigsten Geburtstag bekommen sollte, würden angesichts seiner mangelnden Reife und fehlender häuslicher Unterweisung wohl nicht mal so lange halten wie bei den anderen Phelan-Nachkommen. Aber Yancy ging es nicht um magere fünf Millionen; zum Teufel, soviel würde er schon für seine Bemühungen um Rambles Anteil am Nachlaß bekommen.

Yancy hatte andere Sorgen. Tira hatte den Anwalt gewechselt und eine in der Nähe des Capitols ansässige aggressive

Kanzlei beauftragt, die gute Verbindungen hatte. Da sie lediglich eine ehemalige Ehefrau und keine Blutsverwandte war, würde ihr Anteil am Erbe weit geringer sein als der Rambles, was natürlich auch den neuen Anwälten klar war. Sie setzten Tira unter Druck, damit sie Yancy ausbootete und ihnen Ramble zuführte. Zum Glück lag der Mutter nicht viel an ihrem Sohn, und so kostete es Yancy keine große Mühe, einen Keil zwischen die beiden zu treiben.

Das Lachen der drei Jungen war ihm Musik in den Ohren.

SECHZEHN

Am Spätnachmittag blieb Nate vor dem Schaufenster eines kleinen Feinkostladens stehen, der sich einige Querstraßen vom Hotel entfernt befand. Bei seinem ziellosen Umherspazieren hatte er gesehen, daß der Laden geöffnet war, und er ging hinein, weil er dort Bier zu bekommen hoffte. Nur eine Dose, vielleicht zwei. Er befand sich allein auf der anderen Seite der Erdkugel, ohne mit jemandem Weihnachten feiern zu können. Eine Welle der Einsamkeit und Niedergeschlagenheit durchflutete ihn, und in einem Anfall von Selbstmitleid gab er nach.

Er sah die Reihen von Flaschen mit harten Getränken, alle voll und ungeöffnet. Whisky, Gin und Wodka der verschiedensten Sorten standen aufgereiht wie hübsche kleine Soldaten in bunten Uniformen in den Regalen. Sein Mund wurde von einem Augenblick auf den anderen trocken, war wie ausgedörrt. Sein Unterkiefer fiel herab, und die Augen schlossen sich. Er hielt sich an der Theke fest, weil ihm schwindelig wurde. Sein Gesicht verzog sich qualvoll beim Gedanken an Sergio in Walnut Hill, an Josh, seine Ex-Frauen und die anderen Menschen, die unter seinen häufigen Rückfällen gelitten hatten. Wild tobten die Gedanken durch seinen Kopf, und er war einem Ohnmachtsanfall nahe, als der Mann hinter der Theke etwas sagte. Nate sah ihn zornig an, biß sich auf die Lippe und wies auf den Wodka. Zwei Flaschen, acht Reals.

Jeder Rückfall war anders gewesen. Manche hatten sich ganz langsam entwickelt: ein Glas hier, ein Schlückchen da, ein Riß im Deich, auf den weitere folgten. Einmal war er sogar selbst mit dem Auto in eine Entgiftungsklinik gefahren. Ein anderes Mal war er, mit einen intravenösen Schlauch im Handgelenk, auf ein Krankenhausbett geschnallt gewesen, als er zu sich kam. Beim letzten Mal hatte ihn ein Zimmermädchen in einem billigen Motel zu dreißig Dollar die Nacht im Koma gefunden.

Er packte die Papiertüte und eilte zielstrebig seinem Hotel entgegen. Er ging um eine Gruppe schwitzender kleiner Jungen herum, die auf dem Bürgersteig Fußball spielten. Glückliche Kinder, dachte er. Unbekümmert, ohne Sorgen. Morgen ist nur ein weiteres Spiel.

Eine Stunde vor Einbruch der Dunkelheit erwachte Corumbá allmählich zum Leben. Die Straßencafés und Kneipen öffneten, und vereinzelt fuhren Autos auf der Straße. Von der Hotelhalle aus hörte man die Musikkapelle, die am Schwimmbecken spielte, und einen Augenblick lang war Nate versucht, sich an einen Tisch zu setzen und noch ein wenig zuzuhören.

Aber das tat er nicht. Er suchte sein Zimmer auf, verschloß die Tür und füllte einen großen Kunststoffbecher mit Eis. Er stellte die beiden Flaschen Wodka nebeneinander, öffnete eine, goß den Inhalt langsam über das Eis und gelobte sich, erst aufzuhören, wenn beide leer waren.

Jevy wartete schon vor der Tür des Ersatzteilhändlers, als dieser um acht Uhr eintraf. Die Sonne stand am wolkenlosen Himmel. Die Hitze des Bürgersteigs drang ihm durch die Schuhsohlen.

Der Händler, der keine passende Ölpumpe hatte, rief zwei mögliche Lieferanten an, und Jevy fuhr in seinem dröhnenden Pickup davon. Am Rande von Corumbá hatte ein Bootshändler einen Schrottplatz mit den Resten von Dutzenden abgewrackter Wasserfahrzeuge. Ein Junge brachte Jevy eine in einen schmuddeligen Putzlappen eingewickelte Ölpumpe, die mit Schmierfett und Öl bedeckt war. Bereitwillig zahlte Jevy zwanzig Reals dafür.

Er fuhr zum Fluß und stellte den Wagen nahe dem Ufer ab. Die *Santa Loura* lag noch an derselben Stelle wie am Vorabend. Voll Freude sah er, daß Welly schon da war. Er arbeitete zum ersten Mal mit dem nicht einmal achtzehnjährigen Jungen, der von sich behauptete, er besitze die Fähigkeiten eines Kochs, eines Lotsen, eines Bootsführers und eines Navigators. Außerdem könne er das Boot sauberhalten und alle anderen gewünschten Dienste leisten. Es war Jevy klar, daß er log, andererseits war diese Art von Aufschneiderei unter jungen Männern, die am Fluß nach Arbeit suchten, nichts Besonderes.

»Hast du Mr. O'Riley gesehen?« fragte Jevy.

»Ist das der Amerikaner?« erkundigte sich Welly.

»Ja.«

»Nein. Der ist hier nicht aufgetaucht.«

Ein Fischer in einem Holzboot rief Jevy etwas zu, der aber hatte andere Sorgen. Er sprang über die Sperrholzplanke auf das Boot, wo das Gehämmer im Heck wieder angefangen hatte. Derselbe verschmierte Mechaniker kämpfte mit dem Motor, sein schweißnasser Oberkörper steckte tief im Maschinenraum. Die Luft war zum Ersticken. Jevy gab ihm die Ölpumpe, und er fuhr mit seinen kurzen Wurstfingern prüfend darüber.

Der Motor war ein Fünf-Zylinder-Reihendiesel, und die Pumpe saß ganz unten im Kurbelgehäuse, unmittelbar unter dem Gitterboden. Der Mechaniker zuckte die Achseln, als könne die von Jevy beschaffte Pumpe in der Tat die Lösung sein, wand dann den Bauch um den Ansaugkrümmer herum, ließ sich vorsichtig auf die Knie nieder und beugte sich so weit vor, daß sein Kopf auf dem Auspuffrohr lag.

Er knurrte etwas, und Jevy gab ihm einen Schraubenschlüssel. Der Einbau der Ersatzpumpe machte Fortschritte. Jevys Hemd und Shorts waren binnen zehn Minuten schweißdurchnäßt.

Nach einer Weile tauchte Welly auf und fragte, ob man ihn brauche. Da das nicht der Fall war, forderte Jevy ihn auf, Ausschau nach dem Amerikaner zu halten, und wischte sich in der Enge des Maschinenraums den Schweiß von der Stirn.

Fluchend hantierte der Mechaniker eine halbe Stunde lang mit seinen Schraubenschlüsseln, dann bezeichnete er die Pumpe als einsatzbereit. Er ließ den Motor anlaufen und hielt einige Minuten lang den Blick auf den Öldruckanzeiger gerichtet. Nach einer Weile sammelte er lächelnd sein Werkzeug ein.

Jevy fuhr in die Stadt, um Nates Hotel aufzusuchen.

Die schüchterne junge Frau am Empfang hatte Mr. O'Riley nicht gesehen. Sie rief in seinem Zimmer an, doch niemand meldete sich. Ein vorüberkommendes Zimmermädchen wurde gefragt und erklärte, soweit sie wisse, habe er sein Zimmer noch nicht verlassen. Zögernd gab die junge Frau Jevy einen Schlüssel.

Die Tür war verschlossen, doch Nate hatte die Kette nicht vorgelegt. Während Jevy langsam eintrat, fiel ihm auf, daß das zerwühlte Bett leer war. Dann sah er die Flaschen. Eine war leer und lag umgestürzt auf dem Fußboden. Die andere war noch zur Hälfte gefüllt. Im Zimmer war es sehr kühl, da die Klimaanlage auf vollen Touren lief. Jevy sah einen nackten Fuß und entdeckte, als er näher trat, daß Nate vollständig unbekleidet zwischen der Wand und dem Bett lag. Er hatte ein Laken heruntergezogen und sich um die Knie gewickelt. Als Jevy ihn vorsichtig am Fuß anstieß, zuckte das Bein.

Zumindest war der Mann nicht tot.

Jevy sprach ihn an und faßte ihn an der Schulter. Nach einigen Sekunden hörte er ein leises gequältes Knurren. Er hockte sich auf das Bett, verschränkte die Hände vorsichtig unter einer der Achseln und zog Nate vom Boden hoch. Es gelang ihm, ihn von der Wand fort auf das Bett zu rollen. Rasch verhüllte er Nates Geschlechtsteile mit einem Laken.

Ein weiteres gequältes Stöhnen ertönte. Nate lag auf dem Rücken, ein Fuß hing aus dem Bett, seine nach wie vor geschlossenen Augen waren geschwollen. Das Haar hing ihm wirr um den Kopf, der Atem kam langsam und mühevoll. Jevy stellte sich ans Fußende des Bettes und sah ihn an.

Das Zimmermädchen und die junge Frau vom Empfang tauchten vor der angelehnten Tür auf, und Jevy winkte sie fort. Er schloß ab und nahm die leere Flasche vom Boden auf.

»Es ist Zeit aufzubrechen«, sagte er, bekam aber keinerlei Antwort. Vielleicht sollte er Senhor Ruiz anrufen, der dann den Amerikanern Bescheid geben konnte, die den armen Säufer nach Brasilien geschickt hatten. Vielleicht später.

»Sagen Sie etwas, Nate!« forderte er ihn laut auf.

Er bekam keine Antwort. Falls der Mann nicht bald zu sich kam, würde Jevy einen Arzt rufen. Eineinhalb Flaschen Wodka konnten einen Menschen umbringen. Vielleicht litt Nate an einer Alkoholvergiftung und mußte ins Krankenhaus.

Im Badezimmer tränkte Jevy ein Handtuch mit kaltem Wasser und legte es Nate auf den Nacken. Daraufhin begann dieser zu zucken und öffnete den Mund, als ob er etwas sagen wollte. »Wo bin ich?« knurrte er mit schwerer Zunge.

»In Brasilien. In Ihrem Hotelzimmer.«

»Ich lebe also.«

»Mehr oder weniger.«

Jevy wischte mit einer Ecke des Handtuchs Nate über Gesicht und Augen. »Wie fühlen Sie sich?« fragte er.

»Ich möchte sterben«, sagte Nate und griff nach dem Handtuch. Er steckte sich einen Zipfel in den Mund und begann, daran zu saugen.

»Ich hol Ihnen Wasser«, sagte Jevy. Er öffnete den Kühlschrank und nahm eine Flasche Wasser heraus. »Können Sie den Kopf heben?« fragte er.

»Nein«, knurrte Nate.

Jevy tröpfelte Nate Wasser auf Lippen und Zunge. Ein Teil lief ihm über die Wangen ins Handtuch. Es war ihm gleichgültig. Sein Kopf dröhnte, als wolle er bersten, und sein erster Gedanke war, wie zum Teufel er überhaupt wach geworden war.

Er öffnete das rechte Auge einen Spaltbreit. Die Lider des linken Auges waren noch verklebt. Wie ein glühender Strahl fuhr ihm das Tageslicht ins Gehirn, und eine Welle der Übelkeit stieg ihm aus den Knien in die Kehle. Mit überraschender Plötzlichkeit warf er sich herum und erhob sich auf alle viere, als sein Mageninhalt aus ihm hervorbrach.

Jevy sprang beiseite und holte ein weiteres Handtuch. Er blieb eine Weile im Badezimmer, während er sich Nates ersticktes Röcheln anhörte. Auf den Anblick eines nackten Mannes, der sich mitten im Bett auf Händen und Knien die Seele aus dem Leib würgte, konnte er verzichten. Er drehte die Dusche an und stellte die Wassertemperatur ein.

Sein Vertrag mit Senhor Ruiz sah vor, daß er tausend Reals dafür bekam, Mr. O'Riley ins Pantanal zu bringen, die Person aufzuspüren, die dieser suchte, und ihn wieder in Corumbá abzuliefern. Das war gutes Geld, aber er war weder Krankenpfleger noch Kindermädchen. Das Boot war zur Abfahrt bereit.

Wenn Nate der Aufforderung mitzukommen nicht folgen konnte, würde sich Jevy um seinen nächsten Auftrag kümmern.

Als das Würgen aufhörte, schleppte er Nate ins Badezimmer und schob ihn unter die Dusche, wo er auf dem Boden zusammensank. »Tut mir leid«, sagte er immer wieder. Jevy ließ ihn liegen, wo er lag. Von ihm aus mochte er ertrinken. Er faltete die Laken zusammen und versuchte die Schweinerei zu beseitigen, dann ging er nach unten, um eine Kanne starken Kaffee zu holen.

Es war fast zwei Uhr, als Welly den Pickup kommen hörte. Der Lärm, den Jevy machte, als er den Wagen an der Uferböschung abstellte, weckte die Fischer. Von dem Amerikaner war nichts zu sehen.

Dann hob jemand irgendwo in der Kabine des Wagens ganz langsam den Kopf. Er hatte sich eine Mütze so tief wie möglich in die Stirn gezogen, und seine Augen lagen hinter einer dunklen Sonnenbrille. Jevy öffnete die Beifahrertür und half Mr. O'Riley, den Fuß auf die Uferfelsen zu setzen. Welly ging zum Wagen und nahm Nates Gepäck vom Rücksitz. Er wollte Mr. O'Riley gern kennenlernen, aber es war ein ungünstiger Zeitpunkt. Es schien dem Mann ziemlich schlecht zu gehen. Schweiß bedeckte seine bleiche Haut, und er war zu schwach, um allein zu gehen. Welly folgte den beiden ans Ufer und half Jevy, den Mann über die altersschwache Sperrholzplanke aufs Boot zu bringen. Jevy trug Mr. O'Riley praktisch die Grätings zur Brücke empor und von dort auf das kleine offene Deck, wo er ihn in die wartende Hängematte legte.

Wieder auf dem Unterdeck, ließ Jevy den Motor anlaufen, und Welly holte die Leinen ein. »Was fehlt ihm?« fragte er.

»Er ist betrunken.«

»Aber es ist doch erst zwei Uhr.«

»Er ist schon seit langem betrunken.«

Langsam schob sich die *Santa Loura* vom Ufer fort und bewegte sich stromaufwärts.

Nate sah, wie Corumbá vorüberglitt. Die Persenning über ihm bestand aus ausgeblichenem grünem Segelleinen, das über einen Metallrahmen gespannt und mit vier Pfosten auf dem Deck verzurrt war. Zwei dieser Pfosten trugen seine Hängematte, die unmittelbar nach dem Ablegen ein wenig geschaukelt hatte. Die Übelkeit machte sich wieder bemerkbar. Er versuchte, vollständig still zu liegen. Nichts sollte sich regen. Gemächlich glitt das Boot den glatten Fluß entlang. Da es windstill war, konnte Nate tief in seiner Hängematte liegen, zu dem grünen Dach über sich emporblicken und versuchen, die Dinge in seinem schmerzenden Kopf zu klären. Das allerdings fiel ihm schwer, denn alles wirbelte darin durcheinander. Sich zu konzentrieren war alles andere als einfach.

Er hatte Josh aus seinem Zimmer angerufen, unmittelbar bevor er das Hotel verließ. Mit Eisbeuteln auf dem Nacken und einem Papierkorb zwischen den Füßen hatte er die Nummer gewählt und sich große Mühe gegeben, seiner Stimme einen normalen Klang zu geben. Jevy hatte Senhor Ruiz nichts erzählt, so daß dieser Josh nichts erzählen konnte. Niemand außer Nate und Jevy wußte etwas, und sie hatten sich darauf geeinigt, daß es so bleiben sollte. Auf dem Boot gab es keinen Alkohol, und Nate hatte versprochen, bis zu ihrer Rückkehr nüchtern zu bleiben. Wie sollte er auch im Pantanal etwas zu trinken finden?

Sofern sich Josh Sorgen gemacht hatte, war das seiner Stimme nicht anzumerken gewesen. Die Kanzlei, hatte er gesagt, sei nach wie vor über Weihnachten geschlossen und so weiter, aber er habe entsetzlich viel zu tun. Das Übliche.

Nate hatte erklärt, es gehe ihm großartig. Das Boot sei dem Zweck durchaus angemessen und jetzt auch ordentlich repariert. Er könne die Abreise gar nicht erwarten. Als er aufgelegt hatte, mußte er sich erneut übergeben. Dann hatte er noch einmal geduscht. Anschließend hatte ihm Jevy zum Aufzug und durch die Hotelhalle geholfen.

Der Fluß machte eine leichte Biegung, dann noch eine, und Corumbá war nicht mehr zu sehen. Der um die Stadt herum ziemlich starke Bootsverkehr nahm deutlich ab, während sie sich von ihr entfernten. Von oben konnte Nate die Heckwelle des Bootes und das schlammig-braune Wasser sehen, das hinter ihnen Blasen warf. Der Paraguay war keine hundert Meter breit und wurde an den Krümmungen rasch schmaler. Sie kamen an einem klapprigen Boot vorüber, das mit grünen Bananen beladen war. Zwei kleine Jungen winkten ihnen zu.

Zwar hörte das fortwährende Stampfen des Dieselmotors nicht auf, wie Nate gehofft hatte, aber es wurde ein leises Summen, eine beständige Abfolge von Schwingungen, die das ganze Boot durchzogen. Es gab keine andere Möglichkeit, als sich damit abzufinden. Er versuchte, in der Hängematte zu schaukeln. Eine leichte Brise hatte sich erhoben. Die Übelkeit war vorüber.

Denk nicht an Weihnachten, denk nicht an zu Hause, die Kinder und kaputte Erinnerungen, und denk nicht an deine Sucht. Der Absturz ist vorbei, sagte er sich. Das Boot war seine Suchtklinik, Jevy sein Berater und Welly sein Pfleger. Er würde im Pantanal trocken werden und dann nie wieder auch nur einen Tropfen trinken.

Wie oft konnte er sich noch belügen?

Die Wirkung des Aspirins, das ihm Jevy gegeben hatte, ließ nach, und in seinem Kopf begann es erneut zu hämmern. Er fiel in eine Art Halbschlaf und wurde wach, als Welly mit einer Flasche Wasser und einer Schüssel Reis kam. Nates Hände zitterten so sehr, daß ihm der Reis vom Löffel auf das Hemd und in die Hängematte fiel. Er war warm und salzig, und Nate aß jedes Korn.

»*Mais?*« fragte Welly.

Nate schüttelte den Kopf. Dann trank er das Wasser in kleinen Schlucken. Anschließend ließ er sich in die Hängematte sinken und versuchte zu dösen.

SIEBZEHN

Nach einigen fehlgeschlagenen Anläufen zu schlafen übermannten Nate schließlich die Folgen der Zeitverschiebung zusammen mit seiner Müdigkeit und den Nachwirkungen des Wodkas. Auch der Reis trug seinen Teil dazu bei, daß er in tiefen Schlaf fiel. Welly sah in Stundenabständen nach ihm. »Er schnarcht«, berichtete er Jevy, der im Ruderhaus am Steuer stand.

Nates traumloser Schlaf dauerte vier Stunden. Während dieser Zeit schob sich die *Santa Loura* gegen Strömung und Wind Stück für Stück in ungefährer Nordrichtung voran. Als Nate wieder erwachte, hatte er trotz des ständigen Dröhnens der Maschine nicht den Eindruck, daß sich das Boot bewegte. Er erhob sich ein wenig von der Hängematte und spähte über den Bootsrand, um zu sehen, ob am dichtbewachsenen Ufer irgendwelche Hinweise auf ein Vorankommen zu sehen waren. Die Gegend, durch die sie kamen, schien völlig unbewohnt zu sein. Er sah das Kielwasser hinter dem Boot und merkte, als er einen Baum fest im Auge behielt, daß sie tatsächlich vorankamen, wenn auch äußerst langsam. Die Navigation war auf dem durch die Regenfälle gestiegenen Fluß leichter als sonst, dafür aber ging es flußaufwärts nicht besonders schnell.

Zwar waren Übelkeit und Kopfschmerzen verschwunden, doch fühlte er sich noch immer ziemlich wacklig. Er versuchte aus der Hängematte zu klettern, in erster Linie, weil er seine Blase erleichtern mußte. Es gelang ihm, ohne Zwischenfälle die Füße auf das Deck zu setzen. Während er kurz innehielt, tauchte Welly wie aus dem Nichts auf und gab ihm eine Tasse Kaffee.

Nate umschloß das warme Porzellan mit beiden Händen und schnupperte. Noch nie hatte etwas besser gerochen. »*Obrigado*«, dankte er Welly.

»*Sim*«, gab dieser mit noch breiterem Lächeln als sonst zurück.

Nate schlürfte den köstlichen süßen Kaffee und bemühte sich, nicht auf Wellys neugierigen Blick zu reagieren. Der Junge trug die auf dem Fluß übliche Kleidung: eine abgetragene kurze Sporthose, ein altes T-Shirt und billige Gummisandalen, die seine zernarbten harten Fußsohlen schützten. Wie Jevy, Valdir und die meisten Brasilianer, die Nate bisher kennengelernt hatte, war auch Welly schwarzhaarig und dunkeläugig, hatte mehr oder weniger europäische Gesichtszüge und eine braune Haut. Manche Brasilianer waren heller, manche dunkler, auf jeden Fall aber war es ein unverkennbarer Farbton.

Ich lebe und bin nüchtern, dachte Nate, während er weiterschlürfte. Wieder einmal bin ich hart am Rande der Hölle entlanggeschrammt und hab es überlebt. Ich bin abgestürzt, war unten, habe das verschwommene Spiegelbild meines Gesichts gesehen und wäre am liebsten gestorben. Jetzt aber sitze ich hier und atme. Zweimal in drei Tagen hab ich meine letzten Worte gesagt. Vielleicht ist meine Zeit noch nicht gekommen.

»*Mais?*« fragte Welly mit einem Kopfnicken zur leeren Tasse.

»*Sim*«, antwortete Nate und gab sie ihm. Mit zwei Schritten war der Junge fort.

Noch steif von der Bruchlandung und zittrig vom Wodka, versuchte Nate, auf die Beine zu kommen. Er blieb einen Augenblick stehen, ohne sich festzuhalten. Das war immerhin schon etwas. Der Weg zurück bestand nur aus einer Reihe kleiner Schritte, und jeder von ihnen war ein kleiner Sieg. Wer sie ohne Niederlage aneinanderreihen kann und kein einziges Mal strauchelt, hat es geschafft. Endgültig geheilt allerdings ist man nie. Es ist immer nur ein vorläufiger Sieg, er gilt für eine Weile, solange es dauert. Er hatte das Puzzle früher schon einmal gespielt; man mußte jedes Stück feiern, das man an die richtige Stelle brachte.

Im nächsten Augenblick streifte das Boot rumpelnd eine Sandbank, und Nate fiel gegen die Hängematte. Als der Ruck in die Gegenrichtung kam, wurde er zu Boden geschleudert, wo er mit dem Kopf auf eine Planke schlug. Er rappelte sich auf und hielt sich mit einer Hand an der Reling, während er mit der anderen seinen Kopf betastete. Kein Blut, nur eine kleine Beule. Aber der Stoß hatte ihn aufgeweckt, und als er wieder klar sehen konnte, schob er sich an der Reling entlang langsam zur kleinen, engen Brücke vor, wo Jevy auf einem Hocker saß und eine Hand lässig über das Steuerrad gelegt hatte.

Sein brasilianisches Lächeln blitzte auf, dann fragte er: »Wie fühlen Sie sich?«

»Viel besser«, sagte Nate, fast beschämt. Allerdings war Scham eine Empfindung, die er schon vor Jahren abgelegt hatte. Ein Süchtiger kennt kein Schamgefühl. Er hat sich so oft mit Schande bedeckt, daß er dagegen immun wird.

Kaffeetassen in beiden Händen kam Welly die Stufen emporgeeilt. Eine Tasse gab er Nate, die andere Jevy. Dann setzte er sich auf eine schmale hölzerne Bank neben den Bootsführer.

Langsam ging die Sonne hinter den fernen Bergen Boliviens unter. Im Norden, unmittelbar vor ihnen, bildeten sich Wolken. Die Luft war leicht und viel kühler als zuvor. Jevy holte sein T-Shirt und zog es an. Nate fürchtete, es werde wieder ein Unwetter geben. Da der Fluß nicht breit war, konnten sie doch bestimmt das verdammte Boot am Ufer an einem Baum festmachen.

Sie näherten sich einem kleinen, quadratischen Haus. Es war die erste menschliche Behausung, die Nate seit Corumbá sah. Man konnte Anzeichen von Leben erkennen: ein Pferd, eine Kuh, Wäsche auf der Leine, ein Kanu nahe dem Ufer. Ein Mann mit einem Strohhut, ein richtiger *pantaneiro*, trat auf die Veranda und winkte ihnen träge zu.

Als das Haus hinter ihnen lag, wies Welly auf eine Stelle, wo das Unterholz bis an den Fluß reichte. »*Jacarés*«, sagte er. Jevy sah hin, schien aber gelangweilt. Er hatte schon eine Million Kaimane gesehen, Nate hingegen erst einen, vom Pferd aus. Als er jetzt zu den glatten Reptilien hinsah, die sie aus dem Schlamm zu beobachten schienen, fiel ihm auf, um wieviel kleiner sie vom Deck eines Bootes aus wirkten. Aus sicherer Entfernung waren sie ihm lieber.

Irgend etwas sagte ihm allerdings, daß er sie bestimmt noch einmal aus unangenehmer Nähe erleben würde, bevor die Fahrt vorbei war. Das Beiboot, das die *Santa Loura* im Schlepp hatte, würden sie wohl auf der Suche nach Rachel Lane benutzen müssen. Er und Jevy würden damit durch schmale Flußläufe fahren, die Köpfe einziehen, wenn das Unterholz bis ans Wasser reichte, durch dunkle Gewässer voller Wasserpflanzen waten. Sicherlich warteten dort auch *jacarés* und andere tückische Reptilien auf ihre Mahlzeit.

Aber merkwürdigerweise berührte ihn das im Augenblick nicht. Bisher hatte er sich in Brasilien eigentlich recht gut gehalten. Es war ein Abenteuer, und sein Führer schien keine Furcht zu kennen.

Nate hielt sich am Geländer fest und ging vorsichtig Schritt für Schritt den Niedergang hinunter und dann durch den schmalen Gang an der Kajüte und der Kombüse vorbei, wo Welly einen Topf auf dem Propangasherd stehen hatte. Der Diesel dröhnte im Maschinenraum. Sein Ziel war das kleine Bad, das außer einer Toilettenschüssel in einer Ecke ein schmutziges Waschbecken sowie einen Duschkopf enthielt, der nur wenige Zentimeter über ihm hin und her pendelte. Während sich Nate erleichterte, betrachtete er aufmerksam die Kette, die dazu diente, die Dusche in Gang zu setzen. Er trat einen Schritt zurück und zog daran. Bräunliches Wasser kam in recht kräftigem Strahl heraus. Wie es aussah, stammte es aus dem unerschöpflichen Wasservorrat des Flusses und war wahrscheinlich ungefiltert. Über der Tür war ein Drahtkorb angebracht, der zur Aufnahme eines Handtuchs und der Kleidung diente. Man mußte sich also ausziehen, irgendwie die Toilette zwischen die Beine nehmen, sich mit der einen Hand einseifen und mit der anderen die Kette ziehen, die dafür sorgte, daß Wasser aus der Dusche kam.

Was soll's, dachte Nate. So oft würde er schon nicht duschen.

Im Topf auf dem Herd sah er Reis und schwarze Bohnen und fragte sich im stillen, ob wohl alle Mahlzeiten gleich aussehen würden. Doch war ihm das nicht wirklich wichtig. Essen spielte bei ihm keine besondere Rolle. Während man die Patienten auf Walnut Hill austrocknete, absolvierten sie gleichzeitig eine sanfte Fastenkur. Schon seit Monaten hatte er kaum noch Appetit.

Mit dem Rücken zu Jevy und Welly setzte er sich auf die Gitterroste der Stufen, die zur Brücke führten, und sah zu, wie es auf dem Fluß dunkel wurde. In der Abenddämmerung machten sich die Tiere zur Nachtruhe bereit. Vögel flogen in geringer Höhe über dem Wasser von Baum zu Baum und hielten Ausschau nach einem letzten Fisch, bevor es ganz dunkel wurde. Ihre Rufe und ihr Gesang übertönten das unaufhörliche Dröhnen des Diesels, als das Boot vorüberzog. Das Wasser spritzte an den Ufern auf, wenn sich ein Kaiman in den Fluß gleiten ließ. Vielleicht gab es dort auch Schlangen, große Anakondas, die ihre Lagerstätte aufsuchten, aber Nate dachte lieber nicht an sie. Auf der *Santa Loura* fühlte er sich sicher. Die angenehme Brise, die ihn umfächelte, war wärmer als zuvor. Das Unwetter war ausgeblieben.

Woanders mochte die Zeit dahinrasen, hier im Pantanal hatte sie nicht die geringste Bedeutung. Allmählich gewöhnte er sich an den trägen Rhythmus. Er dachte an Rachel Lane. Auf welche Weise würde das Geld ihr Leben verändern? Ganz gleich, wie fromm oder seiner Aufgabe verpflichtet jemand war, es konnte niemanden unberührt lassen. Würde sie mit ihm in die Staaten fliegen und sich um den Nachlaß ihres Vaters kümmern? Später konnte sie immer noch zu ihren Indianern zurückkehren. Wie würde sie die Mitteilung aufnehmen? Wie würde sie überhaupt auf den Anblick eines amerikanischen Anwalts reagieren, der sie mitten in der Wildnis aufgespürt hatte?

Welly klimperte eine Melodie auf einer alten Gitarre, und Jevy brummte irgendeinen Liedtext dazu. Es klang fast einlullend, das Lied einfacher Männer, in deren Leben Tage und nicht Minuten zählten, Männer, die nur wenige Gedanken an das Morgen verschwendeten und keine an das, was im kommenden Jahr geschehen mochte oder auch nicht. Er beneidete sie, zumindest solange sie sangen.

Für jemanden, der noch am Vortag versucht hatte, sich selbst zu Tode zu trinken, war das eine beachtliche Wende. Er genoß den Augenblick, war glücklich, am Leben zu sein, und freute sich auf den weiteren Verlauf seines Abenteuers. Seine Vergangenheit lag buchstäblich in einer Lichtjahre entfernten anderen Welt, auf den kalten, nassen Straßen von Washington.

Dort konnte nichts Gutes geschehen. Er hatte deutlich bewiesen, daß er unfähig war, dort zu leben, ohne rückfällig zu werden, wo er denselben Menschen wie vorher begegnete, dieselbe Arbeit wie vorher tat, sich bemühte, die alten Gewohnheiten zu vergessen – bis zum nächsten Absturz. Er würde immer wieder abstürzen.

Welly begann ein Solo, das Nate aus den Gedanken an seine Vergangenheit riß. Es war eine langsame, traurige Ballade. Als sie zu Ende war, lag der Fluß vollkommen im Dunkeln. Jevy schaltete zwei links und rechts vom Bug angebrachte Scheinwerfer ein. Das Navigieren auf dem Fluß war einfach. Der Pegel stieg und fiel mit den Jahreszeiten und war nie besonders hoch. Die flachbödigen Boote waren so gebaut, daß ihnen die Berührung mit den Sandbänken nichts ausmachte, die bisweilen im Weg waren. Unmittelbar nach Einbruch der Dunkelheit lief Jevy auf eine solche Sandbank, und die *Santa Loura* saß fest. Er fuhr rückwärts, dann wieder vorwärts, und nachdem er fünf Minuten auf diese Weise manövriert hatte, kam das Boot wieder frei. Es war unsinkbar.

In einer Ecke der Kajüte, nicht weit von den vier Kojen entfernt, aß Nate allein an einem Tisch, der am Fußboden festgeschraubt war. Welly stellte Bohnen und Reis mit Hühnerfleisch sowie eine Apfelsine vor ihn hin. Dazu trank Nate kaltes Wasser aus einer Flasche. Eine nackte Glühlampe pendelte über dem Teller hin und her. In der Kajüte war es heiß und stickig. Welly hatte ihm vorgeschlagen, in der Hängematte zu schlafen.

Jevy kam mit einer Flußkarte des Pantanal. Er wollte die bisher auf dem Paraguay zurückgelegte Strecke einzeichnen, so kurz sie war. Sie kamen wirklich kaum voran. Zwischen ihrer gegenwärtigen Position und Corumbá lag nur ein winziges Stückchen Karte.

»Das liegt am Hochwasser«, erklärte Jevy. »Zurück geht es viel schneller.«

Über den Rückweg hatte sich Nate noch nicht viele Gedanken gemacht. »Kein Problem«, sagte er. Jevy wies in verschiedene Richtungen und stellte einige Berechnungen an. »Das erste Indianerdorf liegt in diesem Gebiet«, sagte er und wies auf eine Stelle, die angesichts der bisher zurückgelegten Strecke noch Wochen entfernt schien.

»Guató?«

»*Sim*. Ja. Ich denke, daß wir es da zuerst versuchen sollten. Wenn sie da nicht ist, weiß vielleicht jemand, wo sie sich aufhält.«

»Wie lange dauert es, da hinzukommen?«

»Zwei Tage, vielleicht drei.«

Nate zuckte die Achseln. Die Zeit stand still. Seine Armbanduhr hatte er in der Hosentasche. Seine Sammlung von Stunden-, Tages-, Wochen- und Monatsplanern war längst vergessen. Sein Prozeßkalender, die große, unverletzliche Richtschnur seines Lebens, lag in der Schublade irgendeiner Sekretärin. Er war dem Tod um Haaresbreite entronnen; jetzt war jeder neue Tag ein Geschenk.

»Ich habe viel zu lesen«, sagte er.

Jevy faltete die Karte sorgfältig wieder zusammen. »Ist mit Ihnen alles in Ordnung?« fragte er.

»Mir geht es gut. Ich fühle mich wohl.«

Jevy hätte gern noch viel mehr gefragt, aber Nate war nicht in der Stimmung, eine Lebensbeichte abzulegen. »Mir geht es gut«, wiederholte er. »Die kurze Reise wird mir guttun.«

Er las eine Stunde lang am Tisch im Licht der schwankenden Lampe, bis er merkte, daß er in Schweiß gebadet war. Von seiner Koje nahm er Insektenschutzmittel, eine Taschenlampe und einen Stapel von Joshs Aktennotizen und machte sich vorsichtig auf den Weg nach vorn. Als er die Stufen zum Ruderhaus emporstieg, sah er, daß Welly am Ruder stand und Jevy ein Nickerchen machte. Er besprühte Arme und Beine und kletterte dann in die Hängematte. Es dauerte eine Weile, bis er seine Gliedmaßen so geordnet hatte, daß der Kopf höher lag als das Hinterteil. Als er mit seiner Lage zufrieden war und die Hängematte sacht im Rhythmus des Flusses schaukelte, schaltete Nate die Taschenlampe an und begann wieder zu lesen.

ACHTZEHN

Es ging lediglich um die Verlesung eines Testaments, aber die Einzelheiten waren von entscheidender Bedeutung. Der Richter F. Parr Wycliff hatte während der Weihnachtstage kaum an etwas anderes gedacht. Jeder Platz im Gericht würde besetzt sein, und diejenigen, die keinen Sitzplatz bekommen hatten, würden in mehreren Reihen an den Wänden stehen. So sehr hatte ihn die Angelegenheit beschäftigt, daß er am Tag nach Weihnachten den leeren Gerichtssaal aufgesucht und überlegt hatte, wohin er jeden einzelnen setzen würde.

Wie nicht anders zu erwarten, waren die Medien nicht zu bändigen. Man wollte mit im Gang aufgestellten Kameras durch die kleinen, viereckigen Fensterchen in den Türen Aufnahmen machen, doch das hatte er abgelehnt. Die Leute wollten Plätze in den vordersten Reihen, und wieder hatte die Antwort »Nein« gelautet. Man wollte Interviews mit ihm, doch zumindest im Augenblick war er dazu nicht bereit.

Auch die Anwälte tauchten auf. Die einen bestanden darauf, die Öffentlichkeit samt und sonders auszuschließen, andere wollten aus leicht zu begreifenden Gründen, daß das Fernsehen die Testamentseröffnung aufzeichnete. Man stellte Forderungen, meldete Wünsche an, machte Anregungen: Wer in den Gerichtssaal durfte und wer nicht, wo sie sitzen sollten und wo nicht und dergleichen. Einige der Anwälte regten sogar an, ihnen solle gestattet werden, das Testament zu öffnen und zu lesen. Da es sich um ein sehr umfangreiches Schriftstück handele, könne es sich ohne weiteres als nötig erweisen, die eine oder andere komplizierte Bestimmung während des Verlesens zu erläutern.

Wycliff kam schon früh ins Gericht. Gefolgt von seiner Sekretärin, der Protokollbeamtin und den von ihm angeforderten zusätzlichen Polizeibeamten ging er im Gerichtssaal umher und wies Plätze an, zählte die Stühle und probierte die Lautsprecheranlage aus. Er legte Wert darauf, daß alle Einzelheiten stimmten. Als jemand sagte, ein Fernsehteam versuche sich im Eingangsbereich festzusetzen, schickte er rasch einen Polizeibeamten hin, der das Gebäude räumen sollte.

Nachdem im Saal alles bereit war, kehrte er in sein Dienstzimmer zurück, um sich mit anderen Dingen zu beschäftigen. Es fiel ihm schwer, sich zu konzentrieren. Nie wieder würde ein so aufregender Programmpunkt auf seinem Terminplan stehen. Nicht ganz uneigennützig hoffte er, Troys Testament werde heftig umstritten sein und beispielsweise einer seiner früheren Frauen und ihren Kindern alles Geld zu Lasten einer anderen zusprechen. Oder vielleicht enthielt er seinen verrückten Kindern alles vor und machte jemand anders reich. Eine sich lange hinziehende Anfechtungsklage, bei der man ausgiebig schmutzige Wäsche wusch, würde Wycliffs eher beschauliches Dasein am Nachlaßgericht mit Sicherheit interessanter machen. Er stünde im Mittelpunkt der ganzen Auseinandersetzung, bis zu deren Ende zweifellos Jahre ins Land gehen würden, denn immerhin standen elf Milliarden auf dem Spiel.

Er war sicher, daß das Testament angefochten würde. Hinter verschlossener Tür bügelte er in seinem Amtszimmer eine volle Viertelstunde lang seine Robe.

Kurz nach acht traf der erste Zuschauer ein. Es war ein Reporter, und weil er der erste war, unterzogen ihn die nervösen Sicherheitsleute, die an der Doppeltür zum Gerichtssaal Aufstellung genommen hatten, einer besonders gründlichen Behandlung. Sie begrüßten ihn mürrisch, verlangten seinen Presseausweis. Dann mußte er sich in eine für Medienvertreter vorgesehene Liste eintragen, und sie untersuchten seinen Stenoblock, als wäre es eine Handgranate. Als er durch die Sicherheitsschleuse ging, waren die beiden Wachmänner offenbar enttäuscht, daß der Metalldetektor nicht Alarm gab. Der Mann war dankbar, daß er keine vollständige Leibesvisitation über sich ergehen lassen mußte. Im Gerichtssaal führte ein weiterer Uniformierter ihn durch den Mittelgang an einen Platz in der dritten Reihe. Erleichtert setzte er sich. Der Saal war noch leer.

Die Testamentseröffnung war für zehn Uhr angesetzt, doch hatte sich im Vorraum bereits um neun eine beträchtliche Menschenmenge angesammelt. Die Leute standen im Gang Schlange, denn die Sicherheitsleute ließen sich Zeit mit der Durchsuchung und der Sichtung der Papiere.

Einige der Anwälte der Phelan-Erben stürmten herbei und waren verärgert, daß man sie nicht sofort in den Saal ließ. Harte Worte fielen von beiden Seiten, Anwälte und Polizeibeamte stießen Drohungen aus. Jemand schickte nach Wycliff, doch dieser polierte gerade seine Schuhe auf Hochglanz und dachte nicht daran, sich stören zu lassen. Außerdem wollte er, ganz wie eine Braut bei der Hochzeit, nicht vor seinem großen Auftritt gesehen werden. Nach einer Weile gingen die Sicherheitskräfte dazu über, die Erben und ihre Anwälte mit Vorrang zu behandeln, was die Situation ein wenig entspannte.

Allmählich füllte sich der Saal. Tische wurden in Hufeisenform vor dem Richtertisch aufgestellt. Auf diese Weise würde Wycliff von seinem Platz aus alle sehen können: Anwälte, Erben und Zuschauer. Die Mitglieder der Familie Phelan kamen an einen langen Tisch links vom Richtertisch, unmittelbar vor der Geschworenenbank. Troy Junior kam als erster. Er und Biff wurden in unmittelbare Nähe des Richters gesetzt, wo sie mit dreien ihrer Anwälte Platz nahmen und sich große Mühe gaben, einen feierlichen Eindruck zu machen und zugleich niemanden sonst im Saal zur Kenntnis zu nehmen. Biff war wütend, weil die Wachmänner ihr Mobiltelefon konfisziert hatten. Jetzt konnte sie keine Anrufe in Immobilienangelegenheiten vornehmen.

Als nächster kam Ramble. Auch dieser Anlaß hatte ihn nicht dazu bewegen können, sein Haar, das zwei Wochen lang nicht gewaschen worden war und immer noch Spuren von Limettengrün aufwies, in Fasson zu bringen. Überall hatte er Ringe, an Ohren, Nase und Augenbrauen. Er trug zerfetzte Jeans, alte Stiefel und eine schwarze Lederweste. Seine dürren Arme waren voller Abziehbild-Tätowierungen. Außerdem war er mürrisch. Auf seinem Weg durch den Mittelgang erregte er die Aufmerksamkeit der Journalisten. Sein Anwalt Yancy, der alternde Hippie, der es irgendwie geschafft hatte, seinen kostbaren Mandanten zu behalten, war auf Schritt und Tritt wie eine Glucke um ihn.

Nach einem kurzen Blick auf die Sitzordnung verlangte Yancy, so weit wie möglich von Troy Junior entfernt gesetzt zu werden. Der Polizeibeamte tat ihm den Gefallen und brachte ihn und Ramble am Ende eines herangeschobenen Tisches gegenüber dem Richtertisch unter. Ramble lümmelte sich so auf seinen Stuhl, daß das grüne Haar über die Lehne hing. Die Zuschauer waren entsetzt – dieser Kerl sollte eine halbe Milliarde Dollar erben? Gar nicht auszudenken, was für Unfug er damit anrichten könnte.

Als nächste kam Geena Phelan Strong mit ihrem Mann Cody und zweien der von ihnen beschäftigten Anwälte. Sie sahen, daß Troy Junior und Ramble weit voneinander entfernt saßen, und suchten sich einen Platz so weit wie möglich von beiden. Cody, der besonders ernst und bedrückt wirkte, machte sich sogleich daran, mit einem seiner Anwälte einige wichtige Papiere durchzugehen. Geena glotzte unverhohlen zu Ramble hinüber; sie konnte einfach nicht glauben, daß das ihr Halbbruder sein sollte.

Die Stripperin Amber hatte einen großen Auftritt in einem kurzen Rock und einer Bluse, die so tief ausgeschnitten war, daß ihre beachtlichen Brüste fast vollständig frei lagen. Der Polizeibeamte, der sie durch den Mittelgang geleitete, konnte sein Glück nicht fassen. Er redete unaufhörlich mit ihr, ohne den Blick vom Rand ihrer Bluse zu nehmen. Rex folgte in einem dunklen Anzug, eine prallgefüllte Aktentasche in der Hand, als hätte er heute ernste Dinge zu erledigen. Ihm folgte Hark Gettys, nach wie vor der lauteste Anwalt von allen. Er brachte zwei seiner neuen Kollegen mit; seine Kanzlei wurde wöchentlich größer. Da Amber und Biff nicht miteinander sprachen, schritt Rex ein und wies auf eine Stelle zwischen Ramble und Geena.

Allmählich wurde der freie Platz an den Tischen knapper. Es würde nicht mehr lange dauern, bis einige der Phelans einander nicht mehr ausweichen konnten.

Rambles Mutter, Tira, brachte zwei etwa gleichaltrige junge Männer mit. Der eine trug eine enganliegende Jeans und gönnte allen einen Blick auf seine behaarte Brust, der andere war gepflegt und kam im Nadelstreifenanzug. Mit dem Gigolo ging sie ins Bett, der Anwalt würde seinen Lohn später bekommen.

Eine weitere Lücke füllte sich. Klatsch und Spekulationen flogen im Zuschauerraum hin und her. »Kein Wunder, daß der Alte vom Balkon gesprungen ist«, sagte ein Reporter beim Anblick der Familienmitglieder des Phelan-Clans zu einem anderen.

Die Enkel mußten beim gemeinen Volk im Saal Platz nehmen. Mit ihrem Gefolge und ihren Anhängern bildeten sie kleine Grüppchen und kicherten nervös, während sie darauf warteten, daß sich die Waagschale der Göttin Fortuna ihnen zuneigte.

Libbigail Jeter kam mit ihrem Mann Spike, dem ehemaligen Motorradfahrer, der nach wie vor gut hundertvierzig Kilo wog. Während sie hinter ihrem Anwalt Wally Bright durch den Mittelgang watschelten, wirkten sie denkbar fehl am Platz, obwohl sie weiß Gott oft genug einen Gerichtssaal von innen gesehen hatten. Wally, den sie im Branchenverzeichnis gefunden hatten, trug einen fleckigen Regenmantel, der auf dem Boden schleifte, ein Hemd mit abgestoßenen Kragenecken und einen zwanzig Jahre alten Polyesterschlips. Aus einer Abstimmung im Zuschauerraum über den am schäbigsten gekleideten Anwalt wäre er mit weitem Abstand als Sieger hervorgegangen. Seine Papiere trug er in einem Ziehharmonika-Ordner, der ihm vor Gericht schon bei zahllosen Ehescheidungen und anderen Fällen gedient hatte. Aus irgendeinem Grund hatte er sich nie einen Aktenkoffer gekauft.

Zielsicher strebten sie der größten Lücke zu und nahmen Platz. Dann machte sich Wally Bright geräuschvoll daran, seinen Regenmantel auszuziehen, wobei dessen zerfetzter Saum den Hals eines von Harks namenlosen jungen Anwälten streifte. Angewidert wich der ernsthaft wirkende junge Mann vor Brights Körpergeruch zurück.

»Passen Sie doch gefälligst auf!« sagte er scharf, während er mit dem Handrücken nach Bright schlug und ihn verfehlte. Die Worte knisterten in der angespannten Atmosphäre. Köpfe hoben sich von wichtigen Dokumenten auf den Tischen und fuhren herum. Jeder verabscheute jeden.

»Tut mir leid«, erwiderte Bright mit unverhohlenem Sarkasmus. Zwei Polizeibeamte schoben sich näher, um erforderlichenfalls einzugreifen. Aber der Regenmantel fand ohne weiteren Zwischenfall einen Platz unter dem Tisch, und schließlich gelang es Bright auch, sich neben Libbigail zu setzen, an deren anderer Seite Spike saß, sich den Bart strich und Troy Junior einen Blick zuwarf, als hätte er ihn am liebsten geohrfeigt.

Kaum jemand unter den Anwesenden nahm an, das sei das letzte Scharmützel unter den Phelans.

Wer bei seinem Tod elf Milliarden hinterläßt, darf damit rechnen, daß man sich für sein Testament interessiert, vor allem, wenn es so aussieht, als werde eins der bedeutendsten Vermögen auf der Welt den Geiern in den Rachen gestopft. So war es kein Wunder, daß außer den Massenblättern und den örtlichen Zeitungen auch alle wichtigen Finanzzeitschriften vertreten waren. Die drei Stuhlreihen, die Wycliff für die Presse reserviert hatte, waren um halb zehn gefüllt. Die Journalisten genossen es offensichtlich zu beobachten, wie sich die Mitglieder der Familie Phelan vor ihren Augen versammelten. Fieberhaft strichelten drei Pressezeichner; was sie sahen, bot ihnen reichlich Material. Der grünhaarige Punker wurde häufiger skizziert, als er es verdient hatte.

Um zehn vor zehn erschien Josh Stafford, von Tip Durban, zwei weiteren Anwälten aus seiner Kanzlei und einigen Anwaltsgehilfen begleitet. Mit würdiger Miene nahmen sie ihre reservierten Plätze ein. Verglichen mit der drangvollen Enge, die an den Tischen der Phelans und ihrer Anwälte herrschte, ging es bei ihnen großzügig zu. Josh legte eine einzige dicke Akte vor sich, und sogleich richteten sich die Augen aller darauf. Sie schien einen Schriftsatz von fast fünf Zentimetern Stärke zu enthalten, sehr ähnlich dem, den Troy vor den Videokameras unterzeichnet hatte. Das lag gerade neunzehn Tage zurück.

Außer Ramble sahen alle unwillkürlich hin. Den Gesetzen des Staates Virginia zufolge waren Zahlungen an Erben frühzeitig möglich, sofern der Nachlaß liquide war und keinerlei Bedenken wegen Steuerrückständen und zu begleichenden Schulden bestanden. Die Schätzungen der Phelan-Anwälte reichten von mindestens zehn Millionen pro Erben bis hin zu den von Bright vermuteten fünfzig Millionen. Er selbst hatte in seinem Leben noch nie auch nur fünfzigtausend Dollar gesehen. Das mochte damit zu tun haben, daß er an der Abendschule für Juristen beim Abschluß seines Jahrgangs lediglich auf dem zehnten Platz gelandet war.

Um zehn Uhr wurden die Türen verschlossen, und wie auf ein Stichwort hin tauchte Wycliff in einer Wandöffnung hinter dem Richtertisch auf. Schlagartig herrschte im Raum Schweigen. Der Richter setzte sich, wobei er seine frisch gebügelte Robe um sich ausbreitete. Mit einem Lächeln sagte er »Guten Morgen« in das Mikrophon, das vor ihm stand.

Alle erwiderten sein Lächeln. Mit großer Befriedigung stellte er fest, daß der Raum bis an die Grenzen seines Fassungsvermögens gefüllt war. Ein rascher Blick zeigte ihm, daß insgesamt acht bewaffnete Polizeibeamte bereitstanden. Er sah zu den Phelan-Familien hinüber: An ihren Tischen gab es nicht die kleinste Lücke. Manche ihrer Anwälte saßen praktisch auf Tuchfühlung nebeneinander.

»Sind alle Parteien anwesend?« fragte er. An den Tischen wurde heftig genickt.

»Ich muß jeden einzelnen identifizieren«, sagte er und griff nach seinen Unterlagen. »Den ersten Antrag hat Rex Phelan eingereicht.« Bevor er ausgesprochen hatte, erhob sich Hark Gettys.

»Euer Ehren, ich bin Hark Gettys«, sagte er mit laut tönender Stimme zum Richtertisch hinüber, nachdem er sich geräuspert hatte. »Ich vertrete Mr. Rex Phelan.«

»Vielen Dank. Sie können sitzen bleiben.«

Er nahm sich Tisch für Tisch vor und notierte die Namen der Erben wie auch die ihrer Anwälte, aller Anwälte. Die Reporter schrieben so rasch mit wie der Richter. Insgesamt sechs Erben, drei ehemalige Gattinnen. Alle waren anwesend.

»Zweiundzwanzig Anwälte«, murmelte Wycliff vor sich hin.

»Haben Sie das Testament, Mr. Stafford?« fragte er.
Josh erhob sich mit einer anderen Akte in der Hand. »Ja.«
»Würden Sie bitte den Zeugenstand aufsuchen?«
Josh ging um die Tische und an der Protokollbeamtin vorbei zum Zeugenstand, wo er die rechte Hand hob und schwor, die Wahrheit zu sagen.
»Sie haben Troy Phelan vertreten?« fragte Wycliff.
»Ja. Über mehrere Jahre.«
»Haben Sie für ihn ein Testament erstellt?«
»Mehrere.«
»Haben Sie auch sein letztes Testament erstellt?«
Eine Pause trat ein, und je länger sie wurde, desto näher reckten sich die Hälse der Phelans dem Zeugenstand entgegen.
»Nein, das letzte nicht«, sagte Josh langsam und sah die Geier an. Seine leisen Worte verbreiteten sich im Saal wie Donnerhall. Die Anwälte reagierten deutlich schneller als die Erben, von denen mehrere nicht so recht wußten, was diese Aussage zu bedeuten hatte. Auf jeden Fall war sie schwerwiegend und unerwartet. Spannung lag erkennbar über den Tischen. Es wurde noch leiser im Gerichtssaal.
»Wer hat das letzte Testament erstellt?« fragte Wycliff wie ein Schmierenkomödiant, der seinen Part abliest.
»Mr. Phelan selbst.«
Das konnte nicht stimmen. Die Erben hatten mit eigenen Augen gesehen, wie der Alte, von seinen Anwälten flankiert, den drei Psychiatern – Zadel, Flowe und Theishen – gegenüber am Tisch gesessen hatte. Sekunden nach der Bestätigung seiner Zurechnungsfähigkeit durch diese hatte er ein von Stafford und einem seiner Mitarbeiter ausgearbeitetes dickes Testament ergriffen, erklärt, daß es sich um seinen Letzten Willen handele, und es unterschrieben.
Das war nicht zu bestreiten.
»Großer Gott«, sagte Hark Gettys. Obwohl er flüsterte, konnte es jeder hören.
»Wann hat er es unterzeichnet?« fragte Wycliff.
»Wenige Augenblicke bevor er über das Geländer gesprungen ist.«

»Handelt es sich um ein eigenhändiges Testament?«

»Ja.«

»Hat er es in Ihrer Gegenwart unterzeichnet?«

»Ja. Es gibt auch weitere Zeugen. Außerdem ist der Akt auf Video festgehalten worden.«

»Bitte übergeben Sie mir das Testament.«

Betont langsam entnahm Josh dem Aktendeckel einen Umschlag und gab ihn dem Richter. Er wirkte schrecklich dünn. Auf keinen Fall war das Testament ausführlich genug, um all das zu enthalten, was den Phelans von Rechts wegen zustand.

»Was zum Teufel soll das sein?« zischte Troy Junior dem neben ihm sitzenden Anwalt zu, doch der konnte ihm darauf keine Antwort geben.

Der Umschlag enthielt ein einziges gelbes Blatt. Vor aller Augen zog Wycliff es langsam heraus, entfaltete es sorgfältig und betrachtete es einen Augenblick lang.

Panik überfiel die Phelans, aber sie waren ohnmächtig. Hatte der Alte sie ein letztes Mal reingelegt? Entglitt ihnen der Reichtum? Vielleicht hatte er es sich anders überlegt und ihnen sogar noch mehr zugesprochen? Um die Tische herum stießen sie mit dem Ellbogen ihre Anwälte an, die alle bemerkenswert still waren.

Der Richter räusperte sich und beugte sich noch ein wenig tiefer über das Mikrophon. »Ich habe hier ein aus einem Blatt bestehendes Dokument in der Hand, bei dem es sich dem Vernehmen nach um ein eigenhändiges Testament Troy Phelans handelt. Ich werde es jetzt verlesen:

›Letztwillige Verfügung von Troy L. Phelan. Ich, Troy L. Phelan, widerrufe hiermit im Vollbesitz meiner geistigen Kräfte nachdrücklich jedes früher von mir abgefaßte Testament sowie alle Nachträge dazu und verfüge über mein Vermögen wie folgt:

Meinen Kindern, Troy Phelan Jr., Rex Phelan, Libbigail Jeter, Mary Ross Jackman, Geena Strong sowie Ramble Phelan, hinterlasse ich einen Geldbetrag, der ausreicht, ihre jeweiligen Schulden in der Höhe zu begleichen, die sie am heutigen Tag aufweisen. Nach dem heutigen Datum anfallende Schulden werden davon nicht gedeckt. Sollte einer der genannten Nachkommen den Versuch unternehmen, dies Testament anzufechten, entfällt das für ihn vorgesehene Geldgeschenk vollständig.‹«

Selbst Ramble hörte das und verstand, was es bedeutete. Geena und Cody begannen lautlos zu weinen. Rex beugte sich vor, stützte die Ellbogen auf den Tisch und vergrub das Gesicht in den Händen. Sein Gehirn war vollständig leer. Libbigail sah an Bright vorbei zu Spike hinüber und sagte: »Der Schweinehund.« Spike stimmte ihr zu. Mary Ross schlug die Hände vor die Augen, während ihr der Anwalt beruhigend das Knie tätschelte. Ihr Mann tätschelte das andere. Lediglich Troy Junior brachte es fertig, ein teilnahmsloses Gesicht zu machen, hielt es aber nicht lange durch.

Noch war das Schlimmste nicht vorüber. Wycliff war noch nicht fertig. »›Meine ehemaligen Ehefrauen Lillian, Janie und Tira bekommen nichts. Sie sind bei der Scheidung jeweils angemessen versorgt worden.‹«

Bei diesen Worten fragten sich Lillian, Janie und Tira, was sie eigentlich im Gerichtssaal wollten. Hatten sie wirklich erwartet, daß ein Mann, den sie haßten, ihnen noch mehr Geld geben würde? Sie spürten die Blicke, die auf ihnen ruhten, und versuchten sich hinter ihren Anwälten zu verstecken.

Den Journalisten war regelrecht schwindlig. Sie wollten mitschreiben, befürchteten aber, ihnen könnte ein Wort entgehen. Manche konnten sich ein breites Grinsen nicht verkneifen.

»›Mein verbleibendes Vermögen hinterlasse ich meiner am 2. November 1954 im katholischen Krankenhaus von New Orleans, Louisiana, geborenen Tochter Rachel Lane. Ihre Mutter, eine Frau namens Evelyn Cunningham, ist zwischenzeitlich verstorben.‹«

Der Richter ließ eine Pause eintreten, allerdings nicht, um die Wirkung der Worte zu steigern. Die Bombe war eingeschlagen. Jetzt blieben nur noch zwei kurze Absätze vorzulesen. Die elf Milliarden waren an eine uneheliche Erbin gegangen, von deren Existenz der Richter nichts gewußt hatte. Die Angehörigen der Familien Phelan, die vor ihm saßen, würden leer ausgehen. Er mußte einfach zu ihnen hinsehen.

»›Zum Verwalter meines Nachlasses setze ich den Anwalt meines Vertrauens, Josh Stafford, ein und lasse ihm weitgehende Entscheidungsfreiheit in der Frage, wie er dabei vorgeht.‹«

Bisher hatte keiner von ihnen an Josh gedacht, der wie ein unschuldiger Zuschauer bei einem Autounfall im Zeugenstand saß. Jetzt sahen sie ihn so haßerfüllt an, wie sie konnten. Wieviel hatte er gewußt? War er an der Verschwörung beteiligt? Zweifellos hätte er etwas unternehmen können, um das hier zu verhindern.

Josh gab sich große Mühe, keine Miene zu verziehen.

»›Es handelt sich um ein eigenhändiges Testament, das ich Wort für Wort selbst verfaßt habe und nachstehend unterschreibe.‹«

Wycliff ließ das Blatt sinken und sagte: »Dies Testament hat Troy L. Phelan am 9. Dezember 1996 um drei Uhr nachmittags unterschrieben.«

Er legte es hin und sah sich im Gerichtssaal um, dem Epizentrum des Erdbebens. Gleich würden die Nachbeben einsetzen. Die Phelans saßen zusammengesunken da, manche rieben sich Stirn und Augen, andere sahen verzweifelt die Wände an. Noch brachte keiner der zweiundzwanzig Anwälte ein Wort heraus.

Die Schockwellen pflanzten sich durch die Zuschauerreihen fort, in denen man sonderbarerweise das eine oder andere Lächeln sah. Ach ja, wegen der Medienvertreter, die auf einmal kein anderes Ziel kannten, als den Raum möglichst rasch zu verlassen und ihre Berichte zu schreiben.

Amber schluchzte laut und fing sich dann. Sie grämte sich nicht um den Verlust eines geliebten Menschen. Sie war Troy lediglich ein einziges Mal begegnet, und bei dieser Gelegenheit hatte er einen unverblümten Annäherungsversuch unternommen. Geena weinte lautlos, Mary Ross ebenfalls. Libbigail und Spike fluchten. »Keine Sorge«, sagte Bright und machte eine wegwerfende Handbewegung, als werde es ihn nur wenige Tage kosten, diese Ungerechtigkeit aus der Welt zu schaffen.

Biff warf Troy Junior wütende Blicke zu, in denen die Drohung einer Scheidung lag. Seit dem Selbstmord seines Vaters hatte er sich ihr gegenüber besonders hochnäsig und herablassend verhalten. Sie hatte sich das aus nachvollziehbaren

Gründen gefallen lassen, jetzt aber war Schluß. Sie freute sich schon auf den ersten Streit, der zweifellos beginnen würde, kaum daß sie den Gerichtssaal verlassen hatten.

Auch andere Weichen waren gestellt. Die dickfelligen Anwälte hatten die Überraschung zur Kenntnis genommen und dann instinktiv abgeschüttelt wie eine Ente das Wasser. Der Fall würde sie reich machen. Ihren hochverschuldeten Mandanten blieb keine Wahl, als das Testament anzufechten. Die Prozesse würden sich über Jahre hinziehen.

»Wann gedenken Sie, das Testament gerichtlich bestätigen zu lassen?« wandte sich der Richter an Josh.

»Im Lauf einer Woche.«

»Sehr wohl. Sie können jetzt den Zeugenstand verlassen.«

Josh kehrte im Triumph an seinen Platz zurück, während sich die Anwälte daran machten, ihre Papiere einzusammeln. Sie taten so, als stehe alles zum besten.

»Die Sitzung ist geschlossen.«

NEUNZEHN

Nach dem Ende der Sitzung kam es auf dem Gang zu drei Zusammenstößen. Glücklicherweise war keiner davon ein Kampf zwischen Phelans. Diese Auseinandersetzungen würden später folgen.

Während sich drinnen die Mitglieder der Phelan-Familien von ihren Anwälten Trost spenden ließen, wartete draußen eine Meute von Reportern. Troy Junior, der als erster hinausging, sah sich sogleich von einem Rudel Wölfe umgeben, von denen ihm einige angriffslustig das Mikrophon entgegenreckten. Er hatte schon am frühen Morgen einen entsetzlichen Kater gehabt und war jetzt, eine halbe Milliarde Dollar ärmer, nicht in der Stimmung, über seinen Vater zu reden.

»Sind Sie überrascht?« fragte ihn ein Trottel hinter einem Mikrophon.

»So kann man das sagen«, sagte er und versuchte, durch die Gruppe hindurchzugehen.

»Wer ist Rachel Lane?« fragte ein anderer.

»Ich nehme an, meine Schwester«, blaffte er ihn an.

Ein kleiner, dürrer Jüngling mit törichten Augen und ungesunder Gesichtsfarbe blieb unmittelbar vor ihm stehen, schob ihm ein Aufnahmegerät unter die Nase und fragte dann: »Wie viele uneheliche Kinder hatte Ihr Vater?«

Reflexartig stieß Troy Junior den Kassettenrekorder in Richtung auf seinen Besitzer zurück. Das Gerät stieß an die Nase des jungen Mannes, und als dieser zurückwich, traf ihn Troy Junior mit einem harten linken Haken am Ohr. Daraufhin ging der junge Mann zu Boden. In dem Durcheinander, das nun folgte, schob ein Polizeibeamter Troy Junior in eine andere Richtung, und beide verschwanden rasch.

Als Ramble einen anderen Reporter anspuckte, mußte dieser von einem Kollegen zurückgehalten werden, der ihn daran erinnerte, daß der Junge noch nicht volljährig war.

Zum dritten Zusammenstoß kam es, als Spike mit der in Tränen aufgelösten Libbigail schwerfällig hinter Wally Bright aus dem Gerichtssaal kam. »Kein Kommentar!« brüllte der Anwalt den Medienvertretern zu, die sich um die kleine Gruppe drängte. »Kein Kommentar! Bitte machen Sie den Weg frei!«

Libbigail stolperte über ein Fernsehkabel und taumelte gegen einen Reporter, der zu Boden fiel. Flüche und Ausrufe ertönten, und als sich der Reporter auf Händen und Knien aufzurichten versuchte, trat ihn Spike in die Rippen. Mit einem Schrei stürzte der Mann erneut zu Boden. Als er sich bemühte, auf die Beine zu kommen, verfing er sich im Saum von Libbigails Kleid, was ihm eine saftige Ohrfeige von ihr eintrug. Spike wollte ihn sich gerade gründlich vornehmen, als ein Polizeibeamter eingriff.

Jede der Auseinandersetzungen wurde von Polizeibeamten beendet, und jedesmal schlugen sie sich auf die Seite der bedrängten Erben. Sie halfen ihnen und ihren Anwälten, möglichst rasch die Treppe hinab zur Eingangshalle und zum Ausgang zu kommen.

Der Anblick so vieler Reporter überwältigte den Anwalt Grit, der Mary Ross Phelan Jackman vertrat, und erinnerte ihn offenbar an den ersten Zusatzartikel zur amerikanischen Verfassung oder, besser gesagt, an das fragwürdige Verständnis, das er davon hatte. Auf jeden Fall hielt er es für seine Pflicht, seine Meinung frei zu äußern. Den Arm um seine völlig verstörte Mandantin gelegt, sagte er, was sie und er hinsichtlich des überraschenden Testaments empfanden. Seine Mandantin habe ihren Vater stets bewundert, liebe ihn über alles und verehre ihn, doch sei das Testament ganz offenkundig das Werk eines Geisteskranken. Wie lasse sich sonst erklären, daß er ein so gewaltiges Vermögen einer unbekannten Erbin vermacht hatte? Während sich Grit weiter über die geradezu unglaublich enge Beziehung zwischen Phelan und seiner Tochter Mary Ross verbreitete, begann diese zu schluchzen – endlich hatte sie verstanden, worauf er hinauswollte. Auch Grit schien am Rande der Tränen zu sein. Ja, fuhr er fort, sie würden kämpfen und gegen diese schreiende Ungerechtigkeit angehen – notfalls bis zum Obersten Gerichtshof. Warum? Weil in diesem Testament nicht der Troy Phelan zu erkennen sei, den sie kannten. Zwischen ihm und seinen Kindern habe stets gegenseitige Zuneigung geherrscht, und ihre Bindung aneinander, die sich durch Schicksalsschläge und schwere Zeiten hindurch bewährt habe, sei unvorstellbar eng gewesen. Ja, sie seien entschlossen zu kämpfen, weil ihr geliebter Vater bei der Abfassung dieses schrecklichen Schriftstücks nicht er selbst gewesen sei.

Josh Stafford hatte nicht die geringste Eile, den Gerichtssaal zu verlassen. In aller Seelenruhe unterhielt er sich mit Hark Gettys und einigen der Anwälte von den anderen Tischen und versprach, ihnen Exemplare des furchtbaren Testaments zu schicken. Dann aber wurde die anfangs freundliche Atmosphäre feindselig. Ein Reporter von der *Washington Post*, den er kannte, wartete auf dem Gang, und Josh ließ sich volle zehn Minuten von ihm befragen, ohne wirklich etwas zu sagen. Das besondere Interesse des Reporters galt Rachel Lane. Wie ihr Lebenslauf aussehe, wollte er wissen, und wo sie sich aufhalte. Auf keine seiner zahllosen Fragen hatte Josh eine Antwort.

Doch er war sicher, daß Nate sie früher finden würde als jeder andere.

Die Geschichte zog Kreise. Auf den Funkwellen der neuesten hochspezialisierten Telekommunikations-Geräte verließ sie das Gerichtsgebäude. Die Reporter hantierten mit ihren Mobiltelefonen, Laptops und Modems und redeten drauflos, ohne eine Sekunde nachzudenken.

Die wichtigsten Sender brachten die Nachricht schon zwanzig Minuten nach Sitzungsende, und eine Stunde später unterbrach der erste Nachrichtensender, der rund um die Uhr Informationsmüll verbreitete, sein Programm für eine Direktschaltung zum Gericht, wo eine Mitarbeiterin vor der Kamera verkündete, daß es verblüffende Neuigkeiten gebe, und dann die ganze Geschichte erzählte, die sie zum größten Teil richtig wiedergab.

Hinten im Gerichtssaal saß Pat Solomon. Er war der letzte noch von Troy persönlich verpflichtete Vorstandssprecher der

Phelan-Gruppe und hatte diese Position sechs sehr ereignislose und sehr ertragreiche Jahre hindurch ausgefüllt.

Er verließ das Gericht, ohne auch nur von einem einzigen Reporter erkannt zu werden. Während er im Fond seiner Limousine zurückgefahren wurde, versuchte er zu verstehen, was sich hinter der von Troy gezündeten Bombe verbarg. Er war nicht schockiert. Immerhin hatte er zwanzig Jahre lang für Troy gearbeitet, da konnte ihn nichts mehr überraschen. Die Reaktion von Troys dämlichen Kindern und deren Anwälten fand er tröstlich. Troy hatte Solomon einmal mit der unmöglichen Aufgabe betraut, im Unternehmen eine Tätigkeit zu finden, die Troy Junior ausüben konnte, ohne daß die Quartalsgewinne darunter litten. Es war ein Alptraum gewesen. Der verzogene, unreife junge Mann, der weder Umgangsformen noch die primitivsten kaufmännischen Kenntnisse besaß, hatte im Geschäftszweig Mineralvorkommen ein Chaos angerichtet, bis Solomon schließlich grünes Licht bekam, ihn an die Luft zu setzen.

Einige Jahre später war es bei einer ähnlichen Episode Rex gewesen und sein Bestreben um Troys Beifall und sein Geld. Am Ende war Rex zu seinem Vater gegangen, um Solomons Entlassung zu erwirken.

Obwohl sich Troys Gattinnen und auch die anderen Kinder jahrelang immer wieder eingemischt hatten, war er unerschütterlich geblieben. Sein Privatleben war ein Fiasko, aber nichts kam seiner geliebten Firma in die Quere.

Zwischen Solomon und Troy hatte nie eine enge persönliche Beziehung bestanden. Mit der möglichen Ausnahme Josh Staffords war eigentlich niemand wirklich von Troy ins Vertrauen gezogen worden. Zwar hatte ein ganzer Troß von Blondinen die üblichen Intimitäten genossen, doch Freunde hatte Troy nie gehabt. Während er sich von allen Menschen zurückzog und sowohl körperlich wie geistig verfiel, kam es unter denen, die seine Alltagsgeschäfte führten, gelegentlich zu geflüsterten Spekulationen über die Zukunft des Unternehmens. Seinen Kindern würde Troy es bestimmt nicht hinterlassen, darin war man sich einig.

Das hatte er auch nicht getan, jedenfalls nicht den üblichen Verdächtigen.

Der Vorstand wartete in demselben Konferenzzimmer in der dreizehnten Etage, in dem Troy sein Testament aus der Tasche gezogen und dann die Flucht ergriffen hatte. Gutgelaunt schilderte Solomon in lebhaften Farben, was sich im Gerichtssaal abgespielt hatte. Die Vorstellung, die Erben könnten Einfluß auf das Unternehmen gewinnen, hatte bei seinen Kollegen große Besorgnis ausgelöst. Troy Junior hatte bereits durchblicken lassen, daß er zusammen mit seinen Geschwistern die Aktienmehrheit besäße und die Absicht hätte, klar Schiff zu machen, damit das Unternehmen künftig satte Gewinne abwarf.

Sie wollten wissen, was mit Janie war, Troys zweiter Frau. Sie hatte als Sekretärin für das Unternehmen gearbeitet, bis sie zur Geliebten und schließlich zur Ehefrau befördert wurde. Nachdem sie ganz oben war, hatte sie viele Angestellte derart drangsaliert, daß Troy ihr Hausverbot für das Verwaltungsgebäude erteilt hatte.

»Sie hat beim Rausgehen aus dem Gerichtssaal geheult«, sagte Solomon. Seine Stimme klang beschwingt.

»Und Rex?« fragte der Finanzdirektor, dem jener einmal im Aufzug mitgeteilt hatte, er sei mit sofortiger Wirkung entlassen.

»Kein glücklicher Zeitgenosse. Gegen ihn läuft ja ein Ermittlungsverfahren.«

Sie redeten über die meisten der Kinder und sämtliche Ehefrauen, und im Raum machte sich eine festliche Stimmung breit.

»Ich habe zweiundzwanzig Anwälte gezählt«, sagte Solomon lächelnd. »Das war vielleicht ein trübsinniger Haufen.«

Da es keine offizielle Vorstandssitzung war, spielte es keine Rolle, daß Josh fehlte. Der Leiter der Rechtsabteilung bezeichnete das Testament als wahren Segen. Statt um sechs Dummköpfe brauchten sie sich nur um eine einzige Erbin Gedanken zu machen, die allerdings niemand kannte.

»Haben Sie eine Ahnung, wer das ist?«

»Absolut nicht«, antwortete Solomon. »Vielleicht weiß Josh was über sie.«

Am Spätnachmittag hatte sich Josh gezwungen gesehen, sein Büro in der Kanzlei zu verlassen und sich in einen kleinen Bibliotheksraum im Keller zurückzuziehen. Bei hundertzwanzig hörte seine Sekretärin auf, die Anrufe zu zählen. Seit Ende des Vormittags drängten sich die Reporter in der Eingangshalle. Josh hatte den Sekretärinnen strenge Anweisung hinterlassen, daß er eine Stunde von niemandem gestört werden wolle. Daher empfand er es als besonders ärgerlich, als es an der Tür klopfte.

»Wer ist das?« rief er.

»Es ist dringend, Sir«, gab eine Sekretärin zur Antwort.

»Kommen Sie rein.«

Sie steckte den Kopf gerade weit genug zur Tür herein, um ihn sehen zu können, und sagte: »Es ist Mr. O'Riley.« Josh hörte auf, sich die Schläfen zu reiben, und lächelte sogar. Suchend sah er sich um, bis ihm einfiel, daß es in diesem Raum kein Telefon gab. Sie kam zwei Schritte auf ihn zu, legte einen schnurlosen Hörer auf den Tisch und verschwand wieder.

»Nate«, sagte er.

»Bist du das, Josh?« kam die Antwort. Der Empfang war besser als bei den meisten Autotelefonen, und er konnte ohne weiteres verstehen, was Nate sagte. Nur seine Stimme klang etwas kratzig.

»Ja. Kannst du mich hören?«

»Einwandfrei.«

»Wo bist du?«

»Ich ruf über das Satellitentelefon von Bord meiner kleinen Yacht auf dem Paraguay an. Kannst du mich hören?«

»Ja. Alles in Ordnung. Geht es dir gut, Nate?«

»Bestens. Ich amüsiere mich königlich. Nur mit dem Boot haben wir ein bißchen Ärger.«

»Inwiefern?«

»Im Augenblick treiben wir stromab, weil sich die Schraube in einem Stück Tauwerk verfangen hat und der Motor ausgegangen ist. Meine Besatzung bemüht sich, die Sache in Ordnung zu bringen, und ich führe die Aufsicht.«

»Es klingt, als ob du dich großartig fühltest.«

»Ein Abenteuer, Josh, nicht wahr?«

»Na klar. Irgendein Zeichen von der Frau?«

»Keine Spur. Wir brauchen bestenfalls noch zwei Tage bis zu ihrem vermutlichen Aufenthaltsort, und jetzt treiben wir flußabwärts. Ich bin nicht sicher, ob wir je dort ankommen werden.«

»Das mußt du unbedingt, Nate. Heute morgen war die Testamentseröffnung vor Gericht. Bald wird die ganze Welt nach Rachel Lane suchen.«

»Darüber würde ich mir keine Gedanken machen. Die findet keiner.«

»Am liebsten wäre ich selbst da unten.«

Eine heranziehende Wolke unterbrach das Signal. »Was hast du gesagt?« fragte Nate mit lauter Stimme.

»Nichts. In zwei Tagen wirst du sie also sehen, ja?«

»Wenn wir Glück haben. Wir fahren Tag und Nacht, aber gegen die Strömung, und die ist jetzt in der Regenzeit ziemlich stark. Außerdem wissen wir nicht genau, wohin wir müssen. Wenn ich sage, zwei Tage, ist das ausgesprochen optimistisch. Außerdem gilt das nur unter der Voraussetzung, daß wir das mit der verdammten Schraube hinkriegen.«

»Ihr habt also schlechtes Wetter?« sagte Josh fast aufs Geratewohl. Viel gab es nicht zu besprechen. Nate lebte, es ging ihm gut, und er war auf dem richtigen Weg.

»Es ist heiß wie in der Hölle und regnet fünfmal am Tag. Davon abgesehen, ist es zauberhaft.«

»Schlangen?«

»Ein paar. Anakondas, länger als das Boot. Jede Menge Kaimane. Ratten, so groß wie Hunde. Sie leben am Flußufer zwischen den Kaimanen. Die Leute hier nennen sie *capivaras*, und wenn sie richtig Hunger kriegen, töten sie sie und essen sie.«

»Ihr habt aber genug zu essen?«

»Aber ja. Unsere Ladung besteht aus schwarzen Bohnen und Reis. Welly kocht mir die dreimal am Tag.«

Nates Stimme klang munter und abenteuerlustig.

»Wer ist Welly?«

»Mein Leichtmatrose. Im Augenblick ist er drei bis vier Meter unter Wasser, hält die Luft an und versucht, das Seil von der Schraubenwelle zu schneiden. Wie schon gesagt, ich führe die Aufsicht.«

»Geh mir ja nicht ins Wasser, Nate.«

»Was glaubst du wohl? Ich sitze auf dem Oberdeck. Hör zu, ich muß aufhören. Ich muß sparsam mit dem Strom umgehen. Wer weiß, wo ich die nächste Steckdose finde, um die Akkus aufzuladen.«

»Wann rufst du wieder an?«

»Ich versuche zu warten, bis ich Rachel Lane gefunden habe.«

»Guter Gedanke. Aber melde dich, falls du Schwierigkeiten hast.«

»Was für einen Sinn hätte das, dich anzurufen, Josh? Du könntest doch sowieso nichts daran ändern.«

»Du hast recht. Ruf nicht an.«

ZWANZIG

Das Unwetter brach in der Abenddämmerung über sie herein, während Welly in der Kombüse Reis kochte und Jevy zusah, wie es über dem Fluß dunkel wurde. Der plötzlich heranbrausende Wind weckte Nate, denn es rüttelte so heftig an der Hängematte, daß er auf den Füßen landete. Donner und Blitz folgten sogleich. Nate ging zu Jevy hinüber und sah, daß im Norden eine riesige finstere Wand lag. »Ein schweres Gewitter«, sagte Jevy. Es klang unbeteiligt.

Müßten wir das Ding nicht irgendwo parken? dachte Nate. Zumindest seichteres Wasser aufsuchen? Jevy schien sich keine Sorgen zu machen; sein Gleichmut wirkte beruhigend auf Nate. Als es anfing zu regnen, ging er nach unten und aß schweigend mit Welly in einer Ecke der Kajüte Reis mit Bohnen. Die Glühlampe über ihnen schwang hin und her, während der Sturm das Boot packte und schüttelte. Schwere Regentropfen prasselten gegen die Bullaugen.

Oben auf der Brücke zog Jevy eine fettverschmierte gelbe Öljacke an und kämpfte gegen den Regen, der ihm ins Gesicht peitschte. Das winzige Ruderhaus war nicht verglast. Die beiden Scheinwerfer mühten sich nach Kräften, ihm den Weg durch die Dunkelheit zu zeigen, doch waren voraus lediglich etwa fünfzehn Meter aufgewühltes Wasser zu sehen. Jevy kannte den Fluß gut, und er hatte schon schlimmere Unwetter erlebt.

Es fiel Nate schwer zu lesen, während das Boot krängte und rollte. Schon nach wenigen Minuten war ihm übel. In seiner Reisetasche fand er ein knielanges Regencape mit einer Kapuze. Josh hatte an alles gedacht. An das Geländer geklammert, arbeitete er sich langsam Stufe für Stufe empor, bis dorthin, wo Welly, völlig durchnäßt, zusammengekauert neben dem Ruderhaus hockte.

Der Fluß beschrieb eine Krümmung nach Osten, dem Zentrum des Pantanal entgegen. Als sie ihr folgten, erfaßte der Sturm das Boot von der Seite, so daß Nate und Welly hart gegen die Reling geschleudert wurden. Jevy stemmte sich mit den Füßen gegen die Tür des Ruderhauses, hielt sich mit den muskulösen Armen am Steuerrad fest und hatte alles unter Kontrolle.

In Abständen von wenigen Sekunden kamen die Windstöße, einer nach dem anderen, erbarmungslos. Die *Santa Loura* machte keinerlei Fahrt mehr, sondern wurde vom Sturm in Richtung auf das Ufer geschoben. Die riesigen Tropfen des strömenden Regens fühlten sich kalt und hart an. Jevy fand in einem Kasten neben dem Steuerrad eine große Stablampe und gab sie Welly.

»Such das Ufer!« schrie er, bemüht, den heulenden Wind und das Geprassel des Regens zu übertönen.

Nate hangelte sich an der Reling entlang neben Welly, weil auch er gern sehen wollte, wohin die Fahrt ging. Aber der Lichtstrahl zeigte nichts als Regen, der so dicht war, daß es aussah, als wirbelte Nebel über dem Wasser.

Dann kam ihnen ein Blitz zu Hilfe. Mit einem Mal sahen sie das dichtbewachsene Ufer genau vor sich. Der Sturm schob sie unaufhaltsam darauf zu. Welly schrie etwas, und Jevy schrie etwas zurück. Im selben Augenblick prallte eine weitere Bö gegen das Boot und warf es heftig auf die Steuerbordseite. Der plötzliche Ruck riß Welly die Taschenlampe aus der Hand, und sie sahen nur noch, wie sie im Wasser verschwand.

Während sie durchnäßt und zitternd am Bootsrand hockten und die Reling mit beiden Händen umklammerten, begriff Nate, daß nur zweierlei geschehen konnte, und auf keins von beiden hatten sie Einfluß. Entweder würde das Boot kentern, oder sie würden ans Ufer geschoben, in den Sumpf, wo die Reptilien hausten. Er hatte kaum Angst. Dann aber fielen ihm die Papiere ein.

Sie durften unter keinen Umständen verlorengehen. Mit einem Mal richtete er sich auf, gerade als das Boot erneut soweit krängte, daß er fast über die Reling ins Wasser gefallen wäre. »Ich muß runter!« schrie er Jevy zu, der das Steuerrad umklammert hielt. Auch der Bootsführer hatte Angst.

Mit dem Rücken zum Wind schob sich Nate Stufe für Stufe nach unten. Das Deck war schmierig und glatt von Dieseltreibstoff. Ein Faß war umgestürzt und leckte. Er versuchte es wieder hinzustellen, dazu aber waren wohl zwei Männer nötig. Gebückt trat er in die Kajüte, schleuderte sein Regencape in eine Ecke und holte die Aktentasche unter der Matratze hervor. Der Sturm schüttelte das Boot erneut, gerade als sich Nate nicht festhielt. Er stürzte hart zu Boden, und seine Füße strampelten hilflos in der Luft.

Zwei Dinge durfte er auf keinen Fall verlieren: die Papiere und das Satellitentelefon. Beide befanden sich in der Aktentasche, die zwar neu und schön, aber wohl auf keinen Fall wasserdicht war. Er drückte sie an die Brust und legte sich auf seine Koje, während das Unwetter die *Santa Loura* beutelte.

Das Motorgeräusch hörte auf. Er hoffte, daß Jevy die Maschine abgestellt hatte. Er konnte die Schritte der beiden unmittelbar über sich hören. Gleich knallen wir aufs Ufer, fuhr es ihm durch den Kopf, und da ist es besser, wenn die Schraube sich nicht dreht. Ein Motorschaden war es sicher nicht.

Das Licht ging aus. Nichts war mehr zu sehen.

Während Nate in der Finsternis dalag, sein Körper den Bewegungen des Bootes folgte und er darauf wartete, daß die *Santa Loura* ans Ufer geworfen wurde, kam ihm ein entsetzlicher Gedanke. Sofern sich diese Frau weigerte zu unterschreiben, daß sie vom Testament Kenntnis erlangt hatte, oder das Erbe nicht antreten wollte, war es unter Umständen nötig, die Reise noch einmal zu unternehmen. Monate, wenn nicht Jahre später würde jemand, vermutlich er selbst, erneut den Paraguay emporfahren müssen, um die reichste Missionarin der Welt davon in Kenntnis zu setzen, daß alle Formalitäten erledigt waren und das Geld endgültig ihr gehörte.

Er hatte gelesen, daß Missionaren von Zeit zu Zeit ein längerer Heimaturlaub zugebilligt wurde, der ihnen Gelegenheit geben sollte, zu Hause neue Kraft für ihre Aufgabe zu schöpfen. Warum konnte Rachel nicht jetzt einen solchen Urlaub antreten, in die Vereinigten Staaten zurückfliegen – vielleicht sogar mit ihm zusammen – und so lange dort bleiben, bis die Angelegenheiten ihres Vaters geklärt waren? Er würde es ihr vorschlagen, falls es ihm je vergönnt war, ihr zu begegnen. Es schien ihm das mindeste, was sie für elf Milliarden tun konnte.

Ein lautes Krachen ertönte, und Nate wurde zu Boden geschleudert. Sie saßen im Ufergehölz fest.

Die kiellose, flachbödige *Santa Loura* war wie alle Boote im Pantanal dafür gebaut, über Sandbänke zu gleiten und die Stöße zu ertragen, die das Treibgut im Fluß ihr zufügen mochte. Als das Unwetter vorüber war, ließ Jevy die Maschine wieder anlaufen und bewegte das Boot eine halbe Stunde lang vor- und rückwärts, womit er es allmählich aus dem Sand und Schlamm am Ufer hinausmanövrierte. Als es wieder frei war, beseitigten Welly und Nate Buschwerk und Äste, die sich auf dem Deck angesammelt hatten, und durchsuchten das Innere des Bootes gründlich. Zum Glück fanden sie keine neuen Passagiere, weder Schlangen noch *jacarés*. In einer kurzen Kaffeepause erzählte Jevy von einer Anakonda, die vor Jahren ihren Weg an Bord gefunden und einen schlafenden Matrosen angegriffen hatte.

Nate sagte, Schlangengeschichten höre er nicht besonders gern. Danach suchte er besonders langsam und gründlich weiter.

Nachdem sich die Wolken verzogen hatten, hing ein schöner Halbmond über dem Fluß. Welly machte Kaffee. Nach dem Toben des Gewitters schien das Pantanal gewillt, in völliger Ruhe dazuliegen. Der Fluß war glatt wie ein Spiegel. Der Mond zeigte ihnen den Weg, verschwand, wenn der Paraguay eine Biegung machte, war aber gleich wieder da, sobald es nordwärts ging.

Nate hatte sich gründlich an das Leben in Brasilien gewöhnt und daher seine Armbanduhr abgelegt. Die genaue Zeit spielte keine Rolle. Es war schon spät, vermutlich Mitternacht. Regen und Sturm hatten mehrere Stunden hindurch gewütet.

Nate schlief einige Stunden in der Hängematte und erwachte beim Morgengrauen. Jevy schnarchte auf seiner Koje in der winzigen Kajüte hinter dem Ruderhaus. Welly steuerte das

Boot im Halbschlaf. Nate schickte ihn Kaffee machen und übernahm das Ruder selbst.

Erneut waren Wolken aufgezogen, doch schien es nicht regnen zu wollen. Infolge des Gewitters vom Vorabend führte der Fluß zahlreiche Äste und Laub mit sich. Da er breit war und keinerlei Schiffsverkehr herrschte, erteilte Kapitän Nate dem Leichtmatrosen Welly den Befehl, sich eine Weile in die Hängematte zu legen, während er das Steuer übernahm.

Es war tausendmal besser als im Gerichtssaal. Mit nacktem Oberkörper und bloßen Füßen schlürfte er Kaffee, während er eine Expedition ins Innere des größten Schwemmlandgebietes der Erde leitete. Auf dem Höhepunkt seiner Karriere war er immer unterwegs zu irgendeiner Verhandlung gewesen, hatte mit zehn Bällen gleichzeitig jongliert und in jeder Tasche ein Telefon gehabt. Nichts von dem fehlte ihm jetzt. Kein Anwalt, der bei klarem Verstand ist, sehnt sich nach einem Gerichtssaal, aber zugeben würde er es unter keinen Umständen.

Das Boot steuerte sich praktisch selbst. Mit Jevys Glas hielt er Ausschau nach *jacarés*, Schlangen und *capivaras* am Ufer. Außerdem versuchte er die Schlangenhalsvögel mit weißem Rumpf und braunem Kopf zu zählen, die ihm geradezu ein Symbol des Pantanal zu sein schienen. Zwölf von ihnen standen reglos auf einer Sandbank und sahen das Boot vorüberziehen.

Der Kapitän und seine schläfrige Besatzung fuhren nordwärts, während sich der Himmel rosa färbte und der Tag begann. Tiefer und tiefer ging es ins Pantanal. Wohin ihre Reise sie führen würde, war alles andere als sicher.

EINUNDZWANZIG

Neva Collier koordinierte bei World Tribes Mission die Arbeit der nach Südamerika entsandten Mitarbeiter. Sie war in einem Iglu in Neufundland zur Welt gekommen, wo ihre Eltern zwanzig Jahre lang unter den Eskimos gearbeitet hatten. Sie selbst hatte elf Jahre in den Bergen Neuguineas Missionsarbeit geleistet und kannte daher aus eigener Anschauung die Schwierigkeiten und Herausforderungen, mit denen die rund neunhundert Menschen zu kämpfen hatten, für die sie zuständig war.

Außer ihr wußte niemand, daß Rachel Porter Troy Phelans uneheliche Tochter war und ursprünglich Lane geheißen hatte. Nach ihrem Medizinstudium hatte Rachel einen anderen Namen angenommen, um sich soweit wie möglich von ihrer Vergangenheit zu lösen. Nach dem Tod ihrer Adoptiveltern hatte sie keinerlei Angehörige, weder Geschwister noch Tanten, Onkel, Vettern oder Kusinen. Jedenfalls wußte sie von niemandem. Es gab lediglich Troy, und ihn bemühte sie sich nach Kräften aus ihrem Leben herauszuhalten. Erst nach dem Abschluß ihres Studiums am Missionsseminar hatte sie Neva Collier die Einzelheiten ihres Privatlebens anvertraut.

Der Führungsspitze der Organisation war bekannt, daß es in Rachels Leben Geheimnisse gab, doch war ihnen zugleich bekannt, daß diese ihrem Streben, Gott zu dienen, nicht im Wege standen. Sie war Ärztin, hatte mit Erfolg die Missionarausbildung abgeschlossen und war als ergebene und demütige Dienerin Christi bereit, in der Mission zu arbeiten. Man versprach ihr, niemandem Auskunft über sie zu erteilen, auch nicht, in welchem Teil Südamerikas sie sich aufhielt.

Jetzt las Neva in ihrem kleinen, aufgeräumten Büro in Houston den erstaunlichen Bericht über die Eröffnung von Mr.

Phelans Testament. Seit dem Bericht über seinen Selbstmord hatte sie die Angelegenheit in der Presse verfolgt.

Mit Rachel Kontakt aufzunehmen kostete Zeit. Zweimal jährlich, im März und im August, schrieben sie einander, und gewöhnlich rief Rachel einmal im Jahr aus einer Telefonzelle in Corumbá an, wenn sie dort einkaufte, was sie an Medizin und dergleichen brauchte. Neva hatte im vergangenen Jahr mit ihr gesprochen. Zum letzten Mal war Rachel 1992 in den Staaten gewesen. Sie hatte ihren Urlaub nach sechs Wochen abgebrochen und war ins Pantanal zurückgekehrt. Sie könne dem Aufenthalt in den Vereinigten Staaten nichts abgewinnen und fühle sich dort nicht zu Hause, hatte sie Neva anvertraut. Sie gehöre zu den Menschen, unter denen sie auch sonst lebte.

Danach zu urteilen, was die Anwälte in der Zeitung von sich gaben, war die Nachlaßangelegenheit im Falle Phelan alles andere als endgültig geklärt. Neva nahm sich vor, dem Vorstand zu gegebener Zeit mitzuteilen, wer Rachel in Wirklichkeit war.

Vielleicht aber war das gar nicht nötig, hoffte sie. Wie verheimlicht man elf Milliarden Dollar, fragte sie sich.

Niemand hatte wirklich damit gerechnet, daß sich die Anwälte über einen Treffpunkt einigen würden. Jede Kanzlei bestand darauf, selbst den Ort für das Gipfeltreffen zu bestimmen. Es war bereits mehr als beachtlich, daß sie sich so kurzfristig geeinigt hatten, überhaupt zusammenzutreffen.

Schließlich fand die Versammlung im Hotel *Ritz* in Tysons Corner statt, in einem Bankettsaal, dessen Tische man in aller Eile zu einem Quadrat zusammengerückt hatte. Als sich die Tür endlich schloß, befanden sich an die fünfzig Menschen im Saal, denn jede Kanzlei hatte sich verpflichtet gefühlt, weitere Anwälte, Anwaltsgehilfen und sogar Sekretärinnen mitzubringen, um den anderen zu imponieren.

Die Spannung ließ sich fast mit Händen greifen. Da die Rechtsvertreter unter sich sein wollten, war von der Familie Phelan niemand anwesend.

Hark Gettys bat um Ruhe und erzählte einen sehr lustigen Witz. Das war eine gute Idee. Wie in einem Gerichtssaal, wo jeder nervös und besorgt ist und nicht mit einem Spaß rechnet, wirkte das laute Gelächter befreiend. Danach schlug er vor, daß für jeden der Phelan-Erben einer der Anwälte rund um den Tisch sagen sollte, was er oder sie jeweils auf dem Herzen hatte. Er selbst werde als letzter das Wort ergreifen.

Jemand fragte: »Und wer genau sind die Erben?«

»Phelans sechs Kinder«, erwiderte Hark.

»Und was ist mit den drei Frauen?«

»Das sind keine Erbinnen, sondern Ex-Frauen.«

Das verärgerte deren Anwälte, die nach längerem Hin und Her drohten, den Raum zu verlassen. Als jemand vorschlug, man möge ihnen trotzdem die Möglichkeit geben, sich zu äußern, war die Schwierigkeit aus der Welt geschafft.

Grit, der dynamische Prozeßanwalt, der Mary Ross Phelan Jackman und ihren Mann vertrat, stand auf und sprach sich für eine offene Kriegserklärung aus. »Uns bleibt keine Wahl, als das Testament anzufechten«, sagte er. »Da niemand den alten Knacker in unzulässiger Weise beeinflußt hat, müssen wir beweisen, daß er verrückt war. Teufel, er ist vom Dach gesprungen. Und er hat eins der bedeutendsten Vermögen der Welt einer unbekannten Frau vermacht. In meinen Augen ist das verrückt. Bestimmt können wir Psychiater finden, die das bestätigen.«

»Was ist denn mit den dreien, die ihn begutachtet haben, bevor er gesprungen ist?« fragte jemand über den Tisch hinweg.

»Das war dämlich«, knurrte Grit zurück. »Man hat euch eine Falle gestellt, und ihr seid prompt reingetappt.«

Das ärgerte Hark und die anderen Anwälte, die sich mit der Begutachtung von Troy Phelans Geisteszustand einverstanden erklärt hatten. »Hinterher ist man immer klüger«, sagte Yancy und brachte Grit damit erst einmal zum Schweigen.

Das Juristenteam von Geena und Cody Strong wurde von einer hochgewachsenen und üppigen Anwältin in einem Armani-Kostüm angeführt. Ms. Langhorne war früher einmal Juradozentin in Georgetown gewesen, und als sie jetzt das Wort an die Versammelten richtete, tat sie das mit der Aura der Allwissenheit. Punkt eins: Im Staate Virginia würden lediglich zwei Gründe anerkannt, ein Testament anzufechten – unzulässige Beeinflussung und Unzurechnungsfähigkeit des Erblassers. Da niemand Rachel Lane kenne, dürfe man als sicher annehmen, daß sie nur wenig oder keinen Kontakt mit dem Erblasser gehabt habe. Mithin werde man nur schwer, wenn überhaupt, beweisen können, daß sie ihn bei der Abfassung seines Letzten Willens auf irgendeine Art in unzulässiger Weise beeinflußt habe. Punkt zwei: Mithin bleibe nichts anderes übrig, als alles auf die Karte ›Unzurechnungsfähigkeit‹ zu setzen. Punkt drei: Es sei sinnlos, mit ›Betrug‹ zu argumentieren. Zwar habe der alte Troy zweifellos Anwälte und Angehörige unter Vorspiegelung falscher Tatsachen zu dieser Demonstration seiner Zurechnungsfähigkeit zusammengebracht, doch lasse sich daraus kein Anfechtungsgrund herleiten. Bei einem zwischen zwei Parteien geschlossenen Vertrag sei das möglich, nicht aber bei einem Testament. Ihre Kanzlei habe bereits die nötigen Erkundigungen angestellt, und sie könne die einschlägigen Fälle zitieren, falls jemand das wünsche.

Sie bediente sich eines Merkzettels, auf dem die wichtigsten Punkte zusammengefaßt waren, und wirkte glänzend vorbereitet. Hinter ihr saßen sechs Anwälte aus ihrer Kanzlei, um sie notfalls zu unterstützen.

Punkt vier: Es werde ausgesprochen schwierig sein, den Befund der drei Psychiater zu erschüttern. Sie habe das Videoband gesehen. Vermutlich würden die Anwälte eine solche Auseinandersetzung verlieren, aber man würde sie für ihre Mühe bezahlen müssen. Daher lautete ihre Schlußfolgerung, man solle das Testament mit Nachdruck anfechten und auf eine einträgliche außergerichtliche Einigung hoffen.

Obwohl ihr Vortrag volle zehn Minuten dauerte, erbrachte er nur wenig Neues. Man ließ sie ausreden, und niemand unterbrach sie, um sich nicht den Vorwurf der Frauenfeindlichkeit einzuhandeln.

Als nächster war Wally Bright – der Mann mit den Abendkursen – an der Reihe. Ganz im Gegensatz zu Ms. Langhorne war er völlig unvorbereitet, hatte weder einen Stichwortzettel noch Unterlagen und schien auch nicht zu wissen, was er als nächstes sagen würde. Er ließ einfach Dampf ab, sagte, was ihm gerade in den Sinn kam, und tobte voller Inbrunst gegen Ungerechtigkeit im allgemeinen.

Zwei von Lillians Anwälten erhoben sich gleichzeitig, wie an der Hüfte zusammengewachsene siamesische Zwillinge. Beide trugen schwarze Anzüge und hatten die bleichen Gesichtszüge von Immobilienanwälten, die nur selten die Sonne zu sehen bekamen. Wenn der eine einen Satz begann, beendete ihn der andere. Stellte der eine eine rhetorische Frage, lieferte der andere die Antwort. Der eine erwähnte ein Dokument, und der andere holte es aus dem Aktenkoffer. Sie gingen zügig vor, sprachen zur Sache und wiederholten in knappen Worten, was bereits gesagt worden war.

Rasch einigte man sich zu kämpfen, denn erstens hatte man nur wenig zu verlieren, zweitens konnte man nichts anderes tun, und drittens war es die einzige Möglichkeit, einen Vergleich zu erzwingen – ganz zu schweigen davon, daß man viertens dabei einen beachtlichen Stundensatz für die beim Kampf aufgewendete Arbeitszeit in Rechnung stellen konnte.

Yancy befürwortete mit besonderem Nachdruck einen Prozeß. Dazu hatte er allen Grund. Ramble war der einzige minderjährige Erbe und hatte so gut wie keine Schulden. Die mündelsichere Anlage, aus der er am einundzwanzigsten Geburtstag fünf Millionen bekommen würde, war schon vor Jahrzehnten treuhänderisch festgelegt worden und ließ sich nicht widerrufen. Mit diesen garantierten fünf Millionen stand Ramble finanziell sehr viel besser da als all seine Geschwister. Warum sollte er, der nichts zu verlieren hatte, nicht klagen, um vielleicht mehr zu bekommen?

Erst nach einer geschlagenen Stunde sprach jemand die Anfechtungsklausel im Testament an. Mit Ausnahme Rambles liefen die Erben Gefahr, das Wenige zu verlieren, das ihnen Troy hinterlassen hatte, sofern sie das Testament anfochten. Diesen Einwand taten die Anwälte mit leichter Hand ab. Für sie war die Anfechtung beschlossene Sache, und sie wußten, daß ihre habgierigen Mandanten tun würden, was sie ihnen rieten.

Vieles blieb ungesagt. Zuerst einmal würde der Prozeß beschwerlich sein. Am klügsten und zugleich kostengünstigsten wäre es, eine auf diesem Gebiet erfahrene Kanzlei als Prozeßbeauftragten zu benennen. Die anderen konnten aus dem zweiten Glied nach wie vor ihre Mandanten betreuen und würden von jeder Entwicklung der Sache in Kenntnis gesetzt. Für ein solches Vorgehen war zweierlei nötig: Kooperationsbereitschaft und eine freiwillige Beschneidung der meisten Egos im Raum.

Diese Punkte wurden während der dreistündigen Sitzung nicht einmal angesprochen.

Ohne daß sie es geplant hätten – denn dazu wäre Zusammenarbeit nötig gewesen –, war es den Anwälten gelungen, einen Keil zwischen die Erben zu treiben, so daß sich keine zwei von derselben Kanzlei vertreten ließen. Mit Hilfe einer geschickten Manipulation, die zwar im Jurastudium nicht gelehrt wird, die man aber gleichwohl danach auf ganz natürliche Weise erwirbt, hatten sie ihre Mandanten dazu gebracht, ausführlicher mit ihnen zu reden als mit den Miterben. Vertrauen war ebensowenig eine Tugend der Phelans wie ihrer Anwälte.

Alles deutete auf einen langen, verwickelten Prozeß hin.

Nicht eine einzige tapfere Stimme erhob sich mit dem Vorschlag, das Testament so anzuerkennen, wie es war. Niemandem lag im entferntesten daran, den Wunsch des Mannes zu achten, der das Vermögen angehäuft hatte, zu dessen Aufteilung sie sich jetzt verschworen.

Als das Gespräch zum dritten oder vierten Mal um die Tische kreiste, schlug jemand vor festzustellen, wie hoch die Schulden eines jeden der sechs Erben zum Zeitpunkt von Mr. Phelans Tod gewesen waren, doch ging dieser Antrag in einem Sperrfeuer kleinlicher juristischer Erwägungen unter.

»Die Schulden der Ehepartner inklusive?« fragte Hark, der Anwalt von Rex, dessen Frau Amber, die Stripperin, als Inhaberin der Sexclubs auch für den größten Teil der Verbindlichkeiten haftete.

»Was ist mit Steuerschulden?« fragte der Anwalt Troy Juniors, der seit fünfzehn Jahren mit dem IRS über Kreuz lag.

»Meine Mandanten haben mich nicht ermächtigt, Angaben über ihre Finanzlage zu machen«, sagte Langhorne und brachte damit den Vorstoß zum Stillstand.

Die mangelnde Bereitschaft der Anwälte, über diesen Punkt zu reden, bestätigte, was ohnehin jedem klar war – die Phelan-

Erben waren bis über die Ohren verschuldet und bis an den Dachfirst ihrer Häuser mit Hypotheken belastet.

Jeder der Anwälte war in erster Linie darauf bedacht, in der Öffentlichkeit eine gute Figur zu machen. Das gehörte nun einmal zu ihrem Beruf. Also war es ihnen wichtig, sich bei ihrem Kampf in den Medien positiv präsentieren zu können. Sie wußten, daß von ganz entscheidender Bedeutung ist, auf welche Weise etwas in der Öffentlichkeit wahrgenommen wird, und da es sich bei ihren Mandanten um einen Haufen verzogener, habgieriger Nachkommen handelte, die ihr Vater von der Erbschaft ausgeschlossen hatte, fürchteten deren Anwälte, die Presse könne den Fall auch in diesem Licht darstellen.

»Ich schlage vor, daß wir eine PR-Agentur einschalten«, sagte Hark. Mehrere andere fanden den Einfall so großartig, daß sie ihn sogleich als ihren eigenen ausgaben. Man müsse einen Profi damit beauftragen, die Phelan-Erben als untröstliche Kinder hinzustellen, die einen Mann geliebt hatten, der kaum je Zeit für sie gehabt habe. Ein halbverrückter exzentrischer Schürzenjäger ... ja, das war es! Man müsse Troy der Öffentlichkeit als Bösewicht präsentieren und ihre Mandanten als die armen Opfer!

Der Plan wurde ausgeschmückt, und rund um die Tische malte man sich in buntesten Farben aus, wie diese Kampagne ablaufen sollte, bis jemand fragte, wie man eigentlich für die Dienste einer solchen Agentur zahlen wolle.

»Die sind schrecklich teuer«, sagte ein Anwalt, der für seine eigenen Dienste sechshundert Dollar pro Stunde berechnete, und für jeden seiner drei nutzlosen Mitarbeiter immerhin noch vierhundert.

Sogleich wirkte der Vorschlag weniger verlockend. Dann regte Hark zögernd an, jede Kanzlei könne einen Teil des Betrags vorschießen. Daraufhin wurde es unvorstellbar ruhig im Raum. Diejenigen, die bisher so ungeheuer viel über alles und jedes zu sagen gehabt hatten, beschäftigten sich angelegentlich mit Unterlagen, die vor ihnen auf dem Tisch lagen.

»Darüber können wir später reden«, sagte Hark im Bemühen, das Gesicht zu wahren. Zweifellos würde diese Anregung nie wieder zur Sprache kommen.

Dann spekulierten sie über Rachel und über die Frage, wo sie sich aufhalten mochte. Sollte man ein erstklassiges Detektivbüro damit beauftragen, sie aufzuspüren? Nahezu jeder Anwalt kannte eins. Dieser verlockende Gedanke erhielt mehr Beachtung, als nötig gewesen wäre. Welcher Anwalt hätte nicht am liebsten die eigentliche Erbin vertreten?

Aber sie beschlossen, nichts dergleichen zu tun – in erster Linie, weil sie sich nicht darauf einigen konnten, was zu tun war, falls man sie fand.

Sie würde bestimmt früh genug auf der Bildfläche erscheinen, und zweifellos mit ihrem eigenen Gefolge von Anwälten.

Die Zusammenkunft endete nicht unfreundlich. Jeder der Anwälte nahm das Ergebnis mit nach Hause, das er haben wollte. Sie wollten sogleich ihre Mandanten anrufen und stolz von den Fortschritten berichten, die man gemacht hatte. Sie konnten definitiv sagen, alle Anwälte der Phelan-Erben seien einhellig der Ansicht, daß man das Testament mit Nachdruck anfechten müsse.

ZWEIUNDZWANZIG

Der Fluß stieg den ganzen Tag über an, trat an einigen Stellen langsam über die Ufer, verschluckte Sandbänke, stieg bis ins dichte Unterholz, überflutete die kleinen, schlammigen Gärten von Häusern, an denen sie in Abständen von etwa drei Stunden vorüberkamen. Immer mehr trieb im Wasser: Laub und Gräser, Äste und mitsamt den Wurzeln aus dem Boden gespülte junge Bäume. Mit zunehmender Breite des Paraguay wurde seine Strömung stärker und verlangsamte die Fahrt des Bootes noch mehr.

Aber niemand sah auf die Uhr. Taktvoll war Nate von seinem Posten als Schiffsführer abgelöst worden, nachdem ein im Wasser treibender Baumstamm, den er nicht gesehen hatte, die *Santa Loura* erschüttert hatte. Zwar blieb das Boot unbeschädigt, aber der Aufprall ließ Jevy und Welly sofort zum Ruderhaus eilen. Nate kehrte zu seinem eigenen kleinen Deck mit der Hängematte zurück und brachte den Vormittag mit Lesen zu und damit, daß er die Tierwelt beobachtete.

Jevy setzte sich mit einer Tasse Kaffee zu ihm. »Wie finden Sie das Pantanal?« fragte er. Sie saßen nebeneinander auf der Bank und ließen, die Arme durch die Stäbe der Reling gesteckt, die bloßen Füße über dem Wasser baumeln.

»Es ist herrlich.«

»Kennen Sie den Staat Colorado?«

»Ich war schon mal da.«

»In der Regenzeit treten die Flüsse im Pantanal so sehr über die Ufer, daß sie ein Gebiet von der Größe Colorados unter Wasser setzen.«

»Waren Sie denn schon mal da?«

»Ja, ich hab da einen Vetter.«

»Und wo waren Sie noch?«

»Vor drei Jahren bin ich mit meinem Vetter in einem Greyhound durch die USA gefahren. Bis auf sechs Staaten haben wir alle gesehen.«

Nate war doppelt so alt wie Jevy mit seinen vierundzwanzig Jahren und hatte meist viel Geld verdient. Trotzdem hatte Jevy viel mehr von den Vereinigten Staaten gesehen als er.

Solange Nate genug Geld hatte, war er immer nach Europa gereist. Seine Lieblingsrestaurants waren in Rom und Paris.

»Wenn die Überflutungen nachlassen«, fuhr Jevy fort, »beginnt die Trockenzeit. Dann gibt es Grasland, Sumpfgebiete und zahllose Lagunen und überschwemmte Flächen. Dieser ständige Wechsel von Regen- und Trockenzeit sorgt dafür, daß es hier eine vielfältigere Fauna gibt als irgendwo sonst auf der Erde. Hier leben sechshundertfünfzig Vogelarten, mehr als in den Vereinigten Staaten und Kanada zusammen, außerdem mindestens zweihundertsechzig Fischarten. Dann haben wir noch Schlangen und Kaimane. Sogar Riesenotter leben im Wasser.«

Wie auf Bestellung wies er auf ein Dickicht am Rande eines Wäldchens. »Sehen Sie, ein Stück Rotwild«, sagte er. »Davon gibt es hier Unmengen. Außerdem Jaguare, große Ameisenbären, *capivaras*, Tapire und Hyazinth-Aras. Der Artenreichtum im Pantanal ist unerschöpflich.«

»Sind Sie hier geboren?«

»Meinen ersten Atemzug hab ich im Krankenhaus von Corumbá getan, aber wirklich zur Welt gekommen bin ich an diesen Flüssen. Hier ist meine Heimat.«

»Sie haben gesagt, daß Ihr Vater Flußlotse war.«

»Ja. Als kleiner Junge bin ich oft mit ihm gefahren. Frühmorgens, wenn alle anderen noch schliefen, durfte ich immer das Steuer übernehmen. Als ich zehn Jahre war, kannte ich schon die wichtigsten Flüsse.«

»Und ist er auf dem Fluß hier gestorben?«

»Nicht auf diesem, auf dem Taquiri, weiter im Osten. Er hat ein Boot mit deutschen Touristen geführt, das in ein Unwetter geriet. Der einzige Überlebende war ein Matrose.«

»Wann war das?«

»Vor fünf Jahren.«

Der Prozeßanwalt in Nate hatte noch ein Dutzend Fragen zu dem Unfall. Er brannte darauf, Einzelheiten zu erfahren – Einzelheiten, mit denen man Prozesse gewinnt. Aber er stellte die Fragen nicht, sondern sagte lediglich: »Das tut mir leid.«

»Man will das Pantanal zerstören«, sagte Jevy.

»Wer?«

»Viele. Großkonzerne, denen riesige landwirtschaftliche Betriebe gehören. Im Norden und Osten sind sie schon dabei, Flächen für den Sojaanbau zu roden. Sie wollen Sojabohnen exportieren. Je mehr Bäume gefällt werden, desto mehr Regenwasser sammelt sich im Pantanal, und desto mehr Ablagerungen werden in die Flüsse geschwemmt. Die Ackerkrume ist nicht besonders gut, also setzen die Konzerne Kunstdünger und Schädlingsbekämpfungsmittel ein. All das landet in den Gewässern. Viele der landwirtschaftlichen Großbetriebe stauen Flüsse auf, um zusätzliche Weideflächen zu schaffen. Damit gerät der Zyklus von Überschwemmung und Trockenzeit aus dem Takt. Außerdem fallen die Fische dem Quecksilber zum Opfer.«

»Woher kommt das?«

»Aus dem Bergbau. Im Norden wird Gold abgebaut, und dazu verwendet man Quecksilber. Es gelangt in die Flüsse, und die fließen ins Pantanal. Unsere Fische schlucken das Zeug und gehen ein. Aller Umweltmist landet im Pantanal. Cuiabá, eine Stadt im Osten, hat eine Million Einwohner und keine Kläranlage. Dreimal dürfen Sie raten, wo die Abwässer landen.«

»Unternimmt denn die Regierung nichts?«

Jevy stieß ein bitteres Lachen hervor. »Haben Sie schon mal von Hidrovia gehört?«

»Nein.«

»Das ist ein geplanter gewaltiger Graben quer durch das ganze Pantanal, der später einmal die Länder Brasilien, Bolivien, Paraguay, Argentinien und Uruguay miteinander verbinden soll. Angeblich will man damit Südamerika retten, aber in Wirklichkeit legt man damit das Pantanal trocken – und unsere Regierung unterstützt das Projekt auch noch.«

Fast hätte Nate etwas über die Notwendigkeit gesagt, sich verantwortlich gegenüber der Umwelt zu verhalten, dann aber fiel ihm ein, daß seine Landsleute die größten Energieverschwender waren, die die Welt je gesehen hat. »Es ist immer noch sehr schön«, sagte er.

»Das stimmt.« Jevy trank seinen Kaffee aus. »Manchmal denke ich, es ist so groß, das können sie gar nicht zerstören.«

Sie kamen an einem schmalen Flußarm vorüber, der dem Paraguay noch mehr Wasser zuführte. Ein kleines Rudel Rehwild watete durch das stehende Wasser am Ufer und benagte grüne Ranken, ohne auf das vom Fluß herüberdringende Geräusch zu achten. Sie zählten sieben Stücke, zwei von ihnen waren gesprenkelte Jungtiere.

»Ein paar Stunden von hier liegt eine kleine Handelsstation«, sagte Jevy und stand auf. »Wir sollten es bis zum Einbruch der Dunkelheit dahin schaffen.«

»Was wollen wir denn einkaufen?«

»Eigentlich nichts. Aber Fernando, der Inhaber, erfährt alles, was am Fluß passiert. Vielleicht weiß er etwas über Missionare.«

Er leerte seine Tasse in den Fluß und reckte die Arme. »Manchmal hat er auch Bier da. *Cerveja*.«

Nate hielt den Blick auf die Wasserfläche gerichtet.

»Wir sollten aber keins kaufen«, sagte Jevy und ging fort.

Mir recht, dachte Nate. Er trank seine Tasse aus und schluckte den Kaffeesatz und den nicht aufgelösten Zucker mit herunter.

Eine kalte braune Flasche, vielleicht *Antartica* oder *Brahma*, die beiden Marken, die er in Brasilien bereits probiert hatte. Ausgezeichnetes Bier. Besonders gern war er früher in eine Studentenkneipe in der Nähe der Georgetown University gegangen, mit hundertzwanzig ausländischen Biersorten auf der Karte. Er hatte sie alle durchprobiert. Körbchen mit Erdnüssen standen auf den Tischen, und niemand fand etwas dabei, wenn man die Schalen auf den Fußboden warf. Mit Studienfreunden, die nach Washington kamen, hatte er sich immer in der Kneipe getroffen und mit ihnen Erinnerungen an alte Zeiten nachgehangen. Das Bier war eiskalt, die Mädchen waren jung und ungebunden, die Erdnüsse scharf und salzig, und wenn man über den Fußboden ging, krachten die Schalen unter den Füßen. Das Lokal hatte es schon immer gegeben, und bei jeder Entziehungskur, bei jedem Klinikaufenthalt, war es das gewesen, was Nate am meisten gefehlt hatte.

Er begann zu schwitzen, obwohl die Sonne hinter den Wolken versteckt war und ein kühles Lüftchen wehte. Er verkroch sich in der Hängematte und betete darum, schlafen zu können, betete um ein tiefes Koma für die Zeit, wenn sie anlegten, bis sie wieder in die Nacht weiterfuhren. Der Schweißausbruch verstärkte sich, bis sein Hemd durchnäßt war. Er begann, ein Buch über den Untergang der brasilianischen Indianer zu lesen, und versuchte dann erneut einzuschlafen.

Er war hellwach, als die Maschine auf langsame Fahrt gestellt wurde und das Boot sich ans Ufer schob. Man hörte Stimmen, dann gab es einen leichten Ruck, als sie gegen den Anleger stießen. Langsam kletterte Nate aus der Hängematte, ging zur Bank an der Reling und setzte sich.

Es war eine Art Gemischtwarenhandlung auf Pfählen – ein winziges Gebäude aus unbehandelten Brettern mit einem Blechdach und einer schmalen Veranda, auf der einige Einheimische saßen, die Zigaretten rauchten und Tee tranken, was ihn nicht weiter überraschte. Ein schmaler Flußlauf umrundete das Gebäude, neben dem sich ein großer Brennstofftank befand, und verschwand im Pantanal.

Ein Anleger, der nicht besonders stabil aussah, sprang in den Fluß vor, damit Boote an ihm festmachen konnten. Jevy und Welly schoben das Boot langsam am Anleger entlang, denn die Strömung war stark. Sie unterhielten sich mit den *pantaneiros* auf der Veranda und traten dann durch die offene Tür ins Innere des Gebäudes.

Nate hatte sich fest vorgenommen, auf dem Boot zu bleiben. Er ging zur gegenüberliegenden Seite hinüber, setzte sich dort auf die Bank, steckte Arme und Beine durch die Reling und sah über die volle Breite des Flusses hinweg. Er würde hier oben bleiben, an Armen und Beinen von der Reling gehalten. Das kälteste Bier auf der Welt würde ihn nicht von hier weglocken können.

Ihm war bereits bekannt, daß es in Brasilien keine kurzen Besuche gab, und schon gar nicht am Fluß, wo selten ein Fremder auftauchte. Nach einer Weile kehrte Jevy mit hundertzehn Litern Diesel in Kanistern zurück; es war Ersatz für den Kraftstoff, den sie im Unwetter verloren hatten. Dann wurde die Maschine wieder angelassen.

»Fernando sagt, daß es hier in der Gegend eine Missionarin bei den Indianern gibt.« Er gab ihm eine Flasche kaltes Wasser. Das Boot fuhr wieder.

»Wo?«

»Er weiß es nicht genau. Einige Ansiedlungen liegen im Norden in der Nähe der Grenze zu Bolivien. Aber die Indianer fahren nicht auf dem Fluß, und so weiß er nicht viel über sie.«

»Wie weit ist die nächste Ansiedlung entfernt?«

»Wir können morgen früh in der Nähe sein. Aber nicht mit diesem Boot hier. Wir müssen das kleine nehmen.«

»Macht sicher Spaß.«

»Erinnern Sie sich noch an den Bauern Marco, dessen Kuh wir mit unserem Flugzeug getötet haben?«

»Natürlich. Er hatte drei kleine Jungen.«

»Ja. Er war gestern hier«, sagte Jevy und wies auf die Handelsstation, die gerade hinter einer Biegung verschwand. »Er kommt einmal im Monat.«

»Hatte er die Jungen dabei?«

»Nein. Das ist zu gefährlich.«

Wie klein die Welt doch war. Nate hoffte, daß die Jungen das Geld ausgegeben hatten, das er ihnen zu Weihnachten geschenkt hatte. Er hielt den Blick auf die Handelsstation gerichtet, bis von ihr nichts mehr zu sehen war.

Vielleicht würde es ihm auf dem Rückweg so gut gehen, daß er einkehren und sich ein oder zwei kühle Bier genehmigen konnte, um den Erfolg seiner Expedition zu feiern. Er kroch zurück in die Sicherheit seiner Hängematte und verfluchte sich wegen seiner Schwäche. In der Wildnis eines riesigen Sumpfgebiets wäre er fast dem Alkohol erlegen, und stundenlang hatten seine Gedanken um nichts anderes gekreist. Die Vorfreude, die Angst, der Schweißausbruch und die Überlegungen, wie er es anstellen könnte, etwas zu trinken zu bekommen. Dann das knappe Verfehlen seines Ziels, das Entkommen, das nicht sein Verdienst war, und jetzt, gleich danach, durchlebte er schon wieder in Gedanken die Wonnen einer neuen Begegnung mit dem Alkohol. Nur ein paar Schluck, das wäre schön, denn dann könnte er leicht aufhören. Damit belog er sich am liebsten.

Er war schlicht und einfach ein Säufer. Auch wenn man ihn in eine noch so noble Entwöhnungsklinik schickte, die tausend Dollar am Tag kostete, er war und blieb süchtig. Man mochte ihn Dienstagabend im Untergeschoß einer Kirche zum Treffen einer Gruppe Anonymer Alkoholiker schicken, er war und blieb ein Säufer.

Seine Sucht überfiel ihn, und er wurde von Verzweiflung erfaßt. Er zahlte für das verdammte Boot; Jevy arbeitete für ihn. Wenn er darauf bestand, daß sie umkehrten und auf kürzestem Wege zu der Handelsstation zurückfuhren, würden sie das tun. Er konnte so viel Bier kaufen, wie Fernando in seinem Laden hatte, es unterwegs auf Eis packen und den ganzen Weg bis Bolivien ein *Brahma* nach dem anderen schlürfen. Niemand konnte daran auch nur das geringste ändern.

Wie eine Fata Morgana tauchte Welly mit breitem Lächeln und einer Tasse frisch gebrühtem Kaffee auf. »*Vou cozinhar*«, sagte er. Ich werde etwas kochen.

Etwas zu essen würde helfen, überlegte Nate – und wenn es auch wieder ein Teller mit Bohnen, Reis und Hühnchen war. Das Essen würde ihn besänftigen oder zumindest seine Aufmerksamkeit von anderen Begierden ablenken.

Während er in der Dunkelheit allein auf dem Oberdeck bedächtig seine Mahlzeit verzehrte, schlug er immer wieder nach Moskitos, die sein Gesicht umsirrten. Am Ende der Mahlzeit sprühte er sich vom Hals bis zu den bloßen Füßen mit Insektenschutzmittel ein. Der Anfall war vorüber. Er hatte den Geschmack von Bier nicht mehr im Mund und roch auch nicht mehr die Erdnüsse aus seiner Lieblingsbar.

Er zog sich in seine Zuflucht zurück. Es regnete wieder, still, ohne Wind oder Donner. Josh hatte ihm vier Bücher für Mußestunden eingepackt. Da er inzwischen alle Aktennotizen und Anweisungen mehrfach gelesen hatte, blieben ihm nur die Bücher. Die Hälfte des dünnsten hatte er bereits gelesen.

Er vergrub sich tief in die Hängematte und wandte sich erneut dem Buch zu, das die traurige Geschichte von Brasiliens Ureinwohnern beschrieb.

Als der Portugiese Pedro Alvares Cabral im April des Jahres 1500 an der Küste von Bahia zum ersten Mal den Fuß auf brasilianischen Boden setzte, lebten dort fünf Millionen Indianer, die sich auf rund neunhundert Stämme mit elfhundertfünfundsiebzig Sprachen verteilten. Sah man von den üblichen Stammesfehden ab, handelte es sich um friedliche Menschen.

Nach knapp fünfhundert Jahren der ›Zivilisierung‹ durch Europäer gab es nur noch zweihundertsiebzigtausend Indianer in zweihundertsechs Stämmen, die sich mit Hilfe von einhundertsiebzig Sprachen verständigten. Krieg, Mord, Sklaverei, Gebietsraub, Krankheiten – die Vertreter der zivilisierten Länder hatten keine Möglichkeit ausgelassen, die indianische Bevölkerung zu dezimieren.

Es war eine üble Geschichte voller Gewalt. Verhielten sich die Indianer friedfertig und bemühten sich, mit den Siedlern auszukommen, fielen sie Krankheiten wie Pocken, Masern, Gelbfieber, Grippe, Tuberkulose zum Opfer, die bei ihnen bis dahin unbekannt waren und gegen die sie keine Abwehrkräfte besaßen. Waren sie nicht friedfertig, wurden sie von Männern abgeschlachtet, deren Waffen raffinierter waren als Blasrohre und Giftpfeile. Sofern sie sich gegen ihre Angreifer zur Wehr setzten und sie töteten, wurden sie als Wilde gebrandmarkt.

Sie wurden von Bergbauunternehmern, Viehzüchtern und Kautschukbaronen versklavt, und jeder, der genug Schußwaffen hatte, konnte sie aus ihren angestammten Wohngebieten vertreiben. Priester verbrannten sie auf dem Scheiterhaufen, Banditenhorden jagten sie, jeder, dem danach war, tötete sie ungestraft und vergewaltigte ihre Frauen. Sobald die Interessen der brasilianischen Eingeborenen und der Weißen aufeinanderprallten, hatten die Indianer verloren, ganz gleich, ob es dabei um wichtige oder unwichtige Ereignisse ging.

Wer nahezu ein halbes Jahrtausend lang immer nur auf der Verliererseite steht, erwartet nur wenig vom Leben. Das größte Problem für einige der Stämme war in neuerer Zeit der Selbstmord ihrer jungen Leute.

Endlich beschloß die Regierung des Landes nach Jahrhunderten des Völkermords, es sei an der Zeit, die »edlen Wilden« zu schützen. Da Massaker in jüngerer Zeit zu internationaler Kritik geführt hatten, richtete man Behörden ein und erließ Gesetze. Nicht ohne auf die eigene Großzügigkeit hinzuweisen, gab man den Eingeborenen einen Teil ihrer Stammesgebiete zurück und zog auf amtlichen Karten Linien, mit denen diese zu Sicherheitszonen erklärt wurden.

Doch die Regierung war zugleich der Feind. Als im Jahre 1967 die für die Indianerfragen zuständige Behörde überprüft wurde, waren die meisten Brasilianer von dem Ergebnis entsetzt. Aus dem Bericht ging hervor, daß Agenten, Bodenspekulanten und Viehzüchter – Kriminelle, die entweder im Dienst der Behörde standen oder denen die Behörde zuarbeitete – mit Hilfe chemischer und bakteriologischer Waffen systematisch Indianer ausgerottet hatten. Entweder hatten sie mit Pocken- und Tuberkulose-Erregern infizierte Kleidungsstücke unter sie verteilt oder von Flugzeugen und Hubschraubern aus tödliche Bakterien über ihrem Siedlungsgebiet und ihren Dörfern verbreitet.

Im übrigen nahmen Viehzüchter und Bergbauunternehmer im Amazonasbecken und anderen Grenzgebieten die Linien auf der Landkarte so gut wie nicht zur Kenntnis.

Im Jahre 1986 verseuchte ein Viehzüchter in Rondônia ein in der Nähe seines Besitzes gelegenes Indianergebiet mit tödlich wirkenden Schädlingsbekämpfungsmitteln, die er aus dem Flugzeug versprühte. Er wollte dort Weideflächen anlegen und mußte dazu zuvor die Bewohner eliminieren. Obwohl dreißig Indianer dabei umkamen, wurde der Mann nie vor Gericht gestellt. Im Mato Grosso zahlte 1989 ein Viehzüchter Kopfgeldjägern eine Belohnung für die Ohren ermordeter Indianer. Goldgräber griffen 1993 in Manaus die Angehörigen eines friedfertigen Stammes an, die nicht bereit waren, ihnen zuliebe von ihrem Land zu weichen. Dreizehn Indianer wurden ermordet, ohne daß man jemanden dafür zur Rechenschaft gezogen hätte.

Da es im Norden des Pantanal zahlreiche Bodenschätze gibt, hatte sich die Regierung in den neunziger Jahren mit Nachdruck bemüht, das Amazonasbecken dort zu erschließen. Dabei waren ihr immer noch im dortigen Urwald lebende Indianer im Weg: Schätzungen zufolge war es immerhin fünfzig Stämmen gelungen, Kontakte mit der Zivilisation zu vermeiden.

Diese schlug jetzt erneut zu. Die Übergriffe gegen Indianer wurden häufiger, je mehr Bergleute, Holzfäller und Viehzüchter mit Unterstützung der Regierung in jenes Gebiet vordrangen.

Eine fesselnde, aber auch eine deprimierende Geschichte. Nate las vier Stunden ununterbrochen, dann hatte er das Buch aus.

Er ging zum Ruderhaus hinüber und trank Kaffee mit Jevy. Es regnete nicht mehr.

»Werden wir morgen früh dort ankommen?« fragte er.

»Ich glaube schon.«

Die Lichter des Bootes bewegten sich ganz sacht mit der Strömung.

»Haben Sie Indianerblut in Ihren Adern?« fragte Nate nach einigem Zögern. Es war eine persönliche Frage, wie sie in den Vereinigten Staaten niemand zu stellen wagen würde.

Jevy lächelte, ohne den Blick vom Fluß zu nehmen. »Das hat hier jeder. Warum fragen Sie?«

»Ich habe gerade ein Buch über die Geschichte der Indianer in Brasilien gelesen.«

»Und was meinen Sie dazu?«

»Sie ist ziemlich tragisch.«

»Das stimmt. Glauben Sie, daß man die Indianer hier schlecht behandelt hat?«

»Natürlich.«

»Und wie war das bei Ihnen?«

Aus irgendeinem Grund kam ihm als erstes General Custer in den Sinn. Einmal zumindest hatten auch sie gewonnen. Außerdem haben wir sie nicht auf dem Scheiterhaufen verbrannt, mit Chemikalien besprüht oder in die Sklaverei verkauft. Oder? Was ist mit all den Reservaten? Überall Land.

»Ich fürchte, nicht viel besser«, sagte er und gab sich geschlagen. Er legte keinen Wert auf diese Art von Diskussion.

Nach einem langen Schweigen machte sich Nate auf den Weg zur Toilette. Bevor er den kleinen Raum verließ, zog er die Kette. Hellbraunes Flußwasser füllte die Toilettenschüssel und spülte alles durch ein Rohr unmittelbar in den Fluß.

DREIUNDZWANZIG

Es war noch dunkel, als der Motor verstummte und Nate wach wurde. Er faßte nach dem linken Handgelenk, doch dann fiel ihm ein, daß er keine Uhr trug. Er hörte, wie sich Welly und Jevy weiter unten am Heck bewegten. Sie sprachen leise miteinander.

Er war stolz, daß es ihm gelungen war, einen weiteren Morgen nüchtern zu erleben, einen weiteren Tag. Vor sechs Monaten war jedes Aufwachen mit verquollenen Augen, verworrenen Gedanken, einem brennenden Mund, einer glühenden Zunge, stinkendem Atem und der täglichen Frage verbunden gewesen: »Warum habe ich das nur getan?« Oft hatte er sich in der Dusche übergeben müssen, mitunter hatte er sich einen Finger in den Hals gesteckt, um es hinter sich zu haben. Stets stand nach dem Duschen die Frage im Raum, wie er den Tag beginnen sollte: mit einem fetten warmen Frühstück, um den Magen zu besänftigen, oder lieber mit einer Bloody Mary, um die Nerven zu beruhigen? Dann war er in die Kanzlei gegangen. Stets hatte er Punkt acht am Schreibtisch gesessen, um einen weiteren harten Tag als Prozeßanwalt durchzustehen.

Morgen für Morgen, ohne Ausnahme. Gegen Ende seines letzten Zusammenbruchs hatte er wochenlang keinen Vormittag bei klarem Bewußtsein erlebt. Aus lauter Verzweiflung hatte er eine Beratungsstelle aufgesucht und die Frage, ob er sich erinnern könne, wann er zum letzten Mal einen ganzen Tag nüchtern geblieben war, mit Nein beantworten müssen.

Er vermißte das Trinken, nicht aber die Folgen.

Welly zog das Beiboot auf die Backbordseite der *Santa Loura* und vertäute es. Sie waren gerade dabei, es zu beladen, als Nate herunterkam. Das Abenteuer trat in eine neue Phase ein. Nate war für einen Szenenwechsel bereit.

Der Himmel war bedeckt. Es sah nach Regen aus. Als die Sonne schließlich durchbrach, war es sechs Uhr. Nate wußte das, weil er seine Armbanduhr wieder angelegt hatte.

Ein Hahn krähte. Sie hatten den Bug ihres Bootes nahe einem kleinen Bauernhof an einem Balken vertäut, der einst einen Anleger getragen hatte. Links, im Westen, mündete ein sehr viel kleinerer Fluß in den Paraguay.

Die Aufgabe bestand darin, das Beiboot nicht zu überladen. Die kleineren Nebenflüsse, zu denen sie wollten, waren überschwemmt, und die Ufer ließen sich nicht immer erkennen. Falls das Boot zu tief im Wasser lag, konnten sie auf Grund laufen oder, schlimmer noch, die Schraube des Außenbordmotors beschädigen. Einen Ersatzmotor gab es nicht, lediglich ein Paar Paddel, die Nate von Deck aus betrachtete, während er seinen Kaffee trank. Sie würden sicherlich ihren Dienst tun, überlegte er, vor allem, wenn wilde Indianer oder hungrige Tiere sie verfolgten.

Drei Kanister mit je zwanzig Litern Kraftstoff standen fein säuberlich in der Mitte des Bootes. »Das müßte für fünfzehn Betriebsstunden reichen«, erklärte Jevy.

»Das ist eine ganze Menge.«

»Ich gehe gern auf Nummer Sicher.«

»Wie weit ist es bis zu der Ansiedlung?«

»Das weiß ich nicht genau.« Er wies zu dem Haus hinüber. »Der Bauer da drin hat gesagt, vier Stunden.«

»Kennt er die Indianer?«

»Nein. Er mag sie nicht. Er sagt, am Fluß hat er noch keine gesehen.«

Jevy lud ein kleines Zelt und ein Regenüberdach dafür ins Boot, zwei Wolldecken, zwei Moskitonetze, zwei Eimer, um Wasser aus dem Boot zu schöpfen, und sein Regencape. Welly fügte eine Kiste mit Lebensmitteln und einen Kasten mit Wasserflaschen hinzu.

Nate hatte sich auf seine Koje in der Kajüte gesetzt. Er entnahm seiner Aktentasche die Kopie des Testaments samt dem Formblatt für die Empfangsbestätigung und die Verzichterklärung, die sie unterschreiben mußte, falls sie das Erbe ausschlagen wollte, faltete alles säuberlich und steckte es in einen

Briefumschlag mit dem Aufdruck der Kanzlei Stafford. Da es an Bord weder wasserfeste Dokumentenhüllen aus Kunststoff noch Müllsäcke gab, wickelte er den Umschlag in ein quadratisches Stück Plastik von fünfundzwanzig Zentimetern Kantenlänge, das er aus dem unteren Ende seines Regencapes geschnitten hatte. Er verschloß das Päckchen mit Klebeband, bis er es für wasserdicht hielt. Dann klebte er es sich mit Pflaster vor der Brust auf das T-Shirt und zog ein Jeanshemd darüber.

Die Tasche mit den Kopien der Dokumente gedachte er auf der *Santa Loura* zu lassen. Da sie ihm weit sicherer erschien als das kleine Beiboot, beschloß er, auch das Satellitentelefon dort zu lassen. Er kontrollierte noch einmal Papiere und Telefon, verschloß die Aktentasche und legte sie auf seine Koje. Heute könnte es klappen, dachte er bei sich. Die Vorstellung, Rachel Lane endlich kennenzulernen, erfüllte ihn mit einem Gefühl erregender Vorfreude.

Zum Frühstück verzehrte er rasch ein Brötchen mit Butter. Er stand oberhalb des Beiboots an Deck und betrachtete die Wolken. Er wußte, wenn in Brasilien jemand »vier Stunden« sagte, bedeutete das sechs oder acht Stunden, und so brannte er darauf, daß sie endlich abfuhren. Als letztes lud Jevy eine glänzende Machete mit langem Griff ins Beiboot. »Für die Anakondas«, sagte er lachend. Nate bemühte sich, das zu überhören. Er winkte Welly zum Abschied und wandte sich seiner letzten Tasse Kaffee zu. Dann legten sie ab, und Jevy warf den Außenbordmotor an.

Es war kühl, und Dunst hing dicht über dem Wasser. Seit Corumbá hatte Nate den Fluß aus der Sicherheit des Oberdecks betrachtet; jetzt saß er praktisch auf dem Wasser. Er sah sich um, konnte aber keine Rettungswesten entdecken. Das Wasser klatschte gegen den Aluminiumrumpf. Aufmerksam hielt Nate im Dunst Ausschau nach Treibgut: ein zersplitterter Baumstamm, und das kleine Boot wäre hin.

Sie mußten kräftig gegen die Strömung ankämpfen, bis sie die Einmündung des Nebenflusses erreichten, der sie zu den Indianern bringen würde. Dort war das Wasser weit ruhiger. Beim Aufjaulen des Motors erzeugte die Schraube des Bootes ein schäumendes Kielwasser. Rasch blieb der Paraguay hinter ihnen zurück.

Auf Jevys Karte war das Gewässer als Cabixa eingezeichnet. Jevy hatte diesen Fluß noch nie befahren, weil es dazu keinen Anlaß gegeben hatte. Er wand sich wie ein abgewickeltes Stück Schnur zwischen Brasilien und Bolivien hin und her, ohne erkennbar irgendwo zu enden. War er an seiner Mündung in den Paraguay höchstenfalls vierundzwanzig Meter breit gewesen, verengte er sich im Laufe der Zeit noch weiter auf etwa fünfzehn Meter. An manchen Stellen war er über die Ufer getreten, an anderen wuchs das Unterholz an den Rändern dichter als am Paraguay.

Nach einer Viertelstunde sah Nate auf die Uhr. Er hatte sich vorgenommen, genau auf die Zeit zu achten. Jevy nahm Fahrt weg, als sie sich der ersten Gabelung näherten; zahllose weitere würden folgen. Ein Fluß von gleicher Breite ging nach links ab, und Jevy stand vor der Entscheidung, welcher Richtung sie folgen mußten, um auf dem Cabixa zu bleiben. Sie hielten sich rechts, fuhren jetzt aber langsamer und gelangten bald auf eine große Wasserfläche, die wie ein See aussah. Jevy stellte den Motor ab. »Augenblick«, sagte er, stellte sich auf die Treibstoffkanister und sah auf das Wasser um sie herum. Das Boot lag vollkommen still. Dann fiel ihm eine Reihe gezackter niedriger Bäume auf. Er wies in die Richtung und sagte etwas.

Nate wußte nicht, wie sicher Jevy seiner Sache war. Er hatte die Flußkarten gründlich studiert und sich lange auf diesen Gewässern aufgehalten. Sie alle führten zum Paraguay zurück. Falls er eine falsche Richtung einschlug und sich verirrte, würde die Strömung sie schließlich zu Welly zurückbringen.

Sie fuhren an der Linie der niedrigen Bäume und überschwemmten Dickichte vorüber, die während der Trockenzeit das Ufer bildete, und befanden sich bald in der Mitte einer seichten Wasserfläche, über der sich ein Baumdach wölbte. In Nates Augen sah das nicht wie der Cabixa aus, aber ein rascher Blick zu Jevy zeigte nichts als Zuversicht.

Nach einer Stunde erreichten sie die erste menschliche Ansiedlung – eine kleine Hütte mit einem roten Ziegeldach. Das Wasser stand an den schlammbedeckten Mauern fast einen

Meter hoch, und man sah nicht den geringsten Hinweis auf Mensch oder Tier. Jevy nahm Fahrt weg, damit sie miteinander reden konnten.

»In der Regenzeit gehen viele Menschen im Pantanal mit ihren Kühen und Kindern in höher gelegenes Gelände. Da bleiben sie dann drei Monate.«

»Ich habe hier aber nichts gesehen, was höher liegt.«

»Viel gibt es davon auch nicht. Aber jeder *pantaneiro* kennt eine Stelle, die er um diese Jahreszeit aufsuchen kann.«

»Und was ist mit den Indianern?«

»Die ziehen auch umher.«

»Ist ja großartig! Wir wissen nicht, wo sie sich aufhalten, und sie ziehen gern umher.«

Leise vor sich hin lachend, sagte Jevy: »Wir finden sie schon.«

Sie trieben an der Hütte vorüber, die weder Türen noch Fenster hatte. Besonders einladend sah sie nicht aus.

Neunzig Minuten. Nate hatte seine Furcht, gefressen zu werden, schon ganz vergessen, doch dann sahen sie nach einer Flußkrümmung einen Trupp Kaimane, die dicht beieinander im nur etwa eine Handbreit tiefen Wasser ruhten. Die Ankunft des Bootes störte sie auf. Schwanzschlagend suchten sie tieferes Wasser auf. Nate warf einen Blick auf die Machete, für alle Fälle, und lachte dann über seine eigene Dummheit.

Die Reptilien dachten gar nicht daran, anzugreifen, und sahen nur träge zu, wie das Boot vorüberglitt.

Zwanzig Minuten lang entdeckten sie keine weiteren Tiere. Wieder wurde das Gewässer schmaler. Die Ufer rückten so dicht aneinander, daß Bäume von beiden Seiten sich über dem Wasser berührten. Mit einem Mal war es dunkel. Sie trieben durch einen Tunnel. Nate sah auf die Uhr. Sie waren zwei Stunden von der *Santa Loura* entfernt.

Während sie im Zickzack durch das Sumpfgebiet fuhren, erhaschten sie Blicke auf den Horizont. Die aufragenden Bergketten Boliviens schienen näher zu kommen. Der Fluß wurde wieder breiter, die Bäume wichen auseinander, und sie befanden sich auf einer großen Wasserfläche, in die mehr als ein Dutzend gewundene Flußläufe mündeten. Langsam fuhren sie das Gewässer einmal im Kreise ab, dann noch einmal langsamer. Ein

Wasserlauf sah haargenau so aus wie der andere. Der Cabixa war einer von einem Dutzend, und Jevy wußte nicht, welcher.

Er stellte sich wieder auf die Benzinkanister und spähte über das Wasser, während Nate regungslos sitzen blieb. Ihnen gegenüber sahen sie einen Angler im Röhricht. Daß sie ihn entdeckt hatten, sollte der einzige Moment des Tages sein, an dem ihnen das Glück beistand.

Der Mann saß geduldig in einem kleinen Kanu, das vor langer Zeit aus einem Baumstamm herausgehauen worden war. Sein zerfetzter Strohhut verbarg sein Gesicht fast vollständig. Als sie so nah herangekommen waren, daß sie Einzelheiten erkennen konnten, merkte Nate, daß er ohne Angelrute fischte und sich die Schnur einfach um die Hand gewickelt hatte.

Jevy sagte genau das Richtige auf portugiesisch und gab dem Mann eine Flasche Wasser. Nate lauschte lächelnd den verschliffenen Lauten der sonderbaren Sprache, die etwa so nasal klang wie Französisch und langsamer gesprochen wurde als Spanisch.

Sofern sich der Fischer freute, in dieser Einsamkeit einem Mitmenschen zu begegnen, zeigte er das nicht. Wo mochte der Arme nur leben?

Dann begannen die beiden, in Richtung der Berge zu gestikulieren. Nach längerer Zeit kam es Nate so vor, als hätte der Mann mit seinen Richtungsangaben den ganzen See erfaßt. Sie redeten noch eine Weile miteinander, und Nate hatte den Eindruck, daß Jevy aus dem Mann herausholte, was sich von ihm nur erfahren ließ. Es konnte Stunden dauern, bevor sie einem anderen Menschen begegneten. Angesichts der überschwemmten Sumpfflächen und der Hochwasser führenden Flüsse erwies sich die Navigation als schwierig. Erst zweieinhalb Stunden waren sie unterwegs, und schon wußten sie nicht mehr, wo sie waren.

Eine Wolke kleiner schwarzer Moskitos schwebte über ihnen, und Nate suchte nach dem Insektenschutzmittel. Der Angler beobachtete ihn neugierig.

Sie verabschiedeten sich und paddelten, von einem leichten Wind geschoben, davon. »Seine Mutter war Indianerin«, sagte Jevy.

»Schön für ihn«, gab Nate zur Antwort, während er Moskitos erschlug.

»Ein paar Stunden von hier liegt eine Ansiedlung.«

»Ein paar Stunden?«

»Vielleicht drei.«

Sie hatten Kraftstoff für fünfzehn Stunden, und Nate nahm sich vor, jede Minute zu zählen. Der Cabixa begann erneut an einer Einmündung, wo auch ein weiterer Fluß, der völlig gleich aussah, den See verließ. Er weitete sich, und sie brausten mit Vollgas davon.

Nate setzte sich tiefer ins Boot und fand zwischen der Kiste mit Lebensmitteln und den Schöpfeimern eine Stelle auf dem Boden, wo er sich mit dem Rücken an den Sitz lehnen konnte. Hier erreichte die Gischt sein Gesicht nicht. Er hatte sich gerade auf ein Nickerchen eingestellt, als der Motor zu stottern begann. Das Boot schwankte hin und her und wurde langsamer. Nate hielt den Blick fest auf den Fluß gerichtet, denn er hatte Angst, sich umzudrehen und Jevy anzusehen.

Über Motorenprobleme hatte er sich noch keine Gedanken gemacht. Es hatte bei der Reise schon genug gefährliche Situationen gegeben. Wenn sie zu Welly zurückpaddeln mußten, würde das Tage harter Arbeit kosten. Sie würden im Boot schlafen müssen, von dem leben, was sie an Vorräten mitgenommen hatten, bis es zur Neige ging, Regenwasser auffangen und hoffen, daß auch auf dem Heimweg der Angler wieder da war, um ihnen den Weg zurück in die Sicherheit zu zeigen.

Mit einem Mal hatte er entsetzliche Angst.

Dann ging es weiter. Der Motor jaulte auf, als wäre nichts geschehen. Das wurde zur Gewohnheit: Etwa alle zwanzig Minuten, kaum, daß Nate wegsacken wollte, unterbrach der Motor sein gleichförmiges Lied. Der Bug tauchte ins Wasser, Nate warf einen raschen Blick zu den Ufern, um zu sehen, welche Tiere sich dort aufhielten. Jevy fluchte auf portugiesisch, spielte ein wenig mit Gas und Choke, dann war für die nächsten zwanzig Minuten wieder alles in Ordnung.

Als sie unter einem Baum an einer kleinen Flußgabelung Mittagspause machten – es gab Käse, Kekse und Salzgebäck –, begann es zu regnen.

»Kennt der Angler da hinten die Indianer?« fragte Nate.

»Ja. Etwa einmal im Monat kommen sie mit dem Boot zum Paraguay, um Handel zu treiben. Er hat sie schon ein paarmal gesehen.«

»Haben Sie ihn gefragt, ob je eine Missionarin bei ihnen war?«

»Habe ich. Hat er nicht. Sie sind der erste Nordamerikaner, dem er je begegnet ist.«

»Der Glückliche.«

Den ersten Hinweis auf die Ansiedlung bekamen sie, nachdem sie nahezu sieben Stunden unterwegs gewesen waren. Nate sah eine dünne blaue Rauchfahne über den Bäumen nahe dem Fuß eines Hügels. Jevy war sicher, daß sie sich inzwischen auf bolivianischem Gebiet befanden. Die überschwemmten Gebiete lagen hinter ihnen. Das Gelände war höher als zuvor, sie waren ganz in der Nähe der Berge.

Sie kamen an eine Lücke in den Bäumen und sahen zwei Kanus auf einer Lichtung. Jevy lenkte das Boot dorthin. Rasch sprang Nate ans Ufer, er wollte sich unbedingt die Beine vertreten und festen Boden unter den Füßen spüren.

»Bleiben Sie in der Nähe«, forderte ihn Jevy auf, während er sich an den Benzinkanistern zu schaffen machte. Nate sah zu ihm hin. Ihre Blicke begegneten sich, und Jevy nickte zu den Bäumen hinüber.

Ein Indianer beobachtete sie. Die Haut seines nackten Oberkörpers glänzte bronzefarben. Um die Hüften trug er eine Art Strohrock, und er schien unbewaffnet zu sein. Nate war ungeheuer erleichtert, denn anfangs hatte er bei seinem Anblick große Angst empfunden. Der Mann hatte langes schwarzes Haar und rote Streifen auf der Stirn. Hätte er einen Speer in der Hand gehabt, Nate hätte sich ihm ohne ein Wort ergeben.

»Ist er uns freundlich gesonnen?« fragte er, ohne den Blick von ihm zu wenden.

»Ich glaube schon.«

»Spricht er Portugiesisch?«

»Ich weiß nicht.«

»Warum gehen Sie nicht hin und stellen es fest?«

»Immer mit der Ruhe.«

Jevy trat aus dem Boot. »Er sieht aus wie ein Kannibale«, flüsterte er. Dieser Witz verfehlte seine Wirkung.

Sie machten einige Schritte auf den Indianer zu, und er machte ein paar Schritte auf sie zu. Dann blieben alle drei stehen, einen deutlichen Abstand zwischen sich. Nate war versucht, die Hand zu heben und »Hallo« zu sagen.

»*Fala português?*« fragte Jevy mit freundlichem Lächeln.

Der Indianer dachte lange über die Frage nach. Es wurde immer offensichtlicher, daß er nicht Portugiesisch sprach. Er wirkte noch jung, vermutlich war er nicht mal zwanzig Jahre alt. Wahrscheinlich hatte er sich zufällig in der Nähe des Flusses befunden, als ihm das Geräusch des Außenbordmotors aufgefallen war.

Während sie sich aus etwa sechs Meter Abstand musterten, überlegte Jevy, wie es weitergehen sollte. Im Gesträuch hinter dem Indianer nahm er eine Bewegung wahr. Dann tauchten am Waldrand drei seiner Stammesbrüder auf, glücklicherweise alle ohne Waffen. Angesichts der Überzahl und im Bewußtsein, daß sie sich auf fremdem Territorium befanden, hätte Nate am liebsten die Flucht ergriffen. Die Männer waren zwar nicht besonders groß, hatten aber den Heimvorteil. Außerdem wirkten sie nicht besonders freundlich. Weder lächelten noch grüßten sie.

Mit einem Mal tauchte eine junge Frau aus den Bäumen auf und trat neben den ersten Indianer. Auch ihre Haut war bronzefarben und ihr Oberkörper unbekleidet. Nate gab sich große Mühe, sie nicht anzustarren. »*Falo*«, sagte sie.

Betont langsam sprechend erklärte Jevy, was sie wollten, und bat, mit dem Stammesoberhaupt sprechen zu dürfen. Die Frau dolmetschte seine Worte für die Männer, die dicht beieinanderstanden und mit finsteren Gesichtern aufeinander einredeten.

»Ein paar wollen uns gleich fressen«, sagte Jevy leise, »und die anderen wollen lieber bis morgen warten.«

»Sehr witzig.«

Nach einer Weile teilten die Männer der Frau das Ergebnis ihrer Beratung mit. Sie erklärte den Eindringlingen, daß sie am

Fluß warten sollten, bis die Nachricht von ihrer Ankunft weitergemeldet wurde. Nate paßte das glänzend, während Jevy diese Mitteilung eher zu beunruhigen schien. Er fragte, ob eine Missionarin bei den Indianern lebe.

Ihr müßt warten, sagte sie.

Die Indianer verschwanden unter den Bäumen.

»Was meinen Sie?« fragte Nate, als sie fort waren. Weder er noch Jevy hatten sich auch nur einen Zentimeter von der Stelle gerührt. Sie standen im knöchelhohen Gras und sahen zu dem dichten Wald hinüber. Nate war überzeugt, daß man sie von dort aus beobachtete.

»Sie stecken sich leicht mit Krankheiten an, wenn sie mit Fremden in Berührung kommen«, erklärte Jevy. »Deswegen sind sie so vorsichtig.«

»Ich fasse schon keinen an.«

Sie zogen sich zum Boot zurück, wo sich Jevy damit beschäftigte, die Zündkerzen zu reinigen. Nate zog beide Hemden aus und kontrollierte den Inhalt der behelfsmäßig wasserdicht gemachten Umhüllung. Die Papiere waren noch trocken.

»Sind das Papiere für die Frau?« fragte Jevy.

»Ja.«

»Was ist mit ihr passiert?«

Die strengen Vorschriften, die für den Umgang mit vertraulichen Angelegenheiten von Mandanten galten, schienen in jenem Augenblick nicht so wichtig zu sein. Zwar waren sie einem Anwalt heilig, aber wer in einem Boot tief im Pantanal saß, ohne daß ein anderer Amerikaner in der Nähe war, konnte sich auch ein wenig über die Vorschriften hinwegsetzen. Was konnte es schaden, wenn Nate ein bißchen plauderte? Wem könnte Jevy diese Dinge schon weitererzählen?

Josh hatte Valdir Ruiz strikte Anweisung erteilt, Jevy nur zu sagen, daß es sich um eine wichtige Angelegenheit handelte, die es erforderlich machte, Rachel Lane zu finden.

»Ihr Vater ist vor ein paar Wochen gestorben. Er hat ihr einen Haufen Geld hinterlassen.«

»Wieviel?«

»Mehrere Milliarden.«

»Milliarden?«

»Ja.«

»Dann war er wohl sehr reich.«

»Ja, das war er.«

»Hatte er noch mehr Kinder?«

»Ich glaube, sechs.«

»Hat er denen auch mehrere Milliarden hinterlassen?«

»Nein. Sehr viel weniger.«

»Und warum ihr soviel?«

»Das weiß niemand. Es kam überraschend.«

»Weiß sie, daß ihr Vater tot ist?«

»Nein.«

»Hat sie ihren Vater geliebt?«

»Das bezweifle ich. Sie ist eine uneheliche Tochter. Es sieht ganz so aus, als hätte sie versucht, vor ihm und allem anderen davonzulaufen. Das kann man doch sagen, oder?« Nate wies bei diesen Worten auf das sie umgebende Pantanal.

»Ja. Das hier ist ein glänzendes Versteck. Hat er bei seinem Tod gewußt, wo sie sich befindet?«

»Nicht genau. Er hat nur gewußt, daß sie als Missionarin irgendwo hier in der Gegend bei den Indianern arbeitet.«

Ohne auf die Zündkerze, die er in der Hand hielt, zu achten, nahm Jevy die Neuigkeit in sich auf. Er hatte viele Fragen. Die Verletzung des Anwaltsgeheimnisses wurde gravierender.

»Welchen Grund hätte er haben können, einem Kind, das ihn nicht geliebt hat, so viel Geld hinterlassen?«

»Vielleicht war er verrückt. Er ist von einem Hochhaus gesprungen.«

Das war mehr, als Jevy auf einmal verdauen konnte. Mit zusammengekniffenen Augen spähte er, tief in Gedanken versunken, auf den Fluß hinaus.

VIERUNDZWANZIG

Die Indianer gehörten zum Stamm der Guató. Sie waren schon lange in dieser Gegend ansässig, lebten wie ihre Vorfahren und mieden Kontakte mit Außenstehenden. Sie fischten in den Flüssen, jagten mit Pfeil und Bogen und bauten auf kleinen Stücken Land Gemüse an.

Sie schienen sich Zeit zu lassen. Nach einer Stunde stieg Jevy Rauch in die Nase. Er kletterte auf einen Baum in der Nähe des Bootes, wo er aus gut zehn Metern Höhe die Dächer ihrer Hütten erkennen konnte. Er forderte Nate auf, gleichfalls nach oben zu kommen.

Nate war seit vierzig Jahren auf keinen Baum gestiegen, aber er hatte gerade nichts anderes zu tun. Er war weniger behende als Jevy und machte auf einem nicht besonders dicken Ast halt, wobei er den Stamm mit einem Arm umschlang.

Sie sahen drei Hütten, deren Dächer aus dicken, sauber aufgeschichteten Strohlagen bestanden. Der Rauch stieg zwischen zwei der Hütten von einer Stelle auf, die ihren Blicken verborgen war.

Waren sie möglicherweise Rachel Lane schon so nahe? Befand sie sich etwa dort unten, hörte zu, was die Indianer berichteten, und überlegte, wie sie sich verhalten sollte? Würde sie einen Krieger schicken, um die beiden Besucher abzuholen, oder zu ihrer Begrüßung selbst durch die Bäume herbeikommen?

»Es ist nur eine kleine Ansiedlung«, sagte Nate und bemühte sich, keine Bewegung zu machen.

»Vielleicht gibt es noch mehr Hütten.«

»Was tun die Ihrer Ansicht nach gerade?«

»Sie reden miteinander.«

»Ich spreche das nur ungern an, aber wir müssen allmählich an Aufbruch denken. Wir sind vor achteinhalb Stunden losgefahren. Ich würde Welly gern wiedersehen, bevor es dunkel wird.«

»Kein Problem. Auf dem Rückweg fahren wir mit der Strömung. Außerdem kenne ich jetzt den Weg. Da geht es viel schneller.«

»Sorgen machen Sie sich keine?«

Jevy schüttelte den Kopf, als hätte er nie daran gedacht, was es bedeuten könnte, den Cabixa im Dunkeln hinabzufahren. Nate hatte das schon getan. Besonders große Sorge machten ihm die beiden ausgedehnten Seen, die sie durchquert hatten, mit ihren vielen Zuflüssen, die schon tagsüber völlig gleich ausgesehen hatten.

Sein Plan war einfach. Er wollte Ms. Lane guten Tag sagen, ihr kurz den Hintergrund berichten, die erforderlichen juristischen Erläuterungen abgeben, ihr die Papiere zeigen, ihre wichtigsten Fragen beantworten, sie unterschreiben lassen, ihr danken und die Zusammenkunft so rasch wie möglich beenden. Die fortgeschrittene Tageszeit, das Stottern des Außenbordmotors und die Rückfahrt zur *Santa Loura* bereiteten ihm Kopfzerbrechen. Wahrscheinlich würde die Frau reden wollen, aber vielleicht ja auch nicht. Vielleicht würde sie kaum etwas sagen, lediglich die Eindringlinge auffordern, zu verschwinden und nie wiederzukommen.

Sie kletterten vom Baum herunter. Kaum hatte Nate es sich zu einem Schläfchen im Boot gemütlich gemacht, als Jevy die Indianer kommen sah. Er sagte etwas, zeigte zum Waldrand hinüber, und Nate sah dorthin.

Hinter ihrem Führer, dem ältesten der Guató, den er bisher gesehen hatte, näherten sie sich im Gänsemarsch dem Fluß. Der Mann war untersetzt, wohlbeleibt und hielt etwas in der Hand, das wie ein langer Stock aussah. Eine gefährliche Waffe schien es nicht zu sein. Von der Spitze hingen hübsche Federn herab, und Nate vermutete, daß es sich einfach um eine Art Zeremonialspeer handelte.

Der Anführer faßte die beiden Eindringlinge kurz ins Auge und richtete seine Worte an Jevy.

»Was wollt ihr hier?« fragte er auf portugiesisch. Sein Gesichtsausdruck war nicht freundlich, aber er wirkte auch nicht feindselig. Nate musterte aufmerksam den Speer.

»Wir sind auf der Suche nach einer amerikanischen Missionarin«, erklärte Jevy.

»Woher kommt ihr?« Während der Häuptling diese Frage stellte, sah er zu Nate hinüber.

»Corumbá.«

»Und er?« Alle Augen ruhten auf Nate.

»Er ist Amerikaner. Er sucht die Frau.«

»Und warum?«

Das war der erste Hinweis darauf, daß die Indianer möglicherweise wußten, wo sich Rachel Lane befand. Hielt sie sich womöglich irgendwo hinten im Dorf verborgen, oder hörte sie gar, im Wald versteckt, das Gespräch mit an?

Jevy erklärte umständlich, daß Nate eine lange, gefahrvolle Reise hinter sich gebracht und dabei fast das Leben verloren hatte. Die Sache sei für die Amerikaner von großer Bedeutung, etwas, das weder er, Jevy, noch die Indianer verstehen konnten.

»Ist sie in Gefahr?«

»Nein. Überhaupt nicht.«

»Sie ist nicht hier.«

»Er sagt, daß sie nicht hier ist«, sagte Jevy zu Nate.

»Sagen Sie ihm, daß ich ihn für einen verlogenen Mistkerl halte«, forderte Nate ihn leise auf.

»Das glaube ich nicht.«

»Habt ihr je eine Missionarin hier in der Gegend gesehen?« fragte Jevy.

Der Anführer schüttelte den Kopf.

»Habt ihr je von einer gehört?«

Zuerst kam keine Antwort. Die Augen des Mannes verengten sich, während er Jevy abschätzend ansah, als wolle er fragen: Kann man diesem Mann trauen? Dann nickte er kaum wahrnehmbar.

»Wo ist sie?« fragte Jevy.

»Bei einem anderen Stamm.«

»Wo?«

Er sagte, er sei nicht sicher, wies dann aber nach Nordwesten. Irgendwo in dieser Richtung, sagte er und beschrieb mit seinem Speer einen Bogen über das halbe Pantanal.

»Guató?« fragte Jevy.

Der Mann verzog finster das Gesicht und schüttelte den Kopf, als wohne sie inmitten von Menschen, mit denen er nichts zu tun haben wollte. »Ipicas«, sagte er verächtlich.

»Wie weit fort?«

»Einen Tag.«

Jevy versuchte, ihn auf eine genaue Zeitangabe festzulegen, erfuhr aber bald, daß Stunden den Indianern nichts bedeuteten. Ein Tag hatte weder vierundzwanzig noch zwölf Stunden, sondern war einfach ein Tag. Er versuchte es mit dem Begriff halber Tag und kam ein wenig weiter.

»Zwölf bis fünfzehn Stunden«, sagte er zu Nate.

»Wenn man in einem dieser kleinen Kanus fährt, oder?« flüsterte Nate.

»Ja.«

»Und wie schnell schaffen wir das dann?«

»In drei bis vier Stunden. Immer vorausgesetzt, wir finden die richtige Stelle.«

Jevy holte zwei Karten heraus und breitete sie im Gras aus. Neugierig drängten sich die Indianer herbei und hockten sich dicht um ihren Anführer auf den Boden.

Um zu wissen, wohin sie fahren mußten, war es vor allem wichtig, festzustellen, wo sie sich befanden. Dabei erlebten sie eine böse Überraschung, denn der Anführer teilte ihnen mit, daß es sich bei dem Fluß, auf dem sie gekommen waren, nicht um den Cabixa handele. Irgendwann nach ihrer Begegnung mit dem Angler hatten sie eine falsche Abzweigung genommen und waren über die Guató gestolpert. Diese Mitteilung traf Jevy schwer, und er gab sie im Flüsterton an Nate weiter. Nate war erschrocken; immerhin hatte er Jevy sein Leben anvertraut.

Da bunte Flußkarten den Indianern wenig bedeuteten, verloren sie jegliches Interesse daran, als Jevy begann, seine eigene Karte zu zeichnen. Er fing mit dem namenlosen Fluß an, an dessen Ufer sie sich befanden, und arbeitete sich, während er unaufhörlich mit dem Häuptling redete, allmählich nach Norden vor. Der Häuptling ließ sich von zwei jungen

Männern informieren, glänzende Fischer, wie er Jevy mitteilte, die gelegentlich zum Paraguay fuhren.

»Heuern Sie sie an«, flüsterte Nate.

Das versuchte Jevy, erfuhr aber im Verlauf der Verhandlungen, daß die beiden die Ipicas noch nie gesehen hatten, keinen großen Wert darauf legten, nicht genau wußten, wo sie sich aufhielten, und auch nicht verstanden, was es bedeutete, für eine Arbeit bezahlt zu werden. Außerdem wollte der Häuptling nicht, daß sie fortgingen.

Die Strecke führte von einem Fluß zum nächsten, wandte sich nach Norden, bis sich der Häuptling und die Fischer nicht mehr darauf einigen konnten, wie es weitergehen sollte. Jevy verglich das von ihm Gezeichnete mit den Angaben auf seinen Karten.

»Wir haben sie gefunden«, sagte er zu Nate.

»Wo?«

»Hier ist eine Ipica-Siedlung«, sagte er und zeigte auf eine Karte. »Südlich von Porto Indio, am Fuß der Berge. Mit der Wegbeschreibung der Indianer hier kommen wir ziemlich nahe dahin.«

Nate beugte sich vor und betrachtete aufmerksam die eingezeichneten Hinweise. »Und wie machen wir das?«

»Ich denke, daß wir am besten zur *Santa Loura* zurückkehren und einen halben Tag lang auf dem Paraguay nordwärts fahren. Dann nehmen wir wieder das kleine Boot, um die Ansiedlung aufzusuchen.«

Der Paraguay kam ihrem Zielgebiet mit einer Flußwindung ziemlich nahe, und Nate gefiel der Gedanke, mit der *Santa Loura* dort hinzufahren. »Wie viele Stunden im Beiboot sind es dann noch?« fragte er.

»Ungefähr vier.«

Ungefähr konnte in Brasilien alles mögliche bedeuten, doch schien die Entfernung kürzer zu sein als die, die sie seit dem frühen Morgen zurückgelegt hatten.

»Worauf warten wir dann noch?« fragte Nate, erhob sich und lächelte den Indianern zu.

Jevy dankte den Indianern ausführlich, während er seine Karten zusammenfaltete. Jetzt, als die Fremden im Begriff waren aufzubrechen, wurden die Indianer entgegenkommend und wollten sich von ihrer gastfreundlichen Seite zeigen. Sie boten ihnen zu essen an, was Jevy ablehnte. Er erklärte, sie hätten es eilig, da sie den großen Fluß vor Einbruch der Dunkelheit erreichen wollten.

Nate lächelte ihnen zu, während er sich an den Fluß zurückzog. Die Indianer wollten das Boot in Augenschein nehmen. Sie standen am Ufer und beobachteten mit großer Neugier, wie Jevy den Motor startklar machte. Als er ihn anspringen ließ, traten sie einen Schritt zurück.

Der Fluß, ganz gleich, wie er heißen mochte, sah in der Gegenrichtung völlig anders aus. Als sie sich der ersten Biegung näherten, warf Nate einen Blick über die Schulter und sah die Guató, die nach wie vor im Wasser standen.

Es war fast vier Uhr nachmittags. Mit etwas Glück konnten sie die großen Seen vor Einbruch der Dunkelheit durchqueren und den Cabixa erreichen. Welly würde mit Bohnen und Reis auf sie warten. Während Nate diese Gedanken durch den Kopf gingen, spürte er die ersten Regentropfen.

Die Störungen am Motor rührten nicht von verschmutzten Zündkerzen her. Fünfzig Minuten nachdem sie die Rückfahrt angetreten hatten, gab er den Geist auf. Das Boot trieb mit der Strömung, während Jevy die Abdeckung abnahm und dem Vergaser mit einem Schraubenzieher zu Leibe rückte. Nate fragte, ob er helfen könne, und erfuhr, daß das nicht der Fall sei. Jedenfalls nicht, was den Motor betraf. Allerdings könne er einen Eimer nehmen und anfangen, das Regenwasser auszuschöpfen. Außerdem könne er mit Hilfe eines Paddels versuchen, das Boot in der Mitte des Flusses zu halten, wie auch immer er heißen mochte.

Er tat beides. Die Strömung trug sie flußabwärts, wenn auch weit langsamer, als es Nate lieb war. Es regnete immer wieder mit Pausen. Die Wassertiefe nahm stark ab, als sie sich einer scharfen Biegung näherten, doch war Jevy so in seine Arbeit vertieft, daß er nichts davon merkte. Das Boot nahm Fahrt auf und wurde von den Stromschnellen einem Dickicht entgegengeschoben.

»Ich brauche Hilfe«, sagte Nate.

Jevy nahm das andere Paddel zur Hand. Er drehte das Boot so, daß es mit dem Bug auflief und nicht kenterte. »Halten Sie sich fest«, sagte er, während sie mit voller Fahrt ins Dickicht rauschten. Ranken und Äste peitschten in Nates Gesicht, und er versuchte, sie mit dem Paddel abzuwehren.

Eine kleine Schlange fiel neben seiner Schulter ins Boot. Er sah sie nicht. Jevy schob sein Paddel darunter und schleuderte sie in den Fluß zurück. Es war am besten, den Zwischenfall nicht zu erwähnen.

Einige Minuten lang kämpften sie mit der Strömung und gegeneinander. Irgendwie schaffte Nate es, Wasser in alle möglichen falschen Richtungen zu schieben; seine Begeisterung für das Paddeln brachte das Boot immer wieder in unmittelbare Gefahr zu kentern.

Als das Boot wieder frei war, nahm Jevy beide Paddel an sich und erteilte Nate den Auftrag, sein Regencape auszubreiten und über den Motor zu halten, damit der Vergaser nicht naß wurde. So stand er wie eine Art Schutzengel mit ausgebreiteten Armen da, einen Fuß auf einem Benzinkanister und den anderen auf dem Bootsrand, starr vor Angst.

Jetzt konnte sich Jevy wieder an die Reparatur machen. Volle zwanzig Minuten verstrichen quälend langsam, während sie steuerlos den schmalen Fluß hinabtrieben. Mit dem Phelan-Nachlaß hätte man jeden neuen Außenbordmotor in ganz Brasilien kaufen können, und da stand Nate und sah zu, wie ein Hobbymechaniker einen Motor zu reparieren versuchte, der älter war als er selbst.

Nachdem Jevy alles wieder zusammengeschraubt hatte, machte er sich eine Ewigkeit an der Drosselklappe zu schaffen. Nate entfuhr ein Stoßgebet, als Jevy am Anlasserzug riß. Beim vierten Mal geschah das Wunder. Der Motor lief, wenn auch nicht so rund wie zuvor. Es gab immer wieder Zündaussetzer, und Jevy verstellte die Bowdenzüge, ohne daß es viel genützt hätte.

»Wir müssen langsamer fahren«, sagte er, ohne Nate anzusehen.

»Von mir aus. Solange wir nur wissen, wo wir sind.«

»Kein Problem.«

Das Gewitter schob sich über die Berge Boliviens heran und stürmte dann ins Pantanal hinab, ähnlich der Front, die sie im Flugzeug fast umgebracht hätte. Nate saß, tief ins Boot gedrückt, in der Sicherheit seines Regencapes und suchte den Fluß im Osten ab, bemüht, irgend etwas zu entdecken, das er schon einmal gesehen hatte. Dann erfaßte der erste Windstoß das Boot, und der Regen begann erbarmungslos herniederzuprasseln. Langsam drehte sich Nate um und blickte hinter sich. Jevy hatte bereits gesehen, was da heranzog, aber nichts gesagt.

Der Himmel war dunkelgrau, fast schwarz. Wolken schoben sich fast in Bodenhöhe heran, so daß man die Berge nicht mehr sehen konnte. Der Regen durchnäßte sie immer mehr. Nate fühlte sich ausgeliefert und völlig hilflos.

Nirgendwo gab es einen Unterschlupf, keinen Hafen, in dem man anlegen und auf das Ende des Unwetters warten konnte. Kilometerweit um sie herum war in allen Richtungen nichts als Wasser zu sehen. Sie befanden sich inmitten einer gewaltigen Wasserfläche, lediglich die Spitzen von Buschwerk und Bäumen leiteten sie durch die Flüsse und Sümpfe. Sie hatten keine Wahl, als im Boot zu bleiben.

Eine Bö trieb das Boot voran, während ihnen der Regen auf den Rücken prasselte. Der Himmel wurde noch dunkler. Am liebsten hätte sich Nate unter der Aluminiumsitzbank zusammengerollt, das aufblasbare Kissen umklammert und sich unter seinem Regencape versteckt. Aber zu seinen Füßen stieg das Wasser bereits. Ihre Vorräte wurden naß. Er griff den Eimer und begann, Regenwasser aus dem Boot zu schöpfen.

Sie gelangten an eine Abzweigung, von der Nate überzeugt war, daß sie sie auf dem Hinweg nicht gesehen hatten, und schließlich an einen Zusammenfluß, den sie kaum erkennen konnten. Jevy nahm das Gas zurück und betrachtete prüfend die Wasserläufe, dann gab er wieder Gas und fuhr scharf nach rechts, als wisse er genau, wohin sein Weg führe. Nate war überzeugt, daß sie sich verfahren hatten.

Nach wenigen Minuten endete der Fluß in einer Ansammlung verrottender Baumstämme – ein eindrucksvolles Bild, das sie zuvor nicht gesehen hatten. Rasch wendete Jevy das

Boot. Jetzt jagten sie dem Gewitter entgegen. Der schwarze Himmel bot einen fürchterlichen Anblick, und das Wasser des Flusses trug weiße Schaumkronen.

Als sie die Abzweigung wieder erreicht hatten, berieten sie eine Weile miteinander, gegen Wind und Regen anbrüllend, und entschieden sich dann für einen anderen Fluß.

Unmittelbar vor Einbruch der Dunkelheit durchquerten sie eine große, überschwemmte Ebene, die aussah wie der See, an dessen Rand sie den Angler im Röhricht gesehen hatten. Er war nicht da.

Jevy fuhr in einen der Zuflüsse hinein, als sei ihm dieser Teil des Pantanal von tagtäglichen Fahrten vertraut. Dann zuckten Blitze auf, und eine Zeitlang konnten sie fast sehen, wohin sie fuhren. Der Regen ließ nach. Allmählich zog das Gewitter ab.

Jevy stellte den Motor ab und musterte die Ufer.

»Was haben Sie vor?« fragte Nate. Während des Gewitters hatten sie sich kaum unterhalten. Es war klar, daß sie sich hoffnungslos verfahren hatten, aber Nate wollte Jevy nicht zwingen, das zuzugeben.

»Wir könnten ein Lager aufschlagen«, sagte Jevy. Es war eher ein Vorschlag als ein Plan.

»Warum?«

»Weil wir irgendwo schlafen müssen.«

»Das können wir doch abwechselnd hier im Boot tun«, regte Nate an. »Da ist es sicherer.« Er sagte das mit der Überzeugung eines erfahrenen Flußlotsen.

»Möglich. Trotzdem denke ich, daß wir hier anlegen sollten. Wenn wir im Dunkeln weiterfahren, könnten wir uns verirren.«

Wir haben uns schon vor drei Stunden verirrt, hätte Nate am liebsten gesagt.

Jevy steuerte auf ein mit Büschen bestandenes Ufer zu. Während das Boot stromab dahintrieb, suchten sie mit ihren Taschenlampen das flache Wasser ab. Zwei unmittelbar über der Wasseroberfläche glimmende kleine rote Punkte hätten bedeutet, daß auch ein Kaiman Wache hielt, aber zum Glück sahen sie keinen. Sie machten das Boot mit einem Seil an einem kräftigen Ast wenige Meter vom Ufer entfernt fest.

Zum Abendessen gab es halbtrockenes Salzgebäck, eingelegte kleine Fische aus der Dose, die Nate noch nicht kannte, Bananen und Käse.

Als der Wind aufhörte, kamen die Moskitos. Nate rieb sich Hals und Gesicht, ja sogar Augenlider und Haare, mit Insektenschutzmittel ein. Die winzigen Tiere waren flink und tückisch und zogen in kleinen schwarzen Wolken von einem Ende des Boots zum anderen. Obwohl es nicht mehr regnete, hatte keiner der beiden Männer sein Regencape ausgezogen. Soviel Mühe sich die Moskitos auch gaben, dessen Kunststoff konnten sie nicht durchdringen.

Etwa eine Stunde vor Mitternacht klarte der Himmel ein wenig auf, doch war vom Mond nichts zu sehen. Der Fluß schaukelte das Boot sacht. Jevy bot sich an, die erste Wache zu halten, und Nate versuchte, eine Stellung zu finden, in der er ein wenig dösen konnte. Er legte den Kopf auf das Zelt und streckte die Beine aus. Dabei entstand ein kleiner Spalt in seinem Cape, und sogleich stürzten sich ein Dutzend Moskitos darauf, um ihm Blut aus der Seite zu zapfen. Irgend etwas platschte im Wasser, vielleicht ein Reptil. Das kleine Aluminiumboot war nicht dafür geschaffen, daß sich jemand darin ausstreckte.

Von Schlaf konnte keine Rede sein.

FÜNFUNDZWANZIG

Flowe, Zadel und Theishen, die drei Psychiater, die erst vor wenigen Wochen Troy Phelan untersucht und sowohl auf dem Videoband als auch später in langen eidesstattlichen Erklärungen die einhellige Meinung vertreten hatten, daß er bei klarem Verstand gewesen sei, wurden entlassen. Nicht nur das, die Phelan-Anwälte stellten sie als Spinner hin, wenn nicht gar als Irre.

Neue Psychiater wurden gefunden. Den ersten verpflichtete Hark für einen Stundensatz von dreihundert Dollar. Er hatte ihn in einer Zeitschrift für Prozeßanwälte entdeckt, deren Kleinanzeigen Spezialisten für alle Dienstleistungen von Abschleppunternehmen bis hin zu Zytologen anboten. Es handelte sich um einen gewissen Dr. Sabo, der seine Praxis aufgegeben hatte und jetzt bereit war, sein Zeugnis zu verkaufen. Schon ein kurzer Blick auf Mr. Phelans Verhalten veranlaßte ihn zu der vorläufigen Ansicht, dieser Mann sei eindeutig nicht testierfähig gewesen. Wer sich von einem Hochhaus stürze, sei offenkundig nicht bei klarem Verstand, und wer einer ihm selbst unbekannten Erbin ein Vermögen von elf Milliarden Dollar hinterlasse, müsse auf jeden Fall geistesgestört sein.

Sabo war mit Begeisterung bereit, am Fall Phelan mitzuarbeiten. Das Urteil seiner drei Fachkollegen zurückzuweisen, betrachtete er als Herausforderung. Auch lockte ihn die Aussicht, daß der Fall in der Öffentlichkeit Aufmerksamkeit erregen würde – er war noch nie in einem berühmten Prozeß aufgetreten. Außerdem würde er sich von seinem Honorar eine Ostasienreise leisten können.

Alle Phelan-Anwälte gaben sich die größte Mühe zu erreichen, daß das Gutachten von Flowe, Zadel und Theishen widerlegt wurde. Die einzige Möglichkeit, deren Glaubwürdigkeit zu erschüttern, bestand darin, andere Fachleute zu finden, die eine abweichende Meinung vertraten.

Da die Erben keinesfalls imstande sein würden, die hohen monatlichen Honorarrechnungen zu bezahlen, die auflaufen würden, erklärten sich ihre Anwälte entgegenkommenderweise bereit, die Dinge zu vereinfachen, indem sie sich prozentual am Ergebnis beteiligten, und so wurden statt der exorbitanten Stundensätze Erfolgshonorare vereinbart. Das Beteiligungsverhältnis war atemberaubend, wenn auch keine Kanzlei je nach außen dringen lassen würde, wieviel Prozent sie berechnete. Hark wollte ursprünglich vierzig, doch als ihm Rex Habgier vorwarf, einigten sie sich schließlich auf fünfundzwanzig. So viel quetschte auch Grit aus Mary Ross Phelan Jackman heraus.

Eindeutiger Sieger blieb der Straßenkämpfer Wally Bright, der von Libbigail und Spike die Hälfte dessen verlangte, was sie bekommen würden.

Im allgemeinen Durcheinander, das herrschte, bevor die Phelan-Erben ihre Anfechtungsklage einreichten, fragte sich keiner von ihnen, ob sie richtig handelten. Sie vertrauten ihren Anwälten. Schließlich ging es um schwindelerregend hohe Summen. Da konnte es sich niemand leisten zurückzustehen.

Da Hark von allen Phelan-Anwälten am meisten in Erscheinung getreten war, erweckte er die Aufmerksamkeit von Troys langjährigem Faktotum Snead. In der Zeit nach dem Selbstmord hatte niemand einen Gedanken an Snead verschwendet; er war beim allgemeinen Wettrennen zum Gericht einfach vergessen worden, und sein Beschäftigungsverhältnis war durch das Ableben seines Arbeitgebers beendet. Er hatte während der Verlesung des Testaments im Gerichtssaal gesessen, hinter einer Sonnenbrille versteckt, damit ihn niemand erkannte. Tränenüberströmt war er gegangen.

Er haßte die Phelan-Kinder, weil Troy sie gehaßt hatte. Im Laufe der Jahre hatte Snead allerlei unangenehme Aufträge erledigen müssen, um unnötigen Ärger mit seinen Angehörigen von Troy fernzuhalten. Er hatte für Abtreibungen gesorgt und Polizeibeamte bestochen, wenn die Jungen mit Drogen erwischt wurden. Er hatte die Ehefrauen belogen, damit die Beziehung zur jeweiligen Geliebten nicht offenbar wurde – und als sie dann selbst Ehefrauen wurden, hatte der arme Snead auch sie belügen müssen, um zu verhindern, daß etwas über die neuen Freundinnen bekannt wurde.

Zum Lohn für seine unermüdlichen Bemühungen hatten ihn Troys Kinder und Ehefrauen als schwul beschimpft, und nun hatte ihm Mr. Phelan trotz seiner treuen Dienste nichts hinterlassen. Nicht einen Cent. Zwar war er für seine Arbeit jeweils gut bezahlt worden und hatte etwas Geld angelegt, aber nicht genug, um davon leben zu können. Er hatte sich im Dienst für seinen Herrn verzehrt und aufgeopfert. Ein normales Privatleben war ihm versagt geblieben, weil Mr. Phelan von ihm erwartet hatte, daß er zu jeder Stunde des Tages verfügbar war. So hatte er weder eine Familie gründen können, noch besaß er wirkliche Freunde.

Mr. Phelan war alles für Snead gewesen, sein Freund, sein Vertrauter, der einzige Mensch, auf den er sich hatte verlassen können.

Im Laufe der Jahre hatte der Alte so manches Mal versprochen, sich um seine Zukunft zu kümmern. Snead wußte mit Sicherheit, daß er in einem früheren Testament namentlich aufgeführt war. Mit eigenen Augen hatte er das Dokument gesehen, in dem es hieß, er werde bei Mr. Phelans Tod eine Million erben. Damals hatte sich Troys Vermögen auf drei Milliarden netto belaufen, und Snead wußte noch, wie ihm der Gedanke gekommen war, daß eine Million im Vergleich dazu eigentlich sehr wenig war. Als der Reichtum des Alten immer mehr zunahm, hatte Snead angenommen, auch sein Anteil werde mit jedem Testament anwachsen.

Gelegentlich hatte er sich nach dem Stand der Dinge erkundigt, seiner festen Überzeugung nach unauffällig, zurückhaltend und im richtigen Augenblick. Aber jedesmal hatte Mr. Phelan ihn beschimpft und gedroht, ihn vollständig zu übergehen. »Sie sind genauso schlimm wie meine Kinder«, hatte er gesagt, was den armen Snead tief getroffen hatte.

Auf die eine oder andere Weise hatte sich die ihm einst zugedachte Million also in nichts aufgelöst, und das verbitterte ihn. Ihm würde keine andere Wahl bleiben, als sich auf die Seite seiner Feinde zu schlagen.

Er fand die neue Kanzlei mit dem Schild *Hark Gettys & Partner* nahe dem Dupont Circle. Die Dame am Empfang teilte ihm mit, Mr. Gettys habe viel zu tun. »Ich auch«, gab Snead grob zurück. Wegen seiner ständigen Nähe zu Troy hatte er den größten Teil seines Lebens mit Anwälten zu tun gehabt. Sie hatten immer viel zu tun.

»Geben Sie ihm das hier«, sagte er und händigte ihr einen Umschlag aus. »Es ist dringend. Ich warte zehn Minuten da drüben. Wenn bis dahin nichts passiert ist, gehe ich zur nächsten Kanzlei.«

Snead setzte sich und sah sich um. Den Boden bedeckte billige neue Auslegeware. Nach kurzem Zögern verschwand die Empfangsdame durch eine Tür. Der Umschlag enthielt einen Bogen Papier mit der handschriftlichen Mitteilung: »Ich habe dreißig Jahre lang für Troy Phelan gearbeitet. Ich weiß alles. Malcolm Snead.«

Mit diesem Blatt in der Hand kam Hark, von der Empfangsdame gefolgt, praktisch im Laufschritt aus einem der umliegenden Büroräume. Er lächelte töricht, als ob er Snead mit Freundlichkeit beeindrucken könnte. Hark bat Snead, ihm in sein Büro zu folgen. Dieser lehnte den angebotenen Kaffee ebenso ab wie Tee, Wasser oder Cola. Hark warf die Tür ins Schloß.

Es roch nach frischer Farbe. Schreibtisch und Regale waren neu, die Holzarten paßten nicht zueinander. Kartons mit Akten und diesem und jenem stapelten sich an den Wänden. Snead musterte alles ausführlich. »Gerade eingezogen?« fragte er.

»Vor ein paar Wochen.«

Snead waren die Räumlichkeiten zuwider, und auch, was den Anwalt betraf, hatte er seine Bedenken. Er trug einen Anzug aus billigem Wollstoff, der viel weniger gekostet hatte als der Sneads.

»So so, dreißig Jahre«, sagte Hark, den Bogen Papier nach wie vor in der Hand.

»So ist es.«

»Waren Sie bei ihm, als er gesprungen ist?«

»Nein. Er ist allein gesprungen.«

Ein gekünsteltes Lachen, dann war das Lächeln wieder da. »Ich meine, waren Sie im Besprechungszimmer?«

»Ich hätte ihn fast noch erwischt.«

»Das muß schrecklich gewesen sein.«

»Stimmt, und das ist es immer noch.«

»Waren Sie Zeuge, als er das Testament unterschrieben hat, ich meine, das letzte?«

»Ja.«

»Haben Sie ihn das verdammte Ding auch schreiben sehen?«

Snead war zu jeder Lüge bereit. Die Wahrheit bedeutete ihm nichts, da ihn der Alte belogen hatte. Was hatte er schon zu verlieren?

»Ich habe eine ganze Menge gesehen«, sagte er, »und ich weiß noch viel mehr. Bei diesem Besuch hier geht es ausschließlich um Geld. Mr. Phelan hat mir versprochen, mich in seinem Testament zu berücksichtigen. Diese Zusage hat er nicht eingehalten.«

»Sie sitzen also im selben Boot wie mein Mandant«, sagte Hark.

»Das will ich nicht hoffen. Ich empfinde für ihn und seine elenden Geschwister nichts als Verachtung. Das möchte ich von Anfang an klargestellen.«

»Ich glaube, das haben Sie getan.«

»Kein Mensch war Troy Phelan näher als ich. Ich habe Dinge gesehen und gehört, über die sonst niemand Aussagen machen kann.«

»Sie wollen also als Zeuge auftreten?«

»Ich bin ein Zeuge, ein Sachverständiger. Außerdem bin ich sehr teuer.«

Einen Augenblick lang sahen sie einander in die Augen. Die Botschaft war angekommen.

»Dem Gesetz nach ist es zwar unzulässig, daß Laien ihre Meinung darüber äußern, in welchem Geisteszustand sich ein Erblasser bei der Abfassung seines Letzten Willens befunden hat, aber sicherlich können Sie etwas zu bestimmten Handlungsweisen und Vorgängen sagen, die auf eine Geistesgestörtheit hinweisen.«

»Das ist mir alles bekannt«, sagte Snead unhöflich.

»War er verrückt?«

»Er war's, oder er war's nicht. Mir ist es egal. Ich kann beides belegen.«

Darüber mußte Hark eine Weile nachdenken. Er kratzte sich die Wange und betrachtete aufmerksam die Wand.

Snead beschloß, ihm zu helfen. »Ich sehe das so: Der Junge, den Sie vertreten, ist ebenso reingelegt worden wie seine Geschwister. Jeder von ihnen hat zum einundzwanzigsten Geburtstag fünf Millionen gekriegt, und wir wissen, was sie mit dem Geld gemacht haben. Weil sie alle bis über die Halskrause verschuldet sind, bleibt ihnen gar nichts anderes übrig, als das Testament anzufechten. Aber keine Jury wird Mitleid mit ihnen haben. Sie sind ein Haufen habgieriger Verlierer. Obwohl sich der Fall nicht ohne weiteres gewinnen läßt, werden Sie und die anderen Rechtsverdreher gegen das Testament vorgehen, und die Massenblätter werden haarklein darüber berichten. Immerhin geht es um elf Milliarden. Weil Sie aber so recht nichts in der Hand haben, hoffen Sie auf eine Einigung, bevor es zum Prozeß kommt.«

»Sie begreifen rasch.«

»Nein. Ich habe Mr. Phelan dreißig Jahre lang aufmerksam zugesehen. Auf jeden Fall hängt es von mir ab, wieviel bei einer solchen Einigung rausspringt. Wenn ich mich genau an Einzelheiten erinnern kann, kann es sein, daß mein früherer Arbeitgeber bei der Abfassung seines Testaments nicht testierfähig war.«

»Das heißt, Ihr Erinnerungsvermögen kommt und geht.«

»Es ist so, wie ich es haben möchte. Da kann mir niemand reinreden.«

»Was wollen Sie?«

»Geld.«

»Wieviel?«

»Fünf Millionen.«

»Das ist 'ne ganze Menge.«

»Es ist so gut wie nichts. Ich nehme es von Ihnen oder von der Gegenseite. Mir ist das egal.«

»Und wie soll ich Ihnen die fünf Millionen zukommen lassen?«

»Keine Ahnung. Ich bin kein Anwalt. Bestimmt können Sie und Ihre Kumpel das irgendwie einfädeln.«

Eine lange Pause entstand, während Hark in Gedanken mit dem Einfädeln begann. Er hatte viele Fragen, vermutete aber, daß er nicht viele Antworten bekommen würde. Jedenfalls nicht jetzt.

»Gibt es weitere Zeugen?« fragte er.

»Noch eine Frau, Nicolette. Sie war Mr. Phelans letzte Sekretärin.«

»Wieviel weiß sie?«

»Kommt drauf an. Man kann sie kaufen.«

»Sie haben also schon mit ihr gesprochen?«

»Das tu ich jeden Tag. Uns gibt es nur im Zweierpack.«

»Wieviel will sie?«

»Die fünf Millionen sind für uns beide.«

»Das ist ja das reinste Schnäppchen. Sonst noch jemand?«

»Niemand von Bedeutung.«

Hark schloß die Augen und massierte seine Schläfen. »Gegen Ihre fünf Millionen habe ich nichts einzuwenden«, sagte er und zwickte sich in die Nase. »Mir ist nur noch nicht klar, wie wir Ihnen das Geld rüberschieben sollen.«

»Da fällt Ihnen bestimmt noch was ein.«

»Ich muß darüber nachdenken. Lassen Sie mir etwas Zeit. Einverstanden?«

»Ich hab's nicht eilig. Ich gebe Ihnen eine Woche. Wenn Sie nein sagen, geh ich zur Gegenseite.«

»Es gibt keine Gegenseite.«

»Da wär ich mir nicht so sicher.«

»Wissen Sie was über Rachel Lane?«

»Ich weiß alles«, sagte Snead und verließ das Büro.

SECHSUNDZWANZIG

Das erste Dämmerlicht des neuen Tages brachte keine Überraschungen mit sich. Sie hatten ihr Boot nahe dem Ufer eines kleinen Flusses angebunden, der sich nicht im geringsten von den anderen unterschied, die sie bisher gesehen hatten. Wieder hingen die Wolken tief, das Tageslicht kam nur zögernd.

Zum Frühstück gab es eine kleine Schachtel Kekse – der Rest der Vorräte, die Welly für sie eingepackt hatte. Nate aß bedächtig und fragte sich bei jedem Bissen, wann er wieder etwas bekommen würde.

Die Strömung war stark, und so ließen sie sich mit ihr treiben, als die Sonne aufgegangen war. Außer dem Geräusch des Wassers war nichts zu hören. Sie sparten Benzin und zögerten den Augenblick hinaus, da Jevy gezwungen sein würde, den Motor wieder anzuwerfen.

Sie trieben an eine Stelle, an der drei Wasserläufe aufeinanderstießen und wegen der Überschwemmung eine gewaltige Wasserfläche bildeten. Einen Augenblick lang verharrten sie schweigend.

»Vermutlich wissen wir nicht, wo wir sind«, sagte Nate.

»Ich weiß genau, wo wir sind.«

»Wo?«

»Im Pantanal. Von da aus fließen alle Flüsse zum Paraguay.«

»Irgendwann.«

»Ja, irgendwann.« Jevy entfernte die Motorabdeckung und wischte den Vergaser trocken. Er stellte den Choke ein, prüfte den Ölstand und versuchte dann, den Motor anzuwerfen. Beim fünften Zug am Knebel sprang er an, stotterte und ging aus.

Hier werde ich sterben, sagte Nate zu sich. Entweder ich ertrinke, verhungere oder werde gefressen, aber jedenfalls werde ich in diesem riesigen Sumpf meinen letzten Atemzug tun.

Zu ihrer Überraschung hörten sie einen Ruf. Offenbar hatte das Knattern des Motors Aufmerksamkeit erregt. Die Stimme war hoch, wie die eines jungen Mädchens, und kam aus dem Röhricht am Ufer eines der Wasserläufe. Jevy rief etwas, und einige Sekunden später ertönte die Stimme erneut.

Ein höchstens fünfzehn Jahre alter Junge kam in einem kleinen Kanu, einem ausgehöhlten Stück Baumstamm, durch die Wasserpflanzen herbei. Mit Hilfe eines selbstgemachten Paddels durchschnitt er das Wasser verblüffend leicht und schnell. »*Bom dia*«, sagte er mit breitem Lächeln. Sein kleines Gesicht war braun und quadratisch und vermutlich das schönste, das Nate seit Jahren gesehen hatte. Er warf ein Tauende herüber, um eine Verbindung zwischen den beiden Booten herzustellen.

Eine lange, behagliche Unterhaltung folgte, bis Nate nach einer Weile unruhig wurde. »Was sagt er?« drängte er Jevy.

Der Junge blickte auf Nate, und Jevy sagte: »*Americano.*«

»Er sagt, daß wir noch weit vom Cabixa entfernt sind«, erwiderte Jevy.

»Das hätte ich Ihnen auch sagen können.«

»Er sagt, daß der Paraguay einen halben Tag im Osten liegt.«

»Mit dem Kanu da, oder?«

»Nein, mit dem Flugzeug.«

»Sehr witzig. Wie lange werden wir brauchen?«

»Vier Stunden, mehr oder weniger.«

Das bedeutete fünf oder sechs Stunden. Immer vorausgesetzt, der Motor lief einwandfrei. Wenn sie paddeln mußten, konnte es eine Woche dauern.

Das auf portugiesisch geführte Gespräch wurde ohne erkennbare Eile fortgesetzt. Das Kanu enthielt lediglich eine Rolle Angelschnur, die um eine Konservendose gewickelt war, und ein Glas voll Schlamm, von dem Nate vermutete, daß es Würmer oder irgendeine andere Art Köder enthielt. Was verstand er vom Angeln? Er kratzte an den Stellen herum, an denen ihn die Moskitos gestochen hatten.

Vor einem Jahr war er mit seinen Kumpels zum Skifahren in Utah gewesen. Der angesagte Cocktail war irgendein Tequila-Gebräu gewesen, das Nate in großen Mengen konsumiert hatte, bis er das Bewußtsein verlor. Der Kater danach hatte zwei Tage gedauert.

Das Gespräch wurde lebhafter, und mit einem Mal gestikulierten die beiden. Jevy sah zu Nate her, während er sprach.

»Was gibt's?« fragte Nate.

»Die Indianer leben nicht weit von hier.«

»Wie weit?«

»Eine Stunde, möglicherweise zwei.«

»Kann er uns dahin führen?«

»Ich weiß den Weg.«

»Davon bin ich überzeugt. Aber ich würde mich besser fühlen, wenn er mitkäme.«

Damit kränkte er zwar Jevys Stolz, doch konnte dieser angesichts der Umstände nicht viel dagegen anführen. »Vielleicht möchte er dafür etwas Geld.«

»Jeden Betrag.« Solange der Junge nur Bescheid wußte. Auf der einen Seite war der Phelan-Nachlaß und auf der anderen der dürre, kleine *pantaneiro*. Nate lächelte bei dieser Vorstellung. Wie wäre es mit einer ganzen Flottille aus Kanus mit Angelruten, Rollen und Tiefenanzeige? Sag bloß, was du willst, mein Sohn, und es gehört dir.

»Zehn Reals«, sagte Jevy nach kurzer Verhandlung.

»Gern.« Für etwa zehn Dollar würde man sie zu Rachel Lane bringen.

Jevy kippte den Außenborder hoch, so daß die Schraube in die Luft ragte, und sie begannen zu paddeln. Nachdem sie dem Jungen im Kanu zwanzig Minuten lang gefolgt waren, gelangten sie in ein schmales, flaches Gewässer mit einer starken Strömung. Nate zog sein Paddel ein, atmete durch und wischte sich den Schweiß von der Stirn. Sein Herz hämmerte, und seine Muskeln schmerzten bereits. Inzwischen war die Wolkendecke aufgerissen, und die Sonne brannte herab.

Jevy machte sich am Motor zu schaffen. Zum Glück sprang er an und ging auch nicht wieder aus. Sie folgten dem Jungen, der ihnen und ihrem stotternden Außenbordmotor mit seinem Kanu mühelos vorauspaddelte.

Es war fast ein Uhr, als sie ansteigendes Gelände erreichten. Allmählich blieben die überschwemmten Gebiete zurück, und die Wasserläufe hatten wieder erkennbare Ufer mit dichtem Unterholz. Der Junge wirkte bedrückt und schien sich sonderbarerweise Sorgen um den Sonnenstand zu machen.

Da hinten, sagte er zu Jevy. Gleich hinter der Kurve. Er schien nicht gern weiterfahren zu wollen.

Ich halte hier, sagte er. Ich muß nach Hause zurück.

Nate gab ihm das Geld, und sie dankten ihm. Er wendete sein Kanu und verschwand rasch mit der Strömung. Sie quälten sich mit dem immer wieder stotternden Motor ab, kamen aber trotz ihrer geringen Geschwindigkeit voran.

Bald rückte ein Wald an die Ufer des Flusses, dessen Bäume tief über das Wasser hingen, so daß über ihnen eine Art Tunnel entstand, der das Tageslicht ausschloß. Im Halbdämmer hallte das ungleichmäßige Dröhnen ihres Motors von den Ufern wider. Nate konnte sich des unheimlichen Eindrucks nicht erwehren, daß sie beobachtet wurden. Er spürte förmlich, wie Blasrohre auf ihn zielten. Innerlich war er darauf gefaßt, daß jeden Augenblick Wilde in Kriegsbemalung, denen man beigebracht hatte, daß jedes Bleichgesicht umgebracht werden müsse, ihre todbringenden Pfeile herüberschickten.

Doch als erstes sahen sie kleine braune Kinder, die glücklich im Wasser planschten. Das Blätterdach endete in der Nähe einer Ansiedlung.

Auch die Mütter badeten, ebenso nackt wie ihre Kinder, und offenbar ohne deswegen im geringsten gehemmt zu sein. Als sie das Boot sahen, zogen sie sich ans Ufer zurück. Jevy stellte den Motor ab und begann zu reden und zu lächeln, während sie näher trieben. Ein etwas größeres Mädchen lief in Richtung der Hütten davon.

»*Fala português?*« rief Jevy den vier Frauen und sieben Kindern zu. Sie sahen einfach nur herüber. Die kleineren versteckten sich hinter ihren Müttern. Die Frauen waren kleinwüchsig mit üppigen Leibern und kleinen Brüsten.

»Sind die freundlich?« fragte Nate.

»Das werden wir sehen, wenn die Männer kommen.«

Schon nach wenigen Minuten kamen drei Männer, ebenfalls klein, stattlich und muskulös. Immerhin hatten sie ihre Geschlechtsteile mit einer Art Lederfutteral verhüllt.

Der älteste behauptete, Portugiesisch zu sprechen, doch waren seine Kenntnisse äußerst dürftig. Nate blieb im Boot, weil er sich dort am sichersten fühlte, während Jevy, der an einem Baum in der Nähe des Wassers lehnte, sich verständlich zu machen versuchte. Die Indianer umdrängten ihn. Er war einen ganzen Kopf größer als sie.

Nachdem sie mehrere Minuten lang immer wieder dasselbe gesagt und herumgestikuliert hatten, sagte Nate: »Übersetzung bitte.«

Die Indianer sahen Nate an.

»*Americano*«, erklärte Jevy, und ein weiteres Gespräch folgte.

»Was ist mit der Frau?« fragte Nate.

»Soweit sind wir noch nicht. Ich bin noch dabei, die Leute zu überzeugen, daß sie Sie nicht bei lebendigem Leibe verbrennen sollen.«

»Geben Sie sich Mühe.«

Weitere Indianer kamen. Man konnte ihre Hütten sehen, die rund hundert Meter entfernt am Rande eines Waldes standen. Weiter stromaufwärts lag ein halbes Dutzend Kanus am Ufer vertäut. Die Kinder begannen sich zu langweilen. Langsam lösten sie sich von ihren Müttern und wateten näher an das Boot heran, um es in Augenschein zu nehmen. Auch der Mann mit dem weißen Gesicht erweckte ihre Neugier. Nate lächelte, zwinkerte und entlockte ihnen schon bald ein schüchternes Lächeln. Wäre Welly nicht so verdammt geizig mit den Keksen gewesen, könnte ihnen Nate jetzt etwas anbieten.

Das Gespräch schleppte sich dahin. Der Indianer, der mit Jevy sprach, wandte sich von Zeit zu Zeit zu seinen Begleitern um und erstattete ihnen Bericht, woraufhin unter ihnen jedesmal große Unruhe ausbrach. Ihre Sprache schien aus einer Abfolge von Grunz- und Quieklauten zu bestehen, bei denen die Lippen so wenig wie möglich bewegt wurden.

»Was sagt er?« knurrte Nate.

»Keine Ahnung«, gab Jevy zurück.

Ein kleiner Junge legte eine Hand auf den Bootsrand und sah Nate mit schwarzen Pupillen an, die so groß wie Vierteldollarstücke waren. Ganz leise sagte er: »Hallo.« Nate begriff, daß sie am richtigen Ort angekommen waren.

Außer Nate hörte niemand den Jungen. Nate beugte sich vor und sagte leise ebenfalls: »Hallo«.

»*Good-bye*«, sagte der Junge, ohne sich zu rühren. Rachel hatte ihm mindestens zwei Wörter beigebracht.

»Wie heißt du?« fragte Nate flüsternd.

»Hallo«, wiederholte der Junge.

Die Unterhaltung am Ufer kam auch nicht weiter. Die Männer hockten im angeregten Gespräch beieinander, während die Frauen kein Wort sagten.

»Was ist mit der Frau?« wiederholte Nate.

»Ich habe gefragt. Sie antworten nicht.«

»Was heißt das?«

»Ich bin nicht sicher. Ich vermute, daß sie hier ist, aber sie rücken aus irgendeinem Grund nicht mit der Sprache heraus.«

»Und warum nicht?«

Jevy verzog das Gesicht und sah beiseite. Woher sollte er das wissen?

Sie redeten noch ein wenig miteinander, dann brachen die Indianer auf – zuerst die Männer, dann die Frauen und zum Schluß die Kinder. Im Gänsemarsch zogen sie der Ansiedlung entgegen, bis man nichts mehr von ihnen sah.

»Haben Sie sie verärgert?«

»Nein. Sie wollen irgendeine Versammlung einberufen.«

»Glauben Sie, daß die Frau hier ist?«

»Ich denke schon.« Jevy machte es sich im Boot bequem und wollte ein Nickerchen halten. Es war fast eins, ganz gleich in welcher Zeitzone sie sich befinden mochten. Zum Mittagessen hatte es nicht mal einen aufgeweichten Salzkeks gegeben.

Gegen drei durften sie sich auf den Weg machen. Eine kleine Gruppe junger Männer führte sie vom Fluß über den Pfad zum Dorf, zwischen den Hütten hindurch, vor denen alle Bewohner reglos standen und sie beobachteten, dann weiter in den Wald.

Wenn das mal kein Todesmarsch ist, dachte Nate. Die bringen uns bestimmt zu irgendeinem steinzeitlichen Blutopfer in den Urwald. Er folgte Jevy, der zuversichtlich vorausschritt. »Wohin zum Teufel bringen die uns?« zischte Nate wie ein Kriegsgefangener, der seine Wächter aufzubringen fürchtete.

»Nur die Ruhe.«

Der Wald öffnete sich zu einer Lichtung, und sie sahen, daß sie wieder in der Nähe des Flusses waren. Unvermittelt blieb der Anführer stehen und machte eine Handbewegung. Am Rande des Wassers räkelte sich eine Anakonda in der Sonne. Das Tier war schwarz und trug an der Unterseite eine gelbe Zeichnung. An der dicksten Stelle betrug der Durchmesser seines Rumpfes mindestens dreißig Zentimeter. »Wie lang ist sie?« fragte Nate.

»Sechs oder sieben Meter. Endlich haben Sie eine Anakonda gesehen«, sagte Jevy.

Nate zitterten die Knie, und sein Mund war wie ausgedörrt. Der Anblick eines so langen und kräftigen Exemplars war wahrhaft eindrucksvoll. Über diese Schlangen hatte er Witze gerissen.

»Manche Indianer verehren sie als Gottheiten«, sagte Jevy.

Und was tun dann unsere Missionare hier? überlegte Nate. Er nahm sich vor, Rachel nach diesem Kult zu fragen.

Die Moskitos schienen es ausschließlich auf ihn abgesehen zu haben. Die Indianer waren offensichtlich immun gegen die Quälgeister, und Jevy schlug nicht ein einziges Mal nach ihnen. Immer wieder fuhr Nates Hand klatschend auf seine Haut, und immer wieder kratzte er, bis es blutete. Das Insektenschutzmittel lag im Boot, zusammen mit dem Zelt, dem Haumesser und allem anderen, was im Augenblick seine Habe ausmachte. Zweifellos wurde sie gerade ausführlich von den Kindern begutachtet.

Während der ersten halben Stunde erschien ihm der Marsch als Abenteuer, dann stumpften ihn die Hitze und die Insekten ab. »Wie weit müssen wir noch?« fragte Nate, ohne eine genaue Antwort zu erwarten.

Jevy sagte etwas zu dem Mann an der Spitze und übersetzte dessen Antwort. »Nicht weit.« Sie überquerten einen Pfad, dann einen breiteren Weg. In der Gegend schienen die Leute ziemlich viel herumzulaufen. Schon bald sahen sie die erste Hütte, dann rochen sie Rauch.

Zweihundert Meter von der Ansiedlung entfernt wies der Anführer auf eine schattige Stelle nahe dem Fluß. Nate und Jevy wurden zu einer Bank geführt, die man aus miteinander verbundenen hohlen Bambusstäben hergestellt hatte. Dort blieben sie, von zwei Indianern bewacht, während die anderen im Dorf Meldung machten.

Nach einer Weile wurden die Wächter müde, lehnten sich an einen Baumstamm und schliefen bald tief und fest.

»Ich vermute, daß wir fliehen könnten«, sagte Nate.

»Wohin?«

»Haben Sie Hunger?«

»Eigentlich schon. Und Sie?«

»Nein, ich bin bis oben hin satt«, sagte Nate. »Immerhin hab ich vor neun Stunden sieben dünne Kekse gegessen. Vergessen Sie nicht, mich daran zu erinnern, daß ich Welly einen Klaps gebe, wenn ich ihn sehe.«

»Ich hoffe, es geht ihm gut.«

»Warum sollte es ihm nicht gutgehen? Er ist in Sicherheit, trinkt frisch gebrühten Kaffee und liegt mit vollem Magen schön trocken in meiner Hängematte.«

Vermutlich hätten die Männer sie keinesfalls so weit geführt, wenn nicht Rachel in der Nähe wäre. Während Nate auf der Bank saß und den Blick auf die Hütten in der Ferne gerichtet hielt, deren oberste Spitzen man sah, gingen ihm viele Fragen über diese Frau durch den Kopf. Wie sie wohl aussehen mochte? Von ihrer Mutter hatte es geheißen, daß sie eine Schönheit gewesen war. Troy Phelan hatte ein Auge für Frauen gehabt. Was sie wohl trug? Die Ipicas, denen sie Gottes Wort bringen wollte, gingen nackt. Wie lange war sie schon nicht mehr in der zivilisierten Welt gewesen? War er der erste Amerikaner, der je in dieses Dorf kam?

Wie würde sie auf seine Anwesenheit reagieren? Und wie auf das Geld?

Je mehr sich die Zeit hinschleppte, desto dringender wollte Nate die Erbin sehen.

Beide Wächter schliefen, als aus der Ansiedlung eine Bewegung erkennbar wurde. Jevy warf ein Steinchen zu ihnen hinüber und stieß einen leisen Pfiff aus. Sie sprangen auf und nahmen wieder Haltung an.

Man konnte sehen, daß sich ein Trupp über den Pfad näherte, zu dessen beiden Seiten die Pflanzen kniehoch wuchsen. Rachel gehörte dazu, denn inmitten der nackten braunen Oberkörper leuchtete ein gelbes Hemd. Schon aus hundert Metern Entfernung konnte Nate sehen, daß das Gesicht unter dem Strohhut heller war als das der Indianer.

»Wir haben sie gefunden«, sagte er.

»Ja, das glaube ich auch.«

Es dauerte eine Weile, bis der Trupp sie erreicht hatte. Drei junge Männer gingen voran, und drei folgten der Frau. Sie war ein wenig größer als die Indianer und ging mit natürlicher Anmut. Man hätte glauben können, daß sie einen Spaziergang auf einer Blumenwiese machte. Niemand hatte es eilig.

Nate beobachtete sie bei jedem Schritt. Sie war sehr schlank und hatte breite, knochige Schultern. Als der Trupp näher kam, begann sie herüberzusehen. Nate und Jevy erhoben sich, um sie zu begrüßen.

Die Indianer blieben am Waldsaum stehen, während Rachel weiterging. Sie nahm den Hut ab. Graue Fäden durchzogen ihr sehr kurz geschnittenes braunes Haar. Wenige Schritte von Jevy und Nate entfernt blieb sie stehen.

»*Boa tarde, senhor*«, sagte sie zu Jevy und sah dann Nate an. Ihre Augen waren dunkelblau, fast indigofarben. Keine Falten, kein Make-up. Er wußte, daß sie zweiundvierzig Jahre alt war, aber sie wirkte alterslos. Sie strahlte die Gelassenheit eines Menschen aus, der unter keinerlei Druck steht.

»*Boa tarde*.«

Weder bot sie den beiden die Hand, noch stellte sie sich vor. Sie mußten die Initiative übernehmen.

»Ich heiße Nate O'Riley. Ich bin Anwalt aus Washington.«

»Und Sie?« fragte sie Jevy.

»Jevy Cardozo, aus Corumbá. Ich bin sein Führer.«

Mit feinem Lächeln sah sie die beiden aufmerksam an. Sie schien die Begegnung zu genießen.

»Was führt Sie her?« Sie sprach ohne jeden regionalen Akzent. In ihrer gepflegten Sprechweise lag nicht der geringste Hinweis auf eine Herkunft aus Louisiana oder Montana.

»Wir haben gehört, daß man hier gut angeln kann«, sagte Nate.

Sie ging nicht darauf ein. »Er macht schlechte Witze«, sagte Jevy entschuldigend.

»Tut mir leid. Ich suche Rachel Lane und habe Grund zu der Annahme, daß Sie das sind.«

Sie hörte sich das an, ohne ihren Gesichtsausdruck zu verändern. »Und warum suchen Sie Rachel Lane?«

»Weil ich Anwalt bin und meine Kanzlei eine wichtige rechtliche Frage mit ihr zu klären hat.«

»Worum geht es da?«

»Das kann ich nur ihr selbst sagen.«

»Bedaure, ich bin nicht Ihre Rachel Lane.«

Jevy seufzte, und Nates Schultern sanken. Ihr entging keine Bewegung und nicht die kleinste Regung. »Haben Sie Hunger?« fragte sie.

Beide Männer nickten. Sie rief den Indianern etwas zu. »Jevy«, sagte sie, »gehen Sie mit diesen Männern ins Dorf. Dort bekommen Sie etwas zu essen, und man wird Ihnen auch etwas für Mr. O'Riley hier mitgeben.«

Sie setzte sich mit Nate im Schatten auf die Bank, von wo aus sie schweigend zusahen, wie die Indianer Jevy ins Dorf führten. Er drehte sich einmal um, wie um sich zu vergewissern, daß es Nate gutging.

SIEBENUNDZWANZIG

Als die Indianer fort waren, kam ihm die Frau nicht mehr so groß vor. Sie schien die Speisen zu meiden, von denen die Indianerfrauen so dick wurden. Sie hatte lange, schlanke Beine und trug Ledersandalen, was in einer Kultur, in der jeder barfuß ging, sonderbar wirkte. Woher mochte sie die haben? Und woher das gelbe, kurzärmelige Hemd und die Khakishorts? Er hatte so viele Fragen.

Ihre einfache Kleidung wirkte ziemlich abgetragen. Sofern sie nicht selbst Rachel Lane war, wußte sie bestimmt, wo sich diese aufhielt.

Sie saßen so dicht beieinander, daß sich ihre Knie fast berührten. »Rachel Lane hat vor vielen Jahren aufgehört zu existieren«, sagte sie mit einem Blick auf das Dorf in der Ferne. »Ich habe den Vornamen beibehalten, den Nachnamen aber aufgegeben. Es muß sich um eine bedeutende Angelegenheit handeln, sonst wären Sie nicht gekommen.« Sie sprach leise, langsam und deutlich. Jedes Wort wirkte abgewogen.

»Troy Phelan ist tot. Er hat vor drei Wochen Selbstmord begangen.«

Sie senkte den Kopf ein wenig und schloß die Augen. Es sah aus, als ob sie bete. Dann folgte eine lange Pause. Das Schweigen schien ihr nicht unbehaglich zu sein. »Haben Sie ihn gekannt?« fragte sie ihn schließlich.

»Ich bin ihm vor Jahren mal begegnet. In unserer Kanzlei gibt es viele Anwälte, und ich selbst hatte nie mit seinen Angelegenheiten zu tun. Nein, gekannt habe ich ihn nicht.«

»Ich auch nicht. Er war mein irdischer Vater, und ich habe viele Stunden für ihn gebetet, aber er war mir immer fremd.«

»Wann haben Sie ihn zuletzt gesehen?« Nate sprach leiser und langsamer als zuvor. Sie übte einen beruhigenden Einfluß aus.

»Vor vielen Jahren. Bevor ich zum College ging«, sagte sie. »Was wissen Sie über mich?«

»Nicht viel. Sie hinterlassen ja kaum Spuren.«

»Wie haben Sie mich dann gefunden?«

»Mit Troys Hilfe. Er wollte Sie vor seinem Tod aufspüren, hat es aber nicht geschafft. Er wußte, daß Sie als Missionarin bei World Tribes Missions arbeiten und sich in diesem Teil der Welt aufhalten. Alles andere mußte ich selbst herausbekommen.«

»Woher mag er das gewußt haben?«

»Er hatte schrecklich viel Geld.«

»Und deswegen sind Sie hier.«

»Ja. Wir müssen über Geldangelegenheiten reden.«

»Er hat mir vermutlich etwas hinterlassen.«

»Das kann man sagen.«

»Ich möchte nicht über Geldangelegenheiten sprechen, sondern mich mit Ihnen unterhalten. Wissen Sie, wie oft ich jemanden in meiner Muttersprache reden höre?«

»Selten, denke ich mir.«

»Ich fahre einmal im Jahr nach Corumbá, um Vorräte zu kaufen. Bei der Gelegenheit rufe ich in der Zentrale an und spreche etwa zehn Minuten lang englisch. Das macht mir jedesmal Angst.«

»Warum?«

»Ich bin nervös. Meine Hände zittern, während ich den Hörer halte. Ich kenne die Menschen, mit denen ich rede, fürchte aber, nicht die richtigen Ausdrücke zu benutzen. Manchmal stottere ich sogar. Zehn Minuten pro Jahr.«

»Jetzt machen Sie Ihre Sache aber gut.«

»Ich bin schrecklich aufgeregt.«

»Ganz ruhig. Ich bin ein *prima* Kerl.«

»Aber Sie haben mich gefunden. Ich war vor einer Stunde bei einem Patienten, als die Männer gekommen sind, um mir zu sagen, daß ein Amerikaner hier ist. Ich bin zu meiner Hütte gerannt und habe gebetet. Gott hat mir Kraft gegeben.«

»Ich bin in friedfertiger Absicht gekommen.«

»Sie scheinen nett zu sein.«

Wenn du wüßtest, dachte Nate. »Vielen Dank. Sagten Sie nicht etwas über einen Patienten?«

»Ja.«

»Ich dachte, Sie sind Missionarin.«

»Stimmt. Aber ich bin auch Ärztin.«

Und ausgerechnet Nates Spezialgebiet war es, Ärzte zu verklagen. Aber das war weder der rechte Zeitpunkt noch der rechte Ort für ein Gespräch über ärztliche Kunstfehler. »Das steht nicht in meinen Unterlagen.«

»Ich habe meinen Namen nach dem College geändert, bevor ich Medizin studiert und das Seminar besucht habe. Wahrscheinlich war die Spur da zu Ende.«

»Genau. Und warum haben Sie Ihren Namen geändert?«

»Das ist eine verwickelte Geschichte. Jedenfalls war es das damals. Jetzt scheint mir das nicht mehr wichtig.«

Eine leichte Brise wehte vom Fluß herüber. Es war fast fünf Uhr. Dunkle Wolken hingen tief über dem Wald. Sie sah, daß er einen Blick auf die Uhr warf. »Die Männer bringen Ihnen Ihr Zelt. Das hier ist ein guter Schlafplatz.«

»Vielen Dank. Ich nehme ja wohl an, daß wir hier sicher sind?«

»Ja. Gott wird Sie schützen. Beten Sie einfach.«

In diesem Augenblick nahm sich Nate vor, zu beten, wie er es von Predigern kannte. Die Nähe des Flusses beunruhigte ihn besonders. Er brauchte nur die Augen zu schließen, um vor sich die Anakonda auf sein Zelt zugleiten zu sehen.

»Sie beten doch gewiß regelmäßig, Mr. O'Riley?«

»Nennen Sie mich bitte Nate. Ja, ich bete.«

»Sind Sie Ire?«

»Eher eine Promenadenmischung. Mehr deutsch als sonst was. Mein Vater hatte irische Vorfahren. Unsere Familiengeschichte hat mich aber nie besonders interessiert.«

»Welcher Kirche gehören Sie an?«

»Der Episkopalkirche.« Religion war ein Thema, über das er nicht gern sprach. Ob Katholik, Lutheraner oder Episkopalist, es war ihm gleichgültig. Seit seiner zweiten Eheschließung hatte er keine Kirche mehr von innen gesehen.

Seine Kenntnisse auf religiösem Gebiet waren eher bescheiden, und er wollte nicht ausgerechnet mit einer Missionarin darüber sprechen. Wieder ließ sie eine Pause eintreten, und er wechselte das Thema. »Sind die Indianer friedlich?«

»Meistens. Die Ipicas sind keine Krieger, aber sie trauen den Weißen nicht.«

»Und was ist mit Ihnen?«

»Ich lebe seit elf Jahren hier. Mich erkennen sie an.«

»Wie lange hat das gedauert?«

»Ich hatte Glück, weil vor mir schon Missionare hier waren, ein Ehepaar. Sie hatten die Sprache gelernt und das Neue Testament übersetzt. Als Ärztin habe ich rasch das Vertrauen der Frauen gewonnen, denn ich habe ihnen geholfen, ihre Kinder zu bekommen.«

»Ihr Portugiesisch klang ziemlich gut.«

»Das spreche ich fließend. Außerdem Spanisch, Ipica und Machiguenga.«

»Was ist das?«

»Die Sprache von Eingeborenen, die in den Bergen von Peru leben. Dort habe ich sechs Jahre zugebracht. Ich hatte mich gerade mit der Sprache der Machiguenga vertraut gemacht, als ich dort fort mußte.«

»Warum?«

»Wegen der Guerrilleros.«

Als ob Schlangen, Kaimane, Krankheiten und Überschwemmungen nicht genügten.

»Sie haben in einem Dorf nicht weit von mir zwei Missionare entführt. Aber Gott hat sie gerettet. Sie wurden vier Jahre später freigelassen, ohne daß ihnen ein Haar gekrümmt worden war.«

»Gibt es auch hier in der Gegend Guerilla-Krieger?«

»Nein. Hier in Brasilien sind die Menschen sehr friedfertig. Bisweilen trifft man auf Drogenkuriere, aber so tief ins Pantanal dringt niemand vor.«

»Eine Frage: Wie weit ist es von hier bis zum Paraguay?«

»Um diese Jahreszeit acht Stunden.«

»Brasilianische Stunden?«

Sie lächelte. »Sie wissen also schon, daß die Zeit hier langsamer verstreicht. Acht bis zehn amerikanische Stunden.«

»Mit dem Kanu?«

»So reisen wir hier. Ich hatte früher ein Motorboot. Aber es war alt und irgendwann nicht mehr zu gebrauchen.«

»Wie lange dauert es mit einem Motorboot?«

»Ungefähr fünf Stunden. Allerdings verfährt man sich jetzt während der Regenzeit leicht.«

»Das habe ich schon gemerkt.«

»Die Flüsse gehen ineinander über. Sie müssen einen unserer Fischer mitnehmen, wenn Sie abreisen. Ohne Führer kann man den Paraguay nicht finden.«

»Und Sie fahren einmal im Jahr nach Corumbá?«

»Ja, aber in der Trockenzeit, im August. Dann ist es kühler, und es gibt nicht so viele Moskitos.«

»Fahren Sie allein?«

»Nein. Lako, ein guter Freund aus dem Stamm, bringt mich zum Paraguay. Außerhalb der Hochwasserzeit dauert es mit dem Kanu etwa sechs Stunden. Am Paraguay warte ich, bis ein Boot vorbeikommt, das mich nach Corumbá mitnimmt. Dort bleibe ich einige Tage, erledige meine Angelegenheiten und kehre mit einem Boot zurück.«

Nate dachte daran, wie wenige Boote er auf dem Paraguay gesehen hatte. »Irgendeins?«

»Gewöhnlich ist es ein Viehtransporter. Die Bootsführer nehmen gern Fahrgäste mit.«

Sie fährt mit dem Kanu, weil ihr altes Motorboot den Geist aufgegeben hat. Sie läßt sich auf Viehtransportern mitnehmen, um nach Corumbá zu reisen, ihrem einzigen Kontakt mit der zivilisierten Welt. Welche Veränderungen wird das Geld wohl bewirken? fragte sich Nate. Es war ihm unmöglich, eine Antwort darauf zu finden.

Einzelheiten würde er ihr am folgenden Tag sagen, wenn der Tag jung und er selbst ausgeruht war, gegessen hatte und Stunden vor ihnen lagen, um alles zu besprechen. Männer näherten sich von der Ansiedlung her.

»Da kommen sie ja«, sagte sie. »Hier essen die Menschen unmittelbar vor Anbruch der Dunkelheit und legen sich dann schlafen.«

»Vermutlich gibt es danach auch nichts zu tun.«

»Nichts, worüber wir reden können«, sagte sie rasch. Es war lustig.

Jevy kam mit einer Gruppe Indianer, von denen einer Rachel ein kleines viereckiges Körbchen gab. Sie reichte es an

Nate weiter, und dieser entnahm ihm einen kleinen, harten Brotlaib.

»Das ist aus Maniokmehl gebacken«, sagte sie. »Unser Hauptnahrungsmittel.«

Wahrscheinlich auch ihr einziges. Jedenfalls bei jener Mahlzeit. Nate hatte gerade den zweiten Laib herausgenommen, als Indianer aus dem ersten Dorf zu ihnen stießen. Sie brachten das Zelt, das Moskitonetz, Decken und Wasserflaschen vom Boot.

»Wir bleiben heute nacht hier«, sagte Nate zu Jevy.

»Wer sagt das?«

»Es ist die beste Stelle«, erklärte ihm Rachel. »Ich würde Sie gern im Dorf unterbringen, aber der Anführer muß einen Besuch von Weißen erst genehmigen.«

»Das wäre ich«, sagte Nate.

»Ja.«

»Und er nicht?« Er nickte zu Jevy hinüber.

»Er war zum Essen dort, nicht zum Schlafen. Die Vorschriften sind kompliziert.«

Das erschien Nate amüsant – primitive Eingeborene, die splitternackt herumliefen, aber nach einem komplizierten System von Vorschriften lebten.

»Ich würde morgen gern gegen Mittag zurückfahren«, sagte Nate.

»Auch das muß der Anführer entscheiden.«

»Wollen Sie damit sagen, daß wir nicht aufbrechen können, wann wir wollen?«

»Sie fahren, wenn er sagt, daß Sie fahren können. Machen Sie sich keine Sorgen.«

»Verstehen Sie sich gut mit dem Häuptling?«

»Wir kommen miteinander aus.«

Sie schickte die Männer ins Dorf zurück. Die Sonne war hinter den Bergen verschwunden. Die Schatten des Waldes umschlossen sie.

Einige Minuten lang sah Rachel zu, wie sich Jevy und Nate mit dem Zelt abmühten. Es sah in seiner Hülle ziemlich klein aus und wurde auch nicht viel größer, als sie die Stäbe zusammensteckten. Nate war nicht sicher, ob Jevy hineinpaßte, von ihnen beiden zusammen ganz zu schweigen. Vollständig aufgestellt war es hüfthoch, sehr steil und wirkte für zwei erwachsene Männer ausgesprochen winzig.

»Ich gehe jetzt«, erklärte sie. »Ihnen wird hier nichts geschehen.«

»Versprochen?« fragte Nate. Es war ihm ernst damit.

»Ich kann zwei Männer herüberschicken, die Wache halten, wenn Sie das wollen.«

»Es geht schon«, sagte Jevy.

»Um wieviel Uhr steht man denn hier in der Gegend so auf?« fragte Nate.

»Eine Stunde vor Sonnenaufgang.«

»Bestimmt sind wir dann auch wach«, sagte er mit einem Blick auf das Zelt. »Können wir uns am frühen Morgen treffen? Wir müssen viel miteinander besprechen.«

»Ja. Ich werde Ihnen bei Tagesanbruch etwas zu essen schicken. Dann können wir miteinander reden.«

»Das wäre schön.«

»Vergessen Sie nicht zu beten, Mr. O'Riley.«

»Ich denke dran.«

Sie trat in die Dunkelheit und ging davon. Eine Weile konnte Nate sie noch auf dem Pfad erkennen, dann war sie verschwunden. Das Dorf lag unsichtbar in der Schwärze der Nacht.

Sie saßen stundenlang auf der Bank, warteten darauf, daß die Luft abkühlte und schraken vor dem Augenblick zurück, in dem sie genötigt waren, in das Zelt zu kriechen und verschwitzt und übelriechend Rücken an Rücken darin zu schlafen. Eine andere Möglichkeit hatten sie nicht. So winzig das Zelt war, es würde sie vor Moskitos und anderen Insekten schützen und auch sonstiges Getier fernhalten, das über den Boden kroch.

Sie sprachen über das Dorf. Jevy erzählte Indianergeschichten, bei denen immer jemand umkam. Schließlich fragte er: »Haben Sie ihr von dem Geld erzählt?«

»Nein, das mache ich morgen.«

»Was glauben Sie, wie sie sich dazu stellt? Sie kennen sie ja jetzt schon ein bißchen.«

»Keine Ahnung. Sie ist hier glücklich. Es kommt mir grausam vor, sie aus der Bahn zu werfen.«

»Dann geben Sie doch mir das Geld! Mich wirft es nicht aus der Bahn.«

Wie es ihm nach der Hackordnung zukam, kroch Nate zuerst ins Zelt. Da er die Nacht zuvor damit zugebracht hatte, vom Boden des Bootes aus den Sternenhimmel zu betrachten, war er entsetzlich müde.

Als er Nate schnarchen hörte, öffnete Jevy vorsichtig den Reißverschluß des Eingangs und schob ihn behutsam ein wenig hin und her, bis er Platz hatte. Nate merkte nichts davon.

ACHTUNDZWANZIG

Nach neun Stunden Schlaf erhoben sich die Ipicas vor Morgengrauen, um ihren Tag zu beginnen. Die Frauen machten vor den Hütten kleine Feuer zum Kochen, gingen dann mit den Kindern zum Fluß, um Wasser zu holen und zu baden. Gewöhnlich warteten sie das Tageslicht ab, bevor sie die Pfade betraten. Es war besser, man sah, was vor einem lag.

Die an den Gewässern im Süden Brasiliens sehr häufige Schlange, deren Biß oft tödlich ist und die auf portugiesisch *urutu* heißt, wurde von den Indianern *bima* genannt. Ayesh, ein siebenjähriges Mädchen, bei dessen Geburt die Missionarin Hilfe geleistet hatte, ging vor ihrer Mutter, statt, wie es üblich war, hinter ihr. Mit einem Mal spürte sie, wie sich unter ihrem nackten Fuß die *bima* wand.

Das Tier biß Ayesh unterhalb des Fußknöchels, und das Mädchen schrie laut auf. Bis der Vater bei ihr war, befand sie sich im Schock, und ihr rechter Fuß war auf doppelte Dicke angeschwollen. Ein fünfzehnjähriger Junge, der schnellste Läufer des Stammes, wurde ausgesandt, um Rachel zu holen.

An den beiden Wasserläufen, die sehr nahe der Stelle zusammenflossen, an der Jevy und Nate angelegt hatten, lagen insgesamt vier kleine Ipica-Siedlungen, und in jeder von ihnen lebte eine Sippe unabhängig von den anderen. Doch sie alle gehörten demselben Volk an, hatten dieselbe Sprache, dieselbe Kultur und dieselben Bräuche. Sie verkehrten miteinander und heirateten untereinander. Von der Flußgabelung bis zur letzten Hütte der Ipicas waren es höchstens acht Kilometer.

Ayesh gehörte zur dritten Siedlung hinter der Gabelung, und Rachel lebte in der zweiten, der größten. Der Läufer fand sie in ihrer kleinen Hütte, in der sie seit elf Jahren lebte. Sie las gerade in der Bibel. Rasch packte sie ihre kleine Arzttasche.

In jenem Teil des Pantanal gab es vier Arten von Giftschlangen, und häufig hatte Rachel für alle das Gegengift zur Hand. Diesmal aber nicht. Zwar wurde das Gegengift für den Biß der *bima* in Brasilien selbst hergestellt, doch hatte sie es bei ihrer letzten Reise nach Corumbá nicht bekommen können. Die dortigen Apotheken führten weniger als die Hälfte der Medikamente, die sie brauchte.

Sie schnürte ihre Lederstiefel zu und verließ die Hütte mit der Tasche in der Hand. Lako und zwei andere junge Männer aus ihrem Dorf begleiteten sie, während sie im Laufschritt durch die hohen Pflanzen in den Wald eilte.

Rachels statistischen Unterlagen zufolge lebten in den vier Ansiedlungen insgesamt 239 Ipicas: 86 Frauen, 81 Männer und 72 Kinder. Als sie elf Jahre zuvor ihre Arbeit aufgenommen hatte, waren es noch 280 gewesen. Die Malaria forderte in Abständen von wenigen Jahren ihre Opfer unter den Schwächeren, und im Jahre 1991 hatte die Cholera in einem Dorf zwanzig Menschen dahingerafft. Hätte Rachel nicht auf einer Quarantäne bestanden, wären die meisten der Ipicas dieser Epidemie erlegen.

Mit der Sorgfalt einer Anthropologin führte sie akribisch Buch über Geburten, Todesfälle, Hochzeiten, Stammbäume, Krankheiten und deren Behandlung. Meist wußte sie, wer eine außereheliche Beziehung hatte und mit wem. Sie kannte jeden Dorfbewohner mit Namen. Sie hatte Ayeshs Eltern in dem Fluß getauft, in dem die Dorfbewohner badeten.

Die kleine, zierliche Ayesh mußte wahrscheinlich sterben, weil kein Medikament zur Verfügung stand. In den Vereinigten Staaten und den größeren Städten Brasiliens war das Gegengift ohne weiteres erhältlich und nicht einmal besonders teuer. Sogar mit dem kleinen Etat, den ihr die Missionsgesellschaft zur Verfügung stellte, konnte sie es sich leisten. Drei Spritzen in sechs Stunden, und der Tod ließ sich abwenden. Ohne das Mittel würde das Kind unter einer furchtbaren Übelkeit leiden, anschließend würde ein Fieber einsetzen, auf welches das Koma und schließlich der Tod folgte.

Zum letzten Mal hatte es unter den Ipicas vor drei Jahren einen Todesfall durch Schlangenbiß gegeben. Zum ersten Mal in zwei Jahren besaß Rachel kein Gegengift.

Ayeshs Eltern waren Christen, neue Heilige, die sich mit einer neuen Religion abmühten. Etwa ein Drittel der Ipicas waren bekehrt. Dank der Arbeit Rachels und ihrer Vorgänger konnte die Hälfte von ihnen lesen und schreiben. Sie betete, während sie im Laufschritt den jungen Männern folgte. Sie war schlank und zäh. Sie legte jeden Tag viele Kilometer zurück und aß wenig. Die Indianer bewunderten ihre Ausdauer.

Jevy wusch sich schon im Fluß, als Nate die Mückenklappe des Zelts öffnete und sich herausschälte. Da er die letzten Nächte im Boot und auf dem Erdboden verbracht hatte, meldeten sich die Verletzungen vom Flugzeugabsturz wieder. Er streckte den schmerzenden Rücken und die Beine und spürte dabei jedes einzelne seiner achtundvierzig Jahre. Er sah Jevy bis zur Hüfte im Wasser stehen, das weit klarer war als im übrigen Pantanal.

Ich befinde mich in der Wildnis, flüsterte Nate vor sich hin. Ich habe Hunger, und es gibt kein Toilettenpapier. Vorsichtig betastete er seine Zehen, während er diese traurige Inventur machte.

Es war ein Abenteuer, zum Kuckuck! Es war die Jahreszeit, in der Anwälte mit dem Vorsatz ins neue Jahr gingen, künftig mehr Stunden in Rechnung zu stellen, in Prozessen höhere Entschädigungssätze zugesprochen zu bekommen, die Gemeinkosten zu senken und mehr Geld nach Hause zu bringen. Auch er hatte sich das jahrelang immer wieder vorgenommen, und jetzt kam ihm das mit einem Mal albern vor.

Mit etwas Glück würde er heute nacht in seiner Hängematte schlafen, in der leichten Brise schaukeln und Kaffee trinken. Soweit sich Nate erinnern konnte, hatte er sich noch nie zuvor nach schwarzen Bohnen mit Reis gesehnt.

Jevy kehrte zurück, als ein Indianertrupp aus dem Dorf herbeikam. Der Häuptling wollte mit ihnen sprechen. »Er möchte Brot haben«, sagte Jevy, als sie fortgingen.

»Brot ist okay. Fragen Sie, ob sie Schinken und Eier haben.«

»Die Eingeborenen essen viel Affenfleisch.«

Es kam Nate nicht so vor, als hätte er das im Spaß gesagt. Am Rande des Dorfes stand eine Gruppe Kinder, um einen

Blick auf die Fremden zu erhaschen. Nate begrüßte sie mit einem gefrorenen Lächeln. Er wollte, daß man ihn mochte, und er war sich noch nie im Leben so weiß vorgekommen. Einige nackte Mütter glotzten aus der ersten Hütte. Als er und Jevy die große, freie Fläche zwischen den Hütten betraten, hielten alle mit ihrem Tun inne und starrten die Fremden an.

Es war kurz nach sieben und schon sehr heiß. Kleine Feuer waren niedergebrannt; vielleicht war die Frühstückszeit schon vorüber. Wie Nebel hing der Rauch über den Dächern und machte die feuchte Luft noch schwerer.

Wer auch immer die Anlage des Dorfes, die ein großes Oval bildete, geplant haben mochte, hatte gute Arbeit geleistet. Alle Hütten waren vollkommen quadratisch und gingen auf eine große, freie Fläche, den Dorfplatz. Ihr steiles Strohdach reichte fast bis zum Boden. Einzelne waren etwas größer als die übrigen, doch der Grundriß war stets derselbe. In der Mitte des Platzes standen vier große Hütten mit den gleichen dicken Strohdächern wie die Wohnhütten. Zwei von ihnen waren rund, die beiden anderen rechteckig.

Der Häuptling, der größte Indianer, den sie bisher gesehen hatten, wartete auf die beiden Fremden. Es wunderte sie nicht im geringsten, daß er die größte Hütte bewohnte. Er war jung und hatte weder die tiefen Stirnfalten noch den dicken Bauch, den die älteren Männer mit Stolz trugen. Er stand da und sah Nate mit einem Blick an, der John Wayne Entsetzen eingeflößt hätte. Ein älterer Krieger dolmetschte, und nach wenigen Minuten wurden Nate und Jevy aufgefordert, am Feuer Platz zu nehmen, über dem die unbekleidete Frau des Häuptlings das Frühstück zubereitete.

Als sie sich vorbeugte, pendelten ihre Brüste, und der arme Nate sah unwillkürlich hin, wenn auch nur eine lange Sekunde. An dieser nackten Frau oder ihren Brüsten war nichts besonders Verlockendes. Ihn erstaunte lediglich, daß sie sich ihrer Nacktheit so wenig bewußt zu sein schien.

Wo hatte er seine Kamera? Das würden die Jungs im Büro ohne Beweis nie glauben.

Die Frau gab Nate einen Holzteller, auf dem etwas lag, das aussah wie gekochte Kartoffeln. Er sah zu Jevy hin, der rasch nickte, als hätte die Indianerküche vor ihm keinerlei Geheimnisse. Die Frau bediente den Häuptling zuletzt, und als dieser mit den Fingern zu essen begann, folgte Nate seinem Beispiel. Die Speise schien so etwas wie ein Mittelding zwischen weißen Rüben und Kartoffeln zu sein und schmeckte fast nach nichts.

Jevy sprach mit dem Häuptling, während er aß, und dieser schien die Unterhaltung zu genießen. Nach jeweils wenigen Sätzen setzte Jevy Nate über das Gesagte in Kenntnis.

Das Dorf wurde nie überschwemmt, diese Indianer lebten schon seit über zwanzig Jahren da, denn der Boden war gut. Am liebsten würden sie an ein und derselben Stelle bleiben, aber bisweilen zwinge der Zustand des Ackerbodens sie weiterzuziehen. Sein Vater sei auch Häuptling gewesen. Ein Häuptling sei, so der Häuptling, der klügste, gerechteste und weiseste unter ihnen allen und dürfe sich auf keinen Fall eine außereheliche Beziehung leisten. Die meisten anderen Männer täten das, aber kein Häuptling.

Nate konnte sich nicht vorstellen, daß es darüber hinaus viel Abwechslung gab.

Der Häuptling erklärte, er habe den Paraguay noch nie gesehen. Da er lieber jage als Fische fange, verbringe er mehr Zeit in den Wäldern als auf dem Wasser. Seine Portugiesisch-Kenntnisse habe er von seinem Vater und den weißen Missionaren.

Nate aß, hörte zu und suchte mit den Augen das Dorf nach einem Hinweis auf Rachels Anwesenheit ab.

Sie sei nicht da, erklärte der Häuptling. Sie müsse im Nachbardorf ein Kind behandeln, das von einer Schlange gebissen worden war. Er wisse nicht, wann sie zurückkehre.

Ist ja großartig, dachte Nate.

»Er möchte, daß wir heute nacht hier im Dorf bleiben«, sagte Jevy. Die Frau füllte ihre Teller nach.

»Ich wußte gar nicht, daß wir bleiben«, sagte Nate.

»Er sagt ja.«

»Sagen Sie ihm, daß ich darüber nachdenken werde.«

»Sagen Sie es ihm selbst.«

Nate verfluchte sich, weil er das Satellitentelefon nicht mitgebracht hatte. Bestimmt machte sich Josh die größten Sorgen und schritt in seinem Büro unruhig auf und ab. Sie hatten fast eine Woche nicht miteinander gesprochen.

Jevy sagte etwas halbwegs Komisches, das durch die Übersetzung richtig witzig wirkte. Der Häuptling brüllte vor Lachen, und schon bald lachten alle anderen auch. Selbst Nate schloß sich dem Lachen an, weil es so ansteckend war.

Sie schlugen eine Einladung zur Jagd aus. Ein Trupp junger Männer führte sie zum ersten Dorf zurück an ihr Boot. Jevy wollte noch einmal die Zündkerzen säubern und versuchen, den Vergaser besser einzustellen. Nate hatte nichts weiter zu tun.

Der Anwalt Valdir Ruiz nahm Mr. Staffords frühen Anruf entgegen. Die einleitenden Förmlichkeiten nahmen nur wenige Sekunden in Anspruch.

»Ich habe seit mehreren Tagen nichts von Nate O'Riley gehört«, sagte Stafford.

»Aber er hat doch so ein Telefon«, sagte Ruiz entschuldigend, als müsse er Mr. O'Riley in Schutz nehmen.

»Stimmt. Deswegen mache ich mir ja auch Sorgen. Er kann mich jederzeit von jedem beliebigen Ort aus anrufen.«

»Kann er es auch bei schlechtem Wetter benutzen?«

»Nein, vermutlich nicht.«

»Wir hatten hier viele Gewitter. Es ist schließlich die Regenzeit.«

»Von Ihrem jungen Mann haben Sie auch nichts gehört?«

»Nein. Sie sind zusammen unterwegs. Er ist ein sehr guter Führer. Auch das Boot ist sehr gut. Bestimmt fehlt ihnen nichts.«

»Warum höre ich dann nichts von ihm?«

»Dazu kann ich nichts sagen. Aber der Himmel war ständig bedeckt. Vielleicht kann er sein Telefon dann nicht benutzen.«

Sie vereinbarten, daß sich Ruiz melden sollte, sobald er etwas erfuhr. Er trat ans offene Fenster und sah auf Corumbás geschäftige Straßen hinaus. Der Paraguay floß am Fuß des Hügels entlang. Es gab zahllose Berichte von Menschen, die ins Pantanal gegangen und nie zurückgekehrt waren. Das gehörte zur Überlieferung und trug zur Verlockung bei.

Jevys Vater hatte dreißig Jahre lang die Flüsse als Lotse befahren, und man hatte seinen Leichnam nie gefunden.

Eine Stunde später traf Welly in der Kanzlei ein. Er kannte Senhor Ruiz nicht, wußte aber von Jevy, daß der Anwalt für die Kosten der Expedition aufkam.

»Es ist sehr wichtig«, sagte er der Sekretärin. »Und dringend.«

Senhor Ruiz bekam die Unruhe im Vorzimmer mit und trat aus seinem Büro. »Wer bist du?« wollte er wissen.

»Ich heiße Welly. Jevy hat mich als Leichtmatrose auf der *Santa Loura* eingestellt.«

»Auf der *Santa Loura?*«

»Ja.«

»Wo ist Jevy?«

»Im Pantanal.«

»Und das Boot?«

»Das ist untergegangen.«

Der Anwalt merkte, wie müde und verängstigt der Junge war. »Setz dich«, sagte er, und die Sekretärin lief, um Wasser zu holen. »Erzähl alles der Reihe nach.«

Welly umklammerte die Armlehnen des Sessels, auf dem er saß, und sprach schnell. »Jevy und Mr. O'Riley sind mit dem Beiboot aufgebrochen, um die Indianer zu suchen.«

»Wann war das?«

»Weiß ich nicht genau. Vor ein paar Tagen. Ich sollte auf der *Santa Loura* bleiben. Ein Unwetter, das schlimmste, das ich je erlebt habe, hat das Boot mitten in der Nacht vom Ufer losgerissen und zum Kentern gebracht. Ich bin ins Wasser gefallen. Ein Viehtransportboot hat mich später rausgefischt.«

»Wann bist du hier angekommen?«

»Erst vor einer halben Stunde.«

Die Sekretärin brachte ein Glas Wasser. Welly dankte ihr und bat um Kaffee. Auf den Schreibtisch der Sekretärin gestützt, betrachtete der Anwalt den armen Jungen. Er war schmutzig und roch nach Kuhmist.

»Das Boot ist also verloren?« fragte Valdir.

»Ja. Tut mir leid. Ich konnte nichts machen. Ich habe so ein Unwetter noch nie erlebt.«

»Und wo war Jevy bei dem Unwetter?«

»Irgendwo auf dem Cabixa. Ich mache mir Sorgen um ihn.«

Senhor Ruiz ging in sein Büro, schloß die Tür und trat erneut ans Fenster. Mr. Stafford war fünftausend Kilometer entfernt. Jevy konnte in einem kleinen Boot überleben. Es gab keinen Anlaß, übereilte Schlüsse zu ziehen.

Er beschloß, erst einmal einige Tage nichts zu unternehmen. Gewiß würde Jevy bis dahin nach Corumbá zurückkehren.

Der Indianer stand im Boot und hielt sich an Nates Schulter fest. Der Motor lief nicht erkennbar besser als vorher. Er stotterte, hatte Aussetzer und brachte bei Vollgas weniger als die Hälfte der anfänglichen Leistung zustande.

Sie fuhren an der ersten Indianeransiedlung vorüber. Der Fluß schlängelte sich in einer Weise, daß man annehmen konnte, er drehe sich im Kreise. Dann gabelte er sich, und ihr Begleiter wies ihnen die Richtung. Zwanzig Minuten später sahen sie ihr kleines Zelt. Sie legten dort an, wo Jevy zuvor sein Bad genommen hatte, brachen das Zelt ab und begaben sich mit ihrer Habe ins Dorf. Dort wollte der Häuptling sie haben.

Rachel war noch nicht zurück.

Weil sie nicht zum Stamm gehörte, lebte sie nicht in einer der Hütten um den Dorfplatz, sondern etwa dreißig Meter entfernt allein, näher am Waldrand. Ihre Hütte wirkte kleiner als die übrigen, und als sich Jevy nach dem Grund dafür erkundigte, erklärte der Indianer, den man ihnen zugeteilt hatte, schließlich lebe sie allein. Während sie zu dritt – Nate, Jevy und ihr Indianer – unter einem Baum am Rande des Dorfes auf Rachel warteten, sahen sie dem täglichen Treiben zu.

Der Indianer hatte von den Coopers, dem Missionars-Ehepaar, das vor Rachel dagewesen war, Portugiesisch gelernt. Außerdem kannte er eine Handvoll englischer Wörter, die er ab und zu an Nate ausprobierte. Vor den Coopers hatten die Ipicas noch nie einen Weißen gesehen. Mrs. Cooper war an Malaria gestorben, und Mr. Cooper war dorthin zurückgekehrt, woher er gekommen war.

Die Männer seien beim Fischfang und auf der Jagd, erklärte er den Gästen, und die Jüngeren hätten sich zweifellos zu ihren Freundinnen geschlichen. Den Frauen oblag die schwere Arbeit – Kochen, Backen, Waschen und die Aufsicht über die Kinder. Aber was auch immer es war, jede Tätigkeit wurde gemächlich erledigt. Bereits südlich des Äquators verging die Zeit langsamer als im Norden, aber den Ipicas war der Begriff Zeit völlig fremd.

Die Türen der Hütten blieben offen, und die Kinder rannten aus einer in die andere. Junge Mädchen flochten sich im Schatten gegenseitig Zöpfe, während ihre Mütter am Feuer arbeiteten.

Das Äußere der Hütten sah sauber und gepflegt aus. Gemeinsam benutzte Flächen wurden mit Strohbesen gekehrt. Ganz allgemein schienen die Ipicas großen Wert auf Sauberkeit zu legen. Frauen und Kinder badeten dreimal täglich im Fluß; die Männer zweimal, und nie mit den Frauen zusammen. Zwar waren alle nackt, aber es gab durchaus private Bereiche.

Am Spätnachmittag versammelten sich die Männer vor dem Männerhaus, dem größeren der beiden rechteckigen Gebäude in der Mitte des Platzes. Nachdem sie sich eine Weile mit ihren Haaren beschäftigt hatten, sie schnitten und reinigten, begannen sie zu ringen. Dabei stellten sie sich Mann gegen Mann und Fuß gegen Fuß. Das Ziel der Übung bestand darin, den Gegner zu Boden zu werfen. Zwar ging es bei diesem Zeitvertreib rauh zu, aber er folgte strengen Regeln, und zum Schluß lächelten die beiden Kontrahenten einander fröhlich an. Für den Fall, daß es zu Streitigkeiten kam, griff der Häuptling schlichtend ein. Die Frauen sahen mit flüchtigem Interesse aus den Türen der Hütten zu, als erwarte man das von ihnen. Kleine Jungen ahmten ihre Väter nach.

Nate saß auf einem Baumstumpf und beobachtete dies Schauspiel, das aus einem anderen Zeitalter stammte. Er fragte sich, wohin er da eigentlich geraten war, und es war nicht das erste Mal, daß er sich diese Frage stellte.

NEUNUNDZWANZIG

Nur wenige der Indianer um Nate herum wußten, daß das kleine Mädchen Ayesh hieß. Schließlich war sie nur ein Kind und lebte in einem anderen Dorf. Doch alle wußten, daß eine Schlange ein Mädchen gebissen hatte. Sie unterhielten sich den ganzen Tag lang darüber und achteten darauf, daß ihre eigenen Kinder in der Nähe blieben.

Beim Abendessen kam die Mitteilung, daß das Mädchen tot war. Ein Bote kam gerannt und brachte dem Häuptling die Nachricht, die sich binnen Minuten in allen Hütten verbreitete. Mütter zogen ihre Kinder noch näher an sich.

Nach einer Weile sah man Rachel auf dem Hauptweg mit Lako und den beiden Männern, die sie den ganzen Tag lang begleitet hatten. Als sie das Dorf betrat, hörten alle auf zu essen und zu reden und sahen zu dem kleinen Trupp hin. Während Rachel an den Hütten vorüberging, senkten die Leute die Köpfe. Sie lächelte einigen zu, sprach leise mit anderen, blieb stehen, um dem Häuptling etwas zu sagen, und ging dann zu ihrer Hütte. Ihr folgte Lako, der stärker hinkte als am Vormittag.

Sie kam in der Nähe des Baumes vorüber, unter dem Nate mit Jevy und dem Indianer den größten Teil des Nachmittags zugebracht hatten, schien sie aber nicht wahrzunehmen. Jedenfalls sah sie nicht zu ihnen hin. Sie war müde und schien darauf bedacht, in ihre Hütte zurückzukehren.

»Und was tun wir jetzt?« fragte Nate. Jevy gab die Frage auf portugiesisch weiter.

»Wir warten«, kam die Antwort.

»Was für eine Überraschung.«

Lako stieß zu ihnen, als die Sonne hinter den Bergen unterging. Jevy und der Indianer gingen ins Dorf, um zu essen, was vom Abendessen übriggeblieben war. Nate folgte dem Jungen zu Rachels Hütte. Sie hatte sich bereits umgezogen, stand mit nassen Haaren im Eingang und trocknete sich das Gesicht mit einem Handtuch ab.

»Guten Abend, Mr. O'Riley«, sagte sie mit ihrer leisen, langsamen Sprechweise.

»Hallo, Rachel. Bitte nennen Sie mich doch Nate.«

»Setzen Sie sich da drüben hin, Nate«, sagte sie und wies auf einen niedrigen Baumstumpf, der dem, auf dem er die letzten sechs Stunden verbracht hatte, bemerkenswert ähnlich sah. Er stand vor der Hütte in der Nähe eines Steinrings, in dem sie vermutlich ihr Kochfeuer entzündete. Er setzte sich. Sein Hinterteil war immer noch gefühllos.

»Das mit dem kleinen Mädchen tut mir leid«, sagte Nate.

»Sie ist bei ihrem Herrn.«

»Aber nicht ihre armen Eltern.«

»Nein. Sie sind tief bekümmert. Es ist sehr traurig.«

Die Arme um die Knie geschlungen, den Blick verloren in die Ferne gerichtet, saß sie im Eingang ihrer Hütte. Der Junge stand unter einem Baum in der Nähe Wache. Man sah ihn in der Dunkelheit kaum.

»Ich würde Sie gern hereinbitten«, sagte sie, »aber das gehört sich nicht.«

»Kein Problem.«

»Nur Verheiratete dürfen sich um diese Zeit im Inneren einer Hütte aufhalten. Das ist hier so Brauch.«

»Ein sehr vernünftiger Brauch.«

»Das stimmt. Haben Sie Hunger?«

»Sie?«

»Nein. Aber ich esse sowieso nicht viel.«

»Ich bin ganz zufrieden. Wir müssen miteinander reden.«

»Das mit heute tut mir leid. Bestimmt haben Sie dafür Verständnis.«

»Natürlich.«

»Ich kann Ihnen etwas Maniok und ein wenig Saft zu trinken anbieten.«

»Nein, ehrlich, ich brauch nichts.«

»Wie haben Sie den Tag zugebracht?«

»Na ja, wir sind dem Häuptling vorgestellt worden, haben an seinem Tisch gefrühstückt, sind zum ersten Dorf zurückgekehrt, haben das Boot geholt, daran gearbeitet, unser Zelt hinter der Hütte des Häuptlings aufgeschlagen und dann auf Sie gewartet.«

»Hat der Häuptling Zutrauen zu Ihnen gefaßt?«

»Ganz offensichtlich. Er möchte, daß wir bleiben.«

»Was halten Sie von meinen Leuten?«

»Sie laufen alle nackt rum.«

»Das war schon immer so.«

»Wie lange hat es gedauert, bis Sie sich daran gewöhnt hatten?«

»Das weiß ich nicht mehr. Ein paar Jahre. Allmählich wird es einem so selbstverständlich wie alles andere. Ich hatte drei Jahre lang Heimweh, und manchmal überfällt mich auch heute noch der plötzliche Wunsch, Auto zu fahren, eine Pizza zu essen und einen guten Film zu sehen. Aber man paßt sich an.«

»Ich kann mir das gar nicht richtig vorstellen.«

»Man muß dazu berufen sein. Ich habe mich mit vierzehn Jahren entschieden, mein Leben als bewußte Christin zu verbringen. Damals ist mir aufgegangen, daß mich Gott zur Missionarin bestimmt hatte. Ich wußte nicht genau, wo, aber ich habe auf den Herrn vertraut.«

»Da hat er Ihnen aber einen verdammt abgeschiedenen Ort ausgesucht.«

»Ich spreche gern englisch mit Ihnen, aber bitte fluchen Sie nicht.«

»Tut mir leid. Können wir über Troy reden?« Die Schatten wurden rasch dunkler. Sie saßen drei Meter voneinander entfernt und konnten einander noch sehen, doch bald würde die Schwärze der Nacht sie voneinander trennen.

»Wie Sie wollen«, sagte sie müde und resigniert.

»Er war dreimal verheiratet und hatte, soweit wir wissen, insgesamt sieben Kinder. Sie waren für uns natürlich eine Überraschung. Die anderen sechs hat er nicht leiden können und ihnen daher so gut wie nichts hinterlassen, gerade genug, daß sie ihre Schulden bezahlen können. Sie hingegen scheint er in sein Herz geschlossen zu haben, denn alles andere geht an Rachel Lane, die am 2. November 1954 im katholischen Krankenhaus von New Orleans als uneheliches Kind der inzwischen verstorbenen Evelyn Cunningham zur Welt gekommen ist. Jene Rachel dürften Sie sein.«

In der Stille, die sie umgab, schienen diese Worte besonderes Gewicht zu haben. Rachel nahm das Gesagte auf und dachte wie immer lange nach, bevor sie etwas sagte. »Nein, er hatte mich nicht ins Herz geschlossen. Wir haben einander zwanzig Jahre lang nicht gesehen.«

»Das ist unerheblich. Er hat Ihnen sein Vermögen hinterlassen. Niemand hatte Gelegenheit, ihn zu fragen, warum, denn nachdem er dies Testament unterschrieben hatte, ist er von einer Dachterrasse gesprungen. Ich habe eine Kopie mitgebracht.«

»Ich möchte sie nicht sehen.«

»Außerdem habe ich einige weitere Papiere, die Sie bitte unterschreiben wollen, vielleicht gleich morgen früh, wenn wir wieder etwas sehen können. Dann kann ich zurückkehren.«

»Was für Papiere sind das?«

»Alle möglichen gesetzlich vorgeschriebenen Dokumente, alles zu Ihrem Besten.«

»Ihnen liegt nichts an meinem Besten.« Diesmal kam ihre Antwort sehr viel schneller und schärfer, und Nate zuckte unter dem Vorwurf zusammen.

»Das stimmt nicht«, gab er zurück. Es klang kläglich.

»Doch, es stimmt. Sie wissen weder, was ich möchte oder brauche, noch, was ich mag oder was nicht. Sie kennen mich nicht, Nate, woher wollen Sie also wissen, was zu meinem Besten ist und was nicht?«

»Na schön, Sie haben recht. Ich kenne Sie nicht, und Sie kennen mich nicht. Ich bin hier, weil der Nachlaß Ihres Vaters geregelt werden muß. Mir fällt es immer noch sehr schwer zu glauben, daß ich tatsächlich in der Dunkelheit vor einer Hütte in einem primitiven Indianerdorf sitze, mitten in einem Sumpfgebiet, das so groß ist wie der Staat Colorado, in einem Land der dritten Welt, das ich nie zuvor gesehen habe, und mit einer ganz reizenden Missionarin rede, die zufällig die reichste Frau der Welt ist. Ja, Sie haben recht, ich weiß nicht, was zu Ihrem Besten ist. Aber es ist sehr wichtig, daß Sie diese Dokumente sehen und unterschreiben.«

»Ich unterschreibe nichts.«

»Na hören Sie mal!«

»Ich bin nicht an Ihren Dokumenten interessiert.«

»Sie haben sie doch noch gar nicht gesehen.«

»Sagen Sie mir, worum es darin geht.«

»Es sind reine Formalitäten. Meine Kanzlei muß dafür sorgen, daß das Nachlaßgericht den Erbschein ausstellen kann. Jeder der im Testament Ihres Vaters namentlich genannten Erben muß dem Gericht persönlich oder schriftlich bestätigen, daß er Kenntnis von dem damit verbundenen Verfahren hat und auf die Möglichkeit hingewiesen wurde, sich daran zu beteiligen. So will es das Gesetz.«

»Und wenn ich mich weigere?«

»Darüber habe ich, ehrlich gesagt, noch nicht nachgedacht. Es ist eine solche Selbstverständlichkeit, daß alle es einfach machen.«

»Das würde heißen, ich unterwerfe mich dem Gericht in ...«

»Virginia. Das dortige Nachlaßgericht ist für Sie zuständig, auch wenn Sie sich woanders aufhalten.«

»Ich bin nicht sicher, ob mir das gefällt.«

»Na schön, dann springen Sie ins Boot, und wir fliegen nach Washington.«

»Ich gehe hier nicht weg.« Darauf folgte ein langes Schweigen, das durch die völlige Finsternis um sie herum noch vertieft wurde. Der junge Mann unter dem Baum regte sich nicht. Von den Indianern in ihren Hütten hörte man mit Ausnahme eines schreienden Säuglings keinen Laut.

»Ich hole uns etwas Saft«, sagte sie mit leiser Stimme und ging dann hinein. Nate stand auf, streckte sich und schlug nach Moskitos.

Im Haus sah man flackernden Lichtschein. Rachel hielt eine Art tönerne Schale mit einer Flamme in der Mitte. »Das sind Blätter von dem Baum da drüben«, erklärte sie, während sie die Schale auf den Boden neben die Tür stellte. »Wir verbrennen sie, um die Moskitos zu vertreiben. Setzen Sie sich ganz nahe daran.«

Nate befolgte die Aufforderung. Sie kehrte mit zwei Bechern zurück. Sie enthielten eine Flüssigkeit, die er nicht sehen konnte. »Es ist *macajuno*, so ähnlich wie Orangensaft.« Sie saßen dicht nebeneinander auf dem Boden, den Rücken an die Wand der Hütte gelehnt. Die Schale mit der Flamme stand nicht weit von ihren Füßen.

»Sprechen Sie leise«, sagte sie. »Die Stimmen tragen in der Dunkelheit weit, und die Leute versuchen zu schlafen. Außerdem sind sie schrecklich neugierig.«

»Sie können nichts verstehen.«

»Schon, aber sie hören trotzdem zu.«

Er hatte sich mehrere Tage nicht mit Seife gewaschen und machte sich mit einem Mal Sorgen um seine Körperhygiene. Er nahm einen kleinen Schluck, dann noch einen.

»Haben Sie Familie?« fragte sie.

»Ich hab es zweimal probiert. Zwei Ehen, zwei Scheidungen, vier Kinder. Jetzt lebe ich allein.«

»Es ist sehr leicht, sich scheiden zu lassen, nicht wahr?«

Nate nahm ein winziges Schlückchen der warmen Flüssigkeit. Bisher war er von den entsetzlichen Durchfällen verschont geblieben, die so manchen Ausländer heimsuchten. Sicherlich war diese dunkle Flüssigkeit harmlos.

Zwei Amerikaner mitten in der Wildnis. Es gab so vieles, worüber sie reden konnten – warum mußte sie da ausgerechnet das Thema Scheidung ansprechen.

»Ehrlich gesagt war es ziemlich qualvoll.«

»Aber wir machen alle weiter. Wir heiraten und lassen uns wieder scheiden. Lernen einen anderen Menschen kennen, heiraten, lassen uns scheiden. Lernen wieder einen anderen Menschen kennen.«

»Wir?«

»Damit meine ich zivilisierte, gebildete, komplizierte Menschen. Die Indianer hier kennen keine Scheidung.«

»Die haben auch meine erste Frau nicht gesehen.«

»War sie unangenehm?«

Nate stieß die Luft aus und nahm einen weiteren Schluck. Tu ihr den Gefallen, sagte er sich. Sie möchte sich unbedingt mit einem Landsmann unterhalten.

»Tut mir leid«, sagte sie. »Ich will mich nicht in Ihre Privatangelegenheiten drängen. Es ist nicht wichtig.«

»Sie war kein schlechter Mensch, jedenfalls nicht in den ersten Jahren. Ich habe viel gearbeitet und noch mehr getrunken. Wenn ich nicht in der Kanzlei war, war ich in einer Kneipe. Sie war nicht damit einverstanden, hat mir dann Vorwürfe gemacht und ist zum Schluß richtig bösartig geworden. Die Dinge sind derart außer Kontrolle geraten, daß wir uns gegenseitig gehaßt haben.«

Die kleine Beichte war im Nu vorüber, und es genügte beiden. An jenem Ort schienen die Trümmer seiner Ehe völlig unerheblich zu sein.

»Haben Sie nie geheiratet?« fragte er.

»Nein.« Sie nahm einen Schluck. Sie war Linkshänderin und stieß mit ihrem Ellbogen an seinen, als sie den Becher hob. »Auch Paulus hat nie geheiratet, wissen Sie.«

»Welcher Paulus?«

»Der Apostel.«

»Ach so, der.«

»Lesen Sie in der Bibel?«

»Nein.«

»Ich habe auf dem College einmal geglaubt, verliebt zu sein. Ich wollte ihn heiraten, aber der Herr hat mich auf einen anderen Weg geführt.«

»Warum?«

»Weil es sein Wille war, daß ich hierher kam. Zwar war der Junge, in den ich verliebt war, ein guter Christ, aber er wäre den Anforderungen eines Lebens als Missionar physisch nicht gewachsen gewesen.«

»Wie lange werden Sie hierbleiben?«

»Ich habe nicht die Absicht fortzugehen.«

»Das heißt, die Indianer werden Sie begraben.«

»Vermutlich. Darüber mache ich mir keine Gedanken.«

»Sterben viele Missionare von World Tribes im Einsatz?«

»Nein. Die meisten gehen in den Ruhestand und kehren nach Hause zurück. Die haben aber auch Angehörige, die sich um ihre Beisetzung kümmern können.«

»Sie hätten jede Menge Angehörige und Freunde, wenn Sie jetzt zurückkehren würden. Sie wären hochberühmt.«

»Das ist erst recht ein guter Grund hierzubleiben. Hier bin ich zu Hause. Ich will das Geld nicht.«

»Seien Sie nicht töricht.«

»Ich bin nicht töricht. Geld bedeutet mir nichts. Das müßte Ihnen klar sein.«

»Sie wissen nicht einmal, wieviel es ist.«

»Ich will es auch nicht wissen. Ich habe heute meine Arbeit getan, ohne an das Geld zu denken. Morgen und übermorgen werde ich das gleiche tun.«

»Es sind, grob geschätzt, elf Milliarden.«

»Soll mich das beeindrucken?«

»Ich finde den Betrag bemerkenswert.«

»Aber Sie verehren das Geld. Sie gehören einer Kultur an, in der Geld der Maßstab für alles ist. Es ist eine Religion.«

»Stimmt. Aber auch Sex ist ziemlich wichtig.«

»Von mir aus. Geld und Sex. Was noch?«

»Ruhm. Jeder möchte berühmt sein.«

»Eine traurige Kultur. Die Menschen machen sich verrückt. Sie arbeiten ununterbrochen, um Geld zu verdienen, damit sie sich Dinge kaufen können, mit denen sie andere Menschen beeindrucken wollen. Man schätzt jeden nach dem ein, was er besitzt.«

»Zählen Sie mich unter diese Menschen?«

»Und Sie selbst?«

»Ich denke schon.«

»Dann führen Sie ein Leben ohne Gott. Sie müssen ein sehr armer Mensch sein, Nate, das kann ich spüren. Sie kennen Gott nicht.«

Er zuckte zusammen und überlegte, was er zu seiner Verteidigung sagen könnte, aber die Wahrheit entwaffnete ihn. Es gab nichts, womit er sich zur Wehr setzen, kein Fundament, auf dem er stehen konnte. »Ich glaube an Gott«, sagte er ohne große Überzeugungskraft, obwohl es der Wahrheit entsprach.

»Das sagt sich leicht«, erwiderte sie, nach wie vor sanft und bedächtig. »Ich zweifle auch nicht daran. Aber es ist eines, etwas zu sagen, und ein anderes, danach zu leben. Der verkrüppelte Junge da drüben unter dem Baum heißt Lako. Er ist siebzehn Jahre alt, klein für sein Alter und immer krank. Seine Mutter hat mir gesagt, daß er eine Frühgeburt war. Er bekommt jede Krankheit hier im Dorf als erster. Ich bezweifle, daß er dreißig wird. Er macht sich darüber keine Gedanken. Er hat sich vor einigen Jahren für das Christentum entschieden und ist der angenehmste Mensch, den man sich denken kann. Er spricht den ganzen Tag mit Gott, wahrscheinlich betet er jetzt gerade. Sorgen und Ängste sind ihm fremd. Wenn ihn etwas belastet, geht er damit direkt zu Gott und lädt die Last bei ihm ab.«

Nate sah in der Dunkelheit zu dem Baum hinüber, unter dem Lako betete, konnte aber nichts erkennen.

Sie fuhr fort: »Dieser Indianerjunge hat nichts auf dieser Erde, aber er sammelt Schätze im Himmel. Er weiß, daß er dort die Ewigkeit bei seinem Schöpfer verbringen wird, wenn er einmal stirbt. Lako ist reich.«

»Was ist mit Troy?«

»Ich bezweifle, daß er im Glauben an Christus gestorben ist. Vermutlich brennt er jetzt in der Hölle.«

»Das glauben Sie doch selbst nicht.«

»Die Hölle ist durchaus real, Nate. Lesen Sie die Bibel. In diesem Augenblick würde Troy seine elf Milliarden für ein Glas kühles Wasser hergeben.«

Nate fehlten die Voraussetzungen, mit einer Missionarin theologische Fragen zu erörtern, und das war ihm auch klar. So sagte er eine Weile nichts, und sie verstand. Minuten verstrichen, und selbst der letzte Säugling im Dorf schlief ein. Die Nacht war völlig schwarz und still, man sah weder Mond noch Sterne. Das einzige Licht kam von der schmalen gelben Flamme zu ihren Füßen.

Sehr sanft berührte sie ihn. Sie tätschelte dreimal seinen Arm und sagte: »Es tut mir leid. Ich hätte nicht sagen sollen, daß Sie einsam sind. Woher sollte ich das wissen?«

»Es ist schon in Ordnung.«

Sie ließ ihre Finger auf seinem Arm liegen, als wolle sie unbedingt etwas berühren.

»Sie sind ein guter Mensch, nicht wahr, Nate?«

»Ach, eigentlich nicht. Ich tu vieles, was ich nicht tun sollte. Ich bin ein schwacher Mensch, und ich möchte nicht darüber reden. Ich bin nicht hergekommen, um Gott zu finden. Sie aufzustöbern war schwer genug. Das Gesetz verlangt von mir, daß ich Ihnen diese Papiere aushändige.«

»Ich unterschreibe sie nicht, und ich möchte das Geld nicht.«

»Ach, kommen Sie –«

»Bitten Sie mich nicht. Meine Entscheidung ist endgültig. Wir wollen nicht über das Geld reden.«

»Aber es ist der einzige Grund dafür, daß ich hier bin.«

Sie nahm ihre Finger fort, schob sich aber ein wenig näher an ihn, so daß ihre Knie einander berührten. »Es tut mir leid, daß Sie gekommen sind. Sie haben den Weg vergeblich gemacht.«

Wieder trat eine Pause ein. Er mußte sich erleichtern, doch die Vorstellung, auch nur einen Schritt in irgendeine Richtung zu tun, entsetzte ihn.

Lako sagte etwas und schreckte Nate damit auf. Er stand weniger als drei Meter entfernt, doch man sah ihn nicht.

»Er muß zu seiner Hütte gehen«, sagte sie und stand auf. »Folgen Sie ihm.«

Nate erhob sich langsam mit schmerzenden Gelenken. Zögernd dehnten sich seine Muskeln. »Ich würde gern morgen aufbrechen.«

»Gut. Ich werde mit dem Häuptling sprechen.«

»Das wird doch nicht schwierig sein?«

»Wahrscheinlich nicht.«

»Sie sollten mir eine halbe Stunde widmen, damit wir uns zumindest gemeinsam die Papiere ansehen und ich Ihnen die Kopie des Testaments zeigen kann.«

»Wir können uns unterhalten. Gute Nacht.«

Auf dem kurzen Weg ins Dorf folgte er Lako so dicht, daß er ihm fast auf die Fersen getreten hätte.

»Hier«, flüsterte Jevy aus der Dunkelheit. Irgendwie hatte er erreicht, daß man ihnen gestattete, zwei Hängematten auf der kleinen Veranda des Männerhauses zu nutzen. Nate fragte, wie Jevy das angestellt hatte. Er versprach, es ihm am nächsten Morgen zu erklären.

Lako verschwand in der Nacht.

DREISSIG

F. Parr Wycliff war damit beschäftigt, im Gerichtssaal sein Tagespensum an öden mündlichen Verhandlungen abzuarbeiten. Er war bereits im Rückstand. Im Richterzimmer wartete Josh mit dem Videoband. Er schritt in dem vollgestellten Raum auf und ab, griff nach seinem Mobiltelefon, war mit den Gedanken in einer anderen Hemisphäre. Er hatte immer noch nichts von Nate gehört.

Valdirs beruhigende Worte – das Pantanal ist groß, der Führer ist zuverlässig, es ist ein gutes Boot, die Indianer ziehen von einem Ort zum anderen und wollen von niemandem gefunden werden, alles ist in bester Ordnung – kamen ihm einstudiert vor. Er werde sich melden, sobald er etwas von Nate hörte. Josh hatte schon erwogen, eine Rettungsaktion zu organisieren. Aber vermutlich war es nicht möglich, ins Pantanal vorzudringen, um einen verlorengegangenen Anwalt zu finden. Wie es aussah, war es schon schwierig genug, bis Corumbá zu gelangen. Dennoch konnte er hinfliegen, sich zu Valdir ins Büro setzen und warten, bis eine Meldung kam.

Josh arbeitete an sechs Tagen die Woche zwölf Stunden täglich, und der Fall Phelan stand kurz vor der Explosion. Ihm blieb kaum Zeit zum Mittagessen, von einer Reise nach Brasilien ganz zu schweigen.

Er versuchte, Valdir über sein Mobiltelefon zu erreichen, aber die Leitung war besetzt.

Wycliff kam herein, entschuldigte sich und zog sich gleichzeitig die Robe aus. Ihm lag daran, einen einflußreichen Anwalt wie Stafford mit der Bedeutung der bei ihm anliegenden Fälle zu beeindrucken.

Sie waren allein im Richterzimmer. Schweigend betrachteten sie den Anfang des Videobandes. Auf ihm war zu sehen, wie der alte Troy im Rollstuhl saß und Josh ihm das Mikrophon zurechtrückte. Dann traten die drei Psychiater mit ihren langen Fragelisten auf. Die Befragung dauerte einundzwanzig Minuten und endete mit der einhellig geäußerten Meinung, daß Mr. Phelan durchaus wisse, was er tue. Wycliff konnte ein breites Lächeln nicht unterdrücken.

Das Konferenzzimmer leerte sich. Die unmittelbar auf Troy gerichtete Kamera blieb eingeschaltet. Er holte das eigenhändige Testament hervor und unterschrieb es vier Minuten nach dem Ende der Befragung durch die Psychiater.

»Und jetzt springt er«, sagte Josh.

Die Kamera bewegte sich nicht. Sie erfaßte Troy, als er sich unvermittelt vom Tisch abstieß und aus dem Rollstuhl aufstand. Während er vom Bildschirm verschwand, starrten Josh, Snead und Tip Durban eine Sekunde lang ungläubig, dann rannten sie hinter dem alten Mann her. Die Bilder waren durchaus dramatisch.

Fünfeinhalb Minuten lang zeichnete die Kamera lediglich leere Stühle auf. Man hörte Stimmen. Dann sah man, wie sich der arme Snead auf Troys Platz setzte. Er war sichtlich erschüttert und den Tränen nahe, brachte es aber fertig, in die Kamera zu sagen, was er soeben miterlebt hatte. Josh und Tip Durban taten das gleiche.

Neununddreißig Minuten Videoband.

»Wie wollen sie nur dagegen angehen?« fragte Wycliff, als es vorüber war. Auf diese Frage blieb ihm Josh die Antwort schuldig. Zwei der Nachkommen Troys – Rex und Libbigail – hatten bereits den Antrag gestellt, das Testament anzufechten. Ihren Anwälten Hark Gettys und Wally Bright war es gelungen, ein beträchtliches Maß an Aufmerksamkeit auf sich zu lenken und zu erreichen, daß Presseleute sie interviewten und fotografierten.

Die anderen Nachkommen würden bald ihrem Beispiel folgen. Josh hatte mit den meisten ihrer Anwälte gesprochen; alle waren praktisch schon auf dem Weg zum Gericht.

»Jeder zweifelhafte Psychofritze im Land möchte ein Stück von diesem Kuchen haben«, sagte Josh. »Wir werden viele abweichende Meinungen zu hören bekommen.«

»Macht Ihnen der Selbstmord Sorgen?«

»Natürlich. Aber Troy hatte alles auf das sorgfältigste geplant, sogar seinen Selbstmord. Er wußte haargenau, wann und auf welche Weise er sterben wollte.«

»Was ist mit dem anderen Testament, dem dicken Dokument, das er als erstes unterschrieben hat?«

»Er hat es nicht unterschrieben.«

»Aber ich habe es doch selbst gesehen. Man sieht es auf dem Video.«

»Trotzdem. Er hat den Namen Micky Maus daruntergeschrieben.«

Wycliff hatte sich Notizen gemacht, doch jetzt verharrte seine Hand mitten im Satz. »Micky Maus?« wiederholte er.

»Die Sache verhält sich wie folgt: Zwischen 1982 und 1996 habe ich für Mr. Phelan elf Testamente vorbereitet, teils umfangreiche, teils knappe. Darin hat er auf mehr verschiedene Arten über sein Vermögen verfügt, als Sie sich vorstellen können. Das Gesetz verlangt, daß ein Testament vernichtet wird, wenn es durch ein neues ersetzt werden soll. Also habe ich ihn mit der jeweiligen neuesten letztwilligen Verfügung in seinem Büro aufgesucht, wir haben sie zwei Stunden lang Punkt für Punkt durchgearbeitet, und er hat unterschrieben. Ich habe sie in meiner Kanzlei aufbewahrt und immer das jeweils letzte Testament mitgebracht. Sobald er das neue unterschrieben hatte, haben wir – das heißt, Mr. Phelan und ich – das alte in den Aktenvernichter neben seinem Schreibtisch gesteckt. Er hat diese kleine Zeremonie jedesmal aufs höchste genossen. Dann war er einige Monate lang zufrieden, bis er sich über eins seiner Kinder ärgerte, und er hat angefangen, davon zu reden, daß er sein Testament abändern wollte.

Sofern die Nachkommen beweisen können, daß er bei der Abfassung des handschriftlichen Testaments nicht bei klarem Verstand war, gibt es gar keins. Alle anderen sind vernichtet worden.«

»In dem Fall müßte man ihn wie einen Erblasser behandeln, der kein Testament errichtet hat«, fügte Wycliff hinzu.

»Ja, und wie Sie sehr wohl wissen, würde sein Nachlaß in einem solchen Fall gemäß den Gesetzen des Staates Virginia vollständig unter seinen sämtlichen Nachkommen aufgeteilt.«

»Sieben Kinder. Elf Milliarden Dollar.«

»Sieben, von denen wir wissen. Der Betrag kommt ziemlich genau hin. Würden Sie in einem solchen Fall als Erbe, der sich übergangen fühlt, nicht auch versuchen, das Testament anzufechten?«

Wycliff konnte sich nichts Schöneres vorstellen als eine langwierige Auseinandersetzung um das Erbe, bei der die Fetzen flogen. Und ihm war klar, daß die Anwälte, Josh Stafford nicht ausgenommen, bei einer solchen Auseinandersetzung noch reicher würden als ohnehin.

Aber zu einem Streit braucht man zwei Parteien, und vorerst war nur eine aufgetreten. Irgend jemand mußte die Anfechtung von Mr. Phelans letztem Testament abwehren.

»Haben Sie schon etwas über Rachel Lane in Erfahrung gebracht?« fragte er.

»Nein. Aber wir sind auf der Suche nach ihr.«

»Wo befindet sie sich?«

»Vermutlich irgendwo in Südamerika, wo sie als Missionarin tätig ist. Nur gefunden haben wir sie noch nicht. Aber wir haben Leute da unten.« Josh merkte, daß er mit dem Wort ›Leute‹ ziemlich locker umging.

Gedankenversunken sah Wycliff zur Decke empor. »Warum wollte er seine elf Milliarden einer unehelichen Tochter hinterlassen, die als Missionarin arbeitet?«

»Das kann ich Ihnen nicht beantworten. Er hat mich im Laufe der Jahre schon mit so vielen Dingen überrascht, daß ich abgehärtet bin.«

»Aber es klingt doch ein bißchen verrückt, oder nicht?«

»Es ist merkwürdig.«

»Wußten Sie von ihr?«

»Nein.«

»Könnte es noch andere Erben geben?«

»Möglich ist alles.«

»Sind Sie der Ansicht, daß er nicht ganz bei Trost war?«

»Nein. Seltsam, schrullig, launenhaft, ein ausgewachsenes Ekel. Aber er hat genau gewußt, was er tat.«

»Schaffen Sie die Frau her, Josh.«

»Wir geben uns Mühe.«

Das Gespräch zwischen dem Häuptling und Rachel fand unter vier Augen statt. Von dort, wo Nate auf der Veranda unter seiner Hängematte saß, konnte er ihre Gesichter sehen und ihre Stimmen hören. Irgend etwas am Himmel schien den Häuptling zu beunruhigen. Er sagte etwas, hörte dann auf Rachels Worte und hob langsam den Blick, als ob er erwarte, daß aus den Wolken der Tod herabregne. Es war Nate klar, daß der Häuptling Rachel nicht nur zuhörte, sondern auch ihren Rat suchte.

Während um sie herum das Frühstück allmählich zu Ende ging, bereiteten sich die Ipicas auf einen weiteren Tag vor. Die Jäger sammelten sich in kleinen Gruppen vor dem Männerhaus, um ihre Pfeilspitzen zu schärfen und die Bogensehnen einzuhängen. Die Fischer legten Netze und Schnüre zurecht. Die jungen Frauen begannen mit ihrer den ganzen Tag nicht endenden Aufgabe, die Fläche um ihre Hütte mit dem Besen sauberzuhalten. Ihre Mütter brachen zu den Gärten und Feldern in der Nähe des Waldes auf.

»Er ist überzeugt, daß es ein Gewitter gibt«, erklärte Rachel, als die Besprechung vorüber war. »Er sagt, daß Sie fahren können, aber er gibt Ihnen keinen Führer mit. Es ist zu gefährlich.«

»Können wir es ohne Führer schaffen?« fragte Nate.

»Ja«, sagte Jevy, und Nate warf ihm einen vielsagenden Blick zu.

»Es wäre nicht klug«, sagte sie. »Die Flüsse gehen ineinander über, und man verirrt sich leicht. Selbst die Ipicas haben während der Regenzeit schon Fischer verloren.«

»Wann wird das Gewitter vorüber sein?« fragte Nate.

»Das müssen wir abwarten.«

Nate holte tief Luft und ließ die Schultern sinken. Sein ganzer Körper schmerzte. Er hatte Hunger, war müde, über und über mit Mückenstichen bedeckt und hatte das kleine Abenteuer satt. Außerdem fürchtete er, daß sich Josh Sorgen machte. Bisher war alles fehlgeschlagen. Zwar hatte er kein Heimweh, weil er nirgendwo daheim war, aber er wollte Corumbá mit seinen gemütlichen kleinen Cafés, den angenehmen Hotels und den Straßen wiedersehen, auf denen das Leben gemächlich dahintrieb. Er wollte eine weitere Gelegenheit haben, allein zu sein, sauber und nüchtern und ohne die Angst, sich zu Tode zu trinken.

»Es tut mir leid«, sagte sie.

»Ich muß wirklich zurück. In der Kanzlei erwartet man meinen Bericht. Die Sache hat schon viel länger gedauert als angenommen.«

Sie hörte ihm zwar zu, nahm aber nicht wirklich Anteil. Daß sich einige Leute in einer Kanzlei in Washington Sorgen machten, ließ sie ziemlich kalt.

»Können wir miteinander reden?« fragte er.

»Ich muß zum Begräbnis des kleinen Mädchens ins Nachbardorf. Warum kommen Sie nicht mit? Unterwegs haben wir viel Zeit, miteinander zu reden.«

Lako ging voran. Sein rechter Fuß war zur Innenseite hin verdreht, so daß er bei jedem Schritt nach links wegsackte und sich dann wieder rechts hochriß. Es tat weh, das mit ansehen zu müssen. Rachel folgte ihm, hinter ihr ging Nate, der ihre Tuchtasche trug. Jevy hielt sich hinter ihnen außer Hörweite, um nicht mitzubekommen, worüber sie sprachen.

Nachdem sie das Hüttenoval verlassen hatten, kamen sie an brachliegenden kleinen quadratischen Feldern vorüber, auf denen allerlei Buschwerk wucherte. »Die Ipicas bauen ihre Nutzpflanzen auf kleinen Flächen an, die sie dem Urwald abgewinnen«, erklärte sie. Es fiel Nate schwer, mit ihr Schritt zu halten. Ein Marsch von drei Kilometern Länge durch die Wälder war für sie offenbar eine Kleinigkeit, und sie schritt auf ihren sehnigen Beinen kräftig aus. »Der Ackerbau laugt den Boden aus, so daß er nach einigen Jahren nichts mehr hergibt. Dann werden die Felder aufgegeben, die Natur erobert das Gebiet zurück, und die Ipicas legen neue Felder an. Langfristig gesehen wird kein Schaden angerichtet, denn alles kehrt zu seinem vorigen Zustand zurück. Land ist für diese Menschen das ein und alles, denn sie leben davon. Allerdings hat die zivilisierte Welt ihnen den größten Teil davon fortgenommen.«

»Kommt mir irgendwie bekannt vor.«

»Nicht wahr? Wir vermindern die Bevölkerungszahl durch Blutvergießen und Krankheiten und nehmen den Menschen das Land. Dann bringen wir sie in Reservate und können nicht verstehen, warum sie dort nicht glücklich sind.«

Sie begrüßte zwei nackte Frauen, die in der Nähe des Pfades den Boden bearbeiteten. »Die Frauen müssen die schwere Arbeit tun«, bemerkte Nate.

»Ja. Aber verglichen damit, was es bedeutet, Kinder in die Welt zu setzen, ist das leicht.«

»Ich sehe ihnen lieber bei der Arbeit zu.«

Die Luft war feucht, aber frei von dem Rauch, der beständig über dem Dorf hing. Nate schwitzte schon, als sie den Wald betraten.

»Erzählen Sie mir etwas von sich, Nate«, sagte sie über die Schulter.

»Das könnte ziemlich lange dauern.«

»Nur die Höhepunkte.«

»Es gibt mehr Tiefpunkte.«

»Vorwärts, Nate! Sie wollten reden, so lassen Sie uns reden. Der Marsch dauert eine halbe Stunde. Fangen Sie einfach damit an, wo Sie zur Welt gekommen sind.«

»In Baltimore, als ältester von zwei Söhnen. Meine Eltern haben sich scheiden lassen, als ich fünfzehn war. Ich hab die High School in St. Paul besucht, das Hopkins-College, in Georgetown Jura studiert und bin danach nicht aus Washington hinausgekommen.«

»Hatten Sie eine glückliche Kindheit?«

»Vermutlich schon. Sport hat darin eine große Rolle gespielt. Mein Vater hat dreißig Jahre lang für die Firma National Brewery gearbeitet und hatte immer Eintrittskarten für die Colts und die Orioles. Baltimore ist eine großartige Stadt. Reden wir auch über Ihre Kindheit?«

»Wenn Sie wollen. Sie war nicht besonders glücklich.«

Was für eine Überraschung, dachte Nate. Die arme Frau hatte noch keine Gelegenheit, glücklich zu sein.

»Wollten Sie schon als Junge Anwalt werden?«

»Natürlich nicht. Das will kein normaler Junge. Ich wollte für die Colts oder die Orioles spielen, vielleicht sogar für beide.«

»Sind Sie zur Kirche gegangen?«

»Klar. Immer zu Weihnachten und zu Ostern.«

Der Pfad war fast verschwunden, und sie wateten jetzt durch hartes Gras. Nate hielt den Blick auf ihre Schnürstiefel gerichtet. Als er sie nicht mehr sehen konnte, fragte er: »Was für eine Schlange war das eigentlich, die das kleine Mädchen gebissen hat?«

»Eine *bima*, aber Sie brauchen sich keine Sorgen zu machen.«

»Warum nicht?«

»Weil Sie hohe Schuhe tragen. Es ist eine kleine Schlange, die unterhalb des Fußknöchels zubeißt.«

»Die große wird mich schon finden.«

»Nur keine Angst.«

»Was ist mit Lako da vorne? Der trägt doch nie Schuhe.«

»Nein, aber er sieht alles.«

»Soweit ich verstanden habe, ist der Biß der *bima* tödlich.«

»Das kann er sein, aber es gibt ein Gegengift. Ich hatte es früher schon einmal hier. Hätte ich es gestern gehabt, wäre die Kleine nicht gestorben.«

»Das heißt, wenn Sie eine Menge Geld hätten, könnten Sie eine Menge von dem Zeug kaufen. Sie könnten sich einen Vorrat von allen Medikamenten anlegen, die Sie brauchen, sich einen hübschen kleinen Außenborder kaufen, mit dem Sie nach Corumbá und wieder zurückfahren können. Sie könnten eine Klinik, eine Kirche und eine Schule bauen und das Evangelium im ganzen Pantanal verbreiten.«

Sie blieb stehen und wandte sich unvermittelt um, so daß sie sich von Angesicht zu Angesicht gegenüberstanden. »Ich habe nichts getan, um das Geld zu verdienen. Ich habe den Mann, dem es gehörte, nicht einmal wirklich gekannt. Bitte sprechen Sie das Thema nicht mehr an.« Ihre Worte klangen entschlossen, aber in ihrem Gesicht gab es keinen Hinweis darauf, daß sie verärgert war.

»Verschenken Sie es. Geben Sie es irgendwelchen wohltätigen Einrichtungen.«

»Es gehört mir nicht.«

»Es würde sonst nur verschleudert. Die Anwälte werden Millionen bekommen, und das übrige wird unter Ihren Halbgeschwistern verteilt. Das können Sie doch nicht wollen. Glauben Sie mir. Sie haben keine Vorstellung von dem Elend und dem Kummer, den diese Menschen verursachen werden, wenn sie das Geld bekommen. Was sie nicht selbst verschleudern, werden sie ihren Nachkommen hinterlassen, und das Phelan-Geld wird die nächste Generation gleich mit vergiften.«

Sie faßte ihn am Handgelenk und drückte es. Ganz langsam sagte sie: »Das ist mir gleichgültig. Ich werde für sie beten.«

Dann wandte sie sich wieder um und ging forschen Schrittes weiter. Lako war weit voraus, und Jevy hinter ihnen war kaum zu sehen. Schweigend überquerten sie eine Lichtung nahe einem Wasserlauf, bevor sie wieder in dichten Wald eintauchten. Die ineinandergeschlungenen Zweige der mächtigen hohen Bäume bildeten ein dunkles Dach. Mit einem Mal war die Luft kühl.

»Machen wir eine Pause«, sagte sie. Der Wasserlauf wand sich durch die Wälder, und der Pfad führte an einer Stelle über ihn hinweg, an der bläuliche und orangefarbene Steine lagen. Sie kniete sich nieder und besprengte ihr Gesicht mit Wasser.

»Das können Sie trinken«, sagte sie. »Es kommt aus den Bergen.«

Nate hockte sich neben sie und hielt die Hände ins Wasser. Es war kalt und klar. »Das ist meine Lieblingsstelle«, sagte sie. »Ich komme fast täglich hierher, um zu baden, zu beten und zu meditieren.«

»Es fällt mir schwer zu glauben, daß wir im Pantanal sind. Es ist viel zu kühl.«

»Wir befinden uns an seinem Rand. Die bolivianischen Berge sind nicht weit. Das Pantanal beginnt irgendwo hier in der Nähe und dehnt sich endlos weit nach Osten aus.«

»Ich weiß. Wir sind auf der Suche nach Ihnen drüber weggeflogen.«

»Tatsächlich?«

»Ja. Der Flug war nur kurz, aber ich konnte das Pantanal gut sehen.«

»Aber Sie haben mich nicht gefunden.«

»Nein. Wir sind in ein Unwetter gekommen und mußten notlanden. Ich hatte Glück und bin mit dem Leben davongekommen. Ich setz mich nie wieder in so ein kleines Flugzeug.«

»Es gibt hier in der Nähe ohnehin keine Landemöglichkeit.«

Sie zogen Schuhe und Socken aus und ließen die Füße ins Wasser hängen. Sie saßen auf den Steinen und lauschten dem murmelnden Bach. Sie waren allein, weder Lako noch Jevy waren zu sehen.

»Als kleines Mädchen habe ich in Montana in einer Kleinstadt gelebt, in der mein Vater, mein Adoptivvater, Priester war. Nicht weit vom Rand der Stadt floß ein Bach wie der hier. Dort gab es eine Stelle unter einigen hohen Bäumen, so ungefähr wie diese hier, wo ich stundenlang meine Füße ins Wasser gehängt habe.«

»Haben Sie sich da versteckt?«

»Manchmal.«

»Verstecken Sie sich jetzt?«

»Nein.«

»Ich glaube schon.«

»Nein, Nate, da irren Sie sich. Ich lebe in völligem Einklang mit mir. Ich habe mich vor vielen Jahren Christus anvertraut und folge ihm, wohin er mich führt. Sie halten mich für einsam – das stimmt aber nicht. Er ist auf jedem Schritt meines Wegs bei mir. Er kennt meine innersten Gedanken, meine Bedürfnisse und befreit mich von meinen Ängsten und Sorgen. Ich lebe in dieser Welt in gänzlichem Frieden.«

»So was habe ich noch nie zuvor gehört.«

»Sie haben gestern abend gesagt, daß Sie ein schwacher Mensch sind. Was meinen Sie damit?«

Beichten tut der Seele gut, hatte ihm Sergio während der Therapie gesagt. Wenn sie es nicht anders haben wollte, würde er sie eben mit der Wahrheit zu schockieren versuchen.

»Ich bin Alkoholiker«, sagte er, wie man es ihn während der Entwöhnung gelehrt hatte. Es klang fast stolz. »Ich war in den letzten zehn Jahren viermal ganz unten und hatte gerade wieder eine Entziehungskur hinter mir, als ich diese Reise angetreten habe. Ich kann nicht mit Sicherheit sagen, ob mit dem Trinken für alle Zeiten Schluß ist. Ich habe dreimal mit dem Kokain aufgehört und nehme an, daß ich das Zeug nie wieder anfasse. Allerdings kann man da nie ganz sicher sein. Ich hab vor vier Monaten während des Entzugs vor Gericht meine

Zahlungsunfähigkeit erklärt. Zur Zeit läuft gegen mich ein Verfahren wegen Steuerhinterziehung, und die Chancen, daß ich ins Gefängnis muß und mir die Zulassung als Anwalt entzogen wird, stehen fünfzig zu fünfzig. Von den beiden Scheidungen wissen Sie schon. Beide Frauen können mich nicht ausstehen, und sie haben die Seelen meiner Kinder vergiftet. Ich habe mein Leben gründlich versaut.«

Bei dieser Selbstentblößung empfand er weder Erleichterung, noch schien er sich daran zu weiden.

Sie hörte sich all das an, ohne mit der Wimper zu zucken. »Sonst noch etwas?« fragte sie.

»Oh ja. Ich habe mindestens zweimal versucht, mir das Leben zu nehmen – jedenfalls kann ich mich an zwei Gelegenheiten erinnern. Einmal im vorigen August. Daraufhin hat man mich in die Entzugsklinik geschickt. Dann vor ein paar Tagen in Corumbá. Ich glaube, es war am Weihnachtstag.«

»In Corumbá?«

»Ja. In meinem Hotelzimmer. Ich hab mich mit billigem Wodka fast zu Tode gesoffen.«

»Sie armer Mann.«

»Schön, ich bin krank. Ich habe das schon oft in Gegenwart von vielen Leuten gesagt, die mir helfen wollten.«

»Haben Sie es je Gott gebeichtet?«

»Ich bin sicher, daß Er das weiß.«

»Natürlich weiß Er es. Aber Er hilft Ihnen erst, wenn Sie Ihn darum bitten. Er ist allmächtig, aber Sie müssen sich Ihm bußfertig im Gebet nähern.«

»Und was passiert dann?«

»Ihre Sünden werden vergeben. Er wird all Ihre Schuld auslöschen. Ihre Sucht wird von Ihnen genommen. Der Herr wird alles vergeben, was Sie getan haben, und Sie werden in den Kreis derer eintreten, die an Christus glauben.«

»Und was ist mit meinen Schulden beim IRS?«

»Die bleiben bestehen. Aber Sie werden die Kraft haben, damit umzugehen. Das Gebet vermag alle Widrigkeiten zu überwinden.«

Nate waren solche Ansprachen nicht fremd. Er hatte sich schon so oft den Höheren Kräften ausgeliefert, daß er die Predigten fast selbst hätte halten können. Geistliche, Therapeuten, Gurus und Psychiater jeglicher Art hatten ihm gut zugeredet. Er hatte sogar, als er einmal drei Jahre lang trocken gewesen war, als Berater der Anonymen Alkoholiker gearbeitet und anderen Alkoholikern im Keller einer alten Kirche in Alexandria den Zwölf-Punkte-Plan erläutert. Dann war er erneut abgestürzt.

Warum sollte sie nicht versuchen, ihn zu retten? War es nicht ihre Berufung, die Verlorenen zu bekehren?

»Ich weiß nicht, wie man betet«, sagte er.

Sie nahm seine Hand und drückte sie kräftig. »Schließen Sie die Augen, Nate, und sprechen Sie mir nach: Lieber Gott, vergib mir meine Schuld und hilf mir, daß ich denen vergebe, die an mir schuldig geworden sind.« Murmelnd sprach Nate ihr nach und drückte ihre Hand fester. Was sie sagte, klang so ähnlich wie das Vaterunser. »Gib mir die Kraft, Versuchungen und Süchte zu überwinden und die vor mir liegenden Prüfungen zu bestehen.« Murmelnd wiederholte er ihre Worte, doch das kleine Ritual verwirrte ihn. Für Rachel war es einfach zu beten, denn sie tat das ständig. Für ihn war es eine sonderbare Übung.

»Amen«, sagte sie. Sie öffneten die Augen, hielten einander aber weiter bei der Hand. Sie lauschten auf das Wasser, das mit leisem Murmeln über die Steine rieselte. Er hatte das sonderbare Gefühl, als werde seine Last von ihm genommen; seine Schultern waren weniger niedergedrückt, sein Kopf kam ihm klarer, seine Seele nicht mehr so beunruhigt vor. Doch war er so beladen, daß er nicht sicher war, welche seiner Lasten von ihm genommen waren und welche blieben.

Die wirkliche Welt machte ihm nach wie vor angst. Es war leicht, tief im Pantanal tapfer zu sein, wo es nur wenige Versuchungen gab, aber er wußte, was ihn zu Hause erwartete.

»Ihre Sünden sind Ihnen vergeben, Nate«, sagte sie.

»Welche? Es sind so viele.«

»Alle.«

»Das ist zu einfach. Mein Leben ist ein unüberschaubares Chaos.«

»Wir beten heute abend wieder.«

»Bei mir gehört mehr dazu als bei den meisten anderen.«

»Vertrauen Sie mir. Und vertrauen Sie auf Gott. Er hat Schlimmeres gesehen.«

»Ihnen vertraue ich. Mit Gott hab ich so meine Probleme.«

Sie drückte seine Hand fester, und eine ganze Weile sahen sie schweigend auf das Wasser, das um sie herum strömte. Schließlich sagte sie: »Wir müssen gehen.« Aber sie rührten sich nicht.

»Ich habe über diese Beerdigung nachgedacht, über das kleine Mädchen«, sagte Nate.

»Was ist damit?«

»Werden wir ihren Leichnam sehen?«

»Ich denke schon. Man wird ihn kaum übersehen können.«

»Dann möchte ich lieber nicht hingehen. Ich kehre um und gehe mit Jevy ins Dorf zurück. Da warten wir dann.«

»Sind Sie sicher, Nate? Wir könnten stundenlang miteinander reden.«

»Ich möchte kein totes Kind sehen.«

»Schön. Ich verstehe.«

Er half ihr auf die Füße, obwohl sie bestimmt keine Hilfe gebraucht hätte. Sie hielten sich bei den Händen, bis sie nach ihren Stiefeln griff. Wie immer tauchte Lako aus dem Nichts auf, und schon bald waren die beiden in der Finsternis des Urwalds verschwunden.

Er fand Jevy unter einem Baum schlafend. Während sie den Rückweg antraten, achteten sie bei jedem Schritt auf Schlangen und erreichten nach einiger Zeit das Dorf.

EINUNDDREISSIG

Der Häuptling schien kein großer Wetterprophet zu sein. Das Gewitter blieb aus. Es regnete lediglich zweimal kurz, während Nate und Jevy in den geliehenen Hängematten dösten, um den langweiligen Tag irgendwie herumzubringen. Nach jedem der beiden Schauer schien gleich wieder die Sonne, und vom nassen Lehmboden stiegen Dampfschwaden auf. Die Luftfeuchtigkeit war so hoch, daß die beiden Männer sogar im Schatten schwitzten, obwohl sie sich so wenig wie möglich bewegten.

Sie sahen dem Treiben der Indianer zu, wenn es etwas zu sehen gab, aber die Hitze verminderte auch deren Lust an der Arbeit und am Spiel. Als die Sonne hoch am Himmel stand, zogen sich die Ipicas in ihre Hütten oder in den Schatten dahinter zurück. Während der Regenschauer spielten die Kinder im Regen. Wenn sich Wolken vor die Sonne schoben, wagten sich die Frauen heraus, um ihre Arbeiten zu erledigen und zum Fluß zu gehen.

Der träge Lebensrhythmus hatte Nate nach einer Woche im Pantanal abgestumpft. Jeder Tag schien ebenso zu verlaufen wie der vorige. In Jahrhunderten hatte sich nichts geändert.

Rachel kehrte mit Lako um die Mitte des Nachmittags zurück. Ihr erster Weg führte sie zum Häuptling, dem sie berichtete, was im anderen Dorf vorgefallen war. Dann sprach sie mit Nate und Jevy. Sie war müde und wollte ein wenig ausruhen, bevor sie mit Nate über die geschäftlichen Dinge sprechen wollte.

Also noch eine Stunde totschlagen, dachte Nate, während er ihr nachsah. Sie war schlank und zäh wie eine Marathonläuferin.

»Was gibt es da zu sehen?« fragte Jevy mit breitem Grinsen.

»Nichts.«

»Wie alt ist sie?«

»Zweiundvierzig.«

»Wie alt sind Sie?«

»Achtundvierzig.«

»War sie schon mal verheiratet?«

»Nein.«

»Glauben Sie, daß sie je mit einem Mann zusammen war?«

»Warum fragen Sie sie nicht?«

»Fragen Sie sie?«

»Es interessiert mich wirklich nicht.«

Sie schliefen wieder eine Weile, denn etwas anderes gab es nicht zu tun. In ein paar Stunden würden die Indianer anfangen zu ringen, dann würde es Abendessen geben, danach würde es dunkel. Nate träumte von der *Santa Loura*, günstigstenfalls ein bescheidenes Boot, das aber mit jeder Stunde, die verging, großartiger wurde. In seinen Träumen ähnelte sie schon bald einer schnittigen, eleganten Jacht.

Als sich die Männer versammelten, um sich ihrer Haarpflege zu widmen und sich auf ihre Spiele vorzubereiten, machten sich Nate und Jevy aus dem Staub. Einer der kräftigeren Ipicas rief ihnen etwas zu und forderte sie mit blitzenden Zähnen auf, sich am Ringen zu beteiligen. Daraufhin entfernte Nate sich noch schneller. Er sah vor seinem geistigen Auge, wie ihn irgendein stämmiger kleiner Krieger mit wild schlenkernden Genitalien zu Boden schleuderte. Auch Jevy schien der Sache keinen Geschmack abgewinnen zu können. Rachel rettete sie.

Sie wanderte mit Nate zum Fluß hinüber, an die alte Stelle unter den Bäumen. Dort saßen sie auf der schmalen Bank so dicht beieinander, daß ihre Knie sich wieder berührten.

»Es war klug von Ihnen, nicht hinzugehen«, sagte sie. Ihre Stimme klang müde. Die Ruhepause hatte offensichtlich nicht die gewünschte Erholung bewirkt.

»Warum?«

»Jedes Dorf hat einen Heilkundigen, *shalyun* heißt er in der Sprache der Menschen hier, der seine Medizin aus Kräutern und Wurzeln braut. Außerdem beschwört er Geister, die bei allen möglichen Schwierigkeiten helfen sollen.«

»Ach so, der gute alte Medizinmann.«

»Etwas in der Art. Eher ein Zauberheiler. In der Welt der Indianer gibt es viele Geister, und die *shalyun* vermitteln angeblich im Umgang mit ihnen. Auf jeden Fall sind diese Männer meine natürlichen Feinde, denn ich bedrohe ihre Stellung. Daher suchen sie fortwährend nach Möglichkeiten, mir eins auszuwischen. Sie belästigen Angehörige ihres Stammes, die sich zum Christentum bekennen. Vor allem Neubekehrten setzen sie zu. Sie wollen, daß ich von hier verschwinde, und liegen den Häuptlingen unaufhörlich in den Ohren, sie sollten mich fortschicken. Es ist Tag für Tag ein neuer Kampf. Im letzten Dorf unten am Fluß hatte ich eine kleine Schule, in der ich den Leuten Lesen und Schreiben beigebracht habe. Wenn sie auch in erster Linie für Gläubige gedacht war, so stand sie doch allen anderen offen. Als nun vor einem Jahr in jenem Dorf drei Menschen an Malaria gestorben sind, hat der dortige *shalyun* dem Häuptling eingeredet, diese Krankheit sei eine Strafe für meine Schule. Jetzt ist sie geschlossen.«

Nate hörte ihr zu, ohne selbst etwas zu sagen. Seine Bewunderung für ihren Mut war grenzenlos. Die Hitze und der träge Lebensrhythmus hatten ihn zu der Annahme verleitet, daß die Ipicas ein friedliches Leben führten. Kein Besucher hätte vermutet, daß ein Kampf um ihre Seelen tobte.

»Die Eltern Ayeshs, des Mädchens, das am Schlangenbiß gestorben ist, sind überzeugte Christen. Der *shalyun* hat überall herumerzählt, es wäre ihm ohne weiteres möglich gewesen, die Kleine zu retten, aber ihre Eltern hätten ihn nicht gerufen. Natürlich wollten sie, daß ich mich um die Kleine kümmerte. Die *bima* ist hier schon immer heimisch, und die *shalyun* brauen ihre eigenen Mittel gegen das Gift dieser Schlange. Ich habe kein einziges Mal erlebt, daß sie damit Erfolg gehabt hätten. Gestern nun hat der *shalyun* nach meinem Weggang einige Geister beschworen und in der Mitte des Dorfes eine Zeremonie gehalten, bei der er mir die Schuld am Tod des Mädchens gab. Mir und Gott.«

Ihre Worte kamen rasch, sie sprach schneller als sonst, als habe sie es eilig, noch einmal ihre Muttersprache zu benutzen.

»Während der Beisetzungsfeier heute haben er und einige Unruhestifter angefangen, ganz in der Nähe ihre Gesänge anzustimmen und ihre Tänze aufzuführen. Die bekümmerten Eltern sind vor Scham vergangen. Es war mir unmöglich, die Feier zu beenden.« Ihre Stimme war ein wenig unsicher, sie biß sich auf die Lippe.

Nate legte ihr beruhigend die Hand auf den Arm. »Es ist schon gut. Es ist vorbei.«

Vor den Indianern konnte sie nicht weinen. Sie mußte stark und unerschütterlich sein, unter allen Umständen ihren Glauben und ihren Mut beweisen. Aber vor Nate konnte sie weinen, er würde es verstehen. Er fand nichts dabei.

Sie wischte sich die Augen und sammelte sich wieder. »Es tut mir leid«, sagte sie.

»Ach was«, sagte Nate. Er war gern bereit, ihr zu helfen. Vor Frauentränen schmolz jede gespielte Selbstsicherheit dahin, ganz gleich ob in einer Kneipe oder am Ufer eines Flusses im Urwald.

Vom Dorf herüber ertönten laute Rufe. Das Ringen hatte begonnen. Nate dachte kurz an Jevy. Bestimmt war er nicht der Versuchung erlegen, mit den Männern herumzutollen.

»Sie sollten jetzt abreisen«, brach sie mit einem Mal das Schweigen. Sie hatte ihre Gefühle wieder unter Kontrolle, ihre Stimme klang wie immer.

»Was?«

»Ja, jetzt. So schnell wie möglich.«

»Nichts lieber als das. Aber warum plötzlich diese Eile? In drei Stunden ist es dunkel.«

»Es gibt Gründe zur Besorgnis.«

»Ich höre.«

»Ich vermute, daß ich heute im anderen Dorf einen Fall von Malaria gesehen habe. Die Moskitos verbreiten die Krankheit sehr schnell.«

Nate kratzte sich sogleich und wäre am liebsten sofort ins Boot gesprungen. Dann fielen ihm seine Tabletten ein. »Mir kann nichts passieren. Ich nehme irgendwas, das mit Chloro anfängt.«

»Chloroquine?«

»Genau.«

»Wann haben Sie damit angefangen?«

»Zwei Tage bevor ich aus den USA abgeflogen bin.«

»Und wo haben Sie die Tabletten jetzt?«

»Auf dem großen Boot.«

Mißbilligend schüttelte sie den Kopf. »Sie müssen sie ohne Unterbrechung einnehmen, vor, während und nach der Reise.« Jetzt sprach sie im Ton einer strengen Ärztin, als stehe sein Tod kurz bevor.

»Und was ist mit Jevy?« fragte sie. »Nimmt er die auch?«

»Er war Soldat. Dem passiert bestimmt nichts.«

»Ich will nicht mit Ihnen streiten, Nate. Ich habe bereits mit dem Häuptling gesprochen. Er hat heute morgen vor Sonnenaufgang zwei Fischer zur Erkundung ausgeschickt. Wegen der Überschwemmung sind die Gewässer hier auf den ersten zwei Stunden der Strecke schwierig, dann wird es einfacher. Er wird Ihnen drei Führer in zwei Kanus zur Verfügung stellen, und ich gebe Ihnen Lako mit, damit Sie keine Schwierigkeiten wegen der Sprache haben. Sobald Sie den Xeco erreicht haben, geht es immer geradeaus zum Paraguay.«

»Wie weit ist das?«

»Der Xeco liegt etwa vier Stunden entfernt, und bis zum Paraguay sind es sechs. Außerdem fahren Sie mit der Strömung.«

»Wenn Sie das für richtig halten. Sie scheinen ja alles geplant zu haben.«

»Vertrauen Sie mir, Nate. Ich hatte schon zweimal Malaria. Das ist alles andere als angenehm. Beim zweiten Mal hätte es mich fast das Leben gekostet.«

Nate hatte noch nie an die Möglichkeit gedacht, daß Rachel sterben könnte. Die Regelung des Phelan-Nachlasses dürfte chaotisch genug sein, solange sie sich im Urwald versteckte und nicht bereit war, die Papiere zu unterschreiben. Sofern sie starb, würde es Jahre dauern, Ordnung in den Wirrwarr zu bringen, der dadurch entstünde.

Außerdem bewunderte er sie im hohen Maße. Sie war alles, was er nicht war – stark und tapfer, unerschütterlich im Glauben, zufrieden mit einem einfachen Leben, sicher in ihrer Gewißheit, wohin sie auf der Erde wie im Jenseits gehörte. »Sterben Sie nicht, Rachel«, sagte er.

»Der Tod macht mir keine angst. Für uns Christen ist er eine Belohnung. Aber beten Sie für mich, Nate.«

»Ich verspreche, daß ich künftig mehr beten will.«

»Sie sind ein guter Mensch. Sie brauchen nur ein wenig Hilfe.«

»Ich weiß. Ich bin nicht besonders stark.«

Er hatte die Papiere in einem zusammengefalteten Umschlag in der Tasche. Jetzt nahm er sie heraus. »Können wir wenigstens darüber sprechen?«

»Ja, aber nur, weil ich Ihnen einen Gefallen tun möchte. Wenn Sie schon den ganzen Weg hierher gemacht haben, kann ich mit Ihnen zumindest über die juristischen Fragen reden.«

»Danke.« Er gab ihr das erste Blatt, eine Kopie der einen Seite, aus der Troys Testament bestand. Sie las es bedächtig und hatte an einigen Stellen Schwierigkeiten, die Handschrift zu entziffern. Zum Schluß fragte sie: »Erfüllt dies Testament denn die gesetzlichen Anforderungen?«

»Eigentlich schon.«

»Aber es kommt mir irgendwie behelfsmäßig vor.«

»Ein eigenhändiges Testament ist gültig. So will es das Gesetz.«

Sie las es erneut. Nate sah, daß die Schatten am Waldrand länger wurden. Seit einiger Zeit hatte er Angst vor der Dunkelheit, sowohl zu Lande wie auf dem Wasser. Er wollte möglichst bald fort.

»Troy hat für seine anderen Nachkommen wohl nicht besonders viel empfunden, was?« fragte sie belustigt.

»Das würde Ihnen genauso gehen. Allerdings war er ihnen wohl auch kein besonders guter Vater.«

»Ich erinnere mich noch an den Tag, an dem mir meine Adoptivmutter von ihm erzählt hat. Da war ich siebzehn. Es war im Spätsommer. Ihr Mann war gerade an Krebs gestorben, und das Leben sah ziemlich trist aus. Troy hatte mich irgendwie aufgestöbert und wollte uns unbedingt besuchen. Sie hat mir gesagt, wer meine wirklichen Eltern waren, und es hat mir nichts bedeutet. Mir waren diese Menschen gleichgültig. Ich hatte sie nie gekannt und empfand nicht das Bedürfnis, sie kennenzulernen. Später habe ich erfahren, daß meine Mutter Selbstmord begangen hatte. Wie finden Sie das, Nate? Meine biologischen Eltern haben sich beide das Leben genommen. Ob etwas davon in meinen Genen ist?«

»Nein. Sie sind viel stärker als beide.«

»Mir ist der Tod willkommen.«

»Sagen Sie das nicht. Wann haben Sie Troy kennengelernt?«

»Ein Jahr später. Er und meine Adoptivmutter haben ziemlich oft miteinander telefoniert. Er hat sie davon überzeugt, daß er es gut meint, und uns eines Tages besucht. Wir haben Tee getrunken und Kekse gegessen, dann ist er wieder gefahren. Er hat Geld für das College geschickt. Später hat er angefangen, mich zu bedrängen, ich sollte in eine seiner Firmen eintreten. Er hat sich aufgeführt wie ein Vater, und das hat mich gestört. Als dann meine Adoptivmutter starb, ist die Welt um mich herum zusammengebrochen. Ich habe einen anderen Nachnamen angenommen und Medizin studiert. Im Lauf der Jahre habe ich für Troy gebetet, so wie ich für alle verlorenen Menschen bete, die ich kenne. Ich hatte angenommen, er hätte mich vergessen.«

»Sieht nicht so aus«, sagte Nate. Ein schwarzer Moskito setzte sich auf seinen Oberschenkel, und er schlug mit einer Kraft zu, die ausgereicht hätte, ein Stück Brennholz zu spalten. Falls das Tier den Malariaerreger in sich trug, würde es ihn nicht weiterverbreiten. Rot zeichnete sich der Umriß von Nates Hand auf seiner Haut ab.

Er gab ihr die Annahmebestätigung und die Verzichterklärung. Sie las beide Formulare sorgfältig durch und sagte dann: »Ich unterschreibe nichts. Ich möchte mit dem Geld nichts zu tun haben.«

»Behalten Sie die Papiere einfach hier. Beten Sie darüber.«

»Machen Sie sich über mich lustig?«

»Nein. Ich weiß einfach nicht, was ich als nächstes tun soll.«

»Da kann ich Ihnen nicht helfen. Aber eine Bitte habe ich an Sie.«

»Wird gemacht. Alles, was Sie wollen.«

»Sagen Sie niemandem, wo ich mich aufhalte, Nate. Bitte achten Sie meine Zurückgezogenheit.«

»Das verspreche ich. Aber Sie müssen realistisch sein.«

»Was wollen Sie damit sagen?«

»Die Story ist unwiderstehlich. Sofern Sie das Geld nehmen, sind Sie wahrscheinlich die reichste Frau auf der Welt. Falls Sie es ablehnen sollten, ist die Geschichte noch verlockender.«

»Wen interessiert das denn?«

»Sie sind ein Herzchen. Sie kennen die Massenmedien nicht. Heutzutage wird bei uns alles, was passiert, vierundzwanzig Stunden am Tag ununterbrochen vor der Öffentlichkeit ausgebreitet. Stunden um Stunden von Nachrichtensendungen, Nachrichtenmagazinen, Gerede über dies und jenes, Sensationsmeldungen. Lauter Informationsmüll. Nichts ist zu geringfügig, als daß es sich nicht zur Sensation aufbauschen ließe.«

»Aber wie könnte man mich finden?«

»Das ist eine gute Frage. Wir hatten Glück, weil Troy Ihre Spur aufgenommen hatte. Unseres Wissens hat er sonst keinem davon erzählt.«

»Das heißt aber doch, daß ich in Sicherheit bin, nicht wahr? Sie werden es keinem weitersagen, und die Kollegen in Ihrer Kanzlei ja wohl auch nicht.«

»Das stimmt.«

»Und Sie haben nur hergefunden, weil Sie sich verirrt haben, nicht wahr?«

»Völlig verirrt.«

»Sie müssen mich beschützen, Nate. Das hier ist mein Zuhause. Ich gehöre zu diesen Menschen. Ich möchte nicht wieder davonlaufen müssen.«

IM URWALD LEBENDE MISSIONARIN
SCHLÄGT ELF-MILLIARDEN-ERBSCHAFT AUS

Was für eine Schlagzeile! Wie die Geier würde man das Pantanal mit Hubschraubern und Amphibienfahrzeugen absuchen, um Rachels Geschichte zu bekommen. Sie tat Nate jetzt schon leid.

»Ich tue, was ich kann«, sagte er.

»Geben Sie mir Ihr Wort darauf?«

»Ja.«

Der Häuptling selbst, gefolgt von seiner Frau und einem Dutzend Männern, bildete die Spitze des Verabschiedungstrupps. Mindestens zehn weitere Männer hinter Jevy bildeten die Nachhut. Im Gänsemarsch kamen sie über den Pfad auf den Fluß zu. »Es ist Zeit aufzubrechen«, sagte Rachel.

»Scheint mir auch so. Und Sie meinen, daß wir in der Dunkelheit sicher sind?«

»Aber gewiß. Der Häuptling gibt Ihnen seine besten Fischer mit. Gott wird Sie schützen. Sie müssen nur beten.«

»Das tue ich.«

»Ich werde jeden Tag für Sie beten, Nate. Sie sind ein guter Mensch und haben ein gutes Herz. Es ist der Mühe wert, Sie zu retten.«

»Danke. Wollen Sie mich heiraten?«

»Das kann ich nicht.«

»Natürlich können Sie. Ich kümmere mich um das Geld, und Sie kümmern sich um die Indianer. Wir besorgen uns eine größere Hütte und werfen unsere Kleider fort.«

Beide lachten. Sie lächelten noch, als der Häuptling sie erreichte. Nate stand auf, um hallo oder auf Wiedersehen oder etwas anderes zu sagen, und konnte eine Sekunde lang nichts sehen. Schwindel stieg ihm aus der Brust zum Kopf. Er kniff die Augen zusammen und sah zu Rachel hinüber, ob sie etwas gemerkt hatte.

Es sah nicht so aus. Seine Augenlider begannen zu schmerzen. In den Ellbogengelenken pochte es.

Ipica-Grunzlaute ertönten, und alle kamen zum Ufer. Lebensmittel wurden in Jevys Boot und in den beiden schmalen Kanus verstaut, in denen die Führer und Lako die Besucher begleiten sollten. Nate dankte Rachel, die ihrerseits dem Häuptling dankte, und als alle Abschiedsgrüße ausgetauscht waren, war es Zeit zum Aufbruch. Er stand knöcheltief im Wasser, drückte Rachel sacht an sich, klopfte ihr auf den Rücken und sagte: »Danke.«

»Wofür?«

»Was weiß ich? Weil Sie dafür gesorgt haben, daß die Anwälte ein Vermögen verdienen.«

Lächelnd sagte sie: »Ich mag Sie, Nate, aber das Geld und die Anwälte bedeuten mir nichts.«

»Ich mag Sie auch.«

»Kommen Sie bitte nicht noch einmal.«

»Keine Sorge.«

Alle warteten. Die Fischer waren bereits in die Flußmitte gefahren. Jevy hielt sein Paddel in der Hand und wartete darauf, abstoßen zu können.

Nate setzte einen Fuß ins Boot und sagte: »Wir könnten unsere Flitterwochen in Corumbá verbringen.«

»Alles Gute, Nate. Sagen Sie einfach Ihren Leuten, daß Sie mich nicht gefunden haben.«

»Wird gemacht. Bis dann.« Er wandte sich um, stieg ins Boot und setzte sich hart auf die Bank. Wieder drehte sich ihm alles im Kopf. Während das Boot davontrieb, winkte er Rachel und den Indianern zu, doch das Bild, das er sah, war unscharf.

In der Strömung glitten die Kanus flußabwärts. Die Indianer paddelten in vollkommenem Einklang. Sie verschwendeten keine Zeit, offenbar hatten sie es eilig. Der Motor sprang beim dritten Versuch an, und schon bald holte Jevy die Kanus wieder ein. Als er Gas wegnahm, fing der Motor an zu stottern, ging aber nicht aus. An der ersten Flußbiegung sah Nate über die Schulter. Rachel und die Indianer hatten sich nicht von der Stelle gerührt.

Der Schweiß brach ihm am ganzen Körper aus, obwohl Wolken vor die tiefstehende Sonne gezogen waren und eine angenehme Brise wehte. Seine Arme und Beine waren schweißbedeckt. Er rieb sich Nacken und Stirn und betrachtete die nassen Finger. Statt zu beten, wie er versprochen hatte, murmelte er: »Scheiße, mich hat's erwischt.«

Das Fieber war nicht hoch, setzte aber rasch ein. Die Brise war unangenehm kalt. Er kroch auf seinem Sitz in sich zusammen und sah sich nach etwas um, das er überziehen konnte. Jevy merkte das und fragte nach einer Weile: »Fehlt Ihnen was, Nate?«

Während er verneinend den Kopf schüttelte, schoß ihm der Schmerz aus den Augen ins Rückgrat. Ihm lief die Nase.

Nach zwei weiteren Biegungen wurden die Bäume spärlicher und das Gelände flacher. Der Fluß weitete sich, bis sie sich mit einem Mal auf einer Art See befanden, in dessen Mitte drei verrottete Bäume aufragten. Nate wußte, daß sie an diesen Bäumen noch nicht vorübergekommen waren. Offensichtlich fuhren sie jetzt eine andere Strecke. Ohne die Unterstützung durch die Strömung wurden die Kanus etwas langsamer, schnitten aber nach wie vor verblüffend rasch durch das Wasser. Die Führer achteten nicht weiter auf den See. Sie wußten genau, wohin sie wollten.

»Ich glaube, ich habe Malaria«, sagte Nate. Seine Stimme klang heiser; seine Kehle war bereits entzündet.

»Woher wollen Sie das wissen?« Jevy nahm kurz das Gas zurück.

»Rachel hat mich gewarnt. Sie hat gestern im anderen Dorf einen Fall erlebt. Deswegen sind wir jetzt auch aufgebrochen.«

»Haben Sie Fieber?«

»Ja. Außerdem sehe ich manchmal nichts.«

Jevy verlangsamte die Fahrt weiter und rief den Indianern etwas zu, die schon fast außer Sichtweite waren. Er schob leere Benzinkanister und die Reste ihrer Vorräte hin und her und entrollte rasch das Zelt. »Sie werden Schüttelfrost bekommen«, sagte er dabei. Das Boot schaukelte hin und her, während er sich darin bewegte.

»Hatten Sie schon mal Malaria?«

»Nein. Aber die meisten meiner Freunde sind daran gestorben.«

»Wirklich?«

»Ein schlechter Witz. Man stirbt nur selten daran, aber Sie werden sehr krank sein.«

Vorsichtig schob sich Nate, den Kopf möglichst ruhig haltend, hinter die Bank und legte sich in die Mitte des Bootes. Zusammengerolltes Bettzeug diente ihm als Kissen. Jevy breitete das entfaltete Zelt über ihn und beschwerte die Enden mit zwei leeren Benzinkanistern.

Die Kanus waren jetzt neben ihnen. Lako erkundigte sich auf portugiesisch, was es gebe. Nate hörte, daß Jevy das Wort Malaria aussprach und die Indianer daraufhin in ihrer Sprache miteinander verhandelten. Dann waren sie fort.

Es kam ihm vor, als fahre das Boot jetzt schneller. Vielleicht lag das daran, daß er auf dem Boden lag und spürte, wie es durch das Wasser glitt. Gelegentlich zuckte er zusammen, wenn ein Ast, den Jevy nicht gesehen hatte, an den Rumpf stieß, achtete aber nicht weiter darauf. Sein Kopf dröhnte und hämmerte wie noch bei keinem Kater, den er erlebt hatte. Muskeln und Gelenke schmerzten so sehr, daß er sich nicht rühren mochte. Außerdem war ihm kalt. Der Schüttelfrost hatte eingesetzt.

In der Ferne hörte man ein Grollen. Vielleicht war es Donner. Großartig, dachte Nate. Das hat uns gerade noch gefehlt.

Der Regen blieb aus. Als sich der Fluß nach Westen wandte, sah Jevy die Sonne orangefarben und gelb verglühen. Dann wandte er sich wieder nach Osten der Dunkelheit entgegen, die sich über das Pantanal senkte. Zweimal wurden die Kanus langsamer, während die Ipicas beratschlagten, welchem Zweig einer Gabelung sie folgen sollten. Jevy hatte das Boot immer rund dreißig Meter hinter ihnen gehalten, schloß aber zu ihnen auf, als es dunkler wurde. Er konnte Nate nicht sehen, der unter dem Zelt lag, wußte aber, daß er litt. Tatsächlich hatte er einmal jemanden gekannt, der an Malaria gestorben war.

Nach zwei Stunden führten die Indianer sie in eine verwirrende Folge schmaler Wasserläufe und stiller Lagunen, und als sie einen breiteren Fluß erreichten, verlangsamten die Kanus eine Weile ihre Fahrt. Die Indianer mußten sich ausruhen. Lako erklärte Jevy durch Zurufe, daß sie in Sicherheit seien. Der schwierige Teil liege hinter ihnen, jetzt müsse man mit keinen Hindernissen mehr rechnen. Bis zum Xeco seien es noch rund zwei Stunden, und der führe geradezu in den Paraguay.

Schaffen wir das allein? fragte Jevy. Nein, lautete die Antwort. Es gebe immer noch Abzweigungen. Außerdem kannten die Indianer eine Stelle am Xeco, die nicht überschwemmt sei. Dort könnten sie die Nacht verbringen.

Wie geht es dem Amerikaner? fragte Lako. Nicht gut, antwortete Jevy.

Der Amerikaner hörte ihre Stimmen und merkte, daß sich das Boot nicht bewegte. Das Fieber wütete in seinem Körper vom Kopf bis zu den Füßen. Er war völlig naß, und auch seine Kleider waren durchnäßt. Die Nässe bedeckte ebenfalls das Aluminium des Bootsrumpfes unter ihm. Seine Augen waren zugeschwollen, und sein Mund war so trocken, daß es schmerzte, wenn er ihn nur öffnete. Er hörte, wie Jevy etwas auf englisch sagte, aber er konnte nicht antworten. Das Bewußtsein kam und ging.

In der Dunkelheit fuhren die Kanus langsamer. Jevy blieb näher an ihnen dran und leuchtete von Zeit zu Zeit mit der Taschenlampe, damit ihre Führer die Abzweigungen und Zuflüsse besser erkennen konnten. Die Indianer machten eine Pause, um einen Laib Brot zu essen, etwas Saft zu trinken und sich zu erleichtern. Bei dieser Gelegenheit banden sie die drei Boote aneinander und ließen sie zehn Minuten lang treiben.

Lako machte sich Sorgen um den Amerikaner. Was soll ich der Missionarin über seinen Zustand sagen? wollte er von Jevy wissen. Sag ihr, daß er Malaria hat.

Blitze in der Ferne bereiteten ihrer kurzen Abendessenpause ein Ende. Die Indianer paddelten eifriger denn je. Seit Stunden hatte niemand festen Boden gesehen. Es gab keine Stelle, an der man hätte anlegen und ein Gewitter abwarten können.

Schließlich ging der Motor aus. Jevy nahm seinen letzten vollen Kanister und startete ihn erneut. Wenn er mit halbem Gas fuhr, würde sein Treibstoff etwa sechs Stunden lang reichen, genug, um bis zum Paraguay zu gelangen. Dort gab es Schiffsverkehr und Häuser. Außerdem wartete irgendwo die *Santa Loura*. Er kannte die Stelle, wo der Xeco in den Paraguay mündete. Wenn sie von dort flußabwärts fuhren, würden sie gegen Morgengrauen auf Welly stoßen.

Als die Blitze aufzuckten, legten sich die Führer noch mehr in die Paddel, doch war unübersehbar, daß sie allmählich müde wurden. Einmal hielt sich Lako an einer Seite des Motorboots fest und ein anderer Ipica an der anderen. Jevy reckte die Taschenlampe hoch über den Kopf, und sie fuhren zu Tal wie ein Schleppkahn mit zwei seitlich daran befestigten Schuten.

Allmählich sah man mehr Bäume und dichteres Unterholz. Der Fluß wurde breiter. Zu beiden Seiten war fester Boden. Die Indianer redeten wieder öfter miteinander. Als sie den Xeco erreichten, hörten sie auf zu paddeln. Sie waren erschöpft und bereit, ihr Geleit zu beenden. Immerhin würden sie normalerweise schon drei Stunden schlafen, überlegte Jevy. Sie fanden die Stelle, die sie suchten, und gingen an Land.

Lako erklärte, daß er der Missionarin schon seit Jahren half. Er hatte viele Malariafälle gesehen und die Krankheit selbst dreimal gehabt. Behutsam zog er das Zelt von Nates Kopf und Brust und faßte nach seiner Stirn. Sehr hohes Fieber, sagte er zu Jevy, der im Schlamm stand und die Taschenlampe hielt und möglichst bald zurück ins Boot wollte.

Machen kann man da nichts, sagte der Indianer, als er seine Diagnose gestellt hatte. Das Fieber geht zurück, und in achtundvierzig Stunden kommt der nächste Anfall. Ihn beunruhigten die angeschwollenen Augenlider. Das hatte er bisher noch bei keinem Malariafall erlebt.

Der älteste der Führer sagte etwas zu Lako und wies auf den dunklen Fluß. Dieser erklärte Jevy, er solle sich in der Mitte halten, die schmalen Abzweigungen, vor allem auf der linken Seite, nicht zur Kenntnis nehmen, dann werde er nach zwei Stunden den Paraguay erreichen. Jevy dankte ihnen überschwenglich und legte ab.

Das Fieber ging nicht zurück. Eine Stunde später sah Jevy nach Nate und merkte, daß sein Gesicht immer noch glühte. Er hatte sich wie ein Fetus zusammengekrümmt, war kaum bei Bewußtsein und murmelte unzusammenhängende Worte. Jevy veranlaßte ihn dazu, ein wenig Wasser zu trinken, und goß den Rest über sein Gesicht.

Der Xeco war breit und ließ sich leicht befahren. Sie kamen an einem Haus vorüber. Es hatte den Anschein, als wäre es das erste in einem ganzen Monat. Wie ein Leuchtturm, der ein verirrtes Schiff grüßt, brach der Mond durch die Wolken und erhellte das Wasser vor ihnen.

»Können Sie mich hören, Nate?« fragte Jevy, ohne daß seine Worte an Nates Ohr drangen. »Unsere Pechsträhne ist zu Ende.«

Er ließ sich vom Mond zum Paraguay leiten.

ZWEIUNDDREISSIG

Das Boot war eine *chalana*. Es hatte einen flachen Boden, sah aus wie ein Schuhkarton, war zehn Meter lang, zweieinhalb Meter breit, und diente dazu, Fracht durch das Pantanal zu transportieren. Jevy hatte Dutzende solcher *chalanas* geführt. Er sah das Licht um eine Biegung herum, und als er das Geräusch des Diesels hörte, wußte er gleich, was für eine Art Boot es war.

Außerdem kannte er den Bootsführer, der in seiner Koje schlief, als der Matrose die *chalana* stoppte. Es war fast drei Uhr morgens. Jevy band sein Boot am Bug fest und sprang an Bord. Man gab ihm zwei Bananen, während er in wenigen Worten seine Situation schilderte. Der Matrose brachte gesüßten Kaffee. Sie waren auf dem Weg nach Norden, wo sie am Militärstützpunkt Porto Indio mit den Soldaten Handel treiben wollten. Sie konnten Jevy zwanzig Liter Treibstoff abtreten. Jevy versprach, ihnen das Geld in Corumbá zu geben. Kein Problem, auf dem Fluß half man sich gegenseitig.

Es gab noch mehr Kaffee und einige mit Zucker bestreute Waffeln. Dann erkundigte er sich nach der *Santa Loura* und Welly. »Sie liegt an der Einmündung des Cabixa«, sagte Jevy. »Da, wo früher der alte Anleger war.«

Die Männer schüttelten den Kopf. »Da war sie nicht«, sagte der Bootsführer. Der Matrose stimmte ihm zu. Sie kannten die *Santa Loura*, sie hatten sie nicht gesehen. Sie zu übersehen wäre unmöglich gewesen.

»Sie muß da sein«, sagte Jevy.

»Ist sie nicht. Wir sind gestern mittag am Cabixa vorbeigekommen. Von der *Santa Loura* haben wir keine Spur gesehen.«

Vielleicht war Welly einige Kilometer weit den Cabixa hinaufgefahren, um nach ihnen Ausschau zu halten. Bestimmt hatte er sich entsetzliche Sorgen gemacht. Jevy würde ihm verzeihen, daß er die *Santa Loura* eigenmächtig geführt hatte, aber erst nachdem er ihn kräftig zusammengestaucht hatte.

Das Boot mußte da sein, davon war er überzeugt. Er trank noch mehr Kaffee und berichtete von Nate und seiner Malaria. In Corumbá erzählte man sich, daß die Krankheit seit neuestem wieder im Pantanal wütete. Solche Gerüchte hatte Jevy schon sein Leben lang gehört.

Sie füllten einen Kanister aus einem Faß an Bord der *chalana*. Als Faustregel galt, daß man während der Regenzeit dreimal so schnell flußabwärts fuhr wie flußaufwärts. Ein Boot mit einem guten Motor müßte den Cabixa in vier Stunden erreichen, die Handelsniederlassung in zehn, und Corumbá in achtzehn. Die *Santa Loura* würde länger brauchen, immer vorausgesetzt, daß sie sie fanden, doch zumindest hätten sie dann Hängematten und etwas zu essen.

Jevy hatte sich vorgenommen, bei der *Santa Loura* anzulegen und kurze Rast zu halten. Er wollte Nate ins Bett bringen und mit Hilfe des Satellitentelefons Senhor Ruiz in Corumbá anrufen. Der konnte dann einen guten Arzt auftreiben, der wissen würde, was zu tun war, wenn sie in Corumbá eintrafen.

Der Bootsführer gab ihm noch eine Schachtel mit Waffeln und einen Pappbecher Kaffee. Jevy versprach, die Männer in der kommenden Woche in Corumbá aufzusuchen. Er dankte ihnen und löste sein Boot. Nate lebte, regte sich aber nicht. Das Fieber war nach wie vor nicht zurückgegangen.

Der Kaffee beschleunigte Jevys Puls und hielt ihn wach. Er spielte mit dem Gas und schob den Hebel langsam vor, bis der Motor zu stottern begann, dann nahm er ihn zurück, bis zu einer Stelle, wo er gerade nicht ausging. Als die Dunkelheit wich, legte sich dichter Nebel auf den Fluß.

Er erreichte die Einmündung des Cabixa eine Stunde nach der Morgendämmerung. Von der *Santa Loura* war nichts zu sehen. Jevy band das Boot am alten Anleger an und suchte nach dem Besitzer des einzigen Hauses in der Nähe. Er fand ihn im Stall, wo er eine Kuh molk. Er erinnerte sich an Jevy und berichtete von dem Gewitter, bei dem sich das Boot losgerissen hatte. Das schlimmste Unwetter, das sie je erlebt hatten. Es sei mitten in der Nacht ausgebrochen, und er habe nicht viel gesehen. Der Sturm habe so heftig getobt, berichtete er, daß er sich mit Frau und Kind unter dem Bett versteckt habe.

»Wo ist die *Santa Loura* gesunken?« fragte Jevy.

»Ich weiß es nicht.«

»Was ist mit dem Jungen?«

»Welly? Keine Ahnung.«

»Haben Sie mit sonst niemandem geredet? Hat jemand den Jungen gesehen?«

Niemand. Er hatte mit keinem Menschen auf dem Fluß gesprochen, seit Welly im Unwetter verschwunden war. Er zeigte sich tief betrübt und äußerte zu allem Überfluß die Meinung, daß Welly vermutlich tot war.

Nate lebte. Das Fieber ging deutlich zurück, und als er zu sich kam, fror er und hatte Durst. Er schob sich die Augenlider mit den Fingern hoch und sah nur Wasser um sich herum, das Strauchwerk am Ufer und das Bauernhaus.

»Jevy«, sagte er. Seine Kehle war entzündet, seine Stimme schwach. Er setzte sich auf und machte sich eine Weile an seinen Augen zu schaffen. Er konnte nichts deutlich sehen. Jevy gab keine Antwort. Alles tat ihm weh – Muskeln, Gelenke, sogar das Blut, das im Gehirn zirkulierte. Auf seinem Nacken und seiner Brust brannte Ausschlag, und er kratzte daran, bis er aufbrach. Ihm wurde von seinem eigenen Geruch übel.

Der Bauer und seine Frau folgten Jevy zum Boot. Sie hatten keinen Tropfen Benzin, und das ärgerte ihren Besucher.

»Wie geht es Ihnen, Nate?« fragte er, als er ins Boot trat.

»Ich sterbe.« Seine Stimme war kaum hörbar.

Jevy tastete nach seiner Stirn und legte dann sanft die Hand auf seine Brust. »Ihr Fieber ist zurückgegangen.«

»Wo sind wir?«

»Am Cabixa. Welly ist nicht da. Das Boot ist in einem Unwetter gesunken.«

»Unsere Pechsträhne hält also an«, sagte Nate und verzog das Gesicht, als ihm der Schmerz durch den Kopf schoß. »Wo ist Welly?«

»Ich weiß nicht. Können Sie bis Corumbá durchhalten?«

»Ich würde lieber gleich sterben.«

»Legen Sie sich hin, Nate.«

Als sie ablegten, standen der Bauer und seine Frau bis zu den Knöcheln im Schlamm und winkten, doch Jevy achtete nicht auf sie.

Nate setzte sich eine Weile auf. Der Luftzug tat seinem Gesicht gut. Doch schon bald fror er wieder. Ein Kälteschauer lief ihm über die Brust, und er legte sich wieder unter das Zelt. Er versuchte, für Welly zu beten, doch vermochte er sich nur wenige Sekunden lang auf seine Gedanken zu konzentrieren. Er konnte einfach nicht glauben, daß er Malaria hatte.

Hark plante den Brunch, der in einem Saal des Hotels Hay-Adams stattfinden sollte, in allen Einzelheiten. Es gab Austern und Eier, Kaviar und Lachs, Champagner und Mimosas. Um elf waren alle da, in legerer Kleidung, und tranken einen Champagner mit Orangensaft nach dem andern.

Er hatte den Eingeladenen versichert, die Zusammenkunft sei von größter Bedeutung und müsse vertraulich bleiben. Er habe den einzigen Zeugen gefunden, der ihnen dazu verhelfen könne, den Prozeß zu gewinnen.

Eingeladen waren ausschließlich die Anwälte von Phelans Kindern, denn die früheren Gattinnen hatten das Testament bisher nicht angefochten und schienen dazu auch nicht recht willens zu sein. Freilich war ihre juristische Position auch nicht besonders günstig, und Richter Wycliff hatte einem ihrer Rechtsvertreter unter der Hand zu verstehen gegeben, daß eine leichtfertige Klage der früheren Gattinnen bei ihm kein geneigtes Ohr finden werde.

Ob leichtfertig oder nicht, die Kinder jedenfalls hatten das Testament umgehend angefochten. Alle sechs hatten sich mit derselben Behauptung ins Getümmel gestürzt: daß Troy Phelan nicht bei klarem Verstand gewesen sei, als er sein letztes Testament unterschrieben hatte.

Bei der Besprechung waren pro Nachkommen höchstens zwei Anwälte zugelassen, doch hatte man den Kanzleien empfohlen, sich möglichst auf einen zu beschränken. Hark war als einziger Vertreter von Rex gekommen, und Wally Bright als einziger von Libbigail. Ramble kannte ohnehin keinen anderen Anwalt als Yancy, Grit vertrat Mary Ross, und Ms. Langhorne, die einstige Juraprofessorin, war in Vertretung Geenas und Codys gekommen. Troy Junior hatte seit dem Tod seines Vaters viermal die Kanzlei gewechselt. Seine neuesten Rechtsvertreter arbeiteten in einer Kanzlei mit vierhundert Anwälten. Sie hießen Hemba und Hamilton und stellten sich dem losen Bündnis der anderen vor.

Hark schloß die Tür und wandte sich an die Versammelten. Er lieferte einen kurzen Abriß des Lebens von Malcolm Snead, eines Mannes, mit dem er schon eine ganze Weile täglich zusammenkam. »Er hat dreißig Jahre lang in Mr. Phelans Diensten gestanden«, sagte er mit Nachdruck. »Vielleicht hat er ihm geholfen, das letzte Testament abzufassen. Vielleicht ist er bereit auszusagen, daß der Alte dabei von allen guten Geistern verlassen war.«

Diese Nachricht überraschte die Anwälte. Hark betrachtete eine Weile die erfreuten Gesichter in der Runde und sagte dann: »Vielleicht sagt er aber auch aus, er habe von dem handschriftlichen Testament nichts gewußt und Mr. Phelan sei am Tag seines Todes bei völlig klarem Verstand gewesen.«

»Wieviel will er?« Wally Bright kam gleich zur Sache.

»Fünf Millionen. Ein Zehntel sofort, den Rest, nachdem der Vergleich geschlossen ist.«

Der Betrag brachte die Anwälte nicht aus dem Konzept. Dazu stand zu viel auf dem Spiel. Eigentlich fanden sie Sneads Forderung eher bescheiden.

»Unsere Mandanten haben das Geld natürlich nicht«, sagte Hark. »Falls wir also seine Aussage kaufen wollen, müssen wir es vorstrecken. Wir können für etwa fünfundachtzigtausend Dollar pro Erben ein Abkommen mit Mr. Snead unterschreiben. Meiner festen Überzeugung nach wird er dann in einer Weise aussagen, die dafür sorgt, daß wir entweder den Prozeß gewinnen oder eine Einigung erzwingen können.«

Die Vermögensverhältnisse der Anwesenden waren äußerst unterschiedlich. Wally Brights Kanzleikonto war überzogen, und er hatte Steuerrückstände. Am entgegengesetzten Ende des Spektrums befand sich die Kanzlei, in der Hemba und Hamilton arbeiteten; in ihr gab es Partner, die jährlich mehr als eine Million verdienten.

»Wollen Sie damit sagen, wir sollen einen Zeugen dafür bezahlen, daß er die Unwahrheit sagt?« fragte Hamilton.

»Wir wissen nicht, ob es die Unwahrheit ist«, antwortete Hark. Er hatte auf jede Frage die richtige Antwort bereit. »Das weiß niemand. Er war mit Mr. Phelan allein. Weitere Zeugen gibt es nicht. Was auch immer Mr. Snead sagt, ist die Wahrheit.«

»Das kommt mir zweifelhaft vor«, sagte Hemba.

»Haben Sie einen besseren Vorschlag?« knurrte Grit, der seine vierte Mimosa trank.

Als Mitarbeiter einer großen Kanzlei waren Hemba und Hamilton mit dem Schmutz der Straße bisher nicht in Berührung gekommen. Das bedeutete nicht, daß sie oder ihresgleichen nicht käuflich waren, aber ihre Mandanten waren Großunternehmen, die mit Hilfe von Lobbyisten Politiker bestachen, um große Regierungsaufträge zugeschanzt zu bekommen, und die für ausländische Despoten Geld auf Schweizer Konten in Sicherheit brachten, wozu sie sich ihrer vertrauenswürdigen Anwälte bedienten. Aber weil sie Mitarbeiter einer großen Kanzlei waren, sahen sie natürlich auf die Art standeswidrigen Verhaltens herab, das Hark anregte und das von Grit, Bright und den anderen Winkeladvokaten offenbar gutgeheißen wurde.

»Ich weiß nicht recht, ob unser Mandant damit einverstanden wäre«, sagte Hamilton.

»Ihr Mandant springt sofort darauf an«, sagte Hark. Es war fast ein Witz, daß jemand TJ Phelan moralische Anwandlungen zutraute. »Wir kennen ihn besser als Sie. Die Frage ist eher, ob *Sie* da mitmachen wollen.«

»Wollen Sie damit andeuten, daß wir, die Anwälte, die fünfhunderttausend Dollar Anzahlung aufbringen?« fragte Hemba im Ton tiefster Verachtung.

»Genau das«, sagte Hark.

»Unsere Kanzlei würde derlei nie auch nur erwägen.«

»Dann wird er sich eine andere suchen«, meldete sich Grit zu Wort. »Vergessen Sie nicht, daß Sie die vierte in einem Monat sind.«

In der Tat hatte Troy Junior bereits gedroht, der Kanzlei das Mandat zu entziehen. Also hörten die beiden schweigend mit an, was Hark zu sagen hatte.

»Um die Peinlichkeit zu vermeiden, daß jeder von uns einen entsprechenden Betrag vorlegen muß, habe ich eine Bank ausfindig gemacht, die bereit ist, fünfhunderttausend Dollar auf ein Jahr zur Verfügung zu stellen. Wir brauchen lediglich sechs Unterschriften dafür. Ich selbst habe bereits unterschrieben.«

»Ich unterzeichne das verdammte Ding«, sagte Bright in bester Macho-Manier. Er war furchtlos, weil er nichts zu verlieren hatte.

»Ich will das noch einmal genau wissen«, sagte Yancy. »Erst zahlen wir, dann redet Snead. Ist das richtig?«

»Das ist richtig.«

»Sollten wir uns nicht zuerst mal seine Version anhören?«

»Daran muß noch gefeilt werden. Das ist ja das Schöne an der Sache. Sobald wir ihn bezahlt haben, gehört er uns. Wir können seine Aussage entsprechend unseren Bedürfnissen hinbiegen. Vergessen Sie nicht, es gibt keine anderen Zeugen, eventuell mit Ausnahme einer Sekretärin.«

»Und was soll die kosten?« fragte Grit.

»Nichts. Die kriegen wir als Dreingabe.«

Wie oft in seiner beruflichen Laufbahn hatte ein Anwalt schon Gelegenheit, sich seinen Anteil aus dem zehntgrößten Vermögen des Landes herauszuschneiden? Die Anwälte rechneten leise für sich. Ein kleines Risiko jetzt, und später eine Goldmine.

Ms. Langhorne überraschte die anderen mit den Worten: »Ich werde meiner Kanzlei vorschlagen, daß wir uns dem Abkommen anschließen. Aber jeder muß darüber schweigen wie ein Grab.«

»Wie ein Grab«, wiederholte Yancy. »So etwas könnte uns die Zulassung kosten; außerdem würden wir, wenn es herauskäme, wahrscheinlich unter Anklage gestellt. Anstiftung zur Falschaussage ist eine Straftat.«

»Sie haben das nicht richtig verstanden«, sagte Grit. »Es kann keine Falschaussage geben. Was die Wahrheit ist, bestimmt Snead, und niemand außer ihm. Wenn er sagt, daß er bei der Abfassung des Testaments mitgewirkt hat und der Alte damals verrückt war – wer auf der Welt kann was dagegen sagen? Es ist einfach eine glänzende Gelegenheit. Ich unterschreibe.«

»Das sind dann schon vier«, sagte Hark.

»Ich unterschreibe auch«, sagte Yancy.

Hemba und Hamilton waren unschlüssig. »Wir müssen das mit unserer Kanzlei abklären«, sagte Hamilton schließlich.

»Müssen wir Sie daran erinnern, daß das hier vertraulich ist?« fragte Bright. Es war nicht ohne Komik, daß der Straßenkämpfer aus den Abendkursen die Herausgeber juristischer Fachzeitschriften an die Standesrichtlinien erinnerte.

»Nein«, sagte Hemba, »das müssen Sie nicht.«

Hark würde Rex anrufen, ihm die Sache schildern, worauf dieser seinen Bruder TJ anrufen und ihm mitteilen würde, daß seine neuen Anwälte die Abmachung torpedierten. Binnen achtundvierzig Stunden wären Hemba und Hamilton Schnee von gestern.

»Machen Sie schnell«, warnte Hark sie. »Mr. Snead behauptet, er sei pleite, und hat absolut nichts dagegen, eine Abmachung mit der Gegenseite zu treffen.«

»Wo wir gerade davon sprechen«, sagte Langhorne, »wissen wir inzwischen mehr über die Gegenseite? Wir alle fechten das Testament an. Irgend jemand muß es ja annehmen. Wo steckt diese Rachel Lane?«

»Sie hält sich offenbar verborgen«, sagte Hark. »Josh hat mir versichert, daß seine Leute wissen, wo sie sich aufhält, und Kontakt mit ihr haben, und daß sie im Begriff steht, Anwälte mit der Wahrnehmung ihrer Interessen zu beauftragen.«

»Bei elf Milliarden will ich das schwer hoffen«, fügte Grit hinzu.

Sie dachten eine Weile über den Betrag nach, teilten ihn in Gedanken durch sechs und rechneten sich ihren eigenen Anteil aus. Fünf Millionen für Snead schienen wirklich nicht übertrieben.

Jevy und Nate erreichten am frühen Nachmittag die Handelsniederlassung. Der Außenbordmotor setzte immer wieder aus, und Jevy hatte kaum noch Benzin. Fernando, der Ladenbesitzer, lag in einer Hängematte auf der Veranda, um der glühenden Sonne zu entgehen. Er war schon alt, ein bewährter Veteran des Flusses, der noch Jevys Vater gekannt hatte.

Die beiden Männer halfen Nate aus dem Boot. Er glühte wieder vor Fieber. Seine Beine waren gefühllos und schwach. Sie schoben und zogen ihn Zentimeter für Zentimeter über den schmalen Anleger und die Stufen zur Veranda hinauf. Nachdem sie ihn in die Hängematte bugsiert hatten, berichtete Jevy rasch, was in der vergangenen Woche geschehen war. Fernando entging nichts auf dem Fluß.

»Die *Santa Loura* ist gesunken«, sagte er. »Es war ein schreckliches Unwetter.«

»Haben Sie Welly gesehen?« fragte Jevy.

»Ja. Ein Viehtransporter hat ihn aus dem Wasser gefischt. Sie haben hier angelegt. Er hat mir die Geschichte erzählt. Bestimmt ist er mittlerweile wieder in Corumbá.«

Jevy war erleichtert, daß Welly noch lebte. Der Verlust des Bootes allerdings war schlimm. Die *Santa Loura* hatte zu den besseren Booten im Pantanal gehört, und er war für ihren Untergang verantwortlich.

Fernando sah Nate aufmerksam an, während sie redeten. Nate konnte kaum hören, was sie sagten, und bestimmt nichts davon verstehen. Doch selbst, wenn er etwas verstanden hätte, wäre es ihm gleichgültig gewesen.

»Das ist keine Malaria«, sagte Fernando und legte einen Finger auf den Ausschlag an Nates Nacken. Jevy trat an die Hängematte und sah seinen Gefährten an. Nates Haar war verfilzt und naß, die geschwollenen Augen waren immer noch geschlossen.

»Und was ist es dann?« fragte er.

»Denguefieber. Bei Malaria gibt es keinen solchen Hautausschlag.«

»Denguefieber?«

»Ja. Es wird ebenfalls von Moskitos übertragen und ähnelt der Malaria: Fieber, Schüttelfrost, Muskel- und Gelenkschmerzen. Aber an dem Ausschlag sieht man, daß es Dengue ist.«

»Das hatte mein Vater mal. Er war damals sehr krank.«

»Du mußt ihn so schnell wie möglich nach Corumbá bringen.«

»Kann ich mir Ihren Motor ausleihen?«

Fernandos Boot lag unter dem baufälligen Gebäude. Der Außenbordmotor war in besserem Zustand als der Jevys, und er hatte fünf PS mehr. Sie tauschten die Motoren und füllten Kanister. Nach einer Stunde in der Hängematte wurde der arme Nate wieder über den Anleger ins Boot geschleppt und dort unter das Zelt gebettet. Er war kaum bei Bewußtsein und merkte fast nichts von dem, was geschah.

Es war beinahe halb drei. Bis Corumbá brauchte man neun oder zehn Stunden. Jevy gab Fernando die Telefonnummer von Senhor Ruiz. Manche Boote auf dem Paraguay verfügten über Funk. Jevy bat Fernando, den Anwalt von der jüngsten Entwicklung in Kenntnis zu setzen, falls eins vorbeikommen sollte.

Mit Vollgas fuhr er davon, hocherfreut, wieder ein Boot zu haben, das den Fluß rasch durchschnitt. Das Kielwasser schäumte hinter ihm auf.

Das Denguefieber konnte tödlich verlaufen. Sein Vater hatte eine ganze Woche mit dem Tod gerungen, entsetzliche Kopfschmerzen und starke Fieberanfälle gehabt. Seine Augen hatten so weh getan, daß die Mutter ihn tagelang in einen verdunkelten Raum gelegt hatte. Er war ein zäher Flußschiffer, der Verletzungen und Schmerzen zu ertragen verstand, und als Jevy ihn wie ein kleines Kind jammern hörte, war ihm klar, daß sein Vater im Sterben lag. Der Arzt war jeden zweiten Tag gekommen, und schließlich hatte das Fieber aufgehört.

Von Nate konnte er nur die Füße sehen, die unter dem Zelt vorstanden, sonst nichts. Bestimmt würde er nicht sterben.

DREIUNDDREISSIG

Er wurde einmal für kurze Zeit wach, konnte aber nichts sehen. Als er das nächste Mal aufwachte, war es dunkel. Er wollte Jevy bitten, ihm etwas zu trinken zu geben, einen Schluck Wasser und vielleicht einen Bissen Brot. Aber seine Stimme gehorchte ihm nicht. Es kostete ihn große Mühe zu sprechen, vor allem weil er den Lärm des Motors übertönen mußte. Seine schmerzenden Gelenke zogen ihn zu einem Knäuel zusammen. Er war mit der Aluminiumhaut des Bootes wie verschmolzen.

Rachel lag neben ihm unter dem stinkenden Zelt. Auch sie hatte die Knie eng an den Körper gezogen. Wie damals, als sie vor ihrer Hütte auf dem Boden und später auf der Bank unter dem Baum am Fluß gesessen hatten, berührten ihre Knie einander ganz leicht. Eine Frau, die danach hungerte, die unschuldige Berührung eines anderen Menschen zu spüren. Sie hatte elf Jahre unter den Ipicas gelebt, deren Nacktheit bei einem Menschen, der aus der Zivilisation kam, für einen gewissen Abstand sorgte. Schon eine einfache Umarmung war eine komplizierte Angelegenheit. Wo hält man den anderen? Wo tätschelt man ihn? Wie lange drückt man ihn an sich? Bestimmt hatte sie keinen der Männer je angerührt.

Er wollte sie küssen, und sei es nur auf die Wange, denn offensichtlich hatte sie Jahre ohne ein solches Zeichen der Zuneigung auskommen müssen. »Wie lange liegt Ihr letzter Kuß zurück, Rachel?« wollte er sie fragen. »Sie waren doch mal verliebt. Wie weit sind Sie gegangen?«

Aber er behielt seine Fragen für sich, und sie unterhielten sich statt dessen über Menschen, die sie nicht kannten. Sie hatte einmal eine Klavierlehrerin gehabt, deren Atem so schlecht war, daß sich die weißen Tasten gelb verfärbten. Er hatte einen

Lacrosse-Trainer gehabt, der von der Hüfte abwärts gelähmt war, weil er sich bei einem Lacrosse-Spiel das Rückgrat gebrochen hatte. Eine junge Frau in ihrer Kirchengemeinde war schwanger geworden, und ihr Vater hatte sie von der Kanzel herab öffentlich verdammt. Eine Woche später hatte sie sich das Leben genommen. Einer seiner Brüder war an Leukämie gestorben.

Er rieb ihr die Knie, und es schien ihr zu gefallen. Aber das war das Äußerste. Einer Missionarin gegenüber durfte man sich nichts herausnehmen.

Sie war gekommen, um zu verhindern, daß er starb. Zweimal hatte sie selbst gegen die Malaria gekämpft. Das Fieber kommt und geht, der Schüttelfrost packt den Kranken mit eiskalter Faust im Unterleib und hört dann wieder auf. Die Übelkeit meldet sich immer wieder. Dann spürt man stundenlang nichts. Sie tätschelte seinen Arm und versprach ihm, daß er nicht sterben würde. Das sagt sie jedem, dachte er. Der Tod wäre ihm willkommen.

Dann spürte er auf einmal keine Berührung mehr. Er öffnete die Augen und streckte die Hand nach Rachel aus, aber sie war fort.

Jevy hörte ihn zweimal im Fieber phantasieren. Beide Male legte er an und nahm das Zelt von Nate. Er gab ihm Wasser zu trinken und goß ihm vorsichtig etwas davon über das schweißnasse Haar.

»Wir sind fast da«, sagte er immer wieder. »Es dauert nicht mehr lange.«

Als er die ersten Lichter von Corumbá in der Ferne auf dem Hügel aufblitzen sah, traten ihm Tränen in die Augen. Zwar hatte er diese Lichter schon oft gesehen, wenn er aus dem nördlichen Pantanal heimkehrte, doch noch nie waren sie ihm so willkommen gewesen. Er zählte sie, bis sie zu einem ununterscheidbaren Fleck verschmolzen.

Es war fast elf Uhr abends, als er ins seichte Wasser sprang und das Boot an den brüchigen Betonanleger zog. Niemand war zu sehen. Er lief den Hügel hinauf zu einer Telefonzelle.

Senhor Valdir Ruiz saß im Schlafanzug vor dem Fernseher und rauchte die letzte Zigarette des Tages, ohne auf die Vorhaltungen seiner Frau zu achten, als das Telefon klingelte. Er nahm gelassen ab, sprang dann aber mit einem Satz auf.

»Was gibt es?« fragte seine Frau, als er zum Schlafzimmer rannte.

»Jevy ist zurück«, antwortete er über die Schulter.

»Wer ist das?«

Als er angekleidet wieder an ihr vorbeiging, sagte er: »Ich gehe zum Fluß.« Nichts hätte ihr gleichgültiger sein können.

Aus dem Auto rief er einen befreundeten Arzt an, der gerade zu Bett gegangen war, und überredete ihn, am Krankenhaus auf ihn und den Patienten zu warten.

Als er den Fluß erreichte, sah er Jevy, der unruhig am Anleger auf und ab ging. Der Amerikaner saß auf einem Stein, der Kopf lag auf den Knien. Wortlos hoben sie ihn vorsichtig auf den Rücksitz, dann fuhr Ruiz davon, daß der Kies hinter den Reifen aufspritzte.

Er hatte so viele Fragen, daß er nicht wußte, mit welcher er anfangen sollte. Die Vorwürfe konnten warten. »Wann ist er krank geworden?« fragte er auf portugiesisch. Jevy saß neben ihm, rieb sich die Augen und versuchte, wach zu bleiben. Zum letzten Mal geschlafen hatte er im Indianerdorf. »Ich weiß nicht«, sagte er. »Die Tage gehen ineinander über. Er hat Denguefieber. Der Ausschlag zeigt sich am vierten oder fünften Tag, und ich glaube, er hat ihn jetzt seit zwei Tagen. Ich weiß es aber nicht genau.«

Ohne auf Schilder und Ampeln zu achten, jagten sie durch die Stadt. Es gab nur wenig Verkehr. Die Straßencafés schlossen allmählich.

»Haben Sie die Frau gefunden?«

»Ja.«

»Wo?«

»In der Nähe des Gebirges. Ich vermute, daß das in Bolivien liegt. Einen Tag südlich von Porto Indio.«

»Ist das Dorf auf der Karte eingezeichnet?«

»Nein.«

»Und wie haben Sie sie dann gefunden?«

Kein Brasilianer würde je zugeben, daß er sich verirrt hatte, schon gar nicht ein erfahrener Führer wie Jevy. Das würde nicht nur seinem Selbstwertgefühl schaden, sondern unter Umständen auch dem Geschäft. »Wir waren in einem überschwemmten Gebiet, wo Karten überhaupt nichts nützen. Ich bin da auf einen Fischer gestoßen, der uns Auskunft gegeben hat. Wie geht es Welly?«

»Gut. Das Boot ist verloren.« Valdir machte sich weit größere Sorgen um das Boot als um dessen Matrosen.

»Ein solches Unwetter wie die drei, die wir mitgemacht haben, hab ich noch nie erlebt.«

»Was hat die Frau gesagt?«

»Ich weiß nicht. Ich habe gar nicht mit ihr gesprochen.«

»War sie überrascht, Sie zu sehen?«

»Eigentlich nicht. Sie hat ziemlich gelassen auf mich gewirkt. Ich glaube, sie kann unseren Freund dahinten gut leiden.«

»Was ist bei der Begegnung herausgekommen?«

»Fragen Sie ihn.«

Nate lag zusammengekrümmt auf dem Rücksitz und hörte nichts. Da Jevy wohl nichts wußte, drang Senhor Ruiz auch nicht weiter in ihn. Die Anwälte konnten später miteinander reden, sobald Nate dazu imstande war.

Ein Rollstuhl wartete auf dem Bürgersteig, als sie am Krankenhaus eintrafen. Sie setzten Nate hinein und folgten dem Pfleger. Die Luft war warm und feucht und noch sehr heiß. Auf den Eingangsstufen zum Krankenhaus rauchten ein Dutzend Schwestern und Helfer in weißer Tracht ihre Zigaretten und unterhielten sich leise miteinander. Das Krankenhaus hatte keine Klimaanlage.

Der mit Valdir befreundete Arzt war kurz angebunden und kam direkt zur Sache. Der Papierkram konnte bis zum nächsten Morgen warten. Sie schoben Nate durch die leere Vorhalle und mehrere Gänge in ein kleines Untersuchungszimmer, wo eine schläfrige Schwester ihn in Empfang nahm. Jevy und der Anwalt sahen aus einer Ecke zu, wie sie und der Arzt den Patienten entkleideten. Dann wusch sie ihn mit alkoholgetränkten weißen Tüchern. Aufmerksam sah sich der Arzt den Ausschlag an, der am Kinn begann und bis zur Hüfte reichte.

Nates Haut war von Mückenstichen übersät, von denen er viele aufgekratzt hatte. Sie maßen seine Temperatur, seinen Blutdruck und seinen Puls.

»Sieht ganz nach Denguefieber aus«, sagte der Arzt nach zehn Minuten. Dann schnurrte er eine Reihe von Anweisungen für die Schwester herunter, die kaum zuhörte, weil sie Erfahrung mit solchen Fällen hatte. Sie machte sich daran, Nate die Haare zu waschen.

Nate murmelte etwas, doch es betraf keinen der Anwesenden. Seine geschwollenen Lider waren nach wie vor geschlossen. Er hatte sich seit einer Woche nicht rasiert und sah aus wie jemand, der in der Gosse vor einer Kneipe lebt.

»Er hat hohes Fieber und redet wirr«, sagte der Arzt. »Wir werden ihm intravenös Antibiotika und Schmerzmittel geben. Außerdem bekommt er viel Wasser und später vielleicht etwas zu essen.«

Die Schwester legte eine dicke Mullbinde auf Nates Augen, die sie dann mit Heftpflaster an den Ohren befestigte. Anschließend legte sie ihn an den Tropf, holte ein gelbes Flügelhemd aus einer Schublade und streifte es ihm über.

Der Arzt kontrollierte erneut Nates Temperatur. »Sie müßte bald zurückgehen«, sagte er zur Schwester. »Sollte das nicht der Fall sein, rufen Sie mich zu Hause an.« Er sah auf die Uhr.

»Danke«, sagte Valdir.

»Ich sehe morgen früh nach ihm«, sagte der Arzt und ging.

Jevy wohnte am Rande der Stadt, wo die Häuser klein und die Straßen ungepflastert waren. Während Senhor Ruiz ihn nach Haus fuhr, schlief er zweimal ein.

Mrs. Stafford war nach London gereist, um Antiquitäten zu erwerben. Das Telefon klingelte ein Dutzend Mal, bevor Josh abnahm. Auf der Uhr am Bett sah er, daß es kurz vor halb drei in der Nacht war.

»Hier spricht Valdir«, ertönte eine Stimme.

»Ach ja, Valdir.« Josh rieb sich die Haare und blinzelte. »Sie sollten mir besser was Angenehmes mitzuteilen haben.«

»Ihr Mann ist zurück.«

»Gott sei Dank.«

»Allerdings ist er sehr krank.«

»Was?! Was hat er denn?«

»Denguefieber. Das ist so ähnlich wie Malaria. Es wird von Moskitos übertragen. Hier in der Gegend kommt das ziemlich oft vor.«

»Ich dachte, er hätte Mittel gegen alle Krankheiten dabei.« Inzwischen war Josh aus dem Bett gesprungen.

»Gegen Denguefieber gibt es keine solchen Mittel.«

»Er wird doch nicht sterben, oder?«

»Nein. Er ist im Krankenhaus. Ich habe einen guten Freund, der Arzt ist und der sich um ihn kümmert. Er sagt, daß er wieder auf die Beine kommt.«

»Wann kann ich mit ihm reden?«

»Vielleicht morgen. Er hat hohes Fieber und ist bewußtlos.«

»Hat er die Frau gefunden?«

»Ja.«

Gut gemacht, dachte Josh. Erleichtert stieß er die Luft aus und setzte sich auf die Bettkante. Sie war also tatsächlich da draußen. »Geben Sie mir seine Zimmernummer.«

»Die haben hier keine Telefone auf den Zimmern.«

»Es ist aber doch ein Einzelzimmer, nicht wahr? Geld spielt in diesem Fall wirklich keine Rolle. Sagen Sie, kümmert man sich auch richtig um ihn?«

»Er ist in guten Händen. Aber das Krankenhaus ist ein wenig anders als bei Ihnen.«

»Meinen Sie, daß ich runterkommen sollte?«

»Wenn Sie wollen. Nötig ist es nicht. Sie können das Krankenhaus nicht ändern. Er hat einen guten Arzt.«

»Wie lange muß er dort bleiben?«

»Ein paar Tage. Morgen früh wissen wir mehr.«

»Rufen Sie mich so bald wie möglich an. Unbedingt. Ich muß schnellstens mit ihm reden.«

»Ja, das tue ich.«

Josh ging in die Küche, um sich Eiswasser zu holen. Dann schritt er in seinem Wohnzimmer auf und ab. Als er um drei merkte, daß er nicht wieder einschlafen würde, machte er sich eine Kanne starken Kaffee und suchte sein Arbeitszimmer im Keller auf.

Weil Nate ein reicher Amerikaner war, wurde an nichts gespart. Er bekam die besten Medikamente, die es in der Krankenhausapotheke gab. Das Fieber ging ein wenig zurück, die Schweißausbrüche hörten auf. Die Schmerzen verschwanden dank der Wirkung bester amerikanischer Arzneimittel. Als ihn die Schwester und ein Pfleger zwei Stunden nach seiner Ankunft im Krankenhaus in das für ihn vorgesehene Zimmer schoben, schnarchte er laut.

Bis zum nächsten Morgen würde er sich ein Zimmer mit fünf anderen Patienten teilen müssen. Zum Glück hatte er eine Binde über den Augen und war nicht bei Bewußtsein. Er konnte die offenen Wunden nicht sehen, nicht das unkontrollierte Zittern des alten Mannes neben ihm und auch nicht die leblos wirkende verschrumpelte Gestalt auf der anderen Seite des Zimmers. Er konnte die Exkremente nicht riechen.

VIERUNDDREISSIG

Obwohl alles, was Rex Phelan besaß, auf den Namen seiner Frau eingetragen war und er den größten Teil seines Erwachsenenlebens finanziell am Gängelband gehalten worden war, konnte er mit Zahlen umgehen – eine der wenigen Begabungen, die er von seinem Vater geerbt hatte. Er war der einzige Phelan-Erbe, der das Beharrungsvermögen und die Fähigkeit besaß, alle sechs Anfechtungsklagen gegen Troys Testament von vorn bis hinten zu lesen. Als er damit fertig war, ging ihm auf, daß sechs Kanzleien im großen und ganzen dieselbe Arbeit leisteten. In manchen Fällen kam es ihm vor, als seien die juristischen Formulierungen aus der vorigen oder der vorvorigen Eingabe Wort für Wort abgeschrieben worden.

Sechs Kanzleien, die denselben Kampf führten, und jede von ihnen wollte ein unmäßig großes Stück von dem zu verteilenden Kuchen. Es war an der Zeit, daß die Angehörigen eine Spur Familiensinn zeigten. Er beschloß, mit seinem Bruder TJ zu beginnen. Das schien ihm am einfachsten, weil es so aussah, als ob sich dessen Anwälte an die Standesrichtlinien klammerten.

Telefonisch teilte er Troy Junior mit, daß es ein Gebot der wirtschaftlichen Klugheit sei, das Kriegsbeil zu begraben. Die Brüder vereinbarten, sich heimlich zu treffen, damit es keinen Ärger mit ihren Frauen gab, die einander nicht ausstehen konnten.

Sie trafen sich zum Frühstück in einer Imbißstube in einem Vorort und redeten eine Weile über Football, während sie Waffeln vertilgten. Es zeigte sich, daß sie ganz gut miteinander auskamen. Dann sprach Rex die Snead-Geschichte an. »Das ist ein Hammer«, erklärte er. »Je nachdem, was der Mann sagt, kann er uns buchstäblich zugrunde richten oder reich machen.« Er schmückte die Geschichte aus und kam schließlich auf die Zahlungsverpflichtung zu sprechen, welche die Anwälte unterschreiben wollten, alle bis auf die von Troy Junior beauftragten. »Deine Anwälte versauen die Sache«, sagte er finster und sah sich mißtrauisch um, als säßen Spione an der Imbißtheke.

»Der Schweinehund will also fünf Millionen?« fragte Troy Junior, der das Snead nach wie vor nicht recht zutraute.

»Das ist so gut wie geschenkt. Er ist bereit zu sagen, daß er als einziger in der Nähe war, als unser Vater das Testament abgefaßt hat. Wir müssen unbedingt verhindern, daß er uns um unser Erbe bringt. Als Anzahlung will er nur eine halbe Million. Später können wir ihn immer noch um den Rest bescheißen.«

Dieser Plan gefiel Troy Junior. Den Anwalt zu wechseln war für ihn nichts Neues. Wäre er ehrlich gewesen, hätte er zugegeben, daß ihn die Kanzlei, für die Hemba und Hamilton arbeiteten, einschüchterte. Vierhundert Anwälte. Eine mit Marmor ausgekleidete Eingangshalle. Gemälde an den Wänden. Irgend jemand mußte das Geld für den guten Geschmack dieser Leute aufbringen.

Rex kam auf etwas anderes zu sprechen. »Hast du die sechs Schriftsätze gelesen?« fragte er.

Troy Junior zerbiß eine Erdbeere und schüttelte den Kopf. Er hatte nicht einmal den in seinem Namen eingereichten gelesen. Hemba und Hamilton hatten mit ihm darüber gesprochen, und er hatte unterschrieben. Es war ein dicker Stapel gewesen, und Biff hatte im Auto vor der Tür gewartet.

»Nun, ich habe sie alle gründlich gelesen, und in allen steht genau dasselbe. Jede dieser sechs Kanzleien tut haargenau, was auch die anderen tun: Sie alle fechten dasselbe Testament an. Es ist absurd.«

»Daran habe ich auch schon gedacht«, beeilte sich Troy Junior seinem Bruder zu versichern.

»Und alle sechs hoffen darauf, reich zu werden, wenn wir zu einer Einigung kommen. Wieviel kriegen deine Leute?«

»Wieviel zahlst du Hark Gettys?«

»Fünfundzwanzig Prozent.«

»Meine wollten dreißig. Wir haben uns auf zwanzig geeinigt.« Troy Junior strahlte vor Stolz, daß es ihm gelungen war, mehr herauszuhandeln als Rex.

»Sehen wir uns doch mal die Zahlen an«, fuhr Rex fort. »Stellen wir uns vor, wir verpflichteten Snead. Er sagt, was nötig ist, wir haben unsere Seelenheinis, die Kacke beginnt zu dampfen, und die Gegenseite erklärt sich zu einem Vergleich bereit. Angenommen, jeder Erbe bekommt, was weiß ich, sagen wir zwanzig Millionen. Das wären vierzig hier an diesem Tisch. Fünf kriegt Hark, vier gehen an deine Jungs. Das sind neun, bleiben einunddreißig für uns beide.«

»Damit wäre ich einverstanden.«

»Ich auch. Aber wenn wir deine Jungs aus dem Spiel lassen und uns zusammentun, ist Hark sicher bereit, bei seinem Honorarsatz Zugeständnisse zu machen. Wir brauchen diese vielen Anwälte nicht, TJ. Das sind lauter Trittbrettfahrer, die nur darauf warten, unser Geld einzusacken.«

»Ich kann Hark Gettys nicht ausstehen.«

»Von mir aus. Dann verhandle ich mit ihm. Du sollst dich ja auch nicht mit ihm anfreunden.«

»Warum setzen wir nicht Hark auf die Straße und bleiben bei meinen Leuten?«

»Weil er derjenige ist, der Snead aufgetrieben hat. Er hat auch die Bank aufgetrieben, die das Geld vorschießt, mit dem wir Snead kaufen können. Außerdem ist er bereit, die Papiere zu unterschreiben, während deine Leute Bedenken haben. Das ist eine häßliche Angelegenheit, TJ, und Hark weiß, wie man so was handhabt.«

»Ich halte ihn für einen korrupten Sauhund.«

»Ist er auch! Aber er steht auf unserer Seite. Wenn wir uns zusammentun, bekommt er statt fünfundzwanzig nur zwanzig Prozent. Falls wir Mary Ross auch mit auf unsere Seite ziehen können, geht er sicher auf siebzehneinhalb runter, und mit Libbigail auf fünfzehn.«

»Die kriegen wir nie.«

»Es besteht zumindest die Möglichkeit. Wenn wir zu dritt sind, ist vielleicht auch Libbigail bereit, sich die Sache anzuhören.«

»Und was ist mit dem Schlägertyp, mit dem sie verheiratet ist?« Troy Junior stellte diese Frage in vollem Ernst, als wäre nicht sein Bruder mit einer Stripperin verheiratet.

»Wir nehmen uns einen nach dem anderen vor. Erst müssen wir uns einigen, dann reden wir mit Mary Ross. Ihr Anwalt Grit scheint mir keine besondere Leuchte zu sein.«

»Es hat keinen Sinn, sich zu streiten«, sagte Troy Junior betrübt.

»Das würde uns ein verdammtes Vermögen kosten. Höchste Zeit für einen Waffenstillstand.«

»Mama wird stolz sein.«

Das hochliegende Gelände am Xeco kannten die Indianer schon seit Jahrhunderten. Es diente ihnen als Lager für Fischer, die bisweilen über Nacht fortblieben, und als Rastplatz bei Fahrten auf den Flüssen. Rachel, Lako und ein weiterer Indianer namens Ten drängten sich unter einem strohgedeckten Schutzdach aneinander und warteten auf das Ende des Unwetters. Das Dach war undicht, und der Wind blies ihnen den Regen von der Seite ins Gesicht. Das Kanu lag zu ihren Füßen. Sie hatten es vom Fluß hergeschleppt, nachdem sie eine entsetzliche Stunde lang gegen das Unwetter angekämpft hatten. Rachel war bis auf die Haut durchnäßt, aber zumindest war das Regenwasser warm. Mit Ausnahme einer Schnur um die Hüften und einer Lederhülle für ihre Geschlechtsteile waren die Männer nackt.

Früher hatte sie ein hölzernes Boot mit einem alten Außenbordmotor gehabt. Es hatte den Coopers gehört, ihren Vorgängern. Wenn Benzin da war, hatte sie es für Fahrten zwischen den vier Ipica-Dörfern benutzt. Außerdem war sie damit nach Corumbá gefahren, zwei lange Tage auf dem Hinweg und vier zurück.

Schließlich hatte der Motor den Geist aufgegeben, und Geld für einen neuen gab es nicht. Jahr für Jahr hatte sie, immer wenn sie bei der Missionsgesellschaft ihren bescheidenen Etat vorlegte, gebeten, ihr einen neuen Außenbordmotor oder zumindest einen guten gebrauchten zur Verfügung zu stellen. Sie hatte in Corumbá einen gesehen, der für dreihundert Dollar zu haben war. Aber Geld war überall auf der Welt knapp. Was sie bekam, brauchte sie für Medikamente und religiöse Schriften. Beten Sie weiter, hatte es jedes Mal geheißen. Vielleicht im nächsten Jahr.

Sie hatte das widerspruchslos hingenommen. Wenn der Herr es wollte, würde sie einen neuen Außenbordmotor bekommen. Über das Ob und Wann zu entscheiden war nicht ihre Aufgabe. Das stand allein Ihm zu.

Da sie über kein Boot verfügte, zog sie zu Fuß zwischen den Dörfern umher, fast immer in Begleitung des hinkenden Lako. Und einmal im Jahr, jeweils im August, brachte sie den Häuptling dazu, ihr ein Kanu und einen Führer für die Fahrt zum Paraguay zur Verfügung zu stellen. Dort wartete sie auf ein Viehtransportboot oder eine *chalana* nach Süden. Zwei Jahre zuvor hatte sie drei Tage warten müssen und im Stall einer kleinen *fazenda* am Fluß übernachtet. In diesen drei Tagen war aus der Fremden erst eine Freundin und dann eine Missionarin geworden, denn der Bauer und seine Frau hatten sich dank ihrer Lehre und ihres Gebets zum Christentum bekehrt.

Bei ihnen würde sie am nächsten Tag auf ein Boot nach Corumbá warten.

Der Wind pfiff durch das Schutzdach. Sie hielt Lakos Hand, und sie beteten gemeinsam – nicht um ihre eigene Sicherheit, sondern um die Gesundheit ihres Freundes Nate.

Mr. Stafford ließ sich sein Frühstück aus Getreideflocken und Obst am Schreibtisch servieren. Er war nicht bereit, das Büro zu verlassen. Als er erklärte, er werde den ganzen Tag dableiben, machten sich seine beiden Sekretärinnen eilends daran, sechs Termine zu verlegen. Um zehn aß er ein Brötchen, gleichfalls am Schreibtisch. Er rief Senhor Ruiz an und erfuhr, daß er nicht in der Kanzlei sei, sondern irgendwo in der Stadt einen Termin wahrnähme. Valdir hatte ein Mobiltelefon. Warum hatte er nicht angerufen?

Ein Mitarbeiter legte ihm eine zweiseitige Zusammenfassung über Denguefieber vor, die er aus dem Internet gefischt hatte. Er teilte ihm mit, daß er einen Termin bei Gericht habe, und wollte wissen, ob Mr. Stafford noch mehr medizinische Aufgaben für ihn habe. Mr. Stafford fand das nicht lustig.

Josh las die Zusammenfassung, während er sein Brötchen aß. Darin hieß es, daß es sich bei Denguefieber um eine Virusinfektion handelt, die sich in allen tropischen Gebieten der

Erde findet. Sie wird von einer Mücke der Gattung Aëdes übertragen, die vorwiegend tagsüber sticht. Das erste Anzeichen der Krankheit ist Abgeschlagenheit, darauf folgen rasch starke Kopfschmerzen hinter den Augen sowie leichtes Fieber, das sich bald verstärkt und von Schweißausbrüchen, Übelkeit und Erbrechen begleitet wird. Während das Fieber steigt, beginnen die Waden- und Rückenmuskeln zu schmerzen. Volkstümlich wird die Krankheit wegen der entsetzlichen Muskel- und Gelenkschmerzen auch als »Knochenbrecherfieber« bezeichnet. Nachdem alle anderen Symptome aufgetreten sind, zeigt sich ein Hautausschlag. Das Fieber kann durchaus etwa einen Tag aussetzen, kehrt aber gewöhnlich verstärkt zurück. Nach etwa einer Woche klingen die Symptome ab, und die Gefahr ist vorüber. Es gibt weder ein Heilmittel noch einen Impfstoff. Nach einmonatiger Bettruhe und reichlich Flüssigkeitsaufnahme kann der Patient als wiederhergestellt gelten.

So verläuft die Krankheit in einem minder schweren Fall, doch kann sie auch als hämorrhagisches Denguefieber oder Dengue-Schocksyndrom auftreten. In dieser Form verläuft sie bisweilen tödlich, besonders bei Kindern.

Josh war bereit, Mr. Phelans Privatjet mit einem Arzt, einer Schwester und allem anderen, was nötig wäre, nach Corumbá zu schicken.

»Mr. Ruiz«, sagte eine Sekretärin durch die Gegensprechanlage. Keine anderen Anrufe wurden durchgestellt.

Valdir rief aus dem Krankenhaus an. »Ich war gerade bei Mr. O'Riley«, sagte er langsam und deutlich. »Es geht ihm gut, aber er ist nicht vollständig bei Bewußtsein.«

»Kann er sprechen?« fragte Josh.

»Nein. Noch nicht. Er bekommt Mittel gegen seine Schmerzen.«

»Hat er einen guten Arzt?«

»Den besten. Es ist ein Bekannter von mir. Er ist gerade bei ihm.«

»Fragen Sie ihn, wann Mr. O'Riley nach Hause fliegen kann. Ich schicke ein privates Düsenflugzeug mit einem Arzt nach Corumbá.«

Man hörte, wie im Hintergrund gesprochen wurde. »Nicht so bald«, berichtete Ruiz. »Er braucht Ruhe, wenn er aus dem Krankenhaus kommt.«

»Wann wird das sein?«

Wieder eine Unterhaltung. »Das kann er jetzt noch nicht sagen.«

Josh schüttelte den Kopf und warf die Reste seines Brötchens in den Papierkorb. »Haben Sie Mr. O'Riley etwas gesagt?« knurrte er ins Telefon.

»Nein«, sagte Ruiz. »Ich glaube, er schläft.«

»Hören Sie, es ist sehr wichtig, daß ich so bald wie möglich mit ihm rede. Ist das klar?«

»Das verstehe ich. Aber Sie müssen Geduld haben.«

»Ich bin kein geduldiger Mensch.«

»Das verstehe ich. Aber Sie müssen es versuchen.«

»Rufen Sie mich heute nachmittag noch einmal an.«

Josh knallte den Hörer auf die Gabel und begann im Zimmer auf und ab zu gehen. Es war nicht klug gewesen, Nate in seinem anfälligen Zustand den Gefahren der Tropen auszusetzen. Diese Entscheidung war von reiner Bequemlichkeit diktiert worden. Man konnte ihn für einige Wochen aus dem Weg schaffen, ihn woanders beschäftigen, während die Kanzlei das von ihm hinterlassene Chaos ordnete. Es gab außer Nate noch vier von Josh handverlesene Juniorpartner in der Kanzlei, die er selbst eingestellt und angelernt hatte. Er hatte sie in einigen Fragen der Geschäftsführung um ihre Ansicht gebeten. Als einziger hatte sich Tip für Nate ausgesprochen. Die drei anderen wollten, daß er aus der Kanzlei ausschied.

Nates Sekretärin war einem anderen Anwalt zugeteilt worden. Ein aufstrebender Kollege hatte in jüngster Zeit Nates Büro belegt, und es hieß, er fühle sich dort ganz heimisch.

Für den Fall, daß das Denguefieber dem armen Nate nicht den Garaus machte, wartete bereits der IRS auf ihn.

Ohne daß jemand etwas davon merkte, lief der Tropf um die Mitte des Tages leer, und es kümmerte sich auch niemand darum. Mehrere Stunden später wurde Nate wach. Sein Kopf fühlte sich leicht an, er spürte weder Schmerzen noch Fieber.

Seine Glieder waren steif, doch er schwitzte nicht. Er fühlte die dicke Binde über den Augen, ertastete das Heftpflaster, das sie hielt, und beschloß nach einigem Überlegen, einmal nachzusehen. Da die Kanüle des Infusionsschlauchs im linken Arm steckte, zupfte er mit den Fingern der rechten Hand am Pflaster. Er hörte Stimmen in einem anderen Zimmer und Schritte auf einem harten Boden. Im Gang gingen Menschen hin und her. Irgendwo in seiner Nähe stöhnte jemand leise vor Schmerzen.

Nach einer Weile gelang es ihm, das Heftpflaster von seinen Haaren und seiner Haut zu lösen, wobei er denjenigen verfluchte, der es angebracht hatte. Er klappte die Binde zur Seite, so daß sie ihm über das linke Ohr hing. Das erste, was er sah, war abblätternde Farbe, ein stumpfes, ausgebleichtes Gelb an der Wand unmittelbar über ihm. Das Licht war ausgeschaltet, durch ein Fenster drangen Sonnenstrahlen herein. Die Dekkenfarbe wies ebenfalls Risse auf, unter großen schwarzen Lücken hingen Spinnweben. Ein klappriger Ventilator eierte unter der Zimmerdecke.

Zwei Füße erregten seine Aufmerksamkeit, zwei alte, knotige, mit Narben übersäte Füße, die von den Zehen bis zur Ferse mit Wunden und Schwielen bedeckt waren. Als er den Kopf ein wenig hob, sah er, daß sie einem verschrumpelten kleinen Mann gehörten, dessen Bett mit dem Fußende fast an seines stieß. Er schien tot zu sein.

Das Stöhnen kam von der Wand neben dem Fenster. Der arme Kerl in dem Bett da drüben war ebenso klein und ebenso verschrumpelt. Er saß mit verschränkten Armen und Beinen fast wie zu einer Kugel zusammengerollt mitten im Bett, als wäre er bewußtlos.

Die Luft war schwer vom Geruch abgestandenen Urins, menschlicher Exkremente und antiseptischer Mittel. Krankenschwestern lachten auf dem Gang. Von allen Wänden blätterte die Farbe. Außer Nates Bett standen noch fünf weitere im Raum, alle auf Rollen, einfach ohne erkennbare Ordnung hier und da abgestellt.

Sein dritter Zimmergenosse lag in der Nähe der Tür. Mit Ausnahme einer durchnäßten Windel war er nackt, und sein ganzer Leib war mit offenen roten Schwären bedeckt. Auch er schien tot zu sein, und Nate hoffte im Interesse des Mannes, daß es sich so verhielt.

Nirgendwo gab es Knöpfe, auf die man hätte drücken können, keine Schnur, an der man ziehen konnte, um jemanden herbeizuholen, keine Möglichkeit, Hilfe anzufordern, außer indem man laut schrie. Dann aber wurden möglicherweise die Toten wach, erhoben sich von ihren Betten und suchten ihn heim.

Er wollte davonlaufen, die Füße über den Bettrand schwingen, sich den Infusionsschlauch aus dem Arm reißen und in die Freiheit rennen. Er würde sein Glück auf der Straße versuchen. Dort gab es bestimmt nicht soviel Krankheit wie hier. Alles war besser als diese Leprastation.

Aber seine Füße waren wie Ziegelsteine. Nate gab sich große Mühe, sie zu heben, doch einer wie der andere rührte sich kaum.

Er ließ den Kopf aufs Kissen sinken, schloß die Augen und überlegte, ob er weinen sollte. Hier liege ich in einem Land der dritten Welt im Krankenhaus, sagte er immer wieder vor sich hin. Ich bin aus Walnut Hill weggegangen, wo man tausend Dollar am Tag zahlen mußte, alles auf Knopfdruck kam, wo sie Teppiche und Duschen hatten und Therapeuten darauf warteten, daß ich sie kommen ließ.

Der über und über mit offenen Wunden bedeckte Mann stieß einen Grunzlaut aus, und Nate ließ sich noch tiefer ins Bett sinken. Dann griff er vorsichtig nach der Binde, legte sie sich über die Augen und klebte sie mit dem Pflaster exakt an die Stelle, wo sie gewesen war, nur fester.

FÜNFUNDDREISSIG

Snead kam zu der Sitzung mit einem eigenen Vertragsentwurf, den er ohne Hilfe eines Anwalts ausgearbeitet hatte. Hark las ihn und mußte zugeben, daß er nicht schlecht war. Er trug den Titel ›Vertrag über Dienstleistungen eines Sachverständigen‹. Sachverständige vertreten eine Meinung, während Snead in erster Linie mit Fakten zu tun hatte, doch war es Hark gleichgültig, was da stand. Er unterschrieb den Vertrag und gab Snead einen bestätigten Bankscheck über eine halbe Million. Dieser nahm ihn vorsichtig entgegen, prüfte ihn sorgfältig, faltete ihn zusammen und steckte ihn in die Jackentasche. »Und wo fangen wir an?« fragte er lächelnd.

Es gab ungeheuer viel zu besprechen. Die anderen Phelan-Anwälte wollten dabeisein. Hark hatte lediglich Zeit für eine erste Erkundigung und fragte daher: »Wie war der Geisteszustand des Alten am Vormittag seines Todes, ganz allgemein gesagt?«

Snead wand sich und runzelte die Stirn, als müsse er gründlich nachdenken. Er wollte wirklich das Richtige sagen. Er hatte das Gefühl, als lasteten jetzt viereinhalb Millionen auf seinen Schultern. »Er war nicht bei Verstand«, sagte er. Die Worte hingen in der Luft, während er auf die Billigung seines Gegenübers wartete.

Hark nickte. So weit, so gut. »War das ungewöhnlich?«

»Nein. In seinen letzten Lebenstagen hat er kaum je vernünftig reagiert.«

»Wieviel Zeit haben Sie mit ihm verbracht?«

»Von kleinen Unterbrechungen abgesehen, vierundzwanzig Stunden am Tag.«

»Wo haben Sie geschlafen?«

»Mein Zimmer war am anderen Ende des Ganges, aber er konnte mich jederzeit über einen Rufknopf holen. Ich habe ihm vierundzwanzig Stunden am Tag zur Verfügung gestanden.

Manchmal ist er mitten in der Nacht wach geworden und wollte Saft oder eine Tablette. Er hat dann einfach auf einen Knopf gedrückt, der Summer hat mich geweckt, und ich habe ihm gebracht, was er haben wollte.«

»Wer hat sonst noch bei ihm im Hause gelebt?«

»Niemand.«

»Mit wem hat er sonst noch seine Zeit verbracht?«

»Vielleicht mit seiner Sekretärin, der jungen Nicolette. Er mochte sie.«

»Ist er mit ihr ins Bett gegangen?«

»Wäre das für unseren Fall günstig?«

»Ja.«

»In dem Fall haben sie gerammelt wie die Kaninchen.«

Unwillkürlich mußte Hark lächeln. Die Behauptung, Troy habe seiner letzten Sekretärin nachgestellt, würde niemanden überraschen.

Es hatte nicht lange gedauert, bis sie sich aufeinander eingestimmt hatten. »Sehen Sie mal, Mr. Snead, was wir brauchen, ist folgendes: Schrullen, Marotten, Fehlleistungen, sonderbare Dinge, die er gesagt und getan hat, lauter Sachen, die zusammengenommen jeden überzeugen würden, daß er nicht bei Verstand war. Sie haben Zeit. Setzen Sie sich hin, und schreiben Sie auf, was Ihnen einfällt. Erinnern Sie sich an möglichst vieles. Unterhalten Sie sich mit Nicolette, sorgen Sie dafür, daß die beiden es miteinander getrieben haben, hören Sie sich an, was sie zu sagen hat.«

»Sie sagt alles, was wir brauchen.«

»Dann proben Sie es mit ihr, und sorgen Sie dafür, daß es keine Lücken gibt, in denen Anwälte der Gegenseite herumstochern könnten. Was Sie und Nicolette sagen, muß sich hundertprozentig decken.«

»Es gibt niemanden, der uns widersprechen könnte.«

»Wirklich niemanden? Keinen Chauffeur, kein Hausmädchen, keine frühere Geliebte oder irgendeine andere Sekretärin?«

»Das hat es natürlich alles gegeben. Aber außer Mr. Phelan und mir hat niemand im dreizehnten Stock gewohnt. Er war sehr einsam und ziemlich verrückt.«

»Und wie kommt es dann, daß er bei den drei Psychiatern einen so guten Eindruck hinterlassen hat?«

Snead dachte einen Augenblick darüber nach. Ihm fiel nichts ein. »Was vermuten Sie?« fragte er.

»Etwa folgendes: Mr. Phelan wußte, daß die Befragung sehr schwierig würde, weil ihm klar war, daß er mitunter Aussetzer hatte. Daher hat er Sie aufgefordert, Listen mit zu erwartenden Fragen zusammenzustellen. Dann haben Sie und Mr. Phelan den ganzen Vormittag Antworten auf die Fragen geprobt. Tag und Datum, weil er die immer wieder vergaß; die Namen der Kinder, die er praktisch nicht mehr wußte; wo sie zum College gegangen waren, wen sie geheiratet hatten und so weiter. Anschließend sind Sie mit ihm Fragen zu seinem Gesundheitszustand durchgegangen. Ich könnte mir vorstellen, daß Sie sich, nachdem Sie ihm diese grundlegenden Dinge eingetrichtert haben, mindestens zwei Stunden lang damit beschäftigt haben, ihm die Verflechtungen der Phelan-Gruppe klarzumachen, ihm zu Bewußtsein zu bringen, welche Firmen ihm gehörten, welche Aktien er gekauft hatte und wie die Schlußkurse bestimmter Aktien aussahen. Da er sich in Finanzdingen immer mehr auf Sie verlassen hatte, war das für Sie einfach. Es war zwar mühselig für den Alten, aber Sie wollten ihn unbedingt in Form bringen, bevor Sie ihn für die Befragung in den Raum geschoben haben. Kommt Ihnen das bekannt vor?«

Snead gefiel der Gedanke glänzend. Die Gabe des Anwalts, Lügen aus dem Handgelenk zu schütteln, beeindruckte ihn sehr. »Ja, genau so ist es! Auf diese Weise hat Mr. Phelan den Psychiatern Sand in die Augen gestreut.«

»Dann arbeiten Sie das noch etwas gründlicher aus, Mr. Snead. Sie sind als Zeuge um so glaubwürdiger, je mehr Sie an Ihren Geschichten feilen. Die Anwälte der Gegenseite werden es Ihnen nicht leichtmachen. Sie werden Ihre Aussagen anzweifeln und Sie als Lügner hinstellen, also müssen Sie gewappnet sein. Schreiben Sie alles auf, damit Sie jederzeit Unterlagen über Ihre Aussagen haben.«

»Der Gedanke gefällt mir.«

»Daten, Uhrzeiten, Orte, Vorfälle, Sonderbarkeiten. Alles, Mr. Snead. Das gleiche gilt für Nicolette. Sorgen Sie dafür, daß auch sie alles aufschreibt.«

»Sie kann nicht besonders gut schreiben.«

»Helfen Sie ihr. Es hängt alles von Ihnen ab, Mr. Snead. Wenn Sie das übrige Geld wollen, müssen Sie es sich verdienen.«

»Wieviel Zeit habe ich?«

»Meine Kollegen und ich würden gern in ein paar Tagen ein Video von Ihnen aufnehmen. Wir hören uns an, was Sie zu erzählen haben, bombardieren Sie mit Fragen und sehen dann, wie Sie darauf reagieren. Bestimmt wollen Sie noch dies und jenes ändern. Wir werden Sie trainieren und vielleicht noch mehr Videos machen. Sobald alles einwandfrei ist, sind Sie für Ihre Aussage bereit.«

Snead ging eilends davon. Er wollte den Scheck bei seiner Bank einreichen und sich ein neues Auto kaufen. Auch Nicolette brauchte eins.

Ein Pfleger, der Nachtdienst hatte, sah den leeren Infusionsbeutel. In Druckbuchstaben war auf die Rückseite geschrieben, daß der Tropf nicht unterbrochen werden durfte. Er nahm den Beutel mit in die Krankenhausapotheke, wo eine Teilzeit-Schwester die entsprechenden Mittel zusammenmischte und ihm den Beutel zurückgab. Im Krankenhaus waren Gerüchte über den reichen amerikanischen Patienten im Umlauf.

Während des Schlafs wurde Nate mit Medikamenten gestärkt, die er nicht brauchte.

Als Jevy ihn vor dem Frühstück aufsuchte, war er halb wach. Seine Augen waren noch bedeckt, weil ihm die Dunkelheit lieber war. »Welly ist auch hier«, flüsterte Jevy.

Die diensttuende Schwester half ihm, Nates Bett aus dem Zimmer und über den Gang in einen kleinen Hofraum zu schieben, wo die Sonne schien. Sie drehte eine Kurbel, und das halbe Bett richtete sich auf. Dann nahm sie Nate Pflaster und Binde ab, ohne daß er mit der Wimper zuckte. Langsam öffnete er die Augen und versuchte etwas zu erkennen. Jevy, der sich nur wenige Zentimeter von ihm entfernt befand, sagte: »Die Schwellung ist zurückgegangen.«

»Hallo, Nate«, sagte Welly. Er stand auf der anderen Seite. Die Schwester ging.

»Hallo, Welly«, sagte Nate. Seine Worte kamen langsam und klangen verschliffen. Er war benommen, fühlte sich aber wohl. Wie gut er das Gefühl kannte, bekifft zu sein.

Jevy faßte nach seiner Stirn und erklärte: »Auch das Fieber ist weg.« Die beiden Brasilianer lächelten sich an, erleichtert, daß sie den Amerikaner, mit dem sie ins Pantanal gefahren waren, nicht auf dem Gewissen hatten.

»Was ist mit dir passiert?« fragte Nate, zu Welly gewandt. Er bemühte sich, die Wörter sauber voneinander zu trennen, damit es nicht klang, als wäre er betrunken. Jevy gab die Frage auf portugiesisch weiter. Welly begann sofort begeistert seinen langen Bericht über das Unwetter und den Untergang der *Santa Loura*. Jevy unterbrach ihn jeweils nach einer halben Minute, um zu dolmetschen. Nate hörte zu und versuchte, die Augen offenzuhalten, verlor aber immer wieder für Augenblicke das Bewußtsein.

Valdir stieß zu ihnen. Er begrüßte Nate herzlich, froh darüber, daß ihr Gast schon im Bett sitzen konnte und es ihm offensichtlich besser ging. Er nahm ein Mobiltelefon heraus und sagte, während er wählte: »Sie müssen mit Mr. Stafford sprechen. Er macht sich große Sorgen.«

»Ich weiß nicht so recht, ob ich…« Nate schwamm wieder alles im Kopf.

»Hier, setzen Sie sich auf! Es ist Mr. Stafford«, sagte Valdir, gab ihm das Telefon und schob die Kissen hinter ihm zurecht. Nate nahm das Telefon und sagte: »Hallo.«

»Nate!« kam die Antwort. »Bist du das?«

»Josh.«

»Nate, sag mir, daß du nicht stirbst. Bitte sag es mir.«

»Da bin ich mir gar nicht so sicher«, sagte Nate. Vorsichtig schob Valdir den Hörer näher an Nates Kopf und half ihm, es zu halten. »Sie müssen lauter sprechen«, flüsterte er. Jevy und Welly traten ein wenig beiseite.

»Hast du Rachel Lane gefunden?« schrie Josh ins Telefon.

Nate runzelte die Stirn im Versuch, sich zu konzentrieren. Dann sagte er: »Nein.«

»*Was?*«

»Sie heißt nicht Rachel Lane.«

»Was zum Teufel soll das heißen?«

Nate überlegte eine Weile, dann überwältigte ihn die Müdigkeit. Er sank ein wenig in sich zusammen, während er nach wie vor versuchte, sich an ihren Namen zu erinnern. Vielleicht hatte sie ihm ihren neuen Nachnamen gar nicht gesagt. »Ich weiß nicht«, murmelte er. Seine Lippen bewegten sich kaum. Valdir drückte den Hörer kräftiger an sein Gesicht.

»Nate, sag schon! Hast du die richtige Frau gefunden?«

»Aber ja. Hier unten ist alles in Ordnung, Josh. Mach dir keine Sorgen.«

»Was ist mit der Frau?«

»Sie ist wunderschön.«

Josh zögerte einen Augenblick, konnte aber keine Zeit vergeuden. »Das ist gut, Nate. Hat sie die Papiere unterschrieben?«

»Mir fällt ihr Name nicht ein.«

»Hat sie die Papiere unterschrieben?«

Eine lange Pause trat ein, während Nate das Kinn auf die Brust sank und es so aussah, als sei er eingeschlafen. Valdir stieß ihn vorsichtig an und versuchte mit Hilfe des Telefons, seinen Kopf wieder aufzurichten. »Ich mag sie wirklich«, plapperte Nate plötzlich. »Sehr.«

»Du bist high, Nate, stimmt's? Die haben dich doch unter Schmerzmittel gesetzt, nicht wahr?«

»Ja.«

»Hör mal, Nate, ruf mich an, wenn du wieder klar im Kopf bist, okay?«

»Ich hab kein Telefon.«

»Dann nimm das von Valdir. Bitte ruf mich an, Nate!«

Er nickte und schloß die Augen. »Ich hab ihr einen Heiratsantrag gemacht«, sagte er ins Telefon, dann sank sein Kopf zum letzten Mal herab.

Ruiz nahm das Telefon an sich und ging beiseite. Er versuchte, Nates Zustand zu beschreiben.

»Muß ich da runterkommen?« brüllte Josh zum dritten oder vierten Mal.

»Das ist nicht erforderlich. Bitte haben Sie Geduld.«

»Ich hab es satt, mir sagen zu lassen, daß ich Geduld haben soll.«

»Das verstehe ich.«

»Sehen Sie zu, daß er auf die Beine kommt, Valdir.«

»Ihm geht es gut.«

»Nein, tut es nicht. Rufen Sie mich später noch mal an.«

Als Tip Durban in Joshs Büro trat, sah er, daß dieser am Fenster stand und auf den Gebäudekomplex hinausstarrte, der sich davor erhob. Tip schloß die Tür, setzte sich und fragte: »Na, was hat er gesagt?«

Josh starrte weiter aus dem Fenster. »Er hat gesagt, daß er sie gefunden hat, daß sie wundervoll ist und er ihr einen Heiratsantrag gemacht hat.« In seiner Stimme lag nicht der geringste Anflug von Humor.

Tip hingegen fand das lustig. Bei Frauen war Nate nicht sehr wählerisch, schon gar nicht nach einer Scheidung. »Wie geht es ihm?«

»Er ist nur halb bei Bewußtsein und hat keine Schmerzen, weil sie ihn mit Schmerzmitteln vollgepumpt haben. Valdir sagt, daß das Fieber zurückgegangen ist und er schon viel besser aussieht.«

»Er stirbt also nicht?«

»Sieht so aus.«

Durban lachte leise vor sich hin. »Das ist Nate, wie er leibt und lebt. Dem ist noch nie eine Frau über den Weg gelaufen, die er nicht gemocht hat.«

Als Josh sich schließlich umwandte, schien er recht amüsiert zu sein. »Einfach großartig«, sagte er. »Nate ist pleite. Sie ist erst zweiundvierzig und hat wahrscheinlich seit Jahren keinen Weißen gesehen.«

»Nate würde es nicht mal was ausmachen, wenn sie so häßlich wäre wie die Nacht. Sie ist nun mal die reichste Frau der Welt.«

»Wenn ich es recht bedenke, überrascht es mich nicht. Ich dachte, ich tu ihm einen Gefallen, wenn ich ihm zu einem Abenteuer verhelfe. Ich wär nie auf den Gedanken gekommen, daß er versuchen würde, eine Missionarin zu vernaschen.«

»Meinen Sie, daß er es geschafft hat?«

»Wer weiß, was die im Urwald getrieben haben?«

»Ich bezweifle es«, bemerkte Tip nach einer Weile. »Dazu sind zwei nötig. Wir kennen zwar Nate, aber nicht die Frau.«

Josh setzte sich auf die Schreibtischkante und sah lächelnd zu Boden. »Da haben Sie recht. Ich kann mir nicht gut vorstellen, daß sie auf Nate fliegen würde. Der hat ziemlich viel am Hals.«

»Hat sie die Papiere unterschrieben?«

»So weit sind wir gar nicht gekommen. Ich denke aber schon. Sonst hätte er bestimmt keine Ruhe gegeben.«

»Wann kommt er nach Hause?«

»Sobald er reisefähig ist.«

»Da wäre ich nicht so sicher. Für elf Milliarden würde ich noch eine Weile da unten bleiben.«

SECHSUNDDREISSIG

Der Arzt fand seinen Patienten im Bett sitzend im Schatten des Hofes. Er schnarchte mit offenem Mund, die Augenbinde war abgenommen, der Kopf zur Seite gefallen. Sein Freund vom Fluß hatte sich zu einem Schläfchen auf den Boden gelegt. Nach einem kurzen Blick auf den Infusionsbeutel stellte der Arzt den Tropf ab. Er legte Nate die Hand auf die Stirn und spürte keine erhöhte Temperatur.

»Senhor O'Riley«, sagte er laut und klopfte ihm auf die Schulter. Jevy sprang auf. Der Arzt sprach kein Englisch.

Er wollte, daß Nate in sein Zimmer zurückkehrte, doch als Jevy das übersetzte, kam es nicht gut an. Nate argumentierte mit Jevy, und Jevy flehte den Arzt an. Er hatte die anderen Patienten gesehen, die offenen Wunden, die Sterbenden im Gang, die Anfälle miterlebt, und er versprach dem Arzt, er werde bei seinem Freund im Schatten sitzen bleiben, bis es dunkel wurde. Der Arzt gab nach. Es war ihm nicht besonders wichtig.

Auf der anderen Seite des Hofes lag eine kleine, abgetrennte Station, deren Fenster mit dicken schwarzen Eisenstangen vergittert waren. Von Zeit zu Zeit kamen Patienten und starrten durch die Stäbe in den Hof. Sie konnten nicht hinaus. Am späten Vormittag steckte ein Mann mit braungefleckter Haut und rotem Zottelhaar, der so verrückt aussah, wie er war, das Gesicht zwischen zwei Stäben durch und begann, durchdringend zu schreien. Offenbar sagte ihm Nates und Jevys Anwesenheit nicht zu. Seine kreischende Stimme brach sich im Hof und hallte durch die Gänge.

»Was sagt er?« fragte Nate. Das Brüllen des Verrückten hatte ihn aufgerüttelt und ihm geholfen, einen klaren Kopf zu bekommen.

»Ich verstehe kein Wort. Er ist verrückt.«

»Heißt das, ich bin hier in ein und demselben Krankenhaus mit Verrückten?«

»Ja. Tut mir leid. Es ist eine kleine Stadt.«

Das Gebrüll wurde stärker. Eine Schwester erschien und rief ihm zu, er solle den Mund halten. Er fiel mit Ausdrücken über sie her, die sie zur Flucht veranlaßten. Dann konzentrierte er sich erneut auf Nate und Jevy. Er umkrallte die Stangen, bis seine Fingerknöchel weiß waren, und sprang auf und ab, während er schrie.

»Armer Kerl«, sagte Nate.

Aus dem Schreien wurde ein Jammern, und nach einigen Minuten ununterbrochenen Lärms tauchte hinter dem Mann ein Pfleger auf und versuchte ihn fortzuführen. Er wollte aber nicht gehen, und eine kurze Rangelei folgte. Im Angesicht von Zeugen verhielt sich der Pfleger bei aller Entschlossenheit zurückhaltend, und daher gelang es ihm nicht, die Hände des Mannes von den Stangen zu lösen. Während er von hinten zog, wurde aus dem Jammern ein Kreischen.

Schließlich gab der Pfleger auf und verschwand. Der Brüllende ließ die Hose herunter und urinierte in hohem Bogen durch die Stangen, wobei er laut lachend auf Nate und Jevy zielte, die aber außer Reichweite waren. Jetzt, da der Mann die Hände nicht mehr um die Stangen gekrallt hielt, packte der Pfleger mit einem Mal von hinten zu, umschlang ihn und zerrte ihn fort. Sobald der Mann außer Sicht war, hörte das Gekreisch schlagartig auf.

Als dies alltägliche Schauspiel vorüber war und erneut Stille im Hof herrschte, sagte Nate: »Jevy, holen Sie mich hier raus.«

»Wie stellen Sie sich das vor?«

»Ich will hier raus. Mir geht es gut. Ich habe kein Fieber mehr und fühle mich auch schon wieder recht kräftig. Lassen Sie uns gehen.«

»Wir können hier nicht weg, bevor der Arzt Sie entlassen hat. Außerdem haben Sie das da«, sagte er und wies auf den Infusionsschlauch in Nates linkem Handgelenk.

»Kleinigkeit«, sagte Nate, zog die Nadel rasch heraus und löste den Schlauch. »Besorgen Sie mir was anzuziehen, Jevy. Ich verschwinde hier.«

»Sie kennen das Denguefieber nicht. Mein Vater hatte es.«

»Es ist vorbei. Das spüre ich.«

»Das ist es nicht. Es kommt wieder, und zwar schlimmer, viel schlimmer.«

»Das glaube ich nicht. Bitte bringen Sie mich in ein Hotel. Da geht es mir bestimmt gut. Ich bezahle Sie dafür, daß Sie bei mir bleiben, und sobald das Fieber zurückkommt, können Sie mir Tabletten geben. Bitte, Jevy.«

Jevy stand am Fuß des Bettes. Er sah sich um, als fürchte er, daß jemand Englisch verstand. »Ich weiß nicht«, sagte er zögernd. Eigentlich war es keine schlechte Idee.

»Ich gebe Ihnen zweihundert Dollar. Damit können Sie mir was anzuziehen besorgen und mich ins Hotel bringen. Außerdem zahle ich Ihnen fünfzig Dollar am Tag, um auf mich aufzupassen, bis ich wieder ganz auf dem Damm bin.«

»Es geht nicht um das Geld, Nate. Ich bin Ihr Freund.«

»Und ich Ihrer, Jevy. Freunde müssen sich gegenseitig helfen. Ich kann nicht wieder in das Zimmer zurück. Sie haben die armen Kranken da drin ja gesehen. Die verfaulen, liegen im Sterben und pissen sich voll. Es stinkt nach Scheiße. Die Schwestern kümmern sich einen Dreck. Die Ärzte sehen nicht nach einem. Die Irrenanstalt ist gleich nebenan. Bitte, Jevy, bringen Sie mich hier raus. Ich zahle auch gut.«

»Ihr Geld ist mit der *Santa Loura* untergegangen.«

Das brachte Nate zum Schweigen. Er hatte nicht mal an die *Santa Loura* und seine Sachen gedacht – seine Kleidung, sein Geld, sein Paß, die Aktentasche mit all dem technischen Spielzeug und den Papieren, die ihm Josh mitgegeben hatte. Seit dem Aufbruch aus dem Indianerdorf hatte er nur wenige lichte Momente gehabt. Dann hatte er über Leben und Tod nachgedacht, nicht aber über Besitz oder dergleichen. »Ich kann jede Menge Geld bekommen, Jevy. Ich lasse Geld aus Amerika anweisen. Bitte helfen Sie mir!«

Jevy wußte, daß Denguefieber nur selten tödlich verlief. In Nates Fall schien es unter Kontrolle zu sein, obwohl es sicherlich wiederkehren würde. Niemand konnte es Nate verdenken, wenn er das Krankenhaus verlassen wollte. »Na schön«, sagte er und sah sich erneut vorsichtig um. Niemand war in der Nähe. »Ich bin in ein paar Minuten wieder da.«

Nate schloß die Augen und dachte darüber nach, was der Verlust seines Passes bedeutete. Außerdem hatte er kein Geld, nicht einen Cent. Nichts anzuziehen, keine Zahnbürste. Kein Satellitentelefon, kein Mobiltelefon, keine Telefonkarten. Und zu Hause standen die Dinge auch nicht viel besser. Nach seinem persönlichen Konkurs durfte er damit rechnen, sein geleastes Auto, seine Kleidung und sein bescheidenes Mobiliar zu behalten sowie das Geld, das er für seine Altersversorgung eingezahlt hatte. Sonst nichts. Seine kleine Wohnung in Georgetown war ihm während der Entziehungskur genommen worden. Er wußte nicht, wohin er nach seiner Rückkehr gehen könnte. Angehörige hatte er so recht auch keine. Seine beiden älteren Kinder wohnten weit fort und wollten nichts von ihm wissen. Die beiden jüngeren aus der zweiten Ehe hatte ihre Mutter mitgenommen. Er hatte sie ein halbes Jahr lang nicht gesehen und zu Weihnachten kaum an sie gedacht.

An seinem vierzigsten Geburtstag hatte Nate einen Prozeß gegen einen Arzt gewonnen, der eine Krebserkrankung nicht erkannt hatte. Die dabei erstrittenen zehn Millionen Dollar waren der höchste Betrag, den er je für einen Patienten herausgeholt hatte. Nachdem zwei Jahre später die Berufungsverhandlungen vorüber waren, war der Kanzlei ein Honorar von über vier Millionen Dollar überwiesen worden. In dem Jahr hatte Nate eine Prämie von anderthalb Millionen Dollar bekommen. Er war einige Monate lang Millionär gewesen, bis er das neue Haus gekauft hatte. Es hatte Pelze gegeben und Diamanten, Autos und Reisen. Einige unsichere Investitionen. Dann hatte er eine junge Studentin kennengelernt, die Kokain nahm, und sein Leben hatte Risse bekommen. Der Absturz war tief gewesen, und er hatte zwei Monate hinter Sanatoriumsmauern verbracht. Seine zweite Frau hatte ihn mit dem Geld verlassen, war dann kurze Zeit später ohne das Geld zurückgekommen.

Er war Millionär gewesen und stellte sich jetzt vor, wie er auf jemanden wirken mußte, der ihn vom Dach über dem Krankenhaushof aus betrachtet hätte: krank, einsam, pleite, ein Mann, der wegen Steuerhinterziehung angeklagt war und Angst hatte, nach Hause und zu den Versuchungen zurückzukehren, die dort auf ihn warteten.

Seine Suche nach Rachel hatte ihm ein Ziel gegeben. Es war eine erregende Jagd gewesen. Jetzt war sie vorüber, er lag wieder flach, dachte an Sucht, Sergio und die Entwöhnung und all den Ärger, der auf ihn wartete. Erneut drohte ihn die Finsternis zu verschlingen.

Er konnte nicht den Rest seines Lebens damit verbringen, fern von Alkohol, Drogen und Frauen mit Jevy und Welly auf *chalanas* den Paraguay auf und ab zu fahren und nicht an seine Schwierigkeiten mit den Behörden zu denken. Er mußte zurück. Er mußte die Suppe auslöffeln, die er sich eingebrockt hatte.

Ein durchdringendes Geheul riß ihn aus seinen Tagträumen. Der rothaarige Schreihals war wieder da.

Jevy schob das Bett wieder ins Gebäude und dann durch einen Korridor auf den Eingangsbereich zu. Er hielt neben einem kleinen Raum an, in dem Putzgerät untergebracht war, und half Nate aus dem Bett. Zwar war dieser schwach auf den Beinen und zitterte, aber er war entschlossen zu entfliehen. In dem kleinen Raum riß er sich das Krankenhausnachthemd herunter und zog eine kurze Turnhose an, die ihm zu weit war, ein rotes T-Shirt, die unerläßlichen Gummisandalen. Dann setzte er eine Jeansmütze und eine Plastik-Sonnenbrille auf. Obwohl er ganz wie ein Brasilianer aussah, fühlte er sich nicht im geringsten so. Jevy hatte nur wenig für seine Ausrüstung ausgegeben. Als er sich die Mütze zurechtrückte, verlor er das Bewußtsein.

Jevy hörte, wie er gegen die Tür prallte. Er öffnete sie rasch und sah Nate zwischen Eimern und Schrubbern am Boden liegen. Er faßte ihn unter den Armen und zerrte ihn zum Bett zurück. Dann schob er ihn auf die Matratze und deckte ihn mit dem Laken zu.

Nate schlug die Augen auf und fragte: »Was ist passiert?«

»Sie sind ohnmächtig geworden«, kam die Antwort. Das Bett rollte, Jevy war hinter ihm. Sie kamen an zwei Schwestern vorüber, denen nichts aufzufallen schien. »Das ist keine gute Idee«, sagte Jevy.

»Gehen Sie nur weiter.«

In der Nähe der Eingangshalle schob sich Nate vom Bett herunter und begann zu gehen, obwohl er sich wieder schwach fühlte. Jevy legte ihm schwer einen Arm um die Schultern und hielt ihn am Oberarm fest. »Immer mit der Ruhe«, sagte er. »Schön langsam.«

Niemand an der Pforte hielt sie auf, und auch die Schwestern und Pfleger, die auf der Treppe vor dem Krankenhaus rauchten, warfen ihnen keinen mißtrauischen Blick zu. Die Sonne machte Nate zu schaffen, und er stützte sich auf Jevy. Sie überquerten die Straße zu Jevys Ford.

Schon an der ersten Kreuzung entkamen sie dem Tod nur knapp. »Könnten Sie bitte langsamer fahren«, blaffte Nate ihn an. Er schwitzte, und sein Magen revoltierte.

»Entschuldigung«, sagte Jevy. Er fuhr deutlich langsamer.

Mit seinem Charme und dem Hinweis auf baldige Bezahlung gelang es Jevy, der jungen Frau am Empfang des Palace Hotels ein Doppelzimmer zu entlocken. »Mein Freund ist krank«, flüsterte er ihr zu und nickte zu Nate hinüber, der ganz so aussah. Jevy wollte nicht, daß die hübsche Dame einen falschen Eindruck von ihnen bekam. Immerhin hatten sie kein Gepäck dabei.

Kaum im Zimmer angekommen, fiel Nate aufs Bett. Seine Flucht hatte ihn schrecklich mitgenommen. Jevy fand im Fernsehen die Wiederholung eines Fußballspiels, langweilte sich aber schon nach fünf Minuten. Er ging nach unten, um weiter zu flirten.

Nate versuchte zweimal, die internationale Vermittlung zu bekommen. Er erinnerte sich undeutlich, Joshs Stimme am Telefon gehört zu haben, und vermutete, daß dieser mehr von ihm wissen wollte. Beim zweiten Versuch wurde er mit einem Schwall Portugiesisch überschüttet. Als die Frau es mit Englisch probierte, glaubte er, das Wort ›Telefonkarte‹ verstanden zu haben. Er legte auf und schlief ein.

Der Arzt rief Senhor Ruiz an. Dieser sah den Pickup vor dem Palace Hotel geparkt und suchte nach Jevy. Er fand ihn im Swimmingpool, wo er ein Bier trank.

Der Anwalt hockte sich an den Beckenrand. »Wo ist Mr. O'Riley?« fragte er. Er war sichtlich verärgert.

»Oben in seinem Zimmer«, antwortete Jevy und nahm einen weiteren Schluck.

»Wieso ist er nicht im Krankenhaus?«

»Weil er da rauswollte. Können Sie das nicht verstehen?«

Senhor Ruiz hatte sich einmal einer Operation unterziehen müssen und hatte dazu das vier Flugstunden entfernte Campo Grande aufgesucht. Niemand, der Geld hatte, würde je freiwillig in Corumbá ins Krankenhaus gehen. »Wie geht es ihm?«

»Ich glaube, gut.«

»Bleiben Sie bei ihm.«

»Ich arbeite nicht mehr für Sie, Mr. Ruiz.«

»Schon, aber da ist noch die Sache mit dem Boot.«

»Dafür kann ich nicht aufkommen. Ich habe es nicht versenkt. Das war ein Unwetter. Was soll ich Ihrer Ansicht nach tun?«

»Auf Mr. O'Riley aufpassen.«

»Er braucht Geld. Können Sie für ihn telegrafisch welches besorgen?«

»Ich glaube schon.«

»Und einen Paß. Er hat alles verloren.«

»Passen Sie einfach auf ihn auf. Ich kümmere mich um alles andere.«

Das Fieber kehrte in der Nacht wieder, wärmte sein Gesicht im Schlaf und steigerte sich ganz allmählich zum großen Angriff. Zuerst zeigte sich eine Anzahl winziger Schweißtröpfchen, die wie eine Perlenkette über den Augenbrauen lagen, dann wurden die Haare auf dem Kissen naß. Das Fieber köchelte vor sich hin, während Nate schlief, und machte sich zur Explosion bereit. Es schickte leise Schauer durch seinen Körper, aber er war müde, und es gab darin noch Reste von so vielen Medikamenten, daß er weiterschlief. Es steigerte den Druck hinter seinen Augen, so daß er am liebsten geschrien hätte, als er sie öffnete. Es machte seinen Mund trocken.

Schließlich stöhnte Nate. Er spürte das erbarmungslose Hämmern zwischen den Schläfen. Als er die Augen öffnete, wartete der Tod auf ihn. Er lag in seinem eigenen Schweiß gebadet, sein Gesicht glühte, Knie und Ellbogen waren vor Schmerz gekrümmt. »Jevy«, flüsterte er. »Jevy!«

Jevy schaltete die zwischen ihnen stehende Nachttischlampe ein, und Nate stöhnte noch lauter. »Machen Sie das aus!« sagte er. Jevy rannte ins Bad und schaltete dort die Beleuchtung ein, die für indirektes Licht sorgte. Für den zu erwartenden Anfall hatte er Wasser in Flaschen gekauft, Eis, Aspirin, rezeptfreie Schmerzmittel und ein Thermometer. Er hielt sich für gerüstet.

Eine Stunde verging, und Jevy zählte jede Minute. Das Fieber stieg auf neununddreißig Grad. Der Schüttelfrost kam in so heftigen Wellen, daß das kleine Bett auf dem Fußboden tanzte. Wenn Nate gerade nicht zitterte, stopfte ihm Jevy Tabletten in den Mund und goß Wasser hinterher. Er benetzte ihm das Gesicht mit nassen Handtüchern. Nate litt schweigend, biß tapfer die Zähne zusammen, um nicht vor Schmerzen schreien zu müssen. Er war entschlossen, die Fieberanfälle im vergleichsweise luxuriösen Hotelzimmer zu ertragen. Jedesmal, wenn er das Bedürfnis hatte zu schreien, erinnerte er sich an die Risse im Putz und die Gerüche im Krankenhaus.

Um vier Uhr morgens stieg das Fieber auf neununddreißigeinhalb, und Nate begann das Bewußtsein zu verlieren. Seine Knie berührten fast sein Kinn. Er hatte die Arme um die Waden gelegt und hielt sie fest umkrallt. Dann lief ein Kälteschauer in Wellen über ihn hinweg, und sein Körper streckte sich.

Nach einer Weile betrug die Temperatur vierzigeinhalb Grad. Jevy begriff, daß Nate irgendwann in einen Schock verfallen würde. Schließlich erfaßte ihn Panik, nicht wegen der Temperatur, sondern weil er sah, wie der Schweiß vom Laken auf den Fußboden lief. Nate hatte genug gelitten. Im Krankenhaus gab es bessere Medikamente.

Er fand einen schlafenden Nachtwächter im zweiten Stock, und mit seiner Hilfe schleppte er Nate zum Aufzug, durch die leere Hotelhalle und zu seinem Pickup. Um sechs Uhr morgens weckte er Senhor Ruiz mit seinem Anruf.

Als dieser Jevy genug verflucht hatte, erklärte er sich bereit, den Arzt zu rufen.

SIEBENUNDDREISSIG

Der Arzt gab seine Behandlungsanweisungen vom Bett aus telefonisch durch. Den Infusionsbeutel mit vielen guten Sachen füllen, ihm die Nadel in den Arm stechen, versuchen, ein besseres Zimmer für ihn zu finden. Da alle Zimmer voll waren, ließ man ihn einfach auf dem Gang der Männerabteilung in der Nähe eines unaufgeräumten Tisches stehen, der als Schwesternzimmer fungierte. Zumindest konnte man ihn dort nicht übersehen. Jevy wurde aufgefordert zu gehen. Er konnte nichts tun als warten.

Irgendwann am Vormittag tauchte, als der Betrieb gerade nicht besonders hektisch war, ein Krankenpfleger mit einer Schere auf. Er schnitt die neue Turnhose und das neue rote T-Shirt durch und legte Nate wieder ein gelbes Flügelhemd an. Während dieses Vorgangs lag er volle fünf Minuten lang vor den Augen aller Vorüberkommenden splitternackt auf dem Bett. Niemand sah hin; und er selbst bekam nichts davon mit. Die Laken wurden gewechselt, weil sie völlig durchnäßt waren. Nate O'Rileys zerschnittene Kleidungsstücke wurden fortgeworfen, und wieder einmal hatte er nichts anzuziehen.

Wenn er zu sehr zitterte oder zu laut stöhnte, erhöhte ein Arzt, Pfleger oder eine Schwester, je nachdem, wer sich gerade in der Nähe befand, den Durchfluß der Infusion ein wenig, und wenn er zu laut schnarchte, drehte jemand sie ein wenig ab.

Durch einen Krebstoten wurde ein Platz in einem Zimmer frei. Nate wurde in den nächstgelegenen Raum zwischen einen Arbeiter, der einen Fuß eingebüßt hatte, und einen Mann geschoben, der wegen Nierenversagens im Sterben lag. Im Lauf des Tags sah der Arzt zweimal nach ihm. Das Fieber pendelte ständig zwischen neununddreißig und vierzig Grad. Im Lauf des Spätnachmittages kam Senhor Ruiz vorbei, um sich mit

Nate zu unterhalten, aber der Patient war nicht wach. Der Anwalt teilte Mr. Stafford vom Gang aus über sein Mobiltelefon die Ereignisse des Tages mit. Was Josh da hörte, gefiel ihm nicht.

»Der Arzt sagt, daß das völlig normal ist«, sagte Valdir. »Mr. O'Riley kommt bald wieder auf die Beine.«

»Lassen Sie ihn bloß nicht sterben, Valdir«, knurrte Josh.

Geld war telegrafisch angewiesen. Außerdem bemühte man sich um einen Paß für Nate.

Wieder einmal lief der Tropf leer, ohne daß es jemandem auffiel. Stunden vergingen, und die Wirkung der Medikamente ließ allmählich nach. Es war pechschwarze Nacht, und niemand rührte sich in den drei anderen Betten, als Nate endlich die Spinnweben seiner Bewußtlosigkeit abschüttelte und Lebenszeichen von sich gab. Er konnte kaum sehen, wer da außer ihm im Zimmer war. Durch die offene Tür fiel ein leichter Lichtschimmer aus dem Gang herein. Man hörte keine Stimmen, und keine Füße schlurften vorüber.

Er faßte nach seinem schweißnassen Hemd und merkte, daß er darunter wieder nackt war. Er rieb sich die geschwollenen Augen und versuchte die steifen Beine zu strecken. Seine Stirn fühlte sich sehr heiß an. Er hatte Durst und konnte sich nicht erinnern, wann er zum letzten Mal gegessen hatte. Er bemühte sich, keine Bewegung zu machen, um niemanden um sich herum zu wecken. Bestimmt würde bald eine Schwester vorbeikommen.

Die Laken waren naß von Schweiß, und als der Schüttelfrost erneut einsetzte, gab es keine Möglichkeit, warm zu werden. Er zitterte, seine Zähne schlugen aufeinander, und er rieb sich Arme und Beine. Nachdem der Schüttelfrost abgeklungen war, versuchte er wieder zu schlafen, was ihm während der Nacht auch für jeweils kurze Zeit gelang, doch als es am dunkelsten war, stieg das Fieber erneut. Es hämmerte so sehr in Nates Schläfen, daß ihm die Tränen kamen. Er legte sich das Kissen um den Kopf und drückte zu, so fest er konnte.

Eine schattenhafte Gestalt trat in das dunkle Zimmer, ging von Bett zu Bett und blieb schließlich neben dem Nates stehen.

Sie sah eine Weile zu, wie seine Gliedmaßen unter den Laken zuckten und hörte sein vom Kissen gedämpftes leises Stöhnen. Dann faßte sie ihn sacht am Arm und flüsterte: »Nate.«

Unter normalen Umständen wäre er hochgeschreckt, aber inzwischen hatte er sich an solche Erscheinungen gewöhnt. Er legte sich das Kissen auf die Brust und versuchte, die Gestalt zu erkennen.

»Ich bin es, Rachel«, flüsterte sie.

»Rachel?« flüsterte er zurück. Sein Atem ging schwer. Er versuchte sich aufzusetzen und bemühte sich dann, seine Lider mit den Fingern hochzuschieben. »Rachel?«

»Ich bin hier, Nate. Gott hat mich geschickt, Sie zu schützen.«

Er streckte die Hand nach ihrem Gesicht aus, und sie nahm sie. Sie küßte seine Handfläche. »Sie werden nicht sterben«, sagte sie. »Gott hat Pläne mit Ihnen.«

Er konnte nichts sagen. Allmählich gewöhnten sich seine Augen an die Dunkelheit, und er konnte sie sehen. »Ja, Sie sind es«, sagte er. Oder war das wieder ein Traum?

Er sank wieder zurück, legte den Kopf auf das Kissen und spürte, wie sich die Anspannung in seinen Muskeln und die Verkrampfung seiner Gelenke löste. Er schloß die Augen, ließ ihre Hand aber nicht los. Das Hämmern hinter seinen Augen ließ nach. Die Hitze schwand von seiner Stirn und aus seinem Gesicht. Das Fieber hatte seine Kräfte erschöpft, und er sank wieder in Schlummer, einen tiefen Schlaf, den nicht die Medikamente bewirkt hatten, sondern seine völlige Erschöpfung.

Er träumte von Engeln – junge Mädchen in weißen Gewändern schwebten zu seinem Schutz in den Wolken über ihm, summten Melodien, die er nie gehört hatte, die ihm aber trotzdem vertraut vorkamen.

In Jevys und Valdirs Begleitung verließ Nate, mit Anweisungen des Arztes versehen, das Krankenhaus am nächsten Mittag. Es gab keine Spur von Fieber, keinen Ausschlag, lediglich Gelenke und Muskeln schmerzten ein wenig. Er bestand darauf zu gehen, und der Arzt erklärte sich rasch damit einverstanden. Er war froh, ihn loszuwerden.

Zuerst machten sie in einem Restaurant halt, wo er eine

große Schüssel Reis und einen Teller gekochte Kartoffeln verzehrte. Anders als Jevy würdigte er die Steaks und Koteletts keines Blicks. Beide hatten noch Hunger von ihrem gemeinsamen Abenteuer. Der Anwalt trank Kaffee, rauchte Zigaretten und sah ihnen beim Essen zu.

Niemand hatte Rachel beim Betreten oder Verlassen des Krankenhauses gesehen. Nate hatte Jevy das Geheimnis zugeflüstert, der seinerseits die Schwestern und Helferinnen befragt hatte. Nach dem Mittagessen verließ Jevy die beiden und machte sich zu Fuß in der Stadt auf die Suche nach Rachel. Er ging zum Fluß und sprach mit den Matrosen auf dem letzten Viehtransportboot, das in der Stadt eingetroffen war. Mit ihnen war sie nicht gereist. Auch die Fischer hatten sie nicht gesehen. Niemand schien etwas über das Eintreffen einer Weißen aus dem Pantanal zu wissen.

Als Nate allein in Valdirs Büro war, wählte er die Nummer von Staffords Kanzlei, an die er sich nur mit Mühe erinnern konnte. Sie holten Josh aus einer Besprechung. »Leg los, Nate«, sagte er. »Wie geht es dir?«

»Das Fieber ist vorbei«, sagte er, in Valdirs Lehnstuhl schaukelnd. »Ich fühle mich großartig. Ein bißchen müde und mitgenommen, aber sonst prima.«

»Es klingt auch danach. Du solltest zurückkommen.«

»Laß mir ein paar Tage.«

»Ich schicke eine Düsenmaschine, Nate. Sie fliegt heute abend ab.«

»Tu das nicht, Josh. Es ist keine gute Idee. Ich komme, wenn mir danach ist.«

»Von mir aus. Erzähl mir von der Frau, Nate.«

»Wir haben sie gefunden. Sie ist Troy Phelans uneheliche Tochter und will von dem Geld nichts wissen.«

»Und wie hast du es geschafft, sie zu überreden, daß sie es doch nimmt?«

»Josh, diese Frau kann man zu nichts überreden. Ich habe es versucht, aber nichts erreicht und aufgegeben.«

»Na hör mal, Nate! Niemand läßt so viel Geld einfach sausen. Du hast ihr doch bestimmt klarmachen können, wie unvernünftig das wäre.«

»Keine Chance, Josh. Sie ist der glücklichste Mensch, den ich je kennengelernt habe, und vollkommen bereit, den Rest ihres Lebens bei den Indianern zuzubringen. Dort hat Gott sie abgestellt.«

»Aber die Papiere hat sie doch unterschrieben?«

»Nein.«

Eine längere Pause trat ein, während Josh diese Mitteilung verdaute. »Du machst Witze«, sagte er schließlich so leise, daß es in Brasilien kaum hörbar war.

»Nein. Tut mir leid, Chef. Ich habe mir die größte Mühe gegeben, sie dazu zu bringen, daß sie zumindest die Papiere unterschrieb, aber sie wollte nicht. Sie wird sie nie unterschreiben.«

»Hat sie das Testament gelesen?«

»Ja.«

»Und hast du ihr gesagt, daß es sich um elf Milliarden Dollar handelt?«

»Ja. Sie lebt allein in einer Hütte mit einem Strohdach, ohne sanitäre Einrichtungen und Strom, hat kaum Ansprüche an Nahrung und Kleidung, kein Telefon und kein Fax und macht sich nicht im geringsten Sorgen um das, was ihr fehlen könnte. Sie lebt in der Steinzeit, Josh, und genau da möchte sie auch leben. Und Geld würde das verändern.«

»Unfaßbar.«

»Das hab ich auch gedacht, und ich war selbst da.«

»Ist sie klug?«

»Sie ist promoviert, Josh, eine Ärztin. Außerdem hat sie einen Abschluß von ihrem Missionsseminar und spricht fünf Sprachen.«

»Sie ist Ärztin?«

»Ja, aber wir haben uns nicht über Kunstfehlerprozesse unterhalten.«

»Du hast gesagt, daß sie wunderschön sei.«

»Habe ich das?«

»Ja, vor zwei Tagen am Telefon. Ich glaube, da hast du unter dem Einfluß von Medikamenten gestanden.«

»Stimmt. Aber ich nehme kein Wort zurück.«

»Heißt das, du magst sie?«

»Wir sind Freunde geworden.« Es hätte keinen Sinn, Josh mitzuteilen, daß sie in Corumbá war. Nate hoffte, sie bald zu finden und mit ihr über Troys Nachlaß zu reden, solange sie sich in der Zivilisation befand.

»Das war ein ziemliches Abenteuer«, sagte Nate. »Milde gesagt.«

»Ich hab vor Sorge um dich nicht schlafen können.«

»Reg dich ab. Unkraut vergeht nicht.«

»Ich hab dir fünftausend Dollar runtertelegrafiert. Valdir hat das Geld.«

»Danke, Chef.«

»Ruf mich morgen wieder an.«

Valdir lud ihn zum Abendessen ein, aber er lehnte ab. Er holte sich das Geld und durchstreifte zu Fuß die Straßen von Corumbá. Als erstes kleidete er sich ein: Unterwäsche, Safarishorts, einfache weiße T-Shirts; außerdem kaufte er Wanderstiefel. Als er seine Neuerwerbungen vier Nebenstraßen weiter ins Palace Hotel geschleppt hatte, war er so erschöpft, daß er zwei Stunden lang schlief.

Jevy fand nicht die geringste Spur von Rachel. Er suchte mit den Augen die Menschenmenge ab, die sich auf den Straßen drängte. Er sprach mit den Leuten vom Fluß, die er so gut kannte, aber keiner von ihnen hatte sie ankommen sehen. Er steckte den Kopf in alle Hotelhallen der Stadt und schäkerte mit den Frauen am Empfang. Niemand hatte eine alleinreisende etwa vierzigjährige Amerikanerin gesehen.

Je länger sich der Nachmittag hinzog, desto mehr zweifelte Jevy an Nates Geschichte. Das Denguefieber ruft Halluzinationen hervor, man sieht Dinge, hört Stimmen, glaubt an Gespenster, vor allem in der Nacht. Trotzdem suchte er weiter.

Auch Nate streifte umher, nachdem er wieder aufgewacht war und eine weitere Mahlzeit zu sich genommen hatte. Er trug eine Flasche Wasser mit sich, achtete darauf, daß er langsam ging, und hielt sich möglichst im Schatten. Auf dem Felsabsturz über dem Fluß machte er eine Pause und betrachtete das Pantanal, das sich majestätisch Hunderte von Kilometern vor ihm erstreckte.

Dann überfiel ihn die Erschöpfung, und er schleppte sich ins Hotel zurück, um wieder zu schlafen. Er wurde davon wach, daß Jevy an die Tür klopfte. Sie hatten sich für sieben Uhr zum Abendessen verabredet, und es war acht Uhr durch. Beim Eintreten hielt Jevy mißtrauisch Ausschau nach leeren Flaschen. Es gab keine.

Sie aßen Brathähnchen in einem Straßencafé. Fußgänger belebten die Straßen, und Musik erfüllte die Luft. Paare mit kleinen Kindern kauften Eiscreme und kehrten nach Hause zurück. Halbwüchsige zogen in Gruppen ohne erkennbares Ziel umher. Vor den Lokalen standen die Gäste auf dem Bürgersteig. Junge Männer und Frauen zogen von einem Lokal zum nächsten. Auf den Straßen war es warm und sicher; kein Mensch schien zu befürchten, daß man auf ihn schießen oder ihn ausrauben könnte.

An einem Tisch in der Nähe trank ein Mann kaltes *Brahma*-Bier aus einer braunen Flasche, und Nate sah ihm bei jedem Schluck zu.

Nach dem Nachtisch verabschiedeten sie sich voneinander und verabredeten, früh am nächsten Morgen gemeinsam weiterzusuchen. Jevy ging in die eine Richtung, und Nate in die andere. Er war ausgeruht und hatte es satt, im Bett herumzuliegen.

Zwei Nebenstraßen vom Fluß entfernt wurde es stiller. Die Läden waren geschlossen, in den Häusern brannte kein Licht, es herrschte kaum Verkehr. Vor sich sah Nate die Lichter einer kleinen Kapelle. Da wird sie sein, sagte er sich. Fast hätte er es laut gesagt.

Da die Tür weit offenstand, konnte er vom Bürgersteig aus hölzerne Bankreihen sehen, die leere Kanzel, das Wandbild mit Christus am Kreuz und die Rücken einiger Menschen, die mit gesenkten Köpfen versunken beteten. Leise Orgelmusik lockte ihn ins Innere. Er blieb in der Tür stehen und sah, daß insgesamt fünf Menschen in den Bänken verteilt saßen. Keiner von ihnen sah Rachel auch nur im entferntesten ähnlich. Die Orgelbank unter dem Wandgemälde war leer. Die Musik kam aus einem Lautsprecher.

Er hatte Zeit und konnte warten. Vielleicht würde sie ja kommen. Langsam ging er an der hintersten Bankreihe entlang und setzte sich. Er betrachtete die Kreuzigungsszene, die Nägel in Seinen Händen, den Lanzenstich in Seiner Seite, die Qual auf Seinen Zügen. Hatte man Ihn wirklich auf so abscheuliche Weise umgebracht? Irgendwann in seinem kläglichen und auf weltliche Dinge gerichteten Leben hatte auch Nate die Geschichten aus dem Leben Jesu gelesen oder erzählt bekommen: die jungfräuliche Geburt, daher Weihnachten; das Gehen auf dem Wasser; dann noch das eine oder andere Wunder; hatte der Wal Ihn verschlungen, oder war das ein anderer gewesen? Dann der Verrat durch Judas, das Verfahren vor Pilatus, die Kreuzigung, daher Ostern, und schließlich die Himmelfahrt.

Ja, die grundlegenden Tatsachen waren Nate bekannt. Vielleicht hatte seine Mutter sie ihm erzählt. Keine seiner Frauen war zur Kirche gegangen, obwohl Gattin Nummer zwei katholisch gewesen war und sie jedes zweite Jahr die Christmette besucht hatten.

Drei weitere Menschen kamen von der Straße herein. Ein junger Mann mit einer Gitarre trat durch einen Seiteneingang und ging zur Kanzel. Es war genau halb zehn. Er schlug einige Akkorde an und begann zu singen, wobei sein Gesicht vor Begeisterung glühte. Eine winzige Frau, die eine Bank weiter saß, klatschte in die Hände und sang mit.

Unter Umständen würde die Musik Rachel anlocken. Sie mußte doch große Sehnsucht nach dem Gottesdienst in einer richtigen Kirche mit einem Holzfußboden und Buntglasfenstern haben, in der vollständig angezogene Menschen in einer Kultursprache aus der Bibel lasen. Gewiß suchte sie die Kirchen auf, wenn sie in Corumbá war.

Als das Lied zu Ende war, las der junge Mann einen Bibeltext und begann darüber zu sprechen. Nate hatte im Verlauf seines kleinen Abenteuers noch niemanden so langsam portugiesisch sprechen hören. Die leisen, verschliffenen Laute und der getragene Rhythmus fesselten ihn. Obwohl er kein Wort verstand, versuchte er, sich die Sätze zu wiederholen. Dann schweiften seine Gedanken ab.

Sein Körper hatte sich von den Auswirkungen der Fieberanfälle und der Medikamente erholt. Er war gut genährt, ausgeruht und tatendurstig. Er war wieder er selbst, und das bedrückte ihn mit einem Mal. Die Gegenwart stand wieder vor ihm, Hand in Hand mit der Zukunft. Die Last, die er bei Rachel abgeladen hatte, drohte ihm wieder, hier in dieser Kirche. Rachel mußte sich unbedingt zu ihm setzen, seine Hand halten und ihm beten helfen.

Er haßte seine Schwächen. Er zählte sie eine nach der anderen auf, und die Länge der Liste betrübte ihn. Die Dämonen warteten zu Hause auf ihn – die guten und die schlechten Freunde, die Orte, an denen er sich aufzuhalten pflegte, und die Gewohnheiten, denen er anhing, der Druck, dem er nicht länger standhalten konnte. Weder vermochte er für tausend Dollar am Tag ein Leben mit den Sergios dieser Welt zu führen, noch eines, bei dem er frei auf der Straße umherzog.

Jetzt betete der junge Mann, die Augen fest geschlossen, während er die Arme flehend zum Himmel erhob. Auch Nate schloß die Augen und sagte den Namen Gottes. Gott wartete auf ihn.

Mit beiden Händen umklammerte er die Lehne der Bank vor ihm. Murmelnd wiederholte er die Liste, sagte leise jede Schwäche, jede Sünde, jede Qual und jedes Übel vor sich hin, die ihn heimsuchten. Er beichtete alles. In einem einzigen langen Bekenntnis seines Versagens stellte er sich nackt und bloß vor Gott hin. Er verschwieg nichts. Er lud so viele Bürden ab, daß sie genügt hätten, drei Männer unter sich zu begraben. Als er schließlich endete, standen ihm Tränen in den Augen. »Es tut mir leid«, flüsterte er Gott zu. »Bitte hilf mir.«

Ebenso rasch, wie das Fieber seinen Körper verlassen hatte, fühlte er seine Seele von ihrer Last befreit. Mit einer sanften Handbewegung war sein Sündenregister getilgt. Er stieß einen tiefen Seufzer der Erleichterung aus, aber sein Puls jagte.

Wieder hörte er die Gitarre. Er öffnete die Augen und wischte sich die Wangen. Jetzt sah er nicht den jungen Mann auf der Kanzel, sondern das von Leid und Schmerz verzerrte Gesicht Christi, der am Kreuz starb. Für ihn.

Eine Stimme rief ihn. Sie kam aus seinem Inneren und wollte ihn durch den Mittelgang der kleinen Kirche führen. Aber die Aufforderung verwirrte ihn. In ihm lagen viele Empfindungen im Widerstreit miteinander. Mit einem Mal waren seine Augen trocken.

Warum weine ich eigentlich in einer kleinen Kapelle, in der es heiß ist, und höre mir Musik an, die ich nicht verstehe, in einer Stadt, die ich nie wiedersehen werde? Die Fragen bestürmten ihn, ohne daß er eine Antwort darauf fand.

Es war schön und gut, daß Gott ihm seine verblüffende Zahl von Missetaten vergab, und es kam Nate tatsächlich so vor, als wäre seine Last leichter geworden – aber daß von ihm erwartet wurde, die Nachfolge Christi anzutreten, dieser Schritt war sehr viel schwerer zu vollziehen.

Während er weiter der Musik zuhörte, fühlte er sich verwirrt. Es war unmöglich, daß Gott ihn rief. Er war Nate O'Riley – Säufer, Drogensüchtiger, Weiberheld, ein Vater, der seine Kinder vernachlässigte, ein schlechter Ehemann, ein habgieriger Anwalt, ein Steuerbetrüger. Die traurige Liste hörte überhaupt nicht auf.

Ihm war schwindelig. Die Musik hörte auf, und als sich der junge Mann daran machte, ein weiteres Lied anzustimmen, verließ Nate die Kirche in aller Eile. Während er eine Ecke umrundete, warf er einen Blick hinter sich. Er hoffte, Rachel zu sehen, wollte sich aber auch vergewissern, daß ihm Gott nicht jemanden nachschickte.

Er mußte mit jemandem reden. Er war sicher, daß sie sich in Corumbá aufhielt, und er nahm sich vor, sie unter allen Umständen zu finden.

ACHTUNDDREISSIG

Ein *despachante* ist unabdingbarer Bestandteil des Lebens in Brasilien. Keine Firma, Bank, Anwaltskanzlei oder Arztpraxis, keine Privatperson, die über Geld verfügt, kann ohne die Dienste eines *despachante* auskommen. Er ist das Schmiermittel im Getriebe eines Landes, in dem eine überholte Bürokratie wuchert, er kennt nicht nur die Beamten der Stadtverwaltung, sondern auch jeden bei Gericht, alle Zollbeamten und jeden anderen Amtsträger. Er durchschaut das System und weiß, wie man sich seiner bedient. In Brasilien kann man ohne endlos langes Schlangestehen kein amtliches Dokument bekommen, und der *despachante* ist derjenige, der sich für andere in die Schlange stellt. Gegen eine kleine Gebühr wartet er acht Stunden lang, um die Autozulassung zu verlängern, und klebt dann seinem Auftraggeber die Plakette an die Windschutzscheibe, während dieser seiner Arbeit im Büro nachgeht. Er wählt für andere, erledigt Bankgeschäfte, fertigt Paket- und Briefsendungen ab – die Liste ist endlos.

Kein bürokratisches Hindernis ist für ihn unüberwindbar.

Ganze Unternehmen von *despachantes* preisen auf Schildern ihre Dienste an wie Ärzte und Anwälte. Man findet sie in den Gelben Seiten. Für die Aufgabe ist keine vorgeschriebene Ausbildung nötig. Man braucht nichts als eine flinke Zunge, Geduld und möglichst viel Unverfrorenheit.

Valdirs *despachante* in Corumbá kannte einen Kollegen in São Paulo, der über Kontakte zu hohen Stellen verfügte und dafür sorgen würde, daß Nate gegen Zahlung von zweitausend Dollar ein neuer Paß ausgestellt wurde.

Jevy verbrachte die nächsten Vormittage am Fluß und half einem Bekannten bei der Reparatur einer *chalana*. Er behielt alles im Auge und hörte auf alles, was erzählt wurde. Kein

Wort über die Frau. Am Freitag mittag war er überzeugt, daß sie zumindest in den vergangenen zwei Wochen nicht in Corumbá eingetroffen war. Er kannte alle Fischer, Bootsführer und Matrosen, und jeder von ihnen redete gern. Sofern eine Amerikanerin, die bei den Indianern lebte, mit einem Mal in der Stadt aufgetaucht wäre, sie hätten es gewußt.

Nate suchte bis zum Wochenende. Er durchstreifte die Straßen, beobachtete jede Menschenansammlung, sah sich in Hotelhallen und Straßencafés um, betrachtete die Gesichter der Menschen auf der Straße, ohne eine Frau zu entdecken, die Rachel auch nur entfernt ähnlich gesehen hätte.

Um ein Uhr an seinem letzten Tag holte er sich in Valdirs Kanzlei seinen Paß ab. Sie verabschiedeten sich wie alte Freunde und versprachen, einander bald wiederzusehen. Beide wußten, daß es nie dazu kommen würde. Um zwei Uhr fuhr ihn Jevy zum Flughafen. Sie saßen eine halbe Stunde in der Abflughalle und sahen zu, wie das einzige Flugzeug entladen und für den Rückflug vorbereitet wurde. Jevy wollte eine Weile in die Vereinigten Staaten und war dazu auf Nates Hilfe angewiesen. »Ich brauche einen Job«, sagte er. Nate hörte ihm aufmerksam zu und war nicht sicher, ob er selbst noch einen Job hatte.

»Ich sehe zu, was ich tun kann.«

Sie sprachen über Colorado, den Westen und über Orte, an denen Nate nie gewesen war. Jevy war begeistert vom Gebirge, und nach zwei Wochen im Pantanal verstand Nate das. Als es Zeit war zu gehen, umarmten sie einander freundschaftlich und sagten sich Lebewohl. Nate ging über den heißen Asphalt zum Flugzeug; seine gesamte Garderobe befand sich in einer kleinen Sporttasche.

Die zwanzigsitzige Turboprop-Maschine machte bis Campo Grande zwei Zwischenlandungen. Dort stiegen die Fluggäste in ein Düsenflugzeug nach São Paulo um. Die Dame neben ihm ließ sich vom Getränkewagen ein Bier servieren. Nate betrachtete aufmerksam die Dose, die kaum weiter als zwei Handbreit von ihm entfernt stand. Damit ist Schluß, sagte er sich. Er schloß die Augen und bat Gott um Kraft. Er bestellte Kaffee.

Die Maschine zum Dulles Airport flog um Mitternacht ab und sollte am nächsten Morgen um neun Uhr in Washington eintreffen. Seine Suche nach Rachel hatte ihn fast drei Wochen lang außer Landes geführt.

Er war nicht sicher, wo sich sein Auto befand. Er hatte keine Wohnung und keine Mittel, sich eine zu beschaffen. Trotzdem machte er sich keine Sorgen. Um all das würde sich Josh kümmern.

Die Maschine ging durch die Wolken auf zweitausendsiebenhundert Meter herunter. Nate war wach, trank Kaffee und fürchtete sich vor den Straßen Washingtons. Sie waren kalt und weiß. Tiefer Schnee bedeckte sie. Während sich der Flughafen näherte, war das Bild einige Minuten lang herrlich, dann erinnerte sich Nate, wie sehr er den Winter verabscheute. Er trug eine dünne Hose, keine Socken, billige, leichte Schuhe und ein gefälschtes Marken-Polohemd, für das er am Flughafen São Paulo sechs Dollar bezahlt hatte. Einen Mantel hatte er nicht.

Er würde die Nacht irgendwo verbringen, vermutlich in einem Hotel, zum ersten Mal ohne Aufsicht in Washington seit dem 4. August, dem Tag, an dem er in einem Motelzimmer in einem der Vororte zusammengebrochen war. Es war das Ende eines langen, jämmerlichen Wegs nach unten gewesen. Er hatte sich große Mühe gegeben, das alles zu vergessen.

Das aber war der alte Nate gewesen. Jetzt war er ein neuer Mensch. Er war achtundvierzig Jahre alt, würde in dreizehn Monaten fünfzig werden und war zu einem anderen Leben bereit. Gott hatte ihm Kraft gegeben und ihn in seiner Entschlossenheit bestärkt. Dreißig weitere Jahre lagen vor ihm. Er würde sie weder mit leeren Flaschen in den Händen noch auf der Flucht verbringen.

Schneepflüge fuhren über das Vorfeld, während die Maschine dem Abfertigungsgebäude entgegenrollte. Die Start- und Landebahnen waren naß, und nach wie vor fiel schwerer Schnee. Als Nate die Fluggastbrücke bestieg, traf ihn der Winter mit aller Kraft, und er mußte an die feuchtwarmen Straßen von Corumbá denken. Josh wartete am Gepäckband und hatte selbstverständlich einen Mantel für ihn mitgebracht.

»Du siehst grauenhaft aus«, waren seine ersten Worte.

»Vielen Dank.« Nate nahm den Mantel und zog ihn an.

»Du bist klapperdürr.«

»Wenn du sieben Kilo verlieren willst, mußt du dir nur den richtigen Moskito aussuchen.«

Sie schoben sich mit der Menge der einander stoßenden und rempelnden Menschen zum Ausgang. Je näher sie den Türen kamen, desto entsetzlicher wurde das Gedränge. Willkommen zu Hause, dachte Nate.

»Du reist ja mit leichtem Gepäck«, sagte Josh und zeigte auf seine Sporttasche.

»All meine irdische Habe.«

Ohne Socken und Handschuhe fror Nate, während er am Straßenrand darauf wartete, daß Josh mit dem Auto kam. In der Nacht hatte ein so schlimmer Schneesturm getobt, daß sich der Schnee an den Gebäuden über einen halben Meter hoch aufgetürmt hatte.

»Gestern waren es in Corumbá vierunddreißig Grad im Schatten«, sagte Nate, während sie den Flughafen hinter sich ließen.

»Sag mir bloß nicht, daß dir das fehlt.«

»Doch. Mit einem Mal schon.«

»Hör mal, Gayle ist in London. Ich dachte, du könntest ein paar Tage bei mir zu Hause unterkriechen.«

Joshs Haus hatte Platz für fünfzehn Personen. »Na klar, gern. Wo ist mein Wagen?«

»In meiner Garage.«

Natürlich stand der geleaste Jaguar da, und zweifellos war er einwandfrei gewartet, gewaschen und gewachst, und Josh hatte sicher auch die monatlichen Leasing-Raten bezahlt. »Danke, Josh.«

»Ich habe deine Möbel bei einer Spedition eingelagert. Deine Kleidung und persönliche Habe sind im Wagen.«

»Danke.« Nate war nicht im mindesten überrascht.

»Wie fühlst du dich?«

»Großartig.«

»Hör mal, Nate, ich hab über das Denguefieber nachgelesen. Es dauert einen Monat, bis man sich vollständig davon erholt hat. Erzähl mir also keinen Scheiß.«

Einen Monat. Das war die Eröffnung in dem Schlagabtausch über seine Zukunft in der Kanzlei. Nimm noch einen Monat

Urlaub, alter Junge. Vielleicht bist du ja zu krank, um zu arbeiten. Nate konnte das Drehbuch schreiben.

Aber es würde keinen Kampf geben.

»Ich bin ein bißchen schwach, nichts weiter. Ich schlafe ziemlich viel und muß viel Flüssigkeit zu mir nehmen.«

»Und was für Flüssigkeit ist das?«

»Du kommst gleich zur Sache, was?«

»Das tu ich immer.«

»Ich bin trocken, Josh. Du kannst ganz beruhigt sein. Es gibt keinen Rückfall.«

Das hatte Josh schon oft gehört. Da der Ton des Gesprächs etwas schärfer geworden war, als beide beabsichtigt hatten, schwiegen sie eine Weile. Stellenweise kamen sie nur im Schritttempo voran.

Große Eisschollen trieben langsam den stellenweise zugefrorenen Potomac in Richtung auf Georgetown hinab. Während sie auf der Chain Bridge im Verkehr festsaßen, erklärte Nate kühl: »Ich gehe nicht wieder in die Kanzlei, Josh. Die Zeiten sind vorbei.«

Es war nicht zu erkennen, wie Josh darauf reagierte. Er hätte enttäuscht sein können, weil ein alter Freund und guter Prozeßanwalt aufgab. Er hätte sich freuen können, weil jemand, der ihm schon lange Kopfschmerzen bereitete, die Kanzlei ohne großes Aufsehen verließ. Er hätte sich gleichgültig zeigen können, da Nates Fortgang vermutlich ohnehin nicht zu vermeiden war. Letzten Endes würde ihn das Verfahren wegen Steuerhinterziehung ohnehin die Zulassung als Anwalt kosten.

Er aber fragte einfach: »Warum?«

»Da gibt's 'ne Menge Gründe, Josh. Sagen wir einfach, daß ich müde bin.«

»Bei den meisten Prozeßanwälten ist nach zwanzig Jahren die Luft raus.«

»Davon hab ich auch gehört.«

Damit war genug über den Ruhestand geredet worden. Nate hatte seinen Entschluß gefaßt, und Josh hatte nicht die Absicht, daran etwas zu ändern. Also sprachen sie über Football, wie das Männer zu tun pflegen, die angesichts wichtigerer Aufgaben das Gespräch in Gang halten wollen. In zwei Wochen fand der Super Bowl statt, und die Redskins hatten sich nicht dafür qualifiziert.

Selbst unter ihrer dicken Schneeschicht wirkten die Straßen auf Nate schäbig.

Die Staffords besaßen außer einem großen Haus in Wesley Heights im Nordwesten der Stadt ein Sommerhäuschen an der Chesapeake Bay und eine Blockhütte in Maine. Alle vier Kinder waren aus dem Haus, und während Mrs. Stafford gern reiste, arbeitete ihr Mann lieber.

Nate holte sich einige warme Kleidungsstücke aus dem Kofferraum seines Wagens, dann nahm er im Gästetrakt des Hauses eine heiße Dusche. Der Wasserdruck war in Brasilien niedriger und das Wasser der Dusche in seinem Hotel nie wirklich warm und nie wirklich kalt gewesen. Die Seifenstückchen waren kleiner gewesen. Er verglich alles um sich herum mit dem, was er in Brasilien gesehen hatte. Belustigt dachte er an die Dusche auf der *Santa Loura*, die lauwarmes Wasser von sich gegeben hatte, wenn man an einer Kette über der Toilette zog. Er war belastbarer, als er angenommen hatte, das hatte er bei diesem Abenteuer gemerkt.

Nach dem Rasieren putzte er sich die Zähne, alles ganz wie immer. In mancher Hinsicht war es schön, wieder zu Hause zu sein.

Zum Kaffee trafen sie sich in Joshs Arbeitszimmer im Keller, das größer war als sein Büro in der Kanzlei und ebenso unaufgeräumt. Es war Zeit für einen ausführlichen Bericht. Nate begann mit dem mißlungenen Versuch, Rachel vom Flugzeug aus zu suchen, berichtete über die Bruchlandung, die tote Kuh, die drei kleinen Jungen, das öde Weihnachten im Pantanal. In allen Einzelheiten erzählte er von seinem Ritt durch das Sumpfgebiet und die Begegnung mit dem neugierigen Kaiman. Dann die Errettung durch den Hubschrauber. Sein exzessives Trinken am Weihnachtsabend erwähnte er nicht; das würde zu nichts führen, und er schämte sich entsetzlich. Er beschrieb Jevy, Welly, die *Santa Loura* und die Fahrt nach Norden. Er erinnerte sich daran, welche Angst er empfunden hatte, als er und Jevy sich mit dem kleinen Beiboot verirrt hatten. Zugleich aber war er viel zu beschäftigt gewesen, als daß er sich dieser Angst hätte überlassen können. Jetzt, in der Sicherheit der Zivilisation, kam ihr Umherirren ihm furchteinflößend vor.

Das Abenteuer, das da vor ihm ausgebreitet wurde, erschreckte Josh. Er wollte Nate um Entschuldigung bitten, weil er ihn an einen so gefährlichen Ort geschickt hatte, aber offensichtlich hatte er die Exkursion spannend gefunden. Die Kaimane wurden im Verlauf der Erzählung immer größer. Zu der einsamen Anakonda, die sich am Flußufer gesonnt hatte, gesellte sich eine weitere, die in der Nähe des Bootes umhergeschwommen war.

Nate beschrieb die Indianer, ihre Nacktheit, die fade Kost, das eintönige Leben, den Häuptling und dessen anfängliche Weigerung, sie ziehen zu lassen.

Und Rachel. Als Nate an dieser Stelle in seinem Bericht angekommen war, nahm Josh seinen Notizblock zur Hand und schrieb sich verschiedenes auf. Nate beschrieb Rachel in allen Einzelheiten, angefangen von ihrer sanften Stimme und ihrer langsamen Sprechweise bis hin zu ihren Sandalen und Wanderstiefeln. Ihre Hütte, ihre Medikamententasche, den hinkenden Lako und die Art, wie die Indianer sie ansahen, wenn sie vorüberkam. Er erzählte die Geschichte des kleinen Mädchens, das an einem Schlangenbiß gestorben war, und berichtete Josh alle Einzelheiten, die er von Rachel erfahren hatte.

Mit der Genauigkeit des altgedienten Prozeßanwalts kam Nate auf jedes Rachel betreffende Detail zu sprechen, das ihm im Verlauf seines Besuchs aufgefallen war. Er zitierte wörtlich, was sie über Geld und die zu unterschreibenden Papiere gesagt hatte. Er erinnerte sich an das, was sie über Troys eigenhändiges Testament gesagt hatte, nämlich daß es ihr behelfsmäßig vorkomme.

Er schloß den Bericht mit dem wenigen, was er über seine und Jevys Rückkehr aus dem Pantanal wußte. Dabei spielte er die Bedrohlichkeit des Denguefiebers herunter. Er hatte es überlebt, und das allein schon überraschte ihn.

Ein Dienstmädchen brachte Suppe und heißen Tee. »Die Sache sieht also so aus«, sagte Josh, nachdem er einige Löffel

Suppe gegessen hatte. »Wenn sie Troys Erbschaft ausschlägt, bleibt das Geld in seinem Nachlaß. Falls sich allerdings erweisen sollte, daß das Testament aus irgendeinem Grund ungültig ist, wird der Nachlaß so behandelt, als wäre Troy ohne Testament gestorben.«

»Wie kann es ungültig sein? Man hat ihn doch, wenige Minuten bevor er gesprungen ist, psychiatrisch begutachten lassen?«

»Inzwischen gibt es noch mehr Psychiater, die gut bezahlt werden und eine andere Meinung vertreten. Die Sache wird unangenehm. All seine früheren Testamente sind in den Reißwolf gewandert. Sollte sich eines Tages herausstellen, daß er ohne gültiges Testament gestorben ist, werden ihn seine Kinder zu gleichen Teilen beerben, und zwar alle sieben. Da aber Rachel nichts haben will, wird ihr Anteil unter den anderen sechs aufgeteilt.«

»Und dann bekommen diese Dummköpfe pro Nase eine Milliarde Dollar.«

»So ungefähr.«

»Wie stehen die Aussichten, das Testament anzufechten?«

»Nicht besonders gut. Ich möchte lieber unsere Seite vertreten als die Gegenseite, aber das kann sich ändern.«

Nate ging im Zimmer auf und ab, knabberte an einem Salzkeks und überdachte alles. »Warum sollen wir für die Rechtsgültigkeit des Testaments kämpfen, wenn Rachel das Geld nicht will?«

»Aus drei Gründen«, sagte Josh rasch. Wie immer, hatte er bereits alles aus jedem möglichen Blickwinkel analysiert. Er würde ihm die Zusammenhänge Stück für Stück enthüllen. »Erstens, und das ist das Wichtigste, hat mein Mandant ein gültiges Testament errichtet. Darin hat er genau auf die Weise über sein Vermögen verfügt, die seinen Vorstellungen entsprach. Mir als seinem Anwalt bleibt keine Möglichkeit, als für die Durchsetzung dieses Testaments zu kämpfen. Zweitens ist mir bekannt, wie Mr. Phelan zu seinen Kindern gestanden hat. Ihm war die Vorstellung unerträglich, das Geld könnte auf irgendeine Weise in ihre Hände gelangen. Ich teile seine Ansichten über seine Kinder absolut und mag mir überhaupt nicht ausmalen, was geschehen würde, wenn jeder von denen eine Milliarde bekäme. Drittens besteht immer noch die Möglichkeit, daß Rachel es sich anders überlegt.«

»Damit würde ich nicht rechnen.«

»Sieh mal, Nate, sie ist auch nur ein Mensch. Du hast ihr die Papiere dagelassen. Nach ein paar Tagen fängt sie an, darüber nachzudenken. Vielleicht hatte sie noch nie die Möglichkeit erwogen, reich zu werden, aber irgendwann muß ihr doch der Gedanke kommen, wieviel Gutes sie mit dem Geld tun könnte. Hast du sie auf die Möglichkeit einer gemeinnützigen Stiftung und dergleichen hingewiesen?«

»Darüber weiß ich doch selber kaum was, Josh. Vergiß nicht, daß ich Prozeßanwalt war.«

»Jedenfalls werden wir darum kämpfen, Mr. Phelans Testament zu schützen. Bedauerlicherweise ist der wichtigste Platz am Tisch leer. Rachel braucht jemanden, der sie vertritt.«

»Braucht sie nicht. Sie will von all dem nichts wissen.«

»Der Prozeß kann nur geführt werden, wenn sie einen Anwalt hat.«

Nate war dem Meister der Strategie nicht gewachsen. Das schwarze Loch öffnete sich unversehens, und schon war er dabei, hineinzufallen. Er schloß die Augen und sagte: »Du machst Witze.«

»Nein. Wir können die Sache auf keinen Fall länger hinauszögern. Troys Tod liegt einen ganzen Monat zurück. Richter Wycliff will unbedingt wissen, wo sich Rachel Lane aufhält. Die Anwälte der Kinder haben sechs Anträge auf Anfechtung des Testaments eingereicht und machen erheblichen Druck, daß es vorangeht. Die ganze Sache wird von A bis Z in der Presse breitgetreten. Wenn wir auch nur den kleinsten Hinweis darauf liefern, daß Rachel die Absicht hat, das Erbe auszuschlagen, verlieren wir die Kontrolle. Die Phelan-Kinder und ihre Anwälte drehen durch, und der Richter hat auf einmal kein Interesse mehr daran, Troys letztem Testament zur Geltung zu verhelfen.«

»Willst du damit sagen, daß ich ihr Anwalt bin?«

»Wir haben keine andere Möglichkeit, Nate. Wenn du aus der Kanzlei aussteigen willst, soll mir das recht sein, aber diesen letzten Fall mußt du noch durchziehen. Setz dich einfach an den Tisch und wahre Rachels Interessen. Die Kanzlei arbeitet dir zu.«

»Aber da gibt es doch einen Interessenkonflikt. Schließlich bin ich Teilhaber in dieser Kanzlei.«

»Das ist halb so schlimm, denn unsere Interessen sind identisch. Für uns – die Nachlaßverwaltung und Rachel – lautet die Aufgabe, das Testament zu schützen. Wir sitzen im selben Boot. Außerdem können wir ohne weiteres behaupten, daß du der Kanzlei seit August nicht mehr angehörst.«

»Da ist viel Wahres dran.«

Beide bestätigten diese traurige Wahrheit. Josh nippte an seinem Tee, ohne Nate aus den Augen zu lassen. »Irgendwann gehen wir zu Wycliff und sagen ihm, daß du Rachel zwar gefunden hast, sie aber zur Zeit noch nicht selbst in Erscheinung treten möchte und nicht sicher ist, was sie tun will. Vorsichtshalber aber hat sie dich mit der Wahrnehmung ihrer Interessen beauftragt.«

»Damit würden wir ihn belügen.«

»Das ist eine harmlose Lüge, und der Richter wird später dafür dankbar sein. Er will unbedingt anfangen, kann das aber erst tun, wenn er von Rachel gehört hat. Sobald du als ihr Anwalt auftrittst, fängt der Krieg an. Das Lügen überlaß mir.«

»Das heißt, ich arbeite als Ein-Mann-Kanzlei an meinem letzten Fall.«

»So ist es.«

»Ich verlasse die Stadt, Josh. Ich kann hier nicht bleiben.« Nachdem Nate das gesagt hatte, lachte er. »Wo sollte ich denn auch wohnen?«

»Wohin willst du?«

»Ich weiß noch nicht. So weit habe ich noch nicht gedacht.«

»Ich habe eine Idee.«

»Davon bin ich überzeugt.«

»Zieh doch in mein Sommerhäuschen in St. Michaels an der Chesapeake Bay. Es steht im Winter sowieso leer. Es sind zwei Stunden bis dorthin, du kannst also herkommen, wenn du hier gebraucht wirst, und bei mir übernachten. Noch einmal, Nate, alles, was an Vorarbeiten nötig ist, erledigt die Kanzlei.«

Nate betrachtete eine Weile die Bücherregale. Erst vor vierundzwanzig Stunden hatte er auf einer Parkbank in Corumbá ein Sandwich gegessen, den Vorüberkommenden zugesehen und darauf gewartet, daß Rachel auftauchte. Er hatte sich geschworen, nie wieder freiwillig einen Gerichtssaal zu betreten.

Aber widerwillig räumte er ein, daß der Plan etwas für sich hatte. Einen besseren Mandanten als Rachel konnte er sich auf keinen Fall wünschen. Der Fall würde nie vor Gericht kommen. Und bei den Beträgen, um die es ging, hatte er die Möglichkeit, zumindest einige Monate lang seinen Lebensunterhalt zu verdienen.

Josh beendete seine Suppe und sprach den nächsten Punkt auf der Tagesordnung an. »Ich schlage vor, daß du zehntausend Dollar im Monat bekommst.«

»Das ist großzügig, Josh.«

»Ich denke, daß wir das aus dem Nachlaß des Alten rausquetschen können. Da du keine laufenden Kosten hast, kannst du damit wieder auf die Beine kommen.«

»Bis ...«

»Genau, bis wir die Sache mit dem IRS klären.«

»Hast du schon was vom zuständigen Richter gehört?«

»Ich rufe ihn von Zeit zu Zeit an. Vorige Woche haben wir miteinander zu Mittag gegessen.«

»Ist das ein guter Kumpel von dir?«

»Wir kennen uns schon lange. Du mußt auf keinen Fall ins Gefängnis, Nate. Man wird sich mit einer hohen Geldstrafe und einem fünfjährigen Entzug deiner Zulassung als Anwalt begnügen.«

»Meine Zulassung können sie haben.«

»Noch nicht. Wir brauchen sie für einen weiteren Fall.«

»Wie lange sind sie bereit zu warten?«

»Ein Jahr. Es eilt ihnen nicht besonders damit.«

»Danke, Josh.« Nate war wieder müde. Die Strapazen im Urwald, der Nachtflug, das anstrengende Gespräch mit Josh. Er sehnte sich nach einem weichen, warmen Bett in einem dunklen Zimmer.

NEUNUNDDREISSIG

Um sechs Uhr am Sonntag morgen nahm Nate seine dritte warme Dusche in vierundzwanzig Stunden und überlegte, wie er Washington möglichst rasch verlassen konnte. Eine Nacht in der Stadt hatte ihm genügt. Das Häuschen an der Bucht lockte ihn. Sechsundzwanzig Jahre war er in dieser Stadt zu Hause gewesen, jetzt, da er sich entschlossen hatte, ihr den Rücken zu kehren, konnte es ihm nicht schnell genug gehen.

Da er keine Wohnung auszuräumen hatte, ging der Umzug einfach vonstatten. Er suchte Josh und fand ihn in seinem Arbeitszimmer, wo er gerade mit einem Mandanten in Thailand telefonierte. Allem Anschein nach ging es um Erdgasvorkommen. Während Nate mithörte, war er froh, die Anwaltspraxis aufzugeben. Obwohl Josh steinreich war und zwölf Jahre älter als er, kannte er, wie es aussah, kein größeres Vergnügen, als um halb sieben am Sonntag morgen am Schreibtisch zu sitzen. Hoffentlich passiert mir das nicht, sagte Nate zu sich selbst. Doch ihm war klar, daß es nicht dazu kommen würde. Hätte er allerdings seine Arbeit in der Kanzlei wiederaufgenommen, würde es mit Sicherheit im alten Trott weitergehen. Vier Entziehungskuren bedeuteten nichts anderes, als daß die fünfte schon auf ihn wartete. Er war nicht so stark wie Josh und wäre bestimmt zehn Jahre später tot.

Sich all dem zu entziehen war aufregend. Auf das unangenehme Geschäft, Ärzte wegen Kunstfehlern zu verklagen, konnte er gut verzichten, und auch der hektische Betrieb einer Kanzlei, in der es zuging wie in einem Taubenschlag, würde ihm nicht fehlen. Er hatte seine Karriere und seine Triumphe hinter sich. Der Erfolg hatte ihm nichts als Elend gebracht; er konnte nicht damit umgehen. Der Erfolg hatte ihn in die Gosse geschickt.

Jetzt, da die Schreckensvorstellung, ins Gefängnis zu müssen, von ihm genommen war, konnte er sein neues Leben genießen.

Er verließ Washington mit einen Kofferraum voll Kleidungsstücke; alles andere ließ er in einer Kiste in Joshs Garage zurück. Es hatte aufgehört zu schneien, aber die Schneepflüge hatten noch zu tun. Nach wenigen hundert Metern fiel Nate ein, daß er über fünf Monate lang kein Lenkrad in der Hand gehabt hatte. Es herrschte kaum Verkehr, und er kroch über die Wisconsin Avenue nach Chevy Chase, bis er den Beltway erreichte, der vollständig geräumt war.

Als er allein in seinem eleganten Auto saß, kam er sich allmählich wieder wie ein Amerikaner vor. Er dachte an Jevy und seinen lauten, gefährlichen Pickup. Wie lange die beiden wohl auf dem Beltway überdauern würden? Er mußte auch an Welly denken. Der Junge stammte aus einer Familie, die so arm war, daß sie nicht einmal ein Auto besaß. Nate nahm sich vor, in den nächsten Tagen Briefe zu schreiben, unter anderem einen an seine Reisegefährten aus Corumbá.

Sein Blick fiel auf das Telefon. Er nahm den Hörer ab: Es schien zu funktionieren. Natürlich hatte Josh dafür gesorgt, daß die Rechnungen bezahlt wurden. Er rief Sergio zu Hause an, und sie sprachen zwanzig Minuten lang miteinander. Er mußte sich Vorwürfe anhören, weil er sich nicht früher gemeldet hatte. Sergio hatte sich Sorgen gemacht. Nate schob alles darauf, daß es im Pantanal keine Telefone gab. Er berichtete ihm, daß die Dinge jetzt in eine andere Richtung gingen, es zwar verschiedene Unbekannte gebe, sein Abenteuer aber noch nicht zu Ende sei. Er werde seinen Beruf aufgeben und brauche nicht ins Gefängnis.

Sergio fragte nicht, ob er nüchtern geblieben war. Was Nate sagte, klang eindrucksvoll und ganz so, als wisse er, was er wollte. Nate gab Sergio die Telefonnummer des Hauses, in dem er wohnen würde, und sie verabredeten, demnächst einmal gemeinsam zum Mittagessen zu gehen.

Dann rief er seinen ältesten Sohn an, der in Evanston an der Northwestern University studierte, und hinterließ eine Nachricht auf dem Anrufbeantworter. Wo hielt sich ein dreiundzwanzigjähriger Student an einem Sonntagmorgen um sieben auf? In der Frühmesse bestimmt nicht. Nate wollte es aber gar nicht so genau wissen. Was auch immer sein Sohn gerade tat, er würde sein Leben mit Sicherheit nicht so verpfuschen wie sein Vater. Seine Tochter war einundzwanzig Jahre alt und studierte, wie sie gerade Lust hatte, an der Pitt University. Bei ihrem letzten Gespräch, einen Tag bevor Nate mit einer Flasche Rum und einem Sack voll Tabletten in das bewußte Motelzimmer gezogen war, war es um ihre Studiengebühren gegangen.

Er konnte ihre Telefonnummer nicht finden.

Die Mutter seiner älteren Kinder hatte seit der Trennung von Nate zweimal wieder geheiratet. Da er sie nicht ausstehen konnte, rief er sie nur an, wenn es gar nicht anders ging. Er nahm sich vor, einige Tage zu warten und sie dann um Kaitlins Telefonnummer zu bitten.

Er war entschlossen, die beschwerliche Reise nach Oregon im Westen zu unternehmen, um zumindest seine beiden Jüngsten zu besuchen. Auch deren Mutter hatte wieder geheiratet, erstaunlicherweise wieder einen Anwalt, der aber, wie es aussah, ein einwandfreies Leben führte. Nate wollte die Kinder um Verzeihung bitten und versuchen, eine neue Beziehung anzuknüpfen. Er wußte selbst nicht, wie er das bewerkstelligen sollte, nahm sich aber fest vor, den Versuch zu unternehmen.

In Annapolis hielt er an einer Imbißstube an, um zu frühstücken. Er hörte zu, wie einige Stammgäste in einer Sitznische lautstark die Wetteraussichten kommentierten, und überflog gedankenlos die *Washington Post*. Weder in den Schlagzeilen noch in den letzten Meldungen der Zeitung fand er etwas, das ihn auch nur im geringsten interessiert hätte. Es ging immer um dasselbe: Unruhen im Nahen Osten, Unruhen in Nordirland; Skandale im Kongreß; die Aktienkurse stiegen und fielen; ein Ölteppich bedrohte das Leben im Meer; ein neues Heilmittel gegen Aids; Guerillakrieger brachten Bauern in Lateinamerika um; Chaos in Rußland.

Seine Hose war ihm zu weit geworden, also aß er drei Eier mit Speck und Toast. In der Sitznische herrschte vage Übereinstimmung, daß noch mehr Schnee in der Luft lag.

Er fuhr über die Chesapeake Bay Bridge. Da die Straßen am östlichen Ufer der Bucht nicht gut geräumt waren, geriet der Jaguar zweimal ins Rutschen. Er nahm Gas weg. Der Wagen war ein Jahr alt, und er wußte nicht mehr, wann der Leasingvertrag auslief. Seine Sekretärin hatte allen Papierkram für ihn erledigt; er hatte die Farbe ausgesucht. Er beschloß, den Wagen so schnell wie möglich abzustoßen und sich ein gebrauchtes Auto mit Allrad-Antrieb zuzulegen. Früher einmal war ihm der flotte Anwaltswagen wichtig gewesen, jetzt brauchte er ihn nicht mehr.

Bei Easton bog er auf die State Route 33 ein. Der Schnee lag noch fünf Zentimeter hoch. Nate folgte den Spuren anderer Fahrzeuge und kam bald durch verschlafene kleine Ortschaften mit Häfen voller Segelboote. Das Ufer der Bucht war mit hohem Schnee bedeckt; das Wasser war tiefblau.

In St. Michaels wurde die State Route 33 für einige hundert Meter zur Hauptstraße. Zu beiden Seiten lagen Geschäfte und standen guterhaltene alte Häuser; jedes von ihnen ein Postkartenmotiv.

Den Namen St. Michaels kannte Nate schon, solange er sich erinnern konnte. In diesem Städtchen mit einer Bevölkerungszahl von eintausenddreihundert Seelen und einem geschäftigen Segelboothafen gab es ein Meeresmuseum und Dutzende niedlicher Pensionen, die an langen Wochenenden von Leuten aus der Stadt besucht wurden. Außerdem fand dort alljährlich ein Austernfest statt. Er kam am Postamt und einer kleinen Kirche vorüber, deren Eingangsstufen der Pfarrer von Schnee freischaufelte.

Joshs im viktorianischen Stil errichtetes Häuschen mit einem spitzen Doppelgiebel lag im Norden, zwei Querstraßen von der Hauptstraße entfernt, an der Green Street. Man hatte von der Veranda des schieferblau gestrichenen und weiß mit gelb abgesetzten Hauses, die sich über die ganze Vorderseite und einen Teil der Schmalseiten erstreckte, einen Blick auf den Hafen. Da die Auffahrt von einem guten halben Meter Schnee bedeckt war, stellte Nate den Wagen am Bürgersteig ab und kämpfte sich durch Schneewehen zur Haustür durch. Er trat ein und machte Licht. In einem Besenschrank nahe der Hintertür fand er eine Schneeschaufel aus Kunststoff.

Er verbrachte eine herrliche Stunde damit, die Veranda, die Auffahrt und den Bürgersteig von Schnee zu befreien, bis er sich schließlich zu seinem Wagen vorgearbeitet hatte.

Es überraschte ihn nicht, daß das aufgeräumte Haus, in dem alles an seinem Platz zu sein schien, voller Gegenstände aus der Zeit seiner Entstehung war. Josh hatte gesagt, daß jeden Mittwoch eine Frau zum Putzen und Staubwischen komme. Normalerweise wohnte Joshs Frau zwei Wochen im Frühling und eine Woche im Herbst darin. Josh hatte in den letzten achtzehn Monaten drei Nächte dort verbracht. Es gab vier Schlafzimmer und vier Bäder. Ein Häuschen eben.

Aber nirgendwo fand sich Kaffee – ein echter Notfall. Nate schloß das Haus ab und machte sich auf den Weg in den Ort. Die Bürgersteige waren geräumt und naß vom geschmolzenen Schnee. Wenn man dem Thermometer im Fenster des Friseurladens glauben durfte, waren es zwei Grad über Null. Alle Läden waren geschlossen. Im Vorübergehen sah Nate in ihre Schaufenster. Vor ihm ertönten die Kirchenglocken.

Dem Merkblatt zufolge, das ihm der ältliche Kirchendiener in die Hand drückte, hieß der Gemeindepfarrer Phil Lancaster. Dieser kleine, drahtige Mann mit einer dicken Hornbrille und rotgrau meliertem, gelocktem Haar konnte ebensogut fünfunddreißig wie fünfzig Jahre alt sein. Die Gemeinde, die sich zum Elf-Uhr-Gottesdienst versammelt hatte, war nicht eben zahlreich, was vermutlich auf das Wetter zurückzuführen war. Nate zählte einundzwanzig Menschen, Pfarrer und Organist eingerechnet. Viele Köpfe waren schon ergraut.

Es war eine hübsche kleine Kirche mit einer gewölbten Decke und Buntglasfenstern. Bänke und Fußboden bestanden aus dunklem Holz. Als der Kirchendiener in der letzten Bank Platz nahm, erhob sich der Pfarrer in seinem schwarzen Talar und hieß die Besucher in der Dreifaltigkeits-Kirche willkommen, in der jeder zu Hause sei. Er sprach laut und mit näselnder Stimme; ein Mikrophon brauchte er nicht. In seinem Gebet dankte er Gott für den Schnee und den Winter, für die Jahreszeiten, die uns daran erinnern sollten, daß Er stets die Fäden in der Hand hat.

Die Gemeinde stolperte durch die Lieder und Gebete. Während der Predigt fiel der Blick des Pfarrers auf Nate, den einsamen Besucher in der vorletzten Reihe. Sie lächelten beide, und einen kurzen Moment lang fürchtete Nate, er wolle ihn der kleinen Gemeinde vorstellen.

Das Thema der Predigt war Begeisterungsfähigkeit. Es kam ihm angesichts des Durchschnittsalters der Gemeinde merkwürdig vor. Nate gab sich große Mühe zuzuhören, doch ließ seine Aufmerksamkeit bald nach. Seine Gedanken kehrten zur kleinen Kirche in Corumbá zurück, deren Türen und Fenster offengestanden hatten, so daß die heiße Luft hindurchstrich, zum sterbenden Christus, der am Kreuze litt, zu dem jungen Mann mit der Gitarre.

Um den Pfarrer nicht zu kränken, hielt er den Blick auf einen dunklen Lichtkreis an der Wand hinter der Kanzel gerichtet. Angesichts der dicken Brillengläser des Predigers nahm er an, daß seine mangelnde Anteilnahme nicht auffallen werde.

Während er so in der Wärme der kleinen Kirche saß, endlich in Sicherheit vor den Ungewißheiten seines großen Abenteuers, vor Fieber und Unwettern, den Gefahren der Stadt Washington, vor seiner Sucht, in Sicherheit davor, seelisch zu verkümmern, hatte Nate zum ersten Mal, seit er sich erinnern konnte, den Eindruck, im Frieden mit sich selbst zu leben. Er fürchtete nichts. Gott zog ihn irgendwohin. Er wußte nicht, in welche Richtung, aber er empfand auch keine Angst. Hab Geduld, mahnte er sich.

Dann flüsterte er ein Gebet. Er dankte Gott, weil dieser sein Leben bewahrt hatte, und betete für Rachel, weil er wußte, daß auch sie für ihn betete.

Die innere Gelassenheit veranlaßte ihn zu lächeln. Als das Gebet vorüber war, öffnete er die Augen und sah, daß ihm der Pfarrer zulächelte.

Nach dem Segen gingen alle am Pfarrer vorüber zum Ausgang, dankten ihm für die gelungene Predigt und äußerten sich zu dieser oder jener Neuigkeit aus der Gemeinde. Langsam schob sich die Schlange voran; es war ein allsonntäglich geübtes Ritual. »Wie geht es Ihrer Tante?« fragte der Pfarrer jemanden aus seiner Herde und hörte dann aufmerksam zu, als die Gebrechen der Tante beschrieben wurde. »Wie geht es der Hüfte?« fragte er einen anderen. »Wie war es in Deutschland?« Er schüttelte jedem die Hand und beugte sich vor, um sich kein Wort entgehen zu lassen. Er wußte, was diese Menschen beschäftigte.

Nate wartete geduldig am Ende der Schlange. Kein Grund zur Eile. Er hatte nichts weiter zu tun. »Willkommen«, sagte der Geistliche, als er Nate schließlich an Hand und Unterarm ergriff. »Willkommen in der Dreifaltigkeitsgemeinde.« Er drückte Nate die Hand so fest, daß er sich fragte, ob er der erste Besucher seit Jahren war.

»Ich heiße Nate O'Riley«, sagte er und fügte hinzu, »aus Washington«, als sei das irgendwie bezeichnend für ihn.

»Ich freue mich, daß Sie heute morgen bei uns waren«, sagte der Pfarrer, wobei seine großen Augen hinter den Brillengläsern tanzten. Aus der Nähe betrachtet, ließ sich an den Falten seines Gesichts erkennen, daß er mindestens fünfzig war. Er hatte mehr graue Locken als rote.

»Ich bin für ein paar Tage im Häuschen der Staffords«, sagte Nate.

»Ja, ja, ein herrliches Haus. Wann sind Sie gekommen?«

»Heute morgen.«

»Sind Sie allein?«

»Ja.«

»Nun, in dem Fall müssen Sie mit uns zu Mittag essen.«

Nate mußte über diese unverblümte Gastfreundschaft lachen. »Nun, äh, danke, aber –«

Der Pfarrer erwiderte lächelnd: »Nein, wirklich! Wenn es schneit, macht meine Frau immer Lammeintopf. Er steht schon auf dem Herd. Wir haben im Winter kaum Gäste. Bitte, das Pfarrhaus ist gleich hinter der Kirche.«

Nate war in den Händen eines Mannes, der seinen sonntäglichen Mittagstisch schon mit Hunderten geteilt hatte. »Wirklich, ich habe nur hereingeschaut, und ich –«

»Es würde uns große Freude machen«, sagte Phil, der Nate bereits am Ärmel zupfte und zurück zur Kanzel führte. »Was tun Sie in Washington?«

»Ich bin Anwalt«, sagte Nate. Eine ausführliche Antwort würde kompliziert werden.

»Und was führt Sie zu uns nach St. Michaels?«

»Das ist eine lange Geschichte.«

»Wunderbar! Laura und ich lieben Geschichten. Wir wollen ganz gemütlich zu Mittag essen und uns gegenseitig Geschichten erzählen. Das wird sicher sehr interessant.« Seine Begeisterung war unwiderstehlich. Der arme Kerl war offensichtlich ausgehungert nach Gesprächsstoff. Warum eigentlich nicht? dachte Nate. In Joshs Häuschen gab es nichts zu essen, und alle Geschäfte schienen geschlossen zu sein.

Sie gingen an der Kanzel vorüber und durch eine Tür in den hinteren Teil der Kirche. Die Frau des Pfarrers löschte die Lichter. »Das ist Mr. O'Riley aus Washington«, sagte Phil mit lauter Stimme zu ihr. »Er hat sich bereit erklärt, mit uns zu Mittag zu essen.«

Lächelnd schüttelte sie ihm die Hand. Sie hatte kurzes, graues Haar und sah mindestens zehn Jahre älter aus als ihr Mann. Sofern ein Überraschungsgast an ihrem Tisch sie aus dem Konzept brachte, ließ sie sich das nicht anmerken. Nate hatte den Eindruck, daß so etwas ständig geschah. »Nennen Sie mich bitte Nate«, sagte er.

»In Ordnung«, erklärte der Pfarrer und zog sich den Talar aus.

Das Pfarrhaus, das auf eine Nebenstraße ging, stieß gleich an das Kirchengelände. Vorsichtig gingen sie durch den Schnee. »Wie war meine Predigt?« fragte der Pfarrer seine Frau, während sie zur Veranda emporstiegen.

»Glänzend, mein Schatz«, sagte sie ohne die Spur von Begeisterung. Nate hörte lächelnd zu. Bestimmt hatte sein Gastgeber diese Frage seit Jahren jeden Sonntag an derselben Stelle und zum selben Zeitpunkt gestellt und immer wieder dieselbe Antwort bekommen.

Auch der letzte Zweifel, ob seine Teilnahme an der Mahlzeit schicklich sei, verpuffte, als er das Haus betrat. Der verlokkende Geruch nach Lammeintopf hing in der Luft. Der Pfarrer schürte die orangefarben glühenden Kohlen im Kamin, während seine Frau die Mahlzeit auf den Tisch brachte.

Im schmalen Eßzimmer zwischen Küche und Wohnzimmer war ein Tisch für vier Personen gedeckt. Nate war froh, die Einladung angenommen zu haben; allerdings hätte er auch gar keine Möglichkeit gehabt, sie abzulehnen.

»Wir sind wirklich froh, daß Sie hier sind«, sagte der Pfarrer, während sie sich setzten. »Ich hatte so ein Gefühl, daß wir heute einen Gast haben würden.«

»Wessen Platz ist das?« fragte Nate und wies mit dem Kopf zu dem leeren Gedeck hinüber.

»Wir decken sonntags immer für vier«, sagte die Frau ohne weitere Erklärung. Sie hielten einander bei den Händen, während der Pfarrer erneut Gott für den Schnee, die Jahreszeiten und das Essen dankte. Er schloß mit den Worten: »Und laß uns immer an die Bedürfnisse und Nöte der anderen denken.« Das weckte in Nate eine Erinnerung. Er hatte diese Worte schon einmal gehört, vor vielen, vielen Jahren.

Während die Schüssel von einem zum anderen ging, unterhielten sich Phil und Laura, wie vermutlich immer, über die Ereignisse des Vormittags. Den Elf-Uhr-Gottesdienst besuchten durchschnittlich vierzig Personen. Tatsächlich hatte der Schnee einige gehindert zu kommen, außerdem ging auf der Halbinsel die Grippe um. Nate beglückwünschte die beiden zur schlichten Schönheit ihrer Kirche. Sie waren seit sechs Jahren in St. Michaels. Schon bald sagte Laura: »Wenn man bedenkt, daß Januar ist, sind Sie erstaunlich braun. Das stammt doch bestimmt nicht aus Washington?«

»Nein. Ich komme gerade aus Brasilien zurück.« Die beiden hörten auf zu essen und beugten sich aufmerksam vor. Das Abenteuer begann erneut. Nate nahm einen großen Löffel Eintopf, der wirklich köstlich war, und fing an zu erzählen.

»Bitte, essen Sie doch«, forderte ihn Laura von Zeit zu Zeit auf. Nate nahm einen Bissen, kaute langsam und fuhr dann fort. Er sprach von Rachel lediglich als »Tochter eines Mandanten«. Die Unwetter wurden wilder, die Schlangen länger, das Boot kleiner, die Indianer weniger freundlich. Phils Augen tanzten vor Erstaunen, während Nate Kapitel um Kapitel erzählte.

Zum zweiten Mal seit seiner Rückkehr berichtete er seine Geschichte. Von kleinen Übertreibungen hier und da abgesehen, blieb er bei der Wahrheit. Selbst ihn erstaunte die Geschichte. Sie war in der Tat bemerkenswert, und seine Gastgeber kamen in den Genuß einer langen, ausgeschmückten Version, die sie mit Fragen unterbrachen, wo sie nur konnten.

Als Laura die Teller abgeräumt und zum Nachtisch kleine braune Kuchen aufgetragen hatte, waren Nate und Jevy gerade an der Ipica-Ansiedlung angekommen.

»War sie überrascht, Sie zu sehen?« fragte Phil, als Nate beschrieb, wie die Indianer ihm und Jevy die Frau aus dem Dorf entgegenführten.

»Eigentlich nicht«, sagte Nate. »Sie schien zu wissen, daß wir kommen würden.«

Nate gab sich größte Mühe, die Indianer und ihre Steinzeitkultur zu beschreiben, doch Worte waren der Wirklichkeit nicht gewachsen. Er aß zwei braune Kuchen, von denen er während kurzer Pausen in seinem Bericht jeweils große Stücke abbiß.

Anschließend gab es Kaffee. Am sonntäglichen Mittagstisch ging es bei Phil und Laura eher um Unterhaltung als um Nahrungsaufnahme. Nate fragte sich, wer als letzter das Glück gehabt haben mochte, zu Geschichten und Essen eingeladen zu werden.

Die Schrecken des Denguefiebers herunterzuspielen war schwierig, aber Nate bemühte sich mannhaft. Einige Tage im Krankenhaus, etwas Medizin, und er war wieder auf den Beinen. Als er fertig war, kamen die Fragen. Phil wollte alles über die Missionarin wissen – welcher Kirche sie angehörte, Einzelheiten über ihren Glauben sowie über ihre Arbeit bei den Indianern. Lauras Schwester hatte fünfzehn Jahre in einem kirchlichen Krankenhaus in China gearbeitet; das bot Stoff für weitere Geschichten.

Es war fast drei Uhr, als Nate das Haus verließ. Seine Gastgeber hätten nur allzu gern weiter mit ihm am Eßtisch oder im Wohnzimmer gesessen und wohl am liebsten bis zum Einbruch der Dunkelheit weiter geredet, aber Nate brauchte unbedingt etwas Bewegung. Er dankte ihnen für ihre Gastfreundschaft, und als er ihnen zum Abschied von der Veranda zuwinkte, hatte er den Eindruck, diese Menschen schon seit Jahren zu kennen.

Er brauchte eine Stunde, um den Ort zu durchwandern. Hundert Jahre alte Häuser säumten die schmalen Straßen. Alles war, wie es sich gehörte, kein Hund lief frei herum, es gab keine ungepflegten Grundstücke oder verlassenen Gebäude. Selbst den Schnee hatte man ordentlich und voll Sorgfalt beiseite geschaufelt, damit Straßen und Bürgersteige frei waren und kein Nachbar sich gekränkt fühlen mußte. Nate blieb am Anleger stehen und bewunderte die Segelboote. Er hatte noch nie einen Fuß auf eines gesetzt.

Er beschloß, St. Michaels nur zu verlassen, wenn es sich nicht vermeiden ließ. Er würde in Joshs Häuschen wohnen und dort bleiben, bis ihn der Eigentümer höflich auf die Straße setzte. Er würde sein Geld sparen, und wenn der Fall Phelan vorüber war, würde er irgendeine Möglichkeit finden, sich weiter durchs Leben zu schlagen.

In der Nähe des Hafens stieß er auf einen kleinen Lebensmittelladen, der gerade schließen wollte. Er kaufte Kaffee, Dosensuppen, Salzgebäck und Hafergrütze für das Frühstück. Nahe der Theke stand eine ganze Anzahl von Bierdosen. Er lächelte sie an, froh, daß diese Zeiten hinter ihm lagen.

VIERZIG

Grit bekam sein Mandat per Fax und E-Mail entzogen, was in seiner Kanzlei bisher noch nie vorgekommen war. Absenderin war Mary Ross, die ihn am frühen Montag morgen nach einem Wochenende mit ihren Brüdern, bei dem es hoch hergegangen war, von ihrer Entscheidung in Kenntnis setzte.

Der Anwalt dachte nicht daran, so ohne weiteres von der Bildfläche zu verschwinden. Er faxte Mary Ross umgehend eine Rechnung für seine bisherigen Bemühungen zu: rund hundertfünfzig Stunden zu je sechshundert Dollar, also insgesamt fast neunzigtausend Dollar. Verglichen mit dem Betrag, auf den er bei einer außergerichtlichen Einigung oder einem anderen günstigen Ergebnis Anspruch gehabt hätte, war das mehr als dürftig. Was sollte er mit sechshundert Dollar die Stunde? Er wollte ein ordentliches Stück vom Kuchen, einen Anteil von dem, was er für seine Mandantin herauszuholen gedachte, nämlich die fünfundzwanzig Prozent, auf die er sich mit ihr geeinigt hatte. Grit hatte mit Millionen gerechnet und starrte jetzt in seinem verschlossenen Büro fassungslos das Fax an. Es war doch nicht möglich, daß ihm da ein Vermögen durch die Finger geglitten war! Er war fest überzeugt, daß die Verwalter von Phelans Nachlaß nach einigen Monaten eines mit harten Bandagen geführten Kampfes um das Erbe einer einvernehmlichen Lösung zugestimmt hätten. Selbst, wenn man jedem der sechs Nachkommen nur zwanzig Millionen zubilligte, auf die sich diese wie verhungerte Straßenköter stürzen würden, bliebe das Phelan-Vermögen nach wie vor so gut wie unangetastet. Zwanzig Millionen für seine Mandantin wären fünf Millionen für ihn, und allein in seinem Büro mußte Grit zugeben, daß er bereits überlegt hatte, wie er sie verbraten wollte.

Er rief Hark Gettys' Kanzlei an, um ihn zu beschimpfen, erfuhr aber, daß Mr. Gettys im Augenblick unabkömmlich sei.

Mittlerweile vertrat Mr. Gettys drei der vier Kinder aus Troy Phelans erster Ehe. Sein prozentualer Anteil war von fünfundzwanzig über zwanzig auf siebzehneinhalb Prozent zurückgegangen; aber die Hebelwirkung war enorm.

Er betrat kurz nach zehn den Besprechungsraum seiner Kanzlei, begrüßte die verbliebenen Anwälte der Phelan-Nachkommen, die dort zu einer wichtigen Sitzung zusammengekommen waren, und sagte munter: »Ich habe Ihnen mitzuteilen, daß sich Mr. Grit nicht mehr mit dem Fall beschäftigt. Mary Ross Phelan Jackson, seine ehemalige Mandantin, hat mich mit der Vertretung ihrer Interessen betraut, und ich habe mich nach längerem Überlegen dazu bereit erklärt.«

Seine Worte trafen die um den Konferenztisch Versammelten wie eine kleine Bombe. Yancy strich sich den schütteren Bart und überlegte, mit Hilfe welcher Druckmittel es dem Kollegen gelungen sein mochte, die Frau aus Grits Fängen zu lösen. Er selbst fühlte sich recht sicher. Zwar hatte Rambles Mutter alles getan, was sie konnte, um ihren Sohn zu veranlassen, daß er seinen Anwalt wechselte, aber der Junge konnte seine Mutter nicht ausstehen.

Auch Ms. Langhorne war überrascht, zumal Hark gerade erst Troy Junior als Mandanten gewonnen hatte. Ihre Mandantin, Geena Phelan Strong, verabscheute ihre älteren Halbgeschwister und würde sich bestimmt nicht vom selben Anwalt vertreten lassen. Trotzdem war eine Krisensitzung mit Geena und Cody erforderlich. Sie würde die beiden gleich nach Ende der Besprechung zum Mittagessen ins Promenade in der Nähe des Capitols einladen. Mit etwas Glück konnten sie einen flüchtigen Blick auf einen der mächtigen Männer erhaschen, die den Lauf der Räder der politischen Maschinerie aus der zweiten Reihe heraus bestimmen.

Wally Brights Nacken verfärbte sich bei Harks Mitteilung rot. Offensichtlich betrieb der Kollege Mandantenraub. Als einziges der Kinder aus Troys erster Ehe befand sich Libbigail noch außerhalb seines Einflußbereichs, und Wally Bright war entschlossen, Hark umzubringen, falls er versuchen sollte, sie ihm abspenstig zu machen. »Hände weg von meiner Mandantin, verstanden?« sagte er laut und verbittert, und alle Anwesenden erstarrten.

»Immer mit der Ruhe.«

»Das könnte Ihnen so passen! Wie soll man ruhig bleiben, wenn Sie Ihren Kollegen die Mandanten abjagen?«

»Ich habe Mrs. Jackman niemandem abgejagt. Sie hat mich angerufen, nicht ich sie.«

»Wir wissen, welches Spiel Sie spielen, Hark. Wir sind nicht dumm.« Während Wally das sagte, sah er seine Kollegen an. Bestimmt hielt sich keiner von ihnen für dumm, aber sie waren sich nicht so sicher, was Wally betraf. Doch eines war klar: Niemand konnte dem anderen trauen. Wo so viel Geld auf dem Spiel stand, mußte man mit allem rechnen, auch damit, daß einem ein Kollege das Messer an den Hals setzte.

Dann wurde Snead hereingeführt, und die Aufmerksamkeit aller richtete sich auf einen anderen Gegenstand. Hark stellte ihn den Versammelten vor. Der arme Snead, der am Ende des Tisches vor zwei Videokameras Platz nahm, sah aus, als stünde er einem Erschießungskommando gegenüber. »Kein Grund zur Sorge«, versuchte Hark ihn zu beruhigen. »Das ist nur eine Probe.« Die Anwälte zogen Schreibblocks mit vorbereiteten Fragen hervor und schoben sich näher an Snead heran.

Hark trat hinter den Mann, legte ihm eine Hand auf die Schulter und sagte: »Sehen Sie, Mr. Snead, wenn Sie Ihre Aussage machen, haben die Anwälte der Gegenseite das Recht, Sie als erste zu befragen. Tun Sie also während der nächsten Stunde mal so, als wären wir der Feind. Einverstanden?«

Zwar war deutlich zu sehen, daß Snead damit nicht einverstanden war, aber er hatte das Geld genommen und mußte mitspielen.

Hark nahm seine Notizen zur Hand und machte sich daran, Fragen zu stellen. Es ging um einfache Dinge wie sein Geburtsdatum, seine Familienverhältnisse, seine Schulausbildung und dergleichen, und Snead kam gut damit zurecht. Dann ging es um die ersten Jahre in Mr. Phelans Dienst, worauf tausend Fragen folgten, die mit der Sache nicht das geringste zu tun zu haben schienen.

Nach einer kurzen Pause übernahm Ms. Langhorne die Befragung und wollte von Snead allerlei Einzelheiten zu den verschiedenen Familien Phelan wissen, angefangen von den Ehefrauen und den Kindern bis hin zu den Scheidungen und den diversen Geliebten. Sneads Ansicht nach war all das völlig überflüssige Schmutzwäsche, doch den Anwälten schien es Spaß zu machen.

»Wußten Sie von der Existenz Rachel Lanes?« fragte Langhorne.

Snead überlegte einen Augenblick und sagte dann: »Daran habe ich nicht gedacht.« Das hieß im Klartext, daß man ihm bei der Antwort helfen mußte. »Was meinen Sie?« fragte er Mr. Gettys.

Hark fiel sofort etwas ein. »Meiner Ansicht nach wissen Sie alles über Mr. Phelan, insbesondere was seine Weibergeschichten und seine Nachkommen angeht. Nichts ist Ihnen entgangen. Der Alte hat Ihnen alles anvertraut, auch, daß er eine uneheliche Tochter hatte. Sie war zehn oder elf, als Sie bei Mr. Phelan angefangen haben. Er hat sich im Laufe der Jahre darum bemüht, in Kontakt mit ihr zu treten, aber sie wollte nichts von ihm wissen. Ich könnte mir vorstellen, daß ihn das tief getroffen hat. Da er ein Mensch war, der immer bekam, was er haben wollte, hat sich sein Schmerz in Wut verwandelt, als ihn Rachel links liegen ließ. Ich könnte mir vorstellen, daß er sie regelrecht gehaßt hat. Aus diesem Grunde liefert die Tatsache, daß er sie als Universalerbin eingesetzt hat, einen unübersehbaren Hinweis darauf, daß er völlig verrückt war.«

Wieder einmal hatte Snead Grund zu bewundern, wie flink Hark eine Geschichte aus dem Nichts herbeizaubern konnte. Sogar seine Kollegen waren beeindruckt. »Was glauben Sie?« fragte Hark in die Runde.

Die anderen Anwälte nickten zustimmend. »Er sollte alles in Erfahrung bringen, was sich über Rachel ermitteln läßt«, sagte Bright.

Dann wiederholte Snead für die Kameras, was ihm Hark gerade souffliert hatte, wobei er eine beachtliche Fähigkeit an den Tag legte, ein vorgegebenes Thema auszuschmücken. Als er fertig war, konnten die Anwälte ihre Zufriedenheit nicht verbergen. Der Kerl würde sagen, was man von ihm erwartete – und es gab niemanden, der ihm widersprechen könnte.

Immer, wenn Snead eine Frage gestellt wurde, bei der er Hilfe brauchte, sagte er: »Daran habe ich nicht gedacht«, und die Anwälte sprangen ihm bei. Hark, der die schwachen Stellen vorauszuahnen schien, hatte gewöhnlich sogleich etwas Passendes zur Hand. Doch immer wieder gab es auch für die anderen Anwälte Gelegenheiten, Lücken mit erfundenen Details zu füllen, und jeder war bestrebt zu zeigen, wie gut er lügen konnte.

So wurde Schicht um Schicht aufgetragen, poliert und sorgfältig überarbeitet, um ohne jeden Zweifel zu beweisen, daß Mr. Phelan an dem Vormittag, da er sein letztes Testament verfaßt hatte, nicht bei Verstand gewesen war. Die Anwälte trainierten Snead, und er erwies sich als gelehriger Schüler. Unter Umständen war er zu gelehrig, fürchteten sie und machten sich Sorgen, daß er zuviel sagen könnte. Seine Glaubwürdigkeit war unbestreitbar. In seiner Aussage durfte es keine Unstimmigkeiten geben.

Drei Stunden lang arbeiteten sie an seiner Aussage und bemühten sich dann zwei weitere Stunden hindurch, sie mit einem erbarmungslosen Kreuzverhör in Stücke zu fetzen. Snead bekam kein Mittagessen. Er wurde verhöhnt und als Lügner hingestellt. Einmal hätte ihn Ms. Langhorne fast zum Weinen gebracht. Als er erschöpft war und kurz vor dem Zusammenbruch stand, schickte man ihn mit einem Stapel Videokassetten und der Aufforderung nach Hause, sie immer wieder gründlich durchzugehen.

Man teilte ihm mit, daß man im gegenwärtigen Stadium noch nichts mit ihm anfangen könne, da seine Aussagen noch nicht hieb- und stichfest seien. Müde und verwirrt fuhr der arme Snead in seinem neuen Range Rover nach Hause, entschlossen, seine Lügen so lange zu proben, bis ihm die Anwälte Beifall zollten.

Richter Wycliff genoß es, mit Josh im Richterzimmer zu Mittag zu essen. Wie beim vorigen Mal hatte Josh Sandwiches aus einer von einem Griechen betriebenen Imbißstube in der Nähe des Dupont Circle mitgebracht. Er packte sie aus und stellte auch Eistee und Gewürzgürkchen auf den kleinen Ecktisch. Während sie aßen, redeten sie zuerst über ihre berufliche Überlastung, kamen dann aber rasch auf den Phelan-Nachlaß zu sprechen. Irgend etwas mußte geschehen sein, sonst wäre Josh nicht gekommen.

»Wir haben Rachel Lane gefunden«, sagte er schließlich.

»Großartig. Wo?« Die Erleichterung auf Wycliffs Zügen war unübersehbar.

»Sie will, daß wir das nicht bekanntgeben. Jedenfalls nicht zum gegenwärtigen Zeitpunkt.«

»Ist sie hier im Lande?« Der Richter vergaß, in sein mit Corned beef belegtes Brötchen zu beißen.

»Nein. Sie befindet sich an einem sehr abgelegenen Ort der Erde und möchte auch sehr gern dort bleiben.«

»Wie haben Sie sie gefunden?«

»Ihr Anwalt hat sie aufgespürt.«

»Wer ist das?«

»Ein früherer Partner meiner Kanzlei, der aber schon im August ausgeschieden ist. Er heißt Nate O'Riley.«

Wycliff kniff die Augen zusammen und dachte darüber nach. »Was für ein sonderbarer Zufall. Sie läßt sich von einem ehemaligen Partner der Kanzlei vertreten, mit der ihr Vater verbunden war.«

»Von einem Zufall kann keine Rede sein. Als Nachlaßverwalter mußte ich unbedingt mit ihr in Kontakt treten. Also habe ich O'Riley gebeten, sie zu suchen. Er hat sie gefunden, und sie hat ihn mit ihrer Vertretung beauftragt. Eigentlich ist das ganz einfach.«

»Wann wird sie vor Gericht auftreten?«

»Ich bezweifle, daß sie persönlich erscheinen wird.«

»Und was ist mit der Annahme- oder Verzichterkärung?«

»Wird nachgereicht. Die Frau ist sehr sprunghaft. Offen gestanden kenne ich zur Zeit ihre Pläne überhaupt noch nicht.«

»Wir haben es mit einer Anfechtungsklage zu tun, Josh. Die Sache läßt sich nicht länger hinauszögern. Sie muß dem Gericht zur Verfügung stehen.«

»Sie wird von einem Anwalt vertreten, der ihre Interessen wahrnimmt. Wir können also den Kampf eröffnen. Ich schlage vor, wir teilen der Gegenseite mit, daß wir die Erbin gefunden haben. Dann wird man ja sehen, was sie dagegen aufbieten können.«

»Kann ich mit ihr sprechen?«

»Unmöglich.«

»Na hören Sie, Josh!«

»Ich schwöre es. Sehen Sie, sie ist als Missionarin in einer sehr entlegenen Gegend tätig, in einer anderen Hemisphäre. Mehr kann ich Ihnen nicht sagen.«

»Ich möchte mit Mr. O'Riley sprechen.«

»Wann?«

Wycliff trat an seinen Schreibtisch und griff nach einem der Terminkalender, die seinen Lebensrhythmus bestimmten: Anhörungen, Prozesse, Anträge. Außerdem führte seine Sekretärin einen Kalender für die allgemeinen Termine. »Wie wär's mit diesem Mittwoch?«

»Schön. Zum Mittagessen. Nur wir drei, ganz unter uns.«

»Klar.«

Nate O'Riley hatte vorgehabt, den ganzen Vormittag hindurch zu lesen und zu schreiben. Dies Vorhaben aber durchkreuzte ein Anruf des Pfarrers. »Sind Sie gerade sehr beschäftigt?« fragte er mit seiner kräftigen Stimme.

»Eigentlich nicht«, sagte Nate. Er saß mit einer Steppdecke auf den Knien in einem bequemen Ledersessel am Kamin, trank Kaffee und las Mark Twain.

»Bestimmt nicht?«

»Bestimmt nicht.«

»Nun, ich bin gerade im Keller unter der Kirche mit einem kleinen Umbau beschäftigt und könnte Hilfe gebrauchen. Da ist mir der Gedanke gekommen, daß Sie sich vielleicht langweilen könnten, denn hier in St. Michaels gibt es ja nicht viel zu tun, jedenfalls nicht im Winter. Es soll heute übrigens wieder schneien.«

Der Lammeintopf kam Nate in den Sinn, von dem ziemlich viel übriggeblieben war. »Ich bin in zehn Minuten bei Ihnen.«

Der Keller lag unmittelbar unter dem Altarraum. Als Nate vorsichtig die wacklige Holztreppe hinabging, hörte er Hämmern. Schon seit längerer Zeit plante der Pfarrer, von dem großen, niedrigen Raum entlang der Außenmauern mehrere kleine Räume abzuteilen. Ein Bandmaß in der Hand und Sägemehl auf den Ärmeln, stand Phil in Arbeitshose, Arbeitsschuhen und Flanellhemd da. Man hätte ihn ohne weiteres für einen Zimmermann halten können.

»Danke, daß Sie gekommen sind«, sagte er lächelnd.

»Gern geschehen. Ich hab mich sowieso gelangweilt«, sagte Nate.

»Ich bin dabei, Trennwände aus Preßspan einzusetzen«, erklärte der Pfarrer und wies mit einem Arm auf die Rahmenkonstruktion. »Das geht zu zweit einfacher. Früher hat mir Mr. Fuqua bei solchen Dingen geholfen, aber der ist mittlerweile achtzig Jahre alt, und sein Rücken macht nicht mehr richtig mit.«

»Was soll das werden?«

»Sechs kleine Räume für Bibelarbeit. Der große Raum in der Mitte soll als Gemeindesaal dienen. Mit dem Projekt haben wir vor zwei Jahren angefangen, aber da unser Etat für solche Vorhaben nicht besonders üppig ist, mache ich alles allein. Außerdem bleibe ich so in Form.«

Pfarrer Phil war seit Jahren nicht mehr in Form gewesen. »Sagen Sie mir, was ich tun soll«, sagte Nate, »und vergessen Sie nicht, daß ich Anwalt bin.«

»Nicht gewohnt an ehrliche Arbeit, was?«

»Nein.«

Jeder nahm ein Ende der Spanplatte von einem Meter zwanzig auf einen Meter achtzig, die sie gemeinsam dorthin trugen, wo einer der Gruppenräume für Bibelarbeit entstehen sollte. Als sie die schwere Platte einsetzten, merkte Nate, daß das wirklich eine Arbeit für zwei Leute war. Phil verzog das Gesicht, biß sich auf die Zunge und sagte, als die Platte an Ort und Stelle saß: »Halten Sie bitte mal fest.« Rasch schlug er einige Nägel ein, um die Platte mit den Kanthölzern der Rahmenkonstruktion zu verbinden. Als er fertig war, bewunderte er das Werk seiner Hände, nahm dann das Bandmaß zur Hand und maß die Fläche für die nächste Platte aus.

»Wo haben Sie diese Arbeit gelernt?« fragte Nate, während er interessiert zusah.

»Das habe ich im Blut. Auch Joseph war Schreiner.«

»Wer ist das?«

»Der Vater von Jesus.«
»Ach so, *der* Joseph.«
»Lesen Sie in der Bibel, Nate?«
»Nicht oft.«
»Das sollten Sie aber tun.«
»Das täte ich auch gern.«
»Ich kann Ihnen dabei helfen, wenn Sie möchten.«
»Vielen Dank.«

Mit einem Zimmermannsbleistift schrieb Phil die Maße auf die Platte, die sie gerade eingesetzt hatten, maß dann sorgfältig nach und sicherheitshalber gleich noch einmal. Schon bald merkte Nate, warum das Projekt nicht so recht vorankam. Phil ließ sich reichlich Zeit und unterbrach die Arbeit immer wieder mit Kaffeepausen.

Nach einer Stunde gingen sie nach oben in die Sakristei, wo auf einer Warmhalteplatte eine Kanne mit starkem Kaffee stand. Phil goß zwei Tassen ein und suchte mit den Augen die Bücherreihen auf den Regalen ab. »Hier ist ein wundervolles Stundenbuch. Es gehört zu meinen Lieblingsschriften«, sagte er, nahm das Buch heraus, wischte es ab, als wäre es voll Staub, und gab es dann Nate. Es war ein fest gebundenes Buch, das noch seinen Schutzumschlag hatte. Offenbar ging Phil mit seinen Büchern äußerst pfleglich um.

Er nahm ein weiteres Buch heraus und gab es Nate. »Und das ist eine Anleitung zum Bibellesen für Leute, die viel zu tun haben. Sie ist sehr gut.«

»Wie kommen Sie auf den Gedanken, daß ich viel zu tun haben könnte?«

»Sie sind doch Anwalt in Washington, oder nicht?«

»Theoretisch schon, aber damit ist demnächst Schluß.«

Phil legte die Fingerspitzen aneinander und sah Nate an, wie das nur Geistliche können. In seinen Augen stand die unausgesprochene Aufforderung: Reden Sie ruhig weiter. Ich bin dazu da, Ihnen zu helfen.

Also lud Nate einige seiner früheren und gegenwärtigen Probleme ab, wobei er die bevorstehende Auseinandersetzung mit dem IRS und den baldigen Entzug seiner Zulassung als Anwalt in den Vordergrund rückte. Zwar bestehe keine Gefahr, daß er zu Gefängnis verurteilt würde, er müsse aber mit einer Geldstrafe rechnen, die so hoch sein würde, daß er sie sich nicht leisten konnte.

Trotzdem, erklärte er, sehe er der Zukunft voll Zuversicht entgegen. Eigentlich sei er sogar erleichtert, den Beruf aufzugeben.

»Was werden Sie tun?« fragte Phil.

»Ich habe keine Ahnung.«

»Vertrauen Sie auf Gott?«

»Ich glaube schon.«

»Dann seien Sie getrost. Er wird Ihnen den rechten Weg zeigen.«

Sie redeten so lange miteinander, daß der Vormittag nahtlos in die Essenszeit überging. Als es soweit war, gingen sie nach nebenan und taten sich erneut am Lammeintopf gütlich. Laura stieß erst später dazu. Sie arbeitete in der Vorschule und hatte nur eine halbe Stunde Mittagspause.

Gegen zwei Uhr kehrten sie in den Keller zurück und nahmen zögernd ihre Arbeit wieder auf. Während Nate dem Pfarrer zusah, kam er zu der Überzeugung, daß das Projekt zu dessen Lebzeiten nicht fertig würde. Joseph mochte ein guter Zimmermann gewesen sein, aber Phil gehörte auf die Kanzel. Jede einzelne Öffnung mußte gemessen, nachgemessen, lange und gründlich bedacht, aus verschiedenen Winkeln prüfend betrachtet und dann erneut gemessen werden. Die Spanplatte, die dazu bestimmt war, sie zu füllen, wurde auf die gleiche Weise behandelt. Nachdem Phil dann so viele Bleistiftmarkierungen angebracht hatte, daß kein Architekt aus ihnen schlau geworden wäre, nahm er mit größter Zurückhaltung die Elektrosäge und schnitt die Platte zu. Dann trugen sie sie gemeinsam an die vorgesehene Stelle, sicherten sie mit einigen Hammerschlägen und nagelten sie dann endgültig fest. Jedesmal paßte die Platte auf den Millimeter genau, und jedesmal wirkte Phil richtig erleichtert.

Zwei Gruppenräume schienen soweit fertig zu sein, daß die Wände nur noch gestrichen zu werden brauchten. Am Spätnachmittag kam Nate zu dem Ergebnis, daß er am nächsten Tag Maler sein würde.

EINUNDVIERZIG

Zwei Tage angenehmer Beschäftigung brachten die Arbeit im kalten Keller der Dreifaltigkeitskirche nicht wirklich weiter, wohl aber wurde viel Kaffee getrunken. Der Lammeintopf wurde schließlich ganz aufgegessen, einige weitere Spanplatten wurden als Wandverkleidung angebracht und gestrichen, und eine Freundschaft entstand.

Als sich Nate am Dienstag abend Farbe unter den Fingernägeln hervorkratzte, klingelte das Telefon. Josh war am Apparat und rief ihn in die Wirklichkeit zurück. »Richter Wycliff möchte dich morgen sehen«, sagte er. »Ich hab dich schon früher zu erreichen versucht.«

»Was will er?« fragte Nate mit vor Furcht tonloser Stimme.

»Vermutlich hat er Fragen über deine neue Mandantin.«

»Ich hab wirklich viel zu tun, Josh. Ich bin mit einem Umbau beschäftigt, anstreichen, Wandplatten und so weiter.«

»Tatsächlich?«

»Ja, ich arbeite am Umbau eines Kirchenkellers mit, und das muß zügig vorangehen.«

»Ich habe gar nicht gewußt, daß du ein Händchen für solche Dinge hast.«

»Muß ich wirklich kommen, Josh?«

»Ich glaube schon, mein Freund. Du hast dich bereit erklärt, den Fall Rachel Lane zu übernehmen. Das hab ich dem Richter auch schon gesagt. Du wirst gebraucht, alter Junge.«

»Wann und wo?«

»Komm morgen in mein Büro. Wir fahren dann gemeinsam rüber.«

»Ich möchte nicht in die Kanzlei, Josh. Das sind lauter unangenehme Erinnerungen. Können wir uns nicht im Gericht treffen?«

»Von mir aus. Sei um zwölf Uhr im Zimmer von Richter Wycliff.«

Nate legte ein weiteres Scheit in den Kamin und sah dem Schneetreiben vor der Veranda zu. Er wußte, wie man in Anzug und Krawatte mit einem Aktenkoffer auftritt, konnte sich verhalten und reden wie ein Anwalt, sagen, »Euer Ehren« und »Ich bitte das Gericht, zu berücksichtigen«, und er konnte Einsprüche in den Saal rufen und Zeugen in die Mangel nehmen. Er war zu allem imstande, was eine Million anderer taten, aber als Anwalt betrachtete er sich nicht mehr. Diese Zeiten waren Gott sei Dank vorbei.

Ein weiteres Mal würde er es tun, aber nur dies eine Mal. Er versuchte sich einzureden, daß er es für seine Mandantin Rachel tue, wußte aber, daß ihr das völlig gleichgültig war.

Er hatte ihr immer noch nicht geschrieben, obwohl er es sich oft vorgenommen hatte. Schon der Brief an Jevy hatte ihn zwei Stunden harte Arbeit gekostet, bei der nur anderthalb Seiten herausgekommen waren.

Nach drei Schneetagen fehlten ihm die feuchtheißen Straßen von Corumbá mit dem gemächlichen Fußgängerverkehr, den Straßencafés und dem Lebensrhythmus, dessen unüberhörbare Botschaft war: Es gibt nichts, das nicht bis morgen warten kann. Es schneite von Minute zu Minute heftiger. Vielleicht gibt es wieder einen Schneesturm, dachte er, dann werden die Straßen gesperrt, und ich brauche doch nicht hinzufahren.

Wieder einmal Sandwiches aus der griechischen Imbißstube, wieder Gewürzgürkchen und Tee. Josh richtete den Tisch her, während er und Nate auf Richter Wycliff warteten. »Hier ist die Gerichtsakte«, sagte er und gab Nate einen umfangreichen roten Ordner. »Und hier ist deine Antwort«, sagte er und gab ihm einen braunen Aktendeckel. »Du mußt das so schnell wie möglich durchlesen und unterzeichnen.«

»Hat die Nachlaßverwaltung bereits darauf reagiert?« fragte Nate.

»Unsere Stellungnahme kommt morgen. Da drin liegt die von Rachel Lane, fix und fertig. Du mußt sie nur noch unterschreiben.«

»Hier stimmt was nicht, Josh. Ich reiche eine Stellungnahme zu einer Testamentsanfechtung im Namen einer Mandantin ein, die nichts davon weiß.«

»Dann schick ihr eine Kopie.«

»Und wohin?«

»An ihre einzige bekannte Anschrift, die von World Tribes Missions in Houston, Texas. Steht alles in der Akte.«

Kopfschüttelnd nahm Nate zur Kenntnis, daß Josh bereits alles Erforderliche vorbereitet hatte. Er kam sich vor wie ein Bauer auf einem Schachbrett. In ihrer vierseitigen Stellungnahme bestritt die Erbin Rachel Lane alle von den sechs Antragstellern, die das Testament anfochten, gemachten Behauptungen im allgemeinen und im besonderen, Stück für Stück. Nate las die sechs Anfechtungsanträge, während sich Josh mit seinem Mobiltelefon beschäftigte.

Letztlich liefen alle Anwürfe und juristisch verklausulierten Formulierungen auf die eine Frage hinaus: Hatte Troy Phelan gewußt, was er tat, als er sein letztes Testament verfaßte? Das Verfahren würde der reinste Zirkus werden, denn bestimmt würden die Anwälte Psychiater aller Schulen und Schattierungen aufbieten, aber auch Angestellte vor Gericht auftreten lassen, frühere Mitarbeiter, einstige Freundinnen, Hausmeister, Zimmermädchen, Chauffeure, Piloten, Leibwächter, Ärzte und Prostituierte – kurz, jeden, der irgendwann einmal fünf Minuten mit dem Alten zugebracht hatte.

Nate war das alles zuviel. Die Akte belastete ihn immer mehr, je weiter er las. Am Ende der Auseinandersetzung würde der Aktenberg bestimmt ein ganzes Zimmer anfüllen.

Richter Wycliff kam um eins, wie immer in großer Eile. Während er sich die Robe herunterzerrte, entschuldigte er sich für die Verspätung. »Sie sind Nate O'Riley«, sagte er und hielt ihm die Hand hin.

»Ja, ich freue mich, Ihre Bekanntschaft zu machen.«

Josh löste sich endlich von seinem Mobiltelefon. Sie drängten sich um den kleinen Tisch und begannen zu essen. »Josh hat mir gesagt, daß Sie die reichste Frau der Welt aufgestöbert haben«, sagte Wycliff mit vollem Mund.

»Stimmt. Vor etwa zwei Wochen.«

»Und Sie können mir nicht sagen, wo sie sich aufhält?«

»Sie hat mich gebeten, das nicht zu tun. Ich hab's ihr versprochen.«

»Wird sie zum gegebenen Zeitpunkt hier auftreten und aussagen?«

»Das wird nicht nötig sein«, erklärte Josh. Natürlich befand sich in seiner Handakte eine von der Kanzlei Stafford vorbereitete Aktennotiz über die Notwendigkeit ihres Erscheinens im Laufe des Verfahrens. »Wenn sie nichts über Mr. Phelans Geisteszustand weiß, kann sie als Zeugin nichts zur Klärung der Sachlage beitragen.«

»Aber sie ist eine der Parteien«, sagte Wycliff.

»Das ist richtig. Aber man kann sie von der Anwesenheitspflicht entbinden. Wir können die Auseinandersetzung auch ohne sie führen.«

»Und wer soll sie von der Anwesenheitspflicht entbinden?«

»Sie, Euer Ehren.«

»Ich beabsichtige, zum gegebenen Zeitpunkt einen Antrag zu stellen«, sagte Nate, »mit dem ich das Gericht bitte zu gestatten, daß das Verfahren in ihrer Abwesenheit durchgeführt werden kann.« Josh lächelte über den Tisch. Gut gemacht, Nate.

»Ich denke, darüber werden wir uns später den Kopf zerbrechen«, sagte Wycliff. »Im Augenblick geht es mir mehr um die Zeugenaussagen. Ich muß nicht betonen, wie sehr die Phelan-Nachkommen darauf drängen, daß die Sache vorangeht.«

»Die Nachlaßverwaltung wird morgen ihre Stellungnahme vorlegen«, sagte Josh. »Wir sind für die Auseinandersetzung bereit.«

»Und was ist mit der Erbin?«

»Ich arbeite noch an ihrer Stellungnahme«, sagte Nate düster, als sitze er seit Tagen daran. »Aber bis morgen habe ich sie fertig.«

»Sind Sie für die Zeugenvernehmung bereit?«

»Ja, Sir.«

»Wann dürfen wir damit rechnen, daß Sie die von Ihrer Mandantin unterzeichnete Annahmeerklärung und Gerichtsstandvereinbarung vorlegen können?«

»Das weiß ich noch nicht.«

»Genaugenommen bin ich erst für Ihre Mandantin zuständig, wenn ich diese Dokumente in Händen habe.«

»Ja, ich verstehe. Bestimmt werden sie bald vorliegen. Die Post arbeitet da unten sehr langsam.«

Josh lächelte seinem Schützling zu.

»Sie haben sie also tatsächlich gefunden, ihr ein Exemplar des Testaments vorgelegt, ihr erläutert, was es mit der Gerichtsstandvereinbarung und der Annahmeerklärung auf sich hat, und sich bereit erklärt, sie zu vertreten?«

»Ja, Sir«, sagte Nate, aber nur, weil er mußte.

»Sind Sie bereit, diesen Tatbestand in Form einer eidesstattlichen Erklärung in der Akte zu vermerken?«

»Ist das nicht ein bißchen ungewöhnlich?« fragte Josh.

»Möglich, aber wenn wir ohne ihre Vollmacht und Annahmeerklärung das Vorverfahren eröffnen, möchte ich irgendwas Schriftliches in der Akte haben, woraus hervorgeht, daß die Nachlaßverwaltung Kontakt mit ihr aufgenommen hat und ihr bekannt ist, was wir hier tun.«

»Guter Gedanke«, sagte Josh, als stamme der Einfall von ihm selbst. »Nate unterschreibt das.«

Nate nickte und biß ein großes Stück von seinem Brot ab, wobei er hoffte, man werde ihn in Frieden essen lassen, ohne ihn zu weiteren Lügen zu zwingen.

»Hat sie Troy nahegestanden?« fragte Wycliff.

Nate kaute, solange er konnte, bevor er antwortete. »Das bleibt aber unter uns, nicht wahr?«

»Natürlich. Reines Geplauder.«

Ja, und solches Geplauder kann dazu führen, daß Prozesse gewonnen oder verloren werden. »Ich glaube nicht. Sie hatte ihn seit Jahren nicht gesehen.«

»Wie hat sie reagiert, als sie das Testament gesehen hat?«

Wycliff sagte das tatsächlich im Plauderton, und Nate war klar, daß er alle Einzelheiten wissen wollte. »Sie war überrascht, um es zurückhaltend zu formulieren«, sagte er trocken.

»Das kann ich mir vorstellen. Hat sie gefragt, um wieviel Geld es geht?«

»Zunächst nicht, später schon. Ich glaube, sie war überwältigt, wie wohl jeder an ihrer Stelle.«

»Ist sie verheiratet?«

»Nein.«

Josh begriff, daß der Richter noch eine ganze Weile weiter Fragen über Rachel stellen konnte. Das aber konnte gefährlich werden. Wycliff durfte zumindest jetzt noch nicht wissen, daß Rachel keinerlei Interesse an dem Geld hatte. Wenn er weiter bohrte, konnte Nate womöglich die Wahrheit herausrutschen. »Wissen Sie, Euer Ehren«, sagte er im Versuch, das Gespräch vorsichtig in eine andere Richtung zu lenken, »der Fall ist nicht kompliziert. Das Vorverfahren dauert bestimmt nicht lange. Die anderen wollen, daß die Sache schnell über die Bühne geht, und wir wollen das auch. Da liegt ein ganzer Haufen Geld auf dem Tisch, und jeder will da ran. Warum können wir nicht das Vorverfahren kurzfristig terminieren und einen Zeitpunkt für das Verfahren festsetzen?«

Die Auseinandersetzung im Fall einer Testamentsanfechtung zu beschleunigen war alles andere als üblich. In Nachlaßsachen tätige Anwälte wurden nach Stunden bezahlt. Warum also dann die Eile?

»Interessant«, sagte Wycliff. »Woran denken Sie?«

»Vielleicht könnten wir so bald wie möglich eine Besprechung ansetzen, bei der alle Anwälte an einem Tisch sitzen. Jeder soll eine Liste möglicher Zeugen und Dokumente vorlegen, die er im Verfahren aufzubieten gedenkt. Man könnte dreißig Tage für alle Aussagen vorsehen und den eigentlichen Prozeßbeginn von heute an gerechnet in neunzig Tagen.«

»Das ist aber schrecklich schnell.«

»Beim Bundesgericht machen wir das immer so. Es funktioniert. Die Jungs auf der Gegenseite werden drauf anspringen, weil ihre Mandanten alle pleite sind.«

»Was ist mit Ihnen, Mr. O'Riley? Hat Ihre Mandantin es eilig, an das Geld zu kommen?«

»Hätten Sie es nicht eilig?« fragte Nate den Richter.

Darauf lachten alle drei.

Als Grit schließlich durch den telefonischen Stacheldrahtverhau zu Hark durchdrang, waren seine ersten Worte: »Ich überlege, ob ich nicht zum Richter gehen soll.«

Hark drückte den Knopf an seinem Telefon, der die Bandaufnahme in Gang setzte, und sagte: »Guten Tag, Grit.«

»Ich könnte ihm die Wahrheit sagen, daß sich nämlich Snead seine Aussage für fünf Millionen hat abkaufen lassen und daß nichts von dem, was er sagt, der Wahrheit entspricht.«

Hark lachte gerade so laut, daß Grit es hören konnte. »Das können Sie nicht, Grit.«

»Natürlich kann ich das.«

»Besonders klug sind Sie wohl nicht, was? Hören Sie mir gut zu, Grit. Erstens haben Sie wie wir alle die Vereinbarung mit unterschrieben, sind also in ein rechtswidriges Vorgehen verwickelt, das Sie offenlegen wollen. Zweitens, und das ist noch viel wichtiger, wissen Sie von Snead, weil Sie als Rechtsvertreter von Mary Ross an dem Fall beteiligt waren. Das ist eine vertrauliche Beziehung. Wenn Sie Informationen weitergeben, die Ihnen als ihr Anwalt zu Ohren gekommen sind, dann verletzen Sie das Anwaltsgeheimnis. Sofern Sie etwas Törichtes tun, kommen Sie vor das Ehrengericht, und ich werde persönlich dafür sorgen, daß man Ihnen die Zulassung als Anwalt entzieht. Haben Sie das verstanden, Grit?«

»Sie sind ein Drecksack, Gettys. Sie haben mir meine Mandantin abspenstig gemacht.«

»Hätte sie sich nach einem anderen Anwalt umgesehen, wenn sie mit Ihnen zufrieden gewesen wäre?«

»Ich bin mit Ihnen noch nicht fertig.«

»Überlegen Sie sich gut, was Sie tun!«

Grit knallte den Hörer auf. Hark genoß den Moment, und machte sich wieder an die Arbeit.

Nate fuhr allein über den Potomac in die Stadt, am Lincoln Memorial vorbei, rollte ohne jede Eile im fließenden Verkehr. Ab und zu fielen Schneeflocken auf die Windschutzscheibe, aber der schwere Schneefall war ausgeblieben. An einer roten Ampel auf der Pennsylvania Avenue sah er im Rückspiegel, von einem Dutzend ähnlicher Gebäude umgeben, das Hochhaus, in dem er den größten Teil seiner letzten dreiundzwanzig Jahre verbracht hatte. Das Fenster seines Büros lag im fünften Stock. Er konnte es kaum sehen.

An der M-Straße, die nach Georgetown führte, kam er an den Stellen vorüber, die er früher so häufig aufgesucht hatte: an alten Kneipen und Bars, in denen er viele dunkle Stunden mit Menschen zugebracht hatte, an die er sich nicht mehr erinnern konnte. Wohl aber wußte er noch die Namen der Barkeeper. Jedes dieser Lokale hatte seine eigene Geschichte. Als er noch trank, mußte ein harter Tag in der Kanzlei oder bei Gericht durch einige Stunden Alkohol abgemildert werden, sonst hätte er nicht nach Hause gehen können. An der Wisconsin bog er nach Norden ab und sah ein Lokal, wo er sich mal mit einem College-Studenten geprügelt hatte, der betrunkener gewesen war als er selbst, und das alles wegen einer Schlampe von Studentin. Der Barkeeper hatte sie aufgefordert, ihre Prügelei draußen auszutragen. Als Nate am nächsten Morgen zum Gericht ging, hatte er ein Pflaster im Gesicht gehabt.

Als nächstes kam er an einem kleinen Café vorüber, wo er so viel Kokain gekauft hatte, daß er sich damit fast umgebracht hätte. Die Drogenpolizei hatte dort eine Razzia durchgeführt, während er sich im Entzug befand, und zwei Aktienhändler, die er gut kannte, mußten ins Gefängnis.

In diesen Straßen hatte er seine besten Jahre zugebracht, während seine Frauen zu Hause gewartet hatten und seine Kinder ohne ihren Vater aufgewachsen waren. Er schämte sich des Elends, das er heraufbeschworen hatte, und als er aus Georgetown hinausfuhr, schwor er sich, nie wieder dorthin zurückzukehren.

In Staffords Haus lud er weitere Kleidungsstücke und persönliche Habe ins Auto und fuhr dann eilends davon.

In der Tasche hatte er als Vorschuß für den ersten Monat einen Scheck über zehntausend Dollar. Der IRS wollte sechzigtausend Dollar Steuerrückstände, und die Geldstrafe würde sich mindestens noch einmal auf denselben Betrag belaufen. Bei seiner zweiten Frau war er mit rund dreißigtausend Dollar Unterhaltszahlungen im Rückstand, monatliche Zahlungsverpflichtungen, die während seiner Entziehungskur aufgelaufen waren.

Dadurch, daß er sich für zahlungsunfähig erklärt hatte, waren diese Schulden nicht getilgt. Er mußte sich eingestehen, daß seine finanzielle Zukunft wirklich düster aussah. Jedes seiner jüngeren Kinder kostete ihn pro Monat dreitausend Dollar. Die Studiengebühren samt Verpflegung und Unterkunft der beiden älteren im Studentenheim kosteten fast ebenso viel. Von dem Geld, das er mit dem Fall Phelan verdiente, konnte er einige Monate leben, aber wenn er Josh und Wycliff richtig verstanden hatte, würde die Entscheidung eher früher als später fallen. Nach Abschluß der Nachlaßangelegenheit würde sich Nate vor einem Bundesrichter der Steuerhinterziehung schuldig bekennen und seine Zulassung als Anwalt zurückgeben.

Phil sagte ihm, er solle sich keine Sorgen um die Zukunft machen, darum werde sich Gott kümmern.

Wieder einmal fragte sich Nate, ob sich Gott damit nicht mehr Mühe einhandelte, als Er erwartet hätte.

Da Nate außerstande war, auf etwas anderem zu schreiben als den in Anwaltskreisen üblichen Notizblöcken mit ihren weit auseinanderliegenden Linien und breiten Rändern, nahm er einen davon und versuchte, einen Brief an Rachel zustande zu bringen. Er wollte ihn mit dem Vermerk »persönlich und vertraulich« an die Adresse von World Tribes Missions in Houston schicken und in einem Begleitschreiben an die Mitarbeiter dort darum bitten, daß sie den Brief an Rachel weiterleiteten.

Irgend jemand dort wußte bestimmt, wer und wo sie war. Vielleicht gab es sogar jemanden, dem bekannt war, daß es sich bei ihr um Troy Phelans Tochter handelte. Sofern dieser Jemand seine Schlüsse zog, würde er möglicherweise merken, daß Rachel die Milliardenerbin war.

Außerdem vermutete Nate, sie würde sich mit World Tribes in Verbindung setzen – wenn sie das nicht ohnehin schon getan hatte. Sie war in Corumbá gewesen und hatte ihn dort im Krankenhaus aufgesucht. Daher konnte er annehmen, daß sie in Houston angerufen und irgend jemandem von seinem Besuch berichtet hatte.

Sie hatte von ihrem jährlichen Etat gesprochen, den ihr die Mission zuteilte, also mußte es irgendeine Art der postalischen Verbindung geben. Sofern dieser Brief in Houston in die richtigen Hände fiel, würde er vielleicht nach Corumbá weitergeleitet, wo ihn Rachel zu gegebener Zeit abholen würde.

Er schrieb das Datum und begann dann: »Liebe Rachel«.

Eine Stunde verging, während er ins Feuer sah und nach Worten suchte, die nicht albern klangen. Schließlich begann er den Brief mit einem Absatz über den Schnee. Er fragte sie, ob ihr der Schnee fehle und wie die Winter ihrer Kindheit in Montana gewesen seien. Er fügte hinzu, daß der Schnee vor seinem Fenster dreißig Zentimeter hoch liege.

Er kam nicht umhin, ihr zu gestehen, daß er als ihr Anwalt tätig war. Als er in den Juristenjargon verfiel, ging ihm der Brief flott von der Hand. Er erklärte die Auseinandersetzung vor Gericht in so einfachen Worten, wie ihm das möglich war.

Dann erzählte er ihr von Pfarrer Phil, der Kirche und dem Kellerraum. Er lese in der Bibel, und es gefalle ihm gut. Er bete für sie.

Schließlich war der Brief drei Seiten lang, und Nate war recht stolz auf sich. Er las ihn zweimal durch und befand ihn für wert, abgeschickt zu werden. Er war sicher, falls der Brief es je bis zu ihrer Hütte schaffte, würde sie ihn immer wieder lesen, ohne stilistischen Schwächen irgendwelche Beachtung zu schenken.

Nate sehnte sich danach, sie wiederzusehen.

ZWEIUNDVIERZIG

Einer der Gründe dafür, daß es mit der Arbeit im Keller der Kirche so schleppend voranging, war der, daß Pfarrer Phil morgens erst spät aufstand. Laura sagte, wenn sie werktags das Haus um acht Uhr zu ihrer Arbeit in der Vorschule verlasse, sei er meist noch tief unter den Decken vergraben. Er verteidigte sich mit der Erklärung, er sei nun einmal eine Nachteule und sehe sich gern nach Mitternacht im Fernsehen alte Schwarzweißfilme an.

Daher war Nate ziemlich erstaunt, als ihn Phil am Freitag bereits um halb acht anrief. »Haben Sie schon die *Washington Post* gelesen?« fragte er.

»Ich lese keine Zeitungen«, gab Nate zur Antwort. Er hatte es sich während des Entzugs abgewöhnt. Phil hingegen las jeden Tag fünf Zeitungen, in denen er reichlich Material für seine Predigten fand.

»Vielleicht sollten Sie das aber tun«, sagte er.

»Warum?«

»Es steht etwas über Sie drin.«

Nate zog seine festen Schuhe an und besorgte sich in einem Laden zwei Ecken weiter eine Zeitung. Auf der ersten Seite stand eine hübsche Geschichte über die Auffindung von Troy Phelans verschwundener Erbin. Darin hieß es, dem Bezirksgericht des Fairfax County seien Dokumente vorgelegt worden, mit denen sie, vertreten durch ihren Anwalt, einen Mr. Nate O'Riley, die Behauptungen derer zurückweise, die das Testament ihres verstorbenen Vaters anfochten. Da es über sie nicht viel zu sagen gab, konzentrierte sich der Artikel auf den Anwalt. Entsprechend seiner eidesstattlichen Erklärung, die ebenfalls dem Gericht vorliege, habe er Rachel Lane aufgespürt, ihr ein Exemplar des Testaments vorgelegt, die verschiedenen damit verbundenen Rechtsfragen mit ihr besprochen und es auf die eine oder andere Weise fertiggebracht, von ihr mit der Wahrnehmung ihrer Interessen betraut zu werden. Genaue Hinweise auf Rachel Lanes Aufenthaltsort gab es nicht.

Von Nate O'Riley hieß es, er sei früher ein prominenter Prozeßanwalt und Partner der Kanzlei Stafford gewesen, die er aber im August vergangenen Jahres verlassen habe. Im Oktober habe er einen Antrag auf Eröffnung des Konkursverfahrens über sein Vermögen gestellt, sei im November wegen Steuerhinterziehung unter Anklage gestellt worden, über die noch nicht entschieden sei. Dabei gehe es um dem Staat vorenthaltene Steuern in Höhe von sechzigtausend Dollar. Zu allem Überfluß hatte der Reporter den nebensächlichen Umstand erwähnt, daß er zweimal geschieden war, und um die Demütigung zu vervollständigen, war der Artikel mit einem schlechten Foto illustriert, das Nate bei einer Feier des Washingtoner Anwaltsvereins vor einigen Jahren mit einem Drink in der Hand zeigte. Aufmerksam betrachtete er die körnige Aufnahme, auf der er mit verschwommenen Augen, aufgequollenen Wangen und einem törichten Lächeln zu sehen war, das den Eindruck erweckte, als genieße er die Gesellschaft der Menschen um sich herum. Das war peinlich, aber es gehörte zu einem anderen Leben.

Natürlich konnte eine solche Geschichte nicht vollständig sein ohne eine knappe Darstellung der unerfreulichen statistischen Daten im Zusammenhang mit Troys Leben und Tod: drei Ehen, sieben Kinder, von denen man wußte, rund elf Milliarden Vermögenswerte, sein Sprung aus dem dreizehnten Stock.

Man habe Mr. O'Riley nicht erreichen können, und Mr. Stafford habe nichts zu sagen. Offensichtlich hatten die Anwälte der Phelan-Kinder bereits so viel gesagt, daß sie nicht um eine weitere Äußerung gebeten worden waren.

Nate faltete die Zeitung zusammen und kehrte in Joshs Häuschen zurück. Es war halb neun. Ihm blieben anderthalb Stunden, bis die Arbeit im Keller der Kirche begann.

Auch wenn die Bluthunde jetzt seinen Namen wußten, würde es ihnen schwerfallen, seine Spur aufzunehmen. Josh hatte dafür gesorgt, daß Nates Post an eine Postfachadresse in Washington ging, und außerdem auf den Namen des Anwalts

Nathan F. O'Riley eine neue Telefonleitung einrichten lassen. Anrufe, die dort eingingen, wurden von einer Sekretärin in der Kanzlei Stafford entgegengenommen und notiert.

In St. Michaels wußte außer dem Pfarrer und seiner Frau niemand, wer Nate war. Gerüchte besagten, er sei ein vermögender Anwalt aus Baltimore, der ein Buch schreiben wolle.

Sich verstecken machte süchtig. Vielleicht war das der Grund dafür, daß Rachel es tat.

Kopien von Rachel Lanes Stellungnahme wurden an alle Anwälte der Phelan-Kinder geschickt, die von dieser Nachricht geradezu elektrisiert waren. Sie lebte also und war bereit, sich dem Kampf zu stellen! Allerdings rief der Name ihres Anwalts ein gewisses Stirnrunzeln hervor; O'Rileys Ruf eilte ihm voraus: ein tüchtiger Prozeßanwalt, mitunter brillant, der dem Druck nicht gewachsen war. Das ließ die Phelan-Anwälte, wie schon Richter Wycliff, vermuten, daß in Wahrheit Josh Stafford die Fäden in der Hand hielt. Bestimmt hatte er O'Riley aus dem Entzug geholt, ihn herausgeputzt, ihm die Papiere in die Hand gedrückt und den Weg zum Gericht gezeigt.

Die Phelan-Anwälte saßen am Freitag morgen in der Kanzlei Langhorne zusammen, einem modernen Bau unter vielen im Finanzdistrikt an der Pennsylvania Avenue. Zwar war die Kanzlei mit ihren vierzig Anwälten nicht groß genug, um wirkliche Topmandanten anzuziehen, doch ihr Ehrgeiz ging eindeutig in diese Richtung. Die Einrichtung der Räume war von jener prätentiösen Erlesenheit, die verriet, daß die dort tätigen Anwälte fest entschlossen waren, ans ganz große Geld zu kommen.

Die Phelan-Anwälte hatten beschlossen, sich jede Woche am Freitag um acht zu treffen, um höchstens zwei Stunden lang über Strategiefragen und den Fortgang des Verfahrens zu reden. Der Einfall ging auf Ms. Langhorne zurück. Ihr war klargeworden, daß sie als Vermittlerin würde auftreten müssen, denn die Männer hatten alle Hände voll damit zu tun, sich zu spreizen und gegenseitig zu bekämpfen. Doch wo so viel Geld auf dem Spiel stand, durfte man nicht zulassen, daß sich Leute, die in einem Boot saßen, gegenseitig in den Rücken fielen.

Sie hatte den Eindruck, daß die Zeiten des Mandantenraubs vorüber waren. Ihre Mandanten, Geena und Cody, waren entschlossen, bei ihr zu bleiben, und Yancy schien Ramble fest in der Hand zu haben. Wally Bright wohnte praktisch mit Libbigail und Spike zusammen. Die anderen drei – Troy Junior, Rex und Mary Ross – hatte Hark am Haken, und er schien mit seiner Beute zufrieden zu sein. Allmählich legte sich der Staub. Nachdem klar war, worum es ging, wurden die Beziehungen freundlicher. Den Anwälten war klar, daß ihre Sache zum Scheitern verurteilt war, wenn sie nicht zusammenarbeiteten.

Punkt eins der Tagesordnung war Snead. Sie hatten mehrere Stunden lang die Videoaufnahmen seiner ersten Vorstellung betrachtet und sich ausführlich notiert, wie man dafür sorgen könne, daß er besser wurde. Es wurde schamlos gelogen. Yancy, der in jungen Jahren eine Karriere als Drehbuchautor angestrebt hatte, war sogar so weit gegangen, für Snead eine fünfzigseitige Textvorlage zu verfassen. Sie enthielt eine solche Anzahl haarsträubender Behauptungen, daß Troy jedem als hirnloser Trottel erscheinen mußte.

Punkt zwei war Nicolette, die Sekretärin. Man wollte sie sich einige Tage später gleichfalls auf Video vornehmen, und es gab bestimmte Dinge, die sie sagen mußte. Bright regte an, man könne beide aussagen lassen, der Alte habe beim Geschlechtsverkehr mit ihr, ein paar Stunden bevor er sich den drei Psychiatern stellte, einen Schlaganfall erlitten. Ein solcher Schlaganfall würde die geistigen Fähigkeiten erkennbar herabsetzen. Der Einfall wurde ganz allgemein mit Beifall aufgegriffen und führte zu einer längeren Diskussion über die Autopsie, über deren Ergebnisse sie bislang noch keine schriftlichen Unterlagen zu Gesicht bekommen hatten. Wie nicht anders zu erwarten, mußte Troys Aufprall auf die Ziegelfläche zu entsetzlichen Schädelverletzungen geführt haben. Ließ sich unter solchen Umständen bei einer Autopsie ein Schlaganfall überhaupt diagnostizieren?

Punkt drei war die Frage ihrer eigenen Sachverständigen. Der von Grit vorgeschlagene Psychiater war den gleichen Weg gegangen wie der Anwalt selbst, so daß jetzt nur noch vier da waren, einer pro Kanzlei. Das war bei einer Verhandlung keine übermäßig große Zahl, eher konnte man zu viert mit einem gewissen Nachdruck argumentieren, vor allem, wenn die Psychiater auf unterschiedlichen Wegen zum selben Ergebnis kamen. Sie einigten sich, auch ihre Psychiater gründlich in die Mangel zu nehmen, ihre Aussagen zu proben und festzustellen, ob die Männer unter Druck womöglich zusammenbrachen.

Punkt vier war die Frage weiterer Zeugen. Sie brauchten unbedingt noch mehr Menschen, die in den letzten Lebenstagen bei Troy gewesen waren. Da konnte ihnen Snead sicherlich helfen.

Letzter Punkt der Tagesordnung war das Auftreten Rachel Lanes und ihres Anwalts. »In der Akte ist nicht ein Blatt, das diese Frau unterschrieben hat«, sagte Hark. »Sie ist eine Einsiedlerin. Mit Ausnahme ihres Anwalts weiß kein Mensch, wo sie sich aufhält, und der sagt nichts. Er hat einen ganzen Monat gebraucht, um sie zu finden. Sie hat nichts unterschrieben. Theoretisch ist das Gericht für sie gar nicht zuständig. Für mich ist sonnenklar, daß die Frau Bedenken hat, an die Öffentlichkeit zu treten.«

»So verhalten sich auch manche Lotteriegewinner«, merkte Bright an. »Sie wollen nicht, daß die Sache an die große Glocke gehängt wird, damit sie nicht von Hinz und Kunz angeschnorrt werden.«

»Und was ist, wenn sie das Geld gar nicht will?« fragte Hark. Fassungslosigkeit machte sich breit.

»Das wäre verrückt«, sagte Bright spontan. Seine Worte hingen noch im Raum, während er über das Unmögliche nachdachte.

Bevor sich die anderen gefaßt hatten, fuhr Hark unbeirrt fort: »Das ist nur so ein Einfall, aber ganz außer acht lassen sollten wir diese Möglichkeit nicht. Nach dem Gesetz des Staates Virginia ist kein Erbe verpflichtet, eine Erbschaft auch anzutreten. In einem solchen Fall gehört der entsprechende Betrag nach wie vor zum Nachlaß, bis anderweitig darüber verfügt wird. Falls dies Testament für ungültig erklärt wird und es keine anderen Testamente gibt, bekommen Troy Phelans sieben Kinder alles. Falls Rachel Lane auch davon nichts möchte, teilen sich unsere Mandanten den gesamten Nachlaß.«

Man konnte förmlich sehen, daß alle wie wild rechneten: elf Milliarden abzüglich Erbschaftssteuer, geteilt durch sechs. Dann der jeweilige Prozentsatz für die anwaltliche Tätigkeit – beträchtlicher Wohlstand schien in Reichweite. Statt siebenstelliger Honorare sahen sie mit einem Mal achtstellige vor ihrem geistigen Auge.

»Das ist ja wohl ein bißchen an den Haaren herbeigezogen«, sagte Langhorne langsam. Sie war von dem vielen Kopfrechnen noch ganz benommen.

»Finde ich nicht«, sagte Hark. Offensichtlich wußte er mehr als die anderen. »Eine Erklärung, mit der man sich dem Gerichtsstand unterwirft, ist eine einfache Sache. Will man uns wirklich weismachen, daß Mr. O'Riley nach Brasilien gereist ist, dort Rachel Lane gefunden, ihr die Sache mit dem Erbe auseinandergesetzt und daß sie ihn als Anwalt verpflichtet hat, ohne daß es ihm gelungen wäre, sich von ihr ein kurzes Dokument unterschreiben zu lassen, das die Zuständigkeit des hiesigen Gerichts anerkennt? Irgendwas stimmt da nicht.«

Yancy fragte als erster. »Brasilien?«

»Ja. Er ist gerade aus Brasilien zurückgekehrt.«

»Woher wissen Sie das?«

Hark griff langsam nach einer Akte und nahm einige Blätter heraus. »Ich habe einen sehr guten Ermittler an der Hand«, sagte er, und sofort herrschte Stille. »Ihn habe ich gestern angerufen, nachdem ich, ebenso wie Sie, Rachels Antwort und O'Rileys eidesstattliche Erklärung bekommen habe. Im Laufe von drei Stunden hat er folgendes herausgebracht: Am 22. Dezember hat Nate O'Riley den Dulles Airport mit dem Varig-Flug 882 nonstop nach São Paulo verlassen. Von dort ist er mit dem Varig-Flug 146 nach Campo Grande geflogen, wo er eine Zubringermaschine der Air Pantanal zu einer Kleinstadt namens Corumbá genommen hat. Dort ist er am 23. eingetroffen. Nach fast drei Wochen ist er dann wieder hierher zurückgekehrt.«

»Vielleicht hat er Urlaub gemacht«, murmelte Bright. Er war ebenso verblüfft wie die anderen.

»Möglich, aber ich bezweifle das. Mr. O'Riley hat den ganzen Herbst in einer Entwöhnungsklinik verbracht, und das war nicht das erste Mal. Da war er auch, als Troy Phelan gesprungen ist. Er ist am 22. Dezember entlassen worden und am selben Tag nach Brasilien geflogen. Diese Reise hatte nur ein einziges Ziel: Rachel Lane zu finden.«

»Woher wissen Sie das alles?« fragte Yancy.

»So schwer ist das nicht. Vor allem die Fluginformationen kann ein guter Hacker ohne weiteres ermitteln.«

»Und woher wußten Sie, daß er eine Entziehungskur gemacht hat?«

»Ich habe meine Informanten.«

Längeres Schweigen herrschte, während sie diese Mitteilungen verdauten. Sie bewunderten und verachteten Hark gleichzeitig. Er schien grundsätzlich über Informationen zu verfügen, die sie nicht hatten, aber jetzt war er auf ihrer Seite. Sie waren ein Team.

»Es geht jetzt einfach darum, wer am längeren Hebel sitzt«, fuhr Hark fort. »Ohne zu sagen, daß das Gericht für Rachel Lane gar nicht zuständig ist, werden wir darauf drängen, daß die Sache sofort anhängig gemacht wird, und fechten das Testament mit allem Nachdruck an. Wenn weder die Frau noch die von ihr unterschriebenen Erklärungen auftauchen, kann das nur bedeuten, daß sie das Geld nicht will.«

»Das glaube ich im Leben nicht«, sagte Bright.

»Weil Sie Anwalt sind.«

»Und was sind Sie?«

»Dasselbe, aber nicht ganz so habgierig. Ob Sie es glauben oder nicht, Wally, es gibt Menschen auf dieser Welt, die nicht an Geld interessiert sind.«

»Vielleicht zwanzig«, sagte Yancy. »Und sie sind alle meine Mandanten.«

Ein leises Gelächter rund um den Tisch löste die Spannung.

Bevor man sich auf die folgende Woche vertagte, verpflichteten sich alle Anwesenden gegenseitig erneut zu strengstem Stillschweigen über alles, was gesagt worden war. Zwar war es jedem ernst damit, aber keiner traute dem anderen. Vor allem die Neuigkeit über Brasilien war ein heikler Punkt.

DREIUNDVIERZIG

Der große braune Umschlag trug außer der Adresse von World Tribes Missions in Houston in großen schwarzen Druckbuchstaben den Hinweis: Für Rachel Lane, Missionarin in Südamerika, persönlich und vertraulich.

Die für den Posteingang zuständige Angestellte betrachtete ihn eine Weile und schickte ihn dann ein Stockwerk höher zu einem Vorgesetzten. So gelangte er schließlich kurz vor Mittag, nachdem er Station nach Station durchlaufen hatte, immer noch ungeöffnet, auf Neva Colliers Schreibtisch. Ungläubig starrte die Koordinatorin der Missionen in Südamerika darauf: Soweit ihr bekannt war, wußte außer ihr niemand, daß Rachel Lane für ihre Missionsgesellschaft tätig war.

Offensichtlich hatten diejenigen, die den Brief weitergeleitet hatten, keinen Zusammenhang zwischen dem Namen auf dem Umschlag und jenem gesehen, der in jüngster Zeit immer wieder in den Nachrichten aufgetaucht war. Es war Montag morgen, und in den Büros war nicht viel los.

Neva schloß ihre Tür ab. Sie öffnete den Umschlag und fand darin einen Brief mit der Aufschrift: ›An den zuständigen Sachbearbeiter‹ sowie einen kleineren versiegelten Umschlag. Sie las den Brief laut, nach wie vor verblüfft, daß jemand auch nur in etwa wußte, wer Rachel Lane in Wahrheit war.

An den zuständigen Sachbearbeiter:

Anliegend übersende ich Ihnen einen Brief für Rachel Lane, die für Sie in Brasilien als Missionarin tätig ist. Bitte leiten Sie ihn ungeöffnet an sie weiter.

Ich habe Rachel vor etwa zwei Wochen im Pantanal gefunden, wo sie, wie Ihnen bekannt ist, seit elf Jahren bei einer Gruppe Ipicas lebt. Der Zweck meiner Suche war eine wichtige juristische Angelegenheit.

Zu Ihrer Information sei gesagt, daß es Rachel gutgeht. Ich habe ihr versprochen, daß ich ihren Aufenthaltsort unter keinen Umständen irgend jemandem preisgeben werde. Sie möchte künftig nicht mehr mit juristischen Angelegenheiten belästigt werden, und ich habe mich ihrem Wunsch gefügt.

Sie braucht aber Geld für ein neues Boot mit einem Motor sowie zusätzliche Mittel für Medikamente. Ich bin gern bereit, Ihrer Organisation für diese Ausgaben einen Scheck zu übersenden, und bitte Sie, mir die nötigen Angaben zu machen.

Ich beabsichtige, Rachel auch künftig wieder zu schreiben, weiß allerdings nicht, auf welchem Weg sie ihre Post bekommt. Könnten Sie mir bitte bestätigen, daß Sie dieses Schreiben bekommen und meinen für Rachel bestimmten Brief weitergeleitet haben? Vielen Dank.

Unterschrieben hatte ein gewisser Nate O'Riley. Unten auf der Seite stand die Anschrift einer Anwaltskanzlei in Washington und eine Telefonnummer in St. Michaels, Maryland.

Der Postverkehr mit Rachel verlief sehr einfach. Zweimal jährlich, und zwar jeweils am 1. März und 1. August, schickte die Missionsgesellschaft Pakete mit Medikamenten, Verbandsmaterial, christlicher Literatur und was Rachel sonst brauchte oder wünschen mochte, an das Postamt von Corumbá. Man hatte sich mit der Postverwaltung darauf geeinigt, daß sie das jeweilige August-Paket einen Monat lang aufbewahrte und es nach Houston zurückschickte, wenn es in diesem Zeitraum nicht abgeholt würde. Das war bisher noch nicht geschehen. Jedes Jahr im August unternahm Rachel ihre Fahrt nach Corumbá und rief in der Zentrale an, wobei sie Gelegenheit hatte, zehn Minuten lang Englisch zu sprechen. Dann holte sie ihre Postsendungen und kehrte zu den Ipicas zurück. Im März, nach der Regenzeit, wurde die Sendung mit einer *chalana* flußaufwärts geschickt und bei einer *fazenda* in der Nähe der Xeco-Mündung abgegeben, wo Lako sie irgendwann abholte. Die Märzsendungen waren immer weniger umfangreich als die im August.

In elf Jahren hatte Rachel nicht einen einzigen persönlichen Brief bekommen, jedenfalls nicht über World Tribes Missions.

Neva notierte sich die Telefonnummer und Adresse und brachte den Brief dann in einer Schublade in Sicherheit. Sie würde ihn in etwa einem Monat zusammen mit der üblichen Märzsendung auf den Weg bringen.

Fast eine Stunde lang sägten sie Kanthölzer von fünf mal zehn Zentimetern für den nächsten kleinen Gruppenraum zu. Der Fußboden war mit Sägemehl bedeckt. Phil hatte etwas davon in den Haaren. Das Kreischen der Säge dröhnte noch in ihren Ohren. Es war Zeit für eine Kaffeepause. Sie setzten sich, den Rücken an die Wand gelehnt, in der Nähe eines tragbaren Heizöfchens auf den Boden. Phil goß kräftigen Milchkaffee aus einer Thermosflasche ein.

»Sie haben gestern eine großartige Predigt verpaßt«, sagte er mit breitem Lächeln.

»Wo?«

»Was heißt, wo? Natürlich hier.«

»Worum ging es?«

»Ehebruch.«

»Dafür oder dagegen?«

»Dagegen, wie immer.«

»Bei Ihrer Gemeinde scheint mir das keine besonders brennende Frage zu sein.«

»Ich halte die Predigt jedes Jahr einmal.«

»Immer dieselbe?«

»Ja, aber immer wieder neu.«

»Und wann hatte zum letzten Mal jemand aus Ihrer Gemeinde etwas mit Ehebruch zu tun?«

»Vor ein paar Jahren. Eine der jüngeren Frauen vermutete, daß ihr Mann in Baltimore eine andere hatte. Er mußte einmal wöchentlich geschäftlich dorthin, und ihr ist aufgefallen, daß er jedesmal als völlig anderer Mensch zurückkehrte. Er hatte mehr Schwung und mehr Lebensfreude als sonst. Das hielt jeweils zwei oder drei Tage an, dann war er wieder so verkniffen wie immer. Sie war überzeugt, daß er sich verliebt hatte.«

»Und was war?«

»Er ging in Baltimore zu einem Chiropraktiker.«

Phil stimmte ein lautes gackerndes Lachen an, das anstekkend und in der Regel lustiger war als die Pointe. Als er sich beruhigt hatte, tranken sie schweigend ihren Kaffee weiter. Nach einer Weile fragte Phil: »Hatten Sie in Ihrem anderen Leben je Schwierigkeiten mit Ehebruch?«

»Absolut keine Schwierigkeit. Ehebruch war ein integraler Bestandteil meines Lebens. Ich habe allem nachgejagt, was auf zwei Beinen ging. Jede Frau, die auch nur halbwegs gut aussah, war für mich nur eine potentielle schnelle Nummer. Ich war verheiratet, aber ich habe das nie als Ehebruch angesehen. Das war keine Sünde, sondern ein Spiel. Ich war krankhaft unerwachsen, Phil.«

»Ich hätte Sie nicht danach fragen sollen.«

»Doch, eine Beichte tut der Seele gut. Ich schäme mich des Menschen, der ich früher war. Meine Frauengeschichten, der Alkohol, die Drogen, die Kneipenbesuche, Schlägereien, Scheidungen, daß ich meine Kinder vernachlässigt habe – mein Leben war ein einziger Schlamassel. Am liebsten hätte ich die vergeudete Zeit noch einmal, um was daraus zu machen. Aber jedenfalls ist es für mich wichtig, daß ich daran denke, welchen Weg ich gegangen bin.«

»Sie haben noch viele gute Jahre vor sich, Nate.«

»Das hoffe ich. Ich weiß nur nicht so recht, was ich tun soll.«

»Nur Geduld, Gott wird Sie leiten.«

»Wenn ich andererseits sehe, in welchem Tempo wir hier vorankommen, könnte ich das hier zu meinem Beruf machen.«

Phil lächelte, gackerte aber nicht. »Lesen Sie Ihre Bibel gründlich, Nate, und beten Sie. Gott braucht Menschen wie Sie.«

»Vermutlich.«

»Vertrauen Sie mir. Ich habe zehn Jahre gebraucht, bis ich wußte, was Gott von mir wollte. Ich bin eine ganze Weile gerannt, dann aber bin ich stehengeblieben und habe ihm zugehört. Schritt für Schritt hat er mich zum Priesteramt geführt.«

»Wie alt waren Sie da?«

»Ich bin mit sechsunddreißig Jahren ins Seminar eingetreten.«

»Und waren Sie der älteste?«

»Nein. Vierzigjährige sind da kein besonders seltener Anblick. Das kommt immer wieder vor.«

»Wie lange dauert die Ausbildung?«

»Vier Jahre.«

»Das ist ja schlimmer als das Jurastudium.«

»Es war überhaupt nicht schlimm. Ehrlich gesagt hat es sogar Spaß gemacht.«

»Das kann ich vom Jurastudium nicht sagen.«

Sie arbeiteten noch eine Stunde, dann war es Zeit zum Mittagessen. Ein Stück weiter, in Tilghman, gab es ein Fischrestaurant, in dem Phil gern aß. Nate lud ihn ein, denn da der Schnee endlich vollständig geschmolzen war, konnte man ohne Schwierigkeiten dort hinfahren.

»Hübscher Wagen«, sagte Phil, als er den Gurt anlegte. Dabei fiel Sägemehl von seiner Schulter auf den makellosen Ledersitz des Jaguar. Es war Nate gleichgültig.

»Ein typisches Anwaltsauto. Natürlich habe ich es geleast, weil ich nicht genug Geld hatte, bar dafür zu zahlen. Es kostet achthundert im Monat.«

»Entschuldigung.«

»Ich würde es gern abstoßen und mir statt dessen einen hübschen Chevrolet Blazer oder etwas in der Art zulegen.«

Nachdem sie den Ort verlassen hatten, wurde die Straße, welche die ganze Bucht entlangführte, schmal und kurvenreich.

Er lag im Bett, als das Telefon klingelte. Er schlief noch nicht, das würde noch eine Stunde dauern. Es war erst zehn, doch ungeachtet seiner Reise nach Süden war sein Körper nach wie vor an den Tagesablauf von Walnut Hill gewöhnt. Außerdem machte sich die Erschöpfung durch das Denguefieber bisweilen noch bemerkbar.

Es fiel ihm selbst schwer zu glauben, daß er den größten Teil seines Berufslebens hindurch oft bis abends neun oder zehn gearbeitet, dann in einem Restaurant zu Abend gegessen und bis ein Uhr nachts getrunken hatte. Schon der bloße Gedanke daran erschöpfte ihn.

Da das Telefon nur selten klingelte, nahm er rasch ab, in der festen Überzeugung, daß es Schwierigkeiten gab. Eine Frauenstimme sagte: »Bitte Nate O'Riley.«

»Am Apparat.«

»Guten Abend, Sir. Ich heiße Neva Collier. Sie haben mir einen Brief für unsere Freundin in Brasilien geschickt.«

Die Decken flogen beiseite, während Nate aus dem Bett sprang. »Ja! Sie haben ihn also bekommen?«

»Ja. Ich habe ihn heute morgen gelesen und werde den für Rachel bestimmten Brief an sie weiterleiten.«

»Großartig. Wie bekommt sie die Post?«

»Ich schicke sie zu bestimmten Terminen nach Corumbá.«

»Vielen Dank. Ich würde ihr gern wieder schreiben.«

»Dagegen ist nichts einzuwenden, aber setzen Sie ihren Namen bitte nicht auf den Umschlag.«

Nate fiel ein, daß es in Houston neun Uhr sein mußte. Also rief sie ihn von zu Hause an, und das kam ihm mehr als sonderbar vor. Die Stimme klang zwar angenehm, aber zugleich zögernd.

»Stimmt etwas nicht?« fragte er.

»Nein, nur weiß hier außer mir niemand, wer sie ist. Jetzt, da Sie mit der Sache zu tun haben, gibt es zwei Menschen auf der Welt, die ihren Aufenthaltsort und ihre Identität kennen.«

»Ich habe ihr fest versprochen, daß ich das geheim halte.«

»War sie schwer zu finden?«

»Könnte man sagen. Ich würde mir keine Sorgen darüber machen, ob jemand anders sie aufspürt.«

»Aber wie ist Ihnen das gelungen?«

»Nicht mir, ihrem Vater. Wissen Sie über Troy Phelan Bescheid?«

»Ja, ich habe Zeitungsausschnitte gesammelt.«

»Bevor er sich von dieser Welt verabschiedet hat, hat er ihre Spur bis ins Pantanal verfolgt. Ich habe allerdings keine Ahnung, wie er das geschafft hat.«

»Er hatte die nötigen Mittel.«

»Das stimmt. Wir wußten also in etwa, wo sie sich aufhielt, ich bin hingeflogen, habe mir vor Ort einen Führer genommen, wir haben uns verirrt und sind dabei auf sie gestoßen. Kennen Sie sie gut?«

»Ich bin nicht sicher, ob irgend jemand Rachel gut kennt. Ich spreche einmal im Jahr mit ihr, wenn sie im August aus Corumbá anruft. Vor fünf Jahren hat sie einen Heimaturlaub genommen, und da habe ich einmal mit ihr zu Mittag gegessen. Besonders gut kenne ich sie also nicht.«

»Haben Sie in letzter Zeit von ihr gehört?«

»Nein.«

Rachel war erst vor zwei Wochen in Corumbá gewesen. Das wußte er mit Sicherheit, weil sie zu ihm ins Krankenhaus gekommen war. Sie hatte ihn angesprochen, ihn berührt und war dann verschwunden, wobei sie sein Fieber mitgenommen hatte. Bei dieser Gelegenheit sollte sie nicht in der Zentrale angerufen haben? Wie sonderbar.

»Es geht ihr gut«, sagte er. »Sie fühlt sich bei ihren Indianern zu Hause.«

»Warum haben Sie sie aufgespürt?«

»Irgend jemand mußte das tun. Begreifen Sie, was ihr Vater getan hat?«

»Ich versuche es.«

»Jemand mußte Rachel von der Sache in Kenntnis setzen, und es mußte ein Anwalt sein. Zufällig war ich in unserer Kanzlei der einzige, der gerade nichts Besseres zu tun hatte.«

»Und jetzt vertreten Sie sie?«

»Sie verfolgen die Sache ziemlich aufmerksam, was?«

»Wir haben ein mehr als nur flüchtiges Interesse daran. Sie gehört zu uns und ist zur Zeit etwas weit vom Schuß, könnte man sagen.«

»Das ist sehr zurückhaltend formuliert.«

»Was gedenkt sie mit dem Nachlaß ihres Vaters zu tun?«

Nate rieb sich die Augen und schwieg eine Weile, um das Gespräch zu verlangsamen. Die freundliche Dame am anderen Ende der Leitung ging zu weit. Er war nicht sicher, ob ihr das klar war. »Ich möchte nicht unhöflich sein, Ms. Collier, aber ich kann mit Ihnen nicht über Dinge reden, die Rachel und ich in der Nachlaßsache ihres Vaters erörtert haben.«

»Natürlich nicht. Ich hatte nicht die Absicht, in Geheimnisse einzudringen. Ich bin nur einfach nicht sicher, was World Tribes zu diesem Zeitpunkt unternehmen müßte.«

»Nichts. Sie haben mit der Sache erst dann etwas zu tun, wenn Rachel Sie dazu auffordert.«

»Aha. Das heißt, ich verfolge einfach die Mitteilungen in den Zeitungen.«

»Ich bin sicher, daß das ganze Verfahren darin ausführlich behandelt wird.«

»Sie haben in Ihrem Brief bestimmte Dinge angesprochen, die sie da unten braucht.«

Nate erzählte die Geschichte von dem kleinen Mädchen, das sterben mußte, weil Rachel kein Gegengift hatte. »Sie findet in Corumbá nicht die erforderlichen Medikamente. Ich würde ihr gern schicken, was nötig ist.«

»Vielen Dank. Übersenden Sie das Geld zu meinen Händen an die Adresse von World Tribes, und ich sorge dafür, daß Rachel bekommt, was sie braucht. Wir betreuen viertausend Rachels auf der ganzen Welt, und unsere Mittel sind begrenzt.«

»Sind die anderen ebenso bemerkenswert wie Rachel?«

»Ja. Sie sind von Gott auserwählt.«

Sie einigten sich darauf, in Verbindung miteinander zu bleiben. Neva sagte, er könne so viele Briefe schicken, wie er wolle, und sie werde sie nach Corumbà weiterleiten. Außerdem vereinbarten sie, daß derjenige von ihnen, der etwas von Rachel hörte, den anderen davon in Kenntnis setzte.

Als Nate wieder im Bett lag, spielte er die Kassette mit dem Anruf ab. Erstaunlich, was unerwähnt geblieben war. Rachel hatte gerade durch ihn vom Tod ihres Vaters erfahren, der ihr eins der größten Vermögen der Welt vererbt hatte. Dann war sie heimlich nach Corumbá gereist, weil sie von Lako wußte, daß Nate sehr krank war. Und dann war sie zurückgekehrt, ohne mit irgend jemandem bei World Tribes über das Geld zu reden.

Als er sie am Flußufer verlassen hatte, war er sicher gewesen, daß sie das Geld nicht wollte. Jetzt war er davon mehr überzeugt als zuvor.

VIERUNDVIERZIG

Die Reihe der förmlichen Befragungen unter Eid, von denen jede einzelne protokolliert werden mußte, begann am Montag, dem 17. Februar, in einem langen, kahlen Raum des Gerichts des Fairfax County. Eigentlich war er als Wartezimmer für Zeugen vorgesehen, doch Richter Wycliff hatte seinen Einfluß geltend gemacht und ihn für die zweite Monatshälfte reserviert. Mindestens fünfzehn Personen sollten als Zeugen gehört werden, und da sich die Anwälte nicht auf Ort und Zeit hatten einigen können, hatte Wycliff ein Machtwort gesprochen und festgesetzt, daß die Zeugen nacheinander Stunde um Stunde, Tag für Tag befragt würden, bis alles vorüber war. Zwar war eine solche Marathonveranstaltung selten, doch stand auch nicht oft ein so hohes Vermögen auf dem Spiel. Die Anwälte hatten eine verblüffende Fähigkeit bewiesen, ihre Terminkalender für den Zeitraum, in dem es um die Klärung des Phelan-Nachlasses gehen sollte, freizuräumen. Man hatte Prozesse und andere Gerichtstermine verschoben, wichtige letzte Fristen erneut verlängern lassen, den Gerichten einzureichende Schriftsätze Kollegen zugeschoben und Urlaubspläne auf den Sommer verlegt. Juniorpartner wurden damit beauftragt, kleinere Fälle zu bearbeiten. Nichts war wichtiger als das Phelan-Chaos.

Nate erschien die Aussicht, zwei Wochen lang in einem Raum voller Anwälte Zeugen durch die Mangel zu drehen, fast so schlimm wie die Hölle.

Wenn seine Mandantin das Geld nicht wollte, warum sollte ihm dann nicht egal sein, wer es bekam?

Diese Haltung änderte sich, als er Troy Phelans Nachkommen kennenlernte.

Als erster wurde Mr. Troy Phelan jun. vernommen. Trotz seiner Vereidigung durch den Gerichtsdiener büßte er mit seinen unruhig umherhuschenden Augen und den geröteten Wangen jede Glaubwürdigkeit ein, kaum daß er am Kopfende des Tischs Platz genommen hatte. Eine Videokamera am anderen Ende nahm sein Gesicht in Großaufnahme auf.

Ein halbes Dutzend Anwälte aus Joshs Kanzlei, denen Nate nie begegnen würde, hatte Hunderte von Fragen vorbereitet, mit denen er ihn in die Ecke treiben konnte. Allerdings war Nate überzeugt, daß ihm das auch aus dem Handgelenk und ohne jede Vorbereitung möglich gewesen wäre. Zeugenbefragungen hatte er schon tausend Mal vorgenommen.

Nate stellte sich Troy Junior vor, der ihm nervös zulächelte, etwa so wie der Insasse einer Todeszelle gegenüber dem Henker. Sein Blick schien zu fragen: »Es wird doch nicht weh tun?«

Schon mit seiner freundlichen Einleitungsfrage, ob Troy Junior derzeit unter dem Einfluß von Alkohol, Drogen oder Medikamenten stehe, verärgerte Nate die Phelan-Anwälte auf der anderen Seite des Tisches. Lediglich Hark ordnete die Frage richtig ein. Er hatte fast ebenso viele Zeugenbefragungen durchgeführt wie Nate O'Riley.

Das Lächeln verschwand. »Nein«, blaffte Troy Junior. Zwar hatte er entsetzliche Kopfschmerzen von einem Kater, aber er war nüchtern.

»Und Ihnen ist klar, daß Sie soeben mit einem Eid bekräftigt haben, die Wahrheit zu sagen?«

»Ja.«

»Ist Ihnen auch klar, was Meineid bedeutet?«

»Absolut.«

»Wer ist Ihr Anwalt?« fragte Nate mit einer Handbewegung zur anderen Seite des Tisches.

»Hark Gettys.«

Mr. O'Rileys Überheblichkeit ärgerte die Anwälte erneut, diesmal auch Hark. Nate hatte sich nicht die Mühe gemacht, in Erfahrung zu bringen, welcher Anwalt welchen Mandanten vertrat. Seine Geringschätzung war beleidigend.

Innerhalb der ersten zwei Minuten hatte Nate den bösen Ton etabliert, den er den ganzen Tag über beibehalten sollte. Er ließ wenig Zweifel daran, daß er Troy Junior kein Wort glaubte, und vielleicht war der Mann ja doch nicht nüchtern. Es war ein alter Trick.

»Wie oft waren Sie verheiratet?«

»Und Sie?« blaffte Junior zurück, woraufhin er sich beifallheischend zu seinem Anwalt umsah. Hark betrachtete ein Blatt Papier.

Nate bewahrte die Ruhe. Wer wußte schon, was die Phelan-Anwälte über ihn gesagt hatten? Es war ihm egal.

»Ich möchte Ihnen etwas erklären, Mr. Phelan«, sagte Nate ohne die geringste Spur von Erregung. »Ich werde das sehr langsam tun, und hören Sie bitte gut zu. Ich bin der Anwalt, Sie sind der Zeuge. Können Sie mir bis dahin folgen?«

Troy Junior nickte langsam.

»Ich stelle die Fragen, Sie antworten. Verstehen Sie das?«

Wieder nickte der Zeuge.

»Sie stellen keine Fragen, und ich gebe keine Antworten. Verstanden?«

»Ja.«

»So. Ich glaube nicht, daß Sie Schwierigkeiten mit den Antworten haben werden, wenn Sie gut zuhören, was ich frage. In Ordnung?«

Wieder nickte Junior.

»Sind Sie nach wie vor unsicher?«

»Nein.«

»Schön. Falls Sie bei einer Frage nicht sicher sind, dürfen Sie sich gern mit Ihrem Anwalt beraten. Drücke ich mich verständlich aus?«

»Absolut.«

»Wunderbar. Dann probieren wir es noch einmal. Wie oft waren Sie verheiratet?«

»Zweimal.«

Eine Stunde später waren Juniors Ehe, Kinder und seine Scheidung abgehandelt. Schwitzend fragte er sich, wie lange seine Befragung dauern würde. Die Phelan-Anwälte hielten den Blick ausdruckslos auf irgendwelche Bogen Papier gerichtet und fragten sich dasselbe. Dabei hatte Nate noch nicht ein einziges Mal auf die Blätter mit den für ihn vorbereiteten Fragen geschaut. Er konnte einen Zeugen schon dadurch in die größte Verlegenheit bringen, daß er ihm in die Augen sah und eine Frage an die andere knüpfte. Keine Einzelheit war ihm zu unbedeutend. Wo ist Ihre erste Frau zur Schule gegangen, wo hat sie studiert, was war ihre erste Stelle? War das ihre erste Ehe? Berichten Sie uns über die verschiedenen Anstellungen Ihrer Frau. Wir wollen uns einmal über die Scheidung unterhalten. Zu welchen Unterhaltszahlungen sind Sie verpflichtet? Sind Sie damit in Rückstand?

Die meisten dieser Aussagen hatten mit der Sache nicht das geringste zu tun, sondern dienten ausschließlich dem Zweck, den Zeugen zu reizen und ihm klarzumachen, daß man jederzeit Leichen aus dem Keller holen konnte. Troy Junior hatte die Anfechtungsklage eingereicht und mußte jetzt die Folgen tragen.

Die verflossenen Jobs des Zeugen nahmen den Rest des Vormittags in Anspruch. Junior kam ziemlich ins Stottern, als ihn Nate nach den verschiedenen Positionen fragte, die er in den Unternehmen seines Vaters innegehabt hatte. Es gab Dutzende von Zeugen, die aufgerufen werden konnten, um seine Selbsteinschätzung in Frage zu stellen. Bei jeder Tätigkeit fragte Nate nach den Namen seiner sämtlichen Mitarbeiter und Vorgesetzten. Die Falle konnte jederzeit zuschnappen. Hark sah das kommen und beantragte eine Unterbrechung. Er trat mit seinem Mandanten auf den Gang hinaus und hielt ihm einen Vortrag über die Notwendigkeit, bei der Wahrheit zu bleiben.

Die Nachmittagssitzung war besonders hart. Als Nate nach dem Verbleib der fünf Millionen Dollar fragte, die Troy Junior zu seinem einundzwanzigsten Geburtstag bekommen hatte, schienen sämtliche Anwälte des Phelan-Clans zu erstarren.

»Das ist schon lange her«, sagte Troy Junior resigniert. Nach vier Stunden mit Nate O'Riley war ihm klar, daß die nächste Runde für ihn qualvoll würde.

»Nun, dann wollen wir mal versuchen, uns zu erinnern«, sagte Nate mit einem Lächeln. Ihm waren keinerlei Zeichen von Ermüdung anzumerken. Er machte eher den Eindruck, als lege er größten Wert darauf, sich die Details vorzunehmen.

Er spielte seine Rolle glänzend. Es war ihm zuwider, Menschen zu quälen, die er nie wiederzusehen hoffte. Je mehr Fragen er stellte, desto mehr wuchs seine Entschlossenheit, seinen Beruf an den Nagel zu hängen.

»In welcher Form wurde Ihnen das Geld zur Verfügung gestellt?« fragte er.

»Ursprünglich lag es auf einem Bankkonto.«

»Hatten Sie Zugang zu diesem Konto?«

»Ja.«

»Hatte sonst noch jemand Zugriff darauf?«

»Nein, nur ich.«

»Und auf welche Weise haben Sie den Zugriff auf das Konto ausgeübt?«

»Indem ich Schecks ausgestellt habe.«

Und das hatte er fleißig getan. Als erstes hatte er sich einen fabrikneuen dunkelblauen Maserati gekauft. Allein über den verdammten Wagen redeten sie eine volle Viertelstunde.

Als Troy Junior das Geld bekommen hatte, war er nicht aufs College zurückgegangen. Er feierte schlicht und einfach, doch kam das nicht etwa in Form eines Geständnisses zutage. Nate befragte ihn eingehend nach seiner beruflichen Tätigkeit zwischen dem einundzwanzigsten und dreißigsten Lebensjahr, und aus dem, was er dabei erfuhr, schälte sich allmählich heraus, daß Troy Junior in diesen neun Jahren überhaupt nicht gearbeitet hatte. Er hatte Golf und Rugby gespielt, ein Auto nach dem anderen für das jeweils nächste in Zahlung gegeben, ein Jahr auf den Bahamas und ein Jahr im Schickeria-Ort Vail zugebracht, war mit einer erstaunlichen Anzahl von Frauen herumgezogen, bis er schließlich mit neunundzwanzig Jahren die erste Ehe eingegangen war, und hatte mit dem Geld nur so um sich geworfen, bis nichts mehr da war.

Erst dann war der verlorene Sohn zum Vater zurückgekehrt und hatte ihn um einen Job gebeten.

Während der Nachmittag verging, bekam Nate allmählich eine Vorstellung davon, was für eine Katastrophe es für diesen Zeugen und alle Menschen in seinem Umfeld bedeuten würde, wenn er das Phelan-Vermögen in seine klebrigen Finger bekäme. Er würde sich mit dem Geld umbringen.

Um vier Uhr nachmittags bat Troy Junior um eine Vertagung. Dazu war Nate nicht bereit. Die Anwälte baten um eine Pause, eine Mitteilung wurde an Richter Wycliff gesandt, und während man wartete, warf Nate zum ersten Mal einen Blick auf die Blätter mit Joshs Fragen.

Der Richter entschied, die Befragung sei fortzusetzen.

Eine Woche nach Troys Selbstmord hatte Josh eine Detektivagentur damit beauftragt, die Phelan-Kinder unter die Lupe zu nehmen. Es war ihm dabei mehr um ihre finanzielle Lage als um ihr Privatleben gegangen. Nate überflog die wichtigsten Ergebnisse, während der Zeuge auf dem Gang rauchte.

»Was für ein Auto fahren Sie zur Zeit?« fragte Nate, als die Befragung wieder aufgenommen wurde. Er schlug jetzt eine andere Richtung ein.

»Einen Porsche.«

»Wann haben Sie den gekauft?«

»Den habe ich schon eine Weile.«

»Versuchen Sie bitte die Frage zu beantworten. Wann haben Sie ihn gekauft?«

»Vor ein paar Monaten.«

»Vor oder nach dem Tod Ihres Vaters?«

»Das weiß ich nicht mehr genau. Ich glaube, vorher.«

Nate hob einen Bogen Papier. »An welchem Tag ist Ihr Vater gestorben?«

»Mal sehen. Es war ein Montag, äh, der neunte Dezember, glaube ich.«

»Haben Sie den Porsche vor oder nach dem neunten Dezember gekauft?«

»Wie schon gesagt, ich glaube, vorher.«

»Wieder falsch. Haben Sie nicht am Dienstag, dem zehnten Dezember, die Firma Irving Motors in Arlington aufgesucht und dort zum Preis von rund neunzigtausend Dollar einen schwarzen Porsche Carrera Turbo 911 erworben?« Während Nate die Frage formulierte, hielt er den Blick auf das Blatt in seiner Hand gerichtet.

Troy Junior wand sich erkennbar und rutschte unruhig auf seinem Stuhl hin und her. Er sah hilfesuchend zu Hark hinüber, der die Achseln zuckte, als wolle er sagen: »Beantworten Sie die Frage. Er hat es schriftlich.«

»Ja.«

»Haben Sie an dem Tag noch weitere Autos gekauft?«

»Ja.«

»Wie viele?«

»Insgesamt zwei.«

»Zwei Porsches?«

»Ja.«

»Zum Gesamtbetrag von rund hundertachtzigtausend Dollar?«

»So etwa.«

»Wie haben Sie die Autos bezahlt?«

»Überhaupt nicht.«

»Heißt das, daß Irving Motors Ihnen die Autos geschenkt hat?«

»Nicht genau. Ich habe sie auf Kredit gekauft.«

»Waren Sie denn kreditwürdig?«

»Auf jeden Fall bei Irving Motors.«

»Und will die Firma ihr Geld?«

»Das denke ich schon.«

Nate nahm weitere Blätter zur Hand. »Sie hat sogar auf Herausgabe des Fahrzeugs geklagt, falls Sie nicht bezahlen, nicht wahr?«

»Ja.«

»Haben Sie den Porsche heute auf dem Weg hierher gefahren?«

»Ja. Er steht auf dem Parkplatz.«

»Wir wollen das mal festhalten. Am zehnten Dezember, einen Tag nach dem Tod Ihres Vaters, haben Sie die Firma Irving Motors aufgesucht und zwei teure Autos auf Kredit gekauft, und jetzt, zwei Monate später, haben Sie noch nichts bezahlt und werden auf Zahlung oder Herausgabe verklagt. Stimmt das so?«

Der Zeuge nickte.

»Das ist aber nicht der einzige Prozeß, in den Sie verwickelt sind, nicht wahr?«

»Nein«, sagte Troy Junior frustriert. Er tat Nate fast leid.

Eine Firma verlangte ihr Geld für gelieferte und nicht bezahlte Möbel, bei American Express stand er mit über fünfzehntausend Dollar in der Kreide. Eine Woche nach der Eröffnung von Troy Phelans Testament hatte eine Bank Troy Junior verklagt, der sie dazu überredet hatte, ihm fünfundzwanzigtausend Dollar auf keine andere Sicherheit als seinen Namen hin zu leihen. Nate besaß Kopien der entsprechenden Dokumente, und so gingen sie die Einzelheiten aller Verfahren gründlich durch.

Um fünf Uhr wurde erneut eine Vertagung beantragt. Wieder wurde dem Richter eine Mitteilung geschickt. Diesmal erschien er selbst und fragte, wieweit die Sache gediehen sei. »Wann werden Sie Ihrer Ansicht nach mit diesem Zeugen fertig sein?« fragte er Nate.

»Ein Ende ist nicht in Sicht«, sagte Nate, den Blick auf Junior gerichtet, der wie benommen schien und sich vermutlich nach einem ordentlichen Schluck Alkohol sehnte.

»Dann machen Sie bis sechs weiter«, sagte Wycliff.

»Können wir morgen um acht anfangen?« fragte Nate, als ginge es um einen Strandausflug.

»Halb neun«, entschied der Richter und ging.

Während der letzten Stunde bombardierte Nate seinen Zeugen mit beliebigen Fragen zu vielen Themen. Junior hatte nicht die geringste Vorstellung, was Nate damit beabsichtigte, der sich als Meister seines Fachs erwies. Wenn sich der Befragte gerade ein wenig sicher fühlte, schlug Nate einen anderen Kurs ein und konfrontierte ihn mit einem neuen Thema.

So wollte er wissen, wieviel Geld Junior vom 9. bis zum 27. Dezember, dem Tag der Testamentseröffnung, ausgegeben hatte. Welche Weihnachtsgeschenke er seiner Frau gekauft und wie er dafür bezahlt hatte. Was hatte er für seine Kinder gekauft? Zurück zu den fünf Millionen: Hatte er einen Teil des Geldes in Vermögenswerten oder Aktien angelegt? Wieviel Geld hatte Biff im letzten Jahr verdient? Warum hatte ihr erster Mann die Kinder zugesprochen bekommen? Wie viele verschiedene Anwälte hatte Junior seit dem Tode seines Vaters mit der Vertretung seiner Interessen beauftragt? So ging es weiter und weiter.

Um Punkt sechs Uhr erhob sich Hark und erklärte, daß die Befragung vertagt werde. Zehn Minuten später saß Troy Junior in einer drei Kilometer entfernten Hotelhalle an der Bar.

Nate verbrachte die Nacht im Gästezimmer der Staffords. Joshs Frau war zwar irgendwo im Hause, doch bekam er sie nicht zu sehen. Josh selbst hatte geschäftlich in New York zu tun.

Der zweite Tag der Befragung begann pünktlich. Die Besetzung war dieselbe, allerdings hatten sich die Anwälte deutlich legerer gekleidet. Junior trug einen roten Baumwollpullover.

Nate erkannte das Gesicht eines Betrunkenen – die Haut um die geröteten Augen war aufgedunsen, Wangen und Nase waren rot angelaufen, der Schweiß stand ihm auf der Stirn. So hatte sein eigenes Gesicht jahrelang ausgesehen. Der Kater gehörte ebenso zum Morgen danach wie die Dusche und die Zahnseide. Tabletten einnehmen, starken Kaffee trinken und viel Wasser. Wer dumm sein wollte, mußte auch hart gegen sich selbst sein.

»Ihnen ist klar, daß Sie nach wie vor vereidigt sind, Mr. Phelan?« begann er.

»Ja.«

»Stehen Sie unter dem Einfluß von Alkohol oder Drogen?«

»Nein, Sir.«

»Gut. Beschäftigen wir uns noch einmal mit dem neunten Dezember, dem Tag, an dem Ihr Vater gestorben ist. Wo befanden Sie sich, als ihn die drei Psychiater begutachtet haben?«

»Im Verwaltungsgebäude seiner Firma, in einem Besprechungsraum mit meinen Angehörigen.«

»Und Sie haben die gesamte Befragung verfolgt, nicht wahr?«

»Ja.«

»In dem Raum befanden sich zwei Farbfernseher mit einer Bildschirmdiagonale von sechsundsechzig Zentimetern. Stimmt das?«

»Wenn Sie das sagen. Ich habe nicht nachgemessen.«

»Aber Sie konnten sie auf jeden Fall sehen, oder?«

»Ja.«

»Und Ihre Sicht war unbehindert.«

»Ich hatte einen deutlichen Blick darauf. Ja.«

»Und Sie hatten auch allen Grund, Ihren Vater aufmerksam zu beobachten.«

»Ja.«

»Hatten Sie Schwierigkeiten zu hören, was er sagte?«

»Nein.«

Den Anwälten war klar, worauf Nate hinauswollte. Es war eine unangenehme Seite ihres Falles, die sich aber nicht vermeiden ließ. Jeder der sechs Nachkommen würde diesen Weg gehen müssen.

»Sie haben also die gesamte Befragung mit angesehen und mit angehört?«

»Ja.«

»Und Ihnen ist nichts entgangen?«

»Mir ist nichts entgangen.«

»Einer der drei Psychiater, nämlich Dr. Zadel, war von Ihnen und Ihren Angehörigen beauftragt worden, stimmt das?«

»Das stimmt.«

»Wer hat ihn ausgewählt?«

»Die Anwälte.«

»Sie haben Ihre Anwälte damit beauftragt, den Psychiater auszuwählen?«

»Ja.«

Zehn Minuten lang befragte Nate ihn, aufgrund welcher Kriterien die Familie Dr. Zadel für eine so entscheidende Befragung ausgewählt hatte, und bekam schließlich, was er wollte. Man hatte sich für Zadel entschieden, weil er nachdrücklich empfohlen worden war und über eine große Erfahrung verfügte.

»Waren Sie mit der Art und Weise zufrieden, wie er die Befragung gehandhabt hat?« fragte Nate.

»Ich glaube schon.«

»Gab es etwas an Dr. Zadels Verhalten, was Ihnen nicht gefallen hat?«

»Ich kann mich nicht erinnern.«

Der Weg zum Rand des Steilhangs ging weiter. Troy Junior gab zu, daß er mit der Befragung und mit Zadel selbst wie auch mit der Schlußfolgerung zufrieden gewesen sei, zu der die drei

Psychiater gelangt waren, und daß er das Gebäude mit der Überzeugung verlassen hatte, sein Vater wisse, was er tue.

»Und zu welchem Zeitpunkt nach der Befragung haben Sie erstmals am Geisteszustand Ihres Vaters gezweifelt?« fragte Nate.

»Als er gesprungen ist.«

»Also am neunten Dezember?«

»Ja.«

»Das heißt, Sie hatten sofort Zweifel?«

»Ja.«

»Und was hat Dr. Zadel zu Ihnen gesagt, als Sie diese Zweifel geäußert haben?«

»Ich habe nicht mit ihm gesprochen.«

»Ach nein?«

»Nein.«

»Wie oft haben Sie zwischen dem neunten und dem siebenundzwanzigsten Dezember, dem Tag, an dem das Testament im Gericht verlesen wurde, mit Dr. Zadel gesprochen?«

»Ich kann mich an kein einziges Mal erinnern.«

»Sind Sie irgendwann mit ihm zusammengetroffen?«

»Nein.«

»Haben Sie in seinem Büro angerufen?«

»Nein.«

»Haben Sie ihn seit dem neunten Dezember gesehen?«

»Nein.«

Nachdem ihn Nate an den Abgrund geführt hatte, war es Zeit, ihm einen Stoß zu geben. »Warum haben Sie Dr. Zadel gefeuert?«

Auf diese Frage war Junior in gewisser Weise vorbereitet worden. »Danach müssen Sie meinen Anwalt fragen«, sagte er und hoffte, Nate werde ihn eine Weile zufriedenlassen.

»Ich befrage nicht Ihren Anwalt, Mr. Phelan. Ich frage Sie, warum Sie Dr. Zadel gefeuert haben.«

»Danach müssen Sie die Anwälte fragen. Das ist Teil unserer Vorgehensweise.«

»Haben sich die Anwälte mit Ihnen in Verbindung gesetzt, bevor Dr. Zadel gefeuert wurde?«

»Das weiß ich nicht. Ich kann mich nicht daran erinnern.«

»Ist es Ihnen recht, daß Dr. Zadel nicht mehr für Sie tätig ist?«

»Natürlich.«

»Warum?«

»Weil er sich geirrt hat. Sehen Sie, mein Vater war ein Meister darin, andere Leute hinters Licht zu führen. So hat er es sein Leben lang gemacht, und auch bei der Befragung durch die Psychiater. Immerhin ist er anschließend von der Dachterrasse gesprungen. Er hat Zadel und die anderen reingelegt, und sie sind ihm auf den Leim gegangen. Es ist ganz klar, daß er verrückt gewesen sein muß.«

»Weil er gesprungen ist?«

»Ja, weil er gesprungen ist, weil er sein Geld irgendeinem unbekannten Menschen hinterlassen und nicht den geringsten Versuch gemacht hat, sein Vermögen vor der Erbschaftssteuer in Sicherheit zu bringen. Er muß schon eine ganze Weile den Verstand verloren haben. Was glauben Sie, warum wir diese Befragung angesetzt hatten? Wenn er nicht verrückt gewesen wäre, wären dann drei Psychiater nötig gewesen, die ihn auf seinen Geisteszustand überprüfen sollten, bevor er sein Testament unterzeichnete?«

»Aber die drei haben gesagt, daß alles in Ordnung war.«

»Ja, und damit haben sie völlig falsch gelegen. Er ist über das Terrassengeländer gesprungen. Leute, die bei klarem Verstand sind, tun so was nicht.«

»Und was wäre, wenn Ihr Vater das andere Testament und nicht das eigenhändige unterschrieben hätte und anschließend gesprungen wäre? Wäre er dann auch verrückt gewesen?«

»Dann wären wir nicht hier.«

Das war die einzige Gelegenheit während seines zweitägigen Martyriums, bei der Troy Junior ein Unentschieden herausholte. Nate war klar, daß er jetzt besser weitermachte und später noch einmal darauf zurückkäme.

»Lassen Sie uns über die Roosters Inns sprechen«, erklärte er, und Troy Juniors Schultern sanken eine Handbreit. Dabei handelte es sich lediglich um eine seiner weiteren Unternehmungen, mit denen er finanziellen Schiffbruch erlitten hatte. Nate wollte alle noch so unbedeutenden Einzelheiten wissen. Ein Bankrott führte zum nächsten, und sobald man auf einen dieser Fälle zu sprechen kam, würde automatisch nach den anderen gefragt.

Junior hatte ein trauriges Leben geführt. Zwar fiel es Nate schwer, mit ihm zu fühlen, doch war ihm klar, daß der arme Kerl nie einen Vater gehabt hatte. Er hatte sich nach dessen Anerkennung gesehnt, doch sie war ihm stets versagt geblieben. Soweit Nate von Josh wußte, hatte es Troy Phelan großes Vergnügen bereitet, wenn eine Unternehmung seiner Kinder fehlschlug.

Am zweiten Tag entließ er seinen Zeugen um halb sechs. Der nächste war Rex. Er hatte schon den ganzen Tag auf dem Gang gewartet und war höchst aufgebracht, als er hörte, daß er wieder vergeblich gekommen war.

Josh war aus New York zurück, und Nate aß gemeinsam mit ihm zu Abend.

FÜNFUNDVIERZIG

Rex Phelan hatte den größten Teil des Vortags vom Gang aus telefoniert, während sich Nate O'Riley seinen Bruder vornahm. Er hatte genug Prozesse hinter sich, um zu wissen, daß sie vor allem die Fähigkeit zu warten voraussetzen: Man mußte auf Anwälte warten, auf Richter, auf Zeugen, auf Gutachter, auf Prozeßtermine für Berufungsinstanzen. Wenn es dann endlich soweit ist, wartet man auf dem Gang, bis man an der Reihe ist, selbst auszusagen. Als er die Rechte hob und schwor, die Wahrheit zu sagen, empfand er Nate gegenüber bereits eine tiefe Abneigung.

Hark und Troy Junior hatten ihm klargemacht, was ihm bevorstand. Der Anwalt O'Riley, hatten sie gesagt, gehe einem unter die Haut und setze sich da fest wie eine Eiterbeule.

Wieder begann Nate mit Fragen, die sein Opfer zur Weißglut bringen sollten, und binnen zehn Minuten erfüllte eine feindselige Atmosphäre den Raum. Drei Jahre lang hatte das FBI Rex im Visier gehabt. Eine Bank, in die Rex investiert hatte und in deren Vorstand er saß, hatte 1990 Bankrott angemeldet. Dabei hatten Anleger ihr Geld verloren. Prozesse zogen sich über Jahre hin, ohne daß ein Ende in Sicht war. Der Vorstandssprecher der Bank saß im Gefängnis, und Fachleute waren der Ansicht, als nächster sei Rex an der Reihe. Es gab genug schmutzige Wäsche, um Nate stundenlang zu beschäftigen.

Es schien ihm Spaß zu machen, Rex immer wieder daran zu erinnern, daß er unter Eid stehe. Außerdem ständen die Chancen nicht schlecht, daß das FBI Einblick in das Protokoll dieser Befragung nehmen werde.

Der Nachmittag war schon ziemlich weit fortgeschritten, als Nate endlich zu den Striptease-Clubs kam, von denen Rex im Gebiet von Fort Lauderdale sechs besaß, auch wenn sie auf den Namen seiner Frau eingetragen waren. Er hatte sie von einem

Mann gekauft, der später bei einem Schußwechsel getötet worden war. Sie waren als Thema der Befragung einfach unwiderstehlich, und Nate ging sie eins nach dem anderen durch und stellte hundert Fragen dazu: Lady Luck, Lolita's, Club Tiffany und wie sie alle hießen. Er fragte nach den dort tätigen Damen, wollte wissen, woher sie stammten, wieviel sie verdienten, ob sie Drogen nahmen und, falls ja, welche, ob sie die Gäste berührten und vieles weitere. Er stellte eine Frage nach der anderen über die wirtschaftlichen Hintergründe dieser Art von Betrieb. Nachdem er drei Stunden lang mit größter Sorgfalt ein Bild des schmuddeligsten Geschäfts auf der Welt gezeichnet hatte, fragte er: »Hat Ihre gegenwärtige Frau nicht in einem solchen Club gearbeitet?«

Zwar entsprach das den Tatsachen, doch konnte Rex das nicht so ohne weiteres sagen. Sein Hals verfärbte sich leuchtend rot, und einen Augenblick lang sah es so aus, als wolle er über den Tisch springen.

»Als Buchhalterin«, sagte er mit zusammengebissenen Zähnen.

»Hat sie je getanzt, ich meine, auf den Tischen?«

Wieder trat eine Pause ein, während Rex mit den Fingern die Tischkante umkrallte. »Ganz bestimmt nicht.« Es war eine Lüge, und jeder im Raum wußte das.

Nate blätterte einige Papiere durch, um der Wahrheit auf die Spur zu kommen. Alle sahen aufmerksam zu und rechneten mehr oder weniger damit, daß er ein Foto herausziehen würde, das Amber mit hochhackigen Schuhen und in einem String-Tanga zeigte.

Wieder einmal wurde die Befragung um sechs Uhr vertagt, mit der Aussicht, daß es am nächsten Morgen weiterging. Als die Videokamera abgeschaltet war und die Protokollbeamtin ihre Stenomaschine wegräumte, blieb Rex in der Tür stehen, wies mit dem Finger auf Nate und sagte: »Keine weiteren Fragen über meine Frau, verstanden?«

»Das ist unmöglich. Alle Vermögenswerte sind auf ihren Namen eingetragen.« Nate wedelte mit einem Stapel Papiere, als hätte er das alles schriftlich. Hark schob seinen Mandanten durch die Tür.

Während Nate eine Stunde lang allein am Tisch saß und seine Notizen durchging, wünschte er sich, er säße in St. Michaels auf der Veranda des Häuschens mit dem herrlichen Blick auf die Bucht. Er mußte unbedingt mit Phil sprechen.

Das ist dein letzter Fall, sagte er sich immer wieder. Und du tust es für Rachel.

Am folgenden Tag fragten sich die Anwälte gegen Mittag, ob die Befragung Rex' drei oder vier Tage dauern würde. Gegen ihn lagen vollstreckbare Forderungen in Höhe von mehr als sieben Millionen Dollar vor, doch waren den Gläubigern die Hände gebunden, weil all seine Vermögenswerte auf seine Frau Amber eingetragen waren, die ehemalige Stripperin. Nate nahm eins der Vollstreckungsurteile nach dem anderen zur Hand, legte sie vor sich, betrachtete sie aus jedem denkbaren Blickwinkel und legte sie dann in die Akte zurück, wo sie bleiben würden oder auch nicht. Die Zähigkeit, mit der die Befragung voranging, machte jeden verrückt, außer Nate, der es irgendwie schaffte, seiner Aufgabe mit ernster Miene nachzugehen.

Im Lauf der Nachmittagssitzung kam er auf Troys Sprung und die Ereignisse zu sprechen, die dazu geführt hatten. Dabei verfolgte er die gleiche Taktik wie bei der Befragung Juniors, und es war deutlich zu sehen, daß Rex von Hark vorbereitet worden war. Seine Antworten auf die Fragen, die Nate zu Dr. Zadel stellte, waren einstudiert, aber zutreffend. Rex hielt sich an die einmal eingeschlagene Richtung – es sei klar, daß alle drei Psychiater unrecht haben mußten, denn wenige Minuten nach der Befragung sei Troy in den Tod gesprungen.

Sie gelangten auf vertrauteres Gebiet, als Nate ihn nach seiner unglückseligen beruflichen Laufbahn in der Phelan-Gruppe befragte. Anschließend verbrachten sie zwei qualvolle Stunden mit Fragen darüber, wohin die fünf Millionen verschwunden waren, die Rex als väterliche Starthilfe ins Leben erhalten hatte.

Um halb sechs erklärte Nate unvermittelt, er sei fertig, und verließ den Raum.

Zwei Zeugen in vier Tagen. Zwei Männer, deren Innerstes nach außen gekehrt und auf Videobändern bloßgelegt worden war. Es war kein erhebender Anblick. Die Phelan-Anwälte strebten ihren Autos entgegen und fuhren davon. Möglicherweise lag das Schlimmste hinter ihnen, vielleicht aber stand es ihnen auch noch bevor.

Ihre Mandanten waren in der Kindheit maßlos verzogen und von ihrem Vater nicht beachtet worden. Später hatte er ihnen in einem Alter, in dem sie mit Geld noch nicht umgehen konnten, einen gewaltigen Betrag zur Verfügung gestellt und erwartet, daß sie damit reüssierten. Die Schuld daran, daß sie nichts daraus zu machen verstanden, trug nach einhelliger Ansicht aller Phelan-Anwälte Troy.

Libbigail wurde am Freitag morgen hereingeführt und auf den Ehrenplatz gesetzt. Ihr Kopf war an den Seiten fast kahlgeschoren, und oben auf dem Kopf waren etwa zweieinhalb Zentimeter lange graue Haare stehengeblieben, eine Art Bürstenhaarschnitt. Billiger Schmuck an Hals und Armen klirrte, als sie die Hand zum Schwur hob.

Sie sah Nate voll Entsetzen an. Ihre Brüder hatten sie auf das Schlimmste vorbereitet.

Aber es war Freitag, und Nates Bedürfnis, die Stadt zu verlassen, war dringender als das eines Hungrigen, der etwas zu essen brauchte. Er lächelte ihr zu und begann mit einfachen Fragen zu ihrem Lebenslauf: Kinder, Jobs, Ehen. Eine halbe Stunde lang verlief alles angenehm. Dann begann er, ihre Vergangenheit zu erforschen. Als er sie fragte: »Wie oft haben Sie eine Alkohol- oder Drogenentziehungskur mitgemacht?« war sie entsetzt. Darauf sagte er: »Ich habe das selbst viermal durchgemacht, Sie brauchen sich also nicht zu schämen.« Sein Freimut entwaffnete sie.

»Ich weiß es wirklich nicht mehr genau«, sagte sie. »Aber ich bin seit sechs Jahren nicht rückfällig geworden.«

»Großartig«, sagte Nate, gleichsam von einem Süchtigen zum anderen. »Gut für Sie.«

Danach sprachen die beiden über alles, als wären sie allein. Nate mußte sie nach privaten Dingen fragen und bat dafür um Entschuldigung. Er erkundigte sich nach dem Verbleib ihrer fünf Millionen, und sie erzählte, durchaus nicht ohne Humor, Geschichten von guten Drogen und schlechten Männern. Im

Unterschied zu ihren Brüdern hatte Libbigail einen festen Halt im Leben gefunden. Er hieß Spike, ein früherer Motorradfahrer, der ebenfalls Entziehungskuren durchgemacht hatte. Sie lebten in einem kleinen Haus in einem Vorort von Baltimore.

»Was würden Sie tun, wenn Sie ein Sechstel des Nachlasses Ihres Vaters bekämen?« fragte Nate.

»Erst einmal richtig einkaufen«, sagte sie. »Das würde wohl jeder tun, Sie bestimmt auch. Aber diesmal würde ich vernünftig mit dem Geld umgehen, wirklich vernünftig.«

»Was würden Sie als erstes kaufen?«

»Die größte Harley, die es gibt, für Spike. Dann ein hübscheres Haus als unser jetziges, aber keine protzige Villa.« Ihre Augen glänzten, während sie das Geld ausgab.

Ihre Befragung dauerte keine zwei Stunden. Auf sie folgte ihre Schwester Mary Ross Phelan Jackman, die Nate ebenfalls anstarrte, als hätte er Reißzähne. Von den fünf erwachsenen Phelan-Kindern war Mary Ross als einzige noch mit ihrem ersten Ehepartner zusammen, einem Orthopäden, für den es aber schon die zweite Ehe war. Sie war geschmackvoll gekleidet und trug hübschen Schmuck.

Die Antworten auf die ersten Fragen ergaben, daß auch sie sich übermäßig lange auf dem College herumgedrückt hatte, doch ohne Drogensucht, Verhaftungen oder Zwangsexmatrikulation. Mit dem väterlichen Geld war sie drei Jahre lang in die Toskana und zwei weitere Jahre nach Nizza gezogen. Mit achtundzwanzig hatte sie den Orthopäden geheiratet, dann zwei Kinder bekommen. Die Mädchen waren inzwischen sieben und fünf Jahre alt. Wieviel von den fünf Millionen noch vorhanden war, ließ sich nicht genau feststellen. Ihr Mann kümmerte sich um die Bankgeschäfte, und Nate vermutete, daß sie zu den Leuten gehörten, die zwar wohlhabend sind, aber enorme Schulden haben. Das von Josh zur Verfügung gestellte Material über Mary Ross führte ein großes Haus und teure Importwagen, eine Eigentumswohnung in Florida und ein geschätztes Jahreseinkommen des Orthopäden von 750 000 Dollar auf. Er zahlte jeden Monat zwanzigtausend an eine Bank, seine Abzahlungsrate für ein fehlgeschlagenes Unternehmen, bei dem er gemeinsam mit einem Partner sämtliche

Autowaschanlagen im nördlichen Teil Virginias in seine Hand hatte bringen wollen.

Außerdem besaß der Orthopäde eine Wohnung in Alexandria, wo er eine Geliebte unterhielt. Man sah Mary Ross und ihren Mann nur selten zusammen. Nate beschloß, nicht darauf einzugehen. Mit einem Mal hatte er es eilig, achtete aber sehr darauf, das nicht zu zeigen.

Ramble schlurfte nach der Mittagspause mit seinem Anwalt Yancy herein, der offensichtlich völlig durcheinander war, weil sein Mandant ein intelligentes Gespräch führen sollte. Inzwischen waren die Haare des Jungen leuchtend rot, was irgendwie zu seinen Pickeln paßte. Sein ganzes Gesicht schien seiner Piercing-Sucht zum Opfer gefallen zu sein, alles saß voller Ringe und Stecker. Den Kragen seiner schwarzen Lederjacke hatte er hochgeschlagen wie James Dean, so daß er an seine Ohrringe stieß.

Nach wenigen Fragen war klar, daß der Junge so dumm war, wie er aussah. Da er bisher noch keine Gelegenheit gehabt hatte, Geld zu verschleudern, stellte ihm Nate kaum eine Frage dazu. Sie einigten sich darauf, daß er selten zur Schule ging, allein im Keller lebte, noch nie Geld verdient hatte, gern Gitarre spielte und schon bald ein richtiger Rockstar sein wollte. Seine neue Gruppe trug den passenden Namen Demon Monkeys, doch war er nicht sicher, ob es klug war, unter diesem Namen Aufnahmen zu machen. Er trieb keinen Sport, hatte noch nie eine Kirche von innen gesehen, sprach so wenig wie möglich mit seiner Mutter und sah am liebsten MTV, wenn er nicht schlief oder Musik machte.

Diesen verkorksten Jungen zu therapieren würde eine Milliarde Dollar kosten, dachte Nate bei sich. Er war in weniger als einer Stunde mit ihm fertig.

Die letzte Zeugin der Woche war Geena. Vier Tage nach dem Tod ihres Vaters hatte sie mit ihrem Mann Colby den Kaufvertrag für ein Haus unterschrieben, das knapp vier Millionen Dollar gekostet hatte. Als Nate sie unmittelbar nach ihrer Vereidigung damit konfrontierte, begann sie zu stottern und hilflose Blicke zu ihrer Anwältin Ms. Langhorne hinüberzuwerfen, die ebenso überrascht war wie sie selbst. Diesen Vertrag hatte ihre Mandantin ihr verschwiegen.

»Wie wollten Sie für das Haus zahlen?« fragte Nate.

Die Antwort lag auf der Hand, das aber durfte sie auf keinen Fall zugeben. »Wir haben Geld«, sagte sie trotzig und öffnete Nate damit eine Tür, die er sofort weit aufstieß.

»Dann wollen wir über Geld reden«, sagte er lächelnd. »Sie sind dreißig Jahre alt und haben vor neun Jahren fünf Millionen Dollar bekommen, nicht wahr?«

»Ja.«

»Wieviel davon ist noch da?«

Sie kämpfte lange mit der Antwort, denn die war nicht einfach. Cody, erklärte sie, habe viel Geld verdient, und sie hätten einen Teil investiert, vieles ausgegeben, es sei alles so verwickelt, man könne nicht einfach auf den gegenwärtigen Kontostand sehen und sagen, daß von den fünf Millionen noch so und so viel übrig sei. Nate reichte ihr den Strick, an dem sie sich gehorsam aufhängte.

»Wieviel Geld befindet sich gegenwärtig auf Ihren Konten und denen Ihres Mannes?« fragte er.

»Das müßte ich nachsehen.«

»Nur schätzungsweise.«

»Sechzigtausend Dollar.«

»Und was haben Sie an Haus- und Grundbesitz?«

»Nur unser Haus.«

»Wieviel ist das zur Zeit wert?«

»Das müßte ich feststellen lassen.«

»Raten Sie einfach. Sagen Sie irgendeine Zahl, die Ihnen zuzutreffen scheint.«

»Dreihunderttausend.«

»Und wie hoch ist die Hypothek darauf?«

»Zweihunderttausend.«

»Auf welchen Wert veranschlagen Sie in etwa Ihren Aktienbesitz?«

Sie kritzelte einige Zahlen und schloß die Augen. »Rund zweihunderttausend.«

»Verfügen Sie über weitere bedeutende Vermögenswerte?«

»Eigentlich nicht.«

Nate rechnete rasch. »Das heißt, daß nach neun Jahren von Ihren fünf Millionen so ungefähr drei- bis vierhunderttausend Dollar übriggeblieben sind. Stimmt das?«

»Das kann nicht sein. Ich meine, das kommt mir ziemlich wenig vor.«

»Sagen Sie uns doch bitte noch einmal, wie Sie das Geld für das neue Haus aufbringen wollten?«

»Durch Codys Arbeit.«

»Was ist mit dem Nachlaß Ihres verstorbenen Vaters? Haben Sie je daran gedacht?«

»Vielleicht ein bißchen.«

»Inzwischen hat Sie der Verkäufer des Hauses verklagt, nicht wahr?«

»Ja, wir haben aber Gegenklage eingereicht. Es gibt eine Reihe von Dingen zu klären.«

Sie wich seinen Fragen aus und war rasch mit Halbwahrheiten bei der Hand. Nate kam zu dem Ergebnis, daß sie sich von allen Phelan-Nachkommen als die gefährlichste erweisen konnte. Sie gingen Codys Unternehmungen durch, und es zeigte sich rasch, wo das Geld geblieben war. Er hatte im Jahre 1992 eine Million im Kupfertermingeschäft verloren, eine weitere halbe Million in ein Projekt gesteckt, bei dem er mit tiefgekühlten Hähnchen reich werden wollte, und das Geld ebenfalls verloren. Eine Anlage zur Zucht von Angelwürmern in Georgia hatte ihm einen Verlust von sechshunderttausend Dollar eingetragen, als eine Hitzewelle alle Würmer dahinraffte.

Cody wie Geena waren unreif, führten mit dem Geld eines Dritten ein sorgloses Leben und träumten davon, eines Tages den ganz großen Erfolg zu landen.

Am Ende ihrer Befragung erklärte sie, ohne mit der Wimper zu zucken, daß ihre Anfechtungsklage gegen das Testament nicht das geringste mit Geld zu tun habe. Nate ließ sie gewähren. Sie fügte hinzu, daß sie ihren Vater sehr geliebt habe, wie er übrigens auch sie, und daß er seine Kinder im Testament bedacht hätte, wenn er bei klarem Verstand gewesen wäre. Daß er einer Unbekannten alles hinterlassen habe, sei ein klarer Hinweis auf seine Geisteskrankheit. Ihr einziges Bestreben sei es, für den guten Ruf ihres Vaters zu kämpfen.

Es war eine gut einstudierte Ansprache, die niemanden überzeugte. Nate ließ es dabei bewenden. Es war fünf Uhr am Freitag nachmittag, und er hatte keine Lust mehr zu kämpfen.

Als er die Stadt verließ und sich durch den dichten Verkehr auf dem Interstate 95 in Richtung Baltimore vorarbeitete, dachte er an die Kinder Troy Phelans. Er hatte so tief in ihr Leben geblickt, daß es ihm peinlich war. Er empfand Mitleid mit ihnen, es tat ihm leid, daß sie ohne Werte aufgewachsen waren, daß sich ihr sinnloses Leben um nichts als Geld drehte.

Doch er war überzeugt, daß Troy sehr wohl gewußt hatte, was er tat, als er sein handschriftliches Testament aufsetzte. Größere Geldbeträge in den Händen seiner Kinder würden das reinste Chaos und unvorstellbares Leid hervorrufen. Er hatte sein Vermögen Rachel vermacht, die nichts davon wissen wollte, und die anderen ausgeschlossen, denen der Sinn nach nichts anderem stand.

Nate war entschlossen, für die Gültigkeit von Troys letztem Testament zu kämpfen, doch war ihm durchaus klar, daß niemand, der auf der nördlichen Halbkugel lebte, darüber entscheiden würde, was am Ende mit dem Geld geschah.

Er erreichte St. Michaels ziemlich spät. Als er an der Dreifaltigkeitskirche vorüberkam, hatte er das Bedürfnis anzuhalten, hineinzugehen, niederzuknien und Gott im Gebet um Vergebung für die Sünden zu bitten, die er im Laufe der Woche auf sich geladen hatte. Nach fünf Tagen der Befragung war ein solches Sündenbekenntnis ebenso dringend erforderlich wie ein heißes Bad.

SECHSUNDVIERZIG

Als geplagter Großstadtanwalt hatte Nate nie gelernt, ruhig irgendwo zu sitzen, während Phil in dieser Fertigkeit viel Übung besaß. Zwei ältere Männer seiner Gemeinde erwarteten von Phil, daß er einmal in der Woche vorbeikam und sich eine Stunde zu ihnen setzte, während sie am Kamin dösten. Ein Gespräch war angenehm, aber nicht erforderlich. Es genügte, einfach dazusitzen und die Stille zu genießen. Wenn ein Gemeindemitglied erkrankte, wurde vom Pfarrer erwartet, daß er die Familie besuchte und längere Zeit im Hause verbrachte, bei Todesfällen tröstete er die Hinterbliebenen, und wann immer jemand aus der Nachbarschaft ins Pfarrhaus kam, setzten sich Laura und er mit dem Besucher hin und plauderten, ganz gleich, welche Tageszeit es sein mochte. Bisweilen saßen sie auch ganz allein auf der Veranda in der Schaukel.

Doch Nate holte rasch auf. Er setzte sich in einem dicken Pullover mit Phil auf die Stufen vor dem Häuschen der Staffords und trank mit ihm Kakao, den er in der Mikrowelle heiß gemacht hatte. Dabei ließen sie den Blick auf der Bucht ruhen, die sich unter ihnen erstreckte, auf dem kleinen Hafen und dem schaumgekrönten Meer dahinter. Gelegentlich sagten sie etwas, aber meist wurde geschwiegen. Phil wußte, daß sein Gefährte eine anstrengende Woche hinter sich hatte. Inzwischen hatte Nate ihn in die meisten Einzelheiten der Erbschaftssache Phelan eingeweiht. Sie vertrauten einander.

»Ich möchte eine kleine Reise unternehmen«, kündigte Nate ruhig an. »Wollen Sie mitkommen?«

»Wohin?«

»Ich muß meine Kinder sehen. Wahrscheinlich fahre ich zuerst nach Salem in Oregon. Da wohnen meine beiden jüngsten, Austin und Angela. Mein älterer Sohn studiert an der Northwestern University in Evanston, und seine jüngere Schwester Kaitlin in Pittsburgh. Es wird eine hübsche kleine Rundreise.«

»Wie lange soll sie dauern?«

»Ich habe keine Eile. Zwei Wochen. Ich fahre mit dem Auto.«

»Wann haben Sie sie zuletzt gesehen?«

»Die beiden aus der ersten Ehe schon über ein Jahr nicht. Mit den Kleinen habe ich im Juli ein Spiel der Orioles besucht. Dabei habe ich mich betrunken. Ich wußte nicht mal mehr, daß ich anschließend nach Arlington zurückgefahren war.«

»Fehlen sie Ihnen?«

»Na klar. Eigentlich hab ich nie viel Zeit mit ihnen verbracht. Ich weiß kaum etwas über sie.«

»Sie haben viel gearbeitet.«

»Das stimmt, und noch mehr getrunken. Ich war nie zu Hause. Wenn ich mir ab und zu etwas freie Zeit gegönnt hab, bin ich mit den Kollegen nach Las Vegas gefahren, habe Golf gespielt oder war zum Hochseeangeln auf den Bahamas. Die Kinder habe ich nie mitgenommen.«

»Daran können Sie nichts ändern.«

»Nein. Warum kommen Sie nicht mit? Wir können uns stundenlang unterhalten.«

»Vielen Dank, aber das geht nicht. Ich habe da unten im Keller endlich etwas in Gang gebracht und möchte nicht aus dem Tritt kommen.«

Nate hatte einige Stunden zuvor einen Blick in den Keller geworfen. Der Pfarrer schien dort unten tatsächlich mit der Arbeit vorangekommen zu sein.

Phils und Lauras einziges Kind war ein Sohn von gut zwanzig Jahren, der das College ohne Abschluß verlassen hatte und sich irgendwo an der Westküste herumtrieb. Laura hatte einmal beiläufig gesagt, sie hätten keine Ahnung, wo. Er hatte sich seit über einem Jahr nicht zu Hause gemeldet.

»Rechnen Sie damit, daß Ihre Reise ein Erfolg wird?« fragte Phil.

»Ich habe keine Ahnung, womit ich rechnen soll. Ich möchte meine Kinder in den Arm nehmen und um Entschuldigung dafür bitten, daß ich ein so schlechter Vater war, aber ich weiß nicht recht, ob ihnen das jetzt hilft.«

»Ich würde das lassen. Daß Sie ein schlechter Vater waren, wissen sie selbst. Zerknirschung nützt da überhaupt nichts. Aber es ist wichtig, daß Sie da sind und den ersten Schritt zu einer neuen Beziehung unternehmen.«

»Ich habe meinen Kindern gegenüber so schrecklich versagt.«

»Sie können sich nicht gut selbst dafür schlagen, Nate. Sie dürfen die Vergangenheit vergessen. Gott hat es bestimmt vergessen. Paulus hat Christen getötet, bevor er selbst einer wurde, und er hat sich für seine früheren Taten nicht gegeißelt. Alles ist vergeben. Zeigen Sie Ihren Kindern, was Sie jetzt sind.«

Ein kleines Fischerboot verließ den Hafen und fuhr in die Bucht hinaus. Es war der einzige bewegliche Punkt auf dem Bild, das sie sahen, und sie beobachteten es mit gespannter Aufmerksamkeit. Nate mußte an Jevy und Welly denken, die vermutlich gerade mit einer *chalana* voller landwirtschaftlicher Erzeugnisse und anderer Waren den Paraguay befuhren und vom stetigen Takt des Diesels immer tiefer ins Pantanal getrieben wurden. Jevy würde am Steuerruder stehen und Welly auf der Gitarre klimpern. Bestimmt herrschte in ihrer Welt Frieden.

Später, lange nachdem Phil ins Pfarrhaus zurückgekehrt war, setzte sich Nate ans Kaminfeuer und begann einen weiteren Brief an Rachel. Es war der dritte. Nachdem er geschrieben hatte, »Samstag, 22. Februar«, fuhr er fort: »Liebe Rachel, ich habe soeben eine sehr unerfreuliche Woche mit Ihren Halbgeschwistern zugebracht.«

Er schilderte ihr die Brüder und Schwestern, begann mit Troy Junior und endete drei Seiten später mit Ramble. Er machte kein Hehl aus ihren Schwächen und dem Schaden, den sie sich selbst und anderen antun würden, wenn sie das Geld bekämen. Doch er zeigte zugleich, daß er Mitleid für sie empfand.

Er legte einen für die Missionsgesellschaft bestimmten Scheck über fünftausend Dollar bei, der die Kosten für ein Boot, einen Motor, Medikamente und Verbandsmittel decken sollte, und teilte ihr mit, es stehe noch weit mehr Geld zur Verfügung, wenn sie welches brauche. Ihr Vermögen werfe täglich etwa zwei Millionen Dollar an Zinsen ab, Geld, mit dem sich viel Gutes tun lasse.

Als Hark Gettys und seine Mitverschwörer auf die Dienste von Dr. Flowe, Dr. Zadel und Dr. Theishen verzichteten, begingen sie einen schweren Fehler. Die Anwälte hatten den Psychiatern Vorwürfe gemacht, sie beleidigt und nicht wiedergutzumachenden Schaden angerichtet.

Die neu verpflichteten Psychiater konnten ihr Urteil auf Sneads jüngste Aussagen stützen. Flowe, Zadel und Theishen hatten diesen Vorteil nicht gehabt. Als Nate sie am Montag befragte, befolgte er bei allen dreien die gleiche Taktik. Er begann mit Zadel und zeigte ihm das Videoband, das bei Troy Phelans Begutachtung aufgenommen worden war. Er fragte ihn, ob er irgendeinen Grund sehe, seine Meinung zu ändern. Wie nicht anders zu erwarten, verneinte Zadel die Frage. Wenige Stunden nach der Videoaufnahme und dem Selbstmord hatten die Psychiater auf Betreiben Harks und der anderen Phelan-Anwälte ihr achtseitiges Gutachten abgefaßt und mit einer eidesstattlichen Versicherung unterzeichnet. Nate forderte Zadel nunmehr auf, es der Protokollbeamtin des Gerichts vorzulesen.

»Haben Sie irgendeinen Grund, von einer der in diesem Gutachten enthaltenen Ansichten abzurücken?« fragte Nate.

»Nein«, sagte Zadel mit einem Blick auf Hark.

»Heute ist der vierundzwanzigste Februar: Ihre Begutachtung Mr. Phelans liegt also über zwei Monate zurück. Sind Sie zum gegenwärtigen Zeitpunkt der Ansicht, daß sein damaliger Geisteszustand die Abfassung eines gültigen Testaments zuließ?«

»Allerdings«, sagte Zadel und lächelte Hark an.

Flowe und Theishen lächelten ebenfalls; es schien beide aufrichtig zu freuen, den Anwälten, die sie zuerst beauftragt und ihnen dann den Auftrag wieder entzogen hatten, Schwierigkeiten machen zu können. Nate zeigte einem nach dem anderen das Videoband, stellte jedem dieselben Fragen und bekam dieselben Antworten. Jeder verlas das gemeinsam abgefaßte

Gutachten für das Protokoll. Am Montag nachmittag um vier wurde die Befragung vertagt.

Pünktlich um halb neun am nächsten Morgen wurde Snead in den Raum geführt und auf den Ehrenplatz gesetzt. Zu seinem braunen Anzug trug er eine Fliege, die ihm eine unverdiente intellektuelle Note verlieh. Die Anwälte hatten große Sorgfalt auf die Auswahl seiner Kleidung verwendet. Sie hatten den Armen wochenlang programmiert und auf seine Rolle festgelegt, bis er selbst daran zweifelte, ob er auch nur ein einziges spontanes oder ehrliches Wort herausbringen würde. Jede Silbe mußte sitzen. Er mußte Zuversicht ausstrahlen, durfte aber zugleich nicht im entferntesten den Verdacht erwecken, überheblich zu sein. Er und er allein bestimmte, was als zutreffend zu gelten hatte, und daher war von grundlegender Bedeutung, daß alles, was er sagte, glaubwürdig war.

Josh kannte Snead seit vielen Jahren. Oft hatte Mr. Phelan davon gesprochen, daß er sein Faktotum loswerden wollte. Lediglich in einem einzigen der elf Testamente, die Josh für Troy Phelan ausgearbeitet hatte, war der Name Malcolm Snead aufgetaucht. Darin war ihm eine Million Dollar zugedacht gewesen, doch hatte ein Monate später abgefaßtes neues Testament diese Zuwendung rückgängig gemacht. Mr. Phelan hatte seinen Namen gestrichen, weil Snead sich erkundigt hatte, mit wieviel Geld er nach seinem Ableben rechnen dürfe.

Snead war für den Geschmack seines Arbeitgebers zu sehr hinter dem Geld her gewesen. Daß sein Name auf der Zeugenliste derjenigen stand, die das Testament anfochten, konnte nur einen Grund haben – Geld. Er wurde für seine Aussage bezahlt, und das wußte Josh. Zwei Wochen der Beschattung durch einen Privatdetektiv hatten ergeben, daß sich Snead einen neuen Range Rover zugelegt, eine Flugreise nach Rom in der ersten Klasse gegönnt und eine Wohnung in einem Gebäude gemietet hatte, in dem die Mieten bei achtzehnhundert Dollar pro Monat begannen.

Snead saß vor der Videokamera und fühlte sich einigermaßen sicher. Er hatte den Eindruck, ein volles Jahr lang nichts anderes getan zu haben, als in eine Videokamera zu blicken. Den ganzen Samstag und den halben Sonntag war er in Harks

Kanzlei noch einmal auf Herz und Nieren geprüft worden. Er hatte sich die Videoaufnahmen seiner Aussagen stundenlang angesehen und Dutzende von Seiten erdachter Ereignisse aus den letzten Tagen von Troy Phelans Leben zu Papier gebracht. Außerdem hatte er mit der hirnlosen Puppe Nicolette geprobt.

Snead war bereit. Die Anwälte hatten vorausgesehen, daß man ihn fragen würde, ob Geld im Spiel sei, und ihn angewiesen, zu lügen, wenn man ihn fragte, ob er für seine Aussagen bezahlt werde. So einfach war das. Es gab keine andere Möglichkeit. Snead mußte bestreiten, die halbe Million bekommen zu haben, die er bereits hatte, wie auch, daß er im Falle eines günstigen Ausgangs weitere viereinhalb Millionen Dollar bekommen würde. Er mußte die Existenz des zwischen ihm und den Anwälten geschlossenen Vertrags bestreiten. Da er über Mr. Phelan log, konnte er sicher auch über das Geld lügen.

Nate stellte sich vor und fragte dann mit lauter Stimme: »Mr. Snead, wieviel Geld bekommen Sie für Ihre Aussage?«

Sneads Anwälte hatten mit der Frage gerechnet: »Bekommen Sie Geld für Ihre Aussage?« Die mit Snead einstudierte Antwort darauf lautete: »Nein, natürlich nicht!« Aber auf die Frage, die jetzt noch im Raume hing, fiel ihm keine rasche Antwort ein. Er zögerte und schien lautlos zu keuchen, während er verzweifelt zu Hark hinübersah, der wie versteinert und mit starrem Blick dasaß.

Man hatte Snead darauf hingewiesen, daß sich Mr. O'Riley gründlich vorbereiten und den Anschein erwecken würde, schon alles zu wissen, bevor er seine Fragen stellte. In den langen, qualvollen Sekunden, die auf diese erste Frage folgten, sah er Snead mit gerunzelten Brauen und zur Seite geneigtem Kopf an, wobei er einige Blätter hob.

»Na hören Sie, Mr. Snead, ich weiß doch, daß Sie Geld bekommen. Wieviel ist es?«

Snead knackte mit den Fingerknöcheln, als wolle er sie durchbrechen. Schweißperlen standen in den Falten seiner Stirn. »Hm, äh, ich bekomme kein –«

»Ach was, Mr. Snead. Haben Sie im vergangenen Monat einen neuen Range Rover gekauft oder nicht?«

»Nun ja, ehrlich gesagt –«

»Eine Dreizimmerwohnung in Palm Court gemietet?«

»Ja.«

»Und Sie sind doch auch erst kürzlich von einer zehntägigen Flugreise nach Rom zurückgekehrt. Das stimmt doch?«

»Ja.«

Er wußte alles! Die Phelan-Anwälte sanken auf ihren Sitzen in sich zusammen, duckten sich, als könnten sie so den Querschlägern von Nates Fragen ausweichen.

»Wieviel zahlt man Ihnen?« fragte Nate wütend. »Vergessen Sie nicht, daß Sie unter Eid stehen.«

»Fünfhunderttausend Dollar«, platzte Snead heraus. Nate sah ihn ungläubig an. Selbst die Protokollbeamtin erstarrte.

Zwei der Phelan-Anwälte gelang es, leicht auszuatmen. So entsetzlich der Augenblick war, es hätte viel schlimmer kommen können. Was, wenn Snead noch mehr in Panik geraten wäre und die vollen fünf Millionen zugegeben hätte?

Aber das war nur ein schwacher Trost. Im Augenblick sah es ganz so aus, als sei ihre Sache damit, daß sie dem Zeugen eine halbe Million Dollar gezahlt hatten, zum Scheitern verurteilt.

Nate suchte in seinen Papieren herum, als brauche er ein bestimmtes Blatt. Die Worte klangen noch in den Ohren aller im Raum Anwesenden nach.

»Vermutlich haben Sie das Geld bereits bekommen?« fragte er.

Unsicher, ob er lügen oder bei der Wahrheit bleiben sollte, sagte Snead: »Ja.«

Einer Eingebung folgend, fragte Nate ihn: »Eine halbe Million gleich. Und wieviel soll es später geben?«

Darauf bedacht, die einstudierten Lügen abzuspulen, sagte Snead: »Nichts.« Das wirkte beiläufig und glaubwürdig. Auch die beiden anderen Phelan-Anwälte atmeten auf.

»Sind Sie sich da auch ganz sicher?« fragte Nate aufs Geratewohl. Wenn ihm danach gewesen wäre, hätte er Snead auch fragen können, ob man ihn je wegen Grabräuberei verurteilt hätte.

Es war ein Spiel, bei dem es darum ging, wer zuerst die Nerven verlor, und Snead hielt stand. »Natürlich bin ich sicher«, sagte er mit gerade genug Empörung in der Stimme, um glaubwürdig zu wirken.

»Wer hat Ihnen das Geld gezahlt?«

»Die Anwälte der Familie Phelan.«

»Und wer hat den Scheck unterschrieben?«

»Es war ein bestätigter Bankscheck.«

»Haben Sie verlangt, daß man Sie für Ihre Aussage bezahlt?«

»Ich denke, das kann man so sagen.«

»Sind Sie zu den Anwälten gegangen, oder sind die an Sie herangetreten?«

»Ich bin zu ihnen gegangen.«

»Und warum?«

Endlich schien das Gespräch in die gewünschte Richtung zu laufen. Die Phelan-Anwälte entspannten sich und begannen, sich Notizen zu machen.

Snead schlug unter dem Tisch die Beine übereinander und runzelte die Stirn. »Weil ich bei Mr. Phelan war, bevor er starb, und wußte, daß der Arme den Verstand verloren hatte.«

»Seit wann?«

»Den ganzen Tag.«

»Das heißt, als er morgens wach wurde, war er verrückt?«

»Als ich ihm das Frühstück gebracht habe, wußte er meinen Namen nicht.«

»Was hat er zu Ihnen gesagt?«

»Nichts. Er hat nur geknurrt.«

Nate stützte die Ellbogen auf und achtete nicht weiter auf die um ihn herum verstreuten Papiere. Dieser Zweikampf begann ihm Freude zu machen. Er wußte, worauf er hinauswollte, der arme Snead aber nicht.

»Haben Sie gesehen, wie er gesprungen ist?«

»Ja.«

»Und wie er gefallen ist?«

»Ja.«

»Und wie er unten aufgeschlagen ist?«

»Ja.«

»Haben Sie in seiner Nähe gestanden, als ihn die drei Psychiater befragten?«

»Ja.«

»Das war gegen halb drei am Nachmittag, nicht wahr?«

»Ja, soweit ich mich erinnern kann.«

»Und er war den ganzen Tag schon verrückt gewesen, nicht wahr?«

»Ich bedaure, das sagen zu müssen, ja.«

»Wie lange haben Sie für Mr. Phelan gearbeitet?«

»Dreißig Jahre.«

»Und Sie wußten alles über ihn, nicht wahr?«

»So viel, wie man über einen anderen Menschen wissen kann.«

»Dann kennen Sie auch seinen Anwalt, Mr. Stafford?«

»Ja. Ich habe ihn oft gesehen.«

»Hat Mr. Phelan ihm vertraut?«

»Ich denke schon.«

»Ich dachte, Sie wüßten alles?«

»Ich bin sicher, daß er Mr. Stafford vertraut hat.«

»Hat Mr. Stafford während der Befragung durch die Psychiater neben ihm gesessen?«

»Ja.«

»Wie würden Sie Mr. Phelans Geisteszustand während dieser Befragung einschätzen?«

»Er war nicht bei klarem Verstand, wußte weder, wo er war, noch, was er tat.«

»Sind Sie sich dessen sicher?«

»Ja.«

»Wem haben Sie das gesagt?«

»Es war nicht meine Aufgabe, es jemandem zu sagen.«

»Warum nicht?«

»Man hätte mir gekündigt. Es gehörte zu meiner Aufgabe, den Mund zu halten. Man nennt das Diskretion.«

»Sie wußten aber, daß Mr. Phelan im Begriff stand, ein Testament zu unterschreiben, in dem er sein gewaltiges Vermögen aufteilte. Obwohl er zu diesem Zeitpunkt nicht bei klarem Verstand war, haben Sie seinem Anwalt, einen Mann, dem er vertraute, nichts davon gesagt?«

»Das war nicht meine Aufgabe.«

»Mr. Phelan hätte Sie auf die Straße gesetzt?«

»Sofort.«

»Und nachdem er gesprungen war? Wem haben Sie es danach gesagt?«

»Niemandem.«

»Warum nicht?«

Snead holte Luft und schlug erneut die Beine übereinander. Seiner Ansicht nach lief die Sache nicht schlecht. »Es war eine Privatangelegenheit«, sagte er ernst. »Ich habe meine Beziehung zu Mr. Phelan als vertraulich betrachtet.«

»Bis jetzt. Bis man Ihnen eine halbe Million Dollar angeboten hat, nicht wahr?«

Snead fiel keine rasche Antwort ein, und Nate gab ihm auch keine Gelegenheit, sich eine zu überlegen. »Sie verkaufen also nicht nur Ihre Aussage, sondern auch Ihre vertrauliche Beziehung zu Mr. Phelan, nicht wahr, Mr. Snead?«

»Ich versuche, ein Unrecht wiedergutzumachen.«

»Wie edelmütig. Würden Sie das auch tun, wenn man Sie nicht dafür bezahlte?«

Snead brachte ein zittriges »Ja« heraus, und Nate stimmte ein lautes und langgezogenes Gelächter an. Dabei sah er zu den Phelan-Anwälten hinüber, die sich bemühten, ernsthafte Gesichter zu machen, soweit sie sie nicht versteckten. Er lachte Snead ins Gesicht, stand auf und trat ans Ende des Tisches. »Was für eine Scharade«, sagte er und setzte sich wieder.

Er warf einen Blick auf seine Notizen und fuhr dann fort: »Mr. Phelan ist am neunten Dezember gestorben. Sein Testament wurde am siebenundzwanzigsten desselben Monats eröffnet. Haben Sie in der Zwischenzeit jemandem anvertraut, daß er nicht bei klarem Verstand war, als er das Testament unterschrieb?«

»Nein.«

»Natürlich nicht. Sie haben gewartet, bis es eröffnet war, und als Sie merkten, daß Sie daraus gestrichen worden waren, haben Sie sich entschlossen, die Anwälte aufzusuchen und mit ihnen ein Abkommen zu treffen. So ist es doch, Mr. Snead?«

Der Zeuge antwortete zwar »Nein«, aber Nate achtete nicht darauf.

»War Mr. Phelan geisteskrank?«

»Ich bin kein Fachmann auf diesem Gebiet.«

»Sie haben gesagt, daß er nicht bei klarem Verstand war. War das ein Dauerzustand bei ihm?«

»Es kam und ging.«

»Und wie lange kam und ging das schon so?«

»Seit Jahren.«

»Seit wie vielen Jahren?«

»Vielleicht zehn. Das ist aber nur eine Vermutung.«

»In den letzten vierzehn Jahren seines Lebens hat Mr. Phelan elf Testamente abgefaßt und Ihnen in einem davon eine Million Dollar hinterlassen. Haben Sie damals erwogen, jemandem mitzuteilen, er sei bei dieser Gelegenheit nicht bei klarem Verstand gewesen?«

»Das war nicht meine Aufgabe.«

»Hat er je einen Psychiater aufgesucht?«

»Meines Wissens nicht.«

»Hat er je irgend jemanden aufgesucht, der ihn auf seinen Geisteszustand untersucht hat?«

»Meines Wissens nicht.«

»Haben Sie ihm je empfohlen, einen solchen Fachmann aufzusuchen?«

»Es war nicht meine Aufgabe, ihm derlei mitzuteilen.«

»Falls Sie ihn nach einem Schlaganfall auf dem Fußboden liegend gefunden hätten – wären Sie dann hingegangen und hätten jemandem gesagt, daß er Hilfe brauchen könnte?«

»Natürlich.«

»Und wenn Sie gesehen hätten, daß er Blut hustet, hätten Sie dann jemandem etwas gesagt?«

»Ja.«

Nate hatte einen fünf Zentimeter dicken Aktenstapel mit Einzelheiten über Mr. Phelans Industriebeteiligungen vor sich liegen. Er schlug aufs Geratewohl eine Seite auf und fragte Snead, ob er etwas über die Firma Xion Drilling wisse. Snead gab sich größte Mühe, seinem Gedächtnis den Namen zu entlocken, doch war in jüngster Zeit so viel Neues auf ihn eingestürmt, daß es ihm nicht gelang. Delstar Communications? Wieder verzog Snead das Gesicht; er konnte nichts darüber sagen.

Das fünfte Unternehmen, das Nate nannte, kam ihm bekannt vor. Stolz teilte Snead dem Anwalt mit, daß er die Firma kenne. Mr. Phelan habe sie ziemlich lange besessen. Nate stellte Fragen über Umsatz, Erzeugnisse, Besitzverhältnisse, Erträge, eine endlose Liste von Einzelheiten. Snead gab keine einzige richtige Antwort.

»Wieviel wußten Sie über Mr. Phelans Industriebeteiligungen?« fragte Nate mehrfach. Dann stellte er Fragen über den Aufbau des Phelan-Konzerns. Snead hatte sich zwar die großen Zusammenhänge eingeprägt, Einzelheiten aber waren ihm nicht geläufig. Er konnte den Namen keines einzigen Mitarbeiters der mittleren Führungsebene nennen und kannte auch die Steuerberater des Unternehmens nicht.

Nate bombardierte ihn mitleidlos mit Fragen, auf die er keine Antwort wußte. Als Snead am Spätnachmittag erschöpft und benommen war, sagte Nate unmittelbar nach der tausendsten Frage über das Finanzwesen der Phelan-Gruppe ohne Vorankündigung: »Haben Sie eigentlich mit den Anwälten einen Vertrag unterzeichnet, als Sie die halbe Million genommen haben?«

Ein schlichtes »Nein« hätte als Antwort genügt, aber Snead war überrascht worden. Er zögerte, sah zu Hark und dann zu Nate hin, der erneut in Papieren blätterte, als hätte er eine Kopie des Vertrags vor sich. Zwei Stunden lang hatte Snead nicht einmal gelogen, und so antwortete er nicht rasch genug.

»Äh, natürlich nicht«, stotterte er, überzeugte aber niemanden.

Nate erkannte zwar, daß er die Unwahrheit sagte, ließ die Sache aber auf sich beruhen. Es gab andere Möglichkeiten, ein Exemplar des Vertrags in die Hände zu bekommen.

Anschließend trafen sich die Phelan-Anwälte in einer dunklen Bar, um ihre Wunden zu lecken. Nach zwei Runden starker Drinks schien ihnen Sneads katastrophales Abschneiden noch schrecklicher als zuvor. Zwar konnte man ihn für die

Fortsetzung der Befragung noch ein wenig trainieren, aber die bloße Tatsache, daß man ihm so viel gezahlt hatte, würde entwerten, was auch immer er sagte.

Woher hatte O'Riley das nur gewußt? Er war so sicher gewesen, daß Snead bezahlt worden war.

»Das muß Grit gewesen sein«, sagte Hark. Grit, wiederholte jeder für sich. Bestimmt war Grit zur Gegenseite übergelaufen.

»Das kommt davon, wenn man jemandem die Mandanten abspenstig macht«, sagte Wally Bright nach langem Schweigen.

»Halten Sie den Mund«, sagte Ms. Langhorne.

Hark war zu müde zum Kämpfen. Er leerte sein Glas und bestellte ein weiteres. Über all den Aussagen hatten die anderen Phelan-Anwälte gar nicht mehr an Rachel gedacht. In den Unterlagen des Gerichts gab es nach wie vor keine amtliche Bestätigung ihrer Existenz.

SIEBENUNDVIERZIG

Die Befragung der Sekretärin Nicolette dauerte acht Minuten. Sie gab Namen, Anschrift und eine kurze Darstellung ihrer bisherigen Arbeitsplätze zu Protokoll, und die Phelan-Anwälte auf der anderen Seite des Tisches machten es sich auf ihren Stühlen bequem, um sich keine Einzelheit ihrer sexuellen Eskapaden mit Mr. Phelan entgehen zu lassen. Sie war dreiundzwanzig Jahre alt und verfügte, abgesehen von einem schlanken Körper, einer beachtlichen Oberweite und einem hübschen Gesicht mit strohblondem Haar, kaum über Qualifikationen. Sie konnten es gar nicht abwarten, mit anzuhören, wie sie ein paar Stunden über Sex redete.

Ohne Umwege steuerte Nate auf die Frage zu. »Hatten Sie je geschlechtliche Beziehungen mit Mr. Phelan?«

Sie gab sich Mühe, den Eindruck zu erwecken, als sei ihr die Frage peinlich, sagte aber ja.

»Wie oft?«

»Ich habe nicht gezählt.«

»Wie lange?«

»Gewöhnlich zehn Minuten.«

»Nein, ich meine, über welchen Zeitraum hat sich die Beziehung erstreckt? In welchem Monat hat sie angefangen, und wann war sie zu Ende?«

»Ich habe nur fünf Monate dort gearbeitet.«

»Rund gerechnet zwanzig Wochen. Wie oft pro Woche hatten Sie durchschnittlich Sex mit Mr. Phelan?«

»Ich glaube, zweimal.«

»Also insgesamt vierzigmal.«

»Möglich. Das klingt nach ziemlich viel, was?«

»Finde ich nicht. Hat sich Mr. Phelan dabei ausgezogen?«

»Klar. Wir haben uns beide ausgezogen.«

»Das heißt, er war vollständig nackt?«

»Ja.«

»Hatte er irgendwelche Muttermale?«

Zeugen, die sich aufs Lügen verlegen, übersehen oft das Nächstliegende. Das gilt auch für ihre Anwälte. Sie beschäftigen sich so gründlich mit allem, was sie sich aus den Fingern saugen, daß sie dabei die eine oder andere Tatsache übersehen. Hark und seine Kollegen hätten von Phelans früheren Ehefrauen – Lillian, Janie und Tira – ohne die geringste Mühe erfahren können, daß Troy unmittelbar unter der Taille auf dem rechten Oberschenkel ein rundes Muttermal von der Größe eines Silberdollars gehabt hatte.

»Soweit ich mich erinnere, nicht«, antwortete Nicolette.

Die Antwort überraschte Nate erst, doch als er darüber nachdachte, kam sie ihm weniger überraschend vor. Er hätte ohne weiteres geglaubt, daß Troy seine Sekretärin umlegte – das hatte er jahrzehntelang getan. Ebenso konnte er sich vorstellen, daß Nicolette log.

»Keine sichtbaren Muttermale?« fragte Nate erneut.

»Nein.«

Die Phelan-Anwälte beschlich Angst. War es möglich, daß da der nächste ihrer Hauptzeugen vor ihren Augen demontiert wurde?«

»Keine weiteren Fragen«, sagte Nate und verließ den Raum, um sich eine weitere Tasse Kaffee einzugießen.

Nicolette sah zu den Anwälten hinüber. Sie hatten die Blicke auf den Tisch gesenkt und überlegten angestrengt, was für ein Muttermal Troy wohl gehabt haben mochte.

Nachdem sie gegangen war, schob Nate seinen verwirrten Gegnern wortlos ein Foto über den Tisch, das bei der Obduktion gemacht worden war. Es war nicht nötig, etwas dazu zu sagen. Der alte Troy lag auf dem Seziertisch, ein Haufen verwelktes und übel zugerichtetes Fleisch, von welchem dem Betrachter das Muttermal entgegenstarrte.

Sie brachten den Rest des Mittwochs und den ganzen Donnerstag mit den vier neuen Psychiatern zu, die mit dem Auftrag verpflichtet worden waren zu sagen, daß die drei ersten keine Ahnung hatten. Ihre Aussage war vorhersehbar und wiederholte immer dasselbe: Kein geistig gesunder Mensch springt über eine Terrassenbrüstung.

Sie waren auf ihrem Gebiet keine solchen Koryphäen wie Flowe, Zadel und Theishen. Zwei waren pensioniert und verdienten sich hier und da als Gutachter etwas hinzu. Einer lehrte an einem nicht besonders angesehenen College, und der letzte schlug sich mit einer kleinen Beratungspraxis in einem Vorort Washingtons recht und schlecht durchs Leben.

Aber man hatte sie auch nicht dafür bezahlt, daß sie Eindruck machten; sie sollten lediglich mit ihrer Aussage die Sache noch verworrener erscheinen lassen. Es war allgemein bekannt, daß Troy Phelan wunderlich und sprunghaft gewesen war. Vier Gutachter erklärten, daß er nicht im Vollbesitz seiner geistigen Kräfte war und daher kein gültiges Testament hatte abfassen können, drei hingegen sagten das Gegenteil. Wenn man die Sache nur lange genug als kompliziert und verwickelt darstellte, durfte man darauf hoffen, daß diejenigen, die das Testament als gültig ansahen, der Auseinandersetzung eines Tages müde wurden und sich zu einem Vergleich bereit fanden. Falls aber nicht, würde es Aufgabe einer Gruppe fachunkundiger Geschworener sein, sich durch den Wust von Fachbegriffen durchzuarbeiten und zu entscheiden, welche der widersprüchlichen Äußerungen richtig sein mochte.

Die neuen Gutachter bekamen ein großzügiges Honorar dafür, daß sie bei ihrer Meinung blieben, und Nate gab sich keine Mühe, sie davon abzubringen. Er hatte genug Ärzte verhört, um zu wissen, daß es sinnlos gewesen wäre, auf fachlicher Ebene mit ihnen in ein Streitgespräch einzutreten. Statt dessen konzentrierte er sich auf ihre Zeugnisse, Referenzen und Berufserfahrung. Er verlangte, daß sie sich das Videoband ansahen und die drei früheren Psychiater kritisierten.

Als man sich am Donnerstag nachmittag trennte, waren fünfzehn Befragungen durchgeführt. Eine weitere Runde war für Ende März vorgesehen, und das gerichtliche Verfahren, das die Entscheidung bringen würde, hatte Wycliff für Mitte Juli angesetzt. Dieselben Zeugen würden noch einmal aussagen müssen, dann aber im Gerichtssaal, wo das Publikum und die Geschworenen jedes ihrer Worte auf die Goldwaage legen würden.

Nate floh aus der Stadt. Er fuhr in westlicher Richtung durch Virginia, dann nach Süden durch das Shenandoah-Tal. Er war wie benommen von den neun Tagen, an denen er rücksichtslos im Privatleben anderer herumgestochert hatte. Zu irgendeinem Zeitpunkt in seinem Leben, an den er sich nicht mehr erinnern konnte, hatte er unter dem Druck seiner Arbeit und seiner Sucht jedes Schamgefühl und jeden Anstand verloren. Er hatte gelernt, ohne den geringsten Anflug von Schuldbewußtsein zu lügen, zu täuschen, zu betrügen, Versteck zu spielen sowie unschuldige Zeugen in die Enge zu treiben und ihnen erbarmungslos zuzusetzen.

Doch in der Stille seines Autos und der Dunkelheit der Nacht schämte er sich jetzt. Er empfand Mitgefühl für Troy Phelans Kinder, und sogar Snead tat ihm leid, ein trauriger, unbedeutender Mensch, der zu überleben versuchte. Nate wünschte, er hätte die neuen Gutachter nicht so heftig angegriffen.

Er freute sich, daß sein Schamgefühl zurückgekehrt war. Er war stolz, daß er wieder so empfinden konnte. Immerhin war er ein Mensch.

Um Mitternacht machte er an einem billigen Motel nahe Knoxville halt. Im Mittleren Westen, in Kansas und Iowa, gab es heftige Schneefälle. Während er im Bett lag, plante er mit dem Straßenatlas seine Route durch den Südwesten.

Die zweite Nacht verbrachte er in Shawnee im Staat Oklahoma; die dritte in Kingman, Arizona, und die vierte in Redding, Kalifornien.

Austin und Angela, seine Kinder aus zweiter Ehe, waren zwölf und elf Jahre alt und gingen in die siebte und sechste Klasse. Zuletzt hatte er sie im Juli des vergangenen Jahres gesehen, drei Wochen vor seinem letzten Rückfall, als er mit ihnen zu einem Spiel der Orioles gefahren war. Was als schöner Ausflug begonnen hatte, hatte ein häßliches Ende genommen. Im Verlauf des Spiels hatte Nate sechs Bier getrunken – die Kinder hatten mitgezählt, da ihre Mutter sie dazu angehalten hatte – und war in diesem Zustand zwei Stunden von Baltimore nach Arlington gefahren.

Damals stand der Umzug der Kinder mit ihrer Mutter Christi und deren zweitem Mann Theo nach Oregon bevor. Der Besuch des Baseball-Spiels wäre für eine geraume Zeit die letzte Begegnung mit seinen Kindern gewesen, doch statt das Zusammensein mit ihnen zu genießen, hatte er sich betrunken. Er hatte sich vor den Augen der Kinder, die solche Szenen nur allzu gut kannten, mit seiner früheren Frau auf der Auffahrt ihres Hauses gestritten, und Theo hatte ihm mit einem Besenstiel gedroht. Später war Nate, einen leeren Sechserpack auf dem Beifahrersitz neben sich, in seinem Auto aufgewacht, das auf einem Behindertenparkplatz vor einem McDonald's stand, ohne daß er hätte sagen können, wie es dorthin gekommen war.

Als er Christi vierzehn Jahre zuvor als eine der Geschworenen bei einem Prozeß kennengelernt hatte, in dem er als Anwalt auftrat, war sie Leiterin einer Privatschule in Potomac gewesen. Am zweiten Prozeßtag trug sie einen kurzen schwarzen Rock, und die Verhandlung kam praktisch zum Stillstand. Eine Woche später hatten sie ihre erste Verabredung. Drei Jahre lang hielt sich Nate von Alkohol und Drogen fern, was genügte, um wieder zu heiraten und zwei Kinder in die Welt zu setzen. Als der Damm erste Risse zeigte, bekam Christi Angst und wollte davonlaufen, und als er wirklich brach, floh sie mit den Kindern. Sie kehrte ein ganzes Jahr nicht zurück. Die Ehe dauerte zehn chaotische Jahre.

Jetzt arbeitete sie an einer Schule in Salem, wo Theo als Anwalt in einer kleinen Kanzlei tätig war. Nate war überzeugt, daß er Christi und die Kinder aus Washington vertrieben hatte. Er konnte ihnen keinen Vorwurf machen, daß sie an die Westküste geflohen waren.

Als er in Medford angekommen war, etwa vier Autostunden von ihrem Wohnort entfernt, rief er aus dem Wagen in der Schule an. Er mußte fünf Minuten warten – sicher brauchte sie die Zeit, um ihre Tür abzuschließen und sich zu sammeln. »Hallo«, sagte sie schließlich.

»Christi, ich bin's, Nate.« Er kam sich albern vor, daß er einer Frau, mit der er zehn Jahre zusammengelebt hatte, am Telefon sagte, wer er war.

»Wo bist du?« fragte sie, als stehe ein Angriff bevor.

»In der Nähe von Medford.«

»In Oregon?«

»Ja. Ich möchte gern die Kinder besuchen.«

»Wann?«

»Heute abend oder morgen. Ich hab's nicht eilig. Ich bin seit ein paar Tagen ohne festen Reiseplan unterwegs und sehe mir die Gegend an.«

»Bestimmt können wir was arrangieren, Nate. Aber die Kinder haben reichlich zu tun, du weißt schon, Schule, Ballett, Fußball.«

»Wie geht es ihnen?«

»Sehr gut. Schön, daß du fragst.«

»Und dir?«

»Gut. Uns gefällt es in Oregon.«

»Mir geht es auch gut. Schön, daß du fragst. Ich bin clean und nüchtern, Christi, wirklich. Ich habe den Alkohol und die Drogen für immer zum Teufel gejagt. Vermutlich höre ich als Anwalt auf, aber es geht mir wirklich gut.«

Das hatte sie schon früher gehört. »Das ist schön, Nate.« Es klang zurückhaltend. Offenbar überlegte sie immer zwei Sätze im voraus, was sie sagen würde.

Sie verabredeten sich für den folgenden Abend zum Essen. Das gab ihr genug Zeit, die Kinder vorzubereiten, im Haus aufzuräumen, und auch Theo konnte sich überlegen, wie er sich zu der Sache stellen wollte. Es war genug Zeit, sich Ausflüchte zu überlegen und Ausreden einzustudieren.

»Ich will euch nicht zur Last fallen«, versprach Nate und legte auf.

Theo beschloß, bis zum späten Abend zu arbeiten und sich das Zusammentreffen zu ersparen. Nate drückte Angela kräftig an sich. Austin schüttelte ihm einfach die Hand. Nate hatte sich vorgenommen, auf keinen Fall sein Erstaunen darüber zu äußern, wie sehr die Kinder gewachsen waren. Christi trödelte eine geschlagene Stunde in ihrem Zimmer herum, während Nate seine Bekanntschaft mit den Kindern erneuerte.

Er war entschlossen, sie nicht mit Entschuldigungen für Dinge zu überhäufen, an denen er nichts mehr ändern konnte. Sie saßen im Wohnzimmer auf dem Fußboden und unterhielten sich über Schule, Ballett und Fußball. Salem war ein hübsches Städtchen, viel kleiner als Washington, die Kinder hatten sich gut eingelebt, hatten viele Freunde, eine gute Schule und angenehme Lehrer.

Zum Abendessen, das eine volle Stunde dauerte, gab es Spaghetti und Salat. Nate berichtete, was er im brasilianischen Urwald auf der Suche nach seiner Mandantin erlebt hatte. Offensichtlich hatte Christi nicht die richtigen Zeitungen gelesen, denn sie wußte nichts von der Phelan-Sache.

Um Punkt sieben sagte Nate, er müsse gehen. Die Kinder hatten Hausaufgaben zu erledigen und mußten am nächsten Morgen früh zur Schule. »Ich habe morgen ein Fußballspiel, Papa«, sagte Austin. Nate wäre fast das Herz stehengeblieben. Er konnte sich nicht erinnern, wann jemand zuletzt Papa zu ihm gesagt hatte.

»Es ist in der Schule«, sagte Angela. »Könntest du da nicht kommen?«

Einen Augenblick lang sahen alle einander unbehaglich an. Nate wußte nicht, was er sagen sollte.

Christi rettete die Situation, indem sie sagte: »Ich gehe hin. Wir könnten uns dann dort unterhalten.«

»Natürlich komme ich«, sagte Nate. Die Kinder umarmten ihn zum Abschied. Während er fortfuhr, argwöhnte Nate, daß Christi ihn nur deshalb an zwei aufeinanderfolgenden Tagen sehen wollte, um seine Augen zu studieren. Sie kannte die Anzeichen.

Er blieb drei Tage in Salem. Er sah sich das Fußballspiel an und platzte vor Stolz auf seinen Sohn. Als er wieder zum Abendessen eingeladen wurde, erklärte er, nur kommen zu wollen, wenn auch Theo teilnähme. Zu Mittag aß er mit Angela und ihren Freundinnen in der Schulkantine.

Nach drei Tagen war es Zeit zum Aufbruch. Die Kinder brauchten ihren normalen Tagesablauf, ohne die Komplikationen, die Nates Besuch mit sich brachte. Christi hatte es satt, so tun zu müssen, als wäre nie etwas zwischen ihnen geschehen, und Nate fühlte sich zu sehr zu seinen Kindern hingezogen. Er versprach anzurufen, E-Mails zu schicken und sie bald wieder zu besuchen.

Er verließ Salem mit gebrochenem Herzen. Wie tief konnte ein Mann sinken, daß er eine so großartige Familie aufgab? Er konnte sich an fast nichts aus Angelas und Austins früher Kindheit erinnern – keine Schultheateraufführungen, Halloween-Verkleidungen, Weihnachtsbescherungen, gemeinsame Fahrten zum Einkaufszentrum. Jetzt waren sie so gut wie erwachsen, und ein anderer Mann zog sie auf.

Er wandte sich ostwärts und ließ sich mit dem Verkehr treiben.

Während Nate ziellos durch Montana fuhr und an Rachel dachte, reichte Hark Gettys einen Antrag auf Abweisung ihrer Stellungnahme zur Testamentsanfechtung ein. Seine Gründe waren klar und unabweisbar, und er untermauerte seinen Antrag mit einem zwanzigseitigen Schriftsatz, an dem er einen ganzen Monat gefeilt hatte. Man schrieb den 7. März. Nahezu drei Monate nach Troy Phelans Tod, nicht ganz zwei Monate, nachdem Nate O'Riley hinzugezogen worden war, fast drei Wochen nach Beginn des Vorverfahrens und vier Monate vor der Verhandlung war das Gericht immer noch nicht für Rachel Lane zuständig. Außer den auf nichts Greifbares gestützten Behauptungen ihres Anwalts gab es kein Lebenszeichen von ihr. Keines der dem Gericht vorliegenden Dokumente trug ihre Unterschrift.

Hark bezeichnete sie in seinem Antrag als »Phantom« und erklärte, er und die Antragsteller kämpften gegen einen Schatten. Die Frau solle schließlich elf Milliarden Dollar erben. Sie könne zumindest die erforderliche Gerichtsstandvereinbarung unterschreiben. Wenn sie sich die Mühe gemacht habe, einen Anwalt zu beauftragen, könne sie sich gewiß auch der Zuständigkeit des Gerichts unterwerfen.

Je mehr Zeit verstrich, desto günstiger schien es um die Sache der Phelan-Kinder zu stehen. Trotzdem fiel es ihnen schwer, Geduld zu bewahren, während sie von ihrem unermeßlichen Reichtum träumten. Sie durften jede Woche, die ohne Lebenszeichen von Rachel verging, als weiteren Beweis dafür verbuchen, daß sie kein Interesse an dem Verfahren hatte. Bei ihren Freitagvormittag-Sitzungen gingen die Phelan-Anwälte noch einmal die Zeugenbefragung durch, sprachen über ihre Mandanten und brachten letzte Korrekturen an ihrer Prozeßstrategie an. Die meiste Zeit aber spekulierten sie über die Gründe, die Rachel haben mochte, sich dem Gericht gegenüber nicht auszuweisen. Die lachhafte Vorstellung, daß sie das Geld möglicherweise nicht wollte, ließ ihnen keine Ruhe. Der bloße Gedanke war widersinnig, tauchte aber trotzdem jeden Freitagmorgen erneut auf.

Aus den Wochen wurden Monate. Die Lottokönigin erschien nicht, um ihren Gewinn abzuholen.

Es gab einen weiteren wichtigen Grund, Druck auf den Verwalter von Troys Vermögen auszuüben, und der hieß Snead. Hark, Yancy, Bright und Langhorne hatten die Aufzeichnung der Befragung ihres Hauptzeugen so oft angesehen, bis sie sie auswendig konnten. Sie waren unsicher, ob er imstande sein würde, Geschworene auf seine Seite zu ziehen. Nate O'Riley hatte ihn zum Narren gemacht, und dabei hatte es sich lediglich um eine Befragung gehandelt. Man konnte sich vorstellen, welche Waffen er bei einem Prozeß aufbieten würde, über dessen Ausgang Geschworene zu entscheiden hatten, vorwiegend Menschen aus der Mittelschicht, denen es schwerfiel, Monat für Monat ihre Rechnungen zu bezahlen. Daß Snead eine halbe Million eingesteckt hatte, um seine Geschichte zu erzählen, würde bei ihnen nicht gut ankommen.

Die Schwierigkeit mit Snead lag auf der Hand. Er log, und Lügen haben vor Gericht meist kurze Beine. Nachdem er bei der Befragung so versagt hatte, waren den Anwälten die größten Bedenken gekommen, ihn vor den Geschworenen auftreten zu lassen. Sofern auch nur eine oder zwei weitere Lügen aufgedeckt wurden, konnten sie alle Hoffnungen begraben.

Durch die Sache mit dem Muttermal war Nicolette als Zeugin völlig nutzlos geworden.

Ihre eigenen Mandanten waren auch nicht besonders sympathisch. Mit Ausnahme Rambles, der den unangenehmsten Eindruck machte, war jeder von ihnen von seinem Vater mit einem Startkapital von fünf Millionen Dollar ins Leben geschickt worden – so viel würde keiner der Geschworenen in seinem ganzen Leben verdienen. Troys Kinder konnten darauf hinweisen, daß ihr Vater sich an ihrer Erziehung nicht beteiligt hatte, doch kam vermutlich die Hälfte der Geschworenen aus zerrütteten Familien.

Am meisten Sorgen aber machten ihnen die Psychiater. Sie wären nie und nimmer imstande, Nate O'Rileys erbarmungslosem Kreuzverhör standzuhalten, eines Mannes, der über zwanzig Jahre lang Ärzten nach allen Regeln der Kunst im Gerichtssaal die Hölle heiß gemacht hatte.

Um einen Prozeß zu vermeiden, mußten sie unbedingt einen außergerichtlichen Vergleich anstreben. Dazu aber war es unerläßlich, auf der Gegenseite einen Schwachpunkt zu entdecken. Rachel Lanes offenkundiger Mangel an Interesse war mehr als hinreichend und mit Sicherheit ihre beste Chance.

Josh war voll Bewunderung für Harks Abweisungsantrag. Er begeisterte sich für juristische Taktik und Winkelzüge, und wenn jemandem ein solches Manöver fehlerfrei gelang, applaudierte er im stillen, selbst wenn es sich um einen Gegner handelte. Alles an Harks Vorgehen war perfekt – der Zeitpunkt, die Begründung, der brillant aufgebaute Schriftsatz.

Zwar stand die Sache der von Troy Phelan getäuschten Erben auf schwachen Füßen, doch waren ihre Schwierigkeiten nichts im Vergleich mit denen Nates, der keine Mandantin hatte. Wohl war es ihm im Verein mit Josh gelungen, das zwei Monate lang zu vertuschen, doch inzwischen ließ sich niemand mehr von dieser List täuschen.

ACHTUNDVIERZIG

Daniel, sein Ältester, wollte sich unbedingt in einer Kneipe mit ihm treffen. Nate fand sie nach Einbruch der Dunkelheit, zwei Nebenstraßen vom Universitätsgelände entfernt, in einer Straße voller Bars und Klubs. Die Atmosphäre dort war ihm nur allzu vertraut: Musik, die grelle Bierreklame, die Studentinnen, die über die Straße riefen. Genauso war es noch vor wenigen Monaten in Georgetown gewesen, und an nichts davon konnte er Geschmack finden. Vor einem Jahr hätte er zurückgerufen, die jungen Frauen von einem Lokal ins nächste verfolgt, sich vorgemacht, selbst zwanzig Jahre alt zu sein und die ganze Nacht durchmachen zu können.

Daniel wartete in einer engen Sitznische mit einer Freundin. Auf dem Tisch standen zwei Flaschen Bier. Beide rauchten. Vater und Sohn schüttelten sich die Hand. Augenscheinlich wäre Daniel jede liebevollere Geste Nates peinlich gewesen.

»Das ist Stef«, sagte Daniel und wies auf seine Begleiterin. »Sie ist Mannequin«, fügte er rasch hinzu, wohl um dem Vater zu beweisen, daß er mit Klassefrauen Umgang hatte.

Aus irgendeinem Grund hatte Nate gehofft, einige Stunden allein mit seinem Sohn verbringen zu können. Das sollte offenbar nicht sein.

An Stef fiel ihm als erstes der Schmollmund und der dick aufgetragene graue Lippenstift auf. Zur Begrüßung gönnte sie ihm kaum die Andeutung eines Lächelns. Auf jeden Fall war sie hübsch und dürr genug, um tatsächlich Mannequin zu sein. Ihre Arme sahen aus wie Besenstiele. Zwar konnte Nate ihre Beine nicht sehen, doch vermutete er, daß sie dünn waren und ihr bis zu den Achselhöhlen reichten. Zweifellos hatte sie um die Fußknöchel herum mindestens zwei Tätowierungen.

Nate konnte sie vom ersten Augenblick an nicht leiden, und es kam ihm ganz so vor, als beruhe das auf Gegenseitigkeit. Und wer weiß, was Daniel ihr über seinen Vater berichtet hatte.

Daniel hatte vor einem Jahr das College in Grinnell beendet und den darauffolgenden Sommer in Indien verbracht. Nate hatte ihn seit dreizehn Monaten nicht gesehen. Weder war er zu seiner Abschlußfeier gegangen, noch hatte er ein Geschenk oder auch nur eine Glückwunschkarte geschickt. Nicht einmal angerufen hatte er. Daher herrschte am Tisch genug Spannung, ohne daß das Mannequin Rauchringe blies und Nate ausdruckslos anstarrte.

»Möchtest du ein Bier?« fragte Daniel seinen Vater, als ein Kellner in der Nähe auftauchte. Es war eine grausame Frage, ein kleiner Pfeil, der abgefeuert wurde, um ihn zu quälen.

»Nein, einfach Wasser«, sagte Nate. Daniel rief dem Kellner die Bestellung zu und fragte dann: »Immer noch abstinent, was?«

»Na klar«, sagte Nate lächelnd.

»Und seit dem vorigen Sommer kein Rückfall?«

»Nein. Laß uns von was anderem reden.«

»Dan hat mir gesagt, daß Sie im Entzug waren«, sagte Stef und stieß den Rauch durch die Nasenlöcher aus. Es überraschte Nate, daß sie einen vollständigen Satz herausbrachte. Sie sprach langsam, und ihre Stimme klang so hohl, wie ihre Augenhöhlen aussahen.

»Ja, mehrfach. Was hat er Ihnen noch erzählt?«

»Da war ich auch schon«, sagte sie, »aber erst einmal.« Sie schien stolz auf ihre Leistung zu sein und zugleich ihren Mangel an Erfahrung zu bedauern. Die beiden Bierflaschen auf dem Tisch waren inzwischen leer.

»Wie schön«, sagte Nate kühl. Er brachte es nicht fertig, so zu tun, als wäre sie ihm sympathisch. In ein oder zwei Monaten wäre sie ohnehin mit einem anderen Mann zusammen.

»Was macht das Studium?« fragte er Daniel.

»Das habe ich an den Nagel gehängt.« Es klang gezwungen und ärgerlich. Daniel stand erkennbar unter Druck. Bestimmt trug Nate eine Mitschuld daran, daß sein Sohn das Studium aufgegeben hatte, nur war ihm nicht recht klar, inwiefern und warum. Sein Wasser kam. »Habt ihr beiden schon gegessen?« fragte er.

Stef vermied jegliche Nahrungsaufnahme, und Daniel hatte keinen Appetit. Nate hatte zwar schrecklichen Hunger, wollte aber nicht allein essen. Er sah sich im Lokal um. Irgendwo in einer Ecke wurde Haschisch geraucht. Die Geräuschkulisse war laut. Es war noch nicht lange her, daß er sich in solchen Lokalen wohl gefühlt hatte.

Daniel steckte sich die nächste Zigarette an, eine filterlose Camel, der schlimmste Sargnagel auf dem Markt, und blies eine dicke Rauchwolke gegen den billigen Kneipenleuchter, der von der Decke hing. Er war schlecht gelaunt und gereizt.

Bestimmt hatte er die junge Frau mitgebracht, damit es keinen Streit oder gar eine Prügelei gab. Nate vermutete, daß Daniel pleite war und seinem Vater einmal ordentlich die Meinung sagen wollte, weil er ihn nicht genug unterstützt hatte. Auf der anderen Seite aber fürchtete er wohl, daß sich Nate, den er als nicht besonders belastbar kannte, darüber gleich wieder aufregte. Stefs Anwesenheit sollte dafür sorgen, daß er sich zusammennahm.

Außerdem wollte er vermutlich das Zusammentreffen so kurz wie möglich halten. Es dauerte etwa eine Viertelstunde, bis Nate das durchschaut hatte.

»Wie geht es deiner Mutter?« fragte er.

Daniel bemühte sich zu lächeln. »Gut. Ich war Weihnachten bei ihr. Du warst verschwunden.«

»Ich war in Brasilien.«

Eine Studentin in enganliegenden Jeans ging vorüber. Stef musterte sie von Kopf bis Fuß, wobei endlich Anzeichen von Leben in ihre Augen traten. Die junge Frau war noch dürrer als sie selbst. Wieso galt es eigentlich auf einmal als cool, wie ein Gerippe herumzulaufen?

»Was gibt es denn in Brasilien?« fragte Daniel.

»Eine Mandantin.« Nate war es leid, immer wieder von seinem Abenteuer zu erzählen.

»Mama hat gesagt, daß du Ärger mit dem IRS hast.«

»Darüber freut sie sich bestimmt.«

»Möglich. Besondere Sorgen schien es ihr jedenfalls nicht zu machen. Mußt du dafür ins Gefängnis?«

»Nein. Könnten wir über etwas anderes reden?«

»Genau das ist der Haken, Papa. Es gibt nichts anderes, nur die Vergangenheit, und da können wir nicht hin.«

Die Schiedsrichterin Stef rollte mit den Augen, als wolle sie sagen: »Das reicht.«

»Warum hast du das Studium geschmissen?« fragte Nate, um die Frage hinter sich zu bringen.

»Aus verschiedenen Gründen. Es wurde langweilig.«

»Er hatte kein Geld mehr«, sagte Stef hilfreich. Sie sah Nate so ausdruckslos an, wie ihr das nur möglich war.

»Stimmt das?« fragte Nate.

»Das ist ein Grund.«

Nate spürte den Impuls, das Scheckbuch zu zücken, um dem Jungen aus der Patsche zu helfen. So hatte er es immer gehalten. Elternschaft war für ihn nichts anderes gewesen als eine unaufhörliche Kette von Zahlungen. Wenn du schon nicht selbst da sein kannst, schick wenigstens Geld. Aber inzwischen war Daniel dreiundzwanzig, hatte das College abgeschlossen und zog mit Gestalten wie Fräulein Bulimie herum. Es war höchste Zeit, daß er lernte, auf eigenen Füßen zu stehen, sonst würde er umfallen.

Außerdem war Nates Scheckbuch nicht mehr das, was es einmal war.

»Das ist gar nicht so schlecht«, sagte er daher. »Arbeite eine Weile, dann lernst du vermutlich die Uni schätzen.«

Stef widersprach. Sie hatte zwei Freundinnen, die das Studium abgebrochen hatten und damit in ein tiefes Loch gefallen waren. Während sie weiterplapperte, zog sich Daniel in seine Ecke der Nische zurück und leerte seine dritte Flasche Bier. Nate kannte jeden denkbaren Vortrag zum Thema Alkohol, wußte aber auch, wie scheinheilig es klingen würde, wenn ausgerechnet er solche Töne anschlüge.

Nach vier Bier war Stef nicht mehr ansprechbar, und Nate hatte nichts mehr zu sagen. Er kritzelte seine Telefonnummer in St. Michaels auf eine Papierserviette und gab sie Daniel.

»Hier bin ich in den nächsten Monaten zu erreichen. Ruf an, wenn du mich brauchst.«

»Bis dann, Pa«, sagte Daniel.

»Gib auf dich acht.«

Nate trat in die kalte Nacht hinaus und ging zum Lake Michigan hinüber.

Zwei Tage später traf er in Pittsburgh ein, doch zur vorgesehenen dritten und letzten Wiederbegegnung kam es nicht. Zweimal hatte er Kaitlin, seine Tochter aus erster Ehe, angerufen, und sie hatten sich auf halb acht zum Abendessen in der Halle seines Hotels in der Stadtmitte verabredet. Ihre Wohnung lag zwanzig Minuten entfernt. Um halb neun rief sie an und teilte ihm mit, sie sei im Krankenhaus bei einer Freundin, die bei einem Autounfall eine schwere Kopfverletzung erlitten habe.

Nate schlug vor, am nächsten Tag miteinander zu Mittag zu essen, doch Kaitlin erklärte, das sei nicht möglich, weil die Freundin auf der Intensivstation liege und sie in ihrer Nähe bleiben wolle, bis sich ihr Zustand stabilisiert habe. Als Nate merkte, daß seine Tochter auf Abstand zu ihm ging, erkundigte er sich nach der Adresse des Krankenhauses. Zuerst wußte sie sie nicht, dann war sie nicht recht sicher, bis sie schließlich nach weiterem Nachdenken erklärte, ein Besuch dort sei keine gute Idee, denn sie könne ihre Freundin nicht allein lassen.

Er aß in seinem Zimmer an einem Tischchen neben dem Fenster, von wo sein Blick auf die Straße fiel. Lustlos stocherte er auf dem Teller herum und überlegte, warum seine Tochter ihn nicht sehen wollte. Trug sie einen Ring durch die Nase? Eine Tätowierung auf der Stirn? War sie einer obskuren Religion beigetreten und hatte sich den Schädel kahl rasieren lassen? Hatte sie fünfzig Kilo zu- oder fünfundzwanzig abgenommen? War sie schwanger?

Er versuchte, ihr die Schuld zuzuschieben, damit er sich nicht dem stellen mußte, was auf der Hand lag. War es möglich, daß sie ihn so sehr haßte?

In der Einsamkeit seines Hotelzimmers in einer Stadt, in der er niemanden kannte, war es leicht, sich selbst zu bemitleiden und sich erneut durch die Fehler der Vergangenheit runterziehen zu lassen.

Er griff zum Telefon und rief Phil an, um sich zu erkundigen, wie es in St. Michaels stehe. Phil hatte die Grippe, und da es im Keller der Kirche kühl war, ließ ihn seine Frau nicht dort arbeiten. Wunderbar, dachte Nate. Wie viele Ungewißheiten auch auf seinem Weg liegen mochten, die eine Konstante zumindest in der näheren Zukunft war die Aussicht darauf, daß ihm die Arbeit im Keller der Dreifaltigkeitskirche nicht ausgehen würde.

Dann erledigte er seinen allwöchentlichen Anruf bei Sergio und berichtete ihm, daß er die Dämonen unter Kontrolle habe und sich überraschend wohl fühle. Er habe nicht einmal einen Blick in die Minibar in seinem Hotelzimmer geworfen.

Er rief in Salem an und führte ein angenehmes Gespräch mit Angela und Austin. Wie sonderbar, daß die jüngeren Kinder bereit waren, mit ihm zu reden, die älteren aber nicht.

Schließlich rief er Josh an, der sich im Arbeitszimmer im Keller seines Hauses aufhielt und über das Chaos des Phelan-Falls nachdachte. »Du mußt zurückkommen, Nate«, sagte er. »Ich habe einen Plan.«

NEUNUNDVIERZIG

Zur ersten Runde der Friedensgespräche wurde Nate nicht eingeladen. Ein Grund dafür war, daß diese Gipfelkonferenz in Joshs Räumen stattfinden mußte, da er sie anberaumt hatte, und Nate, der es bisher vermieden hatte, die Kanzlei aufzusuchen, wollte das auch weiterhin so halten. Der andere Grund war der, daß die Phelan-Anwälte Josh und Nate als Verbündete ansahen, wozu sie auch alle Ursache hatten. Wenn aber Josh in der Rolle des Vermittlers und Friedensstifters auftreten wollte, mußte er, um das Vertrauen der einen Seite zu erwerben, die andere vernachlässigen, und sei es nur für eine Weile. Also sah sein Plan vor, daß er zuerst mit Hark und den anderen zusammentraf, sich anschließend mit Nate besprach und dann, sofern sich das als nötig erwies, einige Tage zwischen den beiden Seiten hin und her pendelte, bis Einigkeit erzielt war.

Nachdem man eine Weile miteinander geplaudert hatte, bat Josh um Aufmerksamkeit. Es gab vieles zu besprechen. Die Anwälte der Phelans brannten darauf, die Sache in Angriff zu nehmen.

Eine einvernehmliche Lösung läßt sich binnen Sekunden finden, beispielsweise in einer Sitzungspause bei einem mit harten Bandagen geführten Prozeß, wenn ein Zeuge ins Stolpern gerät oder ein neuer Firmenchef einen Neuanfang machen und belastende Auseinandersetzungen aus dem Weg räumen will. Bis es zu einer solchen Einigung kommt, kann es aber auch Monate dauern, während sich das Verfahren dem Termin der Hauptverhandlung entgegenschleppt. Die Phelan-Anwälte träumten von einer raschen Lösung, und die Zusammenkunft in Joshs Räumen sollte der erste Schritt auf dem Wege dahin sein. Sie waren fest überzeugt, daß ihnen schon bald Millionen in den Schoß fallen würden.

Josh eröffnete die Gespräche mit dem diplomatischen Hinweis darauf, daß die Erfolgsaussichten der Testamentsanfechtung recht dürftig seien. Zwar sei ihm nichts von der Absicht seines Mandanten bekannt gewesen, ein eigenhändiges Testament hervorzuzaubern und damit ein Chaos anzurichten, dennoch müsse man sich darüber klar sein, daß es sich um ein gültiges Testament handele. Erst einen Tag davor habe er zwei volle Stunden mit Troy Phelan über dem anderen neuen Testament zugebracht und sei bereit zu bezeugen, daß dieser genau gewußt habe, was er tat. Überdies werde er, sofern sich das als nötig erweise, bezeugen, daß sich Snead bei ihrem Gespräch zu keinem Zeitpunkt auch nur in der Nähe befunden hatte.

Die drei Psychiater, die Mr. Phelan begutachtet hatten, seien sorgfältig von dessen Kindern und früheren Gattinnen sowie von deren jeweiligen Anwälten ausgewählt worden und verfügten über einwandfreie Zeugnisse und Referenzen, während die vier zur Zeit von der Gegenseite aufgebotenen Psychiater nicht wüßten, wovon sie sprachen; ihre Gutachten seien fragwürdig. Sollte es zu einer Auseinandersetzung zwischen den Gutachtern kommen, würden sich seiner festen Überzeugung nach die drei ursprünglichen mit ihrem Votum durchsetzen.

Wally Bright trug seinen besten Anzug, was allerdings nicht viel hieß. Er nahm die kritischen Äußerungen mit zusammengebissenen Kinnbacken auf und hatte die Unterlippe zwischen die Zähne gezogen, damit ihm nichts Dummes entfuhr. Er machte sich überflüssige Notizen, weil auch alle anderen das taten. Es entsprach nicht seinem Wesen, ruhig dazusitzen und sich solch herabsetzende Äußerungen anzuhören, nicht einmal, wenn ein so bekannter Anwalt wie Josh Stafford sie von sich gab. Aber für den Geldbetrag, um den es ging, würde er alles tun. Letzten Monat, also im Februar, hatte seine kleine Kanzlei zweitausendsechshundert Dollar an Honorar eingenommen und die üblichen viertausend an laufenden Kosten verursacht, so daß für ihn nichts übriggeblieben war. Natürlich hatte er den größten Teil seiner Zeit mit dem Fall Phelan verbracht.

Als Josh die Aussagen ihrer Mandanten zusammenfaßte, begab er sich auf dünnes Eis. »Ich habe mir die Videoaufnahmen der Befragungen angesehen«, sagte er betrübt. »Offen gestanden bin ich überzeugt, daß Ihre Mandanten mit Ausnahme von Mary Ross bei einem Prozeß eine sehr schlechte Figur abgeben werden.«

Die Anwälte ließen das unkommentiert. Hier handelte es sich um eine Besprechung, die zu einem Vergleich führen sollte, nicht um einen Prozeß.

Josh hielt sich nicht länger mit den Phelan-Kindern auf. Je weniger über sie gesagt wurde, desto besser. Ihren Anwälten war klar, daß ihre Mandanten vor den Geschworenen gnadenlos bloßgestellt würden.

»Damit kommen wir zu Snead«, sagte er. »Auch die Aufzeichnung seiner Befragung habe ich mir angesehen. Lassen Sie mich sagen, daß es ein schrecklicher Fehler wäre, ihn als Zeugen zu benennen. Meiner Auffassung nach bewegt sich das hart am Rande rechtswidrigen Verhaltens.«

Bright, Gettys, Langhorne und Yancy beugten sich noch tiefer über ihre Notizen. Der Name Snead war für sie inzwischen so etwas wie ein Schimpfwort geworden, und sie versuchten sich gegenseitig die Schuld daran zuzuschieben, daß die Sache so verfahren war. Der bloße Gedanke an den Mann raubte ihnen den Schlaf – da hatten sie eine halbe Million für jemanden ausgegeben, der als Zeuge völlig wertlos war.

»Ich kenne Snead seit fast zwanzig Jahren«, sagte Josh und malte eine volle Viertelstunde lang das Bild eines mäßig tüchtigen Butlers, eines Faktotums, das nicht immer zuverlässig war, eines Dieners, von dem Mr. Phelan oft gesagt hatte, er werde ihn vor die Tür setzen. Sie glaubten ihm jedes Wort.

Damit war das Thema Snead erledigt. Es gelang Josh, ihren Hauptzeugen unmöglich zu machen, ohne auch nur zu erwähnen, daß man ihn mit fünfhunderttausend Dollar bestochen hatte, damit er seine Version der Geschichte vortrug.

Damit war auch Nicolette erledigt. Sie hatte ebenso gelogen wie ihr Kumpan.

Weitere Zeugen aufzutreiben war den Anwälten nicht gelungen. Zwar gab es im Unternehmen eine gewisse Anzahl unzufriedener Angestellter, doch war von denen keiner bereit, vor Gericht auszusagen. Ohnehin würde man sie als befangen betrachten. Dann gab es noch zwei Konkurrenten, die Troy aus dem Rennen geworfen hatte, die aber nichts über seinen Geisteszustand hätten aussagen können.

Mithin müsse man sagen, beschloß Josh seine Ansprache, daß die Anfechtung auf schwachen Füßen stehe. Andererseits sei man bei einer Verhandlung vor einem Geschworenengericht nie vor Überraschungen sicher.

Dann kam er auf Rachel Lane zu sprechen. Es klang, als kenne er sie seit vielen Jahren. Er hielt sich nicht mit Einzelheiten auf, gab aber genug allgemeine Informationen preis, um den Eindruck zu erwecken, als sei er gut mit ihr bekannt. Es handele sich um eine reizende Frau, die ein sehr schlichtes Leben in einem unterentwickelten Land führe und nichts von gerichtlichen Auseinandersetzungen halte. Sie gehe Kontroversen grundsätzlich aus dem Weg und habe für keinerlei Art von Zank und Streit etwas übrig. Außerdem habe sie dem alten Troy nähergestanden, als den meisten Menschen bekannt sei.

Hark wollte Josh fragen, ob er ihr je begegnet sei. Hatte er sie je gesehen? Je ihren Namen gehört, bevor das Testament verlesen wurde? Aber es war weder der richtige Zeitpunkt noch der richtige Ort für Mißtöne. Demnächst würde eine Menge Geld auf den Tisch gelegt werden, und Harks Anteil betrug siebzehneinhalb Prozent.

Ms. Langhorne hatte sich über die Stadt Corumbá kundig gemacht und fragte sich erneut, was eine zweiundvierzigjährige Amerikanerin an einem solchen Ort verloren hatte. Sie und Gettys hatten, ohne daß Bright und Yancy davon wußten, in aller Stille ein Vertrauensverhältnis aufgebaut. Sie hatten lange miteinander über die Möglichkeit beraten, gewissen Reportern Hinweise auf Rachel Lanes Aufenthaltsort zukommen zu lassen. Bestimmt würde die Presse sie da unten finden. Man würde sie ausräuchern, und die Welt würde im Laufe der Zeit erfahren, was sie mit dem Erbe vorhatte. Falls sie es wirklich nicht wollte, was ihren geheimsten Hoffnungen und Träumen entsprach, konnten ihre Mandanten verlangen, daß man den gesamten Betrag unter ihnen aufteilte.

Die Sache war riskant, und sie waren sich nach wie vor nicht einig, wie sie vorgehen sollten.

»Was hat Rachel Lane mit dem ganzen Geld vor?« fragte Yancy.

»Das ist noch nicht entschieden«, sagte Josh, als unterhielte er sich jeden Tag mit Rachel über das Thema. »Wahrscheinlich wird sie das meiste an wohltätige Einrichtungen geben und lediglich einen Bruchteil für sich behalten. Ich denke, das ist auch der Grund, warum Troy sie zur Universalerbin eingesetzt hat. Er war fest überzeugt, daß das Geld keine drei Monate vorhalten würde, wenn Ihre Mandanten es bekämen. Indem er es Rachel hinterließ, konnte er sicher sein, daß es für Menschen verwendet wird, die es brauchen.«

Nach diesen Worten trat eine lange Pause ein. Träume zerplatzten wie Seifenblasen. Es gab also jene Rachel Lane doch, und sie dachte offenbar nicht daran, das Erbe auszuschlagen.

»Warum ist sie nicht selbst hier aufgetaucht?« fragte Hark schließlich.

»Nun, man muß die Frau kennen, um diese Frage zu beantworten. Geld bedeutet ihr nichts. Sie hatte nicht damit gerechnet, im Testament ihres Vaters bedacht zu werden, und merkt nun mit einem Mal, daß sie Milliarden geerbt hat. Sie steht nach wie vor unter Schock.«

Eine weitere lange Pause trat ein, in der die Phelan-Anwälte auf ihren Blocks herumkritzelten. »Falls nötig, sind wir bereit, bis zum Obersten Gericht zu gehen«, sagte Langhorne schließlich. »Ist der Frau klar, daß das Jahre dauern kann?«

»Absolut«, gab Josh zur Antwort. »Genau das ist einer der Gründe, warum sie mich gebeten hat, Vergleichsmöglichkeiten zu sondieren.«

Na also. Es ging also doch weiter.

»Wo fangen wir an?« fragte Wally Bright.

Das war eine schwierige Frage. Einerseits stand da sozusagen ein Topf voll Gold, der rund elf Milliarden wert war. Erbschaftssteuern dürften mehr als die Hälfte ausmachen, womit immer noch rund fünf Milliarden zum Herumspielen blieben. Auf der anderen Seite standen die Phelan-Kinder, die bis auf Ramble praktisch pleite waren. Wer würde als erster eine Zahl nennen? Wie hoch würde sie sein? Zehn Millionen pro Kopf? Oder hundert?

Josh hatte sich alles zurechtgelegt. »Wir sollten mit dem Testament anfangen«, sagte er. »Einmal vorausgesetzt, daß es als gültig anerkannt wird, legt es in unmißverständlichen Worten fest, daß kein Nachkomme, der es anficht, mit irgendeiner Zahlung rechnen darf. Dieser Passus bezieht sich auf Ihre Mandanten, und deshalb fangen Sie bei null an. Als nächstes sieht das Testament für jeden Ihrer Mandanten einen Betrag in Höhe ihrer Schulden zum Zeitpunkt von Troy Phelans Tod vor.« Josh hob ein weiteres Blatt und warf einen kurzen Blick darauf. »Soweit uns bekannt ist, hat Ramble Phelan bislang keine Schulden. Geena Phelan Strong hatte am Stichtag, dem neunten Dezember, vierhundertzwanzigtausend Dollar Schulden, Libbigail und Spike rund achtzigtausend, Mary Ross und der Orthopäde, mit dem sie verheiratet ist, neunhunderttausend. Troy Junior hatte sich zwar in diversen Konkursverfahren des größten Teils seiner Schulden entledigt, stand aber immer noch mit hundertdreißigtausend Dollar zu Buche. Den Vogel schießt Rex ab, denn wie wir alle wissen, standen er und seine reizende Gattin Amber am neunten Dezember mit insgesamt sieben Millionen sechshunderttausend Dollar in der Kreide. Haben Sie gegen diese Darstellung irgendwelche Einwände zu erheben?«

Das war nicht der Fall. Die Zahlen stimmten. Den Anwälten ging es ausschließlich um die nächste Zahl.

»Nate O'Riley hat sich mit seiner Mandantin in Verbindung gesetzt. Weil ihr daran liegt, die Sache aus der Welt zu schaffen, bietet sie jedem der Nachkommen zehn Millionen Dollar.«

Noch nie hatten die Anwälte so rasch geschrieben und gerechnet. Hark hatte drei Mandanten; siebzehneinhalb Prozent bedeuteten für ihn ein Honorar von fünfeinviertel Millionen. Geena und Cody hatten einem Erfolgshonorar in Höhe von einem Fünftel für Langhorne zugestimmt, womit ihre kleine Kanzlei zwei Millionen einnehmen würde. Das gleiche galt für Yancy, vorbehaltlich der Genehmigung durch das Gericht, da Ramble noch minderjährig war. Und Wally Bright, der Winkeladvokat, der seinen Lebensunterhalt damit zusammenkratzte, daß er an den Wartehäuschen von Bushaltestellen zügige Scheidungen anpries, würde entsprechend dem skrupellosen Vertrag, den er mit Libbigail und Spike geschlossen hatte, die Hälfte der zehn Millionen kassieren.

Wally Bright reagierte als erster. Obwohl sich sein Herz wie ein Eisklumpen anfühlte und seine Speiseröhre wie von einer stählernen Klammer umschlossen war, brachte er mit beträchtlicher Dreistigkeit heraus: »Meine Mandantin denkt gar nicht daran, sich mit weniger als fünfzig Millionen zufriedenzugeben.« Obwohl er nicht wußte, wie viele Nullen diese Zahl hatte, sagte er sie mit der Miene eines Menschen, der es gewohnt ist, in Las Vegas die Bank zu sprengen.

Auch die anderen schüttelten den Kopf. Stirnrunzelnd bemühten sie sich, den Eindruck zu erwecken, als widere sie der angebotene lächerliche Betrag geradezu an, während sie in Wahrheit bereits überlegten, wie sie das Geld ausgeben würden.

Sie hatten sich darauf geeinigt, sofern von Geld gesprochen wurde, auf keinen Fall weniger als fünfzig Millionen pro Erben zu akzeptieren. Vor der Besprechung hatte das gut geklungen. Jetzt sahen die zehn Millionen, die als Angebot auf dem Tisch lagen, ausgesprochen verlockend aus.

»Das entspricht etwa einem Prozent des Netto-Nachlasses«, sagte Hark.

»So kann man das sehen«, sagte Josh. »Es gibt eine ganze Reihe von Möglichkeiten, die Sache zu betrachten. Ich fange aber lieber bei null an, denn da befinden Sie sich zur Zeit, und arbeite mich nach oben, als daß ich den ganzen Nachlaß ins Auge fasse und mich nach unten arbeite.«

Doch da Josh an ihrem Vertrauen gelegen war, sagte er, nachdem sie eine Weile mit Zahlen jongliert hatten: »Wenn ich einen der Nachkommen zu vertreten hätte, würde ich auch zehn Millionen nicht akzeptieren.«

Sie erstarrten und hörten aufmerksam zu.

»Rachel Lane ist nicht knauserig. Ich denke, daß Nate O'Riley sie überreden könnte, sich mit zwanzig Millionen für jeden der Erben einverstanden zu erklären.«

Damit verdoppelten sich ihre Honorare. Über zehn Millionen für Hark. Vier Millionen für Langhorne und Yancy. Der arme Wally, der jetzt bei zehn stand, hatte plötzlich einen Anfall von Diarrhöe und bat, hinausgehen zu dürfen.

Nate war eifrig dabei, einen Türrahmen zu streichen, als sein Mobiltelefon summte. Josh hatte verlangt, daß er das verdammte Ding ständig in Reichweite hatte.

»Falls es für mich ist, notieren Sie einfach die Nummer«, sagte Phil. Er maß gerade eine komplizierte Ecke für das nächste Stück Spanplatte aus.

Es war Josh. »Es hätte gar nicht besser laufen können«, verkündete er. »Ich habe bei zwanzig Millionen pro Nase aufgehört, obwohl sie fünfzig wollten.«

»Fünfzig?« fragte Nate ungläubig.

»Ja, aber sie sind schon dabei, das Geld auszugeben. Ich möchte wetten, daß zumindest zwei von ihnen inzwischen beim Mercedes-Händler sind.«

»Und wer gibt es schneller aus, die Anwälte oder die Mandanten?«

»Ich würde auf die Anwälte tippen. Ich habe gerade mit Wycliff gesprochen. Wir treffen uns am Mittwoch um drei im Richterzimmer. Bis dahin müßten wir alles fertig haben.«

»Ich kann es nicht erwarten«, sagte Nate und klappte das Telefon zu. Zeit für eine Kaffeepause. Sie setzten sich, den Rücken an die Wand gelehnt, auf den Fußboden und tranken Milchkaffee.

»Fünfzig wollten sie?« Inzwischen kannte Phil die Einzelheiten. Seit sie allein unten im Keller der Kirche arbeiteten, hatten die beiden kaum noch Geheimnisse voreinander. Das Gespräch zwischen ihnen war wichtiger als der Fortschritt, den sie machten. Phil war Geistlicher und Nate Anwalt. So unterlag alles, was gesagt wurde, irgendeiner Art von Amtsgeheimnis.

»Das ist eine beachtliche Forderung«, sagte Nate. »Aber sie geben sich bestimmt mit viel weniger zufrieden.«

»Rechnen Sie damit, daß es zu einem Vergleich kommt?«

»Klar. Wir treffen uns am Mittwoch beim Richter. Er wird ein bißchen Druck ausüben. Bis dahin werden die Anwälte und ihre Mandanten wohl das Geld schon zählen.«

»Und wann fliegen Sie?«

»Vermutlich am Freitag. Wollen Sie mitkommen?«

»Das kann ich mir nicht leisten.«

»Natürlich können Sie. Meine Mandantin zahlt alles. Sie können unterwegs mein geistlicher Berater sein. Geld spielt keine Rolle.«

»Es wäre nicht recht.«

»Hören Sie, Phil. Ich zeige Ihnen das Pantanal. Sie können meine guten Freunde Jevy und Welly kennenlernen. Wir unternehmen eine Bootsfahrt.«

»Sie schildern das sehr verlockend.«

»Es ist überhaupt nicht gefährlich. Viele Touristen reisen ins Pantanal. Es ist ein phantastisches ökologisches Reservat. Ernsthaft, Phil, falls Sie interessiert sind, kann ich das deichseln.«

»Ich habe keinen Paß«, sagte er und trank einen Schluck Kaffee. »Außerdem habe ich hier viel zu tun.«

Nate plante, eine Woche fortzubleiben, und irgendwie gefiel ihm die Vorstellung, daß es im Keller nach seiner Rückkehr genauso aussehen würde wie jetzt.

»Mrs. Sinclair kann jetzt jederzeit sterben«, sagte Phil leise. »Ich kann nicht weg.«

Man rechnete schon seit mindestens einem Monat mit Mrs. Sinclairs Ableben, so daß Phil sogar Bedenken hatte, nach Baltimore zu fahren, obwohl es sozusagen um die Ecke lag. Es war Nate klar, daß er das Land nie verlassen würde.

»Sie werden die Frau also wiedersehen«, sagte Phil.

»Ja.«

»Sind Sie aufgeregt?«

»Ich weiß nicht. Ich freue mich darauf, aber ich bin nicht sicher, ob sie mich sehen will. Sie ist da unten sehr glücklich und möchte mit dieser Welt hier nichts zu tun haben. Es wird ihr überhaupt nicht recht sein, daß ich sie wieder mit all dem juristischen Kram belästige.«

»Und warum tun Sie es dann?«

»Weil es nichts zu verlieren gibt. Wenn sie das Geld wieder nicht will, sind wir in derselben Situation wie jetzt. Die Gegenseite bekommt alles.«

»Das wäre eine Katastrophe.«

»Ja. Es dürfte schwierig sein, Menschen zu finden, die weniger geeignet sind, mit großen Beträgen umzugehen, als die Phelan-Nachkommen. Sie bringen sich damit nur um.«

»Können Sie das Rachel nicht erklären?«

»Das habe ich versucht. Sie will nichts davon hören.«

»Und sie wird es sich nicht anders überlegen?«

»Nein. Nie.«

»Das heißt, die Fahrt dorthin ist Zeitverschwendung?«

»Ich fürchte, ja. Aber wir wollen es zumindest versuchen.«

FÜNFZIG

Mit Ausnahme Rambles bestanden alle Phelan-Nachkommen darauf, sich während der Besprechung zwischen den Anwälten und Richter Wycliff entweder im Gericht selbst oder in Steinwurfweite davon entfernt aufzuhalten. Jeder von ihnen hatte ein Mobiltelefon zur Hand, jeder der Anwälte im Richterzimmer ebenfalls.

Mandanten und Anwälte hatten nicht viel geschlafen in den letzten beiden Nächten.

Wie oft im Leben wird man schon auf einen Schlag Millionär? Zumindest für die Phelan-Nachkommen würde es ein Ereignis sein, das zweimal stattfand, und jeder von ihnen nahm sich vor, diesmal weit überlegter mit dem Geld umzugehen. Noch einmal würden sie dazu keine Gelegenheit bekommen.

Sie gingen auf den Gängen des Gerichtsgebäudes auf und ab und warteten. Sie rauchten draußen vor dem Haupteingang. Sie saßen in ihren warmen Autos auf dem Parkplatz und rutschten unruhig hin und her. Sie sahen auf die Uhr, versuchten Zeitung zu lesen oder machten mühsam Konversation, wenn sie einander zufällig über den Weg liefen.

Nate und Josh saßen auf der einen Seite des Richterzimmers. Natürlich trug Josh einen teuren dunklen Anzug. Nate war in einem Jeanshemd mit weißen Farbflecken auf dem Kragen gekommen und trug keine Krawatte. Jeans und Wanderstiefel rundeten seinen Aufzug ab.

Wycliff wandte sich zuerst an die Phelan-Anwälte auf der anderen Seite des Raumes. Er wies sie darauf hin, daß er, zumindest zum gegenwärtigen Zeitpunkt, nicht daran denke, Rachel Lane vom Verfahren auszuschließen. Zu viel stehe für sie auf dem Spiel. Mr. O'Riley vertrete ihre Interessen in angemessener Weise, und daher werde das Verfahren den vorgeschriebenen Gang gehen.

Der Zweck der Zusammenkunft war es, die Möglichkeiten eines Vergleichs auszuloten. In jedem Zivilprozeß ist einem Richter daran gelegen, eine Einigung herbeizuführen. Zwar freute sich Wycliff insgeheim auf eine sich möglichst lang hinziehende, häßliche Auseinandersetzung der Parteien vor Gericht, die in der Öffentlichkeit großes Aufsehen erregen würde. Das aber durfte er sich keinesfalls anmerken lassen. Er war von Amts wegen verpflichtet, beide Seiten mit allen verfügbaren Mitteln zu einem Vergleich zu bewegen, sei es durch sanften Druck, sei es durch Überredung.

In diesem Fall aber war weder Druck noch Überredung erforderlich.

Er hatte alle vorgelegten Dokumente und Anträge gründlich durchgearbeitet und sich jede Minute der Zeugenbefragungen auf Band angesehen. Er faßte seine Einschätzung der Lage zusammen und teilte Hark, Bright, Langhorne und Yancy als seine wohlerwogene Schlußfolgerung mit, daß ihre Sache seiner Meinung nach nicht besonders günstig stehe.

Sie nahmen diese Mitteilung, die sie nicht überraschte, mit Fassung auf. Das Geld war zum Greifen nahe, und sie wollten es unbedingt haben. Beleidige uns, soviel du willst, sagten sie sich, aber komm zur Sache, nämlich zum Geld.

Andererseits, sagte Wycliff, kann man nie wissen, was Geschworene entscheiden werden. Er tat so, als stelle er jede Woche eine Geschworenenliste zusammen, was nicht der Fall war. Auch den Anwälten war das bekannt.

Er forderte Josh auf vorzutragen, was bei der ersten Vergleichsbesprechung am Montag, vor zwei Tagen, gesagt worden war. »Ich möchte genau wissen, wo wir stehen«, erklärte er.

Josh faßte sich kurz. Alles ließ sich in wenigen Sätzen sagen. Jeder der Nachkommen fordere fünfzig Millionen Dollar. Rachel, die Universalerbin, biete jedem zwanzig Millionen an, und zwar auf der Basis eines außergerichtlichen Vergleichs, ohne damit einen Rechtsanspruch der anderen anzuerkennen.

»Die genannten Beträge weichen beträchtlich voneinander ab«, merkte Wycliff an.

Nate war zwar gelangweilt, bemühte sich aber, wachsam zu erscheinen. Immerhin ging es bei dieser Verhandlung um eins der bedeutendsten Vermögen auf der ganzen Welt, das je von einem einzelnen Menschen zusammengetragen worden war. Josh hatte Nate wegen seiner Kleidung getadelt, doch das ließ ihn kalt. Er hielt sein Interesse wach, indem er aufmerksam die Gesichter der ihm gegenüber sitzenden Anwälte studierte. Sie wirkten unruhig, nicht etwa besorgt oder ängstlich, sondern eher so, als könnten sie es nicht abwarten zu erfahren, wieviel sie bekommen würden. Ihre Augen huschten umher, ihre Handbewegungen waren fahrig.

Was für ein Spaß wäre es doch, einfach aufzustehen, zu erklären, Rachel biete niemandem auch nur einen Cent, und den Raum zu verlassen. Sie würden einige Augenblicke wie erstarrt dasitzen und ihn dann jagen wie halbverhungerte Hunde.

Als Josh fertig war, sprach Hark für die Gegenseite. Er hatte sich Notizen gemacht und gründlich überlegt, was er sagen wollte. Als er einräumte, der Fall habe sich nicht so entwickelt, wie sie sich das vorgestellt hatten, hörten sie ihm aufmerksam zu. Ihre Mandanten seien keine guten Zeugen und die neuen Psychiater nicht so zuverlässig wie die vorigen drei. Snead sei nicht glaubwürdig. All das gab er mit bewundernswerter Aufrichtigkeit zu.

Statt sich mit juristischen Konstruktionen abzugeben, konzentrierte sich Hark auf die Menschen. Er sprach über ihre Mandanten, Phelans Kinder, und räumte ein, daß sie auf den ersten Blick nicht besonders sympathisch wirkten. Wer sie aber besser kenne, so gut wie ihre Anwälte, müsse sich eingestehen, daß sie einfach nie im Leben eine wirkliche Chance gehabt hatten. Als Kinder seien sie verzogen worden, die Kindermädchen hätten sich die Türklinke in die Hand gegeben, ihr Vater habe nichts von ihnen wissen wollen und entweder gerade in Asien Fabriken gekauft oder in seinem Büro mit der jeweils neuesten Sekretärin zusammengelebt. Geld sei immer in Hülle und Fülle dagewesen, ohne daß man dafür einen Finger habe krumm machen müssen. Es sei keinesfalls seine Absicht, das Andenken des Toten herabzusetzen, aber man müsse Troy

Phelan so sehen, wie er gewesen sei. Auch den Müttern müsse man ein gerüttelt Maß an Schuld für die Fehlentwicklung der Kinder geben, doch hätten sie selbst an Troys Seite ebenfalls die Hölle durchlebt.

Die Phelan-Kinder seien nun einmal nicht in einer normalen Familie aufgewachsen, und niemand habe ihnen je beigebracht, was die meisten anderen Kinder von ihren Eltern lernen. Der Vater sei ein bedeutender Geschäftsmann gewesen, dessen Anerkennung sie gesucht, aber nie bekommen hätten. Die Mütter hätten ihre Zeit mit Kaffeekränzchen, mildtätigen Einrichtungen und der Kunst des Einkaufens totgeschlagen. Ihr Vater sei der Ansicht gewesen, sie damit, daß er ihnen zu ihrem einundzwanzigsten Geburtstag fünf Millionen Dollar gab, hinreichend auf das Leben vorbereitet zu haben. Das sei gleichzeitig viel zu spät und viel zu früh gewesen. Das Geld habe auf keinen Fall die elterliche Anleitung und Liebe ersetzen können, die sie als Kinder gebraucht hätten, und sie hätten deutlich bewiesen, daß ihnen das Verantwortungsgefühl abging, das sie für den Umgang mit dem schlagartig über sie hereingebrochenen Reichtum gebraucht hätten.

Zwar hätte sich diese Zuwendung für sie als katastrophal erwiesen, aber zugleich auch einen Reifeprozeß ausgelöst. Jetzt, nach vielen Jahren, könnten die Phelan-Kinder ihre Fehler im Rückblick richtig einschätzen. Sie empfänden es als beschämend, wie unüberlegt sie mit dem Geld umgegangen seien. Man müsse sich einmal vorstellen, wie das sei, wenn man eines Tages aufwache wie der verlorene Sohn. Genau so aber sei es Rex einst mit zweiunddreißig Jahren gegangen: Geschieden und zahlungsunfähig habe er vor einem Richter gestanden, der im Begriff stand, ihn zu einer Gefängnisstrafe zu verurteilen, weil er seinen Unterhaltsverpflichtungen nicht nachgekommen war. Man müsse sich einmal vorstellen, wie es sei, wenn man elf Tage im Gefängnis sitze, während der Bruder, gleichfalls mittellos und geschieden, die Mutter zu überzeugen versucht, die Kaution zu stellen. Rex habe ihm gesagt, er hätte die ganze Zeit in der Haft überlegt, wo all das Geld geblieben sei.

Das Leben sei mit den Phelan-Kindern hart umgesprungen. Zwar hätten sie sich viele ihrer Wunden selbst zuzuschreiben, viele aber seien ihres Vaters wegen unvermeidlich gewesen.

Dessen eigenhändiges Testament nun bilde den krönenden Abschluß der Vernachlässigung durch ihn. Niemals würden sie verstehen, aus welchem Grund der Mann, der sie als Kinder verachtet, als Erwachsene bestraft und als Erben aus seinem Testament gestrichen hatte, ihnen gegenüber so boshaft gewesen war.

Hark schloß mit den Worten: »Wie auch immer man die Dinge betrachtet, sie sind und bleiben Abkömmlinge Troy Phelans, sein Fleisch und Blut, und sie verdienen sicherlich einen angemessenen Anteil am Nachlaß ihres Vaters.«

Als er sich setzte, herrschte Stille im Raum. Mit dieser zu Herzen gehenden Schilderung hatte er Nate, Josh und sogar Wycliff gerührt. Vor einem Geschworenengericht wäre er damit nie durchgekommen, weil er in einer öffentlichen Verhandlung nie hätte zugeben dürfen, daß keiner seiner Mandanten einen einklagbaren Anspruch hatte, aber für die Situation im Richterzimmer war sein Plädoyer einfach perfekt gewesen.

Bei der Rollenverteilung war festgelegt worden, daß Nate die Verfügung über das Geld haben sollte. Er hätte ohne weiteres eine geschlagene Stunde lang feilschen, tricksen, bluffen und einige Millionen herunterhandeln können. Aber dazu hatte er einfach keine Lust. Wenn ein Hark Gettys imstande war, mit offenen Karten zu spielen, konnte er das auch. Ohnehin diente die ganze Veranstaltung ja nur der Verschleierung.

»Was ist Ihr letztes Wort?« fragte er Hark, ohne ihn aus den Augen zu lassen.

»Das mit dem letzten Wort ist so eine Sache, aber ich denke, fünfzig Millionen sind angemessen. Ich weiß, daß sich das nach viel anhört, und es ist auch eine ganze Menge, aber andererseits muß man auch die Höhe des Nachlasses bedenken. Nach Abzug der Steuern reden wir über nicht mehr als fünf Prozent des Gesamtbetrags.«

»Fünf Prozent ist nicht sehr viel«, sagte Nate und ließ die Worte zwischen ihnen stehen. Hark sah ihn aufmerksam an, doch die anderen beugten sich eifrig mit gezückten Stiften über ihre Blocks, um alles neu durchzurechnen.

»Das ist es wirklich nicht«, sagte Hark.

»Meine Mandantin ist mit fünfzig Millionen einverstanden«, sagte Nate. Vermutlich brachte seine Mandantin gerade kleinen Kindern im Schatten eines Baums am Fluß fromme Lieder bei.

Wally Bright, der gerade ein Honorar von fünfundzwanzig Millionen verdient hatte, wäre am liebsten durch den Raum gestürmt, um Nate die Füße zu küssen. Statt dessen runzelte er angestrengt die Stirn und notierte etwas auf seinem Block, was er selbst nicht lesen konnte.

Natürlich hatte Josh das Ergebnis vorhergesehen. Schließlich hatten seine Erbsenzähler die nötige Vorarbeit geleistet. Wycliff aber war sprachlos. Es war zu einer Einigung gekommen, ein Prozeß würde nicht stattfinden. Er mußte den Eindruck erwecken, als sei er damit zufrieden. »Darf ich das so verstehen« sagte er, »daß sich die Parteien geeinigt haben?«

Aus reiner Gewohnheit drängten sich die Phelan-Anwälte ein letztes Mal um Hark zusammen und versuchten, miteinander zu flüstern, doch ihnen fehlten die Worte.

»Wir sind uns einig«, verkündete Hark, um sechsundzwanzig Millionen reicher.

Ganz zufällig hatte Josh einen fertigen Vergleichsentwurf zur Hand. Sie machten sich daran, die Leerstellen auszufüllen, als den Phelan-Anwälten mit einem Mal ihre Mandanten einfielen. Sie baten um Entschuldigung, eilten in den Gang hinaus und holten ihre Mobiltelefone hervor. Troy Junior wartete neben einem Getränkeautomaten im Erdgeschoß. Geena und Cody lasen in einem leeren Gerichtssaal Zeitung. Spike und Libbigail saßen in ihrem alten Kleinlaster, der ein Stück weiter auf der Straße stand, und Mary Ross saß in ihrem Cadillac auf dem Parkplatz. Ramble war zu Hause im Keller, hatte die Tür abgeschlossen, die Kopfhörer aufgestülpt und befand sich in einer anderen Welt.

Um Rechtskraft zu erlangen, mußte der Vertrag von Rachel Lane mit ihrer Unterschrift gebilligt werden. Die Phelan-Anwälte baten darum, die Sache streng vertraulich zu behandeln, und Wycliff erklärte sich bereit, die Gerichtsakte einstweilen zu versiegeln. Nach einer Stunde war alles erledigt. Der Vertrag wurde von jedem der Phelan-Erben und ihren Anwälten unterzeichnet. Auch Nate unterschrieb.

Nur eine Unterschrift fehlte. Nate teilte ihnen mit, es werde einige Tage dauern, sie zu beschaffen.

Wenn die wüßten, dachte er, als er das Gericht verließ.

Am Freitag nachmittag fuhren Nate und der Pfarrer im geleasten Auto des Anwalts zum Flughafen Baltimore-Washington. Phil saß am Steuer, um sich mit dem Wagen vertraut zu machen. Nate döste auf dem Beifahrersitz vor sich hin. Auf der Chesapeake Bay Bridge wurde er wach und las Phil, der alle Einzelheiten wissen wollte, die mit den Erben getroffene Vereinbarung vor.

Die elegante, glänzende Gulfstream IV des Phelan-Konzerns, die zwanzig Menschen an jeden Ort der Erde bringen konnte, stand abflugbereit. Da sich Phil einen Eindruck von dem Flugzeug verschaffen wollte, bat Nate die Piloten, ihnen die Maschine zu zeigen. Das bereitete nicht die geringsten Schwierigkeiten, Mr. O'Rileys Wunsch war ihnen Befehl. Überall in der Kabine sah man Leder und Holz, es gab Sofas, Lehnsessel, einen Besprechungstisch und mehrere Fernsehbildschirme. Ein normaler Passagierflug hätte Nate genügt, aber Josh hatte darauf bestanden, daß er diese Maschine nahm.

Er sah Phil nach, während dieser davonfuhr, dann bestieg er das Flugzeug erneut. In neun Stunden würde er in Corumbá sein.

Der Stiftungsvertrag war bewußt so knapp und klar formuliert, wie das bei einem so komplizierten juristischen Text überhaupt möglich war. Josh hatte seine Leute, die er mit dem Entwurf beauftragt hatte, dazu veranlaßt, ihn mehrfach zu überarbeiten. Sofern Rachel überhaupt gesonnen war, den Vertrag zu unterschreiben, war es von größter Bedeutung, daß sie seinen Sinn vollständig erfaßte. Zwar würde Nate da sein, um ihr alles Erforderliche zu erklären, doch er wußte, daß sie mit solchen Dingen nicht viel Geduld hatte.

Der Vertrag sah vor, daß die gesamte Erbmasse, die Rachel gemäß dem Testament ihres Vaters zufiel, in eine Stiftung eingebracht wurde, die den Namen Rachel-Stiftung tragen sollte, denn etwas Originelleres war ihnen nicht eingefallen. Zehn Jahre lang durfte das Kapital nicht angerührt werden; lediglich die auflaufenden Zinsen und sonstigen Erträge konnten für wohltätige Zwecke verwendet werden. Nach Ablauf dieser zehn Jahre war es nach Gutdünken der Treuhänder möglich, jährlich fünf Prozent des Kapitals zusätzlich zu den Zinsen und sonstigen Erträgen auszugeben, und zwar ausschließlich für wohltätige Zwecke, wobei die Missionstätigkeit von World Tribes Missions im Vordergrund stand. Doch waren die Bedingungen bewußt so formuliert, daß die Treuhänder das Geld auch für nahezu jeden Zweck verwenden konnten, der den Absichten der Stifterin entsprach. Als erste Treuhänderin war Neva Collier von der Missionsgesellschaft eingetragen worden; sie hatte das Recht, bis zu einem Dutzend weiterer Treuhänder zu benennen, die gemeinsam mit ihr die Aufgaben bewältigen sollten. Die Treuhänder mußten Rachel auf Verlangen Rechenschaft ablegen, aber sonst niemandem.

Falls Rachel es wünschte, würde sie selbst das Geld nie zu sehen bekommen. Errichtet würde die Stiftung mit Hilfe von der Missionsgesellschaft benannter Anwälte.

Es war eine ganz einfache Lösung.

Lediglich zwei rasche Unterschriften von Rachel Lane, oder wie ihr Nachname auch lautete, waren nötig. Eine unter den Stiftungsvertrag, die andere unter die Vereinbarung mit den Erben. Sobald das erledigt war, würden der Abwicklung des Phelan-Nachlasses keine weiteren Hemmnisse im Weg stehen. Danach konnte Nate tun, was er sich vorgenommen hatte, sich seinen Schwierigkeiten stellen, die unvermeidliche bittere Pille schlucken und danach sein Leben neu aufbauen. Er konnte es gar nicht abwarten, damit anzufangen.

Falls sie sich weigerte, den Stiftungsvertrag und die Einigungserklärung zu unterschreiben, brauchte Nate ihre Unterschrift unter einer Verzichtserklärung. Sie hatte das Recht, die

Erbschaft auszuschlagen, mußte das aber dem Gericht in rechtsverbindlicher Weise mitteilen.

Eine solche Verzichtserklärung würde aus Troys Testament ein wertloses Blatt Papier machen. Es wäre zwar gültig, ließe sich aber nicht vollstrecken, und man mußte so tun, als hätte er kein Testament hinterlassen. In diesem Fall würde der Nachlaß entsprechend der Zahl seiner ehelichen Nachkommen in sechs gleiche Teile geteilt.

Wie würde Rachel reagieren? Er wünschte sich, daß sie sich freute, ihn zu sehen, aber was das betraf, war er seiner Sache alles andere als sicher. Er erinnerte sich, wie sie dem Boot nachgewinkt hatte, als er mit Jevy abgefahren war, unmittelbar bevor ihn das Fieber erfaßt hatte. Sie hatte inmitten der Indianer gestanden und ihm auf immer Lebewohl gewinkt. Sie wollte nicht mit weltlichen Dingen behelligt werden.

EINUNDFÜNFZIG

Valdir wartete schon, als die Gulfstream auf das kleine Empfangsgebäude des Flugplatzes von Corumbá zurollte. Es war ein Uhr nachts, alles lag verlassen da. Nate sah zu der Handvoll Kleinflugzeuge am anderen Ende der Rollbahn hin und überlegte, ob es Milton je gelungen war, seine Maschine aus dem Pantanal zu bergen.

Er und Valdir begrüßten sich wie alte Freunde. Nates gesundes Aussehen überraschte den Brasilianer angenehm. Bei ihrer letzten Begegnung war er vom Denguefieber geschüttelt gewesen und hatte wie ein Gerippe ausgesehen.

Sie fuhren in Valdirs Fiat in die Stadt. Die Fenster waren heruntergekurbelt, so daß die warme, feuchte Luft Nate ins Gesicht blies. Die Piloten würden ihnen in einer Taxe folgen. Die staubigen Straßen lagen verlassen da. Niemand war unterwegs. Sie blieben vor dem Hotel Palace stehen. Valdir gab Nate einen Schlüssel. »Zimmer zweihundertzwölf«, sagte er. »Um sechs Uhr bin ich wieder da.«

Nate schlief vier Stunden und wartete schon auf dem Bürgersteig, als sich die Morgensonne zwischen den Gebäuden erhob. Der klare Himmel gehörte zu den ersten Dingen, die ihm auffielen. Die Regenzeit war seit einem Monat vorüber. Inzwischen wurde es allmählich kühler, doch sank das Thermometer tagsüber selten unter fünfundzwanzig Grad.

In seiner schweren Aktentasche hatte er die Papiere, eine Fotokamera, ein neues Satellitentelefon, ein neues Mobiltelefon, einen Funkrufempfänger, eine Literflasche mit dem stärksten Insektenschutzmittel, das zu haben war, ein kleines Geschenk für Rachel und zweimal Wäsche zum Wechseln. Zu einer langen Khakihose trug er ein Hemd mit langen Ärmeln. Zwar mochte es ihm unbehaglich werden, wenn er ein wenig schwitzte, aber kein Insekt würde seine Rüstung durchdringen.

Um Punkt sechs Uhr kam Valdir, und sie fuhren zum Flughafen. Langsam erwachte die Stadt zum Leben.

Valdir hatte den Hubschrauber mit zwei Piloten zum Preis von tausend Dollar die Stunde von einer Firma in Campo Grande gemietet. Er bot vier Personen Platz, und seine Reichweite betrug fünfhundert Kilometer.

Valdir und die Piloten hatten Jevys Karten des Xeco und seiner Nebenflüsse genau studiert. Nachdem die Überschwemmungen zurückgegangen waren, war die Orientierung im Pantanal weit einfacher, sowohl auf dem Wasser als auch in der Luft. Flüsse hatten sich wieder in ihre Betten zurückgezogen, Seen lagen da, wo sie hingehörten, *fazendas* standen nicht mehr unter Wasser und ließen sich mit Hilfe von Karten aus der Luft finden.

Während Nate seine schwere Tasche in den Hubschrauber wuchtete, versuchte er, nicht an seinen vorigen Flug über das Pantanal zu denken. Die Vorzeichen standen günstig. Auf keinen Fall würde er zweimal nacheinander eine Bruchlandung erleben.

Valdir blieb lieber, wo er war, in der Nähe seines Telefons. Er flog nicht gern, schon gar nicht in einem Hubschrauber und erst recht nicht über dem Pantanal. Beim Start war der Himmel wolkenlos. Nate legte Bauchgurt und Schultergurte an und setzte einen Helm auf. Von Corumbá aus folgten sie dem Paraguay. Fischer winkten ihnen zu. Kleine Jungen, die bis zu den Knien im Wasser standen, hoben den Blick zu ihnen empor. Sie flogen über eine mit Bananen beladene *chalana*, die wie sie selbst nach Norden unterwegs war. Dann über eine klapprige *chalana*, die nach Süden fuhr.

Allmählich gewöhnte sich Nate an das Dröhnen des Rotors und die Schwingungen. Über seine Kopfhörer bekam er mit, wie sich die Piloten auf portugiesisch miteinander unterhielten. Er mußte an die *Santa Loura* denken und an den Kater, den er gehabt hatte, als er beim vorigen Mal Corumbá in nördlicher Richtung verlassen hatte.

Der Hubschrauber stieg auf sechshundert Meter Höhe. Nach einer halben Stunde erkannte Nate Fernandos Handelsniederlassung am Ufer des Flusses.

Es verblüffte ihn zu sehen, wie sehr das Pantanal sein Aussehen von einer Jahreszeit zur anderen verändert hatte. Zwar war es nach wie vor eine endlose Folge von Sümpfen, Lagunen und Flüssen, die wild in alle Richtungen durcheinanderströmten, aber jetzt, nachdem die Fluten zurückgegangen waren, wirkte alles viel grüner.

Sie hielten sich über dem Paraguay. Der Himmel blieb vor Nates aufmerksamen Augen klar und blau. Er mußte daran denken, wie sie damals am Heiligabend mit Miltons Maschine zu Boden gegangen waren. Das Unwetter hatte sich von einem Augenblick zum anderen über dem Gebirge zusammengebraut.

Die Piloten gingen in einer Spiralbewegung auf dreihundert Meter hinunter und machten Handbewegungen, als hätten sie ihr Ziel gefunden. Nate hörte das Wort Xeco und sah einen Fluß, der in den Paraguay mündete. Natürlich hatte er keine Erinnerungen an ihn. Bei seiner ersten Begegnung mit dem Xeco hatte er am Boden des Bootes unter einem Zelt gelegen und gehofft, er werde sterben. Jetzt ging es vom Paraguay aus nach Westen. Die Piloten folgten dem sich windenden Xeco in Richtung auf die bolivianischen Berge. Sie spähten mit größter Aufmerksamkeit nach unten. Sie suchten eine blaugelbe *chalana*.

Als Jevy das ferne Geräusch des Hubschraubers hörte, schoß er eine orangefarbene Signalrakete ab. Welly tat es ihm nach. Die Raketen brannten grell und zogen eine Spur blauen und silbernen Rauchs hinter sich her. Nach wenigen Minuten kam der Hubschrauber in Sicht. Er zog langsam seine Kreise.

Jevy und Welly hatten fünfzig Meter vom Flußufer entfernt mit Haumessern eine Lichtung in ein dichtes Gebüsch geschlagen. Noch vor einem Monat hatte der Boden unter Wasser gestanden. Schwankend senkte sich der Hubschrauber der Erde entgegen.

Als der Rotor stand, sprang Nate heraus und umarmte seine alten Reisegefährten. Er hatte sie über zwei Monate nicht gesehen, und es bedeutete für alle drei eine Überraschung, daß er mit einem Mal da war.

Die Zeit war kostbar. Da Nate Gewitter, Dunkelheit, Überschwemmungen und Stechmücken fürchtete, wollte er so rasch wie möglich aufbrechen. Sie gingen zur am Ufer vertäuten *chalana*. Neben ihr dümpelte ein langes, sauberes Beiboot, das aussah, als warte es auf seine Jungfernfahrt. An ihm war ein nagelneuer Außenbordmotor befestigt, alles vom Phelan-Nachlaß finanziert. Nate und Jevy stiegen rasch ein, verabschiedeten sich von Welly und den Piloten und brachen auf.

Bis zu den Indianersiedlungen sei es eine Strecke von zwei Stunden, erklärte Jevy, den Motor überschreiend. Er war am Vortag mit Welly auf der *chalana* eingetroffen. Als sich zeigte, daß der Fluß nicht einmal mehr für dies flachbödige Schiff befahrbar war, hatten sie nahe einer Stelle angelegt, die für die Landung des Hubschraubers eben genug war. Dann hatten sie den Fluß mit dem Beiboot erkundet und waren ganz in die Nähe des ersten Indianerdorfs gelangt. Jevy hatte die Stelle erkannt und gewendet, bevor man sie hören konnte.

Zwei Stunden, vielleicht drei. Hoffentlich würden es keine fünf, hoffte Nate. Keinesfalls würde er auf dem Erdboden, in einem Zelt oder einer Hängematte schlafen. Nicht das kleinste Stückchen Haut würde er den Gefahren des Urwaldes aussetzen. Die schreckliche Erinnerung an das Denguefieber war noch zu frisch.

Falls sie Rachel nicht fanden, würde er mit dem Hubschrauber nach Corumbá zurückkehren, mit Valdir gut zu Abend essen, im Hotel in einem Bett schlafen und es am nächsten Tag erneut versuchen. Sofern es sich als nötig erweisen sollte, konnte er mit dem Nachlaß den verdammten Hubschrauber sogar kaufen.

Aber Jevy wirkte zuversichtlich, was nicht ungewöhnlich war. Angetrieben von seinem starken Motor, hüpfte das Boot mit dem Bug förmlich über das Wasser. Wie schön, einen Außenborder zu haben, der mit gleichmäßigem, beruhigendem Klang vor sich hin brummte. Sie waren unbesiegbar.

Das Pantanal fesselte Nate erneut; die Kaimane im seichten Wasser am Ufer, die Vögel, die ganz niedrig über der Wasserfläche flogen, die unglaubliche Abgeschiedenheit. Dort, wo sie waren, gab es keine *fazendas* mehr. Sie suchten Menschen, deren Vorfahren schon vor Jahrhunderten an derselben Stelle gelebt hatten.

Noch vor vierundzwanzig Stunden hatte er mit einer Decke auf den Knien auf der Veranda von Joshs Häuschen in St. Michaels gesessen, Kaffee getrunken und zugesehen, wie die Boote in die Bucht einfuhren, während er darauf wartete, daß Phil anrief und ihm sagte, er wolle jetzt in den Keller gehen. Erst nach einer Stunde im Boot hatte er sich vollständig an seine neue Umgebung gewöhnt.

Der Fluß kam ihm völlig unbekannt vor. Bei ihrem ersten Besuch dort hatten sie nicht gewußt, wo sie sich befanden, waren voll Angst gewesen, durchnäßt, hungrig und auf die Angaben eines jungen Fischers angewiesen. Alles war von Wasser bedeckt, sie hatten die üblichen Landmarken nicht sehen können.

Nate suchte den Himmel ab, als rechne er mit der Möglichkeit, daß eine Bombe auf sie fiele. Beim geringsten Anzeichen einer dunklen Wolke würde er Reißaus nehmen.

Dann kam ihm eine Biegung des Flusses bekannt vor. Vielleicht war es nicht mehr weit. Würde Rachel ihn mit einem Lächeln begrüßen, ihn umarmen, sich mit ihm in den Schatten setzen und Englisch reden wollen? Hatte sie ihn möglicherweise vermißt oder auch nur an ihn gedacht? Hatte sie die Briefe bekommen? Es war Mitte März, eigentlich mußten die für sie bestimmten Postsendungen eingetroffen sein. Hatte sie inzwischen ihr neues Boot und all die neuen Medikamente?

Oder würde sie vor ihm davonlaufen? Würde sie sich beim Häuptling verstecken und ihn bitten, sie zu schützen, dafür zu sorgen, daß der Amerikaner verschwand und nie wiederkam? Würde er überhaupt die Möglichkeit haben, sie zu sehen?

Nate war entschlossen, weniger nachgiebig zu sein als beim vorigen Mal. Es war nicht seine Schuld, daß Troy ein so albernes Testament verfaßt hatte, und er konnte auch nichts dafür, daß sie die uneheliche Tochter dieses Mannes war. Auch wenn sie ebensowenig etwas am Stand der Dinge ändern konnte, war ein bißchen Entgegenkommen nicht zuviel verlangt. Sie brauchte ja nur der Stiftung zuzustimmen oder die Verzichtserklärung zu unterschreiben. Er würde nicht ohne ihre Unterschrift abreisen.

Sie konnte der Welt den Rücken kehren, doch immer würde sie Troy Phelans Tochter sein. Er forderte ein gewisses Maß an Mitwirkung. Nate sagte seine Argumente laut vor sich hin. Jevy konnte ihn nicht hören.

Er würde sie über ihre Halbgeschwister ins Bild setzen und in den grellsten Farben ausmalen, was geschehen würde, falls ihnen das gesamte väterliche Vermögen in die Hände fiele. Er würde aufzählen, welche wohltätigen Einrichtungen sie unterstützen konnte, einfach indem sie den Stiftungsvertrag unterschrieb. Er probte seinen Auftritt immer wieder.

Die Bäume an beiden Ufern wurden dichter und bildeten ein undurchdringliches Blätterdach über dem Wasser. Nate erkannte den natürlichen Tunnel wieder. »Sehen Sie, da«, sagte Jevy und wies nach rechts vorn. Dort lag die Stelle, wo sie bei ihrem ersten Besuch die im Fluß badenden Kinder gesehen hatten. Er verlangsamte die Fahrt. Sie schoben sich am ersten Dorf vorüber, ohne einen einzigen Indianer zu Gesicht zu bekommen. Als die Hütten hinter ihnen lagen, gabelte sich der Fluß, und die Wasserläufe wurden schmaler.

Hier befanden sie sich in vertrautem Gebiet. Sie folgten dem Fluß, der sich fast im Kreise dahinschlängelte, tiefer in die Wälder, wobei Lichtungen gelegentlich den Blick auf das ferne Gebirge freigaben. An der zweiten Siedlung legten sie in der Nähe des großen Baumes an, unter dem sie im Januar die erste Nacht verbracht hatten. Sie traten dort ans Ufer, wo Rachel gestanden und ihnen nachgewinkt hatte. Die Bank stand noch da, die Zuckerrohr-Stangen waren fest miteinander verbunden.

Nate hielt den Blick unverwandt auf das Dorf gerichtet, während Jevy das Boot festmachte. Ein junger Indianer kam ihnen über den Pfad entgegengelaufen. Man hatte im Dorf den Motor gehört.

Er sprach kein Portugiesisch, gab ihnen aber durch Grunzlaute und Handzeichen zu verstehen, daß sie dort am Fluß bleiben sollten, bis weitere Anweisungen kamen. Wenn er sie erkannt hatte, zeigte er das nicht. Er schien Angst zu haben.

Es war fast elf Uhr. Sie setzten sich auf die Bank und warteten. Es gab so vieles zu erzählen. Jevy hatte *chalanas* mit Waren über die Flüsse im ganzen Pantanal geführt und gelegentlich auch ein Boot mit Touristen, wofür es mehr Geld gab.

Sie sprachen über Nates letzten Besuch, wie sie mit dem von Fernando geliehenen Motor über den Paraguay gebraust waren, die Schrecken des Krankenhauses, ihre Bemühungen, Rachel in Corumbá zu finden.

»Ich sage Ihnen«, sagte Jevy, »ich habe mich überall auf dem Fluß umgehört. Die Frau war nicht in Corumbá. Sie war nicht im Krankenhaus. Sie haben das geträumt, mein Freund.«

Nate war nicht bereit, darüber zu diskutieren. Er war seiner Sache selbst nicht mehr sicher.

Der Eigner der *Santa Loura* hatte Jevy im ganzen Städtchen angeschwärzt. Zwar stimmte es, daß sie gesunken war, während er die Verantwortung für sie hatte, aber alle Welt wußte, daß das Unwetter schuld war. Der Mann war ohnehin ein Dummkopf.

Wie nicht anders zu erwarten, wandte sich das Gespräch schon bald Jevys Zukunftsplänen in den Vereinigten Staaten zu. Er hatte ein Visum beantragt, brauchte aber einen Bürgen und einen Arbeitsplatz. Nate antwortete ausweichend und hinhaltend, weil er nicht den Mut aufbrachte, ihm zu sagen, daß auch er sich bald nach einer Arbeit würde umsehen müssen.

»Ich will sehen, was ich tun kann«, sagte er schließlich.

Jevys Vetter in Colorado suchte gleichfalls Arbeit.

Eine Stechmücke kreiste über Nates Hand. Instinktiv wollte er sie mit einem kräftigen Schlag töten, doch dann beobachtete er sie lieber, um einschätzen zu können, wie wirksam sein Superinsektenschutzmittel war. Als die Mücke keine Lust mehr hatte, ihr Zielgebiet aus der Luft zu beobachten, tauchte sie plötzlich im Sturzflug dem Rücken seiner rechten Hand entgegen, drehte aber in fünf Zentimetern Entfernung schlagartig bei und verschwand. Nate lächelte. Er hatte auch Ohren, Hals und Gesicht mit dem Öl eingerieben.

Bei jemandem, der zum zweiten Mal an Denguefieber erkrankt, treten gewöhnlich innere Blutungen auf. Es ist viel schlimmer als beim ersten Mal und verläuft oft tödlich. Soweit würde Nate O'Riley es nicht kommen lassen.

Sie ließen das Dorf nicht aus den Augen, während sie miteinander sprachen. Nate entging keine Bewegung. Er rechnete damit, daß Rachel jeden Augenblick mit elegantem Schritt zu ihrer Begrüßung zwischen den Hütten über den Pfad auf sie zukam. Bestimmt wußte sie inzwischen, daß der weiße Mann zurückgekehrt war.

Aber war ihr klar, daß es sich um Nate handelte? Was würde geschehen, wenn der Ipica ihn und Jevy nicht erkannt hatte und Rachel fürchtete, jemand anders hätte sie gefunden?

Dann sahen sie den Häuptling langsam auf sich zukommen. Er trug einen langen Zeremonialspeer. Ihm folgte ein Ipica, den Nate erkannte. Sie blieben am Rande des Pfads stehen, gut fünfzehn Meter von der Bank entfernt. Sie lächelten nicht. Es kam Nate ganz so vor, als mache der Häuptling einen ausgesprochen finsteren Eindruck. Auf portugiesisch fragte er: »Was wollt ihr?«

»Sagen Sie ihm, daß wir mit der Missionarin sprechen wollen«, sagte Nate, und Jevy dolmetschte das.

»Warum?« kam die Antwort.

Jevy erklärte, daß der Amerikaner eine lange Strecke zurückgelegt hätte, und daß es sehr wichtig sei, mit der Frau zu sprechen. Wieder fragte der Häuptling: »Warum?«

Weil sie über Dinge miteinander reden müßten, wichtige Dinge, die weder Jevy noch der Häuptling verstünden. Es sei von größter Bedeutung, sonst wäre der Amerikaner nicht gekommen.

Soweit sich Nate erinnerte, war der Häuptling lebhaft gewesen, hatte häufig gelächelt und oft laut gelacht. Jetzt war sein Gesicht fast ausdruckslos, und aus fünfzehn Meter Entfernung wirkten seine Augen hart. Er hatte einmal darauf bestanden, daß sie sich zu ihm ans Feuer setzten und sein Frühstück mit ihm teilten. Jetzt hielt er sich möglichst weit von ihnen entfernt. Irgend etwas stimmte nicht. Etwas hatte sich verändert.

Der Häuptling forderte die Besucher auf zu warten und ging dann langsam wieder ins Dorf zurück. Eine halbe Stunde verging. Jetzt mußte Rachel wissen, wer sie waren, der Häuptling hatte es ihr bestimmt mitgeteilt. Und sie schien nicht kommen zu wollen.

Eine Wolke schob sich vor die Sonne, und Nate sah aufmerksam hin. Sie war weiß und faserig, nicht im geringsten bedrohlich, trotzdem jagte sie ihm Angst ein. Wenn er den leisesten Donner in der Ferne hörte, würde er aufbrechen. Im Boot aßen sie einige Waffeln und ein wenig Käse.

Mit einem Pfiff unterbrach der Häuptling ihren Imbiß. Er war allein aus dem Dorf zurückgekommen. Sie begegneten einander auf halbem Wege und folgten ihm etwa dreißig Meter, dann änderten sie die Richtung und gingen auf einem anderen Pfad hinter den Hütten vorbei. Nate konnte den offenen Dorfplatz sehen. Er war verlassen, kein einziger Ipica ging umher. Keine Kinder spielten. Keine jungen Frauen fegten den Platz um die Hütten frei. Niemand kochte und wusch. Man hörte keinen Laut. Die einzige Bewegung kam vom aufsteigenden Rauch der Feuer.

Dann sah er Gesichter in den Türöffnungen. Man beobachtete sie. Der Häuptling hielt sie von den Hütten fern, als litten sie an einer schlimmen ansteckenden Krankheit. Er schlug wieder einen anderen Pfad ein, der zwischen den Bäumen hindurchführte. Als sie auf eine Lichtung traten, befanden sie sich vor Rachels Hütte.

Von Rachel war nichts zu sehen. Er führte sie seitwärts an der Tür vorbei. Dort sahen sie im tiefen Schatten der Bäume die Gräber.

ZWEIUNDFÜNFZIG

Die Indianer hatten sorgfältig vier weiße Holzstücke zurechtgeschnitzt, poliert und mit Ranken zu zwei völlig gleichen Kreuzen zusammengebunden. Sie waren klein, keine dreißig Zentimeter hoch, und steckten am unteren Ende beider Gräber in der frischen Erde. Nichts stand darauf, weder ein Name noch ein Hinweis auf den Zeitpunkt des Todes.

Unter den Bäumen war es dunkel. Nate stellte seine Tasche auf den Boden zwischen den Gräbern und setzte sich darauf. Der Häuptling begann leise und rasch zu reden.

»Die Frau liegt links, Lako rechts. Sie sind vor etwa zwei Wochen am selben Tag gestorben«, dolmetschte Jevy. Der Häuptling sprach weiter. »Seit unserer Abreise sind zehn Menschen an Malaria gestorben«, sagte Jevy.

Der Häuptling sprach lange, ohne eine Pause zum Dolmetschen zu machen. Nate hörte die Worte, und doch hörte er nichts. Er sah auf den ordentlich angehäufelten und von geschälten Ästen umrandeten schwarzen Erdhügel zur Linken, der ein genaues Rechteck bildete. Dort lag Rachel Lane, der tapferste Mensch, dem er je begegnet war, denn sie hatte nicht die geringste Angst vor dem Tod gehabt. Im Gegenteil, sie hatte ihn willkommen geheißen. Sie hatte ihren Frieden gefunden. Endlich war ihre Seele bei ihrem Gott, und ihr Leib ruhte auf alle Zeiten inmitten der Menschen, die sie geliebt hatte.

Neben ihr lag Lako, sein himmlischer Leib frei von jeglichem Makel und Leiden.

Der Schock kam und ging. Ihr Tod war tragisch, und auch wieder nicht. Sie war keine junge Mutter und Gattin, die Angehörige hinterließ. Sie hatte keinen großen Kreis von Freunden, die zusammenkamen, um ihren Hingang zu betrauern. Nur eine Handvoll Menschen in ihrer Heimat würde je erfahren, daß sie nicht mehr lebte. Sie hatte als Fremde unter den Menschen gelebt, die sie begraben hatten.

Er hatte sie gut genug gekannt, um zu wissen, daß sie nicht betrauert werden wollte. Tränen wären ihr nicht recht, und Nate konnte um sie auch keine vergießen. Eine Weile sah er ungläubig auf das Grab, dann aber meldete sich die Realität. Sie war keine alte Freundin, mit der er oft zusammengewesen war; er hatte sie kaum gekannt. Seine Gründe, sie zu finden, waren ausschließlich selbstsüchtiger Art gewesen. Er war in ihre Privatsphäre eingedrungen, und sie hatte ihn gebeten, nicht zurückzukehren.

Trotzdem schmerzte es ihn, daß sie nicht mehr lebte. Er hatte jeden Tag, seit er das Pantanal verlassen hatte, an sie gedacht. Er hatte von ihr geträumt, ihre Berührung gespürt, ihre Stimme gehört, sich an ihre Weisheit erinnert. Sie hatte ihn beten gelehrt und ihm Hoffnung gegeben. Sie war in Jahrzehnten der erste Mensch gewesen, der Gutes in ihm erkannt hatte.

Nie zuvor war er einem Menschen wie Rachel Lane begegnet, und er vermißte sie schmerzlich.

Der Häuptling schwieg. »Er sagt, daß wir nicht lange bleiben können«, sagte Jevy.

»Warum nicht?« fragte Nate, ohne den Blick von ihrem Grab zu nehmen.

»Die Geister sagen, daß wir an der Malaria schuld sind. Die Krankheit ist gekommen, als wir zum ersten Mal hier waren. Die Indianer sind nicht glücklich, uns hier zu sehen.«

»Sagen Sie ihm, daß seine Geister ein Haufen Clowns sind.«

»Er möchte Ihnen etwas zeigen.«

Langsam erhob sich Nate und sah den Häuptling an. Sie traten durch die Tür in Rachels Hütte, wobei sie den Kopf einziehen mußten. Der Boden bestand aus gestampfter Erde. Im vorderen der zwei Räume standen unglaublich primitive Möbel, ein Stuhl aus Zuckerrohr und Ranken und ein Sofa, dessen Beine Holzklötze waren und dessen Sitzkissen Strohbündel. Der hintere Raum hatte als Schlafzimmer und Küche gedient. Wie die Indianer hatte sie in einer Hängematte geschlafen. Darunter stand auf einem Tischchen eine Kunststoffschachtel, die einst Medikamente enthalten hatte. Der Häuptling wies darauf und sagte etwas.

»Da ist was drin, das Sie sich ansehen sollen«, dolmetschte Jevy.

»Ich?«

»Ja. Sie hat gewußt, daß sie sterben würde, und den Häuptling gebeten, ihre Hütte zu bewachen. Wenn ein Amerikaner kommen würde, sollte er ihm die Schachtel zeigen.«

Nate hatte Angst, sie zu berühren. Der Häuptling nahm sie und gab sie ihm. Nate ging nach nebenan und setzte sich auf das Sofa. Der Häuptling und Jevy verließen die Hütte.

Seine Briefe hatten sie nie erreicht, jedenfalls lagen sie nicht in der Schachtel. Außer einer brasilianischen Kennmarke, wie sie jeder Bewohner des Landes besitzen muß, der kein Ureinwohner ist, enthielt sie drei Briefe von der Missionsgesellschaft. Nate las sie nicht, denn am Boden der Schachtel sah er Rachels Testament.

Es steckte in einem weißen Umschlag mit einem brasilianischen Absender. In ordentlichen Druckbuchstaben hatte sie darauf geschrieben: Letzter Wille Rachel Lane Porters.

Ungläubig sah Nate darauf. Mit zitternden Händen öffnete er behutsam den Umschlag. Er enthielt zwei gefaltete und durch eine Heftklammer verbundene Briefbögen. Auf dem ersten stand noch einmal in großen Druckbuchstaben Letzter Wille Rachel Lane Porters.

Nate las:

Ich, Rachel Lane Porter, Gottes Kind, Bewohnerin Seiner Welt, Bürgerin der Vereinigten Staaten und im Vollbesitz meiner geistigen Kräfte, setze dies als meinen Letzten Willen fest.

1. Ich habe keine früheren Testamente abgefaßt, die ich widerrufen müßte. Dies ist mein erstes und letztes. Jedes Wort habe ich von Hand geschrieben. Es soll ein eigenhändiges Testament sein.

2. In meinem Besitz habe ich eine Kopie des Testaments meines Vaters, Troy Phelan, vom 9. Dezember 1996, in dem er mich zur Universalerbin seines Vermögens ein-

setzt. Ich versuche, dies Testament nach dem Muster des seinigen abzufassen.

3. Weder schlage ich das auf mich entfallene Erbe aus, noch möchte ich es antreten, vielmehr ist mein Wunsch, daß mit dem Vermögen eine Stiftung gegründet wird.

4. Die Erträge der Stiftung sollen dazu dienen, nachstehende Ziele zu unterstützen: a) das Werk der Missionare von World Tribes Missions auf der ganzen Welt fortsetzen, b) die frohe Botschaft des Christentums verbreiten, c) die Rechte der Eingeborenenvölker Brasiliens und ganz Südamerikas schützen, d) die Hungrigen speisen, die Kranken heilen, den Obdachlosen eine Heimstatt verschaffen und die Kinder retten.

5. Zum Treuhänder der Stiftung berufe ich meinen guten Freund Nate O'Riley und gebe ihm die zu ihrer Verwaltung erforderlichen Vollmachten. Zugleich ernenne ich ihn zum Vollstrecker dieses Testaments.

Gezeichnet am sechsten Tag des Januar 1997 in Corumbá, Brasilien.

RACHEL LANE PORTER

Er las ihr Testament immer wieder. Der Text auf dem zweiten Blatt war in Maschinenschrift auf portugiesisch abgefaßt. Es würde eine Weile warten müssen.

Er betrachtete die gestampfte Erde zu seinen Füßen. Die Luft war stickig und stand vollkommen still. Die Welt schwieg, auch vom Dorf her war kein Laut zu hören. Die Ipicas hielten sich immer noch vor dem weißen Mann und seinen Krankheiten verborgen.

Fegt man einen Fußboden aus gestampfter Erde, damit es in der Hütte ordentlich und sauber aussieht? Und stehen, wenn das Strohdach undicht ist, bei Regen Pfützen auf dem Boden und verwandeln ihn in Matsch? An der Wand ihm gegenüber sah er ein roh gezimmertes Regal mit Büchern – Bibeln, Anleitungen zum Lesen der Bibel, theologische Schriften. Es stand ein wenig schief und neigte sich einige Zentimeter nach rechts.

Elf Jahre lang war hier ihr Zuhause gewesen.

Er las das Testament erneut. Am sechsten Januar hatte er das Krankenhaus in Corumbá verlassen. Sie war kein Traum gewesen. Sie hatte ihn berührt und ihm gesagt, daß er nicht sterben würde. Dann hatte sie ihr Testament geschrieben.

Das Stroh, auf dem er saß, raschelte, als er sich bewegte. Er war tief in Gedanken, als Jevy den Kopf zur Tür hereinsteckte und ihm mitteilte: »Der Häuptling möchte, daß wir gehen.«

»Lesen Sie das«, sagte Nate und gab ihm die beiden Blätter, das maschinenschriftliche obenauf. Jevy trat einen Schritt vor, um etwas sehen zu können. Er las langsam und sagte dann: »Es handelt sich um eine Erklärung von zwei Personen. Die eine ist ein Anwalt, der bestätigt, daß er gesehen hat, wie Rachel Lane Porter in seiner Kanzlei in Corumbá ihr Testament unterschrieben hat. Sie war bei klarem Verstand und wußte, was sie tat. Seine Unterschrift ist amtlich beglaubigt, durch einen, wie sagen Sie noch –«

»Einen Notar.«

»Ja, einen Notar. Die zweite Person, hier unten, ist die Sekretärin des Anwalts. Sie sagt, wie es aussieht, dasselbe. Der Notar beglaubigt auch ihre Unterschrift. Was hat das zu bedeuten?«

»Ich erkläre es Ihnen später.«

Sie traten in den Sonnenschein hinaus. Der Häuptling hatte die Arme vor der Brust verschränkt, seine Geduld schien fast am Ende zu sein. Nate nahm die Kamera aus der Tasche und machte Aufnahmen von der Hütte und den Gräbern. Er ließ Jevy das Testament halten und hockte sich neben Rachels Grab. Dann hielt Nate es, während Jevy Aufnahmen machte. Der Häuptling war nicht bereit, sich mit Nate zusammen fotografieren zu lassen, und hielt sich so fern wie möglich. Er knurrte etwas, und Jevy fürchtete einen möglichen Zornesausbruch.

Sie fanden den Pfad und gingen durch den Wald, mieden auch auf dem Rückweg das Dorf. Als die Bäume dichter wurden, blieb Nate stehen und wandte sich zu einem letzten Blick auf Rachels Hütte um. Am liebsten hätte er sie mitgenommen, sie irgendwie in die Vereinigten Staaten transportiert, um sie dort als Denkmal zu bewahren, damit die Millionen Menschen, die Rachels Hand spüren würden, einen Ort hatten, den sie aufsuchen und wo sie Dank sagen konnten. Auch ihr Grab hätte er am liebsten mitgenommen. Sie verdiente einen Tempel.

Das aber wäre das letzte gewesen, was sie gewollt hätte. Jevy und der Häuptling waren nicht mehr zu sehen, und so eilte Nate weiter.

Sie erreichten den Fluß, ohne jemanden anzustecken. Der Häuptling knurrte Jevy etwas zu, als sie ins Boot stiegen. »Er sagt, wir sollen nicht wiederkommen«, sagte Jevy.

»Sagen Sie ihm, daß er sich darüber keine Sorgen zu machen braucht.«

Wortlos warf Jevy den Motor an, und das Boot entfernte sich rückwärts vom Ufer.

Der Häuptling hatte sich bereits wieder auf den Weg zum Dorf gemacht. Nate fragte sich, ob er Rachel vermißte. Elf Jahre hatte sie dort zugebracht. Sie schien beträchtlichen Einfluß auf ihn gehabt zu haben, hatte ihn aber nicht zu bekehren vermocht. Betrauerte er ihr Dahinscheiden, oder war er erleichtert, daß seine Götter und Geister jetzt wieder freie Bahn hatten? Was würde aus den Ipicas werden, die zum Christentum übergetreten waren, jetzt, da Rachel nicht mehr bei ihnen war?

Er mußte an die *shalyuns* denken, die Zauberheiler in den Dörfern, die Rachel das Leben schwergemacht hatten. Bestimmt feierten sie ihren Tod und setzten den von ihr Bekehrten zu. Sie hatte einen guten Kampf gekämpft, jetzt ruhte sie in Frieden.

Jevy stellte den Motor ab und steuerte das Boot mit einem Paddel. Die Strömung war langsam, das Wasser glatt. Vorsichtig klappte Nate die Parabolantenne des Satellitentelefons aus und stellte sie auf eine Bank. Der Himmel war klar, das Signal stark, und binnen zwei Minuten eilte Joshs Sekretärin auf der Suche nach ihrem Chef durch das Haus.

»Sag mir, daß sie das verdammte Stiftungsdokument unterschrieben hat, Nate«, waren Joshs ersten Worte. Er schrie sie ins Telefon.

»Du brauchst nicht zu schreien, Josh. Ich kann dich gut hören.«

»Tut mir leid. Sag mir, daß sie es unterschrieben hat.«

»Sie hat ein Stiftungsdokument unterschrieben, aber nicht unseres. Sie ist tot, Josh.«

»Nein!«

»Doch. Sie ist vor einigen Wochen an Malaria gestorben und hat ein eigenhändiges Testament hinterlassen, genau wie ihr Vater.«

»Hast du das?«

»Ja. Es ist in Sicherheit. Das ganze Vermögen fließt in eine Stiftung. Ich bin Treuhänder und Testamentsvollstrecker.«

»Ist das Testament gültig?«

»Ich glaube schon. Sie hat es handschriftlich abgefaßt, unterschrieben und datiert. Ein Anwalt in Corumbá und seine Sekretärin haben als Zeugen unterschrieben.«

»Sieht ganz so aus, als ob es gültig wäre.«

»Und was passiert jetzt?« fragte Nate. Er sah Josh vor sich, wie er am Schreibtisch stand, die Augen konzentriert geschlossen hatte, mit einer Hand den Telefonhörer hielt und sich mit der anderen Hand über das Haar strich. Er konnte ihn beinahe über das Telefon Pläne schmieden hören.

»Nichts passiert. Troys Testament ist gültig. Es wird Punkt für Punkt ausgeführt, was er festgesetzt hat.«

»Aber sie ist tot.«

»Sein Nachlaß wird dem ihren zugeschlagen. So was kommt jeden Tag vor, wenn bei einem Autounfall ein Ehepartner heute und der andere einen Tag später stirbt.«

»Und die anderen Erben?«

»Der Vergleich ist bindend. Sie bekommen ihr Geld, besser gesagt, was davon übrigbleibt, nachdem sich die Anwälte ihr Stück vom Kuchen abgeschnitten haben. Sie sind die glücklichsten Menschen auf der Erde – vielleicht mit Ausnahme ihrer Anwälte. Anzufechten gibt es nichts: Beide Testamente sind gültig. Sieht ganz so aus, als hättest du jetzt einen neuen Beruf, Treuhänder.«

»Ich habe einen großen Ermessensspielraum.«

»Und eine ganze Menge mehr. Lies es mir vor.«

Tief in seiner Aktentasche fand Nate, was er suchte, und las es Josh ganz langsam vor, Wort für Wort.

»Mach schnell, daß du nach Hause kommst«, sagte Josh.

Auch Jevy bekam jedes Wort mit, obwohl er so tat, als betrachte er aufmerksam den Xeco. Als Nate das Gespräch beendete und das Telefon wieder verstaute, fragte er: »Gehört das Geld Ihnen?«

»Nein. Es fließt in eine Stiftung.«

»Was ist das?«

»Stellen Sie sich das wie ein Bankkonto mit einem hohen Haben-Saldo vor, das vor jedem Zugriff von dritter Seite sicher ist und Zinsen abwirft. Der Treuhänder entscheidet, was mit diesen Zinsen geschieht.«

Jevy war nach wie vor nicht überzeugt. Er hatte viele Fragen, und Nate spürte seine Zweifel. Es war nicht der richtige Augenblick für einen Einführungskurs in die Vorschriften des anglo-amerikanischen Rechts über Testamente, Nachlässe und Stiftungen.

»Fahren wir«, sagte Nate.

Erneut wurde der Motor angeworfen, und das Boot flog über das Wasser, umrundete Biegungen und ließ eine schäumende Heckwelle hinter sich.

Am späten Nachmittag erreichten sie die *chalana*. Welly angelte. Die Hubschrauberpiloten spielten auf dem Achterdeck Karten. Nate rief Josh noch einmal an und bat ihn, das Düsenflugzeug von Corumbá zurückzubeordern. Er würde es nicht brauchen, da er sich mit der Rückkehr Zeit lassen wollte.

Josh machte Einwände, konnte aber weiter nichts sagen. Die verworrene Angelegenheit des Phelan-Nachlasses war geregelt. Es gab keinen Grund zur Eile.

Nate sagte den Piloten, daß sie zurückfliegen könnten, und bat sie, sich in Corumbá mit Valdir in Verbindung zu setzen.

Die Besatzung der *chalana* sah zu, wie der Hubschrauber insektengleich verschwand, dann warf sie die Leinen los. Jevy stand am Steuerruder, Welly saß ganz vorn am Bug und ließ seine Fußspitzen wenige Zentimeter über dem Wasser baumeln. Nate legte sich in eine Koje und versuchte ein wenig zu dösen. Aber das gleichmäßige Stampfen des Diesels gleich hinter der Wand der Kajüte hinderte ihn, einzuschlafen.

Das Boot war nur ein Drittel so groß wie die *Santa Loura*, und sogar die Kojen waren kürzer. Nate rollte sich auf die Seite und sah zu, wie die Flußufer vorüberzogen.

Irgendwie hatte sie gemerkt, daß er kein Trinker mehr war, daß er von seiner Sucht geheilt war und die Dämonen, die sein Leben beherrscht hatten, auf alle Zeiten eingesperrt hinter Schloß und Riegel saßen. Sie hatte etwas Gutes in ihm erkannt, hatte irgendwie gewußt, daß er auf der Suche war. Sie hatte seine Berufung für ihn gefunden. Gott hatte sie ihr gezeigt.

Jevy weckte ihn nach Einbruch der Dunkelheit. »Wir haben Vollmond«, sagte er. Sie setzten sich an den Bug. Welly, der dicht hinter ihnen am Steuerruder stand, folgte dem Licht des Mondes, während sich der Xeco dem Paraguay entgegenschlängelte.

»Es ist ein langsames Boot«, sagte Jevy. »Damit brauchen wir zwei Tage bis Corumbá.«

Nate lächelte. Von ihm aus konnte es einen Monat dauern.

ANMERKUNGEN DES AUTORS

Das in den brasilianischen Staaten Mato Grosso und Mato Grosso do Sul gelegene Schwemmlandgebiet, das den Namen Pantanal trägt, ist von großer natürlicher Schönheit und fasziniert den Besucher. Ich hoffe, daß ich es nicht als einen großen Sumpf voller Gefahren beschrieben habe, denn das ist es nicht. Es ist im Gegenteil ein ökologisches Wunder, das viele Touristen anlockt, von denen die meisten lebend nach Hause kommen. Ich war selbst zweimal dort und freue mich auf meinen nächsten Besuch.

Mein Freund Carl King, Baptistenmissionar in Campo Grande, hat mich tief ins Pantanal mitgenommen. Ich bin nicht sicher, wie viele seiner Angaben stimmen, aber wir haben vier herrliche Tage damit verbracht, Kaimane zu zählen, freilebende Tiere zu fotografieren, Ausschau nach Anakondas zu halten, schwarze Bohnen mit Reis zu essen, uns Geschichten zu erzählen, und all das von einem Boot aus, das irgendwie immer kleiner zu werden schien. Ich danke Carl sehr herzlich für das Abenteuer.

Mein Dank gilt auch Rick Carter, Gene McDade, Penny Pynkala, Jonathan Hamilton, Fernando Catta-Preta, Bruce Sanford, Marc Smirnoff und Estelle Laurence. Außerdem danke ich, wie jedes Mal, David Gernert dafür, daß er das Manuskript gründlich durchgearbeitet und das Buch damit besser gemacht hat.

HEYNE ‹
KYLE MILLS
DER AUFTRAG
Roman